UN COEUR DE PIERRE

LA SÉRIE PIERRE
TOME 1

DAKOTA WILLINK

Traduction par
VIRGINIE EYMARD

DRAGONFLY INK PUBLISHING

"N'essaie pas ! Fais-le ou ne le fais pas ! Il n'y a pas d'essai."

- Yoda

1

Krystina

Une mèche brune de cheveux bouclés s'était détachée de ma queue de cheval. La balayant loin de mes yeux, je m'essuyai la sueur du front et me mis debout pour regarder le chef-d'œuvre qui était devant moi. Sauf qu'en réalité, ce qui était devant moi était loin d'être un chef-d'œuvre - c'était juste une gondole dans une épicerie. Rien de plus.

« Excellent travail, Krys !

Levant les yeux, je vis Walter Roberts, mon patron bedonnant, qui marchait vers moi.

- Merci, Monsieur Roberts, lui répondis-je distraitement.

Essuyant la poussière de mes mains avec mon tablier, j'examinais le présentoir que je venais de mettre en place.

Mon Dieu, qu'est-ce que je déteste les planogrammes.

- Oh, voyons ! Ne fais pas cette tête-la ! me dit-il, en prenant note de l'irritation évidente écrite sur mon visage. Je sais très bien que tu n'aimes pas mettre en place les étalages qui sont juste copiés à partir d'un diagramme.

- En fait, c'est la manière dont les côtés dépassent dans l'allée que je n'aime pas, me plaignis-je en pointant du doigt l'extérieur de la gondole. Le présentoir va très bien, vu qu'il ne s'agit que de haricots verts en conserve et de crème de champignons. C'est le rayonnage qui me dérange. Je pense que ce dessin de pyramide inversée est un vrai danger.

- Tu sais, je serais ravi de vous laisser faire, toi et ta créativité. Mais pas aujourd'hui. Je ne peux vraiment pas me le permettre, déclara Monsieur Roberts en secouant la tête avec véhémence. Des lignes d'inquiétude se dessinèrent sur son visage tout rond. Un investisseur arrive à une heure et tout doit être parfait. Je dois suivre les règles, Krys. Je suis désolé, mais l'enjeu est trop important.

Il posa une main patiente sur mon épaule pour me rassurer et je ne pus m'empêcher de me radoucir. J'aimais beaucoup Monsieur Roberts et ne voulais pas lui donner du fil à retordre, parce que son travail le stressait beaucoup.

L'enseigne « Wally's » traversait une crise financière et ce n'était plus un secret pour personne. Il y a quelques années, une fois que le marché boursier s'était effondré, la plupart des petites épiceries avaient dû fermer leurs portes pour de bon, laissant Duane Reade comme seul véritable concurrent. Wally's avait réussi à se maintenir à flot, mais il lui fallait un investisseur solide pour espérer rester la tête hors de l'eau. Quant à moi, si je voulais garder mon emploi, je devais m'en tenir aux planogrammes - du moins, pour aujourd'hui.

- Vous avez bien raison, finis-je par admettre.

- C'est bien mieux maintenant ! dit-il dit après avoir vu mon changement d'humeur. Il me donna une tape sur l'épaule. Je savais que je pouvais compter sur toi, Krys. Tu seras manager avant même de t'en rendre compte !

Et sur ce, il partit harceler les employés du rayon d'à côté.

Je ris toute seule en nettoyant mon espace de travail. Monsieur Roberts était toujours en train de faire des commentaires sur ma promotion, même s'il savait parfaitement que je n'accepterai jamais un poste de direction ici. J'appréciais de travailler chez Wally's. Mes collègues étaient formidables et je m'entendais bien avec mon patron. J'avais pris le temps d'examiner attentivement les nombreuses propositions d'emploi en temps que manager que Monsieur Roberts m'avait présentées au cours de ces derniers mois. Cependant, c'était juste qu'un poste de manager chez Wally's n'était pas pour moi. Et ce n'était certainement pas ça qui allait payer mes factures. Il y a six mois, la remise de mon diplôme universitaire n'a pas seulement marqué le début d'un nouvel avenir pour moi ; elle m'a tout simplement rappelé que les échéances de mon prêt étudiant allaient arriver d'un jour à l'autre. Mais malheureusement, mon salaire chez Wally's ne parviendrait même pas à mettre du beurre dans les épinards.

Même si ce travail m'avait parfaitement convenu pendant mes années à l'université, il commençait à devenir monotone. Mettre un présentoir en place, le démonter. En mettre un autre en place, le démonter - les mêmes tâches répétitives, tous les jours. J'avais envie de mettre en avant mon diplôme en marketing, désirant que ma passion pour la vente ait un impact dans le monde de la publicité. Je voulais un « vrai travail » qui me donne de la satisfaction. Et qui me permette d'avoir un meilleur salaire, accessoirement. Je ne pouvais pas continuer d'accepter le soutien de mon beau-père, mais les possibilités d'emploi à New York étaient minces, voire inexistantes. Lorsque la bourse a chuté, les épiceries n'ont pas été les seules à être touchées. Elle a eu un impact sur tout le monde des affaires.

Je soupirais à moi-même en retournant à la salle de repos pour rassembler mes affaires. Ça ne me servait pas à grand-chose de m'attarder sur le fait que les emplois étaient rares. Il fallait juste que je continue à chercher. Mais pas aujourd'hui. Je n'avais pas eu un après-midi de libre depuis ce qui me semblait être une éternité, et j'attendais avec impatience ce moment de tranquillité. C'était une belle journée, inhabituellement chaude pour le début du mois d'octobre, et ce jour-là, je voulais apprécier d'avoir commencé ma journée tôt pour passer mon après-midi à Central Park, pour lire un livre au milieu des arbres aux feuilles multicolores. C'était exactement ce dont j'avais besoin pour me détendre.

Des pensées de soleil et de feuilles d'automne jouaient dans ma tête alors que je m'approchais de mon casier. Lorsque j'ai commencé à faire tourner la serrure à combinaison, une voix familière me héla :

- Hé, Krys !

J'ai levé les yeux et mon regard s'accrocha à celui de Jim McNamara. Je gémis intérieurement en jetant le contenu de mon casier dans mon sac à main surdimensionné.

- Salut, Jim, le saluai-je en me forçant à être polie.

Je savais ce qui allait suivre et un nœud d'angoisse se forma dans mon estomac. Jim me demandait sans cesse de sortir avec lui et je ne voulais pas me soucier de ses yeux de chien battu au moment où je refuserai - *une fois de plus*. Cette longue matinée de travail m'avait fatiguée et je voulais tout simplement m'en aller. Je priais intérieurement pour que ce soit peut-être mon jour de chance et qu'il me laisse tranquille. Pour une fois.

- Tu as des projets pour ce soir ? Et si on s'mangeait un truc ensemble ? me demanda-t-il, toujours aussi optimiste.

Tellement prévisible.

Apparemment, la chance n'allait pas coopérer avec moi.

Mais peut-être que si je ne lui répondais pas, il comprendrait mon message.

Je me suis retournée sur mon casier en faisant semblant de ne pas avoir entendu son invitation à dîner.

- Alors, t'en penses quoi ? On dîne au nouveau restaurant de tacos du bas d'la rue ? me demanda-t-il avec empressement, sans reconnaître le fait que j'avais ignoré son invitation.

Je devrais mieux connaître Jim maintenant.

- En fait, j'ai déjà des projets. Je suis désolée, m'excusai-je sans enthousiasme, en poussant la porte de mon casier.

Une partie de moi se sentait coupable de penser que Jim n'était rien d'autre qu'une nuisance. C'était un gars sympa, toujours bien habillé, aux cheveux blonds comme le sable et au visage d'ange. Jim et moi travaillons tous les deux chez Wally's depuis trois ans, et je pense que ça fait depuis deux ans qu'il m'invite à sortir avec lui tous les jours. Certes, il aurait pu être un bon parti, dans la mesure où l'envie de sortir avec quelqu'un m'aurait effleurée. Mais hélas, Jim n'avais jamais compris les indices subtils que je m'evertuais à lui envoyer parce que je n'avais pas le cœur à être vraiment méchante avec lui. Je suis généralement très douée pour l'éviter, et ce jour-là, je me suis maudite de ne pas l'avoir entendu entrer dans la salle de pause.

- Allez, Krys ! Tu es toujours occupée ! ! se plaignit-il.

Quand je me suis retournée pour le regarder, il était là, avec ses yeux de chien battu. Je dus faire un effort pour réfréner une envie soudaine de rouler des yeux.

Sois sympa.

- Une prochaine fois peut-être, lui dis-je, en essayant de me sortir du coin dans lequel je me trouvais.

Parce que j'étais littéralement bloquée dans un coin : avec un mur dans le dos, une rangée de casiers à ma gauche et une table à ma droite. Jim se tenait devant moi, faisant office du mur qu'il manquait pour me barrer la sortie.

- Bon d'accord. Et si tu choisissais le jour et l'heure qui t'arrangent ? Tu verras, ça en vaudra la peine. C'est promis ! dit-il en me faisant un clin d'œil.

- Je vérifie dans mon agenda et je te dis, mentis-je.

Je me souvins soudainement d'un dessin animé que j'avais vu quand j'étais petite, avec un chien qui avait un ange sur une épaule et un diable sur l'autre. Là, c'était l'ange qui me faisait la morale dans un signe de désapprobation.

Tu ne devrais pas lui donner de faux espoirs, Krystina. Pourquoi n'acceptes-tu pas de dîner avec ce gentil garçon ?

Ignorant l'ange, je me suis glissée devant Jim pour me précipiter vers la porte de la salle de pause. Je savais que j'aurais dû être honnête avec lui depuis longtemps. Tout autre type aurait essuyé un refus brutal, voire grossier, dès sa première tentative de demande de sortie avec lui, ce qui aurait dissuadé toute idée de me le demander à nouveau. Mais Jim rendait les choses tellement difficiles - il était presque *trop* gentil avec moi.

- Très bien. Je te laisse vérifier ton emploi du temps et on en reparle demain, gloussa Jim joyeusement.

J'étais sûre qu'il n'y manquerait pas. La culpabilité me rongeait la conscience. J'avais peut-être mal géré la situation avec Jim, mais dans mon cœur, je savais que c'était ce qu'il y avait de mieux à faire. Il ne connaissait pas mon passé, et il valait mieux qu'il ne le connaisse pas. La dernière chose que je voulais, c'était sa pitié.

Jim mérite une gentille fille, pas quelqu'un d'amer, comme moi.

- À plus tard Jim.

Lançant une vague de mépris par-dessus mon épaule, je me précipitais hors de la pièce pour rejoindre l'entrée principale de l'épicerie. Je devais m'enfuir rapidement avant qu'il me mette la pression.

Une fois sortie dans les rues de New York, je pris une grande respiration. L'odeur des vendeurs de hot-dogs et des gaz d'échappement des voitures imprégnait l'air, tandis que le bruit de la circulation et des gens qui passaient me remplissait les oreilles. La sirène d'une voiture de police retentissait au loin, s'ajoutant à la ruée constante du chaos organisé de la ville. Je tendis les bras et les épaules, les muscles raides et endoloris par le fait de porter des légumes en conserve à longueur de journée. La fatigue commençait déjà à s'installer en moi alors que je m'éloignais de chez Wally's. Je trouvais ça génial, de travailler le matin, parce que je pouvais profiter de l'après-midi... même si commencer de de bonne heure signifiait aussi qu'il fallait se réveiller à quatre heures du matin. Mon corps réclamait de la caféine. Un arrêt au Café La Biga m'était obligatoire, surtout si je voulais rester éveillée assez longtemps pour profiter de la vague de chaleur que la ville connaissait aussi tard dans l'année. Je me saisis de mon iPod, rangé dans mon sac à main, puis j'ai branché les petits écouteurs que je calai dans mes oreilles et ai commencé le trajet entre la 57ème rue et mon café préféré.

Il y avait des travaux sur le trottoir et je dus en descendre pour les éviter. Des hommes portant des casques de protection d'un orange néon se mirent à hocher la tête en me regardant passer, puis ils enchaînèrent en sifflant de manière odieuse. Cela m'a rappelé un article que j'ai lu un jour, qui donnait le nombre de fois où une femme était harcelée lorsqu'elle se promène en ville. Une moyenne stupéfiante. Je les ai fusillés du regard en passant, résistant fortement à l'envie de leur faire un geste obscène de la main.

Mais quels porcs.

Évitant rapidement les travaux, j'ai augmenté le volume de mon iPod en fredonnant une chanson du groupe Tokyo Police Club : un air entraînant qui ajouta un peu de peps à ma démarche, ce qui me permit d'évacuer rapidement l'irritation que je ressentais à l'égard des ouvriers de la ville.

Me sentant plus détendue, j'ai commencé à faire ce que je fais toujours quand je marche dans les rues de New York : m'imprégner de la vue qui m'entoure. Depuis mon arrivée ici il y a plus de quatre ans, je ne me suis pas encore lassée des changements constants et des petites surprises que ma ville me réservait chaque jour. Les bruits, les odeurs et l'énergie ne pouvaient se comparer à aucun autre endroit. Même si son envergure m'intimidait au départ, je me suis rapidement habituée à son agitation et me suis adaptée en conséquence. New York était un lieu de vie à part entière : avec les battements de son pouls, son rythme était différent de celui du reste du monde. J'aimais vivre ici plus que je n'aurais jamais pu l'imaginer. J'humais l'arôme de l'espresso et des pâtisseries fraîches avant même de tourner au coin de la 8ème Avenue. Le Café La Biga été ouvert il y a trente-cinq ans par un couple d'Italiens, Maria et Angelo Gianfranco. Le café était petit, avec un intérieur simple qui, selon les propriétaires, était calqué sur le modèle du Café La Biga de Rome, en Italie. Angelo se vantait souvent du fait que ce café était le seul endroit à New York où l'on pouvait obtenir un véritable espresso italien. Je ne savais pas si c'était vrai ou non. Ce n'était pas pour cela que j'étais devenue une habituée de ce petit café cosy. J'y venais parce que La Biga était une expérience unique.

J'ouvris la porte du café et y entendis le bruit familier de la mouture des grains d'espresso. Toutes les petites tables pouvant accueillir deux personnes étaient occupées, le son des conversations ambiantes noyant presque la voix de Dean Martin qui sortait des haut-parleurs. Angelo sifflotait tranquillement derrière le comptoir et bourrait le marc d'espresso dans un porte-filtre. Il s'arrêta pour me faire un grand sourire quand il me vit arriver.

- Krys ! *Ciao, bella* ! Mais où étais-tu ? Ça fait depuis un moment qu'on ne t'a pas vue !

- Ça ne fait que depuis deux jours, Angelo !

Je ris de bon coeur.

- Deux jours, c'est trop long pour nous sans te voir, ma belle ! plaisanta-t-il dans un anglais approximatif.

Il commença à préparer ma boisson préférée sans que je le lui demande - un cappuccino avec deux sachets de sucre.

Cet Italien âgé avait une mémoire d'éléphant.

- Désolée. J'ai été bien occupée par mon travail et l'envoi de CV à différentes boîtes de publicité. En plus, j'étais de quart du matin, hier et aujourd'hui. Malheureusement, vous n'êtes pas ouvert à quatre heures du matin, lui fis-je remarquer avec regret en haussant les épaules. Bon, j'espère quand même que le fait de ne pas m'avoir vue beaucoup ces derniers temps ne vous ennuie pas tant que ça ! Je n'ai pas vu ma colocataire depuis trois jours, et elle vit avec moi !

- Vous, les jeunes, vous êtes toujours tellement occupés ! Vous ne restez jamais assis sans rien faire ! me dit Angelo.

- Tiens, justement ! Est-ce que vous pouvez mettre ma commande dans un sac à emporter ? J'ai rendez-vous avec mon livre à Central Park, ajoutai-je en souriant.

- *Bravo, bravo* ! Heureux d'apprendre que tu vas pouvoir profiter de ce beau soleil. Il faut que tu te détendes et que tu profites de la vie plus souvent, *bella*. Si j'avais quelques années de moins, je te montrerais comment les Italiens aiment vivre, dit-il avec un clin d'œil diabolique en me tendant ma commande.

Comme si elle n'attendait que ça, Maria sortit de l'arrière-salle.

- Allez, arrête, vieux fou ! Laisse-la tranquille, la pauvre ! Elle en assez que tu l'embêtes comme ça !

La femme d'Angelo fit la moue. Ses yeux se plissèrent lorsqu'elle me sourit. Je me suis dirigée vers la caisse et attendis qu'elle m'encaisse.

- Comment vas-tu, ma belle ? Tu es si maigre. Tu travailles tout le temps, me gronda-t-elle. Tu ne voudrais pas quelque chose à manger ? Non ?

- Je vais bien, Maria. Et, non merci, dis-je en refusant gracieusement.

Je ne pus m'empêcher de soupirer quand elle m'emballa des pâtisseries. Je calculais mentalement les calories qui entraient dans le sac. Mes hanches n'aimèrent pas le résultat. Je n'avais pas d'autre choix que de payer le cappuccino et les pâtisseries dont je n'avais pas besoin. Aussi douce que l'était Maria, elle ne comprenait pas le mot « non ». Je fis mes adieux à Maria et Angelo et sortis du café. Ma conversation avec les propriétaires du magasin me rappela que je devais téléphoner à Allyson, ma colocataire. Elle me manquait. Nos horaires étaient tellement aux antipodes ces derniers temps, que je ne lui avais pas parlé depuis des jours. J'étais très proche de Central Park, et décidais de l'appeler pendant ce court trajet. J'ai fouillé pendant un bon moment dans mon sac à main pour tenter d'y trouver mon téléphone portable, mais au bout de quelques minutes, j'ai constaté qu'il n'y était pas.

Et mince !

Dans mon empressement afin d'éviter Jim, j'avais dû le laisser dans mon casier, chez Wally's. Frustrée par le temps que j'étais en train de perdre, je fis demi-tour et me hâtai de repartir. Quand j'atteignis finalement les portes d'entrée, j'ai hésité un moment. Je ne voulais vraiment pas risquer de me heurter de nouveau à Jim.

Sur un coup de tête, je m'arrachais ma queue de cheval et secoua ma crinière bouclée.

Surtout, garder la tête basse et bien cachée. Peut-être qu'il ne me verra pas.

Je savais qu'il y avait peu de chances pour que je me trouve face à lui, mais j'ai tout de même croisé les doigts de manière superstitieuse avant de me précipiter à l'intérieur du magasin. Par miracle, je réussis à atteindre mon casier, à récupérer mon téléphone et à sortir de la salle de pause sans être vue. Alors que je marchais dans le rayon numéro 9, je me félicitais mentalement de la réussite de ma mission furtive, même si j'étais encore un peu énervée que mes projets aient été retardés.

Mais ouf, il n'était pas encore trop tard pour aller au parc.

Jetant un œil sur mon téléphone pour vérifier l'heure, j'ai vu que j'avais un appel manqué d'Allyson. Essayant de me souvenir de ce que mon amie avait prévu pour ce soir, je commençais à lui taper un petit texto pour lui demander ce...

BOUM !

La douleur me transperça le crâne dans un souffle féroce et des étoiles parsemèrent mon champ de vision. Je me pris la tête avec mes deux mains pour tenter de stopper le cliquetis métallique qui résonnait dans mes tympans. Au bout d'un moment, je réussis à me concentrer et me suis retrouvée à regarder fixement l'extémité d'un rayon ressemblant étrangement à une gondole - le même que celui que j'avais si soigneusement mis en place ce matin-là.

- Putain d'planogramme !

Je le maudissais de tout mon être. Mon oeil droit me faisait mal, et je sentais déjà qu'il commençait à gonfler. Puis j'ai baissé le regard sur ma chemise. Non seulement je venais de me cogner la tête, mais mon cappuccino s'était également répandu de partout à ce niveau-là. Alors que mes yeux glissaient sur le sol, je vis mon téléphone portable posé face contre terre dans une flaque de lait et d'espresso. Je me mis à gémir.

Pitié... pourvu que l'écran soit toujours intact !

Je répétais encore et encore ma prière silencieuse tout en me penchant pour le ramasser. Mais bien sûr, l'écran était fendu.

- Putain d'mes deux !

J'avais juré à haute voix en regardant des fissures en formes de toile d'araignée sur la vitre. Me sentant encore plus qu'idiote, j'ai regardé autour de moi pour m'assurer que personne n'avait vu ma mésaventure maladroite. Plus que gênée, la chaleur commença à se propager de mon cou à mon visage, lorsque je vis Monsieur Roberts, Jim McNamara et un autre homme en costume qui se tenaient à peu près au milieu de l'allée. Ils m'observaient tous, choqués par ce qui venait de se passer.

Ahhhh ! Super... j'ai même un public.

Puis je fis volte face. L'autre homme n'était pas un « homme ordinaire en costume ». Il était séduisant - très séduisant. Il était jeune aussi - probablement pas plus de trente ans. Son visage était saisissant, les traits parfaitement marqués et la démarcation de la mâchoire bien définie. Il était très grand et devait facilement mesurer plus d'un mètre quatre-vingts. Il avait vraiment la classe dans son blazer gris foncé, sa chemise blanche et sa cravate noire. Ses cheveux ondulés, dont les pointes lui frôlaient le col, étaient d'un noir ébène.

Mais putain ! Aucun homme ne devrait être autorisé à être aussi beau dans un costume !

Le diable endormi sur mon épaule se réveilla pour observer la scène. J'ai soudain eu la vision de faire courir mes mains sur l'étendue des vagues sombres et soyeuses que formaient ses épaules.

- Oh, mon Dieu ! Est-ce que ça va ?

La voix de Monsieur Roberts m'arracha de ma rêverie. Les trois hommes se sont mit à marcher dans ma direction. Monsieur Roberts, alarmé par ce qui venait de se passer, passait ses mains sur ses cheveux gris clairsemés. Mon regard croisa celui de l'homme en costume qui s'avançait vers moi avec une assurance totale. Son regard était intense, presque intimidant, mais des lignes d'inquiétude s'étendaient sur ses traits parfaitement sculptés. Sans voix et gênée par ma maladresse, je pris du recul. Grosse erreur. Je me suis mise à glisser sur le verre renversé et suis tombée par terre - c'était plutôt violent. Et là, j'ai eu mal au cul... *en plus* d'avoir mal à la tête. J'étais mortifiée à un niveau qui excédait plus que tout. Je voulais ramper dans un trou et y rester pour toujours.

Non, mais c'est pas vrai ! Le mec le plus sexy de la planète. Et moi, assise dans une flaque de cappuccino. Mais putain. Même-pas-en-rêve.

Je sentis une main chaude sur mon épaule, puis j'ai levé le regard : l'homme en costume me regardait avec la paire d'yeux bleus la plus incroyable que j'aie jamais vue. D'un bleu cobalt, réservés et calculateurs, ils m'étudiaient. Je n'aurais jamais pensé qu'il soit possible que des yeux soient aussi vivants. Pendant un instant, je me suis dit qu'il portait des lentilles de contact colorées. Pourtant, alors que je continuais à le fixer, la profondeur de ses yeux était infinie et semblait m'avaler tout entière. L'intensité de ses yeux me donnait des frissons dans la colonne vertébrale et soulevait les poils de l'arrière de ma nuque

Non. Il ne porte pas de lentilles.

Dans un lointain proche, j'entendis Monsieur Roberts qui parlait à nouveau :

- Hé ? Tu m'entends ? Tout va bien ? Je te présente Monsieur Stone. Il essaie de t'aider à te relever.

- Monsieur Stone ? demandai-je, à moitié étourdie.

Je n'arrivais pas à me détacher de ses yeux d'un bleu profond étonnant.

- C'est exact. Et vous êtes ?

La voix de Stone était douce et confiante quand il se mit en position accroupie à côté de moi. Il passa la main sur le côté de mon bras et la posa près de mon coude. Je sentis mon pouls s'accélérer à sa proximité soudaine, mais aussi à cause de la chaleur qui s'échappait de lui en une vague palpable. Il était là, rayonnant de puissance, les yeux au même niveau que les miens. Il répéta sa question une seconde fois, me demandant encore comment je m'appelais. Je ne pensais qu'à la main fermement posée sur mon bras, réchauffant ma peau à travers la manche de ma chemise en coton léger. Son contact déclencha en moi un choc électrique, m'enflammant d'une présence dont j'ignorais l'existence. Des papillons tournoyaient et dansaient dans mon ventre. Je secouais la tête pour reprendre mes esprits et me réprimandais rapidement.

Hum... bonjour ? Il te pose une question ! Accroche-toi... c'est juste un mec en costard !

- Moi... c'est... c'est Krysss, bégayai-je enfin.

J'avais l'air d'une idiote, j'en étais certaine. Je me mis à tripoter mes mains et à lécher mes lèvres, ma bouche étant soudain aussi sèche que le désert du Sahara. Un regard audacieux jaillit dans ses yeux. Tellement vite que je ne sus même pas si ce n'était que mon imagination.

- Krys ? C'est un diminutif pour quel prénom ?

Il avait l'air contrarié.

Mais c'est quoi, le problème avec mon prénom ?

Comme je n'ai pas répondu du tac-au-tac, Jim qui répondit à ma place.

- C'est le diminutif de Krystina. Krystina Cole.

Difficile de ne pas voir l'expression irritée qui s'afficha instantanément sur le visage de Stone alors qu'il tournait lentement la tête pour le regarder.

- Merci d'avoir parlé au nom de Mademoiselle Cole, Monsieur McNamara. J'aurais cependant préféré l'entendre de sa bouche à elle, dit-il sèchement.

- Eh bien, il semblerait que Mademoiselle Cole ait perdu la parole, rétorqua Jim, dont la voix dégoulinait de sarcasme.

- Jim ! siffla Monsieur Roberts.

Stone ignora simplement Jim et Monsieur Roberts et se tourna vers moi. Il se tenait gracieusement et me tendait la main.

- S'il vous plaît, laissez-moi vous aider à vous lever, proposa-t-il.

Je ne savais pas si je pourrais me relever... mais pas à cause de la chute que j'avais subie. Cet homme me faisait complètement chavirer. C'était comme s'il m'avait jeté un sort et que je ne faisais plus confiance à mes jambes tremblantes. Je saisis sa main tendue et me levais avec moult précautions. Sa prise était forte et ferme alors qu'il m'aidait à me remettre sur mes pieds. Il tendit son bras libre autour de moi, le posant au bas de mon dos pour tenter de me mettre en équilibre. Son emprise restait ferme lorsqu'il me plaçait contre lui, ses yeux ne s'écartant jamais des miens. Mes joues devinrent cramoisies, et ses yeux d'un bleu frappant s'assombrirent. Je sentis mon rythme cardiaque s'accélérer encore plus lorsque je lui rendis son regard. Il était si près de moi. Je ne pus m'empêcher de respirer son odeur : une combinaison capiteuse de sexe et de péché.

- Je suis sûr qu'elle aurait pu se relever toute seule, vous savez, dit Jim avec irritation, me rappelant la situation humiliante dans laquelle je me trouvais.

J'ai cligné des yeux, ma vision trouble s'éclaircissant.

Argh ! Vas t'en Jim ! Dégage au plus vite !

Je voulais prendre une des conserves de l'étagère la plus proche et lui jeter sur le crâne. À ma grande déception, Stone retira lentement son bras de ma taille, puis il fit un pas en arrière et relâcha ma main. Une fois qu'il était sûr que j'étais stable sur mes deux pieds, il détourna son regard du mien et tourna la tête vers Jim. Je ne pouvais plus voir le regard de Stone, mais il devait être intimidant : Jim semblait se recroqueviller et fit quelques pas en arrière. Monsieur Roberts, ayant remarqué la tension au bord de l'ébullition, fit un grand bruit en se râclant la gorge et s'empressa de renvoyer Jim pour qu'il accomplisse une autre tâche au rayon des produits laitiers.

- Mais, Monsieur Roberts, j'étais censé... commença Jim en signe de protestation.

- Jim, s'il te plaît, va aider Melanie. Tout d'suite. Elle y est seule ajourd'hui et je suis sûr qu'elle aura besoin d'un coup de main pour décharger le camion qui vient d'arriver, lui ordonna sévèrement Monsieur Robert.

Jim regarda dans ma direction ; son visage se plissa d'un air renfrogné, puis il s'éloigna à grands pas. Je ne pouvais pas me soucier davantage de ce que Jim était censé faire. J'étais encore sous le choc, n'ayant pas prononcé plus de quatre mots depuis que j'avais posé mes yeux sur l'intimidant Monsieur Stone. D'habitude, j'étais un moulin à paroles, mais là, j'étais tellement prise par l'homme qui se trouvait devant moi que j'avais été assommée par le silence. Je me forçais à redescendre sur terre.

Allez ma grande, ressaisis-toi !

J'observais les deux hommes qui étaient toujours là. Monsieur Roberts affichait une expression d'inquiétude sur son visage dodu. En revanche, Stone avait un air amusé. Je suivis la direction de son regard et réalisais qu'il regardait ma chemise de travail tachée d'espresso, mouillée et crépie jusqu'au niveau de mon torse. Une fois de plus, j'ai commencé à sentir une chaleur embarrassante se glisser dans mon cou.

Bon, d'accord. Et alors ? Je suis tombée, tout bêtement. Un accident, ça peut arriver à tout le monde. Mais bon, évidemment, je suis aussi passée pour une bécasse qui bégaie. Mais ça, ce n'est pas ma faute, en même temps : personne ne devrait être autorisé à être aussi sauvagement beau que lui. Ma réaction est tout à fait naturelle. Je suis sûre que toutes les femmes qu'il rencontre ont envie de lui sauter dessus. Lui sauter dessus ? Meuh non, j'ai jamais pensé à faire ça.

Il était temps que je parte - et vite. Je n'arrivais plus à réfléchir. Je ne comprenais pas comment cet homme pouvait autant me déconcerter. Je ne pouvais même pas parler, et encore moins avoir des pensées cohérentes. Je savais seulement que j'étais mortifiée et que je ne pouvais plus supporter son regard pénétrant. J'ai commencé à reculer lentement, en faisant attention de ne pas glisser à nouveau sur le sol mouillé. Monsieur Roberts divaguait sur les terribles planogrammes et les schémas qui devaient être changés. Stone continuait à me regarder un instant de plus avant de se tourner à nouveau vers mon patron. Je profitai de cette distraction pour m'échapper, mais pas avant d'avoir lancé un autre regard à Monsieur Stone, qui m'observait à nouveau avec un sourire de mauvais garçon déroulé au bord de ses lèvres. Il leva la main pour faire taire Monsieur Roberts.

- Bonne journée, Mademoiselle Cole. On se reverra bientôt.

Il avait dit ça comme si c'était une promesse. Puis j'ai enfin réalisé : ce fameux investisseur, c'était lui !

———

Alexander

JE L'AI REGARDÉE PARTIR. En fait, il aurait été plus juste de dire qu'elle s'était « fait la malle ». Je souris à moi-même, intrigué par la très embarrassée, et pourtant délicieuse Mademoiselle Cole. Sa bouche boudeuse, ses yeux ronds couleur chocolat et son fard à joues avaient fait frémir ma queue.

- Je suis vraiment désolé pour tout ça, Monsieur Stone. Krystina et moi discutions de la façon dont les présentoirs devaient être changés. Cela prouve tout simplement à quel point nos vendeurs connaissent le merchandising, dit l'homme rond devant moi en riant nerveusement.

- Oui, en effet, murmurai-je distraitement, mes yeux suivant toujours la jeune femme captivante qui continuait son chemin vers les portes d'entrée de l'établissement. Walter, parlez-moi de cette femme. Je suppose que c'est l'une de vos employées ?

- Oui, c'est bien ça. Krystina travaille ici depuis des années. Elle est très douée pour le merchandising, observa Walter Roberts en suivant mon regard. Je déteste l'idée d'avoir à la perdre un jour.

- Pourquoi dites-vous ça ? Elle est censée s'en aller ailleurs ?

- J'espère bien qu'non, mais je suis sûr qu'elle ne tardera pas à se trouver un poste dans le marketing, déclara Monsieur Roberts avec regret.

- Du marketing, dites-vous ? lui demandai-je en tournant toute mon attention sur lui.

- Oui, il me semble bien que c'était sa spécialité, répondit-il avec prudence.

Roberts plissa les yeux sur moi avec suspicion.

Humm... on essaie de la protéger, hein ?

Je jetai un nouveau regard en arrière, pour à peine apercevoir une dernière fois son cul serré dans son jean, alors que les portes d'entrée se refermaient derrière elle. J'aurais aimé avoir plus de temps pour converser avec elle, mais entre sa chute et cet employé ennuyeux, je n'ai eu que peu d'occasions de lui parler avant qu'elle parte.

Tiens justement, celui-là... c'est quoi son nom, déjà ? Jim ou quelque chose comme ça ?

Je me demandais distraitement si c'était son petit ami et fus surpris de constater que cette possibilité me perturbait. J'espérais franchement que ce n'était pas le cas. Walter Roberts se râcla la gorge de façon agaçante, comme s'il essayait de me rappeler l'activité en cours. Ce n'était pas grave. J'ai vu ici un bon investissement. Il n'était plus nécessaire de traîner dans ce magasin. Après tout, « le temps, c'est de l'argent ». Et même si j'en avais beaucoup, j'étais maintenant pressé par le temps. Parce que si je restais plus longtemps ici, je ne pourrais pas rattraper Krystina Cole.

- Bon, très bien. Je vais demander à mes avocats d'établir une proposition, que vous trouverez satisfaisante, j'en suis certain. Et puis on pourra en discuter plus tard, déclarai-je en haussant les épaules.

- Mais en fait... euh... Roberts hésita. Monsieur Stone, vous ne voulez pas voir le reste du magasin ? Ou peut-être certains de nos autres emplacements ?

- Non, je crois que j'en ai vu assez ici pour prendre une décision. Je vous contacterai, insistai-je.

J'ai laissé Walter Roberts, qui me suivit alors que je me dirigeais vers l'entrée principale. Tout en sortant mon portable de la poche de ma veste, j'ai tapé sur la touche d'un numéro enregistré :

- Hale, vous avez vu par où est passée la fille brune ? demandai-je dans l'appareil.

- Quelle brune, monsieur ? Il y en a au moins une centaine qui sont passées au cours des trente dernières minutes, m'indiqua mon chauffeur-agent-spécial-de-sécurité.

Après avoir passé les portes d'entrée de l'épicerie en poussant le tourniquet, j'ai scruté la rue pendant un moment. Mais aucun signe d'elle.

Et merde !

- Bon, oubliez ça. J'ai terminé. Vous pouvez approcher la voiture.

Je finirai bien par vous rattraper, Mademoiselle Cole.

2

Krystina

Quand je suis rentrée chez moi, il était déjà plus de quatre heures. Je fis le deuil de cette journée perdue en jetant mes clés, mon sac à main et mon téléphone portable fêlé sur la table du coin, près de la porte d'entrée. J'étais épuisée et il était maintenant trop tard pour aller lire à Central Park. J'envisageais d'éventuellement prendre mon dernier polar pour aller au Washington Square, beaucoup plus près de chez moi... mais je me suis finalement ravisée : je savais qu'à cette heure de la journée, le parc serait rempli d'artistes de rue et de leur musique, et que les chances de pouvoir me détendre dans une solitude tranquille seraient minces, voire inexistantes. En fait, rien que l'idée de retourner dehors m'épuisait... alors qu'il me suffisait simplement de me blottir sur le canapé...

J'ôtais mes baskets et balayais l'appartement du regard. Cela faisait depuis plus de quatre ans que je vivais à Greenwich Village, et je n'étais toujours pas vraiment à l'aise dans cet appartement de plus de quatre cent cinquante mètres carrés, et cet ensemble de trois chambres à coucher était plus que suffisamment spacieux pour Allyson et moi.

Nous avions chacune notre chambre et notre salle de bain, dotées d'étagères personnalisées et de chauffage au sol. Nous avions transformé la troisième chambre en bureau et ajouté un canapé-lit pour ceux qui étaient de passage. Cela fonctionnait très bien chaque fois que des amis ou que nos parents venaient le temps d'un week-end. L'endroit était vraiment magnifique, mais je n'ai jamais eu l'impression qu'il était à moi. Peut-être que si c'était moi qui payais le loyer, je ressentirais les choses différemment. Mais si ma mère n'était pas une vraie névrosée au sujet de ma sécurité dans cette ville, j'aurais pu refuser l'extravagance de mon beau-père et me contenter de vivre dans un endroit en adéquation avec mon budget. Cependant, ma mère ne voulait pas que je vive dans un minuscule appartement à Brooklyn, là où les loyers correspondaient à ce que je pouvais me permettre, et ses leçons de morale sur la criminalité dans ce quartier étaient sans fin.

Néanmoins, c'était à ce niveau-là que j'avais posé mes limites. Si j'avais autorisé Frank à me payer mon loyer, je refusais l'allocation mensuelle qui m'était offerte. J'étais parfaitement capable de gagner mon argent et de m'acheter moi-même de la nourriture. Mon insistance à contracter des prêts étudiants pour payer mes frais de scolarité avait été une autre bataille avec ma mère, probablement l'une des plus grandes que nous n'ayons jamais eues, mais ce fut celle que j'ai remportée, à ma grande satisfaction.

Ma mère et moi étions comme le jour et la nuit. J'étais déterminée à réussir dans ce monde par mes propres moyens. Plus vite je pourrai me libérer de ma dépendance financière envers Frank, le mieux ça sera. Ma mère, en revanche, semblait se contenter d'être la femme d'un homme riche. Elle ne comprenait pas pourquoi je voulais faire les choses par moi-même, surtout quand Frank était toujours prêt à payer la note. Pourtant, aussi exaspérante qu'elle pouvait être, je savais que le cœur de ma mère était là où il devait se trouver. Elle s'inquiétait pour moi et ne voulait pas que je me débatte comme elle l'avait fait pendant tant d'années, un fait qu'Allyson n'oubliait jamais de me rappeler.

Allyson était la seule à pouvoir me calmer après une bagarre obstinée contre ma mère.

En fait, je n'étais pas sûre de pouvoir vivre ici sans Allyson, et j'étais reconnaissante de l'avoir comme colocataire. Elle appréciait plus que moi la générosité de Frank et s'efforçait de faire de notre appartement un endroit où l'on se sente chez nous. J'étais en train de me demander où pouvait se trouver mon amie ce soir, quand le grondement de mon estomac me rappela qu'il était presque l'heure du dîner. J'ai allumé la radio et suis allée dans la cuisine. « Thirty Seconds to Mars » beuglait dans les haut-parleurs lorsque j'ouvris le réfrigérateur pour en passer en revue le contenu. J'ai repéré les restes de la veille. L'idée d'un verre de vin et de restes de pâtes me mit l'eau à la bouche. J'avais faim, mais il fallait vraiment que j'aille me doucher, avec mes vêtements collés de café. J'ai fermé le réfrigérateur et suis allée sur le bar à vin improvisé pour m'y verser un verre de Riesling de Bully Hill. Sur le bar, il y avait un mot d'Allyson.

Salut toi ! Je t'ai appelée sur ton portable, mais je suis tombée sur ta boîte vocale. Oublie tes rendez-vous de demain soir. On dîne ensemble chez Murphy à 19 heures. J'ai une nouvelle à t'annoncer. J'espère que tu l'apprécies, ce verre de vin !
Bisous ! Allyson

Je souris en faisant tournoyer le doux millésime dans mon verre. Mon amie me connaissait vraiment bien. Avec le remue-ménage de chez Wally's à propos de son éventuel investisseur, la semaine dernière a été rude. Allyson avait raison de penser que je me détendrais avec un petit verre de vin.

– Ally... si tu savais comme j'aimerais que tu sois là ce soir, dis-je à haute voix, levant mon verre en silence comme pour l'encourager à rentrer.

Je voulais vraiment lui parler de ce qui s'était passé aujourd'hui avec le sexy Monsieur Stone. Je me sentais complètement idiote. Je savais qu'elle allait probablement bien rigoler en m'entendant lui raconter mon histoire, mais ensuite, elle nous servirait un verre en me rassurant et en me disant que je n'étais pas qu'une idiote maladroite. Son rire et son assurance auraient été le remède parfait après une journée aussi pourrie. Mon verre toujours en main, je me suis dirigée vers ma salle de bain en me demandant ce qu'Allyson avait à me dire de si important. J'ai allumé la douche et ajusté la température de l'eau avant de retirer mon jean et ma chemise teintée de cappuccino. Puis, lorsque je me suis retrouvée face au miroir, j'ai été choquée par ce que j'y ai vu : mon œil n'était pas seulement légèrement gonflé comme je l'avais pensé au départ. Il devenait d'un violet profond, et j'avais même une petite entaille sur l'œil droit. J'ai attentivement regardé dans le miroir en essayant d'évaluer la quantité de maquillage dont j'aurais besoin pour couvrir l'ecchymose. Puis, je me suis doucement palpé l'œil gonflé pendant une minute avant de me lever pour examiner mon reflet : mes cheveux étaient un vrai fouillis. Levant la main, je me lissais les boucles indisciplinées.

Waou ! Génial. Monsieur-aux-yeux-bleus m'a vue me balancer dans ce look de Méduse.

Je me suis tournée d'un côté, puis de l'autre. J'avais mal au derrière, et fus surprise de voir que je n'avais pas de bleus à ce niveau-là. Cependant, même si ma croupe était restée intacte, je ne pus m'empêcher de froncer les sourcils devant ce que je voyais.

Il faut vraiment que j'aille faire de la gym.

Une semaine de vacances et je voyais et sentais déjà les effets. Mon postérieur voluptueux n'allait pas rentrer longtemps dans un 36 si je ne reprenais pas mes bonnes habitudes. Certaines filles étaient tout simplement naturellement minces. Malheureusement, pas moi. Il fallait que je m'y emploie. Mon ventre gronda encore une fois, me rappelant qu'il fallait que je me dépêche.

Je me suis vite douchée, puis je suis retournée à la cuisine pour réchauffer les restes de pâtes. Une fois le tout réchauffé, je suis allée au salon avec le bol fumant de farfalles au pesto à l'ail. Je m'assis sur le canapé et je me suis enfoncée dans les coussins, ressentant le fait que mes os fatigués s'affaissaient et que chaque muscle de mon corps commençait à se détendre pour la première fois de la journée.

Angelo a raison. J'ai bien trop travaillé, ces derniers temps.

Me penchant pour prendre mon livre sur la table basse, je l'ouvris au niveau du marque-page. Une heure plus tard, je fixais les mots qui se présentaient devant moi. Je n'avais lu que cinq pages et n'en n'avais même pas compris la moitié, n'arrivant pas à me concentrer sur le texte. Chaque fois que je commençais une nouvelle phrase, mon attention se portait sur une paire d'yeux perçants couleur saphir. Des yeux tellement puissants que le simple fait d'y penser me faisait retourner l'estomac.

Qui est cet homme aux yeux bleus ? L'investisseur ?

Si c'était le cas, espérons que l'accident d'aujourd'hui n'ait rien gâché au sujet du futur de Wally's. Je ne voudrais pas être la raison pour laquelle un investisseur potentiel déciderait de se retirer du jeu. Le souvenir de sa promesse de me revoir me traversa l'esprit.

Pourquoi il a dit ça ?

Tellement de questions me trottaient dans la tête. Frustrée par mon manque de concentration, je mis le livre de côté et portais mon bol vide jusqu'à l'évier de la cuisine.

Peut-être que si j'avais des indices sur l'identité de cet homme mystérieux, je pourrais arrêter de penser à lui.

Je suis passée dans ma chambre pour récupérer mon ordinateur portable, puis je suis retournée me lover dans le canapé. Une fois l'ordinateur allumé, j'ai commencé à taper YEUX BLEUS dans le moteur de recherche, mais je me suis très vite rattrapée.

Sérieusement ? Mais qu'est-ce qui va pas chez moi ?

Effaçant ma recherche improbable, j'ai tapé STONE NYC à la place ; puis je fis défiler la liste des articles : des informations sur les pierres précieuses, les pierres importées et les pierres commerciales investirent mon écran. Ce n'était pas ça, ce que je cherchais. Je réduisis la recherche et essayai STONE NYC INVESTISSEUR WALLY'S. Les résultats étaient bien meilleurs. J'ai tout de suite vu un article sur Wally's et j'ai cliqué dessus.

« Malgré tous ses problèmes financiers, l'épicerie Wally's a peut-être encore l'espoir de remonter la pente. En effet, le magnat de l'immobilier new-yorkais, Alexander Stone, cherche à intervenir afin de sauver cette épicerie en difficulté ».

Alexander Stone ? Je n'ai jamais entendu parler de lui.

J'étais pratiquement certaine que c'était le même Monsieur Stone qu'on m'avait présenté. Puis, j'ai voulu cliquer sur des photos, histoire de voir s'il y en avait de lui. Inspirant une bonne bouffée d'air, mon estomac se serra instantanément dans un nœud. Il était là, me regardant à travers l'écran. Et même sur un écran d'ordinateur, ses yeux d'un bleu intense parvenaient à me consumer, me transperçant comme s'il me brûlaient le ventre.

C'est bon, du calme, ma fille. C'est juste une photo sur un ordinateur.

Réfrénant mes pensées farouches, je modifiai ma recherche en tapant ALEXANDER STONE NYC. Le nombre d'articles qui apparurent était effarant. J'ai cliqué sur le premier.

« Cet après-midi, l'opéra de New York a annoncé qu'il allait commencer sa rénovation tant attendue, un projet rendu possible grâce au don de 4 millions de dollars de la Fondation Stone-works. L'opéra a traversé de nombreuses difficultés ces dernières années et est extrêmement reconnaissant à Alexander Stone pour son soutien ».

L'article abordait ensuite les difficultés financières auxquelles l'opéra était confronté. J'ai préféré ne pas le lire jusqu'au bout. Cliquant sur le bouton « retour » pour voir ce que je pouvais trouver d'autre, mon attention s'arrêta sur celui-ci :

« La cérémonie d'inauguration d'un nouveau refuge pour femmes battues, dans le Queens, a eu lieu lundi dernier, en présence d'Alexander Stone, qui était là pour couper le ruban symbolique de son ouverture. Monsieur Stone, fondateur de la Fondation Stoneworks, a fait un don de 1,2 million de dollars pour la construction de ce refuge, qui sera normalement terminé en début d'année prochaine ».

Interessant. Mais sinon, c'est quoi, son problème ?

Il était beau, riche et impliqué dans des causes caritatives.

J'avais du mal à croire qu'un homme puisse être aussi parfait. Cliquant sur l'article suivant, je pus lire :

« Stone Enterprise a conclu un accord de 280 millions de dollars avec la société Rushmore Industries, qui rencontre de gros problèmes de cash-flow, pour acheter l'un des plus hauts immeubles résidentiels de New York. Stone Enterprise prévoit de remodeler l'immeuble négligé de Rushmore, qui s'élève à plus de 300 mètres de haut. Il comprendra à terme 92 appartements de luxe et deux lofts. Wall Street affirme que cet achat est une vraie aubaine et prévoit qu'il sera amorti en moins de deux ans, car les lofts à eux seuls représenteront un contrat d'au moins 84 millions de dollars chacun une fois achevés. Le PDG, Alexander Stone, n'a fait aucun commentaire lorsqu'on lui a demandé s'il allait renommer le bâtiment ».

Deux cent quatre-vingts millions ! Waou ! Ce type n'est pas seulement riche, il est tout simplement aussi riche que ça !

J'ai peut-être eu la chance de grandir confortablement, mais même Frank n'a jamais rapporté autant d'argent. Loin de là. Je déplaçais encore la souris pour lire l'article suivant. Celui-ci n'était qu'une colonne de ragots d'un magazine de divertissement local, datant d'il y a deux mois :

« Alexander Stone, l'un des célibataires les plus convoités de New York, est arrivé au Bal de la Chambre de Commerce avec une nouvelle conquête rousse à son bras. Qui aurait cru qu'il y avait autant de superbes rousses à New York ? »

Huummm... mouais. Qui l'eut cru ?

L'article comprenait la photo d'une femme rousse canon qui tenait le bras d'Alexandre Stone. Un peu comme si elle venait de quitter la scène d'un défilé.

Bon. Ça suffit, maint'nant.

Appuyant encore sur le bouton « retour », je suis tombée sur un autre article croustillant. Celui-ci était un peu plus récent, datant d'il y a seulement trois semaines.

« Alexander Stone, le magnat de l'immobilier de 32 ans, a refusé de répondre aux questions concernant sa relation avec Mlle

Suzanne Jacobs. Le couple a été vu lors de trois engagements caritatifs bien distincts. Tous ceux qui suivent notre chronique savent que M. Stone n'est jamais vu deux fois avec la même femme. Se pourrait-il que ce soit elle qui ait finalement capturé son cœur de pierre ? Mlle Jacobs n'était pas disponible pour répondre à nos questions ».

Jamais deux fois avec la même femme ? Bingo ! C'est ça, son problème.

Tous les hommes étaient exactement les mêmes. Alexander Stone n'était rien d'autre que le stéréotype du parfait playboy millionnaire.

Bonne chance avec celui-là, Mademoiselle Jacobs !

Puis je me suis mise à bâiller longuement et me suis étiré le dos. Il était presque minuit. Mais je pourrai prendre le temps de dormir plus demain matin, car je ne commençais que tard dans la matinée. Fermant l'ordinateur portable, je suis retournée dans ma chambre. M'installant dans mon lit, j'ai remonté les couvertures jusqu'au menton. Cinq minutes plus tard, j'étais déjà endormie, mettant en pause mes pensées aux yeux bleus intenses.

3

Krystina

Le lendemain matin, lorsque je suis arrivée chez Wally's pour mon service, Jim m'attendait près de mon casier dans la salle de pause. Au début, il était silencieux, mais on aurait dit qu'il se défoulait sur quelque chose. Il s'écarta pour que je puisse ouvrir mon casier et y déposer mes affaires. Faisant semblant d'être préoccupée, j'ai ignoré le regard indigné qu'il me lança et j'ai regardé de plus près l'écran brisé de mon téléphone portable, prenant la décision de passer au magasin de téléphonie mobile le lendemain matin pour voir s'il fallait le faire remplacer.

- Tu pourrais dire bonjour, au moins ? finit par cracher Jim.

Ah ouais, il est vraiment énervé.

- Hum... salut, Jim.

Je ne savais pas quoi dire d'autre. Je voulais éviter de m'engager dans une conversation qui mènerait inévitablement à une chose bien précise, et je n'avais pas l'énergie nécessaire pour faire face aux avances de Jim aujourd'hui. J'étais fatiguée et irritable à cause d'une nuit agitée. Des rêves aux yeux bleus d'Alexander Stone m'avaient hanté toute la nuit, ce qui m'empêchait de me concentrer sur autre chose ce matin.

- Ton bleu a l'air plutôt féroce, me dit-il d'une voix cynique.

Hum... vraiment trop gentil de ta part. Comme si je ne le savais pas. Quelle mouche t'a piqué aujourd'hui ?

J'ai compté en silence jusqu'à dix pour tenter de me calmer.

Sois sympa.

- Jim, qu'est-ce qui ne va pas ? demandai-je d'une voix saccadée malgré tous mes efforts pour rester patiente.

- Mais pour moi, tout va bien. Vraiment. À part le fait d'avoir eu à nettoyer ton café renversé et ta bave sur le sol du rayon 9, hier.

- Ma bave ?

Je le regardais d'un air interrogateur.

- Allez, enfin ! Krys ! Tu pouvais à peine parler quand ce mec, Stone, te regardait. Je n'ai jamais vu une femme aussi gaga d'un mec. Surtout toi !

- Je ne vois pas de quoi tu parles, lui dis-je sèchement.

Ça se voyait tant que ça ?

Je fis un mouvement vers la porte, mais il me bloqua le passage.

- Tout ça parce qu'il est plein aux as ? s'enquit-il d'un ton accusateur.

Le fait qu'il pensait si peu de moi m'affligea. Je ne pouvais pas expliquer mon comportement d'hier. En plus, je ne savais même pas qui était Alexander Stone ce jour-là, encore moins qu'il était aussi riche. Jim était loin du compte.

- Pousse-toi. Je n'ai pas bien dormi la nuit dernière, et je n'ai aucune énergie pour une dispute aujourd'hui.

- Sérieusement - je veux savoir. Je n'arrive pas à te comprendre. Tu es toujours si désintéressé, comme si tu détestais les hommes... ou quelque chose comme ça, dit-il, exaspéré. Qu'est-ce qui rend ce type si différent ?

- J'ai pas envie de parler de ça. Surtout pas avec toi.

- Mais tu ne veux jamais discuter avec moi ! Je t'ai demandé tellement de fois de sortir avec moi ! Mais tu refuses tout le temps !

Sa voix se faisait de plus en plus forte. Regardant autour de moi, je fus heureuse de constater que nous étions les seuls dans la pièce à ce moment-là.

- Je ne te rejette pas tout le temps, lui répondis-je faiblement.

- Non. Tu as raison. Tu me repousses tout le temps.

Aïe.

Il avait raison sur ce point, mais ça faisait mal quand même. Je pris une grande respiration pour calmer la colère qui montait en moi et me suis résignée à l'inévitable. J'aurais dû être plus honnête bien avant qu'aujourd'hui.

- Écoute, Jim - je pourrais m'excuser, mais en vrai, je ne pense pas avoir à le faire. Je n'ai tout simplement aucune envie de sortir avec qui que soit.

- Pourquoi ? Tu es lesbienne, peut-être ? demanda-t-il, en tendant la main pour se gratter la tête de manière confuse.

- Non, je ne suis pas lesbienne, lui dis-je en riant doucement, amusée par cette question.

- Ce n'est pas drôle pour moi, Krys.

Il avait raison. Le fait de prendre cela à la légère n'aiderait pas la situation et je me resaisis presque immédiatement. Je devais m'assurer qu'il comprenait ma position une bonne fois pour toutes.

- Bon, d'accord... j'aimerais te dire les choses. Franchement, tu es quelqu'un de formidable et je ne veux pas te blesser. Mais tu ne veux pas être avec une personne comme moi. En plus, toi et moi... on sait très bien qu'il n'y a rien. Pas d'étincelle, terminai-je de manière honnête, en agitant ma main entre nous deux. En tous cas, pas pour moi.

J'avais pourtant essayé d'être douce, consciente de ses sentiments envers moi... mais j'étais sûre que j'étais passée pour une vraie garce. J'étais très nulle dans ce genre de situation. Il m'observa pendant un long moment, réalisant ce que je venais de lui dire. Puis je vis les traits de son visage tomber et ses épaules s'affaisser ; et toute sa colère s'évanouit dans un regard de défaite. Il regarda ses pieds et déplaça son poids d'un côté à l'autre. Un peu comme si tout son être se dégonflait comme une baudruche...

Peut-être que je suis trop dure.

Lorsqu'il leva le regard, ses yeux avaient vraiment l'air peiné.

- Au moins, pour une fois, tu me le dis franchement, même si je le savais depuis le début. Ça craint juste de t'entendre le dire à haute voix.

- Jim, je suis désolée. Vraiment. Crois-moi... je ne voulais pas te faire de mal...

C'était la vérité, et ça me tuait de voir son expression dévastée. Et même si je trouvais Jim un peu ennuyeux, c'était quand même un type bien. Tout aurait été tellement plus simple si j'avais menti en lui disant que *j'étais* lesbienne.

Mais quelle idiote !

Je me dirigeais à nouveau vers la porte, incapable de le regarder plus longtemps. Cette fois, il ne me bloqua pas le passage.

- Krys ? m'appela-t-il.

Je m'arrêtai sur le seuil de la porte, inquiète de savoir ce qu'il allait me dire.

- Oui ? émis-je avec hésitation.

- Ton étincelle est au rayon 9.

- Pardon ?

- Stone. Il à demandé à te voir.

Et merde ! Alexander Stone est ici ?

Mon cœur se mit à battre à l'idée de le revoir. Je n'arrivais pas à comprendre pourquoi ce bel homme voudrait me voir, moi, et pas une autre. Mais surtout, je ne comprenais pas pourquoi j'étais instantanément excitée par la simple idée de poser à nouveau les yeux sur lui. C'était un concept déroutant qu'il faudra que j'approfondisse plus tard. J'essayai de garder mon calme, de ne pas avoir l'air trop enthousiaste et de ne pas risquer de blesser encore plus Jim. Je fis un effort pour stabiliser ma voix et paraître indifférente.

- Monsieur Stone cherche à me voir ? T'en es vraiment sûr ? m'enquis-je d'une voix stable.

- C'est ça. Il est là. Tu ferais mieux d'y aller, dit Jim d'un geste de la main paresseux. J'ai l'impression que ce n'est pas le genre d'homme qui aime qu'on le fasse attendre.

N'en dis pas plus.

- Merci, Jim.

Me retournant pour partir, je luttais pour marcher à un rythme raisonnable. Il m'était difficile de réfréner mon envie de courir jusqu'au rayon 9. En arrivant au coin du rayon, j'ai remarqué que la gondole avait été changée. Plus rien ne dépassait. Me déplaçant pour regarder le nouveau présentoir, je me suis arrêtée net en voyant Alexander Stone se tenir à quelques mètres de là. Il se tenait devant moi mais ne pouvait me voir, parce que j'étais arrivée derrière lui. Je ne pus m'empêcher de faire une pause pour admirer la vue. Il portait à nouveau un costume, mais cette fois-ci, il était bleu marine. Il avait enlevé sa veste et l'avait négligemment enroulée autour d'un bras. Sans cette veste, je parvins à deviner à travers sa chemise blanche à col le contour de son dos et de ses épaules musclées. Mon regard se déplaça au-delà de sa taille fine jusqu'à son pantalon taillé sur-mesure. On aurait dit qu'il était fait spécialement pour s'adapter à la magnifique forme du cul superbe qui se trouvait dessous.

Boxers ou slips ? Rien, peut-être.

Mes joues rougirent à cette pensée et mes mains se serrèrent, luttant contre l'envie de l'atteindre et de le toucher.

Du calme, ma fille !

Il avait devant lui un panier rempli de nourriture, et j'ai trouvé ce détail un peu bizarre. Je ne pensais pas que les millionnaires faisaient eux-mêmes leurs courses. J'étais persuadée qu'ils embauchaient des domestiques pour les faire à leur place. Juste par curiosité, je baissai les yeux dans le panier : je pus y voir des boîtes de pâtes, des amandes, des bananes, du chocolat, des œufs, des olives, du miel et du jus de grenade, trouvant cette combinaison d'aliments assez particulière.

Comme s'il avait enfin senti ma présence, il redressa les épaules se tourna lentement vers moi. Et c'était ça - l'étincelle. Les battements de mon cœur, réguliers et assez calme, pour ainsi dire, se transformèrent rapdiement en un violent battement de poitrine. Il était encore plus beau que dans mes souvenirs - la définition de la beauté masculine pure et dure. Il ne portait pas de cravate aujourd'hui et je dus m'efforcer de ne pas regarder la petite zone de peau qui se révélait au niveau de son col. Je n'eus aucun mal à m'imaginer en train de déboutonner sa chemise soigneusement repassée et de passer mes mains sur sa poitrine, le long de son buste...

Reprends-toi, tu réagis comme une adolescente aux hormones détraquées !

- Mademoiselle Cole, dit-il d'un signe de tête, les deux mots glissant sur moi comme du whisky chaud.

- Bonjour, Monsieur Stone. J'ai entendu dire que vous me cherchiez, dis-je calmement, fière d'avoir réussi à me maîtriser malgré le fait que cet homme ait la capacité de transformer mes genoux en choses bizarres complètement liquides.

- Oui, en effet, dit-il.

Il mâchait un chewing-gum. Alexander Stone mâchant un chewing-gum était probablement la chose la plus sexy que j'avais jamais vue de toute ma vie.

- Que puis-je faire pour vous ? lui demandai-je courtoisement, en regardant sa mâchoire bouger de haut en bas sur le chewing-gum.

Un lent sourire tranquille commençait à se former sur son visage, et il attendit un moment avant de répondre.

- J'étais juste venu voir comment vous alliez après votre chute d'hier.

Mais bien sûr, c'est pour ça qu'il est là.

L'un des investisseurs potentiels de Wally's serait naturellement préoccupé par cet accident.

Un néon indiquant le mot « procès » est sûrement en train de clignoter juste au-dessus de ma tête au moment-même.

- Ah oui... ma chute.

Je tentai de cacher ma déception. Je me sentais gênée par mon œil noir-bleuté et j'espérais que mon maquillage parvenait à le couvrir mieux que ce que Jim m'avait laissé croire.

- Je vais bien, vraiment. Ce n'est qu'une bosse. Je vous dois des excuses pour cettte maladresse. Merci de m'avoir aidée à me relever.

Je parlais beaucoup trop rapidement, les mots sortant à la va-vite, mais seule sa présence était troublante. J'avais beaucoup de mal à rester calme parce que j'avais l'impression d'être une écervelée. Cependant, s'il remarquait mes divagations précipitées, il fit comme si de rien n'était.

- Ce n'était pas du tout un problème, Mademoiselle Cole, m'assura-t-il.

- Eh bien, comme Jim le disait, il est vrai que j'aurais pu me relever toute seule, mais j'étais un peu étourdie par... *par vous. Étourdie parce que vous étiez là.* Par le fait de m'être tapé la tête sur le bout du rayon.

Ses yeux s'étrécirent lorsqu'il m'entendit parler de Jim, et je me serais bien giflée rien que pour ça. Après tout, il y avait une certaine tension entre eux, hier.

- Oui, Jim. J'ai parlé avec lui tout à l'heure. Il fit une pause, semblant réfléchir à ce qu'il venait de dire. C'est votre petit ami, peut-être ?

- Oh, non ! Je faillis rire, mais stoppa net en réalisant que Stone était vraiment sérieux. Je franççais les sourcils, curieuse de savoir pourquoi le fait que Jim soit mon petit ami ou non devrait être important. Pourquoi cette question ?

- Il a l'air vraiment très protecteur envers vous. C'est tout.
C'est tout. Hum... génial.

- On est juste des amis. Ça fait depuis longtemps qu'on se connaît.

- Je vois.

Il n'en dit pas plus, et semblait plus détendu après mon explication. Pourtant, l'atmosphère était devenue gênante et j'éprouvais le besoin de m'expliquer davantage.

J'aurais peut-être dû dire « collègues », et non pas « amis ». J'ai en quelque sorte fait croire que Jim et moi étions proches.

- Eh bien, merci encore pour votre aide, dis-je en usant de la politesse plutôt qu'à des bavardages inutiles.

- Je peux vous assurer que c'était avec plaisir, dit-il en insistant sur le dernier mot de sa phrase.

Un soupçon d'humour brilla dans ses yeux, ce qui provoqua un rougissement qui se glissa dans mon cou et dans mes joues. Il se mit soudain à faire très, très chaud chez Wally's.

Lui avait-il vraiment été nécessaire de prononcer le mot « plaisir » de cette manière ?

Le mot était sorti de sa bouche comme une glace qui fondait sur un cône. Une vision de la langue d'Alexander Stone se glissant autour d'un cornet de glace me vint à l'esprit de manière inattendue. Entre mon imagination débordante et son chewing-gum honteusement chaud, je ne pouvais m'empêcher de penser à ces idées. L'ange apparut sur mon épaule en croisant les bras et secoua la tête en signe de désapprobation à mon égard. Je luttai contre l'envie de le repousser. Un semblant de sourire apparut aux coins de la bouche de Stone, un peu comme s'il savait à quoi j'étais en train de penser. Me battant pour ignorer tout cela, je reconcentrais mes énergies sur notre conversation.

Surtout, ne le regarde pas mâcher son chewing-gum.

- Votre chef m'a dit que ça fait depuis un moment que vous travaillez ici, déclara-t-il.

Là, ça va beaucoup mieux. Je vais pouvoir m'en sortir : ce ne sont que des banalités.

- Oui, c'est ça. J'ai commencé ici après avoir déménagé à New York, c'est à dire... je fis rapidement le calcul. Il y a environ quatre ans. Je suis étudiante et les horaires flexibles que l'on m'a proposés ici m'arrangent beaucoup.

Je n'osais pas lui dire que ça faisait depuis quelques mois que j'avais reçu mon diplôme. L'explication était trop longue et j'étais gênée d'admettre que je n'avais pas encore trouvé de travail.

- Vous êtes étudiante ? Je n'avais pas réalisé, dit-il.

J'aurais pu jurer avoir décelé une ombre de déception sur son visage, mais son expression était tellement impassible que je ne pouvais pas en être sûre. Il plia les bras et me considéra avec attention.

- En fait... j'étais étudiante, pour être plus précise. Je viens tout juste d'obtenir mon diplôme, lui indiquai-je à contrecœur. La plupart de mes camarades de promotion ont pu décrocher des emplois là où ils ont fait leur stage. Mon lieu de stage ayant fermé boutique, je me suis donc retrouvée à la case départ. Malheureusement, j'ai appris avec difficulté à ne pas mettre tous mes œufs dans le même panier, si vous voyez ce que je veux dire.

Je parlais encore trop vite, mais au moins je n'étais pas muette comme hier.

- Oui, je vois tout à fait ce que vous voulez dire, murmura-t-il, contemplatif. Vous aimez votre travail ici, Mademoiselle Cole ?

- Je, euh... Oups, une autre question. Oui, en effet. C'est vraiment très appréciable, de travailler avec Monsieur Roberts, répondis-je d'un ton égal.

J'aurais préféré qu'il crache son chewing-gum. Trop déconcentrant pour moi.

- Je suis heureux de l'entendre.

Il changea de postion et lança un regard sur sa montre. Comme s'il se préparait à partir. Aussi belle que soit la vue qui s'offrait à moi, je n'étais pas vraiment prête à le voir partir. Je me creusais la tête pour essayer de trouver un moyen de le retenir.

- Et vous, Monsieur Stone ? Vous aimez votre travail ? fut tout ce que j'avais trouvé à faire sortir de ma bouche.

Un de ses sourcils se tordit de surprise devant une telle brusquerie de ma part. Qu'il aime ou non son travail ne me regardait pas. Mais s'il était insulté par ma franchise, il ne le montra pas.

- Tout à fait. Je ne me permettrai jamais de faire quelque chose qui ne me plaît pas, répondit-il sur un ton mesuré, sa bouche se déplaçant lentement et délibérément autour de son chewing-gum. Un sourire léger se dessina aux commissures de ses lèvres, comme s'il s'agissait d'une blague. Mon travail me permet d'être maître de mon propre destin. Et j'aime avoir le contrôle, Mademoiselle Cole.

Surtout, ne le regarde pas mâcher son chewing-gum. Surtout pas.

Je me répétais infiniment ce refrain dans ma tête.

- Avoir le contrôle ?

J'avais presque couiné.

- Je suis fasciné par le cerveau humain : comprendre comment une personne pense me permet de contrôler une situation. Et dans mon travail, la seule façon de réussir est d'avoir la capacité de contrôler la volonté des autres. Cela me donne une certaine mesure du pouvoir, ou de prendre le dessus, comme certaines personnes pourraient dire. Ça peut être très utile lors de l'achat et de la vente de biens immobiliers. Mais le pouvoir s'accompagne de responsabilités, et l'équilibre entre les deux exige un contrôle considérable.

Ouah ! Ça, c'est vraiment profond ! Ce gars est un vrai fou furieux en termes de contrôle !

Eh bien... sa réponse n'était certainement pas aussi simple à ma question, qui me semblait pourtant être tout à fait innocente. Mais en l'analysant, je me suis dit qu'elle me rappelait quelque chose. Oui, ça y est : Bruce Wayne dans un film de Batman. Une image d'Alexander Stone avec une cape noire me vint à l'esprit et je dus étouffer le rire qui essayait de s'échapper de ma bouche.

- Je suis désolé... j'ai dit quelque chose de drôle ? me demanda-t-il avec curiosité, en penchant sa tête sur le côté.

- Hum. Non. Pas du tout, lui dis-je, en essayant de dissimuler la vague soudaine de maladresse que je ressentais. Je pensais juste que votre philosophie sur le pouvoir et le contrôle est un peu extrême... voire arrogante... en quelque sorte.

- C'est peut-être votre perception. Cependant, je ne suis pas un tyran égocentrique comme vous pourriez le penser. Il se trouve simplement que j'aime maîtriser les situations, en toutes circonstances. Il fit une pause et jeta un regard sur sa montre. Maintenant, je dois y aller. Je suis content de pouvoir constater que vous allez mieux. Il me fit un dernier sourire-plus-quedélicieux et se retourna pour partir. J'étais content d'avoir pu vous revoir, Mademoiselle Cole.

- Passez une bonne journée, Monsieur Stone, murmurai-je pensivement.

Maîtriser la situation en toute circonstance, hein ?

Je ne pus m'empêcher de me demander ce que cela ferait d'oser froisser sa susceptibilité en le regardant se diriger vers les caisses.

Oh mon Dieu... comme il se pavane !

Et d'un coup, je me suis approchée nonchalamment de l'endroit où il se tenait et j'ai pris un paquet de chewing-gum à la cannelle sur son support, juste à côté de la caisse.

- Monsieur Stone ! Vous avez oublié quelque chose, lui dis-je en lui déposant le paquet dans son panier.

Mon audace me surprit tout autant que lui. Il me regarda, confus, pendant une minute, comme s'il voulait dire quelque chose, mais il ne dit rien. De toute façon, je ne lui laissais guère la possibilité de répondre. À la place, je lui ai lancé un sourire timide et me suis éclipsée, ne sachant pas trop quoi penser de cette abrupte et inhabituelle spontanéité.

Alexander

ELLE M'AVAIT LAISSÉ RELATIVEMENT stupéfait. Il n'était pas facile de me surprendre, mais là, j'ai failli être assommé par une femme qui semblait vraiment inoffensive.

Vous m'avez surpris, chère Krystina Cole ! Peut-être n'êtes-vous pas aussi innocente que je l'avais cru au départ.

Ma curiosité fut piquée à son paroxysme, et je baissai le regard sur le paquet de chewing-gum à l'odeur de cannelle. Semblant nerveuse au premier abord, elle avait fini par se détendre au bout d'un certain temps, révélant un certain degré d'audace en terminant sur une note plus enjôleuse. Cependant, toute autre idée de ce qui aurait pu se passer dans son esprit s'arrêtait là. Malgré tous mes efforts, je n'arrivais pas à la cerner. Et c'était franchement irritant. Puis, je suis passé à la caisse, en essayant de décider ce que j'allais faire de cette femme illisible. Comprendre l'interaction d'un cerveau était ce que je faisais de mieux. Déchirer les nombreuses couches d'un individu pour aller jusqu'à la racine de ce qui le poussait était une de mes compétences. Il me fallut des années pour maîtriser cet art, mais j'avais un don naturel pour ça. Jusqu'à ce que je rencontre Krystina Cole. Même une maîtrise en psychologie ne m'aurait pas aidé à la comprendre facilement. Rien qu'à elle-même, elle représentait un véritable défi. Comme un puzzle que je devais résoudre, elle était la raison impérieuse de mon retour chez Wally's. Malheureusement, je n'ai réussi à démêler aucun indice, et ne fis qu'exacerber le mystère.

Elle m'avait dit que Jim n'était pas son petit ami, mais elle n'a pas dit non plus qu'elle était célibataire. Du coup, l'était-elle ? La mèche de cheveux qui lui tombait sur le front, l'avait-elle coiffée comme ça, ou bien était-ce le fruit du hasard ? La façon dont elle se tordait les mains, était-ce un tic nerveux ou avait-elle tout simplement les mains froides et qu'elle tentait désespérément de les réchauffer ? Et sa manière délicate de rougir...

Je ne pouvais m'empêcher d'imaginer ce rougissement se répandre sur chaque partie de son corps. Une image de son regard fixe me revint à l'esprit et je secouai la tête pour l'éclaircir.

Non. Oublie-la... trop jeune pour toi.

- Trente-sept dollars et quatre cents. Vous payez en liquide ou avec votre carte ? demanda la caissière blonde et maigrichonne sur laquelle je concentrais mon attention. Son badge indiquait en caractères gras qu'elle s'appelait CASSIE.

La vingtaine, bien dans sa peau, à la recherche de l'homme parfait.

Juste un regard sur elle et il m'était très facile d'évaluer qu'elle était le genre de fille à tout faire. Elle essayait d'avoir l'air sexy et timide et me regardait à travers des cils chargés de mascara. J'ai décidé de l'ignorer. Elle était mignonne, mais pas du tout mon genre.

Si seulement Krystina pouvait être aussi transparente qu'elle...

Je sortis ma carte de crédit et la tendis distraitement à Cassie-la-mignonette, en prenant soin de ne pas l'encourager à continuer dans ce sens. La transaction terminée, j'ai récupéré mes achats pour sortir du magasin au plus vite. Une fois sorti, j'ai dû cligner des yeux à cause de la lumière du soleil et glissais une main dans la poche de ma veste de costume pour y prendre une paire de lunettes de soleil. Lorsque ma vision fut enfin ajustée, je vis Hale qui m'attendait en double file au bout du pâté de maisons. Je me dirigeais dans cette direction et remarquais qu'il s'était déplacé pour sortir de la voiture au moment où il m'avait vu, mais je lui fis un signe :

- C'est bon, lui dis-je. Après avoir déposé les courses dans le coffre, je suis monté sur la banquette arrière. Un d'ces jours, v'zallez vous prendre un PV.

- Ne vous inquiètez pas. J'ai de bonnes relations, me dit-il sans hésiter. On va où, maintenant, patron ?

- Au bureau. J'ai encore du travail qui m'attend sur l'affaire Canterwell. Vous m'y posez juste, puis vous ramènerez les courses chez moi. Oh ! Et vous allez partir à la chasse aux infos, avec Stephen.

- Bien, monsieur. Je l'appelle dès maintenant pour lui demander de s'y mettre au plus vite. Est-ce que Canterwell cherche à se débarrasser d'une autre propriété ?

- Non, il ne s'agit pas de Canterwell, mais d'une autre personne. Il me faut toutes les informations que vous pouvez trouver sur Krystina Cole.

4

Krystina

Entrant dans l'ascenseur de mon immeuble, j'ai appuyé sur le numéro de mon étage. Puis j'ai regardé les portes se fermer lentement et me suis appuyée contre le mur du fond. Puis j'ai fermé les yeux. Des heures s'étaient écoulées depuis ma conversation avec Alexander Stone, et pourtant ma tête était encore sous le choc de cette rencontre. Je ne savais pas ce qui m'avait pris. J'avais vraiment besoin de parler à Allyson. J'étais sur le point d'insérer ma clé dans la porte de mon appartement quand j'entendis mon téléphone portable sonner. Je pris l'appareil dans mon sac à main et répondis avec précaution, en faisant très attention à ne pas me couper le doigt sur l'écran fissuré.

- Allô ?

- Allô, puis-je parler à Mademoiselle Krystina Cole s'il vous plaît ? me demanda une voix féminine assez agréable.

- Oui, c'est moi.

- Mademoiselle Cole, ici Laura Kaufman de Turning Stone Advertising. Nous avons reçu votre CV, qui a retenu toute notre attention. Nous souhaiterions vous rencontrer au cours d'un entretien d'embauche, un poste au sein de notre service Marketing étant à pourvoir.

C'est bizarre.

Je n'avais jamais entendu parler de Turning Stone Advertising. Je me demandais comment ils avaient pu mettre la main sur mon CV. Mais qu'importe, je n'allai pas faire la fine bouche, vu que les entretiens d'embauche ne couraient pas les rues en ce moment.

- J'aimerais beaucoup, moi aussi. Quand aimeriez-vous me rencontrer ? lui demandais-je en entrant chez moi et en fermant tranquillement la porte derrière.

- Est-ce que demain matin à neuf heures vous conviendrait ? demanda poliment Laura.

Je parcourais mentalement mon emploi du temps chez Wally's : j'avais deux jours de repos, demain et après-demain.

- C'est parfait. Pouvez-vous me dire où vous vous trouvez ?

Je me dis que c'était déjà un bon départ, vu que je ne savais rien du tout sur cette société. Je me rendis rapidement jusqu'à la cuisine pour y trouver un bloc notes et un stylo dans l'un des tiroirs. Laura me donna une adresse dans le quartier financier, puis elle m'indiqua :

- Vous vous rendrez au poste de sécurité dans le hall et donnerez mon nom. L'agent vous dira où aller.

- Super ! Merci ! À demain matin !

Tout en finissant de griffonner l'adresse que Laura m'avait donnée, je pensais à l'entretien à venir.

Enfin - un entretien !

Puis j'ai posé le stylo et entrepris une petite danse joyeuse autour de la table de cuisine. Cela pourrait être pour moi l'occasion de passer à quelque chose de plus grand et de mieux pour moi. Le moment ne pouvait pas être plus parfait, car je commençais peu à peu à me décourager par le manque de possibilités d'évolution de carrière à New York. Je m'interrogeais sur la taille de l'entreprise et sur le salaire de départ. Tout serait forcément plus rémunérateur que chez Wally's. Si j'avais le poste et que je découvrais que je n'aimais pas ça ou que le salaire n'était pas celui que j'espérais, eh bien tant pis. Tout ça resterait sans conséquence majeure, après tout : je pourrais travailler dans mon domaine et acquerir de l'expérience à ajouter sur mon CV, parce que c'était ce qui me faisait sérieusement défaut. Je savais que je devrais probablement sortir mon ordinateur portable et commencer à faire des recherches sur la publicité de Turning Stone. Ils avaient très probablement trouvé mon CV sur un site d'emploi en ligne. Mais dans tous les cas, il valait mieux pour moi que je me prépare à l'entretien. Regardant l'horloge de la cuisine, je fronçai les sourcils en voyant l'heure : c'était pour mon dîner avec Allyson qu'il fallait que je me prépare. La préparation à l'entretien attendra, tout simplement.

Je suis arrivée au pub irlandais de chez Murphy quelques minutes après sept heures. Ce soir-là, l'endroit était bondé. Balayant la foule du regard, je cherchais Allyson des yeux. Le juke-box affichait « The Rocky Road to Dublin » et je me suis mise à taper du pied en rythme tout en écoutant la musique. J'ai repéré William Murphy, le propriétaire du pub qui tenait le bar. Il me vit entrer et me fit signe de venir. Je souris en me dirigeant vers lui. Des coquilles de cacahuètes crissèrent sous mes pieds alors que je naviguais dans la masse de la foule. William m'avait dit une fois qu'il ne nettoyait jamais le sol et qu'il préférait y laisser les coquilles, parce qu'il voulait éviter de risquer de révéler à tous ses clients un sol collant taché de bière. Personnellement, je pensais que ce n'était que du baratin. Il était si méticuleux sur son lieu de travail, qu'aucun détail n'était oublié : j'étais persuadée que les sols étaient nettoyés jusqu'à ce qu'ils brillent à la fin de chaque service, et que les anciens fûts en bois de Jameson et les affiches vintage de Michael Collins étaient également astiqués.

- Une pinte de Guinness pour la dame ? me demanda William une fois que je l'ai rejoint.

- Désolée, Will. Du vin seulement - tu le sais bien, lui répondis-je.

- Très bien, ma p'tite dame ! dit-il en imitant l'accent irlandais. Un jour, je te ferai passer du côté obscur...

Je fis une grimace et lui sortis ma langue - je détestais le goût de la bière. William lança un rire bruyant et tapageur.

- Ok, pas aujourd'hui alors. Puisque tu ne veux pas d'une belle brune, que puis-je faire pour toi, ma belle ?

- En fait... rien pour le moment. Je dîne avec Allyson ce soir.

- Elle est déjà là, dit-il en montrant l'arrière du pub.

Je me suis retournée et la vis assise à une table, dans un coin.

- Merci, Will. À tout à l'heure.

Je me dirigeais vers l'endroit où Allyson était installée. Elle me fit un signe quand elle me vit approcher.

- Je t'ai déjà commandé un verre de blanc, m'annonça-t-elle.

- Je te reconnais bien, là, lui dis-je en lui faisant un clin d'œil.

Allyson me sourit, révélant ses dents d'un joli blanc nacré. Elle était d'une beauté naturelle, tellement belle qu'elle faisait tourner la tête des hommes partout où nous allions. Elle avait des yeux vert émeraude étincelants qui s'illuminaient chaque fois qu'elle riait. Ses longs cheveux blonds étaient raides ; elle ne les coupait jamais plus d'un centimètre à la fois. J'étais même jalouse de son abilité à juste prendre une douche en allant tout simplement à l'essentiel.

- Alors... tu as trouvé ton chargeur de téléphone ? m'enquis-je.

- Comment tu sais que j'ai perdu mon chargeur ? me répondit-elle, en fronçant les yeux et en semblant légèrement sur la défensive.

- Tu m'as laissé un mot. Tu ne fais ça que quand tu perds ton chargeur ou quand ton téléphone est déchargé, la taquinai-je.

- J'avais juste oublié qu'il était dans mon sac de sport, marmonna-t-elle en affichant un air renfrogné, ce qui me fit éclater de rire.

- Cette excuse-là, tu me l'as déjà faite, lançai-je avec des yeux menaçant de pleurer de rire.

Il est vrai qu'Allyson perdait à peu près tout, et j'aimais l'embêter à ce propos.

- C'est pas drôle, Krys ! Essaye de passer vingt-quatre heures sans ton téléphone et tu verras à quel point c'est nul, s'exclama-t-elle, mais je voyais bien qu'elle souriait en cape.

La serveuse vint pour prendre notre commande pour le repas, mettant fin à notre plaisanterie. Aussi séduisant que le panier de bâtonnets de poulet panés pouvait l'être, j'ai opté pour la salade de poulet grillé. Allyson, qui n'avait pas à se soucier de compter les calories, commanda un hamburger et des frites. Je n'arrivais pas à savoir comment elle pouvait manger tout ça sans ajouter un gramme à son petit gabarit. Quant à moi, je serais obligée de passer par la case « tapis roulant » pendant au moins une semaine si je commandais la même chose qu'elle.

- Alors, dis-moi, c'est quoi, cette bonne nouvelle ?

Curieuse, j'avais attendu que nos commandes soient passées pour lui poser la question. J'adorais entendre parler des dernières péripéties de la vie d'Allyson.

- Eh bien, s'exclama-t-elle. J'ai décroché le poste de photographe avec Ethan DeJames.

- Génial ! Je suis vraiment trop contente pour toi !

Me penchant en avant, je lui fis une sorte d'accolade avec un bras. Ethan DeJames était l'un des créateurs de mode de New York en pleine montée ; il avait même ouvert des nouveaux bureaux à Paris et à Milan. C'était une excellente nouvelle, ainsi qu'un grand pas dans une direction plus qu'interessante pour mon amie.

- C'est bon de savoir que je vais avoir de bons revenus, maintenant. J'adorais travailler en free-lance, mais c'était trop dur d'attendre qu'un éventuel contrat se présente. Elle me tendit son verre. C'est moi qui paie les boissons ce soir, ma belle !

On fit tinter nos verres et j'avalai une gorgée de vin. Il y avait une lueur malicieuse dans ses yeux qui me fit croire qu'il y avait plus qu'un simple travail dans ses nouvelles.

- Et c'est quoi, l'autre chose que tu avais à me dire ?

Elle me lança un sourire sournois et ses yeux brillaient de

malice. Son regard confirma mes soupçons - il y avait plus.

- Devine.

- T'as un nouveau mec ? tentai-je. Son sourire s'élargit. Aha ! Je l'savais ! Alors, c'est qui ? Un grand brun ténébreux, comme ton ex ?

Son sourire se tranforma instantanément en un air renfrogné.

- Désolée - je ne voulais pas reparler du passer, m'excusai-je en grimaçant.

Le dernier petit ami d'Allyson était un mannequin en herbe et un connard qui la rabaissait sans cesse. Je jure que c'était parce qu'il était jaloux de sa beauté, à elle : il ne supportait pas qu'elle soit plus jolie que lui, dans le sens où elle aurait très bien pû être devant la caméra - et pas lui. Leur relation n'avait duré que quelques temps, et j'étais bien contente quand ils se sont séparés.

- C'est pas grave. Mark était un loser, de toute façon. Mais Jeremy, par contre...

Son regard se fit lointain et rêveur et je me mis à rire.

- Allez, parle-moi de lui. J'espère qu'il est meilleur au pieu que Mark ne l'était, plaisantai-je.

C'était une autre raison pour laquelle Allyson n'avait pas gardé son dernier petit ami bien longtemps.

- Je ne sais pas. Du moins, pas encore... ajouta-t-elle avec cette lueur familière qui lui revenait dans les yeux. Jeremy est photographe, comme moi. J'étais chez Ethan DeJames en train de compléter mon dossier de nouvelle arrivante quand je l'ai rencontré. C'était aussi son premier jour. Il m'a dit qu'il photographiait habituellement des paysages, mais quand Ethan l'a recruté pour photographier leurs modèles, il s'est dit que...

Allyson commençait maintenant à parler rapidement, me racontant chaque petit détail de leur première rencontre. Mais au bout d'un moment c'était comme si ce qu'elle me racontait ne comptait plus pour moi. Pourtant j'essayais de l'écouter, mais je n'arrivais pas à rester concentrée sur ce qu'elle disait. Je ne pouvais pas m'empêcher de penser à Alexander Stone. Sa façon de me consumer toutes les pensées était extrêmement agaçante.

C'est pas comme si je voulais sortir avec lui. C'est pas parce qu'il ressemble à un Dieu grec aux yeux d'un bleu intense que je rêve de coucher avec lui. Les mecs comme lui ne causent rien d'autre que des ennuis.

- Hééééé ? ! Coucou ! Est-ce que tu écoutes au moins c'que j'dis ? demanda Allyson qui m'interrompit dans mes pensées en agitant une main devant mon visage.

- Je suis désolée, Ally. J'écoutais... voui. Je suis juste un peu distraite aujourd'hui, expliquai-je, me sentant mal à cause de mon impolitesse.

- Qu'est-ce qui n'va pas ?

Des lignes préoccupées entachèrent son joli visage.

- Ohhhhh, rien de grave. Vraiment !

Et c'était la vérité - il n'y avait rien de grave.

Je suis juste en train de me prendre la de tête à cause d'un homme que je connais à peine.

La serveuse arriva à notre table avec notre repas et je lui fus bien reconnaissante pour cet interlude. J'avais besoin de comprendre comment lui expliquer tout ça sans avoir l'air d'une vraie tarée. Dès que la serveuse eut tourné les talons, Allyson s'empressa de me dire :

- Allez vas-y, crache le morceau !

- J'ai un entretien d'embauche demain. J'ai eu l'appel juste avant de venir ici. Je fis une pause et pris quelques bouchées de salade. Oh, et je crois bien avoir rencontré le mec le plus sexy de la planète hier, laissais-je échapper.

Le choc de cette annonce traversa brièvement son visage, mais elle se remit vite de ses émotions.

- Ahhhh ! Je n'l'avais pas vu venir, celle-là ! Dis-moi tout, dit-elle en se frottant les mains et en remuant ses sourcils.

Allyson était toujours animée comme ça lorsqu'elle parlait, et sa vivacité me faisait toujours sourire.

- Ce n'est pas du tout ce que tu penses, Ally. Je ne l'ai vu que deux fois et de manière assez brève à chaque fois.

- Alors, à quoi ressemble-t-il ? s'enquit-elle.

- Il est grand. Bien bâti. Cheveux noirs. Aux yeux bleus très intenses. Franchement sexy, et d'ailleurs, il le sait très bien. Il a une vilaine démarche arrogante quand il marche.

Je sentis mon ventre se retourner en repensant à Alexander marchant vers les caisses de chez Wally's.

- Comment il s'appelle ?

- Alexander Stone, ai-je lâché.

Puis, j'ai attendu de voir si elle reconnaissait ce nom. Apparemment pas, car elle enchaîna avec une autre question, cherchant avec impatience à obtenir plus d'informations :

- Comment tu l'as rencontré ?

Je lui décrivis ensuite ma première rencontre sans omettre le moindre détail : ma chute, son bras autour de ma taille, sa promesse de me revoir bientôt. Elle ne se mit pas à rire comme je l'avais pensé. Non, pas du tout : elle m'observait simplement les yeux écarquillés et fit signe à notre serveuse d'aller remettre une autre tournée de boissons.

- Tu es tombée... j'arrive pas à y croire, dit-elle incrédule, les yeux écarquillés par le choc de cette annonce.

- Et oui, je me suis même bien gaufrée sur le sol. Note que c'était également plus que mortifiant !

Laissant ma tête tomber dans mes mains, je me mis à gémir.

- Tu m'as dit que tu l'avais vu deux fois... *dis-moi* juste que tu ne t'es pas ridiculisée une seconde fois...

Relevant la tête pour la regarder, j'ai commencé à rire devant son air consterné à l'idée d'une nouvelle humiliation pour moi.

- He ben, je n'ai pas eu l'air d'une empotée la deuxième fois. Même si les choses ne se sont pas vraiment passées sans encombre, pour ainsi dire.

Je lui racontais ce qui s'était passé au rayon 9 en prenant soin de mentionner la manière plus qu'appétissante dont Alexander mâchait son chewing-gum. Elle s'exclamée « J'adore ça ! » et se mit à rire quand je lui ai dit comment j'avais balancé dans son panier le paquet de chewing-gums.

- C'est juste que... je voulais le déstabiliser et n'ai pas trouvé mieux à faire. Mais je ne suis pas certaine que cette idée ait fonctionné, lui dis-je en fronçant les sourcils.

J'ai repensé à son regard étonné et me suis même sentie un peu stupide de ce que je venais de faire. Je poursuivis :

- Quand j'y pense ! Je n'arrive même pas à comprendre pourquoi j'ai trouvé son chewing-gum aussi excitant. C'est du chewing-gum, après tout. Puis c'est dégueux, hein ? Non, en fait, pas du tout... c'était super sexy.

- Mais en fait... c'est toi, qu'il veut, conclut Allyson en engouffrant une frite.

- Mais t'es folle ou quoi ? Je me suis complètement ridiculisée !

- Pas si sûr, Krys, répondit-elle de manière délibérée. Non, en fait, j'veux dire : ce mec est revenu te voir le lendemain. Il se disait préoccupé par ton état de santé, te posait un tas de questions personnelles, faisant tout un tas de sous-entendus sexuels avec une discussion philosophique sur les principes fondamentaux du contrôle. Si ça ne crie pas « j'ai envie d'baiser », alors dans c'cas, je n'sais pas... et, putain, rien que le fait que tu m'parles de lui me dit que toi aussi, t'en a envie.

- Tu as tort, Ally, dis-je en sentant mon visage rougir.

Sa capacité à me lire était effrayante.

- Ahh ! Tu vois ! T'es toute rouge. Mais tu l'aimes vraiment, c'est ça ? dit-elle, visiblement abasourdie.

Je devais absolument la calmer avant que cette conversation ne devienne incontrôlable.

- Meuh nan... t'imagines des trucs. Tout d'abord, il n'a pas fait de sous-entendus sexuels. Enfin, p't'être un, concédai-je. Je pense que le reste... c'est moi qui me le suis mis en tête. Et deuxièmement, ses questions n'étaient pas personnelles. Elles étaient purement platoniques, et liées au travail. Bien sûr, je l'aurais bien déshabillé au beau milieu du magasin, mais il n'y avait rien de réciproque.

Allyson exprima son désaccord :

- Mais arrête ! Donne-toi un peu d'crédit. Tu es super belle, Krys. Je n'sais pas pourquoi, mais tu l'vois pas. Est-ce que c'est si difficile pour toi de croire que peut-être, j'ai dit peut-être, il était intéressé par plus que la bosse de ta tête ?

- Je pense qu'il a le potentiel pour être un maniaque du contrôle total. Je suis passée par là, Ally - tu t'en souviens ? Je ne referai plus cette erreur.

Je suis restée silencieuse en regardant mon assiette. J'étais sûre qu'Allyson savait exactement à quoi je pensais, mais elle n'en fit rien paraître. Nous nous mîmes à manger en silence, et j'ai prié au plus profond de moi-même pour qu'elle n'évoque pas le sujet épineux de mon passé, ce sujet douloureux que j'interdisais à quiconque d'aborder.

Je n'étais pas prête à y retourner.

Après plusieurs minutes, Ally prit finalement la parole :

- Je sais que tu ne veux pas en parler, commença-t-elle doucement. Tu as des cicatrices, et j'avoue que j'ai énormément de mal à saisir les choses. Mais...

- Tu as raison. Je n'ai pas envie d'en parler, déclarai-je catégoriquement.

- Chérie, tous les mecs ne sont pas comme Trevor.

- Parce que tu crois qu'je n'le sais pas ? Je n'ai juste pas encore trouvé le bon, lui lâchai-je sur un ton irrité.

J'omis le fait de lui dire que je ne cherchais plus vraiment Monsieur Parfait. Que ca faisait depuis deux ans que j'avais plus de séances chez le psy que je ne pouvais compter, et que mes blessures étaient encore à vif. Une partie de moi craignait de ne plus jamais me retrouver entière.

- Peut-être que je *devrais* tout simplement devenir lesbienne.

- Quoi ? Allyson fronça les sourcils.

- Non, rien - c'est juste quelque chose en rapport avec ce que Jim m'a dit au travail, murmurai-je.

Elle me regarda d'un air interrogateur mais rejeta mon commentaire en secouant la tête.

- Bon, écoute, Krys. Reconnaître le fait que Stone existe devrait être un signe pour toi. C'est un signe qui indique que tu es prête à passer à autre chose. Il est temps que tu ailles de l'avant à nouveau.

Tu n'es sortie avec personne depuis que toi et Trevor avez rompu, me rappela-t-elle.

- Mais j'ai eu des rencards !

Quelques-uns.

Allyson se pencha en arrière sur sa chaise, plia les bras et sourit.

- Donne-moi le nom d'un gars avec qui tu as eu plus de deux rendez-vous depuis ta rupture avec Trevor.

Il n'y en avait aucun. Je savais qu'elle avait raison, mais je ne pouvais pas m'empêcher de rester sur la défensive. Ce n'était pas ma faute si tous les types que j'ai rencontrés jusqu'à maintenant n'attendaient que de se mettre au lit avec moi au bout de cinq minutes de conversation.

- Alexander Stone est probablement l'un des hommes les plus riches de New York. Il est hors de ma portée. Il peut choisir toutes les femmes qu'il veut - alors pourquoi me voudrait-il, moi, plus qu'une autre ?

- Ne sois pas ridicule. Le fait qu'il soit riche ne veut rien dire. En ce moment, tu as deux ans de célibat qui parlent à ta place.

- Je ne suis pas restée célibataire pendant deux ans ! Tu oublies Bryce, celui qui jouait de la musique. Tu te souviens de lui ?

- Tu n'es pas sérieuse ! dit-elle avec exaspération.

Je l'ai regardée en fronçant les sourcils, sachant qu'elle avait raison une fois de plus. Je ne pouvais pas vraiment compter ce musicien, avec qui je n'étais sortie qu'une seule fois. Bryce n'avait été qu'une tentative futile de réparer mon coeur brisé. Il m'a permis de rebondir après Trevor... cet ivrogne d'un soir qui ne m'a plus jamais rappelée. D'ailleurs, je ne savais même pas si « Bryce » était son vrai prénom, et je regrettais encore cette nuit-là.

- Je ne veux ni parler de Trevor, ni de Bryce, Ally. Et ton imagination sans limite au sujet de Stone finira par me planter trop d'idées folles en tête. Crois-moi : quand je te dis que je n'ai pas besoin de ton aide pour ça, c'est que je n'en ai pas besoin.

Puis j'ai repensé au petit diable qui faisait régulièrement son apparition sur mon épaule ces derniers temps, me mettant toutes sortes d'images très charmantes dans la tête.

Des anges et des démons ? Tu perds la boule, Cole !

- Mouais, c'est ça. Tu dois avoir plus d'idées folles que moi, me dit-elle en riant.

- Ne commence pas avec moi. Je suis vraiment bien, seule. Je n'ai pas besoin d'une relation, ni de sexe pour être heureuse. De plus, je ne reverrai probablement jamais Alexander Stone, de toute façon. Et même si je le revois, il préfère les rousses grandes et voluptueuses.

Pour tenter de changer de sujet, je lui ai parlé de mes découvertes sur Internet concernant le riche Alexander Stone et son histoire avec cette rousse.

- Et alors ? Si quelqu'un pouvait le persuader de changer d'avis sur les rousses, ça serait toi !

- Non, Ally, lui dis-je avec un avertissement évident dans ma voix.

- Je vois d'ailleurs les gros titres sous mes yeux : « Le riche Alexander Stone choisit le brun plutôt que le roux terne ». Ça pourrait même se passer comme ça pour de vrai, déclara-t-elle sur un ton neutre avec un sourire diabolique.

- Décidément, tu es implacable !

Dans le bruit du pub, je pouvais entendre le cliquetis familier du métal sur du métal. Regardant par-dessus mon épaule, je vis William, debout à côté du bar en train de taper deux cuillères contre son genou au rythme de la musique, un passe-temps favori des habitués du Murphy's. Il me fallait absolument une distraction si je voulais qu'Allyson laisse tomber le sujet.

- Allez ! Will joue avec les cuillères...

Je me suis levée, ai jeté ma serviette sur la table, et attrapa sa main. Le sujet allait forcément revenir, mais j'en avais fini pour le moment. Le passé restait le passé. Le ressasser n'aboutissait jamais à un résultat positif. Et ce soir, je voulais juste m'amuser.

5

J e me suis réveillée au son d'une alarme stridente et perçante dans les oreilles. Je gémis en tendant la main pour l'arrêter. J'étais rentrée trop tard hier soir et regrettais d'avoir cédé à la demande d'Allyson, qui voulait encore me payer « juste un dernier verre » parce que j'étais vraiment crevée. Quand je m'étais couchée la veille, j'étais sûre que le sommeil viendrait vite, comptant sur les effets de la danse et de l'alcool pour m'aider. Malheureusement, je n'ai pas eu cette chance. J'ai plutôt passé la plus grande partie de la nuit à tourner et à me retourner, le marchand de sable m'ayant évité pendant des heures, jusqu'à ce que je finisse par m'endormir un peu après trois heures du matin.

Me forçant à sortir du lit pour me préparer à mon entretien, je me suis précipitée dans la salle de bain pour m'y doucher et me sortir de ma léthargie sous une cascade d'eau chaude. Je pris le temps de me regarder dans la glace : mes yeux montraient un manque évident de sommeil. Les taches sombres qui se trouvaient dessous étaient difficiles à dissimuler avec du maquillage ; il fallait en plus essayer de couvrir les restes jaunasses de mon bleu.

Sautant sous la douche brûlante, je m'appuyais la tête contre le mur carrelé. Je laissais la vapeur m'envelopper et pensais au tourbillon d'émotions qui m'avait consumée pendant la nuit.

Mon histoire avec Trevor était revenue au premier plan de mon esprit et je maudis Allyson pour m'en avoir reparlé. J'essayais au mieux de chasser de ma tête les souvenirs déprimants de Trevor, mais mes pensées évoluèrent lentement vers des visions d'Alexander Stone et des sentiments qu'il avait éveillés au fond de moi - des sentiments que je ne voulais pas ressentir et que j'avais gardés enfouis pendant longtemps. Pour la première fois depuis des années, j'étais physiquement attirée par un homme. Cela me fit mal de l'admettre, même à moi-même. Je sortis de la douche et me sécha les cheveux avec une serviette. Je savais qu'il fallait que j'arrête de penser à toutes ces bêtises, d'autant plus que la probabilité de revoir Alexander était mince, voire carrément nulle.

Je suis ridicule. Il est temps de me remettre les idées en place et de concentrer mes énergies sur l'entretien.

De retour dans ma chambre, j'ai allumé la radio. La musique était ma thérapie personnelle. Certes, je chantais comme une casserole et ne jouais pas d'instrument, mais je pouvais sentir la musique. Une bonne mélodie avait le pouvoir de changer mon humeur en un instant, et c'était exactement ce dont j'avais besoin en ce moment pour m'aider à survivre de mes sombres souvenirs et de mes pensées malvenues. Consultant mon iPod pour trouver l'air parfait qui allait changer mon humeur, j'ai finalement opté pour « Stompa ». Cette chanson était la solution parfaite pour me faire bouger le corps. Appuyant sur « play », j'ai fermé les yeux et laissé la voix profonde et mélodieuse des chanteurs m'envahir. Lorsque le rythme de la chanson commença à s'accélérer, un sourire se forma peu à peu sur mes lèvres et ma tête se mit à bouger en rythme. Me sentant un tout petit peu mieux qu'avant, je me rendis jusqu'au placard pour y trouver quelque chose à me mettre. Une fois habillée, je me suis lentement tournée face au miroir sur pied. J'avais choisi une jupe bleu marine simple qui descendait jusqu'aux genoux, une veste assortie et un chemisier couleur crème. Des escarpins à talons et des boucles d'oreilles en perles complétaient ce look classique. J'avais coiffé mes cheveux d'un coup de baguette magique, en priant pour qu'ils restent en place jusqu'à la fin de l'entretien. Je m'étais maquillée de manière assez subtile : un soupçon de charbon sur les yeux et une touche de gloss rose aux lèvres. Je trouvais que mon apparence était élégante sans paraître présomptueuse.

Et merde !

Mon regard venait de se poser sur le réveil de ma table de nuit. J'avais pris trop de temps pour me préparer, et je ne pouvais pas être en retard. Il fallait que je décroche ce boulot. En fait, je m'étais couchée plus tard que prévu et n'ai pas eu le temps de faire des recherches sur Turning Stone Advertising. J'allai passer mon entretien à l'aveuglette. Eteignant la radio, je remerciais secrètement Serena Ryder d'avoir réparé mon état mental et me précipitai vers la porte. Lorsque je suis arrivée dans le hall principal de l'immeuble, Philip, le portier, était là pour m'accueillir.

- Bonjour, Mademoiselle Cole, me dit-il, le visage joyeux plissé en un sourire.

- B'jour, Phil, lui répondis-je distraitement. Il me faut un taxi. Pourriez-vous m'en appeler un, s'il vous plaît ? Je n'ai pas beaucoup de temps. Sinon j'aurais profité du beau temps et serais partie à pied.

Normalement, j'aurais parlé avec ce flic à la retraite pendant une minute ou deux, mais là, je ne me sentais pas très bavarde. L'angoisse de l'entretien commençait à s'installer en moi et j'avais hâte d'en finir.

- Je pense que je n'ai pas besoin d'en appeler. Il y en a pas mal dans la rue, aujourd'hui. Venez avec moi.

Je suivis Philip et passai les portes du hall d'entrée en clignant des yeux face à un soleil soudain, puis j'attendis qu'il attrape un taxi. Mon pied tapait avec impatience sur le trottoir. Ça faisait plus d'un mois que j'avais passé mon dernier entretien d'embauche et j'étais une boule de nerfs.

- C'est l'grand jour, mademoiselle ? demanda Philip, en regardant mon pied qui essayait de faire un trou dans le trottoir.

- Oui, un entretien d'embauche, lui répondis-je avec un sourire inquiet. Un taxi s'arrêta et Philip m'ouvrit la porte. Souhaitez-moi bonne chance !

Il fit un signe de tête et me salua en fermant la porte jaune de la voiture derrière moi. Le taxi partit à toute allure une fois que j'eus donné l'adresse au chauffeur.

LA CIRCULATION ÉTAIT terrible à l'entrée du quartier financier, mais je n'étais pas encore en retard. Pour une fois, la conduite audacieuse et imprudente d'un chauffeur de taxi new-yorkais ne me dérangeait pas, même si mes articulations étaient blanches à force de m'accrocher au siège. Lorsqu'il s'arrêta en crissant à destination, j'ai payé la course et suis sortie sur le trottoir. Puis j'ai levé les yeux avec appréhension sur l'impressionnante structure qui s'élevait devant moi. Un grand panneau au-dessus de l'entrée principale indiquait « Cornerstone Tower » en lettres d'argent. Une flèche décorative élancée s'élevait au-dessus du bâtiment, perçant un nuage errant. Rien que l'envergure de l'endroit était intimidante, et je trouvais mes pas vers la porte tambour vitrée quelque peu hésitants. Inclinant ma tête d'un côté à l'autre, je tendais le cou comme un boxeur se dirigeant vers le ring.

Je dois me détendre. Je gère la situation.

Pourtant, même si j'essayais au mieux de me rassurer en me parlant tout bas, j'étais encore très nerveuse en franchissant la porte d'entrée. Je savais que mes possibilités de carrière à New York commençaient à s'épuiser. Si je voulais rester dans cette ville, il était vital que je réussisse cet entretien. Le hall d'entrée était vaste, et il me fallut un moment pour localiser le poste de sécurité. Un homme portant un uniforme d'apparence officielle derrière un comptoir en bois d'acajou poli regardait les écrans de sécurité et ne remarqua pas mon arrivée.

Après m'être râclée la gorge, je me suis adressée à lui :

- Excusez-moi, monsieur. Je suis Krystina Cole. J'ai rendez-vous avec Laura Kaufman à neuf heures.

L'homme me regarda, puis baissa les yeux sur un registre posé sur son bureau. Il fit courir son doigt le long de la page jusqu'à ce qu'il trouve mon nom.

- Oui, Mademoiselle Cole. Prenez l'ascenseur jusqu'au 50ème étage. Madame Kaufman vous attend, dit-il avec un sourire aimable. Il indiqua un couloir à sa gauche et poursuivit ses explications : les ascenseurs sont juste au bout de ce couloir.

- Merci.

J'ai traversé le sol au marbre bleu veiné pour me rendre jusqu'aux ascenseurs. Une fois devant, j'ai tapé le numéro de l'étage sur le clavier.

Et c'est parti.

Les portes s'ouvrirent et je suis entrée. Mes oreilles éclatèrent lorsque l'ascenseur monta de plus en plus haut. Lorsqu'il atteignit finalement sa destination, une somptueuse salle d'attente se présenta devant moi. La pièce était meublée de plusieurs canapés en cuir de couleur gris ardoise de style contemporain disposés en « U » à ma droite. Une table basse en verre trônait au milieu des canapés, avec une sorte de petite sculpture en pierre. Des œuvres d'art éclectiques, dans des tons de gris et de bleu, ornaient les murs d'un blanc pur. Balayant ces lieux imposants du regard, je vis une belle femme vêtue d'un tailleur très tendance se lever de derrière un bureau. Sa tenue, d'un vert émeraude profond, épousait chacune de ses courbes - qui étaient parfaites. Son maquillage était impeccable et pas un seul de ses cheveux n'était mal coiffé. Elle avait l'air professionnel et super sexy en même temps. Lorsqu'elle fit le tour du bureau pour venir face à moi, des talons aiguilles verts assortis de quinze centimètres apparurent.

Je crois bien que ça me tuerait si j'essayais de marcher dans des chaussures comme ça.

Et moi, dans mon ensemble bleu marine, je me sentis soudainement très gênée.

- Vous devez être Krystina Cole. Laura Kaufman.

Elle sourit et me tendit une main parfaitement manucurée.

- Ravie de vous rencontrer, Madame Kaufman, lui répondis-je en lui serrant la main.

Elle devait avoir la trentaine, c'est-à-dire un plus jeune que ce que j'avais prévu d'après notre brève conversation téléphonique. Sa voix était tellement douce et discrète que je l'avais imaginée un peu comme une grand-mère. Je n'aurais pas pu mieux faire.

- Vous pouvez m'appelez Laura. Laissez-moi juste un instant, s'il vous plaît.

Elle retourna derrière son bureau et appuya sur l'un des boutons du téléphone posé sur son bureau : « Excusez-moi, monsieur. Mademoiselle Cole est arrivée pour son entretien. Dois-je l'amener dans votre bureau ? Ou préférez-vous la salle de conférence ? »

- Dans la salle de conférence. Je finis juste quelque chose, dit une voix masculine sortant du haut-parleur.

Laura se retourna vers moi :

- Si vous voulez bien me suivre, je vous amène à Monsieur Stone dès maintenant.

Monsieur Stone ?

Mes yeux s'élargirent de surprise en entendant ce nom.

Pas question. Ça ne peut pas être lui. Pas l-homme-aux-yeux-bleu-saphir-de-mes-rêves. Impossible.

Puis l'ampoule s'alluma d'un éclat aveuglant qui m'assoma presque alors que toutes les choses que je savais sur Alexander Stone me revenaient à l'esprit en cascade.

Stone Enterprise. Stoneworks Foundation.

Mon estomac s'affaissa et la panique commença à s'installer en moi. Le bâtiment dans lequel je me trouvais s'appelait « Cornerstone Tower ». Et j'étais sur le point de passer un entretien pour un poste chez Turning Stone Advertising.

C'est bien le « Monsieur Stone » que je connais. À tous les coups. Pourquoi je suis aussi obtue ?

Je me maudis tranquillement sous mon souffle, sachant que la chose la plus intelligente à faire serait de partir sur le champ.

Si je n'arrive plus à savoir combien font un plus un, je suis forcément inapte au travail.

- Excusez-moi, Madame Kaufman, mais je pensais que je passerais mon entretien avec vous, dis-je dans un sourire tremblant en me bousculant pour trouver un moyen de me sortir de cette situation.

- Pardon ?

Elle semblait confuse.

- Je, hum... bégayais-je en essayant de penser à quelque chose - c'est-à-dire à tout ce qui pourrait m'empêcher de me retrouver face à face avec Alexander Stone. Je n'ai pas réalisé que j'allais avoir un entretien avec Monsieur Stone. J'ai pensé que, comme vous étiez une grande entreprise, vous auriez un département RH pour gérer les embauches, lui expliquais-je sans pouvoir trouver mieux à dire.

Tout ce que j'espèrais, c'était qu'il *s'agissait* vraiment d'une grande entreprise. La prise de conscience se lut sur le visage de Laura.

- Et bien, j'imagine que Monsieur Stone envisage de vous confier un poste important, parce qu'il mène personnellement tous les entretiens pour les candidats à haut potentiel. Notre service RH s'occupe généralement de la sélection initiale des candidats, m'indiqua-t-elle en souriant.

Haut potentiel ?

Mes paumes de mains commençaient à transpirer alors que je suivais en silence Laura-la-blonde-vénitienne jusqu'à la salle de conférence. Sa chevelure d'un roux subtil me rappela les articles que j'avais lus en ligne au sujet de la préférence d'Alexander Stone pour les rousses.

Est-ce qu'est une condition préalable pour travailler pour lui ? Ou pas ?

Mon estomac se contracta en un nœud nerveux. Tout ce qui était lié à cette situation n'était pas bon du tout. Non seulement j'ai été idiote de ne pas avoir relié les points, mais j'avais aussi la mauvaise couleur capillaire pour ce travail. Quelqu'un comme Alexander Stone voudrait engager quelqu'un d'intelligent et de spirituel - pas quelqu'un dont la langue restait collée au palais chaque fois qu'il se trouvait dans les parages. Un vrai désastre allait s'accomplir. Il était trop *divertissant* à mes yeux : rien que du sexe, du péché, et le fantasme idéal pour toutes les filles de cette planète. Je ne parvenais pas à imaginer l'idée de passer un entretien d'embauche avec lui. J'avais l'impression de traverser un tunnel, mes nerfs prenant peu à peu le dessus sur chaque partie rationnelle de mon corps. L'appréhension me fit traîner des pieds lentement derrière Laura alors qu'elle se dirigeait vers la porte au bout du couloir. Je jouais avec l'idée de m'en aller pile poil à ce moment-là, mais il était déjà trop tard : nous étions arrivées à la salle de conférence. J'ai inspiré longuement et fis un effort conscient pour immobiliser mes mains qui tremblaient.

Calme-toi - ce n'est qu'un entretien d'embauche. Faut pas éxagérer non plus.

Ne me sentant que « légèrement » plus calme, je franchis la porte que Laura me tenait ouverte.

Peut-être que ce n'est pas le même Monsieur Stone.

Pourtant, c'était bien lui.

6

Krystina

Alexander Stone se tenait face à moi au fond de la salle. Même si je ne pouvais pas voir son visage, son physique était toujours aussi parfait. Il était au téléphone, main dans la poche ; il regardait la Skyline de Manhattan par la baie vitrée. Il se tourna pour nous voir, Laura et moi, et me fit signe de m'asseoir. Je me suis tournée vers Laura pour savoir où me positionner. Elle me montra une chaise au bout d'une grande table en verre teinté. Je m'assis et pris une minute pour me calmer un peu plus et faire le point sur ce qui m'entourait.

Le mobilier était élégant et moderne. La table près de laquelle je m'étais assise était suffisament grande pour accueillir au moins trente personnes. Un long bol en verre en forme de coque de bateau s'y trouvait au centre, rempli de pierres bleues, blanches et noires. Il y avait également plusieurs téléphones de vidéoconférence de haute-technologie. Les murs étaient tous peints du même blanc éclatant que dans la salle d'attente. Deux écrans plats géants ornaient le mur de ma droite ; l'un d'entre eux était branché sur la chaîne Bloomberg, le volume sur zéro. À ma gauche, des étagères encastrées comprenaient une collection de vases bleus, tous de nuances, de tailles et de formes différentes. Le mur du fond n'était rien d'autre qu'une paroi de verre, révélant une vue impressionnante sur New York. Cette pièce était certainement une démonstration de puissance et de richesse, mais ce n'était rien comparé à l'homme qui s'y trouvait. J'étudiais Alexander Stone alors qu'il faisait les cent pas au fond de la pièce. Il portait un pantalon de costume noir et une chemise blanche. Il ne portait pas de veste, mais j'en avais vu une posée sur le dossier de l'une des chaises. Sa cravate argentée était desserrée au niveau du cou et son bouton du haut était défait. Il semblait à l'aise et sûr de lui, et dégageait un air superficiel et assuré. Il avait l'air plus grand, un peu comme s'il tenait le monde dans la paume de sa main.

- Désirez-vous boire quelque chose ? Café, thé, eau ? Monsieur Stone vient tout juste de terminer son appel, proposa Laura à voix basse pour ne pas le déranger.

Je levai les yeux vers son sourire. J'avais presque oublié qu'elle était là.

- Je veux bien de l'eau, s'il vous plaît, lui indiquai-je sur le même ton feutré.

Tenir un verre d'eau me donnerait quelque chose à faire avec mes mains, qui s'agitaient à nouveau sur mes genoux. N'importe quelle sorte de caféine ne ferait que ravager mes nerfs déjà tremblants. Au moment où Laura posa le verre devant moi sur un dessous de verre, Alexander mit fin à son appel et se retourna pour nous faire face.

- Merci, Laura. Ce sera tout pour l'instant.

- Bien, Monsieur Stone.

D'un petit signe de tête, Laura sortit tranquillement de la pièce, me laissant seule avec le redoutable Alexander Stone. Il se tourna vers moi et me dévoila un sourire éblouissant, révélant des dents d'une blancheur parfaite.

Putain, cet homme est indéniablement le plus beau de toute la planète.

- Bonjour, Mademoiselle Cole. Désolé de vous avoir fait

attendre. Je ne pensais pas que cet appel allait durer aussi longtemps.

Ce n'est pas grave : ainsi, j'ai pu apprécier la vue de votre délicieux derrière.

- Pas de problème, murmurai-je plus fort que ce que j'aurais pensé.

Il se dirigea vers moi, la démarche toujours aussi assurée, et s'assit sur une chaise à côté de la mienne. Il se pencha en arrière, passa une cheville au-dessus d'un genou, et croisa les mains avec désinvolture. Pour une raison inconnue, je me suis sentie rougir. Il ne fallait pas que j'oublie de respirer.

- Mademoiselle Cole, vous allez bien ? Vous commencez à rougir.

Mes mains se dirigèrent immédiatement vers mon visage alors que je cherchais ma voix.

- Je vais bien. C'est le fait d'être en hauteur. Parfois, ça me donne des vertiges, mentis-je en tendant mon verre d'eau.

J'en avalai une bonne gorgée.

- Le fait d'être en hauteur ? demanda-t-il d'un ton sceptique.

Je pris une autre gorgée.

- Oui, le fait d'être en hauteur... ça m'arrive chaque fois que je suis dans un grand building... comme celui-ci, par exemple, dis-je en poursuivant hâtivement mon mensonge.

« Un grand building, c'est peu dire ». Stone possède carrément un gratte-ciel.

- Je vois, fut sa seule réponse.

Et si je ne me trompais pas, il avait vraiment l'air amusé.

Il l'est certainement. Les femmes doivent lui tomber dessus tous les jours.

Cependant, je n'avais pas le luxe d'être parmi ces femmes. Je dus mettre un frein et me ressaisir. C'était un entretien professionnel pour un *vrai* travail. Je ne pouvais pas me permettre de tout gâcher parce que ma libido à fleur de peau avait soudainement décidé de s'emballer.

- Saviez-vous que c'est à moi que vous alliez faire passer cet entretien ? Parce que je ne crois pas aux coïncidences, déclarai-je.

Doux, tout doux.

- Bien sûr, répondit-il sans détour.

- C'est bien ce que je pensais. Puis-je vous demander de quelle manière vous avez obtenu mon CV ? demandai-je avec une curiosité honnête.

Je commençais à me détendre.

Je peux le faire.

- Oh, il fallait tout simplement enquêter correctement, Mademoiselle Cole. Après notre rencontre chez Wally's, j'étais intrigué et voulais en savoir plus à votre sujet. J'ai juste posé quelques questions simples et j'ai appris que vous étiez étudiante en marketing. Une enquête informelle sur vos antécédents a permis de combler certaines lacunes. Et comme il se trouve que j'ai un poste disponible dans le domaine du marketing, j'ai mis en place cet entretien avec vous.

- Vous avez procédé à une enquête sur mes antécédents ? demandai-je en me sentant viscéralement violée.

N'avait-il pas besoin d'obtenir mon consentement pour cela ?

Je ne savais pas trop quoi penser de l'atteinte à la vie privée.

- Oh, croyez-moi, ce n'était pas si technique que ça. Toutes les personnes que j'envisage de recruter sont soumises à une vérification de base avant même qu'un entretien soit prévu. Et ça rend les choses beaucoup plus faciles.

- Plus faciles dans quel sens ? m'enquis-je.

- Plus facile pour toutes les parties concernées. Vous seriez étonnée de voir ce que les médias sociaux peuvent révéler sur une personne, répondit-il de manière nonchalante, un sourire se dessinant doucement sur ses lèvres.

Nous étions assis là, dans un silence qui semblait s'étirer pendant des heures, même si je savais très bien que ce n'étaient que quelques secondes, une minute tout au plus. J'étais certaine qu'il sentait mon malaise, mais il continuait à me regarder avec un sourcil levé, les yeux pleins d'humour, avant de reparler enfin :

- À quoi pensez-vous ?

- Que j'ai l'impression de vous amuser, admis-je franchement.

- Pourtant, il n'y a rien d'amusant du tout, Mademoiselle Cole, dit-il, en agitant les coins de sa bouche.

Je savais qu'il se battait contre une envie de rire et c'était très agaçant.

Qu'est-ce qu'il y a de si drôle ?

- Vraiment ? Alors pourquoi avez-vous l'air d'essayer de ne pas rire ? rétorquai-je un peu trop sévèrement.

- Votre comportement me dit que vous ne saviez pas que je mènerai votre entretien aujourd'hui. Est-ce que mon hypothèse est correcte ? demanda-t-il, l'humour toujours présent dans ses traits.

Qu'est-ce que je suis bête ! J'aurais dû m'y attendre !

- Moui... en quelque sorte, oui...

Ma réponse lui valut un petit rire et c'était vraiment exaspérant. Je ne pus m'empêcher de sauter sur la défensive.

- Vous riez toujours au nez de vos employés potentiels ? contestai-je.

- Je ne me moque pas de vous. Je me moque plus du dilemme dans lequel je me trouve. Je n'ai jamais rencontré de femme comme vous. Je trouve votre innocence rafraîchissante. La plupart des femmes que je rencontre sont très calmes et extrêmement prévisibles. Vous êtes différente, en quelque sorte. Il s'arrêta un instant, le front froncé. Et ça, c'est gênant.

Son arrogance me stupéfia, et je trouvais sa généralisation au sujet des femmes insultante.

- Je suis désolée de ne pas rentrer dans un moule présélectionné, Monsieur Stone. Préférez-vous que je joue sur votre idée, que toutes les femmes sont les mêmes ? demandai-je la voix chargée de mépris.

- Vous posez beaucoup de questions, Mademoiselle Cole.

Il avait cessé de sourire et ses yeux sont devenus glacés.

Et merde ! Il a raison.

Toute cette situation commençait à devenir incontrôlable. Je posais trop de questions que je n'avais pas le droit de poser. J'étais déjà probablement licenciée avant même que l'on m'ait proposé le poste, et c'était un poste dont j'avais grandement besoin. Je réagissais de façon impulsive et brutale. Mais j'étais trop franche pour mon propre bien et en même temps, cela risquait de me mettre sur la touche par rapport au recrutement en question. À part mon tempérament, je savais que j'étais une hypocrite. Après tout, j'étais la première à penser que tous les hommes étaient les mêmes. Alors, j'ai décidé de me taire, parce que j'avais honte d'une telle audace et j'ai regardé mes mains.

Il s'agit d'Alexander Stone, un multi-millionnaire ; et moi, je suis impolie.

- Pouvons-nous procéder à votre entretien, maintenant ?

- Oui, répondis-je doucement.

- Oui, *Monsieur Stone*, ajouta-t-il avec un air d'autorité tranquille.

Ma tête s'est mise à tourner.

Oui Monsieur Stone ?

Il n'avait pas crié. Ce n'était pas nécessaire. Son ordre subtil suffit à faire exploser mon organisme, provoquant la formation d'un nœud dans mes tripes. C'était un homme habitué à obtenir ce qu'il voulait. La sonnette d'alarme se déclencha lorsque je me suis rappelée ma conversation de la veille avec lui. Ma première impression sur lui était correcte - c'était vraiment un maniaque du contrôle. Chaque instinct que j'ai eu me disait de quitter la pièce immédiatement et ce n'était pas bon. Pas bon du tout. Pourtant, pour une raison folle, je me suis retrouvée bizarremment excitée par son autorité et par le pouvoir qui émanait de lui. J'étais comme scotchée sur ma chaise.

- Oui, Monsieur Stone, répétai-je comme un perroquet.

Je me sentais comme un enfant coupable qui venait d'être grondé, ma voix était faible et pathétique à mes oreilles. Je n'arrivais pas à croire que je l'écoutais vraiment. Les sautes d'humeur que j'avais subies depuis que j'étais entrée dans cette pièce me faisaient tourner la tête. L'anxiété, la colère, la gêne et la luxure - j'avais ressenti toutes ces émotions et je devais lutter pour trouver une stabilité dans l'ouragan qui sévissait en moi. J'ai remarqué qu'il regardait mes mains tremblantes et je pris mon verre d'eau pour les calmer aussitôt.

Je dois me rappeler pourquoi je suis ici - j'ai besoin de ce travail.

- C'est mieux, murmura-t-il.

Il semblait satisfait, ses traits révélant un petit sourire. Que ce soit parce que j'avais arrêté de gigoter ou parce que j'avais suivi ses directives, ça, je n'en savais rien. Par contre, ce que je pouvais affirmer, c'était que l'ambiance avait changé. Je restais silencieuse et attendis qu'il m'indique la ligne de conduite à suivre de l'entretien.

- Il y a un poste à Turning Stone Advertising qui doit être pourvu. Bien que la société ne soit qu'une filiale de Stone Enterprise, je m'implique occasionnellement dans leurs activités quotidiennes.

Il se leva de sa chaise et marcha jusqu'à la fenêtre. D'une confiance sans faille, il saisit ses mains derrière son dos et poursuivit :

- Je suis en permanence à la recherche de candidats qualifiés et expérimentés. Dans mon monde, l'incompétence n'est pas quelque chose de toléré. J'aime que mon personnel soit motivé, fiable et efficace. Lorsque je donne une directive, je m'attends à ce qu'elle soit suivie à la lettre, sans poser de questions. Lorsque je trouve une personne qui correspond à un profil, je l'engage et je la paie bien pour qu'elle continue à travailler avec moi. Vous m'avez montré ce potentiel, Mademoiselle Cole.

- J'apprécie le fait que vous ayez vu ce potentiel en moi, Monsieur Stone, répondis-je respectueusement en prenant soin de dire son nom correctement.

- Il m'en reste encore beaucoup à voir, dit-il avec réflexion, presque comme s'il se parlait à lui-même.

Il se tourna vers moi pour m'étudier pendant un moment. Son examen minutieux était intimidant. Il me faisait penser à un lion qui traquait sa proie. Si je lui en laissais l'occasion, je savais que cet homme serait capable de mettre mon âme à nu. Aucun homme ne m'a jamais affecté de cette façon. Il était à la fois agaçant, arrogant et séduisant. Mon estomac se mit à faire cette chose énervante et je me suis déplacée de façon inconfortable sous son regard pénétrant.

- Parlez-moi de vos fonctions chez Wally's.

- Eh bien, euh... monsieur... Monsieur Stone. Je trébuchai sur mes mots, essayant de me rappeler ce que je faisais durant mes journées de travail. Je m'occupe principalement du réassortiment des rayons et de la mise en place des présentoirs. De temps en temps, Monsieur Roberts me fait apporter des provisions au domicile de nos clients âgés. Par courtoisie.

- Ce qui est une chose très noble, et d'ailleurs, c'est ce qui me conforte dans ma décision d'investir.

- Alors, vous avez décidé d'investir chez Wally's ? demandai-je avec excitation, oubliant momentanément que j'étais censée garder un comportement professionnel.

Autant je voulais quitter mon emploi, autant j'appréciais le temps que j'y passais. Je ne voulais pas voir Wally's fermer et j'étais heureuse d'apprendre que l'épicier pourrait être sauvé.

- Je ne vais pas investir chez Wally's, à proprement parler. Mon activité est dans l'immobilier, pas dans les chaînes de magasins d'alimentation. Je vais simplement acheter leurs bâtiments, ce qui contribuera à alléger une partie de leurs frais généraux. Il y a encore quelques petits détails à régler, mais je suis sûr qu'un accord sera conclu dans le mois à venir.

Il semblait ennuyé par mon interruption et ne donna pas plus de détails sur l'accord. Il poursuivit donc son interrogatoire :

- Vous avez une licence en marketing de l'Université de New York. Pourquoi avez-vous choisi cette matière principale ?

Cette question me laissa perplexe. Personne ne me l'avait posée auparavant et je n'avais jamais sérieusement réfléchi à la raison pour laquelle j'avais choisi le marketing. J'aimais juste ça. Je réfléchis un instant avant de conclure que ma fascination était la vente. Je trouvais que cette réponse semblait bancale, mais je n'avais rien de mieux.

- Je comprends et j'apprécie le pouvoir de persuasion. Le marketing, dans un sens, c'est la vente. Si le marketing est bien fait, vous pouvez vendre n'importe quoi. Vous devez juste cibler précisément l'acheteur.

- Le pouvoir de persuasion ?

Il sembla surpris par ma réponse et tapa du doigt sur son menton avec délicatesse.

- Oui. Je crois que la persuasion par la publicité peut être considérée comme une forme d'art. Par exemple, une publicité télévisée peut convaincre un individu d'acheter un produit dont il n'a pas vraiment besoin s'il est correctement commercialisé. Images, musique, présentation - tout cela forme un grand ensemble, conçu et assemblé pour influencer le consommateur.

- C'est vrai, dit-il d'un signe de tête appréciatif. Maintenant, dites-moi, qu'est-ce qui vous persuade le plus, Mademoiselle Cole ?

Il me lança un regard troublant qui me fit ressentir une autre petite torsion dans le ventre.

- Ce qui me persuade le plus ? Je ne suis pas sûre de vous suivre.

- Qu'est-ce qui vous influence, ou vous pousse à faire quelque chose que vous ne feriez pas normalement ?

- La musique, dis-je simplement, en luttant pour garder mes facultés intactes.

Il me lança un sourcil sexy, en attendant que j'en dise plus.

Concentre-toi sur la question - pas sur son sourcil !

- Pouvez-vous développer ? insista-t-il.

- La musique peut être une source puissante dans le marketing. Pour moi, le bon air a le pouvoir de m'influencer d'une manière ou d'une autre dans à peu près n'importe quel domaine.

- C'est un aperçu très intéressant, dit-il avec un sourire félin, me faisant croire qu'il avait un secret que lui seul connaissait. Il retourna tranquillement vers la table pour reprendre sa place à côté de moi : je suis curieux. Quel genre de musique vous influencerait ?

- Hum... je me tortillais de façon inconfortable sur ma chaise. Eh bien, je suppose que cela dépend de ce que vous essayez de me vendre.

- Ah, mais peut-être que la plus grande question serait : cherchez-vous à acheter ? demanda-t-il de manière suggestive.

La chaleur inonda mon visage - au moins pour la cinq centième fois en trois jours. Je détestais rougir aussi facilement, et ramemais automatiquement mes mains sur mes joues pour les cacher. Une douleur étrange et inhabituelle commença à apparaître entre mes jambes, ce qui ne fit que de s'ajouter à un sentiment affreux de mortification.

- Le fait d'être en hauteur vous gêne encore ?

- Ça doit être ça, marmonnai-je en jurant par la même occasion que mon visage devenait encore dix fois plus rouge.

Excitée par les questions d'un entretien d'embauche. Super. Je suis virée dans moins de trois secondes.

- Parlez-moi de votre expérience, dit-il soudainement pour changer sujet.

- Mon expérience en quoi, exactement, Monsieur Stone ?

Ses questions énigmatiques prêtaient à confusion. Je ne le suivais plus. Peut-être que je devenais vraiment tarée. C'était soit ça... soit sa présence transformait mon cerveau en guimauve. Je n'arrivais pas à savoir.

- Votre expérience en marketing et en publicité, bien sûr.

Il me regardait, les yeux remplis d'un humour malicieux, attendant ma réponse.

Ce doit être l'entretien d'embauche le plus étrange que j'ai jamais eu. Il a lu mon CV. Il connaît la réponse. Pourquoi me posait-il cette question ?

- Tout est sur mon CV, Monsieur Stone. Je ne peux pas en dire plus, répondis-je sans détour.

C'était probablement la pire réponse que je n'aie jamais donnée au cours d'un entretien, mais je soupçonnais qu'il n'avait rien à faire de mon expérience en marketing. Les nœuds s'intensifièrent au niveau de mon ventre, la conversation me mettant mal à l'aise : il y avait beaucoup trop de doubles sens et d'implications suggestives.

- Je vois.

Il semblait frustré que je ne lui donne pas de meilleure réponse. L'interphone bourdonna, me faisant sursauter, et la voix de Laura glissa du haut-parleur placé au milieu de la table.

- Je m'excuse pour cette interruption, Monsieur Stone, mais votre rendez-vous de dix heures est arrivé.

Rendez-vous à 10 heures ? Ça fait vraiment depuis une heure que je suis là ?

- Merci, Laura. J'ai bientôt fini, répondit Alexander par le biais du haut-parleur, avec un léger agacement.

Mon entretien, si on pouvait l'appeler ainsi, était clairement terminé. Je me levai et redressai ma jupe. Alexander Stone se tenait également debout, son regard intense ne vacillant jamais, alors qu'il observait chacun de mes mouvements. Je me sentais nue, malgré mon chemisier et ma jupe, et ma peau devenait chaude sous ses yeux qui m'étudiaient. Je tentai de comprendre ce qu'il pensait, mais son expression faciale était illisible, presque froide. Pourtant, je pus détecter un sentiment d'incertitude dans ses yeux. Son regard me mit mal à l'aise et j'eus le réflexe de me lisser les cheveux.

- Vos cheveux sont parfaits, Krystina.

Putain d'mes deux, il m'a appelée Krystina.

Je me demandai ce qui l'avait poussé à abandonner les formalités.

- Euh, merci, fut la seule réponse que je pus formuler.

- C'est un peu limité à mon goût, mais c'est toujours ça.

Et... ça veut dire quoi, ça ?

J'essayais de comprendre ce qu'il voulait dire par là, lorsqu'il se rapprocha de l'un des téléphones et appuya sur le bouton de l'interphone.

- S'il vous plaît, Laura, reprogrammez mon rendez-vous de dix heures.

Rhôôôô putain... il veut me garder ici ?

Je ne savais pas si je supporterai d'être une minute de plus en sa présence. Je n'étais pas moi-même quand j'étais près de lui. Pourtant ma prudence et les murs auxquels je m'accrochais fermement chaque fois que j'étais près d'un autre homme semblaient s'effondrer sous son regard. Je sentais mon cœur s'affoler en le regardant se diriger lentement vers moi, une lueur de prédateur brillant dans ses yeux. Puis il fit un pas de plus et me prit les mains. J'aurais même juré que mon cœur en panique s'arrêta de battre à son contact.

- Pourquoi vous tordez-vous les mains de cette manière ? me demanda-t-il, ses yeux de saphir flamboyant dans les miens.

Est-ce que j'avais encore la bougeotte ?

- Une habitude nerveuse, expliquai-je.

Incapable de supporter son regard de feu, je tournais la tête à gauche et me concentrais sur les vases bleus disposés le long du mur.

- Regardez-moi, Krystina. Il leva une main pour me tourner le menton, ce qui m'obligea à lui faire face. Quelque chose de sombre couvait dans les profondeurs de ces impitoyables yeux bleus-cobalt, et je me suis même demandé s'il n'allait pas m'embrasser. Mes jambes tremblaient et je me maudissais d'avoir choisi ces escarpins plutôt que des chaussures à talons plats. Je vous rends nerveuse, dit-il d'une voix devenant profonde et gutturale.

J'étais incapable de parler. J'étais une épave. Comme je ne répondais pas, Alexander retira sa main de mon menton et fit lentement courir un pouce sur mon front. Ma respiration se fit soudainement difficile, l'air semblant devenir épais et lourd.

- Votre bleu a l'air de bien guérir.

- Oui, c'est vrai, dis-je d'une voix à peine perceptible.

Il était beaucoup trop près de moi, brouillant mes sens et m'empêchant de penser correctement. J'ai tenté de reculer de quelques pas, mais il tenait toujours ma main fermement dans la sienne. Il se pencha de plus près et je sentis son souffle chaud sur mon cou. Je laissais son odeur m'envelopper - un mélange de bois de santal et de son parfum masculin naturel. Cette combinaison était fatale, comme une odeur sexy flottant dans l'air, vous incitant à rester dehors juste avant un mauvais orage. Et à ce moment-là, j'étais plus que prête à être frappée par un éclair.

- Ça ne fonctionnera jamais, Krystina. Je ne suis pas la bonne personne. Pas pour quelqu'un comme vous. D'ailleurs, si vous étiez plus maline, vous auriez déjà quitté mon immeuble sans vous retourner une seule fois, me prévint-il dans le creux de l'oreille d'une voix basse et rauque, me provoquant un picotement au niveau de la nuque.

L'idée de savoir pourquoi il ne serait pas la bonne personne me fit grincer des dents. Je me fichais de savoir à quel point il était mauvais pour moi. Je ne pourrai le dire que plus tard. Je rejetais cette voix qui se faisait pesante dans ma tête et me disait que tous les hommes étaient mauvais. Le diablotin sortit en faisant des claquettes sur mon épaule. Le besoin soudain de goûter aux lèvres d'Alexander sur les miennes était irrésistible. Il bougea ses mains et me caressa la clavicule avec ses pouces, provoquant un tremblement qui me traversa. Il plaça ses paumes de chaque côté de mon cou et ses doigts reposèrent à la base de mon crâne, effectuant un mouvement circulaire à la naissance de mes cheveux. Je sentais que j'allais craquer. Je fermais les yeux à ce contact intime et laissais échapper un petit gémissement de mes lèvres. Sa bouche planait avec tentation sur les miennes. Je ne pouvais que retenir mon souffle dans l'attente du baiser que je savais sur le point d'arriver. L'interphone sonna à nouveau et la voix de Laura traversa le haut-parleur, forte et intrusive.

- Je suis vraiment désolée, monsieur, mais Madame Andrews insiste pour maintenir son rendez-vous. Elle est en train de monter du hall d'entrée.

Alexander me lâcha brusquement, comme si je l'avais choqué, ce qui me fit reculer de quelques pas. Mes genoux vacillèrent et je dus faire un effort pour me stabiliser. Ma tête était en train de vaciller.

Soyez maudite, Madame Andrews !

Je ne savais pas qui était cette Madame Andrews, mais je la méprisais à ce moment-là. J'ai regardé Alexander Stone, qui se tenait maintenant à une bonne dizaine de mètres de moi. Il avait fermé les yeux et se passait les deux mains dans les cheveux. Il secoua légèrement la tête, comme s'il essayait de la dégager. Quand il me regarda finalement à nouveau, son expression était vide. Il n'y avait rien dans son apparence qui aurait pu révéler ce qui s'était passé au cours de ces dernières minutes.

- Notre entretien est maintenant terminé, Krystina, m'annonça-t-il de manière assez abrupte.

- À quand aimeriez-vous le reporter, Monsieur Stone ? lui demandai-je, ma question paraissant faible à mon oreille.

Je pouvais à peine faire sortir les mots, mon corps nageant encore dans un désir inexplicable.

- Je ne sais pas... sa voix s'éteignit, l'incertitude brouillant brièvement ses traits. Mais il retrouva son calme en un instant, en arborant une fois de plus un visage impassible qui ne montrait aucune émotion. Il serait certainement préférable pour nous deux que vous partiez dès maintenant, Mademoiselle Cole.

Formel. Retour aux affaires.

Son ton était ferme et détaché. C'était comme si un interrupteur avait été actionné et il semblait complètement insensible à notre rencontre. J'étais plus que stupéfaite. Je me sentais totalement rejetée. J'étais complétement sans voix. Et je restais là, à le regarder, confuse.

À quel jeu joue-t-il ? Va-t-il le reporter ou non ? Et est-ce qu'il veut de moi ou non ?

Étourdie, je me suis penchée pour récupérer mon sac à main sur la chaise où j'étais assise. Quand je me suis retournée, Alexander m'attendait près de la porte.

- Laura vous attendra à la réception pour vous raccompagner. Passez une bonne journée.

Et sur ce, il tourna sur lui-même et sortit de la salle de conférence.

C'est très bien, Docteur Jekyll et Mister Hyde. Si vous voulez faire mumuse avec moi, alors je pourrais faire votre bonheur.

Je maîtrisais l'art de porter un masque. Je fis rapidement preuve de désintérêt et sortis de la pièce, affichant un air de confiance que je ne ressentais pas vraiment. Je n'avais certainement pas besoin de la charmante Laura pour me faire sortir. Je savais où se trouvait la sortie. Je contournai le coin qui menait jusqu'à la salle d'attente et me suis dirigée vers les canapés en cuir, en marchant à un rythme mesuré. Tellement préoccupée par le fait de vouloir garder la tête haute, je faillis me vautrer dans une femme qui marchait dans ma direction. Elle était d'une beauté saisissante, avec de longs cheveux d'un noir brillant. Elle portait une robe ras du cou en coton, d'un violet profond qui couvrait sa silhouette élancée de la tête aux pieds. La seule trace de peau provenait de la fente sur le côté de sa jambe. Sa robe enveloppait son corps si étroitement qu'elle aurait aussi bien pu ne rien porter du tout.

- Excusez-moi, dit-elle avec impatience, comme si elle était pressée.

M'écartant vite pour la laisser passer, j'ai continué jusqu'aux ascenseurs. J'entendis Laura m'appeler, mais je l'ai ignorée en continuant à marcher. Je savais que j'étais mesquine, mais si j'ouvrais la bouche, je risquais de perdre contrôle. Les portes des ascenseurs étaient ouvertes, semblant m'attendre. Je devais les atteindre au plus vite avant qu'elles ne se ferment. Je suis entrée dans l'ascenseur, puis j'ai actionné le bouton permettant de faire descendre la cabine jusqu'au hall. Je voulais juste rentrer chez moi pour réfléchir. J'avais besoin de comprendre comment j'avais laissé tout ça se produire.

Avant que les portes se ferment, je vis Alexander franchir la porte d'un bureau situé en dehors de la salle d'attente. La belle femme aux cheveux noirs se précipita vers lui et le prit dans ses bras. J'ai inspiré comme si j'avais été avalée par une ventouse. On ne pouvait pas dire qu'il n'y avait pas d'affection entre eux. Puis

Alexander regarda par-dessus l'épaule de la femme. Ses yeux bleus se plongèrent dans les miens.

Mais pourquoi, sale connard... ?

Ce fut la dernière pensée que j'ai eue alors que les portes de l'ascenseur se fermaient lentement.

7

Alexander

Je faisais les cent pas dans mon bureau comme un animal en cage, en essayant de comprendre ce qui m'avait pris. Oui, je voulais Krystina Cole. Je l'ai voulue dès le premier instant où je l'ai vue. Mais ce n'était pas une excuse. Je n'étais pas un gamin excité qui ne pouvait pas garder sa bite tranquille dans son pantalon. Je me passai les mains dans les cheveux, troublé par le fait d'avoir totalement perdu la tête. Ça ne me ressemblait pas du tout. Je comprenais la valeur de la finesse, l'importance de la patience et de la diligence pour atteindre le résultat final souhaité. Et je n'ai jamais échoué jusqu'à maintenant. Pourtant, l'empreinte de Krystina Cole s'était imprimée dans mon cerveau, m'obligeant à repousser négligemment toute forme de retenue, quitte à prendre ce que je voulais sans me soucier des conséquences. Levant la main pour me frotter la tempe, je tentais au mieux de faire disparaître les images d'elle, mais en vain. Je pouvais encore sentir le doux parfum de ses cheveux. Un peu comme des fraises à la crème. Les battements de son pouls s'accéléraient lorsque je tenais sa main légère dans la mienne. La façon dont son souffle se rapprochait lorsque je lui touchais le cou. Ses lèvres, qui s'étaient légèrement entrouvertes, attendaient. Elles attendaient que je la dévore. Et cet air confus, sur son visage, quand je l'ai si grossièrement rejetée...

Je suis un vrai connard.

J'avais besoin d'un nouveau départ. Pour remédier à la situation, je me suis rapidement dirigé vers la porte du bureau, espérant la rattraper avant qu'elle ne parte. Mais lorsque je franchis la porte, une Justine Andrews très en colère me bloqua le passage.

- Alexander ! Ça fait depuis des jours que j'essaye de te joindre ! me lâcha-t-elle.

Ses yeux clignèrent avec colère alors qu'elle se rapprochait de moi. Mon dos se redressa, prêt à sauter sur la défensive. Je me préparais au pire, sachant qu'elle avait une raison valable d'être aussi furieuse.

Et voilà ! Le courroux de Justine ! Apparemment, j'ai énervé plus d'une femme ce matin.

Mais avant même que je puisse penser à lui donner une explication sur la raison pour laquelle je ne l'avais pas rappelée, elle jeta ses bras autour de mon cou, adoucissant mes défenses. C'est alors que je vis Krystina. Au début, elle avait l'air choqué, mais ensuite son expression changea en une trahison furieuse. J'eus l'impression de recevoir un coup solide en pleine tête. Je ne pouvais pas réagir, même si j'avais voulu essayer. C'était comme si le temps s'était littéralement arrêté. Ce ne fut que lorsque les portes de l'ascenseur se sont fermées que j'ai réalisé à quoi la scène devait ressembler pour elle. Je me détachai de l'emprise de Justine.

- Mon Dieu, mais qu'est-ce qui t'prend ? Tu n'as aucune patience ! Et aujourd'hui, tu tombes mal, m'énervai-je en me retournant pour accéder à mon bureau.

Justine me suivit et j'ai fermé la porte derrière elle, épargnant des cris de guerre aux employés de bureau. Je pouvais voir qu'elle avait envie de se battre.

- M'enfin, Alex ! Tu voulais que ta secrétaire me reprogramme un rendez-vous, à moi ! Et je trouve ça terrible d'avoir eu à prendre rendez-vous avec toi juste pour te voir, se lamenta-t-elle.

- Désolé. Ma semaine a été bien chargée, marmonnai-je en m'asseyant derrière mon bureau.

Justine s'assit avec grâce sur le siège qui me faisait face et fit la moue en croisant les bras. J'ai allumé mon ordinateur et ouvris ma boîte de réception. Puis j'ai commencé à parcourir mes e-mails, à supprimer ceux qui n'étaient pas utiles et à envoyer des réponses rapides à ceux qui en attendaient de ma part. Je n'allai pas accorder beaucoup d'importance à l'attitude irritante de Justine. Elle finira par arriver à ses fins et je ne voulais pas qu'il y ait de longues bagarres entre-temps. C'était une perte de temps - du temps qui devrait être consacré à poursuivre Krystina.

Je suis tombé sur l'e-mail de Stephen qui contenait les informations au sujet de Krystina. J'ouvris le dossier pour le relire pour la quatrième fois de la journée, en espérant trouver une information qui pourrait m'aider à désamorcer la bombe à retardement que j'avais involontairement placée.

- Alors, qu'est-ce qui t'as occupé ? Cette jolie petite chose qui vient de s'enfuir d'ici ? se moqua Justine.

- Ça suffit, dis-je avec impatience, en lui faisant signe de se taire avec une main. Fermant les yeux, je pris une grande inspiration. Puis je les rouvris et je la regardai d'un air pointu, l'avertissant de ne pas me défier : elle venait pour un entretien d'embauche. Un entretien très important, que tu as interrompu. Crois-le ou non, j'ai une entreprise à diriger.

Je ne lui précisai pas ce qu'elle avait interrompu. Justine deviendrait folle de rage si elle savait que j'ai pratiquement agressé sexuellement une potentielle employée. Son interruption était probablement la meilleure chose qui pouvait arriver, même si je lui en voulais pour cette raison.

- Je sais que tu es occupé, et je suis désolée de faire irruption comme ça. C'est juste que... c'est important, et je ne savais pas quoi faire d'autre !

L'angoisse qui était dans sa voix attira mon attention, me

forçant à la regarder de plus près. Comme toujours, elle avait l'air impeccable, ce que je n'attendais pas moins d'elle. L'argent de poche que je lui donnais chaque mois était plus que suffisant pour qu'elle s'achète des vêtements de marque, des produits de beauté haut de gamme et des ongles parfaitement manucurés. Cependant, je faisais partie des rares personnes dans sa vie qui pouvaient voir à travers cet écran de fumée. C'était comme son maquillage : bien qu'elle ait réussi à le couvrir, je pouvais encore voir le subtil gonflement de dessous ses yeux, et la légère rougeur autour de leurs bords : elle avait pleuré avant de venir me voir.

- Que se passe-t-il, Justine ? lui demandai-je, en adoptant un ton plus doux, même si j'avais déjà des soupçons sur ce qui pouvait vraiment la contrarier.

Il ne s'agissait pas des appels téléphoniques auxquels je n'avais pas donné suite.

Probablement encore son salaud d'ex-mari.

- C'est Charlie, me dit-elle les yeux remplis de larmes.

Elle tenta un battement de cils.

En plein dans l'mille...

- Qu'est-ce que cette ordure a encore fait ? demandai-je sur un ton irrité.

J'avais une tolérance zéro pour cet accro au jeu qui fut une fois le mari de Justine. Un vrai gaspi !

- C'est terrible, Alex. Il se met à faire des menaces, maintenant.

- Que veux-tu dire ? Quelles menaces ? Je sifflais au travers de mes dents, immédiatement alimenté de rage à l'idée qu'il la blesse à nouveau. Elle avait déjà assez souffert. Je tuerai ce putain de bâtard s'il te touche encore !

Justine fit un clin d'œil. Mon ton était menaçant, et je savais qu'elle le détestait, mais je n'ai pas pu m'empêcher de m'exprimer de la sorte. Elle faisait ressortir tous les instincts de protection qui étaient en moi.

- Ce n'est pas c'que tu crois. Il ne m'a pas fait de mal - du moins, pas physiquement. Il m'a appelée... trop, à mon goût. J'ai pensé à faire bloquer son numéro, mais j'avais peur de le faire parce qu'il m'a menacée. Et ça nous affecte tous les deux, toi et moi, me dit-elle.

La peur traversa ses larmes et elle se mit à trembler ; ce tremblement faisait même rebondir ses jambes de façon visible. Je la pris dans mes bras instantanément, la serrant contre moi et lui caressant les cheveux.

- Ça va aller. Qu'il n'arrête pas ses menaces. De toute façon, il ne peut rien me faire. Et je t'ai déjà dit que je ne le laisserai plus te faire de mal, tentai-je de la rassurer.

- Non, non ! Écoute-moi, Alex ! cria-t-elle en me repoussant. Elle inspirait profondément, essayant de retrouver son calme. Merde ! C'est pour ça que j'ai pas arrêté de t'appeler. Il menace de divulguer notre passé !

Et soudain, ce fut comme si ma tête se vidait de tout son sang, et un vide énorme s'installa au fond de mon estomac.

- Et comment sait-il... pour notre passé ? Justine ? m'enquis-je à voix basse.

- Parce que... parce que je lui ai dit ! Elle hoqueta, une nouvelle vague de sanglots l'envahissant encore. Il fallait que je lui dise. Ça faisait partie de ma thérapie... il y a longtemps. Et maintenant, des années plus tard, je viens tout juste de faire la paix avec moi-même. La dernière chose que je veux, c'est un cirque médiatique. J'en pouvais plus. J'en pouvais vraiment plus.

Mes mains se serrèrent. Il me fallut toute ma volonté pour ne pas casser quelque chose dans la pièce.

- Putain de psy, ai-je juré dans un souffle. J'ai jamais compris pourquoi elle faisait autant confiance à ces tarés. Me déplaçant au fond de mon bureau, je lui pris un mouchoir en lin. Est-ce qu'on peut envisager la possibilité que Charlie te demande d'acheter son silence ?

Elle attrapa le mouchoir et hésita une seconde ou deux avant de me répondre. La culpabilité brouilla brièvement ses traits.

- Bien sûr... que voudrait-il d'autre ? Il est probablement sorti d'une mauvaise passe sur la table de craps. Mais tu sais très bien ce que c'est... juste un peu d'argent en plus lui permettra de retrouver sa place parmi les meilleurs. Je suis sûre qu'il a encore eu une intuition, remarqua-t-elle avec sarcasme.

Justine était aigrie, et je ne lui en voulais pas d'être ainsi. Cependant, je lui reprochais tous les cadeaux qu'elle lui avait fait malgré leur récent divorce. Je savais très bien qu'elle n'avait pas dépensé uniquement pour elle l'argent que je lui avais donné ; elle en avait simplement gardé une partie pour maintenir le cap et ne pas se laisser couler. Je ne lui ai jamais dit que j'étais au courant, mais je me suis souvent demandé pourquoi elle avait agi ainsi. Il avait dû lui mettre la main dans les poches encore plus profondément que je ne l'avais supposé.

Il faut que ça cesse. Dès maintenant.

- Je vais m'en occuper.

- Mais comment ? Tu le connais, Alex. Il ne s'arrêtera pas. Il reviendra juste quand il sera complètement à terre.

- Je ne sais pas encore ce que je vais faire. Laisse-moi passer quelques coups de fil, parler à mon avocat. Stephen saura ce qu'on peut faire de manière légale. En attendant, je ne veux pas que cela te contrarie. Et s'il appelle encore, passe-le vers moi. Ça devrait le calmer un peu. Il a toujours été une poule mouillée face à moi.

- Désolée, Alex. Jamais je n'aurais pensé qu'il se rabaisserait à ce point-là.

- Ah non ? Ça ne t'aurait même pas effleuré une seconde ? Sérieusement, dis-je, dégoûté par autant de naïveté de sa part, même après tout ce temps. Cet homme n'a pas de conscience. Tu aurais dû le savoir dès la première fois qu'il t'a cogné la tête contre le mur de la cuisine.

- Ouais, eh bien... je n'ai jamais été du genre à apprendre de mes erreurs, souffla-t-elle avec méchanceté.

Sa voix se cassa et des larmes fraîches lui remplirent les yeux. Je fus instantanément submergé par la honte.

Mais qu'est-ce qui n'va pas avec moi, aujourd'hui ?

- Écoute, je suis désolé. C'était un coup bas de ma part. Je sais très bien que tu as fait ce que tu pensais faire de mieux à l'époque.

Quant à toutes ces autres conneries, je t'ai dit que je m'en occuperais, et je le ferai.

- Je l'espère bien, Alex... il demande beaucoup d'argent, dit-elle la voix chargée d'incrédulité, en secouant la tête d'un côté à l'autre.

Je ne pris pas la peine de lui demander combien. Cela n'avait pas d'importance. Il n'allait pas recevoir un centime de plus, ni d'elle, ni de moi.

- On fait comme ça. Rentre chez toi, maintenant. Appelle Suzanne. Déjeunez ensemble ou faites-vous une journée au spa. Un truc du genre.

Cette idée sembla la calmer et j'espérais qu'un après-midi entre filles lui changerait les idées pour de bon. Au moins, elle semblait plus sereine quand elle m'embrassa au moment de me dire au revoir.

- Merci. Tu sais pas à quel point je te suis redevable, déclara-t-elle.

Je lui lançai un sourire sinistre, sachant que je ne pourrai jamais encaisser une telle faveur de sa part. Une fois Justine sortie du bureau, j'ai décroché le téléphone pour appeler mon avocat. Quand il s'agissait de quelqu'un comme Charlie Andrews, peu importait la richesse ou le pouvoir que je possédais. Il n'était pas facile de le dissuader en l'intimidant. Il était poussé par sa dépendance, qui était dépourvue de tout bon sens. Il était temps d'adopter une approche plus radicale.

- Stephen, je veux que toi et Hale veniez ici le plus vite possible. J'ai un problème à régler.

J'ai reposé le récepteur d'un coup sec sans attendre de réponse. Charlie était la dernière personne à qui je voulais m'adresser. J'avais un programme chargé devant moi, avec deux réunions importantes dans l'après-midi, et je devais les préparer. Puis il y avait aussi la question la plus urgente de toutes : trouver un moyen de m'excuser auprès de Krystina. L'expression de son visage, au moment où elle avait quitté les lieux, était gravée dans mon cerveau, et cette image m'avait marqué - son visage si beau, mais plein d'une indignation blessée. Le coup de poignard de culpabilité me faisait toujours mal.

Pourquoi avais-je l'impression d'être un imposteur ? Ce n'est qu'une fille.

Une très jolie fille. Une fille dont le visage apparaissait sans m'avertir dans l'écran de mon mental, perturbant toutes mes autres pensées rationnelles. Le fait de vouloir améliorer la situation avec elle passait en premier plan dans ma tête, et c'était très troublant.

C'est vraiment ridicule. Je vais trouver une manière de m'excuser, et tout sera réglé.

Mais malgré tout, je savais qu'effacer Krystina Cole de mon esprit ne serait pas si facile.

8

Krystina

J'étais assise à la table de la cuisine, et je remuais une cuillère dans un bol de céréales. Trois jours s'étaient écoulés depuis mon entretien avec Alexander Stone. Je n'étais pas naïve. Je savais très bien qu'il n'allait pas m'appeler pour fixer un nouveau rendez-vous. De toute façon, cela n'avait pas vraiment d'importance : je ne voulais plus jamais entendre parler de lui. J'ai été stupide d'avoir baissé ma garde, même pour un instant. J'étais plus maline que ça. Pendant les premiers jours qui ont suivi l'entretien, c'était ma jalousie qui avait pris le dessus. Je ne le savais pas pourquoi, mais j'étais jalouse. Pourtant, je n'avais pas le droit de revendiquer cet homme. Mais ce jour-là, j'étais rentrée chez moi en colère, utilisant Allyson comme caisse de résonance. Et comme elle était ma meilleure amie, elle avait partagé ma colère en jurant tant qu'elle pouvant, le traitant de tous les noms. Ce ne fut qu'après qu'elle m'ait écouté me lamenter en pleurant toutes les larmes de mon corps : pleurant à propos d'une opportunité d'emploi perdue, mais aussi sur ma stupidité. Et le pire dans tout ça, c'est que je pleurais aussi pour *lui*, sachant très bien que ces larmes n'auraient pas dû aller dans ce sens-là. Après tout, je le connaissais à peine. Mais en fait, Alexander Stone était parvenu à susciter des émotions que j'avais réussi à garder enfouies au fond de moi pendant longtemps. Il m'avait *ramenée à la vie* et était même arrivé à créer une petite fissure dans les murs que j'avais si soigneusement construits autour de moi. Et rien que pour ça, je le détestais. Après mon calvaire avec Trevor, je me suis jurée de ne plus jamais montrer ce genre de faiblesse, et j'avais depuis maîtrisé la capacité d'ignorer le sexe opposé autant qu'il était humainement possible.

Comment ai-je pu être aussi stupide ?

Mes pensées dérivèrent à l'époque de mon ex-copain et je ne pus réfréner une certaine amertume de s'installer en moi. J'avais rencontré Trevor Hamilton en première année d'université. Nous étions le couple stéréotypé dont on parle dans les livres. Il était le garçon riche et populaire du campus et j'étais la nouvelle, qui luttait pour trouver sa place dans la ville de New York. J'étais tombée amoureuse de lui pratiquement du jour au lendemain. Cependant, contrairement aux belles histoires, notre fin ne connut pas celle des contes de fées. Trevor était un homme différent une fois que l'on fermait la porte : il contrôlait tout jusqu'à l'obsession. Il me disait comment m'habiller, comment me coiffer et où aller faire mes courses. Il en était même allé jusqu'à m'écrire un planning, pour pouvoir planifier mon temps et mes activités à la minute près. Il avait pris en charge tous les aspects de ma vie, me forçant lentement à m'éloigner de mes amis et de ma famille. Parfois, j'avais l'impression de ne même pas pouvoir respirer sans son approbation.

Avec le recul, j'ai vu que j'étais en partie responsable : j'avais autorisé Trevor à tout contrôler, ignorant les avertissements de mes amis. J'assurais à ma conscience troublée qu'il était perfectionniste, et que c'était la raison pour laquelle il contrôlait tout. Je me disais qu'il m'aimait et qu'il ne voulait que ce qu'il y avait de mieux pour moi. J'étais devenue une victime du vieil adage - celui qui dit que l'amour rend aveugle, dans le sens où l'on devient inconscient des réalités qui nous entourent. J'étais devenue aveugle comme une taupe. Du moins l'étais-je jusqu'à ce jour fatidique de printemps, où il m'avait appelée pour annuler nos projets pour la soirée, me disant qu'il était malade. Je me suis dit qu'il devait se sentir vraiment mal - au point d'annuler... surtout qu'il ne me permettait jamais de dévier de mon emploi du temps. Je pensais que l'idée serait bonne si je le surprenais avec une soupe au poulet faite maison.

En fait, Trevor n'était pas du tout malade. Je l'ai surpris en pleine séance de tango horizontal avec une blonde maigrichonne. En un instant, tout mon monde s'était effondré. Même si j'essayais d'oublier ce jour et les semaines terribles qui suivirent, je m'en souvenais comme si c'était hier. Les cris, les hurlements et la violence seraient gravés à jamais dans les profondeurs de mon cerveau. Ça avait changé mon opinion du monde et de tous ses habitants, tout comme la personne que j'étais. C'est ce jour-là qui a transformé mon cœur en pierre. Allyson, la seule amie qu'il me restait, était là pour ramasser les morceaux. Elle était arrivée le soir pour me retrouver par terre comme un tas de ferraille et avait travaillé sans relâche pendant des mois pour me faire voir les choses telles qu'elles étaient vraiment. Il me fallut un certain temps pour m'en remettre, et j'ai fini par me rendre compte que je n'aimais pas Trevor et que ce qui s'était passé n'était pas de ma faute. Je savais qu'en réalité, j'étais « tombée amoureuse » de la manière dont la société nous le mettait dans le crâne : le fait de trouver l'âme sœur et se construire un petit nid douillet était la clé du bonheur. Je ne pouvais pas penser à un plus grand mensonge.

Tous les hommes sont des salauds. J'ai pas besoin de me faire des nœuds dans le cerveau pour savoir ça.

Mes céralles étant devenues pâteuses, je me suis levée pour aller jusqu'à l'évier et les jeter dans le broyeur à ordures. Je m'attardais trop sur mon histoire désastreuse et avais perdu l'appétit. Je ne devais pas céder à un petit moment de faiblesse comme celui-ci. J'avais renoncé aux contes de fées et aux rêveries pour une bonne raison : je serais maudite si je laissais l'histoire se répéter. Je devais juste me débarrasser d'un petit problème :

Alexander Stone. Il consommait toutes mes pensées éveillées. Je me battais pour effacer de mon esprit toutes les pensées de cet homme extraordinaire et complexe, mais les paroles d'Allyson chez Murphy résonnaient dans ma tête.

Ils ne sont pas tous comme Trevor.

Mais mon cœur endurcit me disait qu'Allyson avait tort. Ils étaient tous comme Trevor, jusqu'au dernier d'entre eux.

Bande de salopards.

Alexander n'avait fait que prouver qu'il était comme tous les autres. Je n'aurais jamais dû le laisser m'atteindre. Il était temps pour moi de renforcer ma détermination. Je l'avais déjà fait une fois, je pourrais certainement le refaire. J'avais juste besoin de trouver une distraction. Mon regard se posa sur la pile de factures posée sur le comptoir de la cuisine, dans laquelle se trouvait mon premier paiement de prêt étudiant. Un examen de mes finances et une recherche d'emploi suffiraient certainement à me distraire, et cela aurait dû être fait depuis longtemps. M'installant sur le comptoir, j'ai commencé à faire le tri dans cette pile écrasante, en essayant de trouver comment je pourrais joindre les deux bouts avec mon salaire de chez Wally's. Après une heure de calculs, la panique s'installa en moi alors que je regardais la feuille de calcul qui était sous mes yeux. J'étais gravement dans le rouge. J'ai même recalculé trois fois de plus pour m'assurer que mes chiffres étaient corrects, mais le résultat restait toujours le même. J'allais devoir vraiment me serrer la ceinture si je ne trouvais pas rapidement un emploi mieux rémunéré, et je savais que la vente de ma voiture serait inévitable.

C'est pas grave. De toute façon, je l'utilise très rarement, ma vieille Ford toute pourrie.

Le stationnement dans cette ville était tellement cher et difficile à trouver, et les transports en commun s'avéraient bien plus pratiques. Cependant, une nouvelle vague de larmes commençait à me piquer les yeux, alors qu'un regain de nostalgie s'abattit sur moi à l'idée de renoncer à ma première voiture.

Je suis vraiment stupide - ce n'est qu'une voiture. Je la vendrai s'il le faut.

Un coup sur la porte perturba mes pensées. Je me suis dirigée vers l'entrée pour l'ouvrir... et trouver un paquet FedEx à mes pieds. Je me suis dit qu'Allyson avait dû commander quelque chose en ligne, mais je vis qu'il m'était adressé. Portant le paquet jusque dans la cuisine, je me suis mise à farfouiller dans l'un des tiroirs pour y prendre une paire de ciseaux. Plaçant la boîte sur le comptoir, j'ai coupé le ruban d'emballage : elle renfermait un smart phone.

C'est quoi, ça ?

Je n'avais jamais réussi à me rendre au magasin de téléphones portables. Quand je pris le téléphone, je remarquais qu'il y avait aussi un mot au fond de la boîte.

J'attends notre nouveau rendez-vous. J'ai pensé que ça pourrait vous aider. Mes coordonnées sont déjà programmées. Il y aussi de la musique... qui m'aidera peut-être à vous persuader. Écoutez-la.

Le mot n'était pas signé, mais il ne fallait pas être un génie pour découvrir qui l'avait envoyé. J'allumai le téléphone et sortis la liste des contacts. Le nom d'Alexander Stone, son adresse e-mail et trois numéros de téléphone différents y étaient déjà programmés, ainsi que *tous* mes autres contacts. Je luttais contre l'envie de fracasser le téléphone contre le mur de la cuisine.

Ça doit être une sorte de mauvaise blague ! Quel culot !

Le téléphone portable sonna fort dans le silence de l'appartement, me faisant pratiquement sursauter. Le nom de ma mère s'afficha sur l'écran.

Pourquoi mes appels se retrouvaient-ils sur ce téléphone ?

Je fis glisser mon doigt avec précaution le long de l'écran tactile pour répondre à l'appel.

- Allô ?

- Ahh ! Te voilà ! s'exclama la voix de ma mère à l'autre bout de la ligne. J'ai appelé toute la matinée, mais ton téléphone m'envoyait directement sur la messagerie vocale.

Je regardais mon téléphone portable cassé sur la table basse du salon.

C'est bizarre. Il est pourtant bel et bien allumé.

Mais cette pensée ne dura qu'un instant, car l'idée d'un scénario totalement improbable se glissa dans ma tête.

Y'a pas moyen... il a pas pu faire ça.

Je me suis précipitée sur la table pour inspecter le vieux téléphone, et ma mâchoire toucha le sol.

Oh mon Dieu - ce connard l'avait désactivé.

Arrachant le nouveau téléphone de mon oreille pour le regarder de plus près, je sentis mon sang se mettre à frémir devant tant d'audace.

Je me fiche qu'il soit méga-millionnaire-ultra-puissant ! Il n'a pas le droit ! Ça doit être illégal. Encore une chose sournoise et faite sous contrôle...

- Krys ? demanda ma mère, dont la voix semblait faible alors que je continuais à tenir l'appareil hors de prix devant moi.

- Salut, maman. Oui, je suis là, lui dis-je en ramenant le téléphone à mon oreille.

Je me frottai le front, sentant un mal de tête arriver.

- Comment vas-tu, ma chérie ? On ne s'est pas parlé depuis des semaines !

- Tout va bien. Occupée, mais tout va bien.

- Occupée à chercher du travail, j'espère. Tu as insisté pour dépenser tout cet argent pour aller à l'université à New York, tu devrais pouvoir y arriver maintenant.

Fermant les yeux, je me mis à soupirer.

Et c'est parti !

- Non, maman. Je n'ai pas encore trouvé. En fait, j'étais sur le point de sortir mon ordinateur portable et de commencer une nouvelle recherche d'emploi. Tu m'as en quelque sorte prise au mauvais moment.

- Ma chérie, je ne sais pas pourquoi tu ne rentres pas à la maison. Tu sais que Frank pourrait te trouver un travail n'importe où à Albany. J'aimerais vraiment que tu arrêtes d'être aussi têtue en ce qui concerne le fait de rester à New York.

- Maman, on en a déjà parlé des milliers de fois. J'aime vivre à New York.

- Je sais, mais...

- Je dois te laisser, maintenant. Il faut vraiment que je me concentre sur ma recherche d'emploi.

Je me dis qu'il était parfois préférable de parler de choses plus légères avec elle. Elle n'écoutait pas, autrement, et je n'étais pas d'humeur à rentrer dans les explications.

- Si seulement tu pouvais...

- Je raccroche maint'nant, maman, lui dis-je en manifestant mon impatience haut et fort.

- D'accord, très bien. J'ai compris. Tu ne veux pas en parler. Je vais donc m'arrêter là. Ce n'est pas pour ça que j'appelais, de toute façon. J'appelais pour te dire que Frank et moi envisageons de passer à New York dans quelques semaines. Ça fait depuis longtemps que j'attends d'y aller et j'aimerais commencer à faire mes achats pour les vacances.

Je gémis intérieurement. Même si j'aimais beaucoup voir ma mère et mon beau-père, leurs visites me demandaient beaucoup d'énergie - une énergie que je ne ressentais pas vraiment en ce moment.

- Ah, c'est très bien ! J'ai hâte d'y être, mentis-je.

- Tant mieux, ma chérie. Je te ferai savoir quel week-end on vient une fois qu'on aura finalisé nos plans. Bonne chance dans ta recherche d'emploi ! Je t'aime !

- Moi aussi, maman. Bye.

J'appuyai sur le bouton de l'écran tactile permettant de mettre fin à la conversation et toute ma rage revint en force alors que je fixais le cadeau d'Alexander Stone, si on pouvait appeler ça comme ça.

Ça me fait plutôt penser à une prise de contrôle hostile de mes moyens de communication personnels !

Sur le coup, j'ai opté pour lui envoyer un texto, mes doigts tapant fébrilement de colère.

Aujourd'hui
10:32, moi : *Pour qui vous vous prenez ?*

Quelques secondes passèrent, mes ongles claquant impatiemment sur le comptoir de la cuisine, en attendant sa réponse. Au bout de quelques minutes, j'étais prête à jeter le téléphone à la poubelle, mais il se mit à sonner pour me notifier un nouveau message.

10:38, Alexander : *Parfait. Vous avez reçu le téléphone.*

Je pouvais presque voir son expression suffisante en lisant sa réponse, ce qui alimenta encore plus ma fureur. Je répondis avec une telle précipitation que j'en oublais mon orthographe.

Si ce connard avait pu trouver le temps de faire reprogrammer tous mes contacts, il aurait au moins pu activer correctement le correcteur d'orthographe automatique !

J'ai recommencé en tapant plus lentement, cette fois-ci.

10:41, moi : Je l'ai bien reçu, en effet - *mais vous pouvez le reprendre !*
10:42, Alexander : *Il est à vous. Gardez-le.*

Argh ! Non mais quel ballot !

Il commençait à me pousser à bout. Je ne voulais aucun lien avec Alexander et je n'avais pas l'intention de garder ce fichu téléphone portable, car il ne ferait que de me ramener à lui en permanence.

10:44, moi : *Je ne le veux pas.*
10:45, Alexander : *Vous pouvez toujours reprendre votre appareil cassé.*
10:45, moi : *Vous l'avez désactivé !*
10:47, Alexander : *Où voulez-vous en venir ?*

10:48, moi : *Les gens normaux ne font PAS ce genre de choses !*
10:51, Alexander : *Je ne fais pas partie des gens normaux, Krystina.*

Vous n'croyez pas si bien dire !

10:54, moi : *Comment avez-vous fait ?*
10:56, Alexander : *Comment j'ai fais quoi ?*
10:57, moi : *Comment avez-vous fait pour désactiver mon téléphone ? ? ?*
10:59, Alexander : *J'ai des relations.*
11:00, moi : *Eh bien, dites à VOS RELATIONS de le réactiver !*
11:04, Alexander : *Non.*
11:04, moi : *SI !*
11:09, Alexander : *J'ai replanifié votre entretien d'embauche à cet après-midi.*
11:10, moi : *Je crois que vous allez beaucoup vous ennuyer, cet après-midi.*
11:13, Alexander : *Et pourquoi ?*
11:14, moi : *Parce que je n'y serai pas.*
11:17, Alexander : *Mais si, vous y serez. À 14 heures, dans mon bureau.*
11:18, moi : *Je n'y serai PAS ! Et je veux que vous répariez mon téléphone !*

Pas de réponse.
Super. Je m'en occuperai moi-même !
Je me hâtai d'aller dans ma chambre pour m'habiller. M'empressant d'enfiler un jean et un t-shirt, je suis allée fouiller dans mon placard à la recherche d'une paire de baskets. Finissant par la trouver rapidement, j'en nouais les lacets avec la rapidité d'une experte, tout en pensant aux trucs odieux que je dirai à l'employé de l'agence dans laquelle je comptais me rendre pour mon téléphone portable.

Quelqu'un va se faire bouffer le cul juste pour ça ! Et LUI... il a reprogrammé mon entretien... AHA !

Quand je suis retournée dans la cuisine, mon regard s'arrêta pile sur la boîte Fed-Ex, toujours posée sur le comptoir. Je me forçais à entendre raison. Cela ne me servirait pas à grand-chose si je pénétrais dans le magasin de téléphonie mobile sans arriver armée contre le pauvre vendeur sans défense à qui je ferai face. Je finirais probablement par me faire arrêter pour avoir agi comme une folle à lier.

Mais après tout, ce n'est pas leur faute si Stone n'est qu'un imbécile présomptueux.

Tout en me mettant en tête qu'il fallait que je maîtrise mes émotions avant de faire quoi que ce soit d'irréfléchi, je pris une grande respiration pour essayer de calmer mon tempérament qui commençait à s'échauffer. Aller au magasin dans mon état d'esprit actuel ne pouvait que mener à une catastrophe, et je tentais de mettre au point un plan plus raisonnable - un plan qui n'impliquait pas de peine de prison.

Tout d'abord, un moment à La Biga. De la caféine ne me fera que du bien. Et comme ça, ça me laissera du temps pour me remettre les idées en place.

Mon regard se posa sur mon ordinateur portable, posé sur la table basse.

C'est ça ! Je pourrai aussi mener à bien ma recherche d'emploi lorsque je serai au café !

De plus, si je restais là-bas une bonne heure, je pourrais ensuite partir : une heure, c'est suffisant pour me permettre de me calmer, non ? Ainsi, je pourrai plus sereinement aller au magasin. Satisfaite de mon plan d'action, je pris tout ce dont j'avais besoin, y compris le téléphone ridicule d'Alexander, et je me précipitai dehors pour prendre la Redline.

9

Alexander

Il ne me restait plus qu'un kilomètre à courir sur le tapis roulant. La sueur coulait sur un côté de mon visage et je l'essuyai d'une main. Un entraînement cardio musclé était ce dont j'avais besoin pour me vider la tête, car le travail ne semblait pas m'aider à aller dans ce sens, ces derniers temps. Ma vie, et tout ce qu'elle contenait, était soudain devenue sans aucune saveur. Tout... sauf... *Krystina Cole.*

J'étais allé au bureau ce matin-là, mais je me suis très vite rendu compte que je m'ennuyais totalement malgré tout ce que j'avais à faire. Aucune excitation, aucun défi. Le seul moment fort de la matinée avait été la lecture des SMS de Krystina. Répugné par mon manque de concentration, je finis par annuler mes rendez-vous du reste de la journée et m'étais dirigé vers la salle de sport du CornerStone Tower. J'avais cherché mon entraîneur, mais il était déjà en train de coacher quelqu'un d'autre. Peut-être que j'aurais pu insister pour avoir une séance avec lui, mais j'ai préféré travailler seul, finalement : c'était mon humeur maussade qui m'avait dicté cette nécessité. Jusqu'à il y a peu de temps, j'étais satisfait. J'avais de l'argent. Un statut. Et je n'ai jamais eu à poursuivre une seule femme. Et pourtant, j'étais là, à courir après une nana que je connaissais à peine, à jouer à un jeu auquel je n'avais jamais eu à jouer auparavant. J'essayais même d'arrêter, histoire de me calmer, mais les yeux bruns de Krystina me hantaient même dans mon sommeil. Des images d'elle nue et agenouillée me consumaient, à tel point que je ne pouvais penser à rien d'autre. Et ça m'énervait sérieusement. Terminant le dernier kilomètre, je ralentis le tapis roulant pour atteindre une vitesse de refroidissement. J'aurais pu facilement parcourir cinq autres kilomètres, mais j'avais terminé. Même l'entraînement m'ennuyait.

Je pris une serviette, et partis sous la douche. Me plaçant contre la paroi, je laissais l'eau me couvrir de vapeur en pensant à la dernière fois où j'avais bien baisé. De manière tout à fait honnête, j'avais tendance à rarement oublier les partenaires avec qui je faisais ça - et encore moins les personnes avec qui j'avais envie de me remettre. Mais en ce comment, et malgré tous mes efforts pour l'oublier, je ne pensais en vouloir qu'une seule... je n'étais même pas sûr qu'elle serait ouverte à ce genre de choses.

Mais je pourrais lui montrer ficelles... Les ficelles.

Cette métaphore me mit une autre image en tête et je me suis mis à frapper le poing contre le mur carrelé.

Non mais j'ai quel âge ? J'ai sérieusement besoin de me ressaisir !

Je devais réfléchir de façon rationnelle. Trop de choses avaient mal tourné depuis ma rencontre avec Krystina. Malgré tout ce qu'elle pouvait penser, j'avais vraiment l'intention de lui faire passer un entretien d'embauche, ce jour-là, dans ma salle de conférence. Mais à un moment donné, mes intentions avaient changé. Pourtant, je n'ai jamais voulu la séduire.

Ou peut-être que oui ? Mais qu'est-ce que je raconte ?

Depuis le premier jour, je la voulais sous moi, torride et soumise. Toutefois, j'avais géré la situation avec elle sans réfléchir et avais été obligé d'attendre. Krystina avait besoin d'espace après cet entretien qui avait mal tourné. Il y avait du vrai derrière l'expression disant que la patience est la mère de toutes les vertus, c'est pourquoi je lui avais délibérément laissé quelques jours pour se calmer, en maintenant une neutralité silencieuse entre nous pendant que je mettais au point un plan. L'échange des téléphones portables n'était que le début de ce que j'avais en tête, même si elle semblait contrariée par cette idée. Je savais avant de l'envoyer qu'elle ne serait pas la plus réceptive. Pour une fois, j'ai pu prévoir avec précision sa réaction. Mais la colère de Krystina était un risque que j'étais prêt à prendre si cela signifiait que je devais la revoir.

En sortant des douches, je me suis rapidement séché avec une serviette et mis un jean et un t-shirt. Puis j'ai récupéré mon sac de sport et la housse dans laquelle j'avais rangé mon costume avant de venir à la salle de gym, et je sortis des vestiaires. En m'approchant de la réception, je vis que Gretchen travaillait au comptoir. Elle était séduisante, avec un joli visage et un physique grand et maigre, et elle portait un pantalon de yoga assorti d'un haut rose. Elle me tournait autour depuis des mois, laissant échapper des indices insaisissables pour montrer son intérêt pour moi à chaque fois que nous parlions. Elle me fit un sourire timide et détourna les yeux quand elle me vit approcher.

C'est une femme soumise. Indéniablement. Peut-être que je devrais juste revoir mes plans pour Krystina et satisfaire mes envies avec elle.

Comblant la distance qui nous séparait en avançant de quelques pas, je me suis approché du comptoir. Les yeux de Gretchen restèrent baissés, même si elle savait que j'étais juste devant elle.

- Hé, Gretchen.

Je m'étirais et lui fit délibérément du charme. Cependant, même à mes propres oreilles, la salutation sonnait faux. Complètement faux. Je lui fis un sourire et un clin d'œil pour essayer d'être plus convaincant.

- Bonjour, Monsieur Stone. Que puis-je faire pour vous aujourd'hui ? demanda-t-elle.

Si ce qu'elle venait de dire restait purement professionnel, son ton était suggestif et pouvait être facilement compris autrement par toute personne ayant une oreille attentive.

Tu peux faire beaucoup de choses pour moi, bébé. Tant que ça me permet d'oublier les boucles d'une brune et ses grands yeux bruns.

- Eh bien, je vous demanderai tout d'abord d'adresser ce costume à Laura. Qu'elle l'envoye au pressing, lui dis-je en lui remettant la housse. Et puis, il me faut un bureau pendant un bon quart d'heure.

Elle me prit le costume et laissa ses doigts hésiter un instant sur les miens. Son regard passa de nos mains à mon visage, ses yeux se plissant de façon provocante. Au bout de quelques secondes, elle se retourna pour placer la housse sur le comptoir qui était derrière elle. Lorsqu'elle se retourna pour me faire face, ses joues étaient d'un rose éclatant.

Humm. Elle me facilite presque les choses.

- Le bureau du directeur est à votre disposition si vous avez besoin d'un ordinateur. Vous pouvez également utiliser la salle de réunion si vous souhaitez pouvoir bénéficier d'un peu plus d'intimité en verouillant la porte, m'informa-t-elle.

Il était difficile de ne pas avoir entendu la manière dont elle avait accentué la dernière partie de ses explications. Comme la mention évidente du fait que la porte pouvait être verrouillée, par exemple. Elle déplaça ses yeux d'un côté, se mordit la lèvre et tira nerveusement sur l'extrémité de sa queue de cheval blonde. Et bien sûr, il n'y avait rien de discret. Dans le passé, j'avais toujours écarté ses avances. Elle allait à l'encontre de mes règles. Je n'acceptais jamais l'inconnu, sinon je risquais de tout compromettre. Il était beaucoup plus sûr pour moi de m'en tenir à des femmes dont les intérêts reflétaient les miens, car elles comprenaient la valeur de la discrétion. La vie privée était difficile à préserver pour quelqu'un de ma stature. Gretchen travaillait dans mon immeuble et les gens parlaient. Les gens parlaient beaucoup.

Oublie les règles. Juste pour une journée.

Mais rien qu'en y pensant, j'écartais rapidement cette idée en me résignant à l'inévitable.

On applique des règles ou on en applique pas. Ça ne marchera pas.

- Je dois juste passer quelques appels. Le bureau de Joe sera parfait, déclarai-je avec indifférence.

Mon ton se fit plus brusque que poli, car j'étais irrité par moi-même de lui avoir accordé ne serait-ce qu'un instant de considération.

- Faites comme vous le souhaitez, monsieur, me répondit-elle d'un léger hochement de tête. La lumière de ses yeux s'éteignit, son équilibre revenant à son travail. Je vais l'appeler afin de m'assurer qu'il vous libère la place.

- Merci, Gretchen.

Tout homme décent aurait ressenti un petit pincement de culpabilité à l'idée de lui avoir donné de faux espoirs, la laissant au final le bec dans l'eau. Mais je n'étais pas comme ces hommes. Pour moi, le raisonnement était simple : je ne voulais pas de Gretchen. C'était trop facile avec elle. Simple. Sans aucun défi. Une partie de jambes en l'air avec elle ne dissiperait pas l'énergie que j'avais accumulée pendant des jours. Il n'y avait qu'une seule femme qui détenait ce pouvoir. *Krystina.* M'éloignant d'une Gretchen visiblement déçue, je me suis dirigé vers le couloir conduisant au bureau de Joe. Quand je suis arrivé au coin, je vis le responsable de la salle de sport fermer la porte de son bureau derrière lui.

- Monsieur Stone, me salua-t-il quand il me vit arriver vers lui.

Quand je suis arrivé à son niveau, il me tendit la main.

- Joe. Je lui rendis son salut en acceptant sa poignée de main. Elle était molle comme une nouille, et froide et moite contre ma paume. Ce n'était pas le genre de poignée de main que l'on attend de quelqu'un qui a les épaules d'un défenseur de football américain. Merci de me laisser l'accès à cette salle. Vous m'évitez de remonter à mon bureau. Je n'en ai que pour quelques minutes.

- Prenez tout le temps qu'il vous faut, monsieur. Si vous avez besoin de l'ordinateur, je vous ai laissé le mot de passe de connexion « invité » sur le bureau. Je serai juste à côté, dans la salle d'entraînement, pour vérifier les plannings. N'hésitez pas à m'appeler si vous avez besoin d'autre chose.

- Je n'hésiterai pas.

Une fois qu'il fut parti, je m'essuyai la main sur la jambe de mon jean, en essayant de sécher au mieux l'humidité laissée par notre poignée de main. Joe était toujours nerveux quand il était autour de moi, et je n'ai jamais réussi à comprendre pourquoi. En fait, tout le monde semblait être nerveux en ma présence, ces derniers temps.

Est-ce que ça a toujours été le cas ? Ou bien est-ce la première fois que je le remarque ?

Même Krystina était tendue en ma présence. Cette façon dont elle se tordait les mains ou se tripotait l'ourlet de sa chemise - je l'intimidais. Et elle m'en a presque autant dévoilé au cours de son entretien.

Suis-je con à ce point ?

Je suis entré dans le petit bureau en prenant soin de fermer la porte derrière moi, mes pensées à nouveau tournées vers elle. La première phase de mon plan avait déjà été mise en route. Il était temps de passer à l'étape suivante. Je savais qu'elle ne se présenterait pas à son entretien « replanifié ». D'ailleurs, je n'ai même jamais envisagé qu'elle s'y présente. Mais cela ne posait pas de problème, tant que tout le reste se mettait en place. Je m'assis derrière le bureau gris à cadre métallique de Joe et composai le numéro de téléphone de Matteo Donati. Matteo et moi étions amis depuis le lycée, et je savais que je pouvais compter sur sa discrétion.

- Matt, j'ai besoin que tu me rendes un service, lui dis-je une fois qu'il eut décroché.

- Dis-moi tout, me dit-il de son accent italien toujours aussi présent même au bout de vingt ans de vie aux États-Unis. Qu'est-ce qu'il y a ?

- Il faut que j'organise un rendez-vous privé avec quelqu'un. Ce soir. Le restaurant est-il prêt à me recevoir, moi et un invité ?

- Dans la mesure où ça ne vous dérange pas d'être dans un endroit sans nom avec un choix limité, plaisanta-t-il, même si je savais très bien qu'il était frustré par rapport à ça.

Matteo avait défini chaque petit détail de son restaurant, de la police de caractères imprimée sur les menus à la puissance des ampoules. Il avait une vraie vision, mais il était déconcerté lorsqu'il s'agissait de nommer son rêve de toujours.

- Tu te tracasses trop pour ça. Je vais t'aider à trouver un nom, ne t'inquiétes pas, lui assurais-je. Je sais que tout n'est pas encore terminé, mais je cherche vraiment un endroit libre de toute influence extérieure et ne souhaite pas être dérangé. Tu peux faire ça pour moi ?

- Je pense que ça peut être faisable. Et qui est ton invité ?

- C'est une candidate pour Turning Stone Advertising.

- Une candidate ?

- Une candidate, oui, lui confirmai-je.

Je savais que la demande était probablement plus qu'un peu bizarre, surtout pour moi. J'avais pris l'habitude de faire autant d'affaires que possible aux bureaux de la Cornerstone Tower. Je me pinçais les lèvres en attendant une affluence de questions de la part de Matt. À mon grand soulagement, il n'en eut pas.

- Bon, très bien. Je vais m'occuper d'aller chercher tout ce dont j'aurai besoin pour préparer un dîner dans l'après-midi. Ça devrait être prêt pour dix-huit heures.

- C'est parfait. Merci. À très bientôt.

- *Ciao !*

Convaincu que Matteo ne me décevrait pas, j'ai appuyé sur le bouton qui mettait fin à la conversation et passai l'appel suivant : une demande qui serait encore plus étrange que la première.

- Hale. Contacte Gavin, du service technique. Demande-lui de ressortir le traceur GPS des téléphones de l'entreprise. J'aimerais savoir où est Krystina Cole en ce moment.

Il y eut une pause à l'autre bout de la ligne avant qu'Hale ne reparle :

- Vous êtes sérieux ?

- Oui, je suis vraiment sérieux, putain ! lâchai-je, très irrité d'avoir eu à lui dire deux fois. Elle avait un entretien d'embauche aujourd'hui, mais ne s'y est pas présentée.

Bien évidemment, c'était un mensonge, mais Hale n'avait pas besoin de savoir que j'étais à la limite du harcèlement.

- Très bien, patron. Donnez-moi une minute et je vous envoie son emplacement par SMS.

Je dois être vraiment taré.

10

Krystina

Je m'assis à une petite table à La Biga, en observant le motif en forme de cœur sur la mousse de mon cappuccino. C'était l'espresso numéro deux, et mes nerfs déjà fragilisés étaient agités. Je me suis forcée à me retourner sur mon écran d'ordinateur et à faire défiler les offres d'emploi, en essayant de ne pas penser à Alexander Stone. C'était pratiquement impossible. Maria s'approcha de ma table pour voir si tout allait bien pour moi, une expression inquiète sur le visage.

- Tu m'as l'air complètement perdu. Où est ton beau sourire aujourd'hui ? me demanda-t-elle en s'essuyant les mains sur son tablier.

- Je vais bien. J'ai juste beaucoup de choses en tête, dis-je en forçant un sourire.

- Dis-moi tout. Peut-être que tu te sentiras un peu mieux.

- Ne t'inquiète pas. Je peux me débrouiller seule. J'ai juste besoin de me débarrasser d'un petit problème ennuyeux, c'est tout.

- Un homme ? me demanda-t-elle.

Le rergard plein de gentillesse, elle s'assit sur la chaise se trouvant face à moi.

- Oh... on pourrait dire ça, lui avouai-je.

- Ah ! Dans ce cas, n'en dis pas plus. Je comprends. Les hommes ! Ils sont impossibles à vivre, mais on en a quand même besoin, dit-elle avec un sourire complice.

- Non, on n'a pas besoin d'eux, lui dis-je fermement. Les hommes ne sont rien d'autre que des ennuis - la plupart d'entre eux.

J'entendis la sonnette tinter par-dessus les portes du café, signalant l'arrivée d'un client. Maria regarda par-dessus mon épaule pour voir qui était entré.

Oh, Dieu merci !

Ce son signifiait que Maria allait devoir s'occuper d'un autre client. J'appréciais qu'elle se préoccupe de moi, et ressentis un pincement au cœur pour également vouloir qu'elle me laisse un peu tranquille. Je n'étais pas en état de converser pour le moment, même avec cette femme au cœur tendre.

- Peut-être que tu changeras d'avis quand tu verras le bel homme qui vient vers toi, dit-elle en se levant et en pointant du doigt quelqu'un qui était derrière moi.

Je me suis retournée pour voir qui elle désignait et je sentis mon ventre s'effondrer sur mes pieds. Alexander Stone, vêtu d'un jean bleu et d'un t-shirt noir, se dirigeait tranquillement vers ma table. Même si je ne voulais pas regarder, je ne pouvais pas m'empêcher de trouver son apparence divine. Son jean lui tombait parfaitement sur les hanches, et sa chemise noire lui allait comme un gant, s'étendant sur ses pectoraux et autour de ses biceps bronzés. Il avait l'air irrésistible et sûr de lui, ses yeux bleus me transperçant comme des milliers de lames. Si j'avais pensé un jour qu'il était alléchant en costume, il était indéniablement mortel en jeans.

- Bonjour, Krystina, me salua-t-il d'une voix toujours aussi douce. Un sourire sexy se répandit sur ses traits.

Oh. Mon. Dieu.

Rien que le fait de le voir suscita tout un tas d'émotions en moi. Mais peu importe, je le détestais. Peu importe que je ne veuille plus jamais voir cet homme exaspérant et arrogant. Mais rien que de le voir fit jaillir une étincelle et je sentis mon cœur battre la chamade. J'étais pratiquement en pâmoison en quelques secondes à peine. Rien que son sourire parvenait à me faire frémir les entrailles. Mais je ne devais pas oublier que j'étais furieuse contre lui quelques instants auparavant.

Je suis censé être énervée ! Pas baver comme un chien devant un os !

Mais en réalité, j'étais plus irritée par le fait de me sentir autant lamentable parce que je laissais sa candeur masculine m'atteindre. Alors plutôt que de révéler à quel point j'étais captivée par sa présence, j'ai préféré opter pour lui jeter un regard glacial, pour permettre à toute ma colère de se manifester avec force.

- Non mais quel culot ! Pourquoi vous êtes ici ? lui demandai-je, d'un ton menaçant.

Les gens nous regardaient et je me rendis compte que j'avais crié. Maria leva un sourcil sur moi et se retira vite derrière le comptoir pour s'occuper de la mise en place des pâtisseries. Angelo était là aussi, et l'inquiétude se lisait sur son visage. Je savais qu'ils étaient alarmés par mon soudain débordement et qu'ils faisaient semblant de se boucher les oreilles pour entendre tout ce que je disais. Je me forçais à baisser la voix.

- Je ne veux pas vous voir ! sifflai-je doucement.

- Je suis ici pour que nous terminions votre entretien, déclara-t-il avec désinvolture tout en s'asseyant sur la chaise que Maria avait quittée.

Il semblait complètement imperturbable, malgré ma colère.

Ce type est-il vraiment réel ?

Ses cheveux étaient légèrement humides, un peu comme s'il venait de prendre une douche. Il sentait le savon et la sueur, avec une légère pointe d'eau de Cologne musquée. Cette combinaison très masculine faisait des ravages sur tous mes sens.

- S'il vous plaît, Monsieur Stone, asseyez-vous, lui répondis-je de manière sarcastique.

- Depuis quand êtes-vous sarcastique, Krystina ?

- Arrêtez de m'appelez Krystina, lui crachai-je.

- Je vois. Vous préférez peut-être que je vous appelle Mademoiselle Cole ? demanda-t-il calmement, une curieuse expression sur son beau visage.

- Tout le monde m'appelle Krys, et c'est ce que je préfère.

- *Krys* est un prénom de jeune garçon, rétorqua-t-il.

- Eh bien, c'est quand même mon prénom. Et encore une fois, c'est comme ça que j'aimerais qu'on m'appelle, dis-je - mon irritation atteignant un sommet historique.

- Je ne veux pas poursuivre ce débat avec vous. Vous vous appellez Krystina et c'est comme ça que je vais vous appeler.

Il attendit une seconde ou deux, comme pour mesurer ma réaction. Comme je ne répondais pas, un sourire satisfait se forma lentement sur son visage. Je refusais de gaspiller ma salive pour me disputer avec lui, alors je me mordis la langue au lieu de lui débiter les nombreuses injures auxquelles je pensais. Me retournant vers mon ordinateur portable, je fis semblant de chercher un emploi. C'était soit ça, soit continuer à fixer Alexander Stone comme une imbécile. Si j'avais choisi la deuxième option, je devais malgré tout reconnaître qu'il était vraiment super beau... ou bien qu'il avait décidé de me faire tourner en bourrique à chaque fois qu'il affichait un de ces sourires ravageurs. Je pouvais sentir son analyse et essayais de l'ignorer pour le mieux. Mais au bout de quelques minutes, et j'ai craqué et ai levé le regard sur lui. L'expression de son visage était amusée, comme s'il avait évalué combien de temps je pourrais l'ignorer.

Ah, non. Je ne vais pas jouer à ce petit jeu-là aujourd'hui.

- Qu'attendez-vous de ma part, Monsieur Stone ? demandai-je avec impatience.

- Je vous l'ai déjà dit. J'aimerais que nous poursuivions votre entretien d'embauche. Comme vous n'êtes pas venue aujourd'hui, j'ai pensé que je pourrais vous l'apporter moi-même, en quelque sorte.

J'ai regardé l'heure sur l'écran de mon ordinateur : deux heures et demie.

- Êtes-vous arrogant au point de croire que je me serais présentée au rendez-vous de deux heures ?

- Ce n'est pas de l'arrogance. Cet entretien vous aurait simplement permis de conclure une affaire, dit-il en haussant les épaules, comme si tout allait bien. Si je me souviens bien, nous avons laissé certaines choses inachevées.

La colère qui couvait sous la surface faisait des bulles, et je le laissais faire.

- Ce n'est pas comme ça que je décrirais la tournure des événements. Si *je me souviens* bien, je me suis fait virer parce que vous aviez un rendez-vous à dix heures, puis vous m'avez gentiment piraté mon téléphone portable ! Il eut l'air confus pendant un moment, et j'en profitais pour faire une pause dans un doux silence. Alors où est l'problème ? Cette femme aux cheveux noirs ne répondait pas aux besoins de Turning Stone Advertising ? Non ! Attendez - j'ai oublié. Vous préférez les rousses, hein, c'est ça ? Ça doit être pour ça que vous êtes là. Cette bimbo aux cheveux noirs n'a pas fait l'affaire. D'ailleurs, je n'arrive pas à comprendre pourquoi vous m'interviewez, *moi* ! Je ne savais pas que des cheveux bruns et qu'un caractère discret fonctionneraient avec vous. Je ne suis pas stupide, Stone. Ce n'était pas un entretien d'embauche.

Il ne dit rien, et le silence se prolongea pendant ce qui sembla durer des lustres. Je continuais à le regarder fixement. Lui, en revanche, avait un regard légèrement désintéressé, ce qui exacerbait encore ma colère.

- Vous avez terminé, Krystina ? me demanda-t-il, toujours aussi réservé et calme.

J'étais stupéfaite.

Ouais, ça y est ! J'ai fini, tout va bien !

Éteignant mon ordinateur portable, je me suis levée pour partir.

- Asseyez-vous, aboya-t-il.

Je le regardais d'un air renfrogné. Mais à ma grande surprise, son expression changea. Il semblait presque frustré et avait l'air de mener une sorte de combat intérieur avec lui-même. Il se passa une main dans les cheveux, et tout son contrôle minutieux sembla s'évaporer en une dem-seconde. Finalement, il prit une profonde inspiration et dit d'une voix résignée :

- S'il vous plaît, Krystina. Asseyez-vous.

Comment ça ? Alexander Stone, l'homme qui définissait lui-même le sens de la confiance en soi et du contrôle, semblait incertain de lui-même.

Il tendit le bras et posa une main douce sur mon bras. La curiosité prit le dessus, et je finis par m'asseoir.

- Crevons l'abcès et mettons les choses au clair, dit-il. Premièrement, la « bimbo aux cheveux noirs » que vous avez vue, c'était ma petite sœur, Justine. Elle était plutôt en colère contre moi ce jour-là parce que je n'ai pas eu beaucoup de temps pour elle ces derniers temps. Son visage se radoucit et il eut l'air pensif. Un petit sourire en coin se forma sur ses lèvres parfaites. Cette petite morveuse avait mis en place un rendez-vous pour me voir.

Sa sœur. Mais bien sûr, c'est ce qu'ils disent toujours, de toute façon.

Cependant, au fond de moi, je savais qu'il disait peut-être la vérité. Cette femme aux longs cheveux d'ébène était d'une beauté à couper le souffle. Tout comme lui, d'ailleurs. Étudiant les traits d'Alexander, j'essayais de trouver en lui des ressemblances avec elle, pour me retrouver une fois de plus stupéfaite par sa beauté extraordinaire. Deux personnes aussi belles devaient être liées d'une manière ou d'une autre. Peut-être avais-je mal compris l'affection que j'avais vu passer entre elles. Même maintenant, alors qu'il parlait d'elle, l'expression de son visage reflétait la tendresse, et non le mensonge. Par prudence, j'avais décidé de me mordre la langue et de l'écouter.

- Deuxièmement, poursuivit-il. Il y a un poste disponible au service Marketing de Stone Enterprise. J'aimerais en discuter en détail une fois que nous aurons passé ce barrage que nous semblons rencontrer.

- Est-ce vraiment ça, Stone ? Un barrage ? demandais-je en

insistant sur ce mot.

Il hésita avant de répondre, comme s'il réfléchissait à ce qu'il allait me dire.

- J'admets que votre entretien a pris une tournure inhabituelle. D'habitude, je suis très bon pour lire les femmes, mais bizarrement... vous êtes différente.

Un sourire diabolique se dessina aux coins de sa bouche.

- Ouais, eh bien, plus rien ne me surprend chez vous, Stone. Je pense bien avoir cerné votre personalité, dis-je cyniquement.

- Je ne serais pas si présomptueuse si j'étais vous, Krystina. Vous vous trompez certainement. N'y a-t-il pas une expression qui dit qu'il ne faut pas juger un livre à sa couverture ? Vous trouverez peut-être que mes pages sont pleines de surprises, déclara-t-il en me jetant un regard espiègle.

- J'en doute fort, rétroquai-je avec un faux air de confiance.

Il y avait quelque chose de troublant dans la lueur de son regard, mais je ne pouvais pas mettre le doigt sur ce que c'était, exactement.

- Alors dans ce cas, nous pouvons continuer de jouer au chat et à la souris. Vous semblez si habile à ce petit jeu, dit-il, les lèvres pincées d'agacement. Cependant, je préférerais que nous discutions des raisons pour lesquelles je suis venu vous chercher.

- Bien. Comme vous voudrez, Stone. Allez-y, parlez. Je suis tout ouïe, lui dis-je, tout en gardant une façade confiante.

Je m'assis en croisant les bras, donnant l'impression d'être totalement distante pour tenter de cacher à quel point sa présence m'avait secouée.

- Terminer votre entretien serait une formalité inutile, à vrai dire. Je sais déjà que c'est vous que je veux, Krystina. Il fit une pause, me permettant de digérer ce qu'il venait de dire. Ses yeux me brûlaient et je luttais pour ne pas tenter de trop interpréter ses paroles. Malgré tout ce que vous pensez, j'aimerais vraiment vous offrir un travail. Très peu d'entreprises embauchent, et vos recherches d'emploi n'ont probablement donné que de minuscules résultats.

- Vous avez raison. Personne n'embauche, admis-je amèrement.

- Excepté moi.

- D'accord, j'vous écoute. En quoi consisterait ce travail ?

- Au départ, la société a été créée dans le seul but de fournir une publicité abordable aux propriétaires d'entreprises ayant un contrat de location avec moi. Cependant, les choses ont changé et je cherche à faire passer Turning Stone Advertising à un niveau supérieur. À l'heure actuelle, l'entreprise est petite et mes connaissances personnelles en matière de publicité sont limitées. Si vous veniez travailler pour moi, je vous demanderais de gérer les employés de Turning Stone et de superviser toutes les nouvelles campagnes publicitaires, du début à la fin.

Intriguée, je me suis redressée un peu plus sur ma chaise. L'idée d'avoir la charge de toute une campagne était attractive, et très intimidant en même temps. Me penchant en avant, j'ai posé mes coudes sur la table, ce qui me démangea pour en savoir plus.

- Combien d'employés avez-vous chez Turning Stone ?

- Pour l'instant, seulement trois. Ils sont assez médiocres dans leurs meilleurs jours, mais ils font le travail. Pour l'instant.

- Le marketing peut être très complexe. Pourquoi créer une société de publicité si vous ne savez pas comment la gérer ?

- J'en connais suffisamment les bases. Je pourrai donner des directives aux quelques employés que j'ai et faire un petit bénéfice. L'objectif final était d'aider mes locataires, pas de faire fortune. La publicité à New York est très coûteuse. Je veux que les entreprises qui me paient un loyer aient de bons résultats. Une entreprise rentable parvient à me fournir un revenu mensuel. Alors que les immeubles vides coûtent cher, conclut-il en haussant les épaules avec indifférence.

- Ce qui est tout à fait logique, dis-je en réfléchissant à voix haute. Mais il semble que vous ayez tout prévu. Pourquoi avez-vous besoin de moi ?

- Étonnamment, ma petite entreprise a dépassé mes attentes et d'autres entreprises ont demandé à faire de la publicité avec moi.

En raison de mes connaissances limitées, j'ai refusé de prendre des clients extérieurs. Cependant, j'ai vu l'argent potentiel qui peut être gagné, et il serait insensé de retenir Turning Stone. C'est pourquoi je cherche à vous recruter. Je veux que vous fassiez de Turning Stone Advertising une entreprise commerciale qui me sois lucrative. Il s'arrêta et se frotta le doigt sur le menton en scrutant un instant le décor environnant. Si vous y parvenez, vous aurez peut-être l'occasion de conclure un partenariat.

- Pourtant, avoir un partenaire ne correspond pas vraiment à votre motivation : vous ne me semblez pas être le genre de personne qui aime répondre aux gens. Avoir un partenaire signifierait que vous n'aurez pas à prendre toutes les décisions, lui ai-je dit avec scepticisme.

Il acquiesca simplement de la tête et prit mon pessimisme au sérieux.

- J'admets que je n'avais jamais envisagé la possibilité d'un partenariat, jusqu'à présent. Mais vous me désavantagez légèrement. La publicité est un territoire inexploré pour moi. J'ai peut-être l'argent pour soutenir l'entreprise, mais vous avez les connaissances que je ne possède pas. Je veux votre expertise, et en attendant, je vous verserai un salaire substantiel pendant que vous travaillerez à l'élargissement du portefeuille d'activités. Vous serez en quelque sorte un investissement pour moi.

Hum... ça semble trop beau pour être vrai.

- Je ne sais pas, dis-je en exprimant mes doutes.

- Je ne vois pas pourquoi vous êtes incertaine, Krystina. Je vous offre la chance de votre vie. Vous pourrez construire une entreprise et ce, sans aucun frais.

- Monsieur Stone, je viens tout juste d'être diplômée. Je n'ai que peu ou pas d'expérience dans le domaine, à part quelques stages très courts à l'université. Bien que je sois quelque peu flattée que vous pensiez que je puisse faire l'affaire, je suis sûre que vous pourriez trouver quelqu'un avec de meilleures qualifications.

- Peut-être. Mais j'ai fait mes recherches et je pense que vous êtes plus que capable de faire toutes ces choses. Vous êtes intelligente, déterminée et motivée. Ce sont trois qualités très admirables à mon avis. Et plus important encore, je souhaite injecter du sang nouveau dans mon entreprise avec du personnel jeune et « frais ».

- Ouais ! J'en suis certaine ! répondis-je en reniflant. C'est de la viande fraîche, ce que vous recherchez le plus !

Les coins de sa bouche s'inclinèrent légèrement dans un sourire complice, mais il ne mordit pas à l'hameçon.

- Je veux des *idées* nouvelles - quelqu'un qui soit prêt à sortir des sentiers battus et à faire les choses comme elles doivent être faites. Je trouve souvent que les personnes expérimentées restent attachées à des idées plus étroites, précisa-t-il.

- Je n'arrive toujours pas à y croire. Où est le piège ? demandai-je avec suspicion.

- Vous êtes très perspicace aussi, Krystina. Une autre qualité admirable, dit-il. Ses yeux bleus scintillaient de malice. J'ai peut-être quelques autres idées pour vous, aussi.

- Comme par exemple ?

- Vous êtes une femme intelligente.

- Honnêtement, Stone. Vous êtes tellement énigmatique. Tout le temps. J'ai constamment l'impression que vous tournez autour de ce que vous voulez vraiment dire. S'il vous plaît, éclairez-moi, dis-je avec une certaine irritation dans la voix.

Je me pinçais les lèvres dans mon agacement. La tolérance que j'ai pu avoir momentanément pour jouer à ses devinettes avait atteint ses limites.

- Considérons qu'il s'agit là d'une sorte de proposition, mais ce n'est pas quelque chose dont je souhaite discuter ici. Il agita la main en l'air en référence au café dans lequel nous étions. Nous pouvons en parler davantage au cours du dîner de ce soir.

Rhôôôô putain ! Ce mec aux méga-dollars me demande de sortir avec lui ?

Non pas que cela aurait dû avoir de l'importance. Je m'étais promis de ne pas le laisser me déshabiller à nouveau, quoi qu'il arrive. Même si ce travail était une occasion en or, je m'accrochais à peine à ma conviction vacillante. Aller dîner avec lui causerait ma perte. J'en étais sûre.

- Vous n'avez toujours pas répondu à ma question. Mais de toute façon, j'ai des projets pour ce soir, répondis-je nonchalamment en levant le menton en l'air.

Ce n'était pas vraiment un mensonge. J'avais prévu un rendez-vous avec un tapis roulant. Ses yeux clignèrent à nouveau, mais cette fois avec une sombre lueur de mots non prononcés, qui me pénétrèrent et me déséquilibrèrent. Ma confiance en moi vacillait, comme si j'étais à la limite du précipice, et soudain je n'étais plus si sûre de pouvoir mener cette bataille de volontés encore longtemps.

- Bien. Si vous insistez pour que j'énonce mes intentions, alors je le ferai, dit-il, en prenant une respiration impatiente. Plaçant ses paumes sur la table, il se pencha en avant. J'ai essayé de vous faire sortir de ma tête, mais mes efforts ne semblent pas porter leurs fruits. Alors plutôt que de combattre l'inévitable, j'ai décidé de faire avec. C'est vous que je veux, Krystina. Par tous les moyens possibles. Et nue, de préférence.

QUOI ? Il me veut nue ? !

J'avais l'impression que mes yeux étaient prêts à sortir de leurs orbites. Il avait dit ça avec tant de désinvolture sur un ton ne reconnaissant même pas la bombe qu'il venait de larguer. Et c'était une bombe nucléaire. L'idée d'être nue sous Alexander me donna la chair de poule. Son honnêteté flagrante était ridiculement sexy.

Rhôôôô non... c'est pas vrai.

Je devais rapidement reprendre le contrôle de la situation avant de succomber au combat.

- Hum... je - je ne suis pas sûre d'avoir bien entendu, bégayai-je, essayant de me remettre du choc apparent.

- Vous m'avez parfaitement bien entendu. Soyez prête à six heures. Mon chauffeur viendra vous chercher à votre appartement, me dit-il en se levant.

Il a un chauffeur ? Mais bien sûr qu'il a un chauffeur. Qu'est-ce que je peux être stupide !

Alexander poussa sa chaise sous la table et se retourna pour partir.

- Et oh ! Attendez une minute ! J'ai dit que j'avais des projets.

- Annulez-les.

- Et si je ne souhaite pas les annuler ? Vous n'allez pas me donner des ordres, Stone.

J'essayai de paraître ferme, mais ma voix semblait petite à mes oreilles.

- Est-ce que je vous semble être le genre d'homme que l'on repousse aussi facilement ? Ce n'est pas une demande, Krystina. Nous pouvons finaliser les détails de votre emploi ce soir, puis passer à la discussion de choses plus intéressantes. Six heures, me rappela-t-il. Oh, et encore une chose. Ne me rendez pas le téléphone que je vous ai donné. Vous en aurez besoin quand vous viendrez travailler pour moi.

Le téléphone.

Je l'avais complètement oublié. J'étais assise là, les yeux encore grands ouverts, ne sachant que faire de la tournure des événements qui venaient de se dérouler. Sa supposition que j'allais accepter son offre d'emploi était obsédante. L'ordre de me joindre à lui pour le dîner m'avait tout simplement énervée. Mais le fait qu'il soit venu directement me dire qu'il me voulait nue... eh bien, le diable était sur mon épaule et se frottait les mains dans l'attente. J'étais si troublée que je ne l'ai même pas remarqué s'éloigner de la table.

P'tain - non mais je viens de rêver, ou pas ?

Je me suis retournée sur ma chaise et faillis l'appeler pour lui rappeler qu'il ne savait pas où j'habitais, mais je me suis ravisée. Alexander Stone savait exactement où j'habitais. Mon nouveau téléphone portable en était la preuve. Je l'ai regardé se diriger vers la sortie. Cet homme avait le cul le plus sexy que j'ai jamais vu. Rien que de le voir... je le voulais. Désespérément. Peu importe à quel point j'essayais de le combattre, je ne pouvais pas lui résister. Je savais, avec une certitude absolue, que je serais prête ce soir quand son chauffeur viendrait me chercher.

11

Alexander

Je suis monté sur le siège conducteur en cuir noir de ma Tesla Modèle S avec un sourire satisfait sur le visage. J'avais enfin réussi à progresser avec Krystina. Mais finalement, qu'elle accepte ou non le poste que j'étais prêt à lui confier ne changerait ce qui s'est passé l'autre jour dans ma salle de conférence. Et il n'y aurait pas de retour en arrière après notre conversation au café. Je savais qu'elle me serait inaccessible : son esprit vif et son tempérament de feu me donnaient envie de lui coller une fessée.

Mais maint'nant, j'ai son attention.

J'ai constaté qu'elle était intriguée par la proposition d'emploi, surtout une fois que j'ai augmenté la mise en lui parlant d'un éventuel partenariat. Et ma bite se durcit instantanément quand j'ai vu l'éclair de désir dans ses yeux après que je lui ai annoncé que je la voulais nue. Je savais que j'étais parvenu jusqu'à elle. Cependant, elle était de nature prudente - et extrêmement méfiante. Rien que cela pouvait poser un sérieux problème. Je savais que je devais être prudent moi aussi ; je n'étais pas naïf face aux risques que je prenais avec elle. Krystina était un électron libre. Un seul faux mouvement et tout pouvait m'exploser à la figure. Elle était l'antithèse de toutes les règles que j'avais dans mon livre. Mais je la trouvais néanmoins irremplaçable, et je ferais tout ce qu'il faut pour la posséder. Si cela impliquait un petit effort supplémentaire de ma part pour l'apprivoiser, alors qu'il en soit ainsi. Après avoir libéré mon emploi du temps pour le reste de la journée, je réussis à changer de file malgré les bouchons et me suis dirigé vers l'autoroute. En utilisant l'écran tactile de la voiture, j'ai activé le système téléphonique pour mettre Hale en ligne. Il décrocha tout de suite après la première sonnerie.

- Hale, je quitte la ville pour quelques heures. Je vais voir un terrain à Westchester.

- Voulez-vous que je vous y rejoigne ?

- Non, ce n'est pas la peine. Avez-vous donné ces papiers à Charlie ? m'enquis-je.

- Tout est prêt, patron.

- Et il les a signés ?

- Bien sûr, qu'il l'a fait. Il aurait été stupide de ne pas l'avoir fait. Vous l'avez bien eu. C'était soit il se prenait la somme forfaitaire une bonne fois pour toutes, soit vous le frappiez d'une accusation d'extorsion. Stephen a parfaitement réussi la formulation du contrat. Votre sœur peut être tranquille maintenant.

- Ça m'a tué de donner un centime de plus à cette vermine. J'espère juste que vous avez raison, déclarai-je. Charlie Andrews n'est certes pas le meilleur, mais il ne faut pas le sous-estimer non plus.

- Je ne pense pas qu'il risquerait de faire de la prison, prédit Hale.

- Vous ne le connaissez pas de la même manière que moi. La seule raison pour laquelle il ne voudrait pas se retrouver derrière les barreaux, c'est parce que cela signifierait qu'il serait loin de ses dés. Gardez un œil sur lui pendant un moment, d'accord ?

- Bien sûr. Je me rends au bureau de Stephen pour déposer le document signé.

- Bien. Une fois que vous aurez tout réglé, vous irez chercher

Krystina Cole chez elle à dix-huit heures. J'ai rendez-vous avec elle.

— Avec elle, répéta-t-il.

Je percevais de l'humour dans sa voix, et fronçai les sourcils. J'avais vu le regard complice d'Hale dans le rétroviseur quand je lui avais demandé d'aller chercher Krystina l'autre jour, et je ne pouvais qu'imaginer ce qu'il pensait quand je lui avais demandé de la localiser. Je détestais avoir l'impression de devoir m'expliquer - chose que je ne faisais pas, bien évidemment. Son salaire contractuel et la description de son poste ne comprenaient pas d'observations précises sur ma vie personnelle.

— Ne commencez pas avec moi, Hale. Je ne vous paie pas pour spéculer. Je vous enverrai par texto l'adresse de l'endroit où je veux que vous l'emmeniez.

— Oki, Cap'taine !

Pauvre p'tit con.

Je mis fin à l'appel et pris la bretelle d'accès à la I-495. Après avoir ouvert le toit panoramique vitré de la voiture, j'ai appuyé sur l'accélérateur. Saisissant le volant, j'ai embrassé la force foudroyante du véhicule, laissant la folie de la ville derrière moi.

Krystina

DANS LE MÉTRO qui me ramenait de La Biga, j'eus du mal à me faire à l'idée de l'offre d'emploi d'Alexander. Cette opportunité était pour le moins incroyable. Différents plans de publicité me tournaient dans mon esprit. L'idée de mettre enfin mon diplôme à profit était excitante, et je me demandais quel genre d'entreprises et de produits il voudrait que je commercialise.

Avec un éventuel partenariat ? C'est la chance que j'attendais. Je serais vraiment idiote de la refuser.

Mais là encore, son offre était assortie de conditions importantes, et je n'étais pas sûre de ce que je ressentais à leur égard. Le côté féministe de ma personne avait envie d'hurler. Certes, il m'offrait du travail, mais il m'a ensuite fait une proposition très peu appropriée.

Mais pour qui il se prend ? Il s'agit simplement d'une robe bleue, à défaut d'un procès pour harcèlement sexuel - si j'étais saine d'esprit, je serais déjà en train de chercher sur Google les notes de cas de Kenneth Starr[1] en ce moment même !

Pourtant, il y avait une autre partie de moi qui le voulait vraiment, niant totalement toute la question des droits des femmes. Je *voulais* être harcelée par Alexander Stone, malgré toutes ses qualités plus qu'énervantes. J'étais flattée que ce demi-dieu grec méga riche et ultra sexy, me veuille, *moi*. C'était un sentiment excitant et capiteux que je voulais juste savourer.

Mais j'avais aussi très peur de lui. J'étais terrifiée à l'idée d'être aspirée à nouveau dans un monde que j'avais fui pendant si longtemps. J'étais encore hantée par mon passé avec Trevor. Et même si j'avais travaillé sans relâche pour reconstruire mon indépendance et mon respect de moi-même, je savais que j'avais déjà laissé un homme me briser une fois. Je ne voulais pas que cela se reproduise ; sinon je risquais de mettre en péril tout ce travail fait sur moi-même pour surmonter cette épreuve.

Cependant, je sentais qu'il y avait quelque chose de différent chez Alexander Stone. D'une certaine manière, je savais qu'il ne serait pas comme Trevor. C'était un sentiment au fond de moi, comme un désir que je ne comprenais pas totalement.

Alexander était peut-être riche et puissant, mais ce n'était pas pour ça qu'il m'attirait. Il suscitait en moi un niveau de conscience inhabituel et j'ai voulu m'abandonner à lui dès le moment où j'ai posé les yeux sur lui pour la première fois. Ces sentiments nouveaux étaient très inhabituels pour moi, et je ne savais pas quoi faire.

Je pense que pour ce soir, la seule chose que je peux faire, c'est d'être prudente, de la jouer cool, et de le laisser mener le jeu.

Quand je suis enfin arrivée chez moi, j'étais contente de constater qu'Allyson n'y était pas. Ce n'était pas que je ne voulais pas parler à mon amie ; j'avais juste besoin de régler quelques petites choses pour moi-même avant de me confronter à elle. Je voulais un peu de temps seule pour me préparer mentalement à tout ce qu'Alexander me proposait.

Cet homme est plein de surprises, mais au moins, je connais ses vraies intentions maintenant.

Puis je suis allée dans ma chambre, ai allumé la radio et ai cherché quelque chose à porter pour le dîner de ce soir. Je n'étais pas sûre de l'endroit où nous allions, et je ne savais pas comment m'habiller.

Décontractée ou pas ?

J'aurais aimé qu'Alexander soit un peu plus précis lorsqu'il m'a parlé de dîner avec lui. Je levai les yeux vers une jupe rouge garnie de faux cuir. Celle-ci me mettait en valeur avec ses jolis plis sexys. Si je la portais avec mon pull en cachemire blanc et des talons à lanières, je pourrais donner à la tenue un aspect décontracté ou habillé selon l'environnement. Je sortis le pull et la jupe de l'armoire et les ai posés à plat sur le lit pour voir s'ils allaient bien ensemble.

Ouaip' ! Ça fonctionne très bien, d'ailleurs.

Chantant avec Lana Del Ray, j'augmentai le volume de la radio avant de me rendre à la salle de bain pour me doucher. Je me suis demandé si je devais me passer un coup de rasoir sur les jambes. Je savais ce qu'Allyson dirait.

Si je me rase, c'est que j'ai l'intention de coucher avec lui.

Puis j'ai repensé à la petite jupe que j'avais l'intention de porter.

Il faut vraiment que je pense à me raser si je porte cette jupe.

Ce fut dans cet état d'esprit que je commençai à me faire mousser les jambes. Mais alors que je me passais le rasoir sur des genoux, les mots d'Alexander se répétèrent dans ma tête.

Et nue, de préférence.

Je sentis mes tripes se tordre. Il me désirait vraiment - ce n'était plus seulement une question d'imagination. Je ne me rasais pas seulement parce que j'allais porter une jupe. Mes jambes étaient bien pour l'apparence, mais elles n'étaient certainement pas douces comme celles d'un bébé.

Meuh non... je me rase juste au cas où.

Mon cœur bondit dans ma cage thoracique et l'inquiétude m'enveloppa peu à peu. Si j'étais confrontée à une relation sexuelle, je n'étais pas sûre de pouvoir aller jusqu'au bout, physiquement parlant du moins. Sachant très bien que la décision d'avoir des relations sexuelles était ultimement de mon ressort, je m'arrêtai à mi-rasage et tentai de ne pas m'inquiéter de ce qui allait suivre.

Je mets la charrue avant les bœufs. Il faut que je me détende.

Je finis rapidement de me doucher et me suis habillée. Puis j'ai commencé l'étape laborieuse consistant à me coiffer. J'avais d'abord pensé à m'attacher les cheveux dans une barrette, mais je me suis ensuite souvenue qu'Alexander avait dit que mes cheveux étaient trop discrets le jour de mon entretien. Des petites sonneries d'alarme se déclenchèrent, renforçant mes nerfs déjà fragiles.

Trevor me disait comment me coiffer.

- Mais arrête, Cole ! m'exclamai-je à haute voix devant mon reflet dans la glace.

Comparer ces deux hommes ne me mènera à rien, et je dus me battre pour me débarrasser de mon malaise.

Alexander ne m'a pas dit comment me coiffer. Il a seulement exprimé sa préférence.

Optant finalement pour ne pas m'attacher les cheveux, j'ignorais les avertissements de harcèlement qui se répandaient dans mon esprit. Alors que je procédais à la touche finale de mon maquillage, j'entendis un vacarme de monstre dans la cuisine. Jetant mon rouge à lèvres dans mon sac à main, je sortis en hâte de la salle de bain pour voir ce qui s'y passait. Entrant dans la cuisine, je vis un tas de sacs de courses empilés sur l'îlot central, et Allyson était en train de sortir un tas de casseroles et de poêles de l'armoire. Et aussi, un mec était avec elle. Ils se mirent à rire et Allyson tapa gentiment son invité sur l'épaule.

Parfait - elle sera trop distraite pour me poser des questions.

- Hé ! Salut ! dit-elle en me voyant. J'espère que tu as faim. Jeremy est en train de préparer des chinoiseries.

Ah ! Le fameux photographe d'Allyson...

Je l'étudiais du regard. Il avait l'air de mesurer un peu moins d'un mètre quatre-vingts, le corps assez athlétique. Ses cheveux hérissés étaient cuivrés par le soleil et son visage était bronzé. Il avait l'air de passer beaucoup de temps à l'extérieur.

- Je ne veux pas m'immiscer dans votre vie à tous les deux, mais merci quand même. En plus, j'ai déjà des projets pour ce soir. Alors, c'est toi Jeremy ? le saluai-je à la hâte ; puis j'ai traversé la pièce pour lui serrer la main. C'est un plaisir d'enfin pouvoir te rencontrer. Je m'appelle Krys.

- Salut, Krys. J'ai entendu dire que - commença Jeremy.

- Tu as des projets pour ce soir ? m'interrogea une Allyson surprise, interrompant nos présentations.

Et merde !

Rien ne lui échappait.

- Ouais. Ça ne te dérange pas ?

- Bien sûr que non. Mais tu sors avec qui ? me pressa-t-elle de manière suspicieuse, en considérant ma tenue pour la première fois.

Et elle insiste, en plus.

- Je suis tombée sur Alexander Stone, cet après-midi, au Café La Biga. Il m'a demandé de me joindre à lui pour le dîner de ce soir. Ce n'est pas grand-chose, vraiment. Nous allons juste discuter à nouveau de la question du travail.

J'omis délibérément la partie concernant son autre proposition.

- Tu plaisantes ? C'est ça ? Son visage se plia dans un froncement de sourcils. Je croyais que tu disais que Stone était un connard.

- Oui, en effet, c'en est un. Mais je ne me fais aucun bien en restant en colère. J'ai besoin d'un travail, alors je suis prête à l'écouter, lui répondis-je maladroitement.

J'essayais de faire comme si ce dîner avec lui n'était pas important, mais j'avais lamentablement échoué. Je pouvais sentir la chaleur s'inviter dans mes joues. Impossible de tromper Allyson.

- Et la pétasse ? Tu sais, celle aux cheveux noirs, me rappela-t-elle subtilement, essayant de dissimuler son inquiétude évidente en réorganisant inutilement ses courses.

- C'était sa sœur, lui dis-je d'un air dédaigneux.

Allyson stoppa son rangement inutile et étrécit les yeux, sans doute pour pouvoir mieux me regarder.

Oh, non Ally ! Ne m'oblige pas à t'expliquer tout ça devant ton petit ami !

Je lui jetais un regard d'avertissement, en secouant légèrement la tête d'avant en arrière et surtout, en espérant qu'elle me laisserait tranquille pour l'instant. Avant qu'elle puisse faire une remarque, Jeremy s'immisca dans la conversation, me sauvant ainsi d'une sacrée explication compliquée.

- Mais... attends une minute - tu sors avec Alexander Stone ? *Le fameux* Alexander Stone ? Comme dans « Stone Arena » ? A-lex-an-der-Sto-ne ?

Son regard passait entre Allyson et moi ; il affichait un air plus que dubitatif sur le visage.

- C'est quoi, la « Stone Arena » ? demanda Allyson en me regardant.

J'ai haussé les épaules et ai regardé Jeremy, en attendant qu'il développe. Il leva les mains en signe d'exaspération.

- La Stone Arena, c'est juste le premier complexe de la Major League Soccer de New York !

Il murmura quelque chose à propos des femmes et du sport, mais je n'ai pas tout à fait compris.

- Stone a fait pression pour ça pendant des années. Son projet a finalement été approuvé, et il a gagné les droits de dénomination du site.

Est-ce que tous les bâtiments de cette ville portent son nom ?

- Ouais, c'est bel et bien lui, confirmai-je.

Reconnaissante du fait que Jeremy ai distrait Allyson, j'en profitai pour me diriger vers la porte d'entrée afin de m'éclipser au plus vite.

- Je ne m'intéresse pas beaucoup au football. Mais je pense que mon chauffeur est probablement là, à m'attendre en bas.

- Hé ! Attends ! Tu vas manger où ? Et tu y vas en taxi ? demanda Allyson, se souvenant rapidement de son interrogatoire.

- Je n'sais pas où on va, *maman*. Il ne me l'a pas dit, lui dis-je sarcastiquement, en faisant une pause près de la porte. Et, non - je ne prends pas de taxi. C'est Alexander qui a envoyé une voiture pour moi.

- Une voiture ? Impressionnant ! dit-elle d'une voix étonnée en ignorant complètement le commentaire dérisoire que je venais de lui lancer. Tu me promets qu'on en parlera plus tard ? Je veux un rapport complet.

- Ouais, ouais. T'inquiète pas. Tu auras tous les détails. Oh, et je ne devrais pas rentrer trop tard, rajoutai-je en soulevant un sourcil à l'attention d'Allyson pour m'assurer qu'elle saisisse bien le sens silencieux de mes mots : lui dire que je ne rentrerai pas trop tard était un code datant de l'époque où nous étions à l'université - je ne voulais pas rentrer à l'appartement et la trouver les fesses nues sur le canapé avec Jeremy.

- Pigé, dit-elle avec un clin d'œil complice. On va probablement aller voir un film plus tard dans la soirée, alors je ne serai peut-être pas là quand tu rentreras.

- Pas de problème. Passez une bonne soirée.

- Toi aussi. Amuse-toi bien et fais attention à toi, me prévint-elle, des lignes d'inquiétude s'étalant sur son visage.

- Je le fais toujours. Bye ! criai-je par-dessus mon épaule.

Puis j'ai fermé la porte derrière moi.

12

Krystina

Lorsque je sortis de mon immeuble, le chauffeur d'Alexander m'attendait à l'extérieur devant une Porsche Cayenne noire. Je me suis approchée de lui et ai essayé de me présenter, mais il me fit un signe de tête brusque en guise de salutation et m'indiqua d'une main de monter dans la voiture. Il était quelque peu intimidant, comme s'il était un ancien militaire qui ne me semblait pas du tout bavard. Il portait une oreillette me rappelant les services secrets, et j'avais peur de parler, encore moins de lui demander où nous allions. Je m'assis donc en silence sans savoir où il m'emmenait ; puis nous nous sommes faufilés dans la circulation de New York. Lorsque nous sommes arrivés à destination, il ne parlait toujours pas, mais se contenta de m'ouvrir la porte de la voiture. Je sortis sur le trottoir et il m'accompagna vers l'entrée d'un bâtiment sans nom. J'aurais pu m'inquiéter de cet endroit indéterminé, mais je vis des lumières allumées aux fenêtres et une barre polie qui brillait sous un éclairage tamisé. Pour une raison bizarre, j'ai trouvé ces petits signes de vie réconfortants. La porte d'entrée s'ouvrit soudainement, et un homme trapu aux cheveux noirs bouclés en sortit.

- Ah, enfin ! Vous voilà ! Entrez, entrez s'il vous plaît ! dit l'homme avec un léger accent italien.

Ses mains s'agitaient dans l'air, me faisant signe d'entrer. Ses gestes semblaient presque paniqués, mais son beau visage arborait un sourire amical. Surprise par sa présence surexcitée, je levai les sourcils, ne sachant que lui dire. Je me suis retournée pour regarder derrière moi, mais le chauffeur silencieux avait disparu à l'intérieur du SUV, ne me laissant pas d'autre choix que de suivre l'Italien animé à travers les portes d'entrée.

- Je m'appelle Matteo Donati. C'est moi qui vais vous servir ce soir, m'annonça-t-il par-dessus son épaule tout en marchant d'un pas vif devant moi.

Il se déplaçait rapidement et j'eus du mal à le suivre, parvenant à peine à rester à la verticale dans mes petits talons de quinze centimètres. Je commençais déjà à regretter le risque que j'avais pris en les chaussant au moment de me préparer.

- Bonsoir Matteo. Je m'appelle Krys-

- Allez, dépêchez-vous. Monsieur Stone attend, dit-il, en me coupant carrément la parole.

Que Dieu nous garde, si on fait attendre Stone.

Je suivis Matteo qui courait presque dans le restaurant vide, comme si j'étais en retard pour un événement monumental. J'avais vraiment l'impression qu'Alice était partie à l'aventure au pays des merveilles, sauf que je poursuivais un Italien - et non un lapin blanc - dans un endroit inconnu. Le restaurant était étrangement calme ; il n'était évidemment pas ouvert. Je me suis mise à vouloir que le chauffeur d'Alexander soit encore là. Ironiquement, je commençais à me sentir nerveuse en l'absence de l'homme ténébreux qui attendait. C'était presque comme s'il me protégeait dans cet endroit désert. Les chaises étaient retournées sur les tables et il n'y avait personne en vue. L'éclairage des luminaires était faible, révélant des décorations à moitié terminées et des tringles à rideaux vides. Derrière le bar, les étagères semblaient n'avoir été que partiellement remplies. Le seul indice que j'aurais pu trouver pour savoir que l'on pouvait manger ici était l'odeur délicieuse qui émanait de la cuisine, un arôme alléchant d'ail et de sauge.

Matteo fit une pause dans l'entrebâillement d'une porte ouverte à l'extérieur de la salle à manger principale, ce qui me laissa un moment pour le rattraper. Lorsque je le rejoignis, il me saisit le coude et m'escorta dans une pièce meublée de manière plus cosy. Des accords de guitare flottaient dans l'air, ce qui rajoutait une atmosphère plus intime. À première vue, la salle semblait avoir été aménagée pour des petites réceptions privées. Mais en y regardant de plus près, je me rendis compte que ce n'était pas une salle de réception : le mobilier sentait l'exclusivité et le cadre semblait plus approprié pour des réunions privées sur invitation.

Alexander Stone était assis seul à une table dressée pour deux. Des chandelles en ornaient le centre. Alors que je me dirigeais vers lui, une vague d'appréhension se mit à m'envahir et je commençais même à transpirer. Je n'arrivais pas à comprendre pourquoi j'étais soudainement si nerveuse.

C'est juste un homme assis à la table d'un restaurant.

Mais pourtant, Alexander n'était pas juste un homme assis à la table d'un restaurant. Il se leva et fit glisser une chaise pour que je puisse m'assoir. Mon regard se délectait tant qu'il pouvait : comme toujours, il était beau à tomber, avec son pantalon kaki et sa chemise en popeline gris anthracite.

- Bonsoir, Krystina.

- Monsieur Stone, je saluai-je poliment, en essuyant discrètement mes paumes humides sur ma jupe.

Je fis de mon mieux pour m'asseoir de manière posée et me mettre à l'aise sur la chaise, mais il m'était assez difficile de me sentir détendue sous ses yeux attentifs.

- Je pense que vous avez déjà rencontré Matteo, émit Alexander, en reprenant son siège en face de moi.

- Oui, il était à la porte quand je suis arrivée, dis-je en remerciant Matteo d'un signe de tête.

- Krystina, dit Matteo, qui s'inclina devant moi.

Puis sa réaction fut surprenante : il me saisit la main pour y placer un baiser duveteux en murmurant quelque chose que je reconnus comme étant de l'italien. Puis il leva les yeux vers Alexander d'un air timide, et il annonça :

- Je pense que j'ai enfin trouvé un nom pour le restaurant !

Alexander lui sourit et secoua la tête d'avant en arrière.

- On dirait que vous ayez un fan club, Krystina, dit Alexander d'un ton sec.

Matteo se mit à rire bruyamment et me lâcha la main.

- Pas de soucis, pas de soucis ! Ce n'était qu'une observation, lui assura-t-il. Maintenant, *mi scusi*. Je dois aller voir où en sont vos *antipastis*, poursuivit-il en frappant dans ses mains et en se dépêchant de sortir de la pièce.

Je ne pus m'empêcher de rire de sa performance un peu trop flamboyante à mon goût, même si leur interaction me laissait totalement perplexe.

- Qu'a-t-il dit ? demandai-je à Alexander, curieuse de savoir ce que Matteo avait dit dans sa langue maternelle - même s'il avait affiché une expression franchement ennuyée.

- Que vous êtes une femme superbe, répondit-il. Ses yeux s'adoucirent en me regardant. Vous êtes vraiment magnifique, Krystina. Et si on se tutoyait, maintenant ?

Sa voix se fit tendre, faisant d'un coup diminuer toute l'irritation de Matteo. Je n'étais pas sûre que le terme « magnifique » soit celui que j'emploierais pour me décrire, et je sentis une lueur rouge s'épanouir sur mes joues. Je n'étais pas sûre de vouloir le tutoyer non plus.

- J'aime le fait que tu rougisses aussi facilement. C'est réconfortant.

Et moi, je suis contente que tu apprécie tout ça - moi, je déteste !

Au lieu de laisser entendre ma gêne en lui répondant quelque chose, je choisis de baisser les yeux sur mes genoux et de concentrer mon attention sur la douce mélodie qui planait dans la pièce afin de tenter de me calmer peu à peu. Ce fond musical de guitare accoustique m'apaisait vraiment... et en même temps, c'était loin d'être désagréable ! J'observais Alexander au travers de mes cils baissés et découvris qu'il me fixait toujours... et son regard ne faisait rien pour calmer les flammes mortifiantes qui m'accablaient et qui refusaient de quitter mes joues.

- J'aime beaucoup cette mélodie, dis-je finalement en essayant de briser son observation déconcertante.

- J'ai pensé qu'elle te plairait. C'est une compilation de guitare de Tadeusz Machalski.

- Je n'ai jamais entendu parler de lui.

- Non, tu ne risques pas : je suis tombé sur lui dans les rues de Venise, il y a quelques années. Il jouait dans la rue. Je l'ai écouté pendant des heures avant de finalement acheter un de ses CD.

- Venise ? En Italie ?

- Et oui, Venise ! me confirma-t-il en souriant.

- Waou ! Je suis jalouse. J'ai toujours voulu aller en Italie, lui dis-je avec envie.

- Peut-être que je t'y emmènerais un jour.

Il avait dit ça avec désinvolture tout en m'évaluant avec son regard bleu saphir irrésistible. Sa capacité à me prendre constamment par surprise était stupéfiante et je luttais pour ne pas rester béate d'admiration devant lui alors que je digérais ses paroles.

Partir en vacances en Italie avec Alexander Stone ?

Je détestais l'admettre, mais cette idée semblait alléchante.

N'y pense même pas. Très mauvaise idée.

- Alors... dans quel restaurant sommes-nous ? demandai-je en choisissant de ne pas explorer la piste de la conversation d'un éventuel voyage avec lui. Je n'ai vu aucun panneau en arrivant.

- C'est parce qu'il n'en a pas encore ! Mais on dirait bien que Matteo a enfin trouvé le nom de son établissement, dit-il sèchement dans un froncement de sourcils.

- C'est le restaurant de Matteo ? J'ai pensé que c'était peut-être l'un des tiens, déclarais-je d'un ton songeur.

Il éclata d'un rire sincère : un son plein, éraillé et agréable à mes oreilles. Il paraissait ainsi plus humain, et ressemblait beaucoup moins au céleste Adonis qu'il avait l'habitude de dépeindre. Son rire était contagieux, et je me suis mise à sourire : pour la première fois depuis mon arrivée, je me suis détendue un peu.

- Pourquoi ça te fait rire autant ? Tu pourrais en posséder aussi, des restaurants !

C'est juste parce qu'on a l'impression que tu joues un rôle dans presque toute cette ville.

- Nan ! Les restaurants, c'est pas mon truc. Beaucoup trop d'stress. Comme je l'ai déjà dit, mon truc, c'est l'immobilier. Je suis juste le propriétaire de cet immeuble. Matteo, c'est le fou. S'il veut s'attaquer à l'industrie alimentaire, il aura plus de pouvoir dans cette histoire. Il m'a même demandé de descendre pour goûter certains de ses plats avant l'ouverture, me dit-il, en tentant d'atteindre une bouteille de cabernet sauvignon. J'ai pensé que ce serait le moment idéal pour accepter son offre. De plus, je voulais un peu d'intimité ce soir pour que nous puissions parler librement pendant notre entretien.

Un entretien ? Parfait. Eh bien, dans ce cas, je vais jouer le jeu !

Je l'étudiais avec soin verser le rouge d'un vermillion profond dans deux verres. Je tentais de me faire une idée de ce qu'il pensait, mais comme d'habitude, son expression était réservée et je n'obtins rien. J'acceptai le verre qu'il me tendit.

- On ne pouvait pas parler librement dans un restaurant plein de monde ? m'enquis-je en avalant lentement une gorgée de vin.

Je préférais généralement le vin blanc, mais ce rouge était étonnamment bon, et j'en savourais le mordant de la saveur audacieuse sur ma langue.

- Malheureusement, non - du moins pas sans être interrompu. J'essaie de faire profil bas, mais dans un restaurant, c'est assez dificile : j'ai des goûts de luxe et les gens influents ont tendance à fréquenter les restaurants que j'aime. Il fit une pause et fronça le visage. Ces derniers temps, tout un tas de parasites de Wall Street a essayé de me convaincre de venir sur le marché public. C'est surtout le manque d'intimité qui m'ennuie beaucoup.

Même si son ton aurait pu sonner légèrement arrogant dans les oreilles de certaines personnes, je percus de l'amertume et un certain grief. Intriguée, je voulais l'interroger davantage, mais Matteo arriva avec nos apéritifs, interrompant la conversation.

- Ça y est, nous y voilà ! dit Matteo en plaçant deux assiettes au centre de la table. *Insalata Caprese* et *Antipasto Italiano*.

À l'aide d'une fourchette, il commença à placer des portions d'amuse-gueule sur des petites assiettes qui avaient été posées à l'avance au bord de la table.

- Ça a l'air super ! Merci, Matt ! dit Alexander en prenant une bouchée de prosciutto fumé. Hummmm ! C'est délicieux !

Je me servis d'abord de salade *Caprese*, la mozzarella fraîche étant une de mes faiblesses. Le fromage se mit pratiquement à fondre dans ma bouche et la tomate était vraiment savoureuse. Je hochais la tête en signe d'approbation.

- Très bien ! s'exclama Matteo, visiblement heureux que ses invités d'honneur aient apprécié ces mets. *Buon appetito*, dit-il en s'inclinant légèrement et en nous laissant profiter de l'assortiment de charcuteries et de fromages.

- Je ne connais pas grand-chose du marché boursier, mais ne gagnerais-tu pas plus d'argent si tu entrais en bourse avec ton entreprise ? lui demandai-je avec curiosité, en poursuivant la conversation là où nous nous étions arrêtés, tout en savourant une deuxième bouchée de ce fromage assaisonné.

- L'argent n'a pas d'importance. Je préfère être mon propre patron. Si j'offrais des actions au grand public, j'aurais trop de gens à qui répondre. Et comme tu l'as fait remarquer plus tôt cet après-midi, je serais très mal placé pour répondre aux autres.

- Ça craint vraiment d'être millionnaire, commentai-je sarcastiquement.

- Milliardaire, Krystina, rectifia-t-il de but en blanc.

Je levai un sourcil, légèrement horrifiée par sa déclaration pompeuse.

- Si tu essayes de m'impressionner, ça ne marchera pas. Des millions ou des milliards - cela ne fait aucune différence pour moi une fois que les six zéros sont atteints, dis-je de manière sardonique.

- Je n'essaie pas de t'impressionner avec de l'argent. Je ne fais qu'énoncer un fait, rétorqua-t-il sans aucune prétention. Ces zéros supplémentaires, comme tu le dis, font une grande différence dans les cercles sociaux de New York. Cela signifie que garder mes affaires personnelles loin des regards de tous est un peu plus difficile, et c'est quelque chose que je ne suis pas sûr que tu sois prête à gérer.

Peut-être que c'étaient ses milliards qui m'intimidaient. Ou bien peut-être que c'était son franc-parler. Je me sentis soudain extrêmement gênée par cette conversation et je pinçai mes lèvres dans mon agacement.

- Pourquoi aurais-je besoin de me préoccuper de ta vie privée ?

- On en parlera plus tard, dit-il en rejetant ma question d'un geste de la main. J'aimerais que tu me parles de toi, d'abord.

- Je suis certaine que la vérification de mes antécédents t'a déjà dit tout ce que tu devais savoir, dis-je sur un ton fracassant.

- Krystina, la vérification de tes antécédents n'était que très limitée. Elle ne me dit rien sur les aspects personnels de ta vie.

Les secondes passèrent alors que je l'examinais, essayant de trouver le moindre signe d'un agenda caché. Son visage ne révélait rien d'autre que de la patience et un intérêt réel. Il ne me pressa pas, se contentant de manger tranquillement ses *antipastis* en attendant que je parle. Il était vrai que j'appréçais cette conversation tout à fait normale : un changement agréable par rapport à toutes les précédentes. Je me suis dit que ça ne ferait pas de mal de laisser tomber quelques petites irritations et de répondre à ses curiosités.

- Très bien. Que veux-tu savoir ?

J'avais finalement cédé.

- Pourquoi ne pas commencer par l'endroit où tu as grandi ?

Bonne question.

Je n'étais pas sûre que je m'attendais à une telle question.

- J'ai vécu à Albany - la région de Clifton Park pour être exacte, sauf que personne ne sait où ça se trouve précisément. J'y ai vécu avec ma mère et mon beau-père jusqu'à ce que je déménage à New York avec Allyson pour aller à l'université.

- Qui est Allyson ?

- Allyson Ramsey, ma colocataire, l'informais-je. Ma mère ne voulait pas que je déménage ici, mais je me suis battue bec et ongles avec elle. Elle voulait que j'aille à l'école quelque part à Albany.

- Quel est le problème, avec New York ? s'enquit-il.

- Oh ! Tellement de choses : l'insécurité, les frais de scolarité - New York est une ville très chère - et tu le dis toi aussi. Bref, c'est son argument principal. Mais je ne pense pas que ces choses soient les vraies raisons pour lesquelles elle ne voulait pas que je vienne m'installer ici. Pour être honnête, je ne pense pas qu'elle voulait couper le cordon, poursuivis-je en secouant la tête. Je suis sa fille unique et son univers a tourné autour de moi pendant longtemps. Mais c'était il y a des années et ce que je pense n'est pas pertinent, parce qu'elle ne l'admettra jamais. Ma mère a une façon de bloquer les choses dont elle ne veut pas se souvenir.

- Je comprends tout à fait : les mères peuvent être comme ça, convint-il.

Je sentis une certaine ironie dans sa voix, et me suis demandé quelle était son histoire.

- Et tes parents ? demandai-je en espérant avoir un aperçu.

- Ils sont morts, répondit-il sèchement.

- Oh... je suis vraiment désolée.

- Ne le sois pas, parce que moi, je ne le suis pas.

Son manque d'émotion était saisissant, et me stupéfiait. Mes excuses pour ses parents décédés étaient une réaction automatique - une réaction que n'importe qui aurait eue. Mais son expression était froide. Sans émotion. Pendant un bref instant, je crus voir une lueur de regret dans ses yeux, mais elle fut rapidement masquée, et je ne pus que m'émerveiller d'un tel détachement.

C'est quand même gênant. Il ne regrette pas que sa mère et son père soient morts ! Qui en ferait autant ?

Matteo arriva avec notre dîner, brisant le silence inconfortable qui s'était installé dans la pièce.

- C'est l'heure du plat principal. Pour vousi, de l'aubergine *Parmigiana*, une de mes spécialités, se vanta-t-il en posant devant moi une assiette fumante. Puis il se tourna vers Alexander : et pour toi, mon ami, du poivron rouge farci. *Delizioso !*

- Je suis certain qu'on va se régaler, Matt. Merci ! dit froidement Alexander.

Matteo le regarda d'un air interrogateur mais ne fit pas de commentaire. Il hocha simplement la tête et nous laissa seuls afin que nous profitions de notre repas. Une fois qu'il fut sorti de la pièce, le malaise entre Alexander et moi se réinstalla. J'aurais bien voulu en savoir plus sur ses parents décédés, mais je ne savais pas ce que je pouvais dire sans avoir l'air d'être indiscrète. Sa déclaration brutale m'avait laissée perplexe. Alors, plutôt que de risquer de me mettre mal à l'aise une fois de plus, je me suis contentée de manger sans rien dire. De toute façon, il valait probablement mieux que je ne connaisse pas les détails.

Ce ne sont pas mes affaires. Ma curiosité a été plus forte que moi. Il est temps de changer de sujet.

Je réfléchissais à ce dont nous pourrions parler. L'atmosphère était devenue si inconfortable après sa révélation que je ne savais pas par où commencer. En fait, plus j'y pensais, plus je réalisais à quel point je connaissais peu Alexander. La seule chose que j'avais faite était de lire le peu d'informations que j'avais trouvées sur Internet. Il était un mystère pour moi, et je devais trouver un sujet de discussion plus sûr.

Je pourrais évoquer la raison pour laquelle je suis ici. Nous n'en n'avons pas encore parlé.

Dans ma concentration, mon sourcil se transforma en sillon.

Pourquoi suis-je ici ?

Il avait dit dans le café qu'il me voulait nue, mais il s'est comporté en un vrai gentleman depuis mon arrivée ici. Il ne m'a fait aucune insinuation sexuelle, aucune remarque intimidante. Rien de tout ça. Étonnamment, je me suis sentie déçue et frustrée par son attitude. Il ne jouait pas son rôle habituel.

- Tu es bien silencieuse, Krystina, commenta Alexander après un long moment. Je levais les yeux pour le regarder, et j'ai constaté qu'il m'observait avec curiosité. Je peux dire que tu penses à quelque chose. Je peux presque voir les rouages tourner dans ta tête.

Il était temps d'aller droit au but. Posant ma fourchette à côté de mon assiette, j'ai levé les yeux sur lui.

- Écoute, je suis presque sûre que tu ne souhaites pas parler de l'endroit où j'ai grandi, ni de tes parents qui...

- Le sujet de mes parents est clos. Ne m'en parle plus jamais, dit-il froidement, en arrêtant de me taper sur les nerfs.

Tout ce qui a trait à sa vie personnelle reste privé. J'ai compris.

- Très bien. Je peux respecter ça. D'ailleurs, il vaut probablement mieux arrêter de jouer au jeu des question-réponses. J'aimerais que nous allions au bout de ce soit-disant entretien, Alexander, dis-je en laissant délibérément tomber les formalités pour la première fois.

- Tu peux m'appeler Alex.

- Ce n'est pas ton prénom, pourtant, lui répondis-je d'un air léger pour tenter d'apaiser sa soudaine humeur sombre.

Mes efforts semblèrent porter leurs fruits car il m'offrit un sourire sexy et désorienté en même temps.

- Touché, dit-il en me faisant un clin d'œil.

Il se pencha pour nous verser plus de vin.

- Merci, acceptai-je en lui rendant son sourire.

Je n'en bus pas tout de suite, parce que j'élaborais une note mentale pour tenter de ralentir. Un plan commençait à se dessiner dans ma tête, et j'avais besoin d'avoir les idées claires.

- Je pense avoir été assez clair au café, tout à l'heure, dit-il en réponse à ma question.

Ce n'était pas vraiment une réponse, et j'ai commencé à comprendre son comportement poli. Je soupçonnais quelque chose : il essayait de tâter le terrain.

Est-ce qu'il me laisse le soin de faire le premier pas ?

Si c'était vraiment le cas, alors c'était très atypique de sa part. Il me l'avait dit lui-même - il aimait avoir le contrôle. Mettre la balle dans mon camp n'avançait évidemment pas dans ce sens. Je le regardais avec circonspection, essayant de décider si j'étais prête à faire passer notre soi-disant relation à un niveau supérieur. Il m'avait déjà fait part de ses attentes en matière d'emploi. Cette partie était parfaitement claire. C'était son autre proposition à laquelle je devais faire attention. Il fallait absolument que j'y aille doucement, mais je ne savais pas si j'avais le courage de me replonger dans le monde des rencontres.

Si je prends les choses en main dès le début, alors peut-être que je pourrais contrôler le rythme. Je peux le faire. Ça ne doit pas être si difficile que ça.

Faisant preuve de prudence, j'avalais une bonne gorgée de vin, et, après une grande respiration, je plongeais dans le vif du sujet.

- Oui, en effet, tu as été très explicite, si je me souviens bien. Je crois que tu as dit quelque chose à propos de... euh... de me vouloir nue, hésitai-je.

Rhôôôô mon Dieu ! Quel échec épique ! Aurais-je pu dire toutes ces choses encore plus maladroitement ? Je suis vraiment trop nulle dans ce domaine.

- Est-ce que ça te pose un problème ? me demanda-t-il sur un ton cavalier.

Si ça me pose un problème ?

Sa bouche se tira dans un semblant de sourire, comme s'il manigançait quelque chose de mauvais.

- Eh bien, euh... commençais-je en fronçant les lèvres et les sourcils pour essayer de me débarrasser de la traînée chaude qui rampait dans mon cou et qui menaçait d'enflammer mes joues.

Qu'est-ce qui se passerait si je dis que c'est le cas ? Est-ce que j'aurais toujours le poste à Turning Stone ?

Ses yeux s'assombrirent et je retins mon souffle en attendant sa réponse.

- Bien sûr. Cela ne changerait rien par rapport à ça. Je crois même que tu es plus que qualifiée pour ce poste. Ça sera juste sans les avantages en nature, ajouta-t-il sans vergogne. Pourtant, je préfère te prévenir tout de suite - j'obtiens toujours ce que je veux. *Je finirai bien par t'avoir dans mon lit*, Krystina.

Il ne prit la peine de dissimuler l'éclat déterminé de la luxure de ses yeux. Je laissai échapper mon souffle dans un sifflement silencieux.

Parfait ! L'Alexander auquel je me suis habituée est de retour !

Son approche directe était à la fois vulgaire et très séduisante, et je me tortillais sur ma chaise - non pas parce que j'étais offensée, mais parce que j'avais *chaud*. Une douleur commençait à se propager entre mes cuisses et le diable sur mon épaule se mit à frapper du poing en l'air. Alexander laissa son regard dériver paresseusement sur moi, faisant danser des papillons excités dans mon ventre. J'étais ravie qu'il soit revenu à son état normal et lubrique. Mais même ainsi, je savais que je devais rester prudente. Il était dangereux et j'étais comme un papillon de nuit face à une flamme. Il fallait que je m'y habitue progressivement, sinon je risquais de me brûler.

- C'est risqué, de mélanger le travail et le plaisir. Qu'est-ce qu'il se passera si les choses ne marchaient pas entre nous au niveau perso, je veux dire ? lui demandais-je. Je ne veux pas finir au chômage et retourner à la case départ.

- Nous sommes tous les deux adultes, Krystina. Et tant que tout cela reste occasionnel, je ne pense pas que nous aurons de problèmes pour gérer notre travail.

- Eh bien, je n'ai pas de relations sexuelles occasionnelles, si c'est ce que toi, tu recherches. Je pense que deux personnes devraient au moins sortir ensemble avant de sauter dans un lit, répondis-je de manière égale, fière d'avoir pu garder un rythme normal et sans trembler malgré mon cœur qui s'emballait.

- C'est bien malheureux, dit-il en secouant la tête d'un côté à l'autre.

- Et pourquoi ?

- Je ne sors avec personne, Krystina. Pas de rencards. Ça a tendance à compliquer des choses qu'il vaut mieux garder simples.

Mais ça, c'est d'la conn'rie.

- Alors explique-moi pourquoi tu es constamment pris en photo avec toutes ces rousses, lui crachai-je en pleine figure de manière trop sévère.

Ma réaction avait été instinctive, comme un mouvement défensif, et je dus me battre contre une envie de me gifler en me posant une main sur la bouche. J'avais entendu le niveau de mépris dans ma voix et l'ai regretté presque immédiatement. Rien ne se passait comme je l'avais prévu. Je n'essayais que d'esquiver. C'était moi qui avais commencé cette conversation et le fait d'être une vraie garce à chaque fois qu'il disait quelque chose que je n'aimais pas ne me mènait nulle part.

- Je dois dire que ta vérification sur mes antécédents n'est pas très précise, souligna-t-il.

Sa bouche se tortilla comme s'il essayait de retenir un sourire.

- Je suis désolée, mais je n'ai pas tant de relations que ça. J'ai dû me contenter de mon fidèle ami Google, raillais-je tout en étant gênée que mon erreur ait révélé par inadvertance que j'avais fait des recherches sur lui.

- Ne crois pas à toutes les saletés que l'on peut trouver sur le web, déclara-t-il avec un soupçon de dégoût sous son comportement calme. Je perçus une lueur froide dans ses yeux, et sa mâchoire se serra. Les choses que tu as vues ou entendues à mon sujet sont basées sur de pures spéculations. Je suis un homme riche et on attend de moi que je participe à de nombreuses réceptions. Je ne suis pas sûr que les rousses que tu as vues en photo puissent se dénombrer par centaines, mais de toute façon, ce n'étaient que des connaissances.

- Donc... tu n'as couché avec aucune d'elles ? demandai-je sceptique, comme si tout ça avait une importance phénoménale.

Après tout, je m'étais déjà engagée à ne pas parler de sa vie privée. Mais ces rousses voluptueuses au sourire aguicheur étaient certainement plus que tentantes, et j'étais néanmoins curieuse de connaître la réponse.

- La réponse à cette question est totalement dépourvue d'intérêt, mais je vais toutefois y répondre : non, je n'ai baisé aucune de ces deux femmes, admit-il ouvertement. Et pourtant, son changement de verbiage n'aida pas beaucoup le facteur confiance. Il dut ressentir mon incrédulité parce qu'il poussa un long soupir, puis il adopta un ton plus apaisant : tu peux penser ce que tu veux, mais j'ai très peu de choses en commun avec ces femmes. Leurs besoins sont très différents des miens. Je suis un homme aux intérêts sexuels variés, Krystina. Sachant cela sur moi, je me tiens délibérément à l'écart des femmes qui ne partagent pas mes désirs et j'adhère aux règles que je me suis fixées. Il n'y a pas de faux-semblants de cette façon.

Des règles ?

Et là, j'ai eu l'impression de revenir en arrière, à l'époque où j'avais des rencards. Mais la différence, c'était qu'il faisait passer ses plans sexuels pour des sortes de petits arrangements commerciaux.

- Bon, finalement, tu sais quoi ? Oublions tout ça. À t'entendre, tout ça a vraiment l'air compliqué, marmonnais-je en secouant la tête.

- Ce n'est pas compliqué du tout - du moins jusqu'à ce que je te rencontre. Pour une raison étrange, je me retrouve à enfreindre beaucoup de mes règles quand il s'agit de toi.

- Comme laquelle, par exemple ?

- Eh bien, prenons l'exemple de ce soir. Je viens de te dire que je n'aimais pas les rencards, et pourtant, nous y voilà. Il s'agit bien là d'un rencard - même s'il est hors norme à mes yeux.

- Alors c'est pour ça que tu continues à parler de ce soir comme d'un entretien ? Les rencards ne font pas partie de tes règles ? lui demandais-je d'un ton moqueur en levant les yeux au ciel. Je veux dire, vraiment... même s'il t'arrive rarement de sortir avec quelqu'un, tu dois avoir une sorte de conversation interessante avant de sauter dans un lit avec cette personne. C'est ce qui définit un rendez-vous. Tu ne peux pas simplement aller voir une fille et lui dire : « Allez viens, bébé, on va baiser ». Ça ne marche pas comme ça.

- Ne sois pas grossière, Krystina.

- Rhôôôô, mon Dieu ! ! ! Ça s'rait pas l'hôpital qui s'moque de la charité ?

Le coin droit de sa bouche se retourna, me montrant qu'il essayait de ne pas rire. Pourtant, je ne voyais pas ce qu'il y avait de risible, dans cette conversation un tant soit peu humoristique. C'était assez frustrant. Râclant le fond de mon assiette, j'analysais tout ce qu'il m'avait dit jusqu'à maintenant. Le plan que j'avais commencé à élaborer dans ma tête se transformait en un échec total. Cela n'allait jamais fonctionner. Ce soir, il avait évoqué tout un tas de mystérieuses implications : ses règles, sa vie privée, ses préférences sexuelles plus ou moins définies. Chaque fois que je pensais qu'il était franc, il me sortait un argument bizarre.

Suis-je naïve à ce point ? Qu'est-ce qu'il essaie de me dire ?

Une chose était certaine : si je voulais explorer ce qui se passait entre nous - cette chose - il n'y aurait pas de test au préalable. Mais avant de plonger la tête la première, j'avais besoin qu'il me donne des réponses claires.

- Écoute, Alex. Je ne sais pas exactement pourquoi j'ai décidé de te rencontrer ce soir. Plus je reste assise ici, plus je suis convaincue que tout ça n'est pas une bonne idée. Alors, s'il te plaît, donne-moi des réponses directes. Que veux-tu exactement ? Et plus de devinettes, sinon je m'en vais, affirmais-je avec impatience.

Sa tête se rétracta, et il aspira un souffle brusque. C'est comme si je l'avais offensé de quelque manière. Mais à ce moment précis, je m'en fichais complètement.

- Krystina, je suis déçu que tu penses que je joue un jeu. Je pensais être honnête. Un peu prudent certes, mais honnête.

Il tourna la tête d'un côté en attendant que je réponde.

- Que veux-tu qu'je pense ? Je me débattis en secouant la tête dans ma frustration. Tu m'as demandé de venir ici pour discuter d'un travail, mais nous ne l'avons pas encore fait. Tu me veux nue, mais tu ne veux pas sortir avec moi. Tu aimes avoir le contrôle et tu as tes propres règles. Tu as fait référence à une variété d'intérêts sexuels - que je ne suis pas sûre d'avoir compris. Pour être parfaitement honnête, tu me fais penser tu es une sorte de monstre une fois sous les draps !

Sa bouche se pressa en une ligne droite ; on dirait qu'il cherchait ses mots. Il se pencha en avant sur sa chaise et son regard bleu saphir se resserra. J'y perçus une lueur diabolique, aiguë, avec une faim animale qui me fit soudain peur. La chair de poule me remontait le long de la colonne vertébrale en attendant qu'il s'exprime à nouveau. Quand il parla enfin, son ton était direct. C'était clair et net. Direct.

- Je ne suis pas un monstre. Je suis un Dominant.

13

Krystina

- **T**u es un *quoi* ?

Je lui ris presque au nez.

- Un Dominant, répéta-t-il, ses yeux me transperçant comme des couteaux, éteignant complètement toute blague que j'aurais pu vouloir faire. J'aime avoir le contrôle de tous les aspects de ma vie. Cela inclut la femme que je choisis d'emmener dans mon lit. J'exige un pouvoir complet et absolu sur elle. C'est ce que j'attends de toi, Krystina.

Mes sourcils montèrent jusqu'au plafond. J'aurais dû être sérieusement perturbée par ses paroles. Vu mon passé sordide avec Trevor-le-contrôleur, tout ce qu'il disait aurait dû me faire sortir d'ici - et très vite. Pourtant, bizarrement, ma peau se tiraillait de joie à la seule pensée que cet homme exerce un contrôle total sur mon corps. Mais l'ange se mit à sauter tant qu'il pouvait devant le diable en criant : « *DANGER, DANGER ! Vas-t'en vite, espèce d'idiote !* »

- Désolée, je ne peux pas. J'ai déjà renoncé à deux ans de ma vie pour un maniaque du contrôle. Je ne le referai plus, lui dis-je, mais mes paroles sonnaient faiblement dans une tentative pathétique de me protéger.

Il me regarda avec curiosité, mais ne remit pas en question ce à quoi je faisais référence.

- Je ne cherche pas à contrôler toute ta vie, juste la partie sexuelle, dit-il nonchalamment en haussant les épaules alors qu'il se remettait sur sa chaise.

La façon obscène dont il parlait me destabilisa encore une fois, attisant les flammes qui s'étaient enflammées dans mes tripes.

- Vraiment ? Alors t'appelles ça comment, hein, le fait de m'avoir piraté mon téléphone portable ? m'enquis-je en lui rappelant notre dispute de cet après-midi.

- Mon téléphone portable était un cadeau, dit-il avec impatience. J'ai peut-être dépassé les limites, mais ce n'était pas mon intention.

- Mais qu'importe la façon dont tu me présentes les choses, c'était une forme de contrôle assez méprisante de ta part.

- Écoute, Krystina. Je veux que tu restes telle que tu es. Je ne veux pas d'une stupide marionnette. Je pense que c'est peut-être la raison pour laquelle je suis autant attiré par toi, s'arrêta-t-il, l'air pensif pendant un moment. Si tu l'acceptes, c'est seulement dans ma chambre à coucher que je te posséderai, rien que pour moi.

Des alarmes retentirent dans ma tête, me mettant en garde contre cet homme imprévisible. Mais mon corps me trahissait toujours et je devais lutter contre le besoin impérieux de franchir la table et de commencer à lui déchirer les vêtements. Je voulais qu'il me contrôle. Qu'il me *possède*. C'étaient peut-être les deux verres de vin qui me faisaient penser de cette manière, mais à un moment donné, j'avais inconsciemment pris une décision. Malgré ma prudence, je voulais avancer lentement. Je voulais faire l'amour avec Alexander Stone, et maint'nant. Une panique absolue s'installa : la mise en pratique m'effrayait. Je n'étais pas prête pour *ça*.

- Je pense qu'il est temps que je parte, lui annonçais-je en me levant brusquement.

- Déjà ? Pourquoi ?

Je l'avais évidemment choqué par mon envie soudaine de partir.

- Parce que...

Hésitante, je ne parvenais pas à terminer ma phrase.

Parce que tu m'embrouilles l'esprit. Je n'arrive pas à réfléchir quand je suis près de toi.

Mais je ne pouvais pas lui dire ça à haute voix. À la place, je pris mon sac à main, le porta sur mon épaule, et lui dit :

- Merci pour ce dîner, Alex.

Il se leva pour venir de mon côté de la table.

- Krystina... je..., commença-t-il.

Sa voix était tendue, et j'ai levé les yeux, presque contre mon gré, sur son regard d'une beauté époustouflante. J'attendis qu'il finisse ce qu'il allait dire, mais il me regarda simplement d'un air sombre d'incertitude.

Pourquoi avait-il l'air si incertain ?

C'était déconcertant.

- Qu'est-ce qu'il y a, Alex ? demandai-je sur un ton coupé d'impatience.

- Viens encore dîner avec moi. Demain soir, me dit-il en me prenant les mains et en entrelaçant ses doigts avec les miens.

Je pouvais voir le rythme de son pouls au niveau de son cou, la ferme terminaison de sa mâchoire. On ne pouvait pas dire non à cet homme, mais je devais au moins essayer.

- Je ne pense pas que ce soit une bonne idée, Alex. Il faut que je rentre chez moi et... j'ai juste besoin de *réfléchir*.

Il fit un pas de plus, le regard prédateur revenant dans ses yeux. Il se trouvait tellement près de moi que mon cœur se mit à battre à tout rompre, provoquant un grand frisson de sang dans mes oreilles. Je sentais la chaleur s'échapper de son corps, son parfum délicieux envahir mes sens, me faisant frémir de plaisir et tourner la tête. Il était si proche. Je sentais son souffle chaud se mêler au mien, ses lèvres n'étant qu'à quelques centimètres des miennes.

- Très bien. Si c'est vraiment ce que tu veux, me dit-il d'un ton grave. Mais quand tu rentreras chez toi, je veux que tu réfléchisses à ce qu'il faudra que je fasse pour que je puisse entrer en toi.

- La vulgarité ne va pas aider...

Il ne me laissa pas le temps de réagir... ma phrase fut coupée par sa bouche couvrant la mienne.

Putain d'merde. Alexander Stone est en train de m'embrasser.

Sa bouche était tendre et douce. Délicieuse. Et pile poil comme je l'avais imaginé. Sans prévenir, il approfondit le baiser d'une bouche plus exigeante. Il m'embrassa avec une passion que je n'avais jamais ressentie auparavant. Personne ne m'avait jamais embrassée de cette façon. La chaleur explosa dans mes veines et ma bouche se rendit sous la sienne alors que je lui rendais son baiser avec toute la passion que j'avais au fond de moi - une passion qui avait été longtemps en sommeil mais qui était remplie d'une intensité que je ne connaissais pas. Je gémis dans sa bouche et il poussa sa langue au-delà de mes lèvres entrouvertes, me goûtant d'un léger mouvement. Il tira subitement mes hanches contre lui, forçant mon dos et mon cou à former un arc léger pour qu'il puisse mieux accéder à ma bouche. Je dus tendre les bras pour faire passer mes doigts le long de son corps, le tirant plus près de moi tout en l'encourageant encore plus à approfondir notre baiser. Il gémit contre mes lèvres, la vibration provoquant le raidissement de mes mamelons en réponse. Il me ravissait, comme s'il était un homme affamé qui n'en avait jamais assez. Ses doigts se serrèrent sur mes hanches, puis se déplacèrent sur mon dos, m'écrasant habilement contre son torse dur. Ma prudence, mes doutes et mes hésitations étaient oubliés. Tout ce qui comptait, c'était ce baiser, qui consumait tout, chassant les douleurs de mon passé. Un poids commença à s'accumuler dans ma poitrine et s'engourdit dans ma gorge. J'eus l'impression que quelque chose d'énorme avait été enlevé de mes épaules et j'en pleurais presque de soulagement. Ça faisait un bien fou de *ressentir* à nouveau les choses. À mon grand regret, Alexander mit fin au baiser et s'éloigna légèrement. J'étais à bout de souffle. Ce baiser avait été plus qu'intense. Il était électrisant. Il m'avait atteinte jusqu'au plus profond de mon corps.

- Bon Dieu, Krystina. J'ai envie d'toi. Je ne devrais pas, mais c'est le cas, murmura-t-il, la voix rauque et éraillée, ses yeux saphir, dans un brasier de désir ardent.

Je pris une profonde inspiration et fermai les yeux, respirant son parfum qui me devenait déjà si familier. Un bruit provenant de la cuisine me fit sursauter et je fis quelques pas de recul, ce qui éloigna son regard de braise et dissipa le brouillard qui semblait être installé dans mon cerveau. J'étais déçue de voir Matteo entrer dans la pièce, mais en même temps, je lui étais presque reconnaissante pour cet intermède. J'avais désespérément besoin d'un moment pour absorber ce qui venait de se passer et être pressée contre un Alexander Stone surchauffé ne m'aiderait pas du tout.

- Vous partez déjà ? demanda Matteo en jetant un coup d'oeil à mon sac à main qui était encore accroché à mon épaule. Et le dessert ?

- Non, merci... à moins que Krystina ne veuille quelque chose. Mais nous sommes prêts. Krystina ? demanda Alexander en me regardant.

Mes jambes tremblaient tellement que j'ai cru que j'allais m'effondrer.

Dis quelque chose, Cole ! Maint'nant !

- Tout va bien, merci pour tout. C'était merveilleux, dis-je dans un sourire tremblant.

- Bien. Je suis content que vous ayez apprécié ! déclara Matteo, inconscient du courant statique qui crépitait dans l'air.

Alexander tapa gentiment Matteo dans le dos.

- Merci, mon pote. Je savais que tu ne me décevrais pas. Tout était incroyable ! J'ai hâte que tu ouvres ton restau !

- Pas besoin de me remercier. Ce restaurant serait encore un rêve pour moi, si tu n'avais pas été là. C'est moi qui te dois une fière chandelle, mon ami, lui dit Matteo avec sincérité.

En regardant l'aisance avec laquelle les deux hommes

interagissaient, je réalisais qu'ils étaient de bons amis. Leur camaraderie naturelle montrait qu'ils étaient plus que de simples associés.

- Allez, Matt. Laisse tout ça et rentre chez toi. Je vais m'occuper de la fermeture, proposa Alexander.

- Je vais au moins faire la vaisselle, puis je m'en irai. Krystina, dit Matteo en se tournant vers moi et me prenant la main comme il l'avait fait lors de mon arrivée. C'était un plaisir de vous rencontrer, ma chère.

Il plaça un doux baiser sur le dos de ma main. Ses lèvres s'attardèrent un peu trop longtemps à mon goût. J'étais encore bien excitée par le baiser d'Alexander que mes joues rougirent instantanément face à l'intimité de ce geste. Matteo leva les yeux sur Alexander et lui adressa un regard dont même Satan serait jaloux.

- Allez, maint'nant, dégage, Matt ! dit Alexander avec un air renfrogné.

Matteo se mit à rire et me lâcha la main.

- C'est trop facile ! ricana-t-il.

Il s'empressa de rassembler nos assiettes et sortit de la pièce. Je l'entendis rire jusqu'à la cuisine.

- Tu es sûre de vouloir partir, dit demanda Alexander une fois que Matteo n'était plus susceptible de nous entendre.

C'était une affirmation, mais ses yeux étaient interrogateurs. Je ne voulais pas partir, mais finalement, je savais que ça serait plus sûr que de rester ici et de faire face à la sexualité flagrante qui s'était manifestée entre nous. Beaucoup plus sûr.

- Oui, il le faut, dis-je en invoquant la volonté de je-ne-sais-quel-dieu.

Alexander accepta d'un signe de tête et sortit son téléphone portable de sa poche.

- Hale, nous serons dehors dans deux minutes, dit-il à quelqu'un d'une voix coupée, puis il replongea l'appareil dans sa poche.

- Qui est Hale ? demandai-je avec curiosité.

- Mon chauffeur. C'est lui qui t'a amenée ici. Viens, je vais te raccompagner, dit-il en me prenant la main.

Nous traversâmes le restaurant vide en direction des portes d'entrée. Lorsque nous arrivâmes dans l'air frais de la nuit, je me suis frotté les bras pour me réchauffer. La voiture d'Alexander attendait au bord du trottoir pour me ramener chez moi.

- Hale viendra te chercher chez toi demain à la même heure, déclara Alexander en ouvrant la portière du 4x4.

- Alex...

Je me laissais cependant distancer lorsqu'il posa un doigt sur mes lèvres pour que je me taise. Je secouais la tête dans une tentative forcée de renoncer.

- Demain, répéta-t-il sérieusement. Chez moi. Et pas de fioritures cette fois. Pas de dîner chic. Juste de quoi boire et des sujets de conversation. Beaucoup de choses n'ont pas été dites ce soir. On va encore parler et voir où ça nous mène.

- C'est une mauvaise idée, Alex. Tu ne sais rien de moi. Je suis une personne trop compliquée pour quelqu'un comme toi, dis-je doucement, en essayant de le dissuader une fois de plus.

- Chérie, je sais déjà que tu seras tout *sauf* un problème pour moi, dit-il en riant et en se penchant pour me poser un léger baiser sur le front. C'est le goût de tes lèvres qui m'a persuadé. Passez une bonne nuit, Mademoiselle Cole.

- Bonne nuit, Monsieur Stone fut la seule phrase que je pus formuler avant de monter dans le 4x4.

Une fois assise, j'ai levé les yeux en l'air. Cette lueur diabolique était de retour dans ses yeux.

- Et mets-toi en jupe. Quand je regarde tes longues jambes, j'aime les imaginer enroulées autour de moi, dit-il avec un clin d'œil avant de fermer la portière du véhicule.

Alexander

JE REGARDAIS la voiture s'éloigner, cette soirée ayant pris fin trop vite à mon goût. Juste au moment où je pensais que je commençais à combler le fossé qui nous séparait, elle s'était dirigée vers la porte.

Je lui fais peur. Elle pense que je suis un monstre lorsque je suis sous les draps.

Un sourire tira les bords de ma bouche alors que je repensais à son vocabulaire.

Oh, bébé. Tu n'imagines même pas.

Krystina ne savait pas à quel point elle était proche de la cible qu'elle devait atteindre. Ma stratégie habituelle ne fonctionnerait pas. Je devais faire plus attention. Le moindre faux pas, et je ferai tout foirer. Il fallait que je change mon jeu si je voulais trouver mon chemin jusqu'à elle.

- Bon, alors... un p'tit dîner avec une femme. Qui l'eut cru ? entendis-je Matteo s'exclamer derrière moi.

Je me suis retourné pour le voir appuyé contre le montant de la porte d'entrée du restaurant, se grattant la tête dans son incrédulité.

- Putain, noooon. Ne t'y mets pas non plus. J'ai eu droit aux regards de travers de la part de Hale ! Ce n'est pas ce que tu penses, Matt, niais-je faiblement.

- Je dois admettre que quand tu m'as appelé pour me demander d'organiser ce dîner, ta demande m'a un peu surpris. Je n'ai rien dit parce que je voulais d'abord voir cette fille, me pressa-t-il avec un sourire de connaisseur.

Je le fixais du regard.

- Tu n'étais pas censé rentrer chez toi ? grognais-je.

Cependant, Matteo savait que mes paroles resteraient sans conséquence.

- J'étais sur le point de partir. Mais je vais rester et prendre un verre avec toi si tu veux.

- Un bien chargé, alors, lui dis-je.

Puis je le suivis à l'intérieur. Je descendis un des tabourets du bar pour m'asseoir dessus. Matteo se glissa derrière le comptoir et j'entendis des verres tinter. Lorsqu'il se releva de derrière le comptoir, je vis qu'il avait réussi à produire quelques verres de Lowball à l'ancienne et une bouteille de Knob Creek, malgré son stock limité.

- Mon permis de vente d'alcool vient d'être délivré et je n'ai pas encore commandé de bonne marchandise. Certes, il ne s'agit pas de la bonne réserve haut de gamme que tu bois d'habitude, mais ça fera quand même l'affaire, plaisanta-t-il.

Après avoir versé une quantité généreuse dans chaque verre, je pris le mien et le descendis d'un coup sans broncher. Les sourcils de Matteo se levèrent.

- Waou. Il me semblait bien que ce bourbon est censé être siroté. Cette femme t'a vraiment touché.

Refusant de commenter, je me suis contenté de fermer les yeux. Il prit le verre et le remplit à nouveau, mais je l'ai repoussé.

- Non merci.

J'étais ennuyé. Enervé. Frustré pour beaucoup de raisons, mais je ne pouvais pas identifier celle qui me dérangeait le plus. La dernière chose dont j'avais besoin, c'était un verre de plus.

- Très bien. Alors qu'est-ce que tu veux ? En plus de la *bella donna...* ajouta-t-il, ce qui me rappela à quel point Krystina était vraiment belle.

Je le regardais avec tristesse, essayant de déterminer à quel point je voulais qu'il en sache à ce sujet. Certes, Matteo et moi avons conclu un accord commercial, mais avant tout, c'était un ami de longue date. Il était observateur, attentif et intelligent. Je savais que je pouvais compter sur lui pour arrêter de faire des conneries et me diriger dans le bon sens.

- Elle m'énerve, Matt, admis-je sans détour.

Il s'étouffa dans la goulée qu'il venait d'avaler.

- Dans quel sens ? questionna-t-il, incrédule.

- C'est elle que j'veux, mais elle se bat contre moi à chaque étape. Normalement, je me dirais juste de l'oublier et de passer à autre chose. Mais avec elle, je ne peux pas. Plus elle me repousse, plus je la veux.

- Je comprends tout à fait pourquoi tu fais ça. Elle est jeune et sexy. Où est ton problème ?

- Elle est... j'avais du mal à mettre mes pensées en mots, ce qui était une autre bizarrerie rare pour moi. Elle est... tout un travail. Têtue et vive en même temps. Forte, mais en même temps fragile. Je ne sais pas...

- Alors, c'est ça. Pour une fois, tu ne peux pas t'introduire dans la tête de quelqu'un ! dit Matteo en riant.

- Non, c'est plus que ça. C'est juste que je n'ai pas encore compris. J'ai l'impression qu'elle a une histoire. Un passé. Je ne sais pas ce que c'est.

- Alors, laisse-moi te donner un conseil. C'est qu'elle n'est pas pour toi. Elle ne me semble pas être du genre à s'intéresser à ton truc. Elle a l'air trop innocente. *Candida*. Tu ferais mieux de faire attention avec ça, me prévint-il.

Matteo avait tout saisi. Krystina était captivante, à tel point que je me retrouvais paralysé par la luxure, à fantasmer sur elle presque jusqu'à l'obsession. Cependant, le regard d'incrédulité totale qui lui avait capturé le visage au moment où je lui ai dit que j'étais un Dominant me fit comprendre qu'elle n'était pas adepte à mes manières peu conventionnelles.

- Je ne suis pas un idiot, Matt. Mais je ne pense pas qu'elle soit aussi innocente que ça, lui dis-je, en essayant de me convaincre autant que lui. Il fauda juste lui expliquer les choses, une sorte de petite formation, c'est tout.

- Pourquoi tu t'embêterais alors que tu peux juste frapper à la porte de l'un de tes clubs ? Tu y trouveras pleins de volontaires.

Pourtant, j'ai froncé les sourcils en entendant cette déclaration, car je me posais cette question depuis des jours : aller au Club O était la solution la plus simple pour m'aider à résoudre ce problème. Ce night-club BDSM exclusif aurait une pléthore de femmes Soumises prêtes à jouer avec moi. Et c'était un lieu sûr : les femmes y appréciaient le besoin de discrétion.

- Ben c'est justement ça, l'problème : je ne veux pas me contenter d'une autre Soumise.

- *Si, si.* Mais n'oublie pas que tu dois te rappeler que Krystina ne sera peut-être pas disposée à faire ça. Y as-tu pensé, mon ami ? As-tu abordé le sujet en lui disant qui tu étais, dans cette histoire ?

- Je lui ai dit, oui. Elle n'était pas des plus réceptives, mais j'ai trouvé que je pouvais l'influencer assez facilement, dis-je dit en haussant les épaules.

- Tu me fais penser à un singe. Non, mais, quelle arrogance tu as, dit Matteo en riant en secouant la tête d'un côté à l'autre.

- Un singe ? Pourquoi un singe ? Cette expression ne viendrait pas d'un Italien tout poilu, par hasard ?

- Ah, maintenant tu es jaloux de mon torse : tu rêves de l'avoir ! Je suis un Dominant, moi, naturellement ! Toutes les dames s'inclinent devant moi !

Matteo se mit à battre sa poitrine comme un gorille prêt à exercer son pouvoir.

- Ouais, c'est ça ! Toi - un Dominant ? ! Tu n'as pas les couilles pour ça. Pas assez de confiance, lui dis-je.

Pourtant, une autre pensée me vint à l'esprit, interrompant nos sarcasmes et me poussant à la sobriété.

- Quoi ? demanda Matteo après avoir vu mon visage changer d'expression.

- Si tout ça n'était qu'une question de confiance, tout serait tell'ment plus facile ! Mais la situation est bien plus compliquée...

- Comment ça ?

- Krystina remet tout en question. Je veux dire vraiment *tout*. Rien que ça fera d'elle une Soumise fantastique. Elle ne sera pas facile à former, ça, c'est certain. Je stoppai net en fixant le deuxième bourbon que Matteo m'avait versé. Changement d'avis. Je le pris pour le siroter lentement pendant une bonne minute avant de continuer : le sujet de mes parents a été abordé ce soir. C'était un pur hasard, mais je lui ai pratiquement arraché la tête pour mettre fin à ses questions. Je suis sûr que j'ai seulement réussi à en créer d'autres.

- Mais si vous vous voyez régulièrement, ton passé sera évoqué. Tu ne pourras pas le garder enterré...

- Pourtant, ce n'est pas un sujet qui revient régulièrement sur le tapis. Tu me connais, essayais-je de contester.

Un Matteo incrédule arqua les sourcils.

- Si tu l'dis, dit-il dans un sourire.

- Je me fiche se savoir dans quelle catégorie tu nous classes. D'après le peu de choses que je connais sur Krystina, elle ne lâchera pas prise. Mes parents vont encore se poser des questions, j'en suis certain. Ça complique les choses à cause de Justine. Je n'ai désamorcé qu'une situation. Et je n'en ai pas besoin d'une en plus. C'est à moi de la protéger.

- Tu ne peux pas toujours être là pour protéger Justine de ses monstres, objecta gentiment Matteo.

Il connaissait ma sœur. Il était l'une des rares personnes à connaître notre passé. Mais malgré tout ça, il ne le comprendra jamais totalement car il ne l'a pas vécu. Frustré, j'ai secoué la tête.

- Ce sont *nos* monstres, Matt. Tu le sais presque aussi bien que moi. Je suis juste meilleur que Justine pour leur faire face.

Matteo hocha de la tête pour confirmer mes dires.

- Il me semble que tu aies des décisions à prendre, alors laisse-moi te donner un autre conseil : je pense que Krystina est peut-être plus innocente que tu ne l'admettes ; elle ne semble pas crédule, non plus. Les secrets ne restent jamais cachés pour toujours. Si tu veux faire un essai avec elle, n'allez surtout pas au *Fates*.

J'envoyais un sourire ironique à mon ami, la dérision de ses mots agissant sur moi comme une pilule amère que j'étais forcé d'avaler.

Le Fates.

Ces pétasses capricieuses ne m'avaient jamais regardé d'un bon œil. J'avais appris très tôt à prendre mon destin en main, à me servir de mes tripes pour m'orienter dans la bonne direction. Je n'y étais cependant pas encore parvenu, et c'était pourquoi j'étais confronté à la situation actuelle. Mon instinct me disait que je ne devrais pas vouloir de quelqu'un comme Krystina Cole. Que je n'étais pas l'homme qu'il lui fallait. Pourtant, ce que je ne devrais pas vouloir et ce que je voulais étaient devenus deux choses très différentes.

14

En rentrant dans l'appartement après avoir dîner avec Alexander, j'ai trouvé Allyson assise seule sur le canapé avec un bol de pop-corn et un verre de vin à la main. La télévision était éteinte, et la seule lumière allumée provenait de la cuisine. Ce n'était pas bon signe. J'ai enlevé mes chaussures dans un coin de l'entrée principale et me suis installée dans le salon.

- Hé ! Où est Jeremy ? m'enquis-je nonchalamment en essayant d'évaluer la gravité de la situation.

- Il est parti il y a peu de temps.

- Oh. Je pensais que vous iriez voir un film tous les deux.

- Oui, c'est ça. On se préparait à y aller... jusqu'à ce que Jeremy se transforme en macho misogyne, me cracha-t-elle avec dégoût.

- Pourtant, vous aviez l'air de passer un bon moment quand je suis partie. Qu'est-ce qu'il a fait ?

- Ce n'est pas ce qu'il a fait, c'est ce qu'il a dit. On a parlé du fait que tu sortais avec Stone, ce soir. Jeremy pense que c'est une bonne chose que tu aies trouvé un homme financièrement stable. Un homme comme lui serait capable de prendre soin de toi correctement. Apparemment, il pense que les femmes devraient rester à la maison. Pour l'entretenir, termina-t-elle dans un air renfrogné.

Aïe.

Règle numéro un : ne jamais profaner les droits des femmes devant Allyson. Parfois, je jurais qu'elle était la descendante directe de Susan Anthony[1]. Je ne dis pas que j'étais forcément d'accord avec ce que Jeremy aurait pu dire à Ally, mais je me sentais un peu mal pour lui. Allyson s'énervait facilement quand il s'agissait de ce genre de choses. Je ne pouvais qu'imaginer ce qu'elle avait dit une fois que son tempérament s'était déchaîné.

- Et tu l'as laissé faire ? demandai-je avec un pincement au cœur.

- J'ai hurlé quelque chose qui voulait dire que je n'étais pas du genre femme au foyer et je lui ai demandé de partir. Ce qu'il a fait, termina-t-elle.

- Et c'est tout ?

- Je ne me suis peut-être pas exprimée de cette manière, pour être franche...

- Oh, Ally. Est-ce que ça va ?

- Ça devrait aller mieux. Mais c'est mieux qu'il me donne son avis dès maint'nant, finalement. Bon, alors, et toi ? Parle-moi de ton rencard avec Stone.

- Ce n'était pas un rencard. C'était une *rencontre*, lui indiquais-je en insistant délibérément sur le dernier mot.

- Bien sûr. Peu importe. Parle-moi de votre rencontre, rectifia-t-elle pour m'apaiser.

- C'était bien, répondis-je.

- Allez, Krys. Tu dois m'en dire plus. Qu'est-ce qu'il a dit à propos du boulot ?

- Oh, il... commençais-je en préférant couper court. En fait, on n'a jamais parlé des détails du poste.

- Parce que c'était un rencard, conclut-elle.

- Ce n'était pas un rencard, Ally. Alexander n'est pas du genre à avoir des rencards. Il me l'a dit lui-même. Mais tu avais raison sur un point, admis-je en me penchant sur la chaise bien trop rembourrée en face d'elle. Il me veut vraiment. Et pas seulement en tant qu'employée.

— Je te l'avais dit ! s'exclama Allyson d'un air satisfait. Cependant, son visage devint sérieux presque tout de suite, et elle me demanda : et tu vas faire quoi ? *Tu le* veux aussi ?

— Non... enfin oui, en quelque sorte. C'est compliqué. Je n'arrive pas à le lire. Il parle en énigmes. Mais je l'ai laissé m'embrasser.

— Eh bien, c'est un progrès, au moins, dit-elle en riant. Mais reviens en arrière. Dis-moi comment ça s'est passé. Depuis le début. Peut-être que je peux t'aider à résoudre certaines des énigmes de ce mystérieux Stone.

Et donc, je lui ai tout déballé : de l'envoi du téléphone portable, en passant par sa visite surprise au café, jusqu'à nos conversations au cours du dîner. Même après lui avoir tout répété, je me sentais toujours autant confuse.

— Je ne sais que faire de tout ça, Ally.

— Mais tu n'as rien à faire, Krys. Il te suffit tout simplement de faire avec. C'est juste que c'est le bon moment. Tu comprends ? Accepte le travail. Sors avec Stone. Laisse-toi aller à boire et à manger ! Pour l'amour du ciel ! Profites-en !

— Tu as certainement raison, mais j'ai peur, tu sais ? Parfois, j'ai l'impression que mon histoire avec Trevor, c'était hier. Et puis, à d'autres moments, j'ai l'impression que c'était il y a une éternité. Je ne sais pas si je pourrai me remettre en selle. Chaque fois que je pense que je suis prête, je panique.

— Allez, viens là, ma belle, dit-elle en tapotant le coussin du canapé à côté d'elle. Quand je me suis approchée pour m'asseoir près d'elle, elle ramena ma tête sur son épaule et frotta sa main sur mes cheveux. Je sais quel enfer tu as vécu, mais tout ne se passe pas de manière cauchemardesque. Alors, que se passera-t-il si ta muraille prenait feu ? Tu en construiras une nouvelle ! Mais en attendant ce jour, laisse-toi aller et amuse-toi un peu. Tu ne te remettras jamais de ce qui s'est passé avec Trevor tant que tu n'auras pas franchi l'étape suivante. Au moins, Stone est plein aux as. Il te fera passer de bons moments. Profite de ce traitement

V.I.P. Enfin, j'veux dire : vas-y ! Ce gars t'a même envoyé une *voiture* !

- Humm... Alexander serait certainement capable de rendre les choses beaucoup plus qu'intéressantes, déclarais-je en la contemplant.

Levant les yeux sur elle, je me demandais si je devais ou non lui dire exactement à quel point Alexander pouvait rendre les choses intéressantes. Je poursuivis :

- Il m'intimide tellement : il faut que je passe par-dessus ça.

- Pourquoi ? Il n'a rien fait pour te blesser, pourtant ? demanda-t-elle en s'éloignant de moi d'un air alarmé.

- Oh, non. Ce n'est pas ça. En fait, il n'y est pour rien, dans tout ça : c'est plutôt ma peur de l'inconnu. À la fin du dîner, il a dit qu'il était un Dominant - je me fiche de savoir ce que ça signifie. Tout ce que je sais, c'est que j'ai paniqué et que je me suis préparée à m'en aller très vite. C'est là qu'il m'a embrassée et maintenant, je ne sais plus quoi penser, conclus-je.

- Waou ! Il a dit qu'il était un quoi ?

- Un Dominant.

- Oh, nooon. C'est mauvais, tout ça, me prévint-elle avec des yeux aussi grands qu'un cerf perdu dans les phares d'une voiture. Elle secoua rapidement la tête d'avant en arrière. J'veux dire, je suis tout à fait pour le fait que tu sortes avec quelqu'un et que tu aies de nouveau des rendez-vous. Je m'en ficherais même complètement si tu faisais tout le tour de l'équipe des Yankees. Mais tu ne peux pas sauter la tête la première avec quelqu'un comme...

Un coup à la porte l'interrompit.

- On y reviendra plus tard, lui dis-je en me levant du canapé pour répondre à la porte.

J'ai trouvé un Jeremy très désemparé sur le seuil.

- Est-ce qu'Allyson est là ? Je dois lui parler, dit-il en me suppliant.

Je l'ai regardé et ai immédiatement ressenti de la sympathie pour lui. Il avait l'air vraiment bouleversé. Mais Allyson était vraiment super énervée quand j'étais rentrée tout à l'heure. Laisser Jeremy entrer chez nous serait une idée tout simplement désastreuse.

- Je ne suis pas sûre que ce soit une bonne - commençai-je.

- Je ne pense pas qu'on ait grand-chose à se dire, aboya Allyson derrière moi. Quand je me suis retournée pour la regarder, son visage était inondé de rage. En plus, Krys et moi étions occupées. Tu nous déranges.

- Allyson, je suis vraiment désolé. S'il te plaît, parle-moi.

- Je crois qu'on a assez parlé tout à l'heure, Jeremy.

- Tu m'as mal compris. Tu m'as coupé la parole avant que je puisse t'expliquer. S'il te plaît, donne-moi juste cinq minutes, supplia-t-il encore.

J'étais prise entre les deux. Le pauvre, il la suppliait vraiment. Ils avaient besoin d'être seuls pour en parler. Après la soirée que je venais de passer, je n'étais pas en état de jouer l'arbitre s'il fallait en arriver là.

- Ally, on pourra terminer ça plus tard. Toi et Jeremy, vous pouvez y aller.

- Non. C'est notre conversation que je veux finir, me dit Allyson avec ferveur.

- Pas de problème, on le fera demain. Vous avez des choses à régler tous les deux. De toute façon, je suis fatiguée et je dois travailler demain matin.

Allyson avait l'air déchirée, ses yeux se déplaçant entre Jeremy et moi. Je posai une main sur son bras pour la rassurer.

- Très bien, Krys. À demain, concéda-t-elle finalement. Elle se pencha pour me donner un rapide coup de bec sur la joue. Repose-toi bien !

- Bonne nuit, lui dis-je.

Puis je fis un signe de tête à Jeremy qui me le rendit en retour.

En arrivant dans ma chambre, je me suis mise à bâiller longuement. Ce n'était pas une excuse pour donner du temps à Allyson et Jeremy, parce que j'étais vraiment fatiguée. Depuis ma rencontre avec Alexander Stone, mes nuits n'avaient été remplies que d'un sommeil agité. Je me suis couchée en me demandant ce que je ferais demain soir. Normalement, j'aurais couru en criant dans la direction opposée d'un homme comme lui et je n'aurais même pas envisagé d'explorer cette voie dangereuse. Pourtant, il avait mis le monde à mes pieds - une offre d'emploi que j'attendais désespérément et la fin, ce besoin brûlant de pouvoir enfin être avec lui. Et quand ses lèvres ont touché les miennes, c'est comme si mes entrailles s'étaient transformées en cire fondue, me privant de toute pensée ou de tout raisonnement. Il ne le savait pas, mais il avait une sorte de pouvoir sur moi, et cela me terrifiait.

Je réfléchissais à la façon dont Allyson envisageait la vie : parfois, je souhaitais être comme elle : elle était tellement insouciante, sautant d'un homme à l'autre, vivant l'instant présent. J'aurais très bien pu critiquer son style de vie, mais non. Je l'aimais trop. Sa vie sans attaches lui convenait, et elle était heureuse. Sa façon de voir les choses était probablement la bonne. Je devrais me lâcher et m'amuser un peu. J'étais seule depuis longtemps. Je pourrais peut-être jouer un peu au lit. Il faudrait juste que je me souvienne de rester détachée par rapport à tout ça. Je ne cherchais pas à ce qu'une des flèches de Cupidon m'atteigne forcément. Ça serait juste une histoire de jambes en l'air, pas un engagement à vie. Et si je me souvenais bien, ça n'était pas si difficile que ça.

———

LE JOUR suivant commença par la routine habituelle et ennuyeuse que je connaissais si bien. Je suis allée travailler, effectuant les tâches monotones que j'avais à faire, et après, je suis allée faire un tour à la salle de sport. Cependant, au cours de cet après-midi peu excitant, j'ai pu repasser les événements de la soirée précédente. Pour la première fois, j'étais contente de pouvoir m'ateler aux tâches insensées que mon emploi me proposait. Comme ça, j'avais le temps de réfléchir. Vêtue d'une simple paire de shorts de yoga et d'une brassière, je suis partie en ville, cherchant une issue libératrice dans chacun de mes coups dans le punching-ball rouge qui était face à moi. Les paroles d'Allyson résonnaient dans mon esprit.

« Laisse-toi aller et amuse-toi un peu... »

Je frappai aussi fort que possible dans l'énorme sac. Cette fois-ci, c'était la conversation que j'ai eue avec Alexander au cours du dîner qui me revint en tête :

« Je finirai bien par t'avoir dans mon lit, Krystina... »

Puis, je me suis retournée en lançant un puissant coup de pied circulaire. Je pouvais encore voir l'éclair de désir dans ses yeux au moment où je l'ai quitté. Je pouvais encore sentir la chaleur de son regard ardemment intense. J'infligeai un autre coup de poing à l'énorme sac de cuir cylindrique. Mes lèvres tremblaient chaque fois que je me rappelais la sensation de sa bouche sur la mienne, et mon corps en avait même mal pour lui. Mais surtout, je me suis rappelée combien il était bon de ressentir à nouveau quelque chose. Quarante-cinq minutes plus tard, j'étais couverte de sueur. Donnant un dernier coup dans le punching-ball, je pris une décision monumentale : j'allais écouter les conseils d'Allyson et aller de l'avant avec Alexander. Que ce soit juste pour le sexe, ou bien juste pour le travail... juste pour les deux ? De toute manière, cela n'avait pas d'importance. Ma décision était prise. Il était temps que j'arrête d'avoir peur de l'avenir et que je le laisse simplement se produire. Je pris une serviette pour essuyer la sueur de mon visage et de mon cou, puis j'ai récupéré mes affaires et suis rentrée chez moi.

Et c'est alors que ma journée commença enfin à devenir bien plus intéressante.

15

Krystina

Je n'ai jamais été du genre à m'apprêter et à me pomponner pendant des heures, mais là, j'avais facilement consacré deux bonnes heures à préparer ma soirée avec Alexander. Je voulais avoir l'air parfaite. Je m'inquiétais de porter une jupe trop ras-la-touffe, mais aussi de parvenir habilement à dompter mon épaisse crinière. À un moment donné, alors que je recherchais la paire de chaussures parfaites dans mon placard, je me rendis compte que je n'avais jamais répondu de manière officielle à Alexander à propos de ma sortie avec lui de ce soir. En même temps, je n'avais pas eu de nouvelles de lui non plus. Une partie de moi se demandait si je ne perdais pas mon temps à me préparer pour une soirée qui n'aurait peut-être même pas lieu. Cependant, cette pensée passa vite, car j'étais certaine qu'Alexander était un homme de parole. Il avait dit que son chauffeur serait là à six heures, et je savais qu'il ne me laisserait pas tomber. Préparée et prête à partir, je pris les escaliers plutôt que l'ascenseur, l'anticipation me remplissant d'une sorte d'énergie décuplée. Je fus même surprise de voir à quel point j'avais hâte de sortir, et un sourire étourdi me courba les lèvres alors que je traversais le hall de mon immeuble. Comme d'habitude, Philip était à la porte. Il me salua de son sourire amical.

- Vous avez l'air bien effrontée ce soir, Mademoiselle Cole. C'est la deuxième fois que je vois cette jolie voiture. C'est encore pour vous ? demanda-t-il en me regardant de haut en bas avec un sourcil levé.

- C'est bien ça, Phil, dis-je en rougissant sous l'œil attentif du viel homme.

J'essayais de tirer nonchalamment sur le bas de ma mini-jupe noire, très consciente du fait qu'elle était vraiment très courte. J'eus l'impression que Phil n'approuvait pas mon choix vestimentaire, même s'il ne fit aucun commentaire à ce sujet. Il était tellement paternel à mon égard, et toujours à l'affût des femmes dans ce bâtiment. Je me demandais souvent si sa personnalité vigilante était la raison pour laquelle ma mère et mon beau-père avaient autant insisté pour que je vive ici.

- Passez une bonne soirée. Et faites bien attention à vous, me prévint-il en posant une main douce sur mon épaule.

Pourquoi tout le monde me dit toujours de faire attention à moi ?

- Ne vous inquiètez pas, Phil. Je suis une grande fille. Je peux prendre soin de moi.

Après lui avoir fait un sourire rassurant, je lui passais devant lui et franchis la porte qu'il me tenait ouverte. J'eus une impression de déjà-vu en descendant l'allée. Le chauffeur d'Alexander m'attendait devant la Porsche noire aux lignes pures, comme il l'avait fait moins de vingt-quatre heures auparavant. Mais cette fois, je fus surprise lorsqu'Hale ouvrit la porte du SUV : Alexander était assis à l'intérieur de la voiture. Il regardait son téléphone, mais il leva les yeux lorsque je suis arrivée. Je perçus un air de soulagement lui traverser le visage.

Avait-il peur que je lui pose un lapin ?

- Bonsoir, Krystina, dit Alexander en s'étirant lentement.

Un sourire de voyou lui recourba les bords de la bouche et son regard se promenait tranquillement le long de mon corps. La chaleur de ses yeux fit frémir des papillons dans mon estomac. Je tirai nerveusement sur les bords de ma jupe. Pour la deuxième fois depuis que je portais ce vêtement, je me sentais très gênée parce que j'avais les jambes nues, avec des talons un peu trop hauts.

- Alexander, le saluai-je de manière tellement nerveuse que mes nerfs firent légèrement souffler ma voix.

- Tu es superbe, Krystina. Arrête de tirer sur ta jupe, gronda-t-il en sortant du véhicule. Il se tourna vers son chauffeur et lui dit :

- J'appellerai quand on sera prêts, Hale.

- Bien, Monsieur Stone, répondit Hale de façon officielle.

Tiens, ce chauffeur silencieux est capable de parler, finalement.

C'était la première fois que je l'entendais parler : mon interaction précédente avec lui avait vraiment été réservée et formelle, avec seulement quelques brefs hochements de tête comme moyen de communication. La voix râpeuse qu'il venait de révéler correspondait totalement à celle du personnage que j'avais imaginé qu'il était. En fait, je m'attendais à ce qu'il salue Alexander avant de se retourner vers la voiture.

- Prêts pour faire quoi ? me demandai-je à voix haute en regardant entre Alexander et la Porsche. Je pensais qu'on allait chez toi.

- Oui, on va y aller. C'est une belle soirée et j'ai pensé qu'on pourrait marcher un peu. Mais on va d'abord remonter pour que tu changes de chaussures, me conseilla-t-il en regardant mes pieds et en fronçant les sourcils.

- Qu'est-ce qui ne va pas avec mes chaussures ?

- Tu ne seras pas à l'aise pour marcher avec des talons aussi hauts.

- Ça va aller, lui dis-je de manière obstinée.

Mais en toute honnêteté, je rêvais secrètement d'une paire de baskets. Mes élégants talons hauts - dix centimères - n'étaient incontestablement pas adaptés à une promenade du soir.

- Si tu le dis.

Il avait l'air sceptique mais n'insista pas. À la place, il posa sa main sur le bas de mon dos et nous commençâmes à marcher.

- Ce véhicule est vraiment impressionnant, remarquais-je en

montrant le 4x4, pendant que Hale l'éloignait du trottoir et se mêlait à la circulation. C'est un Turbo ou un Turbo S ?

- Cayenne Turbo S, dit-il fièrement. Je notais sa légère hésitation avant qu'il ne poursuive : les voitures chères sont une de mes faiblesses.

Je le regardais et devinais un sourire prudent sur son visage grâce à la lumière tamisée des lampadaires. Je fus surprise par son hésitation. Il était normalement tellement sûr de lui.

- Pas besoin d'être timide à propos de ce plaisir coupable avec moi. Je suis habituée à l'obsession de la voiture. Frank, mon beau-père, est fasciné par tout ce qui a quatre roues.

- Oh, ce n'est pas une question d'être timide. Je reste simplement prudent - je ne veux pas être accusé d'exposer mon argent aux yeux de tous, me taquina-t-il en me poussant légèrement sur le côté, ce qui me fit sursauter.

Huumm... intéressant... voici le côté joueur d'Alexander.

- Je pourrai certainement te parler de toutes les marques et de tous les modèles de voitures qui existent grâce à lui. Tout ce que je sais, c'est grâce à son bavardage incessant à table en grandissant.

- Que sais-tu au sujet des Turbo S ? demanda-t-il sur un ton dubitatif.

S'il essayait de me tester, c'est un test que je serais sûre de réussir.

- Alors, par où dois-je commencer ? Je sais que leur prix est très élevé, qu'ils développent une puissance de 550 chevaux et qu'ils sont propulsés par un moteur V8 biturbo quatre cylindres. Ils peuvent passer de zéro à cent kilomètres heure en seulement quatre secondes et trois centièmes, à peu près, avec un maximum de deux cent quatre-vingts kilomètres heure. C'est véridique, dis-je en m'arrêtant un instant quand je vis Alexander me fixer ouvertement.

- C'est dingue ! On dirait que tu lis une fiche technique. Même moi, je ne connais pas ces détails de prime abord ! Tu as vraiment appris tout ça grâce à des conversations de dîner ? questionna-t-il avec incrédulité.

- En quelque sorte, oui. En plus, j'ai le béguin pour tout ce qui porte le logo Porsche depuis que j'ai treize ans, avouais-je en haussant les épaules.

- Tu continues à me surprendre, murmura-t-il. Du coup, je me demande ce que tu me caches encore.

- Frank est le propriétaire de la plupart des concessionnaires de voitures, chez nous. C'est un peu comme si les statistiques sur les voitures avaient laissé une empreinte au fond de moi. Ce n'est vraiment pas un grand secret.

- On dirait que tu aimes bien ton beau-père. Entretiens-tu de bonnes relations avec lui ? me demanda-t-il tout en me guidant au coin de la 5ème avenue.

- Oh, oui. Je n'ai pas de problème avec lui. Il a toujours été très gentil avec moi. C'est avec ma mère que je me bats tout le temps. Elle est assez difficile par moments, et c'est vraiment peu dire.

- Comment ça ?

Je pris une grande inspiration et essayais de trouver la façon la plus simple de décrire ma mère.

- Elle est amère tout le temps. Vraiment négative, tu vois c'que j'veux dire ? C'est presque comme si elle avait quelque chose à prouver. C'est difficile à expliquer à ceux qui ne la connaissent pas.

- Peut-être que je la rencontrerais un jour, dit-il.

- Oh, non. Jamais d'la vie. Elle est à la fois têtue et autoritaire. Une partie de moi jurerait qu'elle déteste les hommes. Son passé est quelque peu... eh bien, entaché. Tu connais cette expression à propos d'une femme qui a été méprisée ? C'est elle. Je me sens presque mal pour Frank, de temps en temps. D'ailleurs, je m'étonnerai toujours de constater qu'il la supporte depuis si longtemps.

- Eh bien moi, je ne sais pas. Elle a l'air d'être une personne que je trouverai intéressante, dit-il en m'envoyant un clin d'œil.

Je l'observais un instant avant de réaliser le sens caché de ses taquineries. Et là, c'était un peu comme s'il me décrivait. Je sentis le sang affluer d'un coup au niveau de mon visage : je venais de comprendre... et ça me faisait le même effet que de me prendre un coup sur la tête. Alexander n'a probablement pas réalisé à quel point il était proche de la cible qu'il venait de frapper. À un moment donné, j'étais devenue comme ma mère - méfiante, amère et rancunière envers la gent masculine. Et même si j'aimais beaucoup ma mère, je ne voulais pas passer le reste de ma vie à partager ses ondes négatives.

Comment ai-je pu ne pas l'avoir vu avant ? Je suis trop nulle - tout comme elle.

- Tout va bien, Krystina ?

Je levai les yeux pour voir Alexander me scruter le visage avec imploration.

- Tout va bien. Pourquoi ?

Je l'interrogeais de manière innocente pour essayer de me débarrasser des émotions troublantes venues m'habiter.

- C'est que tu es bien silencieuse, tout d'un coup.

Je ne lui répondis pas, ne sachant que lui dire. Aucun mot ne pouvait décrire ce que je ressentais. Je me contentais de hausser les épaules et d'agir sans me soucier du reste, et j'étais heureuse de voir qu'il n'insistait pas plus longuement. C'était tout un sujet que je devais évaluer par moi-même - seule, sans son regard sur moi.

- Ça fait d'puis des lustres que je n'suis pas venu ici, déclara-t-il, alors que nous passions sous l'arche du Washington Square.

- Ce parc est l'un de mes endroits préférés. C'est l'une des raisons pour lesquelles je suis tombé amoureuse de New York - c'est tellement plein de vie ! Il se passe toujours quelque chose à Washington Square, dis-je avec nostalgie tout en admirant l'activité qui nous entourait.

- C'est vrai, cet endroit a vraiment du caractère. Je suis presque sûr que le type assis là-bas, celui qui nourrit les oiseaux, est exactement au même endroit que la dernière fois que je suis venu ici, déclara Alexander d'un air distrait, en hochant la tête en direction d'un homme assis sur un banc avec des pigeons qui lui dansaient autour.

- Oooh ! Allez ! Cet homme donne du charme à cet endroit ! En plus, il est bien mieux que la femme qui nourrit les écureuils avec son sac à main.

- Une femme qui nourrit les écureuils ? demanda-t-il les traits pincés de dégoût.

Je me mis à rire devant son expression repoussante.

- Tu ne sors pas beaucoup, c'est ça ? plaisantais-je, puis je ris encore quand il fronça les sourcils. Lui tirant la main, je le conduisis vers un banc. Viens par ici. On peut s'asseoir et regarder les gens un moment.

- Qu'est-ce qu'il y a d'intéressant à regarder ? me demanda-t-il en s'asseyant à côté de moi.

- As-tu toujours vécu à New York ? le questionnais-je en guise de réponse.

- Oui, pourquoi ?

- Parce que les gens qui ont vécu ici toute leur vie ont tendance à être immunisés contre le charme qui les entoure. Tu vois c'gamin, là-bas ? lui demandais-je en pointant du doigt un jeune garçon qui grattait une guitare sous un arbre. Ou l'homme qui est en bas du chemin, avec les marionnettes ? On ne sait jamais à l'avance ce que l'on va trouver dans ce parc. C'est pour ça que c'est amusant. Tout ce qu'il y a faire, c'est simplement de s'asseoir et d'apprécier le spectacle.

Nous nous assîmes tranquillement pour regarder les gens aller et venir ; un harmonica et le clapotis de la fontaine rajoutaient du son à cette soirée tranquille. Au bout d'un moment, un frisson humide s'installa dans l'air, une fois le soleil couché pour de bon. Je me suis levée pour me frotter les mains de haut en bas, ainsi que les jambes.

- Tu as froid, observa-t-il. Allons-y.

Je fis un signe de tête pour confirmer mon accord. Marchant main dans la main, nous sommes revenus à l'intérieur du parc. Je jetai un œil à nos doigts entrelacés.

Tiens, c'est bizarre. Il agit comme si on était un couple.

Gardant bien à l'esprit que nous n'étions *pas* du tout un couple, je retirai ma main de la sienne, mettant les mains dans les poches de mon pull pour faire comme si je ne voulais pas prendre froid. Alexander ne sembla pas choqué par le fait que ma main ne soit plus dans la sienne, mais il posa un bras autour de mon épaule comme s'il essayait de me réchauffer. Ma tentative de garder un semblant de distance entre nous avait clairement échoué.

Lorsque nous atteignîmes l'Arche, il sortit son téléphone de sa poche.

- Washington Square. Près de l'Arche, aboya-t-il dans l'appareil avant de remettre le téléphone dans sa poche.

- Tu devrais être un peu plus gentil avec Hale. Si je finis par travailler pour toi, je pense que je n'apprécierais pas que tu me parles comme ça.

- Pas « si », Krystina. « Quand » serait le mot le plus approprié, rectifia-t-il.

- C'est sûr ?

- Tu commences lundi.

- Lundi ? Je ne peux pas commencer aussi tôt ! Je dois donner un préavis à Wally's d'au moins deux semaines et...

- Une semaine à partir de lundi, alors. C'est plus que suffisant, déclara-t-il, comme si ce qu'il disait était tout à fait sensé.

Je m'arrêtai de marcher pour me tourner vers lui.

- Alex, je n'ai même pas encore accepté ton offre ! dis-je en manifestant clairement mon exaspération tout en me tordant presque le pied comme un enfant de deux ans.

- Ça ne sert à rien de continuer à tourner en rond à propos de ça, Krystina : j'ai déjà parlé à Walter Roberts. Tout est réglé. Maintenant, tu ne vas pas nous gâcher la soirée, et tu montes dans la voiture !

Sans voix, je le fixais, choquée pendant un moment avant de réaliser que Hale était garé sur le trottoir avec la voiture. Alors, plutôt que de me disputer avec lui sur le trottoir, j'ai préféré céder à sa remarque et me suis tournée avec réticence pour monter dans le 4x4. S'il y avait peu de distance pour nous rendre jusqu'à chez Alexander, le trajet silencieux me sembla interminable. Je sentais des vagues de tension s'abattre sur moi. Je ne voulais pas me battre, et pourtant je ne pouvais pas m'empêcher d'être plus que vexée par cette situation. J'avais prévu d'accepter le poste à Turning Stone, mais j'aurais préféré avoir la possibilité de l'accepter à mes propres conditions, et non de cette manière.

Il faut que je m'en remette. Ça ne sert à rien de laisser un détail technique gâcher cette soirée. Ça ne changera rien, de toute façon.

Me concentrant sur mes pieds endoloris à force d'avoir marché trop longtemps en talons, je fis glisser une chaussure et me penchai pour frotter la plante de mon pied. Le confort avant la mode avait toujours été ma règle, et je payais le prix de ma stupidité de ce soir.

- Bon sang, Krystina. Je savais que j'aurais dû te faire changer de chaussures, jura Alexander, les lèvres pincées d'agacement.

- Désolé, mais Jimmy Choo a pris le meilleur de moi aujourd'hui, dis-je ironiquement. D'habitude, je le sais très bien, mais je ne pensais pas qu'on irait aussi loin, en même temps. Mais je vais bien, vraiment.

- On est presque chez moi. Tu pourras te mettre les orteils en éventail une fois qu'on sera à l'intérieur, dit-il sur un ton irrité.

Visiblement, il semblait franchement mécontent devant mon manque de sens pratique.

Et pourtant... c'est pour toi que je les ai mises !

Je roulais des yeux et parlais presque à voix haute, mais la voiture s'arrêta juste à ce moment, signalant notre arrivée. Jetant un regard par la fenêtre, je vis une immense co-propriété semblant être divisée en plusieurs groupes d'appartements. Hale s'approcha du côté de la voiture pour nous ouvrir la porte. Lorsque nous sortîmes du véhicule, une violente bourrasque me frappa le visage et me fit frissonner. Je pouvais sentir la pluie dans l'air, et je savais que Dame Nature ne tarderait pas à remplacer ses températures généreusement chaudes d'octobre par de violents vents hivernaux. Alexander et moi nous précipitâmes à l'intérieur du bâtiment. J'ai tout de suite remarqué l'élégance du hall, avec ses sols en marbre et ses ornements dorés. Un jeune homme, vêtu de ce qui ressemblait à un uniforme de groom, changeait le sac d'une poubelle dans un coin. Lorsqu'il leva les yeux et nous vit approcher, il le lâcha immédiatement et se précipita vers nous.

- Monsieur Stone ! Je suis vraiment désolé ! Je ne savais pas que vous veniez d'arriver, sinon je serais venu vous voir aussitôt ! commença-t-il.

- Ne t'inquiéte pas, Jeffrey. Finis ce que tu faisais, lui assura Alexander en lui faisant signe de s'éloigner.

Jeffrey se mit à fouiller dans ses poches.

- Laissez-moi au moins appeler l'ascenseur ! Je dois avoir votre pass quelque part... déclara-t-il en cherchant toujours fébrilement dans ses poches.

Alexander l'observa patiemment pendant un moment, avant de montrer sa propre carte à Jeffrey. Le jeune homme épuisé se mit à pâlir.

- Oh, non. Si mon patron découvre ça, il va me tuer !

- Votre patron est sur la liste de mes employés. Je vous assure que votre secret sera bien gardé avec moi.

- Merci, Monsieur Stone, dit Jeffrey, qui semblait quelque peu sceptique.

Il hocha la tête avec hésitation pour exprimer sa gratitude, puis retourna sortir les poubelles. Alexander me conduisit vers les ascenseurs. Surprise, je levai les sourcils lorsqu'il glissa son pass dans une fente intitulée « LOFT ». Mais normalement, rien n'aurait dû me choquer.

Comme s'il vivait dans autre chose qu'un loft...

- Alors, du coup, tu vas en parler à son chef, ou pas ? demandai-je, en jetant un œil à un Jeffrey encore très désemparé.

D'après la façon dont il avait paniqué, il était évident qu'Alexander était une force avec laquelle il fallait compter.

- Bien sûr que non. Si Jeffrey peut parfois sembler un peu trop scrupuleux, c'est parce qu'il veut bien faire les choses. Alexander fit une pause et me fit signe de monter dans l'ascenseur qui menait à sa résidence privée. Après toi.

Quand les portes se fermèrent tout doucement derrière nous, toutes les pensées de Jeffrey me quittèrent, et je fus immédiatement à nouveau submergée par un sentiment de tension. Mais cette fois, c'était pour une raison totalement différente : dans cet espace clos avec Alexander, je pouvais presque voir de petites molécules de tension sexuelle se heurter et se rompre dans l'air. Je serrais mes mains l'une contre l'autre pour les empêcher de remuer, mais cet effort ne semblait qu'accroître ce ressenti. Ma respiration se fit saccadée, s'évacuant en petits souffles. De vifs flashes de notre baiser d'hier soir au restaurant m'emplirent la tête, faisant exploser mon imagination. À ma grande surprise, ma culotte commença à être humide, s'accrochant à la chair sensible de mon entrejambe, ce qui accentua cette explosion d'excitation à laquelle je ne m'attendais pas.

On est juste deux personnes dans un ascenseur, pour l'amour de Dieu !

J'avais tellement envie de lui tendre la main et de la passer sur son torse, sur ses épaules et dans ses cheveux. Et ça, je pouvais le faire en ne faisant rien qu'un tout petit pas à gauche.

Vas-y, fais-le.

C'était le petit diablotin de mon épaule qui se moquait de moi et me poussait à prendre ce que je voulais sans scrupule. Levant les yeux sur Alexander, je vis son regard brûlant s'enfoncer en moi, faisant passer mon visage à dix nuances de magenta différentes. Je pouvais jurer qu'il savait ce que j'étais en train de penser. Il se pencha et appuya sur des boutons de l'ascenseur qui s'arrêta brusquement.

- Alex, qu'est-ce que tu...

Je fus brusquement réduite au silence parce qu'il me poussa brutalement contre le mur du fond. Il m'y coinça avec ses bras, son corps dur pressé contre le mien. Il y avait quelque chose de féroce dans ses yeux, quelque chose de presque dangereux. Je commençais à paniquer parce que je ne pouvais plus bouger du tout. Et j'étais terrifiée.

Alexander

J'ÉCRASAIS ma bouche sur la sienne. Alimenté par un désir incontrôlé, je dévorais Krystina en tentant de l'embrasser sans raison. Je ne sais pas ce qui m'avait poussé à le faire. C'étaient peut-être ses joues qui s'étaient mises à rougir quand je l'ai regardée. Peut-être que c'étaient ses mains qui tremblaient. Ou peut-être était-ce la façon dont elle avait roulé les yeux vers moi lorsque je lui faisais la leçon sur ses chaussures - celles que j'aurais voulu qu'elle porte sans aucun vêtement sur elle. Elle pensait que je n'avais pas remarqué quand elle avait retiré sa main de la mienne dans le parc. Mais je savais ce qu'elle faisait, et je n'allais pas la laisser me repousser à nouveau. J'ai passé ma langue devant ses lèvres : l'urgence de la goûter se déchaîna complètement. Je ne voulais pas de la même montée en puissance que celle de la veille. Alors c'est pourquoi je lui refusais toute forme de finesse en lui prenant la bouche à pleines dents. Comme une agression. Dure. Puissante. Nécessaire. Je laissais mes dents frôler ses lèvres, mordant sa lèvre inférieure avant de descendre le long de sa mâchoire jusqu'à son cou, tout en respirant son odeur.

Mais qu'est-ce qu'elle sent divinement bon...

... un mélange étouffant de prunes rouges et de jasmin, qui la rendait mûre pour la cueillette. Je tirais sur son lobe d'oreille, et elle émit un petit soupir. Je gémissais à cause de son souffle soudain, sa réponse étant comme un éclair dans mon aine. Rassemblant sa masse de boucles dans ma main, je la maintenais coincée contre le mur et attaquais à nouveau sa bouche. Je m'appuyais sur elle de tout mon poids, la maintenant fermement en place. Je savais que je pouvais probablement la faire jouir sur-le-champ. À la façon dont elle poussait ses hanches contre moi, je pouvais dire que son besoin était pressant. C'était tout ce que je pouvais faire pour ne pas lui soulever sa jupe et enterrer ma bite dans sa chaleur. Pour ne pas me perdre en elle. Dans toute sa personne. Mais ce n'était pas le bon moment. Pas comme ça. Je voulais qu'elle ressente ce que j'avais ressenti en premier, qu'elle subisse un peu le même enfer que celui que j'avais vécu jour après jour depuis notre première rencontre. Elle m'avait poussé à la folie, et je voulais qu'elle souffre avec moi. Faisant appel à toute la volonté que je pouvais atteindre, j'arrachai ma bouche de la sienne.

- Si l'ascenseur reste immobile trop longtemps, quelqu'un appellera la sécurité et je ne veux pas de problèmes par rapport à ça, m'excusai-je.

Même dans mes propres oreilles, ma voix semblait rauque. Râpeuse. Comme si j'étais un homme mourant luttant pour son dernier souffle.

Qui était censé punir qui ?

Je me suis éloigné d'elle et je me suis dirigé vers le panneau de l'ascenseur et j'ai appuyé sur deux boutons, et l'ascenseur reprit son ascension. Krystina, en revanche, restait inhabituellement silencieuse, les joues rouges et les yeux écarquillés par le choc. Elle tremblait légèrement et je dus lui faire un sourire satisfait. Elle était vraiment très excitée. Lorsque les doubles portes s'ouvrirent, je la conduisis à travers le grand foyer de l'appartement et dans la salle à manger.

Elle finit par me dire :

- Ton appartement est vraiment somptueux.

Je l'observais alors qu'elle prenait connaissance des détails de mon chez moi. Elle souriait, et ses yeux étaient fascinés.

Personnellement, je commençais à me lasser de cet appartement, mais je ne lui en dis rien. Elle était tellement heureuse de le découvrir, absorbant chaque détail comme une éponge, et je ne voulais pas tout gâcher. Comme elle l'avait fait dans le parc, elle était capable de voir des choses que j'avais cessé d'apprécier depuis longtemps. Puis je lui dis « Assieds-toi » et sortis une chaise de la table de la salle à manger pour qu'elle puisse s'asseoir. Une fois qu'elle fut confortablement installée, je tirai une autre chaise vers elle. En me penchant pour soulever sa jambe droite, je lui ai enlevé une chaussure et ai placé son pied nu sur la chaise opposée.

- Alex -, commença-t-elle à protester ; mais je lui ai coupé la parole.

- Mets tes pieds en l'air, sinon ils vont enfler et tu ne pourras jamais remettre tes chaussures.

- Mes pieds vont très bien ! dit-elle d'un air embarrassé.

J'ignorai sa langue rapide qui ne restait jamais longtemps silencieuse, lui levant l'autre jambe pour faire la même chose.

- Non, vraiment. J'insiste.

Elle se pencha en avant, essayant d'arrêter ma progression avec son pied gauche, mais je lui écartai les mains en poursuivant.

- Pourquoi faut-il toujours que tu me contredises quand je te demande quelque chose ? Garde tes pieds en l'air, Krystina ! lui ordonnai-je en plaçant son pied sur la chaise. Je reviens tout de suite.

Je la laissais me suivre, sa bouche s'ouvrant et se fermant comme un poisson, et suis allé dans la cuisine. Serrant mes lèvres l'une contre l'autre en une ligne droite et serrée, je m'étais dit qu'une petite promenade nocturne l'adoucirait. De toute évidence, j'avais eu tort en me disant que Krystina méprisait qu'on lui disc ce qu'elle devait faire. Chaque fois que je pensais à une nouvelle approche, elle me posait des questions. Ou elle argumentait. Ou bien alors, elle était Krystina, tout simplement. Peu importe ce que je faisais, elle contrecarrait tous mes mouvements. Je savais qu'elle serait un problème dès le premier jour. Je savais que tout ça serait un vrai travail pour moi. Mais sa désobéissance était un obstacle assez important que nous devrions surmonter. Et très bientôt. Je saisis la poignée du réfrigérateur et l'ouvris en tirant dessus, la force provoquant un dangereux cliquetis de bouteilles dans la porte.

Hé ! Douc'ment là-d'dans !

J'étais super énervé. C'était sa bouche insolente... tellement sexy, mais jamais elle ne se taisait. Je ne parvenais pas à savoir si je voulais la bâillonner ou l'embrasser. J'aurais dû me retenir dans l'ascenseur. En l'embrassant, je n'ai réussi qu'à me frustrer, et je bandais encore comme un âne à cause de tout ça. Je devais penser raisonnablement et garder le contrôle. Elle me rendait la tâche trop difficile. Je sortis un plateau de fromage et de fruits du frigo et le posais avec précaution sur le comptoir. Ça ne servirait à rien de faire tomber des choses dans la cuisine : je finirais très probablement par effrayer Krystina, si elle n'était pas déjà terrifiée après ma révélation d'hier soir.

Candida.

Le conseil de Matteo résonnait encore comme un avertissement dans ma tête, un rappel gênant de son innocence. Il me restait malgré tout à vérifier si elle était vraiment innocente, car elle n'était pas facile à lire. Il m'était impératif de trouver la réponse à cette question avant que les choses n'aillent plus loin. Après avoir déballé le plateau de son cellophane, je suis allé prendre une bouteille de blanc dans la cave à vin du minibar. Les passant en revue une par une, je m'évertuais à trouver celle qui se marierait le mieux avec tous les fromages.

Sauvignon Blanc ou Chardonnay ? Les deux vont très bien avec, mais lequel préférera-t-elle ?

La regardant, je m'apprêtais à lui demander si elle avait une préférence particulière pour un vin, mais je me suis vite ravisé. En effet, la vue qu'elle me laissait me fit réfléchir, et je ne voulais pas interrompre le tableau qui s'offrait là, juste devant moi : elle faisait courir une main délicate sur le plateau en bois de la table de la salle à manger. Elle arborait un doux sourire, appréciant la qualité de la matière. Elle avait l'air magnifique, assise là, les pieds sur la chaise, semblant complètement à l'aise. Et à ce moment, j'ai réalisé qu'elle n'avait jamais été aussi belle en ma présence. C'était la première fois qu'elle paraissait autant détendue. Et pourtant, elle n'avait jamais été aussi peu surveillée.

Je restais là, à étudier chaque ligne de son visage captivant. En la voyant ainsi, il était presque difficile de croire qu'elle était capable de tant de remarques intelligentes et de retours d'esprit. Peut-être que sa langue acérée et son comportement controversé étaient un mécanisme de défense sur lequel elle s'appuyait quand elle était mal à l'aise. Si c'était vraiment le cas, il faudrait que je prenne des mesures correctives pour remédier à ce problème. Je devais la calmer, sinon je ne pourrais pas passer sereinement les semaines à venir.

Les semaines à venir ? Depuis quand je parle de long terme quand je traite de ce genre de sujet ?

Cette idée était nouvelle pour moi, et je fus stupéfait de découvrir que j'aimais l'idée qu'elle vienne ici régulièrement. Dans mon espace. Avec moi. C'était une sorte de sentiment de détresse.

Tout cela peut partir en couille à tout moment. Chaque chose en son temps.

Un changement de tactique était nécessaire, pour le bien de Krystina comme pour le mien. Mes méthodes de travail habituelles devaient être jetées par la fenêtre. Tenter de prendre le contrôle en établissant la loi ne ferait que se retourner contre moi, alors j'ai commencé à élaborer un nouveau plan - un plan qui permettrait à Krystina de se sentir plus à l'aise. Une fois qu'elle serait complètement détendue, je commencerai à travailler sur sa confiance, en lui donnant ce qu'elle me demanderait.

Transparence totale.

Ainsi, Krystina n'aurait aucun doute sur ce que je voulais d'elle après ce soir. Elle saurait exactement qui j'étais, et ce que j'étais vraiment. Et alors, soit elle s'enfuira, soit elle restera. Si elle décidait de rester, c'est là que le véritable test entrerait en jeu - ce soir, je découvrirai si Krystina pouvait mettre de côté son esprit indépendant suffisamment longtemps pour réussir sa première leçon de soumission. Ayant enfin l'impression d'avoir une solution à sa nature argumentative, je me suis tourné vers la sélection des vins. En souriant, je me suis contenté d'une bouteille de Riesling Joh Jos Prüm.

Doux. Comme elle.

Je pris deux gobelets de vin en cristal et suis retourné dans la salle à manger, concentré sur la mission qui m'attendait. Tout ce que j'espèrais, c'était que Krystina soit ouverte à ce que j'avais en tête.

16

Krystina

Ma tête était encore sous le choc de notre baiser dans l'ascenseur. Alexander, de son côté, fasait comme si de rien n'était et vaquait à la logistique au niveau de la cuisine. Même si le baiser n'avait duré que quelques instants, il était assez long pour qu'une charge électrique se propage directement jusqu'au bout de mes seins. Et lorsqu'il s'est éloigné, je suis restée haletante et j'ai eu envie d'en savoir plus. Même à ce moment-là, j'ai souffert d'un soubresaut de désir sexuel et mes lèvres étaient encore gonflées par son agression soudaine. Maintenant que j'avais - enfin ! - plus d'un mètre cinquante d'espace entre lui et moi, je pus me concentrer sur le raccord de mes hormones sauvages. Il était assez évident que deux ans sans sexe jouaient contre moi. J'inspirais profondément en fermant les yeux et en comptant jusqu'à dix. Quand je les rouvris, je me suis sentie considérablement bien plus calme, et beaucoup moins comme une adolescente en rut qui aurait participé à l'après-bal de fin d'année.

Ayant l'esprit plus clair, je pris un moment pour mieux observer l'appartement : tout y était ouvert, et il semblait vraiment immense ; je pouvais voir la plupart des pièces à vivre depuis ma place à table. La cuisine ressemblait à celle d'un catalogue, avec ses comptoirs en marbre noir et ses accessoires sur lesquels n'importe quel grand chef aurait bavé. Je pouvais voir Alexander se déplacer avec grâce dans sa cuisine resplendissante, prenant des choses dans le réfrigérateur et fouillant dans les tiroirs d'élégantes armoires en érable. Depuis la cuisine, le salon s'étendait presque sans interruption, s'ouvrant sur un vaste espace équipé de meubles en cuir noir, d'élégants tapis de couleur crème et d'objets d'art en métal martelé sur les murs. Le moindre élément de décoration avait l'air d'avoir été fait sur mesure pour cette pièce. L'endroit criait le luxe avec ses grandes baies vitrées côte à côte, révélant des vues remarquables sur l'Hudson. La table de la salle à manger autour de laquelle j'étais assise était en bois poli avec un socle en fer forgé de conception assez complexe. Je ne pus m'empêcher de passer ma main sur son plateau pour en apprécier la beauté.

Rien que ce meuble a dû coûter une fortune.

Dire que ce loft était grandiose serait un euphémisme. Mais malgré tout ce luxe apparent, il semblait manquer de quelque chose : il apparaissait « froid » au regard, et semblait juste un peu trop « parfait ». Alexander revint à la table, un grand plateau dans une main et une bouteille de vin blanc dans l'autre.

- Mais c'est quoi, tout ça ? Et moi qui croyais que tu avais dit pas de fioritures ?

- C'est juste du vin et un plateau de fromage que je suis allé chercher dans l'après-midi. Je n'appelle pas ça des fioritures, dit-il en plaçant le plateau sur la table.

- Tu as fait les achats toi-même ? Tu n'aurais pas quelqu'un pour le faire à ta place ?

J'espérais que cette question ne lui semblerait ni impolie, ni hypothétique, mais je n'ai pas pu m'empêcher de la lui poser. Je me sentais intimidée et minuscule dans cet environnement imposant.

- En effet, mais c'est son jour de congé. Je ne suis pas un grand cuisinier, donc si tu en veux plus à manger, il faudra commander quelque chose à emporter. Il n'y a que toi et moi ce soir, bébé, dit-il avec un clin d'œil.

Mon estomac se serra en apprenant que nous étions complètement seuls. Aussi absurde que cela pouvait paraître, je m'étais mis en tête que quelqu'un d'aussi riche qu'Alexander aurait eu une équipe de vingt-quatre heures sur vingt-quatre à sa disposition.

- Alors, on est vraiment seuls, ce soir ? demandais-je, incapable de cacher la nervosité de ma voix.

- N'aie pas peur, Krystina. Je ne te mordrai pas - du moins pas ce soir, plaisanta-t-il.

Je le regardais l'air surprise. Après nous avoir servi un verre, il souleva mes pieds de la chaise, puis il s'assit et posa mes chevilles sur ses cuisses. Il commença un long massage circulaire sur la plante d'un de mes pieds. Je soupirai de plaisir.

- Tu n'es pas obligé de faire ça, tu sais, lui dis-je sans enthousiasme.

En fait, je ne voulais *vraiment* pas qu'il s'arrête.

- J'en ai envie, dit-il avec désinvolture tout en continuant à me masser.

Je n'allais certainement pas me disputer avec lui et ses mains magiques, alors je me détendis sur la chaise tout en buvant un peu de vin et en grignotant du fromage.

Ahh... n'importe quelle fille s'habituerait à ça...

Je regardais Alexander, si attentif et concentré ; ses doigts faisaient des mini miracles sur mes pieds endoloris. Jusqu'à présent, la soirée s'était déroulée sans anicroches. Et si les choses semblaient se dérouler sereinement, c'était un peu bizarre, en même temps. Il m'a dit hier soir qu'il n'aimait pas les rencards, mais hier soir et ce soir, c'était exactement le cas - un rencard, dans tous les sens du terme.

- J'ai réfléchi à la conversation que nous avons eue hier soir, lui dis-je. J'ai décidé que je ne cherchais pas plus à sortir avec quelqu'un d'autre que toi. Je ne sais pas pourquoi tu continues ta mauvaise blague : il ne manque plus que quelques bougies pour l'ambiance.

J'avais pris soin de garder un ton léger et de faire un geste dans la pièce.

- C'est pas faux. On pourrait même baiser maint'nant et en finir, mais je ne pense pas que ça fonctionnerait comme ça pour toi. Je peux voir les questions qui tournent constamment dans ta tête : tu es curieuse à mon sujet. C'est pourquoi je t'ai donné de l'espace, histoire que tu puisses réfléchir à ce que tu voulais - du moins, pour le moment. Pourtant, n'y crois pas trop, Krystina. Je pensais vraiment ce que je t'ai dit : je ne suis pas du genre à sortir avec quelqu'un, me confirma-t-il. Classer la soirée d'hier soir et celle de ce soir dans la catégorie des rencards ne ferait qu'engendrer certaines obligations que je ne peux pas remplir.

- Pourtant, le fait qu'il n'y ait pas d'obligation me semble très bien, dis-je en hésitant malgré tout dans ce terrain inconnu. Même si je dois admettre que je ne suis pas très douée pour ce genre de choses. On n'a qu'à faire comme si j'étais prête à accepter ce que tu demandes. Comment tu veux qu'on fasse ?

- C'est simple : tu travailles pour Turning Stone pendant la journée, et tu me réserves tes soirées et tes week-ends, déclara-t-il de manière pragmatique, comme s'il me proposait quelque chose de tout à fait normal.

Il pourrait aussi me dire qu'il veut contrôler toute ma vie, tant qu'à faire !

Brusquement, je vis arriver au premier plan de mon esprit Trevor et ses horaires ridicules. Les similitudes entre mon passé et la situation actuelle ne m'échapèrent pas une seule minute. Le sexe était une chose, mais lui permettre de contrôler chaque minute de ma journée était une autre affaire. Récupérer mon indépendance a été un combat difficile pour moi. J'étais fière de ce que j'avais surmonté. Accepter ce qu'il me proposait serait un énorme pas en arrière et risquerait de compromettre tout ce que j'avais essayé de protéger avec tant d'acharnement.

- J'ai une vie, Alexander. Tu ne peux pas t'attendre à ce que je l'abandonne pour être à ta disposition.

- Je le sais, et je ne serai pas déraisonnable. Je comprends tout à fait que tu aies des amis et de la famille. Tous ont aussi besoin de ton attention. Je ne voulais pas dire « tous les soirs » au sens propre du terme. Mais crois-moi, mon coeur. Quand j'appellerai, je ferai en sorte que cela en vaille la peine, me dit-il avec tentation.

Il me fit un autre sourire-qui-tue, ses mains continuant à masser les articulations de mes pieds. Ses manœuvres sexy à la James Dean me faisaient tourner la tête.

Reste concentrée !

- Alors, laisse-moi résumer. Je travaille avec toi la journée, tu me paies un salaire à la fin du mois, puis je deviens ta concubine perverse pendant la nuit.

Il sourit et tourna la tête d'un côté. Très vite, son sourire se transforma en rire.

- Tu peux simplifier les choses comme ça, si tu veux.

- Je n'aurais jamais pensé qu'aller au lit avec quelqu'un pourrait me faire passer pour une pute.

Je me mis à rire en retour, me forçant à écarter l'ange écarlate qui s'agitait devant moi : il ne trouvait pas cette conversation drôle, même de loin.

- Ne te dévalorise pas de cette façon. Je te demande de te soumettre volontairement à moi, dit-il, ses yeux saphir brillant de malice. Et tu vas accepter parce que tu sais que ça me fera plaisir.

- Et maint'nant, tu va m'dire que les femmes acceptent tout l'temps cet arrangement ? m'enquis-je, toujours un peu prudente et quelque peu sceptique.

- En général, je n'ai pas de problème pour mettre les choses au point... même si certaines femmes rendent les choses plus difficiles que d'autres.

- Je vois très bien pourquoi certaines auraient du mal à te consacrer tout leur temps libre, répliquai-je sèchement.

- Oh, non. C'est pas ça du tout. Ce que je voulais dire, c'était que certaines femmes préfèrent d'abord obtenir des clauses de confidentialité, ce que je trouve complètement inutile, m'expliqua-t-il.

- Les clauses de confidentialité ? Attends - laisse tomber. J'veux pas savoir. En fait, l'idée de travailler ensemble et de coucher ensemble, c'est déjà complèt'ment fou. Je n'vois pas comment on peut mélanger les deux, lui dis-je, complètement déconcertée par la situation dans laquelle je m'étais fourrée.

Il serait peut-être temps que je tienne compte des avertissements de l'ange.

- Si tu t'inquiètes de savoir si on travaillera beaucoup ensemble pendant la journée, je peux t'assurer que nos chemins se croiseront rarement. Je suis un homme très occupé.

Mon cou se brisa pour le regarder en face.

- Ne t'inquiète pas, Alexander. T'affronter au travail est le dernier de mes soucis.

- Ça devrait l'être, pourtant, dit-il, les yeux brûlants de secrets inexprimés. Les choses que je te ferai ne sont pas des choses dont les gens civilisés parlent à la lumière du jour.

Rhôôôô... pourquoi j'ai pas craqué pour un mec normal ?

J'ai eu beaucoup d'opportunités ces deux dernières années, mais j'avais choisi de prendre un homme qui était tout sauf ordinaire.

Je suis la seule à choisir Monsieur Diabo-licieux.

Mais, malgré les nombreuses incertitudes que je ressentais, l'idée même de me soumettre à Alexander fit naître en moi un sombre désir que je ne soupçonnais pas posséder. Il s'était réveillé au plus profond de mon ventre, diffusant un picotement chaud dans tout mon corps chaque fois que j'étais près de lui. Il était indéniable que je le désirais désespérément, et mon petit ami démoniaque commença à construire une tente rayée rouge et blanche autour de l'ange désapprobateur en préparation d'un véritable cirque. Cependant, avant de devenir une showgirl pour Barnum et Bailey[1], je devais savoir exactement à quoi il voulait que je me soumette.

Quels genres de choses voulait-il me faire ? Pourquoi les gens civilisés ne pouvaient-ils pas en parler ?

Mais j'avais peur de poser mes questions. Au lieu de le faire, je me suis dérobée.

- C'est qu'une histoire de sexe, Alexander. Les gens en parlent tout le temps, dis-je faiblement.

Il reposa mes pieds sur le sol, rapprocha sa chaise de la mienne et posa sa main sur mon genou. Il baissa les yeux et secoua la tête, comme si je l'avais frustré pour une raison rocambolesque.

- Écoute, je suis désolée. Ça fait beaucoup à digérer, lui dis-je en me sentant sur la défensive. C'est juste que j'ai jamais fait ça auparavant. Je n'ai pas l'habitude d'avoir des relations sexuelles occasionnelles, juste des coups d'un soir ou d'une nuit, et c'est ce qui m'inquiète : mes expériences sont assez limitées.

- À quel point, plus exactement ? chercha-t-il à savoir en levant la tête pour révéler un regard troublé.

Il fallait que je me décide de ce que j'allais lui dire. Mon seul véritable partenaire, c'était Trevor. Ça se passait bien niveau sexuel : rien de pervers. En fait, je n'étais même pas sûre d'avoir eu un véritable orgasme avec lui. D'après la façon dont Allyson en parlait, un orgasme était la chose la plus époustouflante qui soit. Je me sentis soudain comme un bébé perdu dans les bois.

- Eh bien, il y avait Trevor. Je suis sortie avec lui pendant quelques années. Mais ensuite, il m'a trompée, et bon... disons que ça s'est mal terminé. Vraiment mal.

Alexander se pencha en avant sur sa chaise, les yeux sombres et rétrécis en fentes.

Eh bien, c'est intéressant... ça le dérange ?

- C'est pour ça que tu ne me fais pas confiance...

- Je ne te connais pas, Alex.

- Ok, c'est vrai. Mais dis-moi, comment c'était, niveau sexuel, entre toi et ton... ex ? demanda-t-il en choisissant évidemment de ne pas prononcer le prénom de Trevor.

Je sentis la couleur monter sur mes joues.

- C'était bien, répondis-je timidement, en haussant les épaules.

- Tu le dis avec tellement de désinvolture. C'était bien, oui ou non ? insista-t-il.

- Je ne sais pas comment tu veux que je réponde à ça. Je ne sais pas - on avait juste des relations sexuelles. Qu'est-ce que je peux dire d'autre à ce sujet ? l'interrogeais-je doucement.

- Krystina, ne sois pas stupide. As-tu eu un orgasme avec lui, ou pas ?

Une fois de plus, sa brusquerie me surprit. Mes joues prirent une couleur cramoisie plus profonde, la chaleur se répandit jusqu'au bout de mes oreilles, et je fus gênée de dire que je ne savais pas.

- Ce sont des questions vraiment personnelles et les réponses ne te regardent pas, répondis-je doucement.

- Hier soir, on a bien dit qu'on arrêtait de rigoler, tu t'en souviens pas ? Je te suis honnête à cent pour cent avec toi, et j'attends la même chose en retour. Tout comme toi, j'ai besoin de savoir dans quoi j'm'embarque. Réponds-moi, Krystina, exigea-t-il.

- Bon, d'accord. Je ne sais pas ! J'en sais rien du tout ! m'exclamais-je, ma gêne atteignant un niveau sans précédent.

- Alors ça, c'est vraiment typique. Il fronça les sourcils et se pencha sur sa chaise, en repliant les bras dans un geste de dégoût évident. La plupart des étudiants ne savent pas quoi faire avec une femme. Qu'en est-il de tes autres expériences ?

- Il y a eu cet autre type, mais c'n'était rien, lâchai-je.

- Lequel ?

- Personne, juste un gars.

- Krystina... me prévint-il.

- Putain... si tu y tiens... c'était un coup d'un soir, d'accord ? Bim-bam-merci-ma-ptite-dame. C'est pas quelque chose dont j'aime me vanter. Content ?

- Et c'est tout ? Deux mecs ? demanda-t-il avec étonnement.

- Qu'est-ce qu'il y a de mal à ça ?

Je me fis toute petite sous son regard confus. J'avais l'impression que j'étais la prude-du-coin.

- Eh bien, c'est juste que... je savais que tu étais probablement inexpérimentée, mais je n'avais pas réalisé que je t'avais aussi mal jugée. L'autre jour, à la superette... le chewing-gum à la cannelle...

Sa voix s'éteignit. Il se passa les mains dans les cheveux dans une frustration évidente.

Hmm... le truc du chewing-gum l'a bien fait tourner en rond, finalement.

Je me sentais satisfaite par rapport à cette anecdote, mais pas assez pour couvrir l'embarras causé par mon manque d'expertise sexuelle. J'ai tout de suite sauté sur la défensive.

- Eh bien, excusez-moi, Monsieur je-baise-et-j-en-profite ! Je suis désolée, je n'ai pas assez de place dans mon lit pour toi, mais c'est moi. C'est à prendre ou à laisser.

- Mais merde, Krystina ! Qu'est-ce que je suis censé penser ? De toutes les saveurs de chewing-gum de l'étagère - menthe poivrée ou menthe verte - tu as choisi la cannelle.

- Et alors ? Quoi ? m'enquis-je, assez confuse.

- La cannelle est un aphrodisiaque ! J'ai cru que tu voulais insinuer quelque chose en la jetant dans mon panier, dit-il pour justifier sa perplexité apparente.

- Ah bon ? lui demandai-je d'un ton surpris.

Ça, c'est un detail intéressant.

L'ironie de cette situation me fit presque rire.

- Sinon, pourquoi t'aurais fait ça ?

- Je, hum...

J'ai préféré laisser tomber.

Parce que la façon dont tu mâches un chewing-gum est bien plus chaude que les flammes de l'enfer.

- Non, allez, laisse tomber. C'est le genre de choses qui me retombent dessus quand je pense avec ma bite. Putain, jura-t-il en secouant la tête.

Il se leva et commença à faire les cent pas dans la pièce. Quant à moi, je restais assise là, complètement abasourdie par son comportement. Lui qui était d'habitude si calme... qui ne me donnait qu'un aperçu rare et occasionnel de ce qu'il pouvait penser. Je ne l'avais jamais vu comme ça.

Et tout ça à cause du goût d'un chewing-gum ?

- Ce n'est pas grave, c'est juste un malentendu, Alex, tentais-je de le rassurer.

Il cessa de faire les cent pas pour me regarder.

- Tu n'as vraiment aucune idée de ce que je te demande, c'est ça ?

- Bien sûr que si. Je ne suis pas si naïve.

... du moins, je ne pensais pas l'être.

- Que sais-tu du BDSM ?

Sa question me prit par surprise. Je levai un sourcil vers lui, me creusant le cerveau pour essayer de me rappeler toute connaissance sur le sujet.

Le BDSM, c'était pas cette merde perverse, non ? Quand un mec aimait habiller une fille en costume pour ensuite lui donner une fessée ? Mais quel est le rapport avec le chewing-gum ?

Je pris secrètement la décision de commencer à lire des romans d'amour sordides au lieu de mes polars mystérieux.

- J'en sais suffisament, dis-je en levant le menton avec une fausse confiance.

J'essayais de cacher à quel point j'étais vraiment une amatrice, tout en essayant de me faire à l'idée qu'il voulait que je joue le rôle principal d'un fantasme sexuel tordu. Le fait est que je savais certaines choses, mais pas tant que ça. Et plus je réfléchissais au sujet, plus je me rendais compte de mes limites. De toute façon, si Alexander pensait que j'allais parader en ressemblant à l'interprétation anglaise d'une femme de ménage française, il avait sûrement une autre idée en tête. Il me regardait de haut en bas. Son regard était brûlant de désir, même s'il me semblait y avoir perçu une lueur d'incertitude au fond de ses yeux.

- Tu penses savoir de quoi je parle ? me défia-il. On verra bien.

17

Krystina

Alexander alla jusqu'au coin le plus sophistiqué du salon. Au bout d'un moment, des pulsations de batterie mélangées à des accords de guitare qui râpaient les oreilles emplirent la pièce ; les premières notes semblaient être jouées par un étudiant en première année de guitare. Alexander se tourna pour me regarder de ses yeux brûlants.

- Je ne m'attends pas à ce que tu prennes une décision maintenant. Cependant, j'aimerais passer cette soirée avec toi, histoire de te donner un avant-goût de mon univers, dit-il d'une voix hypnotique tout en avançant vers moi. Me laisseras-tu faire, Krystina ?

Ma bouche s'assecha soudainement.

C'est ça. C'est ce que je veux, hein ? Alors pourquoi je m'agite comme une folle ?

J'ai immédiatement levé les mains pour qu'il ne puisse pas voir à quel point j'étais nerveuse. Lorsqu'il arriva à la table, il s'installa face à moi, au lieu de s'asseoir à côté de moi comme il l'avait fait auparavant. J'étais sûre qu'il savait que j'avais besoin de cet espace entre nous pour prendre une décision. Les secondes passèrent alors qu'il attendait ma réponse. J'écoutais la musique : des notes dures qui se transformaient en quelque chose de plus sombre, la voix du chanteur révélant un côté un peu brut qui était trop puissant pour moi. Si Alexander essayait de me persuader avec la musique, ça fonctionnait très bien. Mon pouls battait à un rythme effréné, le sang battait fort dans mes oreilles. L'ange commençait à dérouler un drapeau blanc de reddition, et le diable avait invité quelques amis au Grand Chapiteau. J'étais fichue.

- Oui, répondis-je finalement en chuchotant.

- Viens ici, dit-il doucement.

C'était un ordre auquel je me sentais obligée d'obéir, même si j'étais très nerveuse. Je me suis levée et ai avancé prudemment de son côté de la table.

- Assieds-toi, dit-il en se tapotant les cuisses avec ses mains.

- C'est quoi, cette chanson ? lui demandai-je, en m'abaissant sur ses genoux avec hésitation.

- Tu n'as pas écouté la musique que j'ai chargée sur ton téléphone ?

- Non, répondis-je dans un souffle.

Il mit sa main sur mon bras pour ensuite atteindre mon cou et mon rythme cardiaque s'accéléra à son contact. J'écoutais la musique, en savourant la sensation de ses mains qui tournaient autour de mon cou. Les paroles de la chanson me traversèrent : des mots vraiment appropriés à ma situation actuelle.

- *Tsss tssss...* vilaine fille ! me dit-il. Tu devras apprendre à mieux suivre les instructions si tu veux être avec moi.

- Je n'ai jamais été très douée pour suivre des instructions, murmurai-je sous la chaleur de ses mains caressant ma clavicule et mes épaules.

Je savais que j'étais dépassée par tout ça. En fait, je me noyais pratiquement. Mais je n'arrivais pas à me défaire de mon désir féroce. Je voulais en savoir plus sur son monde mystérieux. J'étais attirée par l'inconnu. Je le désirais comme s'il était une drogue, et comme si la droguée qui avait besoin d'une dose, c'était moi.

- Quelle belle bouche, me dit-il d'un air entendu, en faisant courir son pouce sur ma lèvre inférieure.

- C'est, euh... juste une bouche... normale.

Je pouvais à peine prononcer les mots, ma respiration sortant en saccades rapides, alors que son pouce continuait à tracer le contour de mes lèvres. Il faisait des efforts pour se concentrer. Quant à moi, j'avais toujours trouvé mes lèvres trop fines.

- Tu parles trop, Krystina, grogna-t-il soudainement, saisissant ma tête entre ses mains et écrasant sa bouche contre la mienne.

Son baiser n'avait rien de fluide. Sa passion se voulait exigeante, et alors qu'il poussait sa langue sur mes lèvres, nos langues dansèrent sur la musique en me consumant, alors que ses mains bougeaient possessivement de haut en bas de mon dos. Sa prise progressait sur mes côtes et jusqu'à ma taille, frôlant les côtés de mes seins. Je me sentis frissonner à ce contact. Mon désir s'amplifia en provoquant une douleur intense entre mes jambes.

Oh mon Dieu... mais qu'est-ce qui m'arrive ?

Je voulais cet homme comme je n'ai jamais rien voulu d'autre de toute ma vie. Je n'arrivais pas à réfléchir car je sentais sa main courir le long de ma cuisse, puis sous ma jupe. Son souffle était chaud sur mon cou, ses lèvres se frayaient un chemin jusqu'à la limite de ma mâchoire. Lorsque je sentis ses dents me mordiller le lobe de l'oreille, je me suis comparée à du mastic, malléable et accommodant... totalement rien qu'à lui. Sa main me massa la cuisse, passant devant mes hanches et se dirigea sur mes fesses. Il me serra contre lui en me tenant comme une ventouse. Je ne pouvais pas bouger dans son emprise de Dominant, ne ressentant que l'intensité du feu qui brûlait dans mon ventre. Ses lèvres magiques remontèrent le long de mon cou et il tenta une autre attaque impitoyable de ma bouche. Sans me prévenir, il m'écarta brutalement les jambes et glissa un doigt sous ma culotte. Un moment de panique fugace m'envahit devant la rapidité avec laquelle la soirée avait évolué ; mais cette sensation fut rapidement remplacée par le désir lorsque ses doigts entrèrent en contact avec la zone la plus intime de mon corps.

Oh, oui. Touche-moi là. S'teu plaît.

Me sentant plus que disposée, je pus repousser facilement l'idée que nous allions trop vite et m'autorisais à ressentir le plaisir de son contact. Le battement entre mes cuisses écartées s'intensifia et j'eu envie d'être satisfaite.

- Hum. C'est bien mouillé, murmura-t-il en glissant un doigt en moi.

Je voulus crier d'extase, mais me suis sentie gênée par l'excitation et la retenue dont j'étais l'objet. Il retira son doigt et le fit courir dans ma fente trempée, répandant l'humidité tout autour. Son pouce fit le tour de mon clitoris tandis que son doigt reculait pour entrer et sortir de moi de façon rythmée. Rassemblant mes cheveux avec sa main libre, il me poussa la tête en arrière pour permettre à sa bouche de pouvoir encore mieux accéder à mon cou. Je gémis de plaisir sous ses lèvres et dans le mouvement de va-et-vient de sa main.

- Humm... tu aimes ça, hein ? me dit-il d'une voix rude, alors que sa main tirait plus fort sur mes cheveux.

Le feu me traversait, la douleur se transformait en quelque chose de vicieux, et je ne mis à gémir à nouveau en réponse.

- Tu veux jouir... ?

- Oui... s'teu plaît ! suppliai-je sans vergogne.

Mon corps essaya de se tordre sous le pouvoir de son pouce qui tournait, mais il me maintenait immobile, ne me permettant pas de bouger d'un millimètre.

- Je vais te montrer comment tu peux jouir pour moi. Douleur et plaisir, Krystina. Es-tu sûre de vouloir savoir ?

Mon corps était tendu contre lui. Je me foutai de ce qu'il me faisait, tant qu'il continuait à le faire avec sa main.

- Oui, Alex. J'en suis sûre, haletai-je.

Il retira sa main, me laissant vide et essoufflée en attendant d'en savoir plus.

- Lève-toi et penche-toi sur la table.

- Euh... ? ? Excuse-moi ? ? ? bégayai-je.

Mon cerveau était en plein dans le brouillard et je ne pensais pas avoir bien entendu.

- Penche-toi sur la table de la salle à manger, répéta-t-il.

Je me suis lentement levée sur mes jambes flageolantes, mon corps tremblant sous l'assaut de mes sens. J'hésitai un instant, le côté rationnel de mon corps se réveillant dans le chaos qui avait envahit ma tête depuis quelque temps déjà.

Pourquoi veut-il que je me penche sur la table ?

Alexander pouvait lire l'incertitude au fond de mes yeux, et il secoua la tête d'un côté à l'autre en me grondant. J'oubliai immédiatement mes questions en suspens et le lassai me retourner pour que je sois face à la table. Il appuya sa main sur le bas de mon dos et me poussa vers le bas, de sorte que j'étais pliée au niveau de la taille, la poitrine pressée sur la table. Il me tira les bras pour qu'ils soient tendus au-dessus de ma tête et les bloqua d'une main en les positionnant comme si j'avais une visière. Son corps s'enfonça dans mon dos, et je pouvais sentir qu'il bandait au travers de son jean. Son autre main descendit jusqu'à ma taille pour soulever ma jupe au-dessus de mes hanches.

- Tes mains tremblantes... j'ai tout d'suite voulu les attacher quand je t'ai vue pour la première fois. Sa voix était rauque à mon oreille. Mais je n'ai pas envie de perdre du temps à aller chercher ce dont j'ai besoin. Alors, pour l'instant, laisse-les au-dessus de ta tête et ne bouge pas. Je veux que tu restes tranquille.

Et merde. Il veut m'attacher physiquement !

Je sentis qu'il se mettait debout derrière moi. Il passa un doigt sous ma culotte, et le fit lentement glisser le long de mes jambes. Je sentis un frisson descendre le long de ma colonne vertébrale alors qu'il remontait le long de mes jambes, laissant une traînée de baisers à l'arrière de mes genoux et de mes cuisses. Ses mains se déplacèrent lentement sur mes fesses en les moulant dans ses paumes.

- Qu'est-ce que t'es belle, chuchota-t-il. Maintenant, ouvre tes jambes.

J'hésitai un instant, me sentant exposée et vulnérable dans

cette position. Il dut sentir ma réticence, car il écarta mes jambes et inséra son doigt entre les doux plis de mon entrejambe. Il se remit à effectuer ce mouvement circulaire qui me torturait, tandis que son autre main continuait à caresser mon dos. Le plaisir était insupportable, et je déplaçais mes mains sur les côtés, à la recherche de quelque chose à quoi me raccrocher. Il s'arrêta brusquement, me faisant crier de frustration.

- Nooon, ne t'arrêtes pas ! le suppliai-je.

Je détestais le fait d'avoir à le supplier, mais là, je n'ai pas pu m'en empêcher. C'était trop tard.

- Remets tes mains au-d'ssus d'ta tête. Je t'ai dit de n'pas les bouger.

Je me suis empressée de les remettre en place, mon désir étant une force violente que je ne pouvais pas contrôler. Je me sentais si bien que j'avais envie d'hurler à cause de la faim fébrile qui brûlait en moi.

- Très bien, t'es une gentille fille, murmura-t-il. Avec une lenteur délibérée, il se remit à tourner en rond à l'intérieur de moi. As-tu déjà entendu parler d'une fessée érotique ?

S'il m'avait posé cette question il y a deux jours, je lui aurais ri au nez. Ce terme m'aurait paru ridicule. Mais aujourd'hui, je ne pouvais que fredonner de plaisir à la simple suggestion de ce terme. Je sentis un deuxième doigt se glisser en moi, recourbant et caressant mes tissus sensibles. Je fermais les yeux, profitant de la sensation électrisante de ses doigts fléchissants. En quelques secondes, j'étais presque arrivée à mon point de rupture, un rugissement commençant dans mes oreilles. Ses doigts s'enfoncèrent plus profondément en moi. Plus ils se turent.

- Oh, non... s'teu plaît, commençai-je.

Mais mes mots furent brusquement coupés de cette sensation : mon derrière fut carrément frappé par un choc. Je me suis mise à crier, mais pas de douleur ; simplement parce que sa main ne me carressait plus. Il frotta la fesse qu'il venait de frapper, puis il continua ses allées et venues avec ses doigts. Puis une deuxième fessée. La chaleur se fit plus forte cette fois-ci, mais ses doigts ne s'arrêtèrent pas, gardant leur rythme infernal. Si c'était ainsi qu'il prenait son pied, je m'en fichais. Je pouvais le supporter. C'était au-delà de tout fantasme érotique que je n'avais jamais eu. Je pourrai faire tout ce qu'il me demanderait, tant qu'il n'arrêtait pas de passer son doigt sur mon sein gonflé.

- C'est ça, c'que tu veux ? me demanda-t-il d'une voix rauque et râpeuse.

Il avait l'air aussi excité que moi. J'étais surprise de me retrouver à souhaiter qu'il me donne à nouveau une fessée. Ça me semblait mal, mais si bon en même temps.

- Oh, mon Dieu, oui...

- Dis-le, Krystina. Dis-moi ce que tu veux.

Mais qu'est-ce qu'il veut que je dise ?

J'étais terrifiée à l'idée de me tromper et de risquer de compromettre la libération que je recherchais si désespérément.

- Ça ! Je veux ça !

- Ça ne suffit pas. Une troisième fessée. Dis-moi ce que tu veux. Maintenant. Dis-le-moi maintenant ! me demanda-t-il.

Je lui criai la première chose qui me vint à l'esprit :

- Je veux jouir !

- Mon prénom, Krystina. Dis toujours mon prénom.

- Alex ! Fais-moi jouir ! S'il te plaît, Alexander... ne t'arrête pas, suppliai-je ; le pur instinct animal s'était mis en marche.

Le mouvement de ses doigts s'intensifia de plus en plus vite à l'intérieur de moi, balayant mon clitoris. Une quatrième fessée atterrit sur mon derrière. Puis une autre, jusqu'à ce que je perde le compte. Des étoiles se heurtèrent dans une explosion qui atteignit une hauteur incroyable, alors que je me sentais passer par-dessus bord. Mon corps se tendit tandis que mes entrailles convulsaient autour de ses doigts impitoyables. Arquant involontairement le dos pour échapper au plaisir qui me berçait, je me sentis vibrer jusqu'au plus profond de mon être. Je respirais de manière saccadée alors qu'Alexander retirait lentement ses doigts de mon corps. Il frotta sa main de haut en bas de mon dos, me laissant un moment pour m'allonger, face contre la table, pour savourer les conséquences de l'expérience sexuelle la plus intense que j'ai jamais eue.

Je savais maintenant sans l'ombre d'un doute que je n'avais jamais eu d'orgasme avec Trevor. Et maintenant que je savais à quoi ressemblait cette sensation de chaleur et de liquéfaction, il n'y avait pas de retour en arrière. J'étais tout simplement au service d'Alexander. Il me guida en position debout et baissa ma jupe qui remontait encore autour de mes hanches. Quand je me suis retournée pour lui faire face, sa bouche rencontra la mienne avec le plus doux des baisers. Mais aussi douces qu'étaient ses lèvres, je ne voulais pas de douceur. Il m'avait montré le sens de la vraie passion, dure et féroce, et j'en voulais plus, tout simplement parce que j'avais besoin de plus. J'intensifiais notre baiser en poussant ma langue au-delà de ses lèvres, le rapprochant de moi. Il gémit, cédant à ma demande, tandis que ses mains encadraient mon visage, se pressant fortement contre moi.

Quand il retira ses lèvres, j'étais essoufflée, mon désir pour lui s'étant transformé en un tout autre niveau. Je le pris dans mes bras, mes mains se déplaçant sur ses épaules et le long de sa poitrine, tandis que je serrais les dents le long de son cou. Je tirais sur sa chemise, la libérant de la ceinture de son pantalon. Je voulais sentir sa chair nue sous mes mains. Puis mes doigts entrèrent en contact avec les muscles solides de son torse, mais je ne cessais pas de le toucher, poursuivant de les faire parcourir par-dessus sa poitrine galbée et de les faire redescendre jusqu'à la boucle de sa ceinture. J'aurais bien voulu lui défaire le pantalon, mais il m'arrêta en saisissant mes mains avec les siennes.

- J'ai envie de toi, Krystina. Probablement plus que tu ne le penses. Dieu seul sait que j'ai attendu suffisament longtemps pour t'avoir. Mais pas ce soir - tu dois d'abord décider si tu le veux vraiment.

- Oohhh. Tu peux me faire confiance. Je l'veux vraiment, dis-je, en tentant à nouveau de l'atteindre.

- Non, arrête. Je suis sérieux, dit-il, en se mettant hors de ma portée et en rentrant sa chemise dans son pantalon.

- Parce toi, tu ne veux pas ? lui demandai-je, me sentant soudain confuse.

- Mais putain, Krystina, j'ai tellement envie de toi que j'en ai mal. Je peux t'assurer que ce n'est pas du tout que ça, dit-il en passant la main dans ses cheveux. Son visage avait l'air douloureux et tourmenté. Être avec moi n'est pas une décision que tu dois prendre à la légère. La soumission est un cadeau, un cadeau qui n'est pas facile à donner. Il faut une confiance considérable pour mettre son corps entre les mains de quelqu'un d'autre.

- Je ne serai pas ici ce soir si je ne savais pas ce que je faisais, Alex, dis-je en croisant les bras dans ma frustration.

- La façon dont ton corps a réagi ce soir... c'était tellement réactif ! Presque trop... dit-il d'un ton pensif. Tu as besoin de discipline. Tu n'es pas entraînée et j'aurai besoin de t'apprendre beaucoup de choses. Ça ne sera pas facile pour toi. Je vais exiger des choses que tu ne pourras peut-être pas me donner. Je ne vais pas te dorloter. Avec moi : pas d'ours en peluche, ni de roses... si c'est ce que tu attends, vas-t'en tout d'suite !

- Tu ne sais rien de ce que je veux, dis-je obstinément. Et pour ce qui est des roses, j'ai appris il y a longtemps à ne jamais m'y attendre. Jamais. Tu n'as pas à tinquiéter pour moi.

- Bien. Pour une fois, on peut se mettre d'accord sur quelque chose, dit-il dans un petit rire. Mais sérieusement, prends au moins vingt-quatre heures pour y réfléchir. J'ai besoin que tu sois sûre de savoir *exactement* ce que tu fais.

- Mais c'est déjà tout vu : je suis d'accord pour faire ça avec toi, Alex. Prendre une journée pour réfléchir ne changera rien, persistai-je. Maintenant que j'ai décidé de ce que je veux, on peut s'y mettre.

- Peut-être, mais je préfère que tu n'aies pas de regrets. Si tu décides demain matin que tu veux toujours essayer, je te promets que ça vaudra la peine d'attendre, dit-il avec un sourire diabolique.

Oh, non. Non. Non. Ton charme de mauvais garçon ne va pas me faire fondre cette fois-ci.

Mais alors que j'étudiais son visage, une autre réalité se mit en place.

Il ne veut pas de moi. Je suis virée.

Le rejet me frappa la poitrine comme un raz-de-marée, m'arrachant tout mon *souffle* en un seul coup.

S'il ne veut pas de moi, alors très bien. Je n'ai pas besoin de lui. Je viens à peine de prendre la décision de refaire l'amour - je ne vais certainement pas le supplier. Attendre encore deux ans, c'est comme si je n'avais plus de peau sur le dos.

- Tu sais quoi ? Tu as raison. Je pense qu'il est temps pour moi de partir, déclarai-je soudainement.

Je suis allée jusqu'à l'endroit où se trouvaient mes chaussures, c'est-à-dire juste à côté de la chaise de la salle à manger. Je m'assis et je m'empressai de les mettre. J'étais tellement en colère contre son refus que mes mains en tremblèrent, ce qui me fit tâtonner au moment de les fermer avec la boucle.

- Laisse-moi t'aider, dit Alexander en s'agenouillant au sol devant moi et en prenant mon pied.

- Je n'ai pas besoin de ton aide, lui crachai-je au nez.

Mais je m'assis et le laissais quand même me mettre la chaussure au pied. C'était soit ça, soit je resterais la maladroite de service avec ces foutues lanières à mettre en place. En quelques secondes, il se débrouilla pour que les deux chaussures soient bien attachées à mes pieds. Son efficacité était exaspérante.

- Krystina, regarde-moi, dit-il doucement, en frottant sa main de haut en bas sur mon mollet.

- Non ! sifflai-je.

Au lieu de faire ce qu'il me demandait, j'ai délibérément regardé ailleurs en croisant les bras. Je savais que je ressemblais à une gamine de trois ans mécontente, mais je m'en fichais. J'avais déjà eu affaire à un rejet, mais rien ne s'était passé de cette manière. Je m'étais pratiquement jetée sur lui quelques minutes plus tôt, et là, je ne savais pas comment je devais réagir.

- Regarde-moi, répéta-t-il sur un ton complètement différent cette fois-ci : un ton d'un son grave et profond, exprimé sans un cri de sa part. C'était une demande - une demande à laquelle je savais qu'il serait dans mon intérêt d'obéir.

Tournant lentement la tête pour le regarder, je vis sa bouche s'incliner dans un sourire démoniaque :

- Il te reste peut-être encore un semblant d'espoir.

- Que veux-tu dire ? lui demandai-je, surprise par son expression.

- Ce que je veux... c'est juste qu'il y a dix secondes, je ne pensais pas qu'il y avait quoi que ce soit de soumis dans ton corps. Apparemment, j'avais tort. La façon dont tu m'as regardé à l'instant... il s'éloigna, comme s'il cherchait ses mots.

Quand il reprit la parole, ses yeux étaient sombres comme le fond de la nuit, sa voix épaisse de désir :

- C'était plus que juste dans ta tête. Ton langage corporel a changé. Tu as plus de force que ce que je pensais au départ. Je t'ai sous-estimée.

Ma colère fut instantanément remplacée par cette torsion trop familière au niveau de mon ventre. Mais qu'est-ce que j'avais envie de lui sauter dessus !

- Hum... c'est censé être un compliment ? demandai-je en regardant le tapis qui se trouvait sous ses genoux.

Je me concentrais sur les tourbillons subtils de sa broderie, incapable de regarder le visage d'Alexander et de plonger dans ses yeux bleus brûlants qui me rendaient la respiration difficile, sans parler du fait que j'avais du mal à maintenir une quelconque maîtrise de moi-même.

- Prends-le comme tu veux, mais au moins, ta force est un avantage important, répondit-il en se mettant debout devant moi. Il te faudra être forte si tu veux apprendre à te soumettre correctement à moi. Je crois que je peux te l'apprendre, et j'attends ça avec impatience.

- Et c'est quoi, le « mais », dans tout ça ? dis-je en essayant de cacher ma déception.

- Ce soir, ce n'est pas le bon moment. Tu es trop excitée. Si je t'ai fait tout ça, c'est parce que je savais très bien que tu te conformerais à ces choses après cet avant-goût, justement. Ça me tue de te renvoyer chez toi, mais tu me remercieras plus tard.

- Tu as peut-être raison, admis-je finalement dans un froncement de sourcils.

Certes, il était sensé, mais son sens pratique me rendait complètement folle.

- Je sais que j'ai raison. Allez, viens, maint'nant, me dit-il en se penchant pour me planter un doux baiser sur le front. Ses lèvres s'attardèrent, signe rassurant que je n'étais pas rejetée. Hale t'attend en bas pour te ramener chez toi.

Nous marchâmes main dans la main jusqu'aux portes de l'ascenseur. Je n'avais plus l'impression d'être rejetée, mais je ne pouvais pas me défaire du sentiment de mélancolie qui s'était installé en moi. J'avais l'impression que nous commencions enfin à avancer et j'étais désolée de voir la soirée se terminer. Lorsque la porte de l'ascenseur s'ouvrit, Alexander se pencha et appuya doucement ses lèvres sur les miennes.

- Tiens-moi au courant dès que tu as pris ta décision.

- Je crois pourtant avoir été claire, Alex, dis-je en ricanant.

- Stop. Tu sais très bien ce que je veux dire. Réfléchis encore un peu, et nous nous reverrons demain soir si c'est ce que tu veux. Quant à moi, je vais prendre une douche froide et essayer de faire sortir de la tête toutes ces images de toi ligotée et nue.

- Ligotée et nue... commençai-je, les yeux écarquillés.

Mais il me fit taire avec un autre baiser. Levant les bras pour faire passer mes mains sur lui, je tentai de le rapprocher de moi pour pouvoir en profiter encore un peu. J'en voulais plus. En réponse, il gémit contre mes lèvres, révélant une frustration équivalente à la mienne. Puis il s'éloigna de moi petit à petit. Ce baiser fut court, mais pour la troisième fois ce jour-là, je restai sans mots et à bout de souffle.

Comment est-il parvenu à me faire ça juste en quelques secondes ?

Je jurerais qu'il l'a fait exprès pour me faire taire, parce qu'il savait parfaitement qu'un seul baiser de sa part me laisserait sans voix. L'expression de son visage me disait qu'il n'en pouvait plus. Il me sourit avec tristesse, et pencha la tête sur le côté.

Oh, c'est ça. Il sait exactement ce qu'il est en train de me faire.

Il fit un pas en arrière pour ne plus bloquer les portes de l'ascenseur, me laissant seule et faible dans la cabine.

- J'attends avec impatience de vous voir demain, Mademoiselle Cole. Bonne nuit, dit-il.

Les portes se refermèrent doucement.

18

Je suis resté éveillée dans mon lit tout le reste de la nuit, essayant de digérer tout ce qui s'était passé. Cette semaine était tellement surréaliste que c'en était presque accablant. Ce qui avait commencé par une simple bosse toute bête sur la tête chez Wally's s'était transformé en beaucoup plus, et je luttais pour me faire à l'idée de la tournure des événements.

Comment tant de choses ont-elles pu changer si vite ?

J'aurais aimé pouvoir en parler à Allyson, mais elle n'était pas là. Un SMS de sa part, plus tôt dans l'après-midi, m'informait qu'elle et Jeremy s'étaient rabibochés et qu'ils sortaient ce soir. Il était minuit passé, et je ne m'attendais pas à ce qu'elle revienne de sitôt. J'avais renoncé à essayer de dormir en pensant que, peut-être que si je me prenais un bon petit verre de vin, mes nerfs se calmeraient... et que je pourrais peut-être enfin m'endormir tranquillement.

Une fois de retour dans ma chambre, j'ai allumé ma chaîne hifi, essayant de trouver une chanson à mon goût à la radio. Puis je me suis rappelée qu'Alexander avait chargé de la musique sur mon téléphone. Je n'avais pas vraiment les idées claires quand il m'avait demandé si j'avais écouté ses téléchargements : mon esprit était trop concentré sur ses mains qui travaillaient sur mon corps. Mais là, j'étais curieuse de savoir quel genre de musique composait sa play-list.

Pourquoi m'a-t-il demandé si je l'avais écoutée ?

Je me suis emparée du telephone et ouvris le fameux dossier musical.

Waow ! Il y avait une bonne centaine de chansons.

Je ne reconnus que certains artistes, la majorité des autres m'était inconnue. Il avait séparé le dossier « musique » en trois play-lists : la première était intitulée « Persuasion », la seconde « Soumission » et la dernière « Contrôle ». Étonnée, j'ai sélectionné la première playlist et branchai le téléphone sur le haut-parleur pour pouvoir l'écouter en stéréo. Je reconnus immédiatement la mélodie : c'était celle de l'artiste qu'Alexander avait rencontré par hasard à Venise. Alors que je laissais les douces notes se propager, une vague de souvenirs de ces deux derniers jours s'abattit sur moi. Alexander était dangereux pour moi ; je m'en étais rendu compte pratiquement depuis le début. Mon expérience, ou plutôt mon manque d'expérience, allait certainement être un problème. Certes, j'apprenais vite, mais la méthode d'apprentissage par la pratique n'allait pas fonctionner dans ce cas. Pour y arriver, je devais d'abord établir quelques règles de base. Sirotant mon vin, je m'interrogeais sur les clauses de confidentialité que certaines de ses « exs » lui avaient demandé de signer. J'étais curieuse de savoir de quoi il s'agissait vraiment.

Je devrais peut-être rédiger une sorte de contrat non officiel, juste pour être sûre que l'on soit sur la même longueur d'onde.

Le fait d'établir quelques stipulations pourrait m'aider à me protéger, mais aussi à bien comprendre ce à quoi il voulait exactement que je me soumette. Il n'était pas nécessaire que ce soit quelque chose d'extravagant, mais seulement des directives informelles que nous pourrions tous deux accepter. Mes yeux s'attardèrent un instant sur le réveil numérique de ma table de nuit.

- Il n'y a pas de meilleur moment que l'instant présent, me dis-je à haute voix, en décidant de noter par écrit tout ce qui me semblait important pendant que mes pensées étaient encore fraîches, malgré l'heure tardive. Remarquant en fronçant les sourcils que mon verre était presque vide, je suis retournée à la cuisine pour le remplir.

La nuit risque d'être longue - je devrais carrément prendre la bouteille.

Bouteille et verre en main, je suis retournée dans ma chambre pour écouter la deuxième play-list d'Alexander. Je reconnus tout de suite les accords de guitare acoustique.

Et merde. Pas celle-là.

La chair de poule me piqua le long de la colonne vertébrale, cette chanson me rappelant les doigts habiles d'Alexander entre mes cuisses. Je ressentis un petit remous dans mon ventre. Écoutant malgré tout la chanson, je sortis mon ordinateur portable, ouvris un document vierge tout en réfléchissant distraitement en même temps à la musique qui pourrait figurer sur la play-list « Contrôle ». Mais en fait, peut-être que ça ne m'intéressait pas de le savoir, finalement. Du moins, pas maintenant. Si les deux premières m'avaient donné chaud et m'avaient dérangée, je ne pouvais qu'imaginer ce que me ferait cette dernière. J'ai essayé d'arrêter la musique tout en réfléchissant à comment commencer ce que je voulais noter. Une liste de points devrait suffire. Juste une liste toute simple, sans fioritures. Le travail à Turning Stone me semblait être le point le plus logique pour débuter tout ça. C'était facile, après tout. Mes doigts se mirent à bouger sur les touches en se précipitant pour faire passer la partie facile en premier.

Exigences au niveau professionnel

- Je travaillerai pour Turning Stone Advertising en me conformant à la description de poste qui m'a été remise

au café. D'autres attentes professionnelles pourront
être discutées et convenues ultérieurement.

- Les possibilités de retraite et les avantages sociaux sont
  une condition préalable pour que j'accepte cet emploi.
- Le salaire reste à déterminer, mais il doit dépasser mon
  salaire actuel de chez Wally's d'un minimum de
  cinquante pour cent.
- Dans l'éventualité où cet emploi prenne fin pour des
  raisons liées à nos relations personnelles, une
  indemnité de départ devra être déterminée.

Je m'attardais sur les deux derniers points, parce que je ne voulais pas paraître trop présomptueuse. J'avais vraiment hâte de travailler dans le domaine que j'avais choisi, mais j'avais aussi des factures à payer. Après quelques hésitations, j'ai décidé de laisser les choses telles que je les avais écrites : je pourrai toujours en rediscuter avec Alexander au moment voulu. Je suis passé à la partie suivante de notre accord.

Comment l'intituler ?

Cette partie risquait certainement d'être plus compliquée. M'accrochant à la première chose qui me venait à l'esprit, j'ai recommencé à taper.

Activités extra professionnelles

- L'exclusivité : cependant, nous ne serons pas liés
  comme si nous sortions ensemble. En revanche,
  j'insiste pour que tu ne couches pas avec d'autres
  personnes pendant que tu es avec moi.
- Je peux aller et venir comme je veux - tu n'as pas le
  droit de contrôler ma vie. Tu n'es mon patron que sur le
  lieu de travail. Il s'agit simplement d'un arrangement
  commercial. L'aspect sexuel n'est qu'un « bonus » en
  plus.

Ce dernier point me fit froncer les sourcils.

Ennoncé de cette manière, je passe vraiment pour une prostituée.

Je ne m'attardai pas plus longtemps sur cette idée, sinon je devrais oublier l'idée de coucher avec Alexander. D'ailleurs, rien que le fait de coucher toutes ces choses sur papier était ridicule, mais tant pis, je continuais quand même à taper.

- À ce jour, je ne prends aucune forme de contraception, mais je m'engage à m'en occuper dès que possible.
- Le dépistage des MST est obligatoire. Je fournirai un rapport médical attestant que je ne suis pas infectée à ce niveau-là. Je m'attends à ce que tu fasses de même.
- Préservatifs : tant que je ne prends pas la pilule et dans la mesure où un certificat médical atteste notre bon état de santé à tous les deux, il est impératif que nous utilisions des préservatifs.
- Tu trouveras des précisions sur mon rôle de « Soumise » dans l'espace ci-dessous.

Laissant un espace blanc sous le titre « Attentes d'Alexander », je m'assis pour tout relire. Me tapotant un doigt sur le menton, j'essayais de penser à tout ce que je pourrai rajouter. Finalment, je trouvai que ce que j'avais inscrit était assez clair. C'était pour le moins responsable et cela me semblait être un bon début. Il ne manquait plus qu'Alexander expose ses besoins spécifiques.

J'espére juste qu'il ne me demandera pas de courir partout en portant un costume de bonne. Ça serait bizarre.

Riant intérieurement, j'ai cliqué sur l'icône permettant d'enregistrer et éteignis le portable. Puis je me suis laissé retomber sur le lit, et j'ai fixé le plafond pendant un moment. La musique avait changé, mais la mélodie était toujours sexy à entendre.

Oh, mon Dieu... mais c'est QUOI, cette putain d'musique ?

Cet air me rendait nerveuse. Agitée. Et j'étais certaine que je ne pourrai pas attendre de revoir ma liste avec Alexander : l'anticipation me tuait.

Tiens, c'est vrai, ça. Pourquoi je devrais tenir jusqu'à demain ?

Peut-être que c'était le vin qui avait décidé à ma place. Ou bien peut-être que c'était sa musique. De toute façon, ça n'avait pas d'importance. Je savais que j'avais envie de lui.

Maint'nant.

Et là, je me suis lancée. Je pris mon téléphone pour le débrancher du haut-parleur, faisant taire la musique, et je lui envoyai un SMS.

Aujourd'hui

1:28, moi : *Je viens de prendre ma décision. Il faudra juste que tu acceptes mes conditions.*

Mon téléphone sonna presque immédiatement pour me notifier sa réponse. Je vérifiai l'heure : une heure et demie du matin. J'étais surprise qu'il m'ait répondu tout de suite, mais heureuse malgré tout.

Parfait, niveau syncronisation !

1:31, Alexander : *Quelles sont tes conditions ?*

1:32, moi : *Il faut qu'on se voit.*

1:34, Alexander : *Demain soir à 19 heures.*

1:35, moi : *Je ne veux pas attendre. Tu n'as qu'à passer chez moi.*

1:36, Alexander : *Non. Il est tard.*

Eh bien, ça craint... j'veux juste encore goûter un p'tit morceau de Monsieur Diabo-licieux. Et-maint'nant-tout-d'suite.

Cherchant à taper ma réponse, j'ai constaté que j'avais du mal à épeler correctement les mots. Même la fonction de correction automatique ne reconnaissait pas mes erreurs. Mes yeux s'arrêtèrent sur la bouteille de vin vide sur ma table de nuit.

Rhôôôô dis donc - j'suis vraiment bourrée.

J'aurais dû le savoir. Je savais très bien que j'étais un poids plume et que deux verres de vin étaient ma limite.

Qui aurait l'idée de se soûler seul chez soi ?

Me retournant vers mon téléphone, je regrettais de ne pas avoir attendu le matin pour lui envoyer un SMS. Il avait raison. Il serait préférable que l'on se retrouve demain. Il était tard et j'avais besoin de me coucher. Rejetant finalement mes projets, je suis très vite passeé au plan B.

1:43, moi : *Très bien, dans ce cas, demain. À quel endroit ?*
1:45, Alexander : *Je vais demander à Hale de passer te prendre. Il te conduira chez moi.*
1:46, moi : *Ok - à demain, alors.*
1:48, Alexander : *Ne me déçois pas.*
1:50, moi : *Ne vous inquietez pas, Monsieur Danger-licious. Je ne vous decevrai pas.*
1:50, Alexander : *? ? ?*

Ça y est, ça, c'est fait ! Non mais quelle nulle !

J'aurais aimé qu'il y ait un moyen d'annuler ce mot stupide que j'avais inventé. J'essayais de réfléchir à la façon dont il faudrait que je réponde, quand le téléphone se mit à vibrer dans ma main. Le nom d'Alexander Stone apparut sur l'écran.

P'tain ! Il m'appelle - et maint'nant, j'fais quoi, moi ? Hein ?

La panique s'installa en moi alors que je regardais le téléphone sonner, essayant de décider si je devais y répondre ou non. Parler à Alexander ne serait pas une idée brillante, surtout dans mon état actuel : j'avais beaucoup trop de vin dans mon organisme. Le téléphone continuait à sonner alors que j'essayais de prendre une décision. Je ne pensais pas pouvoir le gérer à ce moment précis. Mais ensuite, j'ai changé d'avis. Peut-être que je le pouvais.

Ok, Stone. C'est l'moment d's'amuser un peu.

Un sourire sournois se forma sur mes lèvres alors que je glissais mon doigt sur l'écran tactile du téléphone.

- Hé, sexy, ronronnai-je.

- Krystina ? demanda-t-il avec hésitation.

- Oui.

- Où es-tu ?

- Je suis toute seule chez moi, lui dis-je en essayant d'éviter que mes paroles résonnent.

- Es-tu... ah, d'accord ?

- Oh, je pourrais aller bien mieux. Mais quelqu'un m'a rejetée ce soir, dis-je d'une voix boudeuse.

- Mais, t'aurais pas bu ?

- Oh, meuh non ! Quel intérêt d'picoler seul chez soi ?

- Hmm. Tu m'as l'air... complètement... sonnée.

Et merde !

Et moi qui pensais que je m'en sortais très bien.

- Ce n'est pas ma faute. Je suis complètement folle de vous, Monsieur Stone !

- C'est vrai, hein ? demanda-t-il.

- Oh, vouiiiii. Tu es si mystérieux... mysté-rr-ieux.

Je dus lutter pour prononcer ce mot.

Note à moi-même : employer des mots simples, avec peu de syllabes.

Silence à l'autre bout de la ligne. J'entendais la circulation dans le fond et me demandais où il se trouvait à cette heure de la nuit.

- Y'a quelqu'un ? lui demandai-je.

- Je suis toujours là, Krystina, me répondit-il patiemment.

Il me parlait comme si j'étais une gamine et c'était ennuyeux.

- Pourquoi tu m'rends folle à c'point ?

- Faites-moi confiance, Mademoiselle Cole. Même la folie ne parvient pas à décrire toutes les choses que vous me faites subir.

- J'aime quand tu m'appelles « Mademoiselle Cole » en me vouvoyant. C'est très poli... et tout à fait sexy, en même temps !

- Je ne sais pas trop comment te répondre en ce moment. Tu es généralement beaucoup plus coincée.

- C'est toi, qui m'as transformée ! lui dis-je. Puis j'eus une pensée pour mon petit ami angélique et pour mon petit ami diabolique. Le diable avait le même sourire malicieux qu'Alexander. Tu... tu es dangereux pour moi. Comme le diable, qui me tente constamment.

- Oh, vraiment ? Et tu toi, tu es un ange ?

- En fait... euh, oui. Je suis un ange, déclarais-je avec confiance, en lui exprimant ma soudaine révélation. Mais vous, monsieur, vous êtes ce petit diable sur mon épaule qui noie les avertissements de mon ange.

- De quel diable parles-tu, Krystina ?

- Tu sais... le bien contre le mal. Comme dans les dessins animés.

Il y eut un silence pendant un moment. Puis la ligne s'éteignit soudainement.

Rhhhhââ... quel rabat-joie. Et dire que je commençais à m'amuser !

Je savais que je me détesterai probablement en me reveillant dans la matinée, mais tant pis. À ce moment-là, j'imaginais Alexander comme mon propre petit diable et ma peau se mit à picoter parce que je repensais à sa main qui me fessait le derrière. Si j'avais su, je l'aurais encore plus poussé. Je sais qu'il m'aurait baisée si j'avais eu la moindre idée de ce que je faisais. Mais non - je devais rester la gentille petite fille que j'étais et que je n'étais plus quand il m'a rejetée.

J'aurais dû demander à Allyson de me donner des conseils sur comment être plus agressive avec les hommes.

Puis je suis retournée dans ma chambre pour rebrancher le téléphone sur le haut-parleur. Je me mis à rire fort au moment où « Sweater Weather » se mit à passer.

- J'adore cette chanson ! criais-je dans la chambre vide.

Cette chanson aussi, elle était sexy. Je me mis à danser dans ma chambre sans me soucier de mon apparence - j'avais probablement l'air d'une idiote. Ça me fit un bien fou. Je me suis demandé comment je me sentirais avec Alexander - de le sentir en moi pour la toute première fois. Un frisson d'anticipation me traversa l'esprit. Perdue dans mes petits fantasmes sexuels, un frappement à la porte de mon appartement me fit sursauter, interrompant mon solo de danse.

- Krystina ! Ouvre-moi, fit la voix d'Alexander.

Oh. Mon. Dieu. Il est là. Derrière la porte de mon appartement !

Je courus jusqu'à la porte aussi vite que mon état d'ébriété le permettait, en me cognant contre la moitié des meubles qui se trouvaient sur mon passage. J'ouvris la porte, buvant avec avidité dans chaque centimètre de son corps sexy.

- Ça fait depuis cinq minutes que je frappe. Pourquoi tu n'as pas répondu plus tôt ? demanda-t-il.

- Eh bien ! ! Bonjour à toi aussi, lui dis-je en le regardant de haut en bas.

Puis je me suis appuyée contre le montant de la porte, mais je l'ai raté et faillis tomber. Alexander me saisit le bras pour m'aider à me stabiliser, puis un froncement de sourcils se forma sur son beau visage.

- T'es complèt'ment bourrée, me dit-il avec un agacement évident.

- Un tout p'tit peu… peut-être. Comment es-tu arrivé ici aussi vite, de toute façon ?

- Si tu avais fait attention tout à l'heure, tu aurais vu que je n'habite pas loin…

- Eh bien, tu vois ? C'est pratique, hein ? Tu veux qu'on tire un p'tit coup vite fait ? demandai-je de façon tout à fait envoûtante.

- Non, dit-il fermement, en me frôlant pour entrer dans mon appartement. Il fit le tour en ouvrant toutes les portes et en regardant dans chaque pièce. Pourquoi t'es bourrée, Krystina ? questionna-t-il en claquant une porte par-dessus son épaule.

- T'es quand même pas v'nu ici juste pour me crier dessus, Stone ?

- Je suis venu pour m'assurer que tu allais bien et pour te mettre au lit, me dit-il.

Il avait un ton tellement sévère : c'était très excitant. Je voulais me jeter sur lui et m'occuper de son corps, comme il l'avait fait pour moi chez lui. Il avait changé de vêtements et ne portait plus de jeans mais un t-shirt et un bas de jogging. J'en observais la ceinture élastique qui était autour de ses hanches en me disant qu'il serait très facile de la lui faire glisser jusqu'aux genoux.

- Oh, tu peux me mettre au lit sans problème. Mais seulement si tu m'y rejoins, lui proposai-je.

- Où est ta colocataire ? me demanda-t-il en ignorant mon insinuation.

- Elle est pas là. Elle est probablement partie faire l'amour avec son copain.

Lui posant les mains sur les hanches, je tentais de faire glisser le tissu extensible jusqu'au sol.

- Alors... c'est comme ça, hein ?

Il m'enleva doucement les mains et me tourna vers le couloir menant aux chambres.

Moi, tout c'que j'veux, c'est simplement l'toucher. Pourquoi me rend-il les choses aussi difficiles ?

- D'acco-dac. Mais apparemment, je suis bien la seule, dis-je avec frustration. Mon vagin ne fait que collecter des toiles d'araignée depuis un bon moment. Sauf tout à l'heure, en ce début de soirée. T'as même réussi à m'en débarrasser d'certaines. Tu veux pas continuer ? lui demandai-je, en lui faisant les yeux doux alors que je l'amenais dans ma chambre.

- J'ai entendu que tu écoutais la musique que j'avais chargée sur ton téléphone. Ce n'était probablement pas une très bonne idée pour ce soir, dit-il en se dirigeant vers la chaîne stéréo pour l'éteindre.

- Et pourquoi ?

- Parce que visiblement, ma play-list « Persuasion » a fonctionné. Avec du vin, ajouta-t-il en montrant la bouteille vide sur ma table de nuit.

Il eut l'air amusé lorsqu'il baissa les couvertures de mon lit.

- Tu sais... je pense que tu as raison. Tu m'as vraiment joué un sale tour, Stone. En utilisant la musique pour me persuader...

- Grimpe dans ton lit, mon ange. T'as besoin de dormir.

- Tu ne m'as toujours pas répondu. Tu viendrais pas au lit avec moi ?

- Non, Krystina. Je ne viendrais pas au lit avec toi.

- Et pourquoi pas ? Tu n'aimes pas baiser en état d'ivresse, toi ?

Je fis la moue. Les murs de ma chambre commençaient à se tordre dans tous les sens.

Il vaudrait peut-être mieux que j'aille me coucher.

Je me suis installée dans mon lit - de manière très maladroite, certes - et j'attendis qu'il vienne me border.

- Je ne veux pas être avec toi quand tu es dans cet état-là. Pas aujourd'hui en tout cas. Il se pencha et posa le plus doux des baisers sur mon front. Ne t'inquiète pas. C'est demain soir, le grand soir. Promis !

Il remonta la couette et s'éloigna pour éteindre la lumière de la chambre. Je ne voulais pas qu'il parte. Il avait promis que demain serait le grand soir : j'avais vraiment hâte d'y être ! Fermant les yeux, j'ai prié une dernière fois pour qu'il vienne se glisser dans mon lit, à côté de moi.

Peut-être que si je les ouvrais, il serait à mes côtés.

Ce fut ma dernière pensée. Puis, l'obscurité de la nuit m'entraîna dans un sommeil sans rêves.

19

Alexander

Au bout de quelques secondes, Krystina sombra dans le sommeil. Je suis resté là un moment, à la regarder dormir. Sa respiration était déjà douce et régulière, les monticules de ses seins se levant et se baissant sous le t-shirt en coton léger qu'elle portait. Le clair de lune inondait les lames du store de sa fenêtre, jetant un halo subtil autour de sa tête qui lui donnait un air angélique. Son apparence pittoresque provoqua une sorte de sentiment d'agitation qui s'installa dans mes tripes. Cette sensation m'était tout à fait bizarre et totalement inattendue.

Qu'est-ce qui ne va pas chez moi ces derniers temps ?

Exaspéré, je secouais la tête en expirant longuement. Dire que toute cette soirée m'avait troublé n'était qu'un euphémisme. L'expérience limitée de Krystina en matière de sexe était préoccupante, et sa naïveté était un problème qui se résoudrait facilement avec le temps. Mais c'était bien plus que tout ça : j'étais plus gêné par le fait d'être chez elle, et je ne savais pas ce qui m'avait poussé à venir ici. J'ai tout de suite su que quelque chose n'allait pas au moment où je l'avais appelée. Le fait de ne pas savoir ce qui se passait m'avait donné le sentiment d'être impuissant, ce qui m'obligea à aller la voir. J'étais rongé par l'inquiétude, ne voulant que son bien-être... c'était pourquoi j'avais réagi de cette manière, tout simplement.

Un échange de textos en état d'ébriété. Rien de plus. Comment pouvais-je savoir qu'elle allait se vider une bouteille de vin à elle seule ?

Mais mes efforts pour me débarrasser de ce malaise restèrent vains. L'appréhension qui rampait sur ma peau n'était pas seulement due au fait que j'avais quitté le confort de mon lit parce que je m'inquiètais pour une femme ivre. J'étais troublé parce que chaque réponse que Krystina avait émise m'était étrangère. À moi, qui avais pour habitude de toujours contrôler les choses. Et dans tous les cas, à la fin de la partie, mes désirs et mes besoins étaient toujours là. Pourtant, au cours de la soirée, je m'étais retrouvé à reconsidérer ses besoins.

Lorsque je me décidais enfin à partir, une jolie collection de CD placée sous la fenêtre de la chambre attira mon attention. Comme Krystina était facilement influencée par la musique, mon intérêt s'éveilla et je suis allé la voir de plus près. Je m'accroupis pour mieux pouvoir la regarder dans un rai de lumière qui entrait par la porte de la chambre. En lisant les noms des artistes, j'ai remarqué que les CD étaient classés par ordre alphabétique. Je ris doucement au fond de moi-même en trouvant cette organisation assez inattendue. Justine disait que j'étais névrosé d'avoir fait des choses semblables quand nous étions jeunes. J'en pris bonne une note pour lui dire que je n'étais pas le seul... puis j'ai balayé la pièce du regard, histoire de voir si Krystina n'avait pas d'autres choses en ordre, à part ses CD. Quelques livres étaient posés sur un vieux bureau en bois blanc, mais rien d'autre n'aurait pu être catalogué de façon aussi précise. Tout le reste était bien rangé dans la pièce. L'ameublement était de style ancien, ce qui donnait une allure vintage à la pièce, décorée avec goût. Rien ne traînait de partout non plus, ce qui montrait que Krystina et sa colocataire appréciaient le rangement. Des citations écrites en calligraphie noire étaient encadrées et accrochées sur les murs de la pièce. Me rapprochant du mur pour lire ce que disaient certaines d'entre elles, je vis que Krystina semblait avoir un penchant pour Maya Angelou. Chaque cadre était rempli de mots de l'autrice, et la plupart parlaient de force, de persévérance et de détermination.

Ça, c'est une information intéressante dont je devrais me rappeler plus tard.

En fermant la porte derrière moi dans un claquement discret, je sortis de la chambre pour aller dans la cuisine. Je savais que Krystina se sentirait très mal en se réveillant ; j'ai donc commencé à fouiller ses placards de cuisine dans l'espoir de trouver des ingrédients miracles qui soulageraient ses douleurs matinales. Je fus content de trouver une cuisine bien remplie, me montrant qu'au moins une des femmes qui vivait dans cet appartement aimait cuisiner. Les armoires étaient bien organisées, avec toutes les étiquettes des aliments tournées vers l'avant. Je me souris à moi-même au moment où je me faisais cette réflexion, curieux de savoir qui était autant méticuleuse. L'image de la collection de CD de Krystina me vint immédiatement à l'esprit, et j'ai tout de suite su que toute personne qui s'attellerait à la tâche minutieuse de classer par ordre alphabétique des centaines de CD s'efforcerait sûrement de s'y retrouver efficacement dans une telle cuisine.

Après avoir rassemblé tout ce dont j'avais besoin, je remplis la bouilloire et la mis sur la cuisinière. Pendant qu'elle faisait bouillir l'eau, je me suis promené dans l'appartement. J'avais besoin d'en savoir plus sur les nombreuses strates qui constituaient Krystina, et étudier son espace de vie me raconterait son histoire, dont la chambre à coucher n'était que le prologue. L'appartement était grand, pour un appartement de la ville de New York. Et comme sa chambre, il était aménagé avec style, de façon éclectique. Des meubles trop rembourrés, du genre de ceux dans lesquels on pouvait facilement s'enfoncer et s'endormir tranquillement, remplissaient l'espace. Il n'y avait pas de « vraie » salle à manger, mais plutôt un « coin repas » spacieux dans la cuisine dotée d'un îlot imposant avec quatre tabourets de bar d'un côté. Aucun rideau n'encadrait les fenêtres ; mais de toute façon, cela n'aurait pas été utile, parce que des stores en lames de bambou offraient toute l'intimité nécessaire lorsqu'ils étaient complètement fermés. Dans l'ensemble, les deux colocataires étaient parvenues à maintenir un espace propre et assez féminin, ce qui lui donnait un aspect joyeux et vivant. Les seules choses qui traînaient étaient quelques magazines et un livre empilés sur la table basse. Curieux, je suis allé voir de plus près de quoi il traitait.

Hmm... James Patterson.

Le crime et le mystère étaient loin d'être les lectures les plus inspirantes, et je me demandais si ce livre était destiné à Krystina ou à sa colocataire. Puis j'ai lancé un regard sur les magazines qui se trouvaient sous ce roman. Celui du haut ressemblait à un chiffon de potins dont la couverture annonçait le classement des célébrités masculines les plus sexys de l'année et un article sur la façon d'inciter son homme à s'engager. Mon visage se plia de dégoût. Si j'avais aimé les paris, j'aurais misé sur le fait que ces magazines n'étaient pas ceux de Krystina. Je remis le livre en place au moment où la bouilloire se mit à siffler. Puis, je me suis hâté de retourner dans la cuisine avant que le bruit ne réveille ma belle au bois dormant. En un rien de temps, je finis de préparer le remède contre la gueule de bois. Puis j'ai rassemblé le reste de ce dont elle aurait besoin, et suis retourné dans sa chambre pour laisser le tout à un endroit facilement visible pour elle lorsqu'elle se reveillera. La boisson serait froide, mais elle s'en contentera quand même. Après avoir placé la tasse fumante sur la table de nuit, j'ai regardé Krystina, qui dormait encore profondément sous sa couette. Je fis un pas de plus et me suis approché pour balayer une petite mèche de cheveux qui lui était tombée sur le visage. Elle bougea légèrement à mon contact et ses cils noirs se mirent à battre. J'ai lentement retiré ma main, ne voulant pas la réveiller, et fis un pas en arrière.

- Bonne nuit, Krystina. Mon ange, lui chuchotai-je.

J'AVAIS PRIS ma Tesla pour venir jusqu'à chez Krystina, mais je me suis dit qu'il valait mieux que je la laisse dans la rue. Je pourrai passer la récupérer plus tard dans la matinée. J'avais besoin de marcher, et je priais pour que l'air frais de la nuit m'aide à me vider la tête. Le feu du croisement de la rue Thompson et Bleecker passa au vert, me signalant que je devais faire attention si je voulais traverser. Il y avait peu de circulation à cette heure, et j'ai traversé malgré la main rouge qui clignotait. Le respect des règles pour les piétons semblait discutable à ce moment de la nuit. Sans parler du fait que j'étais trop fatigué pour vraiment m'en soucier. En traversant la rue qui allait me conduire jusqu'à Manhattan, je repensais à la semaine dernière. Analysant chaque minute avec Krystina, je passais soigneusement en revue chaque instant avec elle, un peu comme si je décrivais l'explication d'un jeu. Il y avait beaucoup d'incertitude, et je dus tout remettre en ordre. Chaque chose à sa place.

Krystina me lançait des balles depuis le premier jour. Et même si j'avais pu en récupérer quelques-unes, j'avais également pu saisir mes erreurs et changer de tactique en conséquence. Du moins, jusqu'à ce soir. Ce n'était plus Krystina qui me prenait par surprise, mais moi-même. Les règles de mon propre jeu étaient devenues des lignes floues. Et pourtant, ce moment où, quelques heures plus tôt, son joli cul rose se trouvait en l'air face à moi me semblait complètement irréel. Tout comme elle, voûtée et haletante, d'ailleurs. Mais je n'étais pas allé plus loin. Normalement, mon raisonnement aurait voulu que chaque Soumise commence à un moment donné. Il m'était déjà arrivé de faire « la première fois » de certaines d'entre elles. Et si certaines s'en étaient bien sorties, d'autres n'aimaient que l'idée d'être dominées et échouaient lamentablement lorsqu'il s'agissait de faire leurs premiers pas. Mais ce soir, Krystina avait accepté. Je l'ai vu dans ses yeux. Définitivement Soumise, malgré sa façon de se tenir sur ses gardes et de se battre bec et ongles pour chaque petite chose. Il m'avait fallu puiser au plus profond de moi toute ma volonté pour la repousser. Et pourtant, j'avais réalisé que je ne voulais pas que Krystina se contente de « tester ». Je voulais qu'elle soit à fond là-dedans. Qu'elle soit entière, qu'elle n'ait aucun regret. Et pas seulement juste le temps d'une aventure d'un ou deux soirs - je voulais que ce soit quelque chose de plus que ça.

Cependant, après avoir vu l'organisation méticuleuse de son appartement, mes réserves quant à la faisabilité de ces plans s'amplifièrent. Un peu comme si Krystina aimait l'ordre et le contrôle autant que moi. J'avais peut-être réussi à lui dévoiler son côté soumis, mais je n'étais pas sûr qu'elle puisse abandonner le contrôle total. C'était une préoccupation majeure, et je me demandais si elle pourrait me faire suffisamment confiance pour me lâcher.

Pourtant, il le faudra.

Et ça se passera sans aucun débat à ce sujet. Plus j'apprenais à la connaître, plus je me trouvais à compromettre mes idéaux pour l'arranger, et il ne me restait que très peu à donner. J'étais capable de faire des compromis de temps en temps, mais je ne pouvais pas renoncer à un contrôle total. Ça serait désastreux. Maintenir une certaine retenue était une nécessité absolue, car je ne pouvais pas me permettre ce genre de vulnérabilité. Le sang qui coulait dans mes veines ne me laissait pas d'autre choix. Parce que, même dans sa stupeur d'ivrogne, Krystina ne savait pas à quel point elle avait raison.

C'est un ange, et moi, je suis le diable.

20

Krystina

Une douleur lancinante me transperçait l'œil droit. J'essayais de cligner des yeux pour m'en débarrasser, mais je me suis retrouvée aveuglée par la lumière du soleil qui passait par les stores de la fenêtre de ma chambre. Je mis les mains sur la tête pour me serrer au niveau des tempes. J'ai bougé pour m'asseoir et je sentis mon estomac se tordre. J'avais l'impression d'avoir été écrasée par un bus. J'ouvris lentement les yeux et pris le temps de les laisser s'adapter à la lumière. Quand ma vision fut enfin canalisée, toute la quantité de vin que j'avais ingurgitée la veille me revint à l'esprit.

Non mais quelle débile - mais pourquoi ai-je autant bu ?

Jetant un œil sur ma table de nuit pour vérifier l'heure, je vis un sachet d'aspirine et un petit mot soutenu par une tasse. Je gémis à voix haute alors que le reste de mes souvenirs de la nuit précédente me revenaient en mémoire.

Rhôôôô non... dites-moi que tout ça n'était qu'un rêve.

« Cauchemar » serait un mot plus approprié. Mais je savais que ce n'était ni l'un ni l'autre lorsque je lus la note posée sur la table de nuit.

Prends deux aspirines et bois ça.
Il y en a plus dans ton frigo si besoin.
Fais-toi des tartines : ça t'aidera aussi. Pas de café - tu te sentiras encore
plus mal et je veux que tu te sois en forme ce soir. J'ai vraiment hâte d'y
être.
Le diable de ton épaule

- Oh, non ! me dis-je à moi-même en me jetant sur mes oreillers, ce qui n'arrangea pas mes problèmes de maux de ventre, mais rien ne pouvait être plus terrible que la mortification que je ressentais à ce moment-là. Je ne pouvais qu'imaginer ce qu'Alexander pensait de moi.

Est-ce que j'étais obligée de lui en parler, de cet angelot et de ce diablotin ? Est-ce que c'était mon subconscient stupide et enfantin qui me dirigeait, ces derniers temps ?

J'avais beau chercher, mais je ne trouvais pas de moment où je m'étais sentie aussi stupide de toute ma vie. Observant la tasse sur la table de nuit, j'en étudiais le contenu : un liquide de couleur ambrée avec un citron flottant à la surface. Puis je la saisis pour la sentir : une odeur de tisane. J'en pris une lente gorgée hésitante en me forçant.

Mais c'est quoi, ce truc ?

Certainement rien que l'on puisse trouver ici. Cependant, au bout d'un moment, mes papilles gustatives assoiffées admirent qu'il s'agissait là de quelque chose provenant de la cuisine : il s'agissait d'un thé à la camomille infusé avec une quantité infime de miel. Le citron était censé m'aider à me désintoxiquer. Ayant enfin réalisé ce que j'étais en train de boire, j'avalai le tout d'une traite, ma bouche et mon corps hurlant désespérément d'être hydratés. Étonnamment, mon estomac enroulé se calma au bout de quelques instants, ce qui me donna la force de sortir de mon lit. Je pris l'aspirine et suis allée à la cuisine pour me procurer encore plus de cet élixir miracle. En entrant dans la cuisine, je vis une miche de pain qui m'attendait sur le comptoir.

Des tartines.

Alexander avait dû laisser ce pain pour moi. Et comme il me l'avait mentionné sur la note, il y avait encore du thé pour moi dans le réfrigérateur. Tant de prévenance de sa part me fit sourire, mais ses actions me rendirent encore plus ridicule. Je réfléchis à la façon de gérer les événements de la nuit dernière, en mettant deux morceaux de pain dans le grille-pain. Je luttais pour remettre de l'ordre dans mon cerveau embrouillé.

Je lui dois des excuses, c'est sûr, mais je ne veux surtout pas l'appeler.

Il était impossible que je puisse avoir une vraie conversation avec lui après mon comportement d'ivrogne irresponsable. Après la façon dont j'ai agi hier soir, j'étais sûre qu'il voudrait annuler nos plans pour ce soir, aussi mesurés qu'ils l'étaient. Je dus trouver une chance de lui donner une porte de sortie, car il essayait probablement d'être gentil avec moi dans son petit mot. Je devais être réaliste.

Pourquoi quelqu'un d'aussi sophistiqué qu'Alexander Stone voudrait-il avoir quelque chose à faire avec une idiote d'alcoolique comme moi ?

Je voulais tout simplement lui envoyer un texto, mais cela me sembla vraiment impersonnel pour une raison quelconque. Puis je me suis souvenu qu'il avait programmé son adresse e-mail dans mon téléphone.

Peut-être qu'un e-mail serait plus adéquat.

Dans un e-mail, je pourrai en dire un peu plus, et peut-être même lui renvoyer une boutade concernant ma révélation embarrassante au sujet de l'ange et du diable. Ensuite, je pourrais lui donner l'occasion de s'incliner avec grâce. Le pain sauta du grille-pain et son odeur provoqua un grognement de faim dans mon estomac. Puis j'ai placé les toasts sur une assiette et suis retournée dans ma chambre. Une fois là-bas, je m'assis à mon bureau pour allumer mon ordinateur portable. Sur l'écran, il y avait l'accord que j'avais rédigé la veille.

Non. Pas besoin d'ça maint'nant.

Cependant, je l'avais sauvegardé... au cas où... j'ouvris ma boîte de réception.

À : Alexander Stone
DE : Krystina Cole
OBJET : Excuses

Au diable de mon épaule,
Merci de t'être occupé de moi hier soir, mais je dois m'excuser pour mon comportement. Je n'ai pas l'habitude de perdre le contrôle de moi-même comme je l'ai fait, et j'espère que tu ne verras pas cette soirée comme un reflet de mon vrai caractère. Mais dans tous les cas, je comprendrai tout à fait que tu souhaites annuler nos projets pour ce soir.

À bientôt,
Krystina

Je pensais que mes mots étaient à la fois désolés et pleins de tact. Je lui donnais la possibilité de retirer son invitation, sans paraître non plus trop pathétique.

Parfait.

Contente de moi, je cliquais sur le bouton d'envoi. Mais pourtant, après que j'ai envoyé mes excuses dans le monde de la cyber-communication, une vague de tristesse s'abattit sur moi. J'eus l'impression de lui avoir dit « au revoir » d'une manière étrange. Alexander avait ouvert une porte que j'avais réussi à garder fermée pendant si longtemps, et cela me fit mal de penser que je devrais la refermer à un moment donné.

Et s'il décidait d'annuler nos projets pour ce soir ?

Pour la première fois depuis des années, je m'étais laissée vulnérable et j'avais peur d'être rejetée.

Peut-être que je n'aurais pas dû lui donner une porte de sortie aussi facile.

Au bout d'une dizaine de minutes, mon ordinateur émit un petit bruit me signalant l'arrivée d'un e-mail : il provenait d'Alexander. Je l'ouvris avec empressement.

À : Krystina Cole
DE : Alexander Stone
OBJET : Pas besoin d'excuses

Mon Ange,
Pas de problèmes. Cela arrive aussi aux meilleurs d'entre nous.
Quant à ton comportement, je dois avouer que j'ai plutôt apprécié
ta langue de bois. Tu m'as donné un petit aperçu de ce que tu
penses vraiment, ce qui me pose souvent problème.
Je me réjouis de notre soirée ensemble. Je n'envisageais pas de
l'annuler. J'attends de pouvoir te revoir.

À plus tard,
Ton diable impatient

Je me souris à moi-même après avoir lu sa réponse. J'eus
l'impression que ma journée allait être chargée !

JE SAVAIS que je ne pouvais pas aller chez Alexander ce soir sans
une once de connaissance sur le BDSM. Il avait insisté sur le fait
que je sache dans quoi j'allais m'engager. Et pour être honnête
avec moi-même, je ne savais pratiquement rien là-dessus. La
recherche était la clé d'une meilleure compréhension. Je m'étais
sentie très naïve hier soir, plus souvent que je ne voulais
l'admettre. J'avais besoin d'élargir mes horizons, de développer ma
conscience - ne serait-ce que pour me protéger. C'était un monde
inconnu pour moi, mais je voulais l'explorer. Y pénétrer à
l'aveuglette serait extrêmement stupide. M'habillant d'un bas de
jogging et d'un t-shirt, je me suis étalée sur mon lit avec mon
ordinateur portable. Il était temps pour moi d'étudier. Mes
premiers résultats de recherche en BDSM me donnèrent des
définitions encyclopédiques assez classiques et tout un tas de
pages permettant de faire du shopping.

Quel ennui.

Je ne cherchais pas à acheter des vibromasseurs et des tenues en cuir, et je ne recherchais pas ce genre de définitions.

Des limites strictes, des limites souples, des mots d'arrêt, bla, bla, bla.

Je n'étais même pas sûre de ce que ça voulait dire.

Alors, c'est quoi, ce que je recherche ?

Je me mordis la lèvre inférieure, en essayant de décider ce que je voulais exactement trouver. J'ai pensé qu'un truc avec des photos me donnerait plus de possibilités. Alors, j'ai cliqué sur l'onglet « images ».

Putain d'merde !

Tout un tas d'images extrêmes remplirent l'écran. Aucunes ne ressemblaient à ce qui s'était passé dans l'appartement d'Alexander la nuit dernière. Même ses insinuations folles ne m'auraient jamais amenée à imaginer les choses que je regardais, et rien n'aurait pu me préparer à ce que je voyais sur l'écran. Les images étaient à la limite de l'effrayant, et certaines étaient carrément dégoûtantes : des femmes ligotées et mises en cage, avec des objets bizarres accrochés à leurs parties intimes.

C'est ça, ce que veut Alexander ?

Et moi qui croyais avoir un semblant de compréhension de ce qu'il voulait... mais maintenant je n'en étais plus si sûre... mes yeux s'élargirent et je sentis mon cœur se mettre à battre dans ma poitrine alors que j'essayais de déchiffrer ce que les images représentaient. Une chanson de Nine Inch Nails se mit à résonner dans ma tête, et j'ai refermé mon ordinateur en le faisant claquer. Je ne pouvais pas imaginer comment une personne saine d'esprit pourrait s'en sortir après avoir été blessée, brûlée ou piquée avec des aiguilles. Pour moi, il n'y avait rien de sexuel dans les images sadiques que je venais de voir. Elles étaient au-delà de l'extrême, pour des raisons évidentes. Je ne pouvais pas croire que c'était ce que voulait Alexander.

Juste une seconde. Y pas des limites ? Des limites souples, et des limites strictes ?

J'hésitais à ré-ouvrir mon ordinateur portable, mais je le fis et suis retournée sur le lien que j'avais initialement trouvé « ennuyeux ».

Au moins, cette page ne me fera pas faire de cauchemars pour le reste de ma vie.

Je lus des explications assez longues sur l'histoire et la culture du Dominant et du Soumis.

Il doit y avoir quelque chose de mieux que tout ça !

Il m'était impossible de croire qu'il n'y avait pas qu'une seule explication de base disponible. Après avoir lu pendant plus d'une heure, j'avais encore l'impression de ne rien savoir. J'ai finalement trouvé une page de ressources S&M. Je fis défiler des articles, toujours et encore. Plus je lisais, plus je trouvais que les jeux pervers étaient en fait très normaux. J'appris également quels étaient les différents niveaux du BDSM. La plupart des gens avaient des problèmes assez légers, ne pratiquant que mes premières idées sur le BDSM : juste des fessées par-ci par-là, des jeux de rôle. Cependant, il y avait d'autres personnes qui étaient plus extrêmes - comme celles des images effrayantes que je venais de voir. Je n'arrivais pas à savoir s'il y avait un juste milieu dans tout ça.

Toute cette merde est bien trop compliquée.

Il est vrai que je pourrais faire des recherches toute la journée et toute la nuit sans vraiment comprendre toutes ces choses. Par contre, ce dont j'étais certaine, c'était qu'Alexander avait de bonnes explications à me donner.

21

Alexander

J'appuyais sur le bouton de l'interphone placé sur mon bureau, terminant l'appel avec George Canterwell. En me penchant sur ma chaise, je me frottais la nuque d'une main. La semaine s'annonçait longue, et elle avait à peine commencé. Il y a quelques années, Stone Enterprise avait acheté des propriétés à Canterwell. Nos transactions avaient été faciles au début, parce qu'il venait tout juste de prendre sa retraite et qu'il parcourait le monde grâce à ses participations. Il voulait en finir avec tout ça et avait tout simplement récupéré ses propriétés pour un prix modique. Mais la vieillesse et sa nouvelle femme - bien plus jeune que lui - avaient fait de lui un vrai connard insatiable. Et même si j'appréciais son impitoyabilité, je n'étais pas prêt à payer plus que la valeur du marché pour ce qu'il avait à m'offrir. Il était temps de couper les liens avec ce vieil homme et de passer à autre chose.

L'interphone sonna et je gémis.

Laura a pas intérêt à m'dire que c'est Canterwell qui me rappelle...

- Oui, dis-je en cliquant sur le haut-parleur.

- Monsieur Stone, Kimberly Melborne est arrivée, m'informa Laura.

Parfait.

Elle avait vingt minutes d'avance, mais il s'agissait là d'un changement de rythme bienvenu après une matinée stressante.

- Dites-lui que j'arrive tout de suite. Je vais également vous envoyer des informations concernant une propriété à Westchester. Merci de prendre rendez-vous avec l'agent immobilier. J'aimerais négocier un prix de vente.

- Bien, monsieur. La date et l'heure du rendez-vous seront dans votre calendrier dans moins d'une heure.

- Merci, Laura.

Puis, je lui envoyai le lien avec les informations concernant l'annonce. Je n'étais pas encore sûr de ce que j'allais faire du terrain, mais ce que j'avais vu dans l'annonce m'avait beaucoup plu. Ce serait un bon investissement si je pouvais l'obtenir à un bon prix. Une fois que l'ordinateur émit le signal sonore indiquant que l'e-mail était envoyé, je me suis levé de mon siège, ai enfilé une veste de sport marine et sortis du bureau. J'ai trouvé Kimberly Melbourne assise sur le canapé de la salle d'attente, en train de ramasser des morceaux de peluche invisibles sur son tailleur qui semblait assez coûteux. Ses cheveux étaient tordus et serrés dans un chignon sévère qui correspondait à sa personnalité perfectionniste.

- Kimberly, la saluai-je tout en m'approchant d'elle.

En entendant ma voix, l'ingénieur d'études leva le regard et se leva pour me serrer la main.

- Monsieur Stone.

Elle fit un signe de tête en retour. Je pris sa main tendue. Sa prise était ferme. Surtout, pas d'bêtise. C'était pour ça que je l'appréciais tant. Elle était confiante et efficace. Et elle travaillait vite.

- Merci d'avoir accepté ce projet dans un délai aussi court. Je sais que vous êtes très occupée, mais ma nouvelle directrice du service marketing commencera son travail plus tôt que je ne l'avais prévu. J'aimerais que son espace soit terminé avant qu'elle ne commence.

- Oh, vous avez bien fait de ne pas y avoir refléchi à deux fois, dit-elle d'un geste de main parfaitement manucurée. Cela fait depuis un bon moment que vous n'avez pas fait appel à mon expertise. Quand vous m'avez appelée, j'ai été plus qu'heureuse de vous répondre.

Et je suis sûr que la somme que je vous ai proposée vous a motivée à laisser tomber vos autres clients pour être ici.

Cependant, le fait qu'elle ait réussi à jongler avec son emploi du temps ne me préoccupait pas vraiment. Ce qui comptait, c'était qu'elle soit là et que le bureau de Krystina soit terminé avant lundi.

- J'apprécie énormément. Maintenant, si vous voulez bien me suivre, j'ai un grand espace que je veux que vous étudiez. Le trente-septième étage a été libéré il y a environ six mois, et les anciens locataires ont laissé un peu de désordre. Au lieu de le nettoyer, j'ai fait vider le sol jusqu'à ce que je puisse décider de ce que j'en ferai. Ceci dit, vous aurez de quoi faire.

Nous nous dirigeâmes ensemble vers l'ascenseur et nous commençâmes la descente vers l'étage qui allait bientôt abriter la division marketing de Stone Enterprise. Les portes s'ouvrirent, révélant un chantier poussiéreux. Des bâches en plastique étaient suspendues au plafond, bloquant certaines zones où les travaux étaient déjà en cours et des vibrations de ponceuses se faisaient entendre.

- Je n'avais pas réalisé que vous aviez déjà commencé le travail, Monsieur Stone, dit Kimberly, qui semblait quelque peu surprise par le désordre qui nous attendait.

- Les murs, seulement. Je ne plaisantais pas quand je vous disais que j'avais fait vider le sol. J'ai demandé à mon ingénieur en construction de commencer les travaux de base sur les cloisons sèches, car cela prend un certain temps. Les pièces doivent encore être divisées, le sol doit être choisi, tout comme la peinture... les travaux restent à faire.

- Et c'est là que j'interviens, termina-t-elle en souriant. Vous m'avez donné une toile blanche, Monsieur Stone. J'attends avec impatience sa conception.

- Je vous mettrai aussi en contact avec tous les artisans dont vous aurez besoin. J'ai déjà demandé à Gavin, mon technicien informatique, d'acheter les postes de travail nécessaires. Vous parliez de toile blanche, et moi, je vous donne carte blanche et vous aurez également un chèque blanc. Mon comptable veillera à ce que vous disposiez de tout ce dont vous avez besoin pour ce projet.

Elle ne treissaillit même pas - elle avait déjà travaillé pour moi dans le passé.

- C'est parfait. Une idée de ce que votre directrice marketing pourrait aimer ?

- Elle s'appelle Krystina Cole. Et franchement, je ne sais pas grand chose de ses préférences en matière de décor, dis-je en fronçant les sourcils. Elle aime la musique. À mon avis, elle l'utilisera souvent dans ses stratégies publicitaires, à la radio, ou même à la télévision. Dans tous les cas, son bureau devra être pourvu d'un système de sonorisation haut de gamme.

- Ça ne sera pas compliqué. Et les autres zones de l'étage ? Pensez-vous que Mademoiselle Cole souhaiterait que l'espace soit divisé en bureaux séparés ? Comme des petites cabines, par exemple ?

- Non, surtout pas. Je déteste ça, lui dis-je.

- J'étais sûre que vous me diriez ça. Mais j'ai quand même préféré vous poser la question, au cas où. Comme cet étage sera réservé au marketing, des bureaux séparés fonctionneront sans doute mieux qu'un open-space. Ainsi, les gens pourront mieux penser de manière créative, sans être interrompus par ceux qui travaillent juste à côté.

J'ai approuvé en lui disant : « C'est exactement ce que je pense ».

Puis Kimberly posa un doigt sur son menton et regarda autour d'elle en contemplant la pièce.

- Avez-vous une préférence en ce qui concerne la taille des pièces ?

- Le bureau de Mademoiselle Cole devra être spacieux. On ne peut pas les voir d'ici à cause des bâches en plastique, mais il y a de grandes fenêtres, là-bas. Intégrez-les dans son espace personnel. Il lui faudra aussi une salle de conférence assez grande, et puis aussi un endroit pour les réunions et la planification de la conception. En ce qui concerne les autres espaces, je pense que huit ou dix bureaux devraient suffire. Je vais vous laisser vous entretenir avec Josh Swanson au sujet de l'aménagement de l'espace. Tiens, justement, il est quelque part ici...

Je partis en scrutant le sol pour savoir où se trouvait l'ingénieur en bâtiment. Comme s'il m'avait entendu, Josh sortit de derrière une bâche en plastique suspendue, ses cheveux noirs, ses épaules et ses bras complètement recouverts de poussière de plâtre. Il retira une paire de lunettes de sécurité de devant ses yeux, ce qui lui donna une mine de raton laveur. Il avait l'air surpris de nous voir là.

- Monsieur Stone, je n'avais pas réalisé que vous étiez ici. Excusez-moi, je suis plein de poussière, plaisanta-t-il en s'époussetant. Que puis-je faire pour vous, monsieur ?

- Josh, je vous présente Kimberly Melborne, qui sera la conceptrice de ce projet. Kimberly, voici Josh Swanson, mon ingénieur en construction.

- Ravi de vous rencontrer, madame, lui dit Josh d'un signe de tête. Je vous serrerais bien la main, mais comme vous pouvez le voir, je ne suis pas très propre.

- Ce n'est pas grave ! Vous pouvez garder cette poussière pour vous, dit Kimberly en riant.

- Nous venons de commencer le travail. Jusqu'à présent, nous avons réussi à monter les cloisons sèches et à faire les joints. On finit tout juste de poncer !

- Vous avez fait un excellent travail, Josh. Je suis content de voir que les choses progressent aussi vite, appréciais-je. À partir de maintenant, vous pouvez prendre en compte les instructions de

Kimberly. J'ai confiance en son jugement. Faites ce qu'elle vous dira de faire.

- J'ai un calendrier bien serré. Je vous promets que rien ne sera assez extravagant pour moi, lui assura Kimberly.

- Voulez-vous voir où en sont les travaux ? Je peux vous montrer ce qu'on a fait jusqu'à présent, proposa Josh.

- Tout à fait. Je veux bien voir l'espace avec lequel je vais travailler, et je vais prendre quelques mesures, déclara Kimberly.

Elle mit la main dans son sac à bandoulière géant et en sortit un mètre ruban et un bloc de papier.

- Vous pouvez continuer tous les deux. Je vous rejoins dans un instant, leur dis-je.

Une fois qu'ils s'éloignèrent, je sortis mon téléphone portable pour appeler Krystina et lui demander quelles étaient ses préférences pour son bureau. J'ai composé son numéro, mais fis une pause avant d'appuyer sur le bouton vert : si je l'appelais, elle saurait ce que j'étais en train de faire. Pour l'instant, elle n'imaginait même pas que j'étais sur le point de lui donner tout un étage de mon immeuble. Elle ne savait pas qu'elle aurait son propre domaine, son propre monde dans le mien, et un accès complet à toutes les commodités que la Cornerstone Tower pouvait offrir. Je voulais la suprendre. Décidant de la tenir à l'écart pendant un peu plus longtemps, je remis mon téléphone en poche. Je cherchais du regard Kimberly et Josh. Kimberly montrait du doigt quelque chose au plafond.

Comment Krystina voyait-elle son espace de travail idéal ?

Je repensais à son appartement tout en avançant vers les ingénieurs : il était loin d'être tape-à-l'œil, avec des couleurs discrètes. Sa chambre restait à peu près dans les mêmes tons, mais un peu plus éclectique, avec ses citations de Maya Angelou et sa couette imprimée de lys. Un espace doux. Féminin.

- Josh et moi discutions. On pensait ouvrir le plafond. Exposer les conduits donnera à l'étage un aspect plus industriel et plus moderne, commença Kimberly une fois que les ai eus rejoints.

- Non, rien de trop tendance, l'interrompis-je.

- Oh... euh... ok, dit Kimberly en jetant un regard à Josh.

Mais aucun d'eux ne connaissait Krystina autant que moi, même si, pour l'instant, on ne pouvait pas dire que je la connaissais beaucoup. Cependant, je savais qu'elle voudrait que son bureau soit chaleureux et accueillant, qu'il ne ressemble pas à un entrepôt industrialisé et ouvert. Trop froid à son goût.

- Restez fidèle à la tradition. Les tons taupes seront les plus appropriés, lui conseillais-je.

- Très bien. Je peux tout à fait avancer dans ce sens. Une fois le plan de l'étage établi, je ramasserai un nuancier de peinture, puis Josh et moi le regarderons ensemble de plus près pour décider de la couleur et de l'emplacement final.

- Tout comme celui des lys, ajoutais-je subitement. Mademoiselle Cole aime les lys.

Ils me regardèrent tous les deux d'un air curieux, mais aucun d'eux ne demanda comment je savais ça. Ils savaient qu'il ne fallait pas me questionner.

- Musique... tons taupe... lys. Je suis sûre que je trouverai un moyen de relier tout ça, déclara Kimberly avec confiance.

Si Josh avait l'air sceptique, je n'y prêtais pas attention. Kimberly était la meilleure dans son domaine. Elle avait vingt ans d'expérience, et avait travaillé pour moi pendant cinq ans. Je savais qu'elle trouverait un moyen d'incorporer mes souhaits dans un design qui conviendrait sans problème.

- Je me fiche de la façon dont vous ferez les choses, tant que le travail est bien fait.

LAISSANT Kimberly et Josh s'occuper de leur nouveau projet, je suis retourné aux miens. Une fois dans mon bureau, j'ai vérifié s'il n'y avait pas de nouveaux éléments dans mon agenda. Puis, j'ai envoyé un e-mail à mon comptable pour l'informer de l'avancement des travaux et ai répondu à d'autres personnes qui avaient besoin de réponses. J'ai remarqué que Laura avait pris rendez-vous avec l'agent immobilier de Westchester, et j'étais heureux de lire les notes qu'elle avait insérées dans mon calendrier. Laura était la meilleure assistante de direction que j'ai eue jusqu'à présent. Non seulement elle était efficace, mais elle avait aussi le don d'obtenir des informations utiles. Apparemment, le client était impatient d'emménager dans la propriété.

Et maint'nant, les impôts.

Ce détail - celui des impôts - pourrait grandement faciliter les négociations. Je pris la décision d'augmenter Laura. Un appel à Justine était le dernier point à l'ordre du jour. Je le redoutais presque, tout simplement parce que je savais qu'elle attendait certainement des nouvelles sur la situation avec Charlie. Pourtant, même si j'aurais préféré qu'elle laisse tomber et qu'elle me laisse m'occuper de tout ça, je devais l'appeler aujourd'hui. Nous devions discuter d'un dîner de charité qui aurait lieu dans quelques semaines. Justine était la force motrice des efforts de collecte de fonds pour la Fondation Stoneworks, et je voulais vérifier le déroulement de la plus grande collecte de fonds annuelle organisée par la fondation. Le succès de ce dîner garantirait l'ouverture à temps du refuge pour les femmes. J'ai composé son numéro de portable et attendis qu'elle réponde.

- Hé, Justine. C'est moi, dis-je une fois qu'elle eut décroché.

- Je suis bien contente que tu m'appelles. Je ne sais pas ce que tu as fait, Alex, mais Charlie n'a pas appelée, ni envoyé de message au cours de ces dernières vingt-quatre heures, m'informa-t-elle dans la foulée.

J'en étais sûr !

- Je t'ai dit que je m'en occuperai... tu vois, c'est fait !

- Je peux te demander ce que tu as fait ?

- On lui a fait signer une injonction de silence, sinon il sera accusé d'extorsion. Un vrai jeu d'enfant. Ne t'inquiétes plus pour ça. Le contrat est hermétique et le secret est bien gardé.

- Je sais très bien que tu as fait tout ça juste pour moi. Je suis vraiment désolée, dit-elle avec regret. Je ne voulais pas avoir à t'impliquer. Tu ne sais pas à quel point ça compte pour moi.

Je me suis penché sur ma chaise en soupirant.

- Oui, eh bien... si ce n'avait pas été le cas, tu n'aurais pas eu à te soucier des médias. D'ailleurs, je ne veux pas d'un fiasco médiatique. Tout comme toi, d'ailleurs. As-tu pu parler avec Suzanne ?

- Oui. Elle est au courant de ce qui s'est passé. J'aurais aimé pouvoir la voir aujourd'hui pour le déjeuner, mais elle était retenue à son travail. On a prévu une journée au spa, cette semaine. Je lui en dirai plus à ce moment-là.

- Ah, très bien ! Je suis heureux de l'entendre. Comment se passe la planification de la collecte de fonds de Stone's Hope ?

- Oh, ça, c'est une autre chose qui m'inquiète ! Charlie est au courant de la quantité de travail nécessaire pour cet événement. Ça serait tout à fait normal qu'il vienne gâcher tout ça, dit-elle, la voix pleine de mépris. Il prend son pied chaque fois qu'il provoque une scène.

- Alors, où en est le dîner ? lui re-demandais-je à nouveau, la faisant sortir de son délire.

- Heum... désolée. Tout se passe bien par rapport à ça. Les billets sont presque tous vendus. On a eu de généreux donateurs qui viendront avec de gros chèques pour la vente aux enchères. Le fleuriste est prêt et le menu est finalisé. Il ne me reste plus qu'à rencontrer le groupe pour discuter de leurs honoraires.

- Si tu les trouve doués, donne-leur ce qu'ils demandent. Ce sera ma donation de la part de Stone Enterprise.

- Je verrai bien. Je ne les ai pas encore entendus jouer. Si je n'aime pas leur style de musique, j'appellerai le groupe du bal de la Chambre de Commerce de l'année dernière. J'avais pensé à eux, au départ, mais j'ai pensé qu'on aurait pu changer. Une fois que j'aurai décidé avec qui je souhaite faire affaire pour cette occasion, on pourra voir qui paiera.

Le fait que je sache qu'elle avait tout sous contrôle me rassura. J'avais eu raison de la nommer responsable des relations et de la collecte de fonds pour la Fondation Stoneworks. Elle était bien meilleure lorsqu'elle avait un objectif - une cause dans laquelle elle pouvait se lancer. Stone's Hope lui convenait parfaitement.

- Il me semble que tu maîtrises bien les choses. J'dois y aller, maint'nant. Tiens-moi au courant pour le groupe, dans tous les cas.

- Sans problème. Et Alex... merci encore pour Charlie.

- T'inquiète... je suis là pour assurer tes arrières. Je le serai toujours, dis-je sur un ton sérieux. Justine était comme un oiseau fragile avec une aile cassée. C'était mon devoir d'être fort pour elle, de l'aider à traverser toutes les merdes qu'on pouvait lui envoyer. Je devais briser ce cycle sans fin qui composait sa vie - notre vie. J'te rappelle plus tard, Justine.

Je mis fin à l'appel et regardais l'heure. C'était une bonne journée - une journée productive, mais le temps m'avait échappé et j'avais encore des choses à faire avant de voir Krystina ce soir. Satisfait d'avoir tout laissé en ordre pour le lendemain, je composai le numéro de Hale.

- Vous avez terminé votre journée, patron ? me demanda-t-il.

- C'est tout à fait ça. Vous pouvez passer maintenant. Krystina passe ce soir et j'ai quelques courses à faire avant de vous envoyer la chercher.

Le silence qui se fit à l'autre bout de la ligne lorsque j'ai mentionné le prénom « Krystina » m'énerva. J'ai préféré raccrocher. Je pouvais admettre que le fait qu'une femme vienne chez moi deux soirs de suite était une rareté pour moi. Mais Hale ne savait pas à quel point je m'étais ennuyé, ces dernièrs temps. Toutes ces femmes prévisibles me fatiguaient. Toutes d'une banalité stupéfiante. Simples à comprendre. Faciles à influencer. Krystina était tout, sauf comme ça. Fermant les tiroirs de mon bureau, je m'apprêtais à éteindre l'ordinateur. Avant d'appuyer sur la touche d'arrêt, je relus les e-mails échangés avec Krystina un peu plus tôt dans la journée.

Mon Ange.

Si Krystina était embarrassée, cela se comprenait parfaitement. Mais à quoi ça lui servait de me repousser ? Je ne permettrai pas que cela se reproduise. Pas une fois de plus. Il était temps de briser ses mécanismes de défense et d'apprivoiser la boule d'énergie qu'elle était. Cependant, le chemin à suivre allait être difficile, car je savais que Krystina ne se laisserait pas faire sans avoir à se battre.

22

Fidèle à ce qu'il m'avait dit, Alexander envoya Hale me chercher à sept heures. J'étais quelque peu déçue qu'il ne soit pas dans la voiture, mais le trajet jusqu'à l'appartement s'avéra très court, finalement. Alexander vivait plus près de chez moi que je ne l'avais imaginé. Lorsque nous arrivâmes, Hale m'accompagna dans le hall du bâtiment, jusqu'à l'ascenseur de l'appartement, puis il inséra son pass. Pendant que nous attendions l'arrivée de l'ascenseur, je glissais un regard du côté du poste de sécurité et vis Jeffrey, le jeune homme qui était si désireux de faire plaisir à Alexander. Il hocha poliment la tête et je lui fis un petit signe de la main en retour.

- Allez-y, entrez, Mademoiselle Cole. Monsieur Stone vous attend. Passez une bonne soirée, me dit Hale.

Je le regardais avec surprise. C'était la première fois qu'il me parlait. Et le fantôme d'un sourire qui jouait sur ses lèvres était encore plus choquant. Lui qui avait d'habitude l'air si sévère et sérieux... je fus prise au dépourvu. Mon regard se posa sur lui et je pris le temps de l'observer pour la première fois. Il était beaucoup plus âgé que moi - mon estimation personnelle lui donnait autour de la cinquantaine - et il n'avait pas l'air aussi menaçant que je l'avais pensé au départ. Il avait de bons yeux, le genre d'yeux qui s'illuminaient de rire si l'occasion se présentait. Mais à mon avis, Alexander ne devait pas lui laisser beaucoup de temps pour ça. Le fait que Hale ait soudain retrouvé sa voix m'avait laissée dans l'embarras et un silence inconfortable s'était installé entre nous. D'ailleurs, je n'avais jamais vraiment pensé à converser avec lui, parce que c'était toujours sur Alexander que je me concentrais.

Est-ce que Hale est au courant du mode de vie alternatif de son chef ? Et s'il le sait, l'approuve-t-il ? Que pense-t-il de moi ?

Alors que cette nouvelle réalisation prenait racine en moi, j'eus du mal à le regarder dans les yeux. La confiance que j'avais ressentie en entrant dans le bâtiment avait soudain disparu, remplacée par tout un tas d'insultes. Les mots sortirent maladroitement de ma bouche.

- Je, euh... merci, Hale, lui dis-je timidement en me glissant rapidement dans l'ascenseur qui m'attendait.

Les portes se fermèrent et j'attendis pendant que l'ascenseur montait. Seule dans l'espace confiné de la cabine, mon appréhension grandissait. Je savais que j'étais ridicule, mais je n'arrivais pas à contrôler ma conviction vacillante. Et ce n'était pas seulement à cause de la gêne que je venais d'éprouver avec Hale. Après les recherches que j'avais faites ce jour-là, je n'arrivais pas à me défaire de l'impression que je marchais aveuglément dans une fosse aux lions. J'entrepris d'avaler une bosse qui commençait à se former dans ma gorge, alors que l'ascenseur continuait son ascension. La force diminuante de la montée ne fit rien pour m'aider, et cette grosseur s'installa rapidement dans un nœud au creux de mon estomac.

Mais qu'est-ce que j'fous là ? J'dois être complètement tarée.

L'ascenseur s'arrêta et les portes s'ouvrirent en glissant. Alexander m'attendait. Il était appuyé contre un mur, une expression diabolique sur son beau visage.

- Bonsoir, Krystina, dit-il d'une voix traînante.

Un seul regard de sa part réussit à me faire pâlir. Je luttais pour contrôler le tremblement de nerfs qui menaçaient de prendre le dessus.

Ce n'est pas dans une fosse aux lions que j'ai mis les pieds... c'est plutôt comme si je me promenais dans l'antre du diable.

Les images d'Internet, combinées à mes cauchemars d'enfance de monstres et de vampires, me vinrent à l'esprit. Je n'avais aucun mal à imaginer Alexander brandissant un fouet, et moi enchaînée à un mur de donjon sale tandis qu'un étrange homme masqué me suçait le sang.

- Krystina, qu'est-ce qui ne va pas ? On dirait que tu as vu un fantôme.

Alarmé, Alexander se précipita à mes côtés, ses longues jambes réduisant la distance qui nous séparait en quelques secondes.

- Rien. C'est juste... tout va bien, dis-je en secouant la tête pour débarrasser mon imagination hyperactive de ces images sombres.

Pourtant, c'est la vraie vie, pas un roman de Stephen King.

- J'espère que tu ne t'inquiètes plus par rapport au fait que tu étais bourrée hier soir. Je t'assure que ce n'est pas grave. Ça arrive à tout l'monde, déclara-t-il avec désinvolture.

C'est ça, parfait !

J'avais du mal à croire que le sophistiqué Alexander Stone s'autorisait à se soûler de temps en temps. Pas même une seule fois, d'ailleurs.

- Non, non - c'est pas ça, lui assurais-je, toujours mal à l'aise. Il faut juste qu'on parle de certaines choses, c'est tout.

- Viens dans le salon. J'ai déjà rempli les verres et j'ai même allumé un feu, dit-il, en me prenant doucement le coude et en me guidant vers l'un des canapés en cuir.

La chaleur du feu me fit du bien, réchauffant mes mains soudainement froides et moites. Une fois assis confortablement, Alexander me tendit un verre rempli d'une sorte de liquide jaune-brun. Cognac, porto, whisky - peu importe ce que c'était. J'en pris une bonne goulée, et je sentis le goût sirupeux du punch au fur et à mesure qu'il descendait. Je m'accordais une minute pour rassembler mes pensées, en laissant la chaleur de l'alcool me submerger.

Les sourcils d'Alexander se soulevèrent d'étonnement.

- Désolée, m'excusai-je de façon un peu maladroite.

Je déposai rapidement ma boisson sur la table basse.

- Krystina, dis-moi ce que tu as en tête, me demanda-t-il.

Son inquiétude était évidente. La façon dont j'avais à moitié vidé mon verre l'avait surpris, et je le comprenais tout à fait. À vrai dire, j'avais moi-même été prise par surprise.

Bourrée hier soir, j'enchaîne encore les verres ce soir - à ce rythme, je serai aux alcoliques anonymes avant la fin de la semaine.

- Je ne sais pas par où commencer... déclarai-je.

- Prends ton temps.

Il me regarda en attendant patiemment que je continue.

Bon, tant pis. Je dois lui dire, et moi, je veux des réponses à mes questions.

Je pris une longue inspiration.

- Écoute, ça fait depuis deux ans que je suis célibataire... certes, pas que sexuellement. Et pour être honnête, j'en avais même pas envie. Être seule me convenait bien. Je ne voyais aucun intérêt à entretenir une relation avec quelqu'un. Ni à avoir des rencards. Ni même au sexe. Jusqu'à ce que je te rencontre.

- Krystina, si tu veux une relation...

- S'il te plaît, Alex. Écoute-moi. Je dois faire sortir ça, dis-je en levant la main pour l'empêcher de parler. Je ne cherche pas à m'engager pour la vie, juste une histoire de cul me convient. Mais tu dois comprendre qu'accepter d'être avec toi est un grand pas pour moi. Aussi, je trouve qu'il est primordial de rester transparente avec toi : sans conditions ni prise de tête. Je ne suis pas prête à avoir des attaches émotionnelles. J'ai confiance en toi pour que ça reste ainsi.

- Je pensais que c'était ce que nous avions déjà convenu, déclara-t-il avec prudence. Je ne suis pas tout à fait sûr de la direction que tu vas prendre.

- Certes, hier soir, les choses se sont un peu compliquées. Du moins, pour moi... tu avais raison - je connais vraiment peu de choses, surtout en ce qui concerne le BDSM. Et puis, je pensais aussi que tu voulais juste me donner une fessée et... eh bien... tu sais. Jouer au docteur ou à quelque chose comme ça, lui avouais-je.

Mon cœur commença à battre rapidement, accéléré par une sorte d'angoisse nerveuse. Mon ignorance sur le sujet était plus qu'embarrassante, et je me battais contre la sensation de rougeur qui menaçait de me dépasser.

- Les jeux de rôle peuvent faire partie du BDSM. Cela dépend de tes préférences.

Il était encore un peu sur ses gardes, et il attendait avec ténacité de voir où j'allais en venir.

- Oui, eh bien... à propos de ces préférences. J'ai fait quelques recherches en ligne aujourd'hui.

La chaleur me monta au cou. Malgré tous mes efforts, je ne pus la stopper. Et quand je vis vu ses yeux s'élargir avec des questions curieuses, cela ne fit qu'accentuer encore plus mon humiliation, approfondissant le cramoisi qui couvrait lentement mes joues.

- Et *qu'as-tu trouvé* exactement, Krystina ?

- Plein de trucs dingues. Des jouets, des engins bizarres... plein de choses. Après avoir tout vu, je suis un peu confuse, maintenant. Je sais qu'il y a des niveaux de BDSM, et de SM - peu importe comment tu appelles tout ça. Je divaguais totalement. J'ai juste besoin de savoir exactement à quel niveau tu te situes avant de m'impliquer plus profondément. Parce que, je dois bien dire que certaines conneries que j'ai vues étaient assez bizarres.

- Alors... non... dit-il, son beau visage révélant une véritable alarme. Il se passa les mains dans les cheveux et se mit à faire des allers et retours devant la table basse. Écoute, je ne peux qu'imaginer ce que tu as vu et ce que tu en penses. Je ne vais pas dans l'excès, dans tout ça, alors soyons au moins clairs sur ce point.

J'ai poussé un soupir de soulagement, et mon pouls rapide qui tambourinait à tout va sembla ralentir un peu. Je ne croyais pas vraiment qu'il n'était qu'un nympho tordu et démoniaque qui voulait me causer des dommages physiques, mais l'entendre le dire à haute voix me consola au moins un peu.

- Alors, quel est ton niveau ? m'enquis-je.

J'essayais de ne pas m'inquiéter, mais tout cela m'était difficile à ingurgiter, car je ne savais pas vraiment à quel niveau je serais à l'aise.

- Je ne suis pas vraiment sûr que de pouvoir me classer à un niveau particulier. Ce genre de choses ne peut pas se catégoriser de la sorte. Il s'agit de ce que nous allons convenir de faire ensemble, et de ce que le Soumis veut... plus que tout. Malgré ce que tu as pu trouver en ligne, le BDSM n'est pas un abus. Au bout du compte, c'est toi aura le contrôle, Krystina. Pas moi.

- Maintenant, je suis confuse. Comment pourrais-je avoir le contrôle ? Je pensais que c'était moi qui me soumettais à *toi*.

- En effet, c'est le cas. Mais c'est mon job à moi, en tant que Dominant, de prendre soin de toi. Je dois être à l'écoute de tes besoins afin de satisfaire tes moindres désirs et tes envies. Si je ne le suis pas, et que je fais tout pour moi, alors là, ça s'appelle de l'abus.

L'air déconcerté de mon visage était clair. Il arrêta de faire les cent pas, s'approcha de moi et posa des mains rassurantes sur mes épaules :

- Oublie les absurdités que tu as vues en ligne et réfléchis sérieusement pendant une minute. Oui, j'apprécie la sensation de bien-être que je ressens lorsque je contrôle tout et que je sais que j'ai le pouvoir de te pousser à ton point de rupture. Mais à tout moment, tu peux tout stopper. Je suis peut-être celui qui manie le fouet, mais tu contrôles les limites en disant un mot d'arrêt. Ou « safeword ».

J'eus l'estomac noué à l'idée qu'il utilise un fouet, et je me suis retrouvée à grimacer.

Eh bien, vive les mots d'arrêt ! Oh mon Dieu, merci pour les recherches sur le net !

- Je ne peux pas dire non ? lui demandais-je en essayant d'évacuer de ma voix la peur que je ressentais.

- Le mot « non » peut être mal compris, surtout dans un scénario de jeu de rôle. Il vaut mieux choisir un mot d'arrêt.

- Mais que faire si je suis attachée et sans défense ? Tu as dit que tu pourrais me pousser à faire des choses que je ne veux pas faire. Comment puis-je savoir si tu vas t'arrêter ? Je veux dire, même si j'utilise un mot d'arrêt ?

- C'est la raison pour laquelle je t'ai prévenue que la soumission était une chose difficile. Il ne s'agit pas de te faire faire des choses que tu ne souhaites pas faire. Il s'agit d'explorer ensemble. Je peux te montrer le chemin, mais tu devras me faire confiance, dit-il doucement, en se penchant en avant pour balayer une boucle de cheveux frisés de mon front. Je te donne ma parole. Je ne te pousserai jamais plus loin que tu ne seras prête à aller, Krystina.

Je levai les yeux vers son visage et essayai de trouver quelque chose, n'importe quoi qui me donnerait un aperçu de ce qu'il pensait. Il n'y avait rien de sinistre et de mauvais dans ses yeux de saphir, seulement de la patience et de la compréhension.

- Je te crois, lui dis-je. Et, même si cela m'étonnait beaucoup, c'était vrai. J'étais choquée de pouvoir lui faire confiance aussi facilement, parce que, finalement, je le connaissais à peine. Mais pourtant, nous n'étions pas encore au bout de nos peines. Il y a encore beaucoup de choses dont nous devons parler, Alex.

- Quelles sont tes autres questions ?

- En fait, je n'en ai pas d'autres. J'aimerais juste clarifier certaines choses. Hier, lorsque tu me parlais de celles qui t'on fait signer une clause de confidentialité, tu m'as donné une idée.

Je me suis penchée pour récupérer un stylo et la liste que j'avais faite dans mon sac à main.

- Parce que c'est ce que tu veux ?

Il avait l'air surpris.

- Oh, non. Ce n'est pas du tout ça. C'est plus comme un ensemble de règles à suivre si nous allons... euh, faire ça. Je remis soudainement en question mon idée stupide en lui balançant presque au nez le papier avant de changer d'avis. Voilà - j'ai fait une liste. Lis-la.

Il arracha la liste de ma main tendue et reprit sa place, à côté de moi sur le canapé. Il lut en silence l'inventaire de mes stipulations. Lorsqu'il eut terminé, il me regarda, un fond d'humour doux pétillant dans ses yeux.

- Et c'est tout ? me demanda-t-il en posant le papier sur la table basse.

Il tentait de réprimer un sourire, mais j'ai préféré l'ignorer et je poursuivis :

- Je crois que j'ai dit l'essentiel. Il suffit de noter les exigences que tu pourrais avoir. Tu vois, je t'ai laissé un espace vide juste ici, terminai-je en faisant semblant d'être professionnelle tout en pointant avec mon stylo l'espace vierge du papier.

- Tu n'as rien indiqué au sujet de tes limites, Krystina. Pourtant, c'est très important, dit-il sèchement. Mes intérêts dans la chambre à coucher ne sont pas vraiment courants... y a-t-il quelque chose à laquelle tu pourrais t'opposer ?

Le sang. La douleur.

Je le regardais dans les yeux, en essayant de trouver les mots justes pour expliquer ce que je ressentais - sans exposer mes peurs sous-jacentes.

Stop - il a dit qu'il ne te ferait pas de mal. Fais-lui confiance.

- Hum... je ne sais pas. Comme quoi ? demandai-je en essayant de garder l'esprit ouvert.

- Tu as fait des recherches. Et les contraintes...

- Non - ne dis rien ! éclatai-je. Une panique écrasante m'envahit, rien que de penser à discuter de ce point à haute voix. Ecris-le, s'il te plaît. Ça me facilitera les choses.

Il sembla tout d'un coup amusé, même s'il ne riait pas ouvertement devant moi. En fait, il n'avait pas vraiment besoin de rire : son regard en disait long et me signifiait que j'étais ridicule. Je me sentais comme une adolescente qui essayait d'éviter une discussion au sujet du sexe avec l'un de ses parents. C'était absurde. Ma seule défense rationnelle était que, si je lisais ses préférences hors normes, je serais capable de garder mon calme si quelque chose me surprenait.

- D'accord, je vais la jouer à ta façon si cela signifie que je dois te déshabiller, dit-il de manière suggestive en me faisant un clin d'œil.

Cependant, ses yeux bleus s'illuminèrent de rire, la vérité se détachant de son commentaire, alors qu'il reprenait la liste en main. J'aurais dû être contrariée qu'il trouve la situation amusante, mais ce ne fut pas le cas. Même sa remarque salace ne fut pas prise en compte par mon radar. Je ne pus me concentrer que sur une seule chose : la boule de nerfs qui rebondissait au creux de mon estomac en attendant qu'il écrive. Mais il n'écrivait pas. À la place, il restait là, assis à me regarder. C'était exaspérant.

Pourquoi il n'écrit pas ?

- Bon, t'attends quoi, là ?

J'étais pratiquement en train de craquer, les nerfs à fleur de peau.

- J'peux avoir le stylo, s'teu plaît ?

- Oh ! m'exclamai-je en me sentant vraiment idiote. Oui... tiens. Désolée.

Je lui passai le stylo que je tenais à la main. Au lieu de me le prendre comme n'importe quelle personne ordinaire l'aurait fait, il prit ses deux mains pour le retirer lentement de mes doigts, laissant son toucher hésiter sur mes articulations de manière très délicate. Mon cœur battait la chamade parce qu'il était parvenu à rendre ce petit geste tout simple très intense.

Qui aurait cru que donner un stylo à quelqu'un pouvait être aussi érotique ? Je ne regarderai peut-être plus jamais un stylo de la même façon.

- Tu rougis, dit-il d'un air coquin, un sourire malin sur le visage.

Mes mains se dirigèrent immédiatement vers mon visage. Il se leva pour les éloigner et fit courir un doigt le long de ma mâchoire. Un frisson parcourut la longueur de ma colonne vertébrale. Au bout d'un moment, il relâcha sa main. Le regard vorace que j'avais perçu dans ses yeux avait maintenant disparu, et son visage devint grave. Il regarda le papier posé devant lui.

- Le BDSM, c'est une question de limites, Krystina, dit-il en se remettant au travail. Il y a des limites rigides et des limites souples. C'est important qu'on ait un accord. Par exemple, je ne ferai rien avec le feu, ni avec la stimulation électrique.

- Tu plaisantes, c'est ça ? demandai-je incrédule, ses mots me ramenant immédiatement sur Terre.

Le feu ou la stimulation électrique - mais c'est quoi, ça ?

J'ai cru que mes yeux allaient sortir de leurs orbites. C'était grave.

- Non, Krystina. Je ne plaisante pas. Il m'étudia pendant une minute, puis il eut l'air de prendre une décision. Et si j'écrivais les choses que je souhaite faire ? On pourrait partir de là. Tu veux que j'écrive tout ?

- Autant tout mettre par écrit, non ?

Je lui souris doucement.

Des limites souples, des limites rigides - qu'est-ce ce ça change ? C'est du chinois pour moi.

Alexander se mit à écrire sur la liste, tandis que j'étais assise là, à attendre, en me demandant ce que j'allai lire. En le regardant faire, j'examinais son visage pour voir si j'y trouverais un indice pouvant m'indiquer à quoi il était en train de penser. De temps en temps, son front se creusait dans sa concentration, comme s'il essayait de se rappeler quelque chose, mais son expression douce ne me révéla rien.

Les minutes passaient, chacune d'elles semblant durer plus d'une heure. J'essayais de ne pas regarder ce qu'il écrivait, mais au bout d'un moment, mon énergie nerveuse fut remplacée par de l'impatience. Combien de scénarios pervers pouvait-on imaginer ? J'étais sur le point de lui dire quelque chose, quand il posa brusquement le stylo et qu'il jeta la liste sur mes genoux.

- Bonne lecture, me dit-il d'une expression méfiante.

Je ramassais doucement le papier, terrifiée par les mots qu'il avait écrits.

C'est toi qui lui as demandé d'écrire tout ça - maint'nant lis, espèce de poule mouillée !

Regardant la liste, je commençais à lire ses lettres parfaitement bien dessinées.

<u>Impact du jeu</u> :
• Fessée, fouet, correction, flagellation

<u>Bondage</u> :
• Corde, attaches, menottes, foulards
• Contention partielle du corps (mains devant ou derrière, pieds liés, barres de maintien, etc.)
• Immobilisation du corps entier (debout avec les poignets attachés aux chevilles, fixation sur meubles, etc.)
• Suspension
• Le bâillonnement (balles de bâillonnement, etc., mais rien qui n'affecte la capacité à respirer - je ne participerai à aucune sorte d'asphyxie)
• Utilisation de laisse et de collier

- Bon sang ! Je n'sais même pas c'que sont tous ces trucs !

- T'as fini de lire ?

- Pas encore - j'essaie encore d'assimiler le fait que tu veuilles me taper dessus !

- Krystina, je ne te ferai jamais, jamais, de mal. Je t'ai déjà dit que si à un moment donné tu n'aimais pas ce que je faisais, tu n'aurais qu'à utiliser un mot d'arrêt, et j'arrêterai. Maintenant, s'il te plaît, finis de lire, dit-il avec impatience.

<u>Pour aller plus loin</u> :
• Jouets - Vibromasseurs, pinces à tétons, pinces génitales, perles et plugs anaux, etc.
• Glace, lubrifiants de stimulation - chaud, froid, engourdissant

• Cire (j'en ai déjà utilisé, mais je préférerais ne pas recommencer l'expérience - on pourra en discuter)

Bien sûr qu'on pourra en discuter ! On discutera même de bien plus de choses que de cire !

<u>Autre :</u>
• Masturbation
• Sexe oral
• Sexe anal
• Plan à trois
• Nudité
• Jeux de rôles

Je relevais la tête pour le regarder, les yeux pleins d'incrédulité. Je ne pourrais jamais faire ça.

Il a perdu la tête. Il complètement fou, un vrai taré !

Je pris une autre longue goulée, dont le contenu me piquait la gorge.

- Mais qu'est-ce que c'est qu'ce truc ? demandai-je, en faisant tournoyer les dernières gouttes du puissant liquide dans mon verre.

- C'est du porto. Un tawny.

- C'est dégueu, déclarai-je.

- Je peux t'apporter autre chose si tu veux.

- Oh, non - celui-ci fonctionne très bien, lui dis-je.

Puis je refis touner le liquide dans le fond de mon verre, pour m'encourager.

- Alors, Krystina. Dis-moi tout. J'aimerais savoir ce que tu penses de tout ça.

- Que tu es fou à lier.

23

Alexander

Les yeux de Krystina étaient incroyablement grands sur son joli visage, et je pouvais sentir ses nerfs fragiles. Je savais qu'elle approchait de son point de rupture avant même que j'aie eu la chance de la pousser vraiment. J'étais si proche, mais son manque de connaissance continuait à me gêner.

Elle me prend pour un fou.

Je l'effrayais, et maintenant un carrefour s'était présenté. Je devais apaiser ses craintes, sinon je risquais qu'elle s'éloigne de moi pour toujours. Toute cette situation était nouvelle non seulement pour elle, mais aussi pour moi. Je ne m'étais jamais confronté à une Soumise de cette manière, jusqu'à maintenant. Toutes mes prouesses n'avaient été qu'une aventure d'une ou deux nuits, parce que jusqu'à maintenant, je n'ai jamais voulu rien de plus. Mais voilà que Krystina était là, assise, les yeux écarquillés et confuse, sa peau parfaite me suppliant de prendre tout le temps du monde pour l'embrasser et en explorer chaque millimètre. La simple idée de son départ fit naître en moi un sentiment de crainte, même si je ne savais vraiment pas pourquoi. Par contre, ce dont j'étais certain, c'était que je voulais qu'elle reste.

- Tu veux partir ? lui demandai-je.

- Non, bien sûr que non. J'essaie juste de comprendre... tout cela, dit-elle avec hésitation.

J'essayais de masquer le sentiment de soulagement qui m'envahissait.

Bien. Elle veut rester. Laisse le dialogue ouvert.

- Tu sais que tu peux me demander tout ce que tu veux, lui proposai-je. Je pense que nous sommes au-delà des barrières, maintenant. Je te répondrai de manière directe et franche.

Elle baissa le regard et commença à tripoter l'ourlet de sa chemise en coton. Je savais qu'elle avait une question sur le bout de la langue, et j'attendais patiemment qu'elle me demande ce qu'elle avait en tête. Je priais aussi au plus profond de moi-même pour qu'elle se contente de me poser des questions, en évitant de fouiller dans mon passé.

- Tu as fait ce genre de choses avec beaucoup de femmes ?

Et merde.

Cette question était inattendue et potentiellement dangereuse. Même si elle était légitime, j'étais curieux de savoir pourquoi cela la préoccupait. Je devais faire attention à la réponse que j'allai lui donner, car une question peut toujours en entraîner une autre. Je finis par éluder la question :

- Avec quelques-unes.

- Pourtant, ce n'est pas tout à fait ce que j'ai cru comprendre, Alex, dit-elle avec sarcasme.

D'habitude, un tel comportement de sa part m'aurait offensé. Mais là, j'ai trouvé sa capacité à m'interpeller rafraîchissante et je lui en fis part :

- Vraiment, ta curiosité m'interpelle ! Une vraie bouffée d'air frais... je n'ai pas l'habitude que les gens soient comme ça avec moi.

- Et du coup ? Tu as déjà fait tout ça ? insista-t-elle.

- Oui, Krystina. J'ai déjà fait ça.

- Et depuis combien de temps es-tu... eh bien, dans ce genre de choses ?

Maint'nant, fais gaffe...

- Tu parles de ça comme si j'avais une maladie, Krystina, dis-je en riant, un peu inquiet de savoir où cette conversation pourrait mener. En toute honnêteté, je fais ça depuis des années. C'est juste ce que je suis.

Terminons-en là. Elle n'a pas besoin de savoir le pourquoi du comment.

- Et, c'est facile de trouver des femmes qui aiment faire ce genre de choses ?

- C'est pas compliqué. Le fait qu'il y ait des boîtes spécifiques pour ce genre de choses aide beaucoup, admis-je.

- Des boîtes... comme des boîtes de nuit ?

- C'est ça. Il y en a un peu de partout dans la ville. Discrètes, évidemment.

- Comment ça ? Comme une sorte de société secrète ? demanda-t-elle, le nez dans la confusion.

Elle me fit rire, son innocence apaisant la tension qui s'était installée dans mes épaules.

- Krystina, ça fait partie de la vraie vie. C'est pas la quatrième dimension. Enfin, j'veux dire, ce sont juste des endroits pour se retrouver qui ne sont pas ouverts au grand public, ce qui me permet de garder facilement l'anonymat. Une adhésion est nécessaire, et ils ne font pas de publicité. En général, les lieux où se trouvent ces types de clubs ne sont accessibles que par le bouche à oreille.

- D'accord, fut tout ce qu'elle trouva à dire.

Son front se plissa, comme si elle essayait de rassembler les pièces d'un puzzle.

Bon. Jusqu'à maintenant, si j'avais esquivé le sujet de mon passé, Krystina n'était pas si naïve que ça. J'étais resté aussi honnête que j'avais pu, mais elle savait que je ne lui disais pas tout. J'espérais en tout cas que mes explications allaient lui suffire, et qu'elle accepterait. Car de mon point de vue, nous n'avancions pas. Elle n'avait pas encore consenti à passer à l'étape suivante. Elle regarda la liste et se mit à la relire, en étudiant chaque ligne. Les minutes s'écoulèrent, un long silence s'enragea.

Elle va continuer à poser des questions. J'aurais jamais dû tout mettre noir sur blanc.

Ma patience était à bout. J'étais en train d'échouer lamentablement. Je pensais pouvoir lui apprendre, mais je me révélais inepte. Alors, soit on s'en sortirait ensemble, soit on ne s'en sortirait pas du tout. J'avais attendu assez longtemps.

- J'aurais dû m'en douter, finis-je par lâcher, irrité contre moi-même d'avoir laissé cela durer aussi longtemps. J'ai écrit tout ça parce que tu me l'as demandé... parce que tu n'es pas sûre, non plus. Mais, de toute évidence, cela ne fonctionne pas. À partir de maintenant, on fait ça à ma façon. Viens avec moi.

Je me suis levé, ai attrapé sa main et l'ai tirée du canapé.

- On va où ? demanda-t-elle, visiblement effrayée par ma brusquerie.

- Dans ma chambre. Je veux te montrer quelque chose. Et ne t'inquiète pas. Je promets de ne pas te toucher - du moins, pas pour l'instant.

Je la conduisis dans le couloir, puis vers la porte fermée de ma chambre. À chaque pas, je sentais le pouls de son poignet battre de plus en plus vite. Sa paume se mit à transpirer de froid. Elle semblait vraiment terrifiée. Sa peur me provoqua une douleur à la poitrine. Je ne voulais pas qu'elle ait peur de moi, et la seule chose que je pouvais faire pour effacer ses craintes était de lui montrer. Régnant dans mon impatience, je me suis rappelé d'être doux avec elle. Ses recherches sur Internet lui avaient mis beaucoup de fausses idées en tête, et c'était à moi de lui prouver qu'il y avait d'autres façons d'accéder à mon monde.

Vas-y doucement. Attends qu'elle accepte.

Lorsque nous atteignîmes la porte, je fis une pause avant de l'ouvrir. Me tournant vers elle, j'ai relâché sa main et ai posé les paumes de mes mains de chaque côté de son visage. J'avais d'abord pensé à parler pour la rassurer, mais dès que je lui ai libéré les mains, celle-ci se mirent à se tortiller en s'emmêlant l'une dans l'autre au niveau de sa taille. Ma queue se durcit instantanément et je dus lutter contre le besoin instinctif de la traîner jusqu'à mon lit et de l'attacher.

Et ces mains qui remuent... pourquoi me donnent-elles envie de la baiser sans raison ?

J'ignorais la pulsation dans mon aine et je me concentrais sur la tâche qui m'attendait. Je ne pouvais pas me permettre de tout foutre en l'air juste parce que ma bite avait sa propre idée.

Patience. Retenue. Finesse.

- J'aimerais que tu gardes l'esprit ouvert, Krystina. Tu peux faire ça pour moi ?

Je vis une bosse bouger dans sa gorge, comme si elle essayait d'avaler ses nerfs. Ses yeux étaient indécis, et j'eus la fugacité de penser qu'elle pourrait s'enfuir. Sur un coup de tête, je l'ai rapprochée de moi. En repliant mes bras autour d'elle, je l'ai maintenue contre mon corps et ai moulé mes lèvres contre les siennes. Puis je me suis éloigné. Je savais que mes yeux la suppliaient.

Ne pars pas en courant. Pas après m'avoir fait travailler si dur pour te faire venir ici.

À ce moment-là, j'ai vu son indécision se transformer en autre chose : elle avait soudain l'air déterminé. Je ne sais pas si c'était grâce à ce baiser ou au regard suppliant que je lui avais jeté.

- Je ne peux rien te promettre, Alex. Mais je vais essayer.

- C'est tout ce que je te demande, mon ange.

Krystina

RIEN QUE DE penser à voir la chambre d'Alexander me rendit très anxieuse. Je ne savais pas à quoi m'attendre derrière cette porte fermée.

À un donjon peut-être ? Ou bien, à une cellule pleine de menottes et de chaînes ?

Mais quand il ouvrit la porte de sa chambre, rien ne ressemblait en rien à un repaire de plaisir de Dominant : la pièce avait en fait un aspect très normal, et des décorations modernes y étaient placées avec goût ça et là. Un éclairage encastré placé stratégiquement éclairait subtilement l'espace, lui donnant une lueur chaleureuse, malgré le fait que les murs étaient peints d'un gris de couleur pierre foncé. Je me mis à respirer un peu plus facilement.

Comme dans le reste du loft, les meubles étaient élégants et de style contemporain. Cependant, mon regard était attiré par le lit, car il se détachait du reste de la pièce. Il me faisait penser à une pièce d'exposition, parce qu'il ne ressemblait à rien de ce que j'avais vu auparavant. Il était recouvert d'un couvre-lit noir et ressemblait à un lit à baldaquin, sauf qu'il n'était pas en bois. Le cadre était en métal noir, moulé dans un design tubulaire complexe. Des rideaux noirs transparents étaient suspendus à des anneaux métalliques, donnant au lit un aspect légèrement sinistre, tout en conservant un attrait assez séduisant malgré tout. Un miroir remplaçait la tête de lit. Tout l'ensemble me rappelait un décor de scène de concert, mais sans les lumières clignotantes. Alexander m'observait attentivement, évaluant chacune de mes réactions. Je pouvais presque le voir essayer de sonder tout l'intérieur de ma tête.

- Qu'y a-t-il, Krystina ?

- Eh bien... ta chambre... avec ce lit - c'est très moderne.

- Tu sais ce que c'est, un lit comme ça ?

- Non. Pourquoi ? Enfin, j'veux dire, ce miroir est un peu pervers, mais je suppose qu'on s'y habitue au bout d'un moment.

- C'est un lit de bondage. Laisse-moi te montrer.

Il se dirigea vers le lit et atteignit la droite du rail supérieur. Il décrocha une sorte de loquet et abaissa une barre jusqu'au coin opposé. Il se déplaça vers le côté gauche et répéta la même chose. Les barreaux formaient un grand « X » au pied du lit.

- C'est une croix de Saint-André. C'est probablement l'une des pièces obligatoires de bondage... du moins, c'est l'une des plus utilisées.

Je déglutis nerveusement. Quand il déplaça les barres pour former la croix, de petites boucles métalliques se révélèrent. Je ne les avais pas vues lorsque la barre était fixée à la verticale, car les volutes complexes du cadre du lit les cachaient. Elles couraient sur toute la longueur des deux sections transversales. Mon imagination était débordante.

- À quoi ça sert, ces petites boucles ?

Au lieu de répondre, il me tira vers la croix nouvellement formée. Se déplaçant derrière moi, il tira doucement mes bras au-dessus de ma tête, en plaçant mes poignets contre la partie supérieure du « X ». Ses mains glissèrent lentement le long de mes bras jusqu'à ma taille, causant en moi un tremblement qui me traversa le corps. Il se pencha plus près de moi et je sentis son souffle chaud sur mon cou.

- Un jour, je t'attacherai à cette croix, Krystina, me chuchota-t-il à l'oreille. Et ces boucles de métal sont celles que j'utiliserai pour attacher tes menottes.

J'ai inspiré un bon coup et mon cœur se mit à battre deux fois plus fort en attendant de voir s'il allait faire ce qu'il suggérait. Mais il s'éloigna de moi et s'installa dans le coin le plus à droite de la pièce. Baissant les bras, je m'éloignais de la croix, à la fois reconnaissante et déçue en même temps. L'idée d'être attachée à une croix m'excitait étonnamment, mais je n'étais pas sûre d'être tout à fait prête pour ça. Alexander se tenait près d'un canapé, son expression impénétrable.

- Y a-t-il d'autres boucles métalliques cachées dans ce fauteuil ?
Je plaisantais à moitié.

- C'est un banc de fessée, du moins, une variation. Fait sur mesure lui aussi, pour se fondre dans le mobilier de la chambre. Il fit glisser le canapé pour l'éloigner du mur et le tourna pour que j'en aie une vue sur l'arrière. Le dossier du canapé révéla une planche inclinée avec un banc à rembourrage étroit. Cela me rappelait un peu un banc d'église. Lorsque tu seras plus à l'aise avec la soumission, je te ferai t'agenouiller sur le banc et tu te pencheras en avant sur le dossier. Tu pourras choisir de garder les bras libres, ou bien de les attacher aux pieds du meuble.

Il pointa un doigt sur les pieds de la chaise.

Encore des boucles.

Il n'attendit pas ma réponse et se dirigea vers une porte située dans le coin opposé. Je pensais que c'était peut-être un placard ou une salle de bain, mais il sortit une clé de la poche de son pantalon.

- Attends-moi ici, me dit-il, avant d'ouvrir la porte et de disparaître à l'intérieur de la pièce.

J'avais beau essayer de regarder à l'intérieur, mais il y faisait trop sombre. Il revint avec plusieurs objets en main, dont un fouet.

- Je ne sais pas si je serais vraiment contente d'utiliser le fouet, dis-je avec un rire nerveux.

- Ce n'est pas un vrai fouet. Et arrêtes avec tes conclusions hâtives, dit-il en voyant mon expression. Touche-le. Il ne te fera mal que si c'est moi qui le permets.

Saisissant le fouet qu'il m'avait tendu, je compris qu'il avait raison : les brins tressés avaient le même rendu que de la soie sur mes doigts quand je les ai passés sur ma main. Un frisson d'excitation me traversa rien qu'en pensant qu'Alexander puisse l'utiliser sur moi.

Bon, d'accord. C'est p't'être pas si mal que ça en a l'air.

- Qu'est-ce que c'est ? lui demandai-je, me sentant un peu plus audacieuse.

Je lui rendis son fouet et lui montrais la longue barre de métal qu'il tenait dans son autre main.

- C'est une barre d'écartement.

J'observais les menottes qui s'y trouvaient à chaque extrémité.

Suffisamment larges pour s'enrouler autour de mes chevilles.

Une tension se forma dans mon ventre alors que je m'imaginais allongée sur le lit de bondage d'Alexander, avec des menottes autour des chevilles, les jambes bien écartées.

- Krystina, s'il te plaît, arrête de remuer tes mains, sinon je finirai par revenir sur ma promesse de ne pas te toucher.

D'un mouvement brusque, j'ai reposé mes mains sur mes hanches, même si une partie de moi voulait continuer à remuer pour qu'il me touche. Mais il ne posa pas un seul doigt sur moi et restait là en continuant de m'étudier toujours aussi attentivement, comme s'il était au courant de mon combat intérieur. Une partie de moi voulait s'enfuir de la pièce en criant, tandis que l'autre attendait anxieusement d'être attachée.

- Je voulais que tu voies ça, ne serait-ce que pour soulager ma propre conscience... mais aussi pour que tu saches dans quoi tu t'engages, dit-il.

Il se détourna de moi pour retourner dans la pièce où se trouvait sa cachette secrète de jouets. Lorsqu'il en sortit, je fus heureuse de voir que ses mains étaient vides. Je n'étais pas sûre de pouvoir supporter une nouvelle leçon sur les attirails du bondage. Après avoir refermé la porte à clé, il revint vers moi.

- Pourquoi gardes-tu cette porte fermée ? demandai-je avec curiosité.

- Je ne voudrais pas que Viviane sorte du placard et qu'elle s'énerve, expliqua-t-il en me faisant un sourire en coin.

Un élan de jalousie déferla instantanément sur moi. Nous nous étions mis d'accord pour qu'il n'y ait pas de conditions, mais je ne pouvais pas nier que j'avais besoin d'un minimum d'explications à propos de cette Viviane. Je n'étais pas du genre à partager.

Et s'il avait déjà prévu un arrangement avec quelqu'un et qu'il voulait juste m'ajouter à un plan à trois ?

Cette pensée me rappela qu'il y avait encore beaucoup d'autres choses dont il fallait qu'on discute. Il avait écrit « plans à trois », mais je l'avais négligé comme un fantasme typiquement masculin. Mais avec Alexander, j'avais vite appris à quel point il était inexact de supposer beaucoup de choses.

- Qui c'est, cette Viviane ? demandai-je avec suspicion, la voix un peu trop aiguë à mon goût.

Le fait que de l'avoir pris au dépourvu était vraiment évident. Il leva les sourcils dans une expression de surprise.

- Ne t'inquiète pas ! Ce n'est que ma gouvernante de cinquante-cinq ans, me précisa-t-il, comme s'il avait lu dans mes pensées. Je préfère limiter les personnes avec qui je partage tout ça.

- Ah ! D'accord ! lui dis-je en me sentant instantanément soulagée.

Très bien. Les vieilles femmes de ménage ne me dérangent pas.

Il me lança un regard étrange mais ne fit pas de commentaires au sujet de sa gouvernante.

- Retournons dans le salon. On pourra parler davantage, et ce sera peut-être moins intimidant qu'ici, suggéra-t-il en se dirigeant vers la pièce adjacente.

- Non... je suis bien ici. Je suis juste... commençai-je.

Comment lui expliquer ce que je ressens ? Tout cela est tellement bizarre, et pourtant si incroyablement érotique.

- Tu es juste... quoi ?

- Cette chambre, avec cet endroit secret et tous les jouets et tout ce que tu y caches... c'est super bizarre. Je ne sais pas quoi penser, dis-je, la langue lourde dans ma bouche, alors que j'essayais de surmonter ma gêne. Mais tout ça, c'est dingue, parce que je sens que c'est mal à bien des égards, et pourtant je suis intriguée en même temps !

- Et qu'est-ce qui t'intrigue le plus ? demanda-t-il, d'une voix basse au point de devenir un simple son de gorge.

- Tout ça ! Je me mis à rougir. Et, euh... j'ai aussi aimé... d'une certaine manière... recevoir une fessée hier soir. Bizarre, hein ?

- Je vous ai sous-estimée, Mademoiselle Cole, dit Alexander, un sourire perspicace enroulant les bords de sa bouche.

Ses yeux bleus s'étrécirent en fentes sombres alors qu'il m'étudiait, la luxure qu'ils contenaient s'intensifiant à chaque instant.

- Dis m'en plus sur ton univers, Alex. Je veux en savoir plus, mais je ne sais pas pourquoi... poursuivis-je, soudainement très troublée par les pensées qui tourbillonnaient dans ma tête. Je ne savais pas que ce genre de choses allaient... eh bien, allaient... m'intéresser.

- Il faut que ce soit plus qu'une simple curiosité passagère pour toi, Krystina. Il n'y a pas de demi-mesure. Je veux que tu sois à fond dedans, ou pas du tout. Tu dois savoir que seuls les plus forts sont capables de donner à quelqu'un leur don de soumission. Je pense que tu possédes cette force, mais que tu as aussi encore beaucoup à apprendre.

- J'apprends vite, lui dis-je avec confiance, mais ma bouche était devenue extrêmement sèche.

Il se dirigea alors vers sa commode et alluma sa chaîne hi-fi. Au bout de quelques instants, un son de guitare mal accordée remplit la pièce tranquille de l'appartement, suivi de la voix familière de Brian Aubert des Silversun Pickups. Je me concentrais sur les paroles de la chanson que je connaissais déjà si bien.

Catch and Release.

Alexander me tournait le dos. J'étais toujours concentrée dans la chanson. Il attendait. Et en quelques secondes, l'air de la pièce semblait s'être mis à grésiller, comme la mèche d'une bombe à retardement qui attendait d'exploser. La capacité d'Alexander à me persuader par la musique, une fois de plus, était une vraie réussite. Il était le maître de cet art - comme un artiste semblant toujours connaître le bon son pour m'enflammer en un instant. Quand il se retourna vers moi, il y avait une lueur maléfique dans ses yeux.

- Es-tu prête pour ta première leçon officielle, Krystina ?

Je vis son regard parcourir mon corps de long en large, attisant le feu au creux de mon estomac. J'aimais cette façon dont il me regardait parfois, comme s'il me voyait nue sous lui, me touchant et explorant chaque centimètre de mon corps. Mon petit diable avait enroulé un boa à plumes rouges autour du cou d'un ange boudeur et s'était mit à entreprendre les premiers pas d'un Charleston acharné. Quant à moi, j'étais plus que prête à danser. Je lui fis un signe de la tête pour exprimer mon consentement.

- Il me faut plus qu'un hochement de tête, Krystina. Tu dois le dire à voix haute. Parce qu'une fois que tu auras accepté de te soumettre à moi, tu ne pourras plus faire machine arrière, me prévint-il.

- Je suis prête, lui dis-je en me forçant à me débarrasser de la bosse qui m'obstruait la gorge.

- Si tu es vraiment prête, alors tu dois choisir un safeword, m'informa-t-il, ses yeux d'un bleu profond s'enfonçant dans les miens.

- Saphir.

J'avais laissé échapper ce mot sans vraiment réfléchir.

Il pencha la tête sur le côté ; un air étonné s'affichait sur son visage.

- Intéressant choix de mot. J'peux te demander pourquoi tu l'as choisi ?

- Parce que c'est une pierre[1]. Et parce qu'elle... parce qu'elle correspond à la couleur de tes yeux.

- Parfait, dit-il d'une voix rauque en se déplaçant pour se mettre derrière moi. Maintenant, lève les bras.

Comme j'hésitais à les soulever en essayant de prévoir ce qu'il allait faire, il se mit à faire *tsss-tsss*, comme si j'avais fait quelque chose de mal.

- Quoi ? m'enquis-je, inquiète.

- Leçon numéro un. Une obéissance inconditionnelle. Quand on est ensemble, tu dois faire exactement ce que je dis. Sans hésiter.

J'obéis immédiatement en essayant de me défaire de mon instinct naturel de remettre tout en question. Lorsqu'il fit tout simplement glisser ma chemise sur ma tête, j'ai étouffé un soupir de soulagement. Mes bras se replièrent sur les côtés. C'était ce que je voulais, mais j'avais encore peur.

- Et maint'nant ? lui demandai-je en me sentant extrêmement bête parce que je ne savais pas comment agir.

Certes, je n'étais pas une vierge inexpérimentée, mais dans le monde pervers d'Alexander, ça aurait très bien pu être la même chose.

- Détends-toi, mon ange. Je peux sentir à quel point tu es tendue, dit-il, en me massant légèrement les épaules. Ferme les yeux. Écoute la musique et laisse-toi faire. Soumets-toi à moi et je te promets de te donner plus de plaisir que tu ne pourrais l'imaginer.

Sa voix était rauque à mon oreille. La chair de poule me piqua de la tête aux pieds pendant que je faisais ce qu'il me demandait. Il posa ses mains sur mes épaules et glissa ses doigts sous les bretelles de mon soutien-gorge noir en dentelle. Dans ce geste censé être doux, il me tortura et ralentit la cadence pour le dégrafer dans mon dos, pour ensuite le jeter au sol sans aucun scrupule. Ma réaction immédiate fut de me couvrir les seins, mais il retira très vite mes mains gênantes.

- Ne te couvres pas. Je veux te voir, dit-il doucement.

Je sentais cependant l'autorité qui pregnait derrière ses paroles : la façon dont j'imaginais qu'un Dominant s'adressait à une Soumise. Lorsqu'il m'entoura de ses mains pour faire rouler mes tétons entre ses doigts, je me mis à gémir et mes hésitations se dissipèrent immédiatement.

- Alors... qu'est-ce ça fait ? Tu t'sens comment, hein ? demanda-t-il, en pinçant chaque extrémité de plus en plus fort.

Une secousse de plaisir traversa mon corps.

- C'est booon... j'adoooore çaaaa, respirais-je, tandis qu'il continuait à serrer mes points stratégiques fermement entre ses doigts et son pouce.

Il continua encore pendant un moment, avant de se mettre face à moi pour capturer un téton dans sa bouche. Je savourais la sensation de pouvoir sentir sa langue, alors que sa bouche me suçait et que ses dents me pinçaient.

- Reste ici, me dit-il.

Je le regardais se diriger vers son placard spécial, et les flammes qui étaient dans mon ventre commencèrent à se déplacer vers le bas, se transformant en une douleur pulsatile et chaude entre mes jambes. Je ne pouvais que rester là, dans un état d'agonie agité, à attendre son retour. Il revint quelques instants plus tard avec une corde noire entre les mains.

Il veut déjà m'attacher ?

Mon trac nerveux revint avec un sentiment de vengeance. J'avais peur de ne pas être prête et je faillis le lui dire, mais j'ai finalement préféré puiser en moi le courage de lui faire confiance et ne donnais pas voix à mes craintes. Je l'ai regardé enrouler le nylon souple autour d'un de mes poignets. Puis il les attacha lentement et délibérément, comme s'il sentait mon malaise. Ses mouvements étaient mesurés et doux ; ses actions représentaient la façon dont il allait m'introduire dans son monde. Il m'attacha les poignets ensemble, devant moi - pas trop serrés. Je trouvais la matière de la corde étonnamment confortable, sans ressentir la sensation de rigidité à laquelle je m'étais attendue.

- Ça va ? me demanda-t-il.

- Oui. Tout va bien, répondis-je sincèrement.

D'une certaine façon, je savais qu'Alexander ne m'emmènerait pas trop loin. Safeword ou pas, je ne pensais pas qu'il me pousserait à l'utiliser. Ses mains glissèrent le long de mon ventre, puis elles firent rapidement sauter le bouton et la fermeture éclair de mon jean, qu'il fit glisser le long de mes jambes, et je fis un pas de côté pour l'aider à l'enlever complètement. Je n'avais plus qu'un string en dentelle et me sentais vulnérable dans ce simple morceau de tissu, mon derrière voluptueux lui étant exposé. Il glissa une main sur le devant de ma culotte, en traversant la brousaille bouclée pour rejoindre ma fente humide. Entre mes jambes, le battement s'intensifia.

- J'apprécie le fait que tu mouilles pour moi, grogna-t-il, en faisant tourner son index autour du petit paquet de nerfs qui se mit à palpiter.

Il trempa son doigt en moi puis le porta à sa bouche. Ses yeux s'enflammèrent dans les miens lorsqu'il enroula son doigt autour de sa langue.

Rhôôôô putain - c'est brûlant !

Des petites étincelles jaillirent sur mes parties féminines et je me suis dit que je pourrais avoir un orgasme rien qu'en le regardant. Un sourire sournois remonta les coins de sa bouche lorsqu'il ramena ses mains vers ma culotte. Il passa ses doigts autour de l'elastique et l'étira d'un coup sec. D'un geste rapide, il réussit à la déchirer en deux, me laissant complètement nue devant lui. Je laissai échapper un petit cri de surprise.

Oh mon Dieu - comment il a fait ?

Il se déplaça encore pour se tenir à nouveau derrière moi, puis il se pencha près de moi, son souffle étant un doux murmure de plumes sur mon cou. Je frémis parce qu'un courant de chair de poule se mit à courir sur mon corps.

- Tu peux porter des sous-vêtements en dentelle toute fine tout le temps, Krystina... j'aime bien pouvoir te les arracher comme ça, murmura-t-il à mon oreille. Mais encore une fois, je pense que je préférerai que tu n'en portes pas du tout.

Il s'approcha de mes hanches, ses mains caressant mon ventre pour séparer mes lèvres douces et impatientes. Il glissa deux doigts en moi et je gémis, complètement captivée par une sensation d'exatse. Entre l'idée de faire un commando autour d'Alexander et la sensation de ses doigts experts qui s'enfonçaient et s'éloignaient de moi, j'étais presque prête à jouir. Ses doigts allaient de plus en plus profondément, de plus en plus fort, tandis que son autre main s'approchait pour pincer et tirer sur le pic rigide de l'un de mes seins. En quelques minutes, je n'en pouvais plus du tout et me suis retrouvée à frotter mes hanches contre sa main, incapable de contrôler la brûlure qui s'accumulait dans mon bassin. Mais il ne me laissa pas jouir. Lentement, il retira ses doigts et commença un mouvement circulaire autour de mon clitoris. Je me sentis ballottée sous son contact, enflée et sensible, cherchant à me libérer de ce mal désespéré. D'avant en arrière, de l'intérieur à l'extérieur, son rythme perpétuel me rendait folle d'un besoin charnel intense.

Allez, s'il te plaît... emmène-moi loin d'ici !

Il me serra contre lui, et je sentais sa virilité se tendre à travers son jean contre mon dos. Ses mouvements s'intensifiaient en vitesse et je ne pouvais plus me retenir. Mon souffle se fit entendre et mes entrailles se mirent à trembler et à convulser, atteignant un point de rupture ultime, alors qu'un kaléidoscope de couleurs défilait devant mes yeux.

24

Il me fallut quelques minutes pour récupérer, ma vision revenant lentement à la normale. J'eus l'impression que je risquais de tomber sous le bombardement des secousses qui traversaient mon corps. Alexander se déplaça face à moi sans toutefois renoncer à son emprise sur moi. Puis il me tira contre sa poitrine. Il inclina la tête en arrière et me regarda attentivement. Même à travers mes paupières lourdes, je pouvais voir que ses yeux étaient brûlants. Ils révélaient un besoin primaire sombre, qui déclencha une toute nouvelle sorte de feu en moi.

- Ça, c'était pour toi. Maintenant, c'est mon tour. Mets-toi à genoux, mon ange, dit-il, en mettant ses mains sur mes épaules et en me poussant doucement sur mes genoux. Je m'agenouillai devant lui sur des jambes tremblantes, haletant encore légèrement de mon orgasme. Connais-tu la position de soumission ?

- Je...

J'était hésitante, la chaleur me montait au cou et me léchait les joues. Malheureusement, cela n'était pas parce que j'étais excitée, cette fois-ci.

- Sois honnête. Tu n'as pas besoin d'être gênée si tu ne sais pas.

- Je me souviens avoir lu ce terme, mais... non. Je ne sais pas ce que c'est, admis-je.

- Alors voici la leçon numéro deux. Agenouille-toi jusqu'à être assise sur tes pieds. Écarte les genoux en laissant tes cuisses ouvertes. Il faut que toutes tes parties me soient accessibles.

Je fis comme il me demanda, enflammée une fois de plus par l'anticipation sexuelle alors que je me mettais en position. Assise de cette façon, je pris douloureusement conscience que chacun de mes nerf se terminait au garde-à-vous.

- C'est bien comme ça ? lui demandai-je, le désir me donnant envie de lui faire plaisir.

- Presque. Normalement, tes bras devraient reposer sur tes cuisses, les paumes ouvertes en direction du plafond. Mais bon, vu la manière dont je t'ai attaché les mains, tu ne pourras pas le faire aujourd'hui. Mais souviens-en toi pour plus tard. Pour l'instant, il te suffit juste de mettre tes bras autour de ton cou et de les poser là.

- Comme ça ? questionnai-je sans trop savoir combien de temps je pourrais rester ainsi avant que le sang me tétanise les bras.

- Comme ça. T'es super belle, en plus, apprécia-t-il. Ses mains se déplacèrent sur mon visage, ses doigts effleurant doucement mes lèvres. Maintenant, à ton tour : fais-moi une pipe.

Il n'attendit pas mon consentement, mais je n'avais pas non plus envie de protester. Je suis juste restée dans la position qu'il m'avait indiquée et je l'ai regardé commencer à défaire la boucle de son pantalon. Ses yeux ne quittèrent pas les miens alors qu'il se pencha sur son pantalon pour libérer l'érection qui s'étirait à travers son jean. Mes yeux s'élargirent quand j'en vis la taille.

Il veut mettre ÇA dans ma bouche ?

Je déglutis et me léchai les lèvres.

- Qu'est-ce que ta bouche est sexy, marmonna-t-il.

D'une main, il saisit la base de sa bite, et de l'autre, il me saisit la nuque. Il caressa son membre épais et me tira en avant pour se positionner devant mes lèvres en attente. Je lui passais la langue autour de son extrémité lisse, dont le bout était déjà mouillé de pré-cum. Il gémit, m'encourageant à poursuivre. J'enroulais encore plus mes lèvres autour, en faisant tourner ma langue autour de la petite ouverture. J'ouvris encore plus la bouche pour y rentrer davantage sa verge à l'intérieur. Elle se fit douce et épaisse sur ma langue pendant que je la suçais, ses nervures glissant d'avant en arrière sur mes lèvres.

- Oh, oui. Vas-y, mon ange, dit-il d'un ton rauque.

Il s'approcha de moi et enfonça ses deux mains dans mes cheveux, avançant en moi plus profondément et m'imposant un rythme régulier. J'ouvris ma gorge pour l'accepter, en aspirant et en tordant ma langue autour de son épaisse tige alors que je commençais à l'aspirer plus vite. Je voulais prendre en main son sexe, mais je ne pouvais pas parce que mes poignets étaient attachés l'un à l'autre. Je me sentais désespérée, comme si je ne pouvais pas me passer de lui. J'avalais ma salive et ouvris la bouche au maximum pour prendre tout ce que je pouvais prendre. Je poussais la tête en avant pour encore mieux aspirer sa bite et l'emmener le plus profondément possible. Puis je me suis mise à bouger d'avant en arrière ; et cette fois-ci, c'était comme si ma gorge s'était ajustée pour l'aspirer encore plus profondément que la précédente.

- Oh, putaiiin ! Stop, Krystina ! Stop ! siffla-t-il en reculant brusquement. Sa respiration était saccadée. Ça n'va pas durer longtemps si tu continues à faire ça.

- P't'être que c'est *toi* qui n'peux pas *me* supporter, lui dis-je, me sentant plus qu'un peu satisfaite de ma réussite.

Je lui souris en me léchant les lèvres

- On est prétentieuse, maint'nant ? Peut-être que tu as besoin d'être punie, menaça-t-il.

- Oh oui ! S'il te plaît, Maître, fis-je en me moquant, me sentant toujours supérieure au fait d'avoir failli lui faire perdre le contrôle aussi vite.

- C'n'est pas un jeu. Tu es ma Soumise. Il serait dans ton intérêt de te souvenir de l'obéissance inconditionnelle que tu m'as promise. Maintenant, monte sur le lit. Couche-toi sur le dos, la tête près du miroir, ordonna-t-il.

Son ton était sévère, et je me suis levée pour faire ce qu'il m'avait ordonné.

Oui, monsieur !

De toute évidence, la leçon numéro un devait être prise très au sérieux. J'avais dû me positionner un peu trop haut, car il me tira par les chevilles, me rapprochant du pied du lit. Il me remonta le corps, me chevaucha de ses jambes encore vêtues de son jean, puis il me tira les bras au-dessus de la tête. Avant même que je réalise ce qu'il était en train de faire, mes bras étaient étroitement liés aux rails de la tête de lit miroitée. J'essayais de prendre un peu de mou, histoire d'avoir une marge de manœuvre, mais je pouvai à peine bouger d'un pouce sans tirer tout mon corps en haut.

- Reste tranquille. Ne te débats pas, sinon je vais devoir te donner une fessée.

Oh, vouiiii s'il te plaît !

J'arrêtai immédiatement de bouger, attendant avec impatience ce qu'il allait faire ensuite. Il était toujours au-dessus de moi, il me regardait, son poids s'appuyant sur ma taille. Son regard se déplaçait avec voracité de haut en bas de mon corps.

- Je veux goûter à ta douce chatte, me dit-il, en me faisant frissonner de plaisir.

Il se déplaça le long de mon corps et se plaça entre mes jambes. Il en souleva une, puis l'autre, et les posa sur ses épaules. Ses mains glissèrent lentement sur mes jambes, écartant mes cuisses, avant de s'immobiliser à quelques centimètres de mon clitoris lancinant. Il sépara mes lèvres avec deux doigts, exposant ainsi mon désir. Complètement trempée, je me cambrai en inspirant.

- Ch't'avais dit d'rester tranquille, me gronda-t-il en repoussant mes hanches vers le lit.

Mes dents se serrèrent alors que sa langue balayait mon

entrejambe et mon clitoris. Il commença à me mordre et à aspirer ma chair. Mes mains se transformèrent en poings ; chaque muscle de mon corps se contracta. Je savais que j'étais censée rester immobile, mais je ne pouvais pas arrêter le va-et-vient de mes hanches sous sa bouche impitoyable. Ses mains s'élevèrent pour me pincer les tétons, tandis que sa langue exerçait une pression barbare sur mon clitoris. Mes mains se tendirent au niveau des cordes alors que la tension continuait de s'accumuler dans mon estomac. Il se mit à sucer plus fort, tandis que ses doigts pinçaient et tiraient sur mes tétons en érection. Je me tordis sous sa langue coriace, et je perdis à jamais tout espoir de garder le contrôle. Je me repliai sous lui, les hanches poussées en l'air, tandis que mes jambes se raidissaient. Dans une lumière aveuglante, il me poussa à nouveau par-dessus bord, me laissant brisée et sans souffle.

Je suis restée allongée là, époumonée, alors qu'il remontait, laissant une traînée de baisers le long de mon ventre et de mes seins.

- Je crois que j'ai été bien trop doux avec toi, me murmura-t-il à l'oreille. Mais je n'en ai pas encore fini avec vous, Mademoiselle Cole. D'ailleurs, je n'aurais pas dû vous laisser jouir aussi vite.

- Huumm... murmurai-je, toujours dans un état euphorique.

Il m'a appelée Mademoiselle Cole.

Je ne savais pas pourquoi c'était aussi excitant. Après avoir eu deux orgasmes époustouflants, j'aurais dû être épuisée. Pourtant, ces deux mots m'en firent désirer davantage.

- Tourne-toi sur le ventre, m'ordonna-t-il.

Mes bras et mes jambes étaient comme des poids morts. Je ne pouvais même pas imaginer pouvoir bouger à ce moment-là. Il devait savoir ce que je ressentais, car plutôt que de m'attendre, il m'aida à me retourner. La façon dont il m'avait attachée, en me retournant, était sans effort, malgré mon corps mollasson. Je l'entendis bouger dans la chambre. Le bruit de vêtement qu'on enlève, des tiroirs qui s'ouvrent et se ferment parvenaient faiblement à mes oreilles. Je n'étais pas sûre de ce qu'il faisait exactement, mais je ne m'en souciais pas particulièrement à ce moment-là. J'étais trop occupée à me prélasser après toute cette extase. Je ne savais pas que le sexe pouvait procurer autant de bonnes choses, et pourtant, nous n'étions même pas encore arrivés à l'acte lui-même.

La déchirure d'un emballage me fit dresser les oreilles, ce qui me permit de descendre de mon nuage.

Ah ! Une capote... heureusement que l'un de nous deux y a pensé !

J'étais tellement prise dans ce moment, que je n'avais même pas pensé au fait de nous protéger. La prochaine fois, je me rappelerai de ne pas être aussi négligente. Quand Alexander remonta enfin sur le lit, son poids nu s'appuya sur mon dos et son érection s'imposa fortement entre mes cuisses. Je repris immédiatement conscience, aspirant à ce qu'il me comble une fois de plus.

- Es-tu prête ? me demanda-t-il, sa voix n'étant plus qu'un murmure rauque à mon oreille.

- Prête ! respirai-je.

Une de ses mains se glissa entre mes jambes, puis le long de ma fente, au-delà de mon trou arrière plissé, et un doigt s'introduisit à l'intérieur de mes plis tendres. Poussant mes jambes à l'écart avec ses genoux, il se positionna juste à l'extérieur de mon entrejambe.

- Je vais t'emmener au septième ciel. Tu vas voir, ça va être violent !

Et après m'avoir avertie, il entra brusquement en moi. Puis s'ensuivirent des va-et-vient profonds et rapides. Des va-et-vient qui étaient tout, sauf doux : juste de la baise. Purement et simplement. Personne ne m'avait jamais fait ça avant - si brutalement... et pourtant, c'était comme si j'avais attendu ce moment toute ma vie. Au bout de quelques instants, son rythme implacable atteignit à plusieurs reprises mon point de rupture, et le plaisir qui m'envahissait me poussait à me rapprocher de cette limite électrisante pour la troisième fois. Mais juste avant que je ne puisse passer cette limite, il se calma.

- Alex, n'arr...

- Ne jouis pas tout de suite, m'ordonna-t-il, puis il recommença.

Mais cette fois, pas de la même manière brusque et rapide - mais avec de longs coups atroces, me pénétrant en engouffrant complètement sa bite en moi, pour ensuite la retirer lentement.

Comment suis-je censée ne pas jouir quand tu t'entêtes à bouger comme ÇA ?

Et là, je venais d'apprendre que je *pouvais* avoir un orgasme - comment s'attendait-il à ce que je sache comment l'empêcher ? J'appuyais mon visage sur l'oreiller, luttant contre mon corps, m'efforçant de faire ce qu'il me demandait. Je me mordis la lèvre inférieure tellement fort que je pus en goûter le sang. Après ce qui me sembla une éternité, je ne pouvais plus supporter sa torture. Je ne pouvais plus me retenir.

- Alex, j'vais jouir ! S'teu plaît ! J'en peux plus ! criai-je.

- Tu t'es très bien débrouillée, mon ange. Tu peux lâcher prise maintenant. Laisse-moi te sentir te serrer autour de ma bite.

Il s'empara de mes hanches, ses doigts s'enfonçant dans ma peau et me serrant fort, alors qu'il commençait à entrer et sortir en moi. C'était ce que je voulais. C'était ce dont j'avais besoin.

- Oh, oui ! Alex, ne t'arrête pas !

Mon cœur se mit à rugir dans mes oreilles alors qu'un nœud brûlant se resserrait et s'éteignait dans mon ventre. En un instant, ma vision se flouta tandis qu'une explosion d'une ampleur incroyable me martelait de plaisir. Je sentis mes limites se soulever et se resserrer autour de son membre dur comme l'acier, le poussant lui aussi par-dessus ses limites dans sa propre euphorie. J'entendis Alexander haleter dans un souffle, puis un autre, avant que ses mouvements ne s'apaisent enfin. Je restais allongée, tremblante et haletante, les mains engourdies. Je ne savais pas si elles étaient engourdies par le fait d'être attachées ou par les orgasmes multiples qui m'avaient traversée au cours de l'heure écoulée.

Oh, oui. Je pense que je pourrai très vite m'habituer à l'univers d'Alexander.

Il gémit et se détourna de moi pour s'allonger à mes côtés. Lessivé, il enveloppa lourdement mon dos de son bras. Après s'être accordé quelques minutes pour reprendre son souffle, il se leva pour me détacher. Une fois que mes mains furent libres, il commença à me masser les poignets.

- Alors, ça va ? me demanda-t-il d'une voix accablée par l'effort.

- Mmm... je vais bien, ronronnai-je en me tournant sur le côté pour me blottir contre lui.

Il glissa son bras sous ma tête, me permettant de me blottir dans le creux de son bras. Nous restâmes tranquillement allongés là, pendant qu'il traçait doucement des petits cercles sur mon épaule avec ses doigts. Je me souris à moi-même, me sentant comme un chat qui venait d'avaler un canari. J'étais contente d'être ici, avec Alexander : il me faisait me sentir vivante. Je ne pourrai pas penser à quelqu'un d'autre de mieux que lui pour le faire. Je voulais croire que j'aurais pu me sentir comme ça avec n'importe quel autre homme si j'avais choisi de le faire, mais une partie de moi savait que ce n'était pas vrai. Notre alchimie était comme un éclair, grésillant et étincelant à chaque regard, à chaque contact. Je ne pouvais pas nier le courant d'attraction qui se chargeait entre nous.

Il y avait une raison pour laquelle j'avais attendu si longtemps pour être à nouveau avec quelqu'un : je ne pouvais pas être avec *n'importe quel* homme. J'avais besoin d'un homme comme lui, et cette idée me faisait très peur. Mais ce qui était encore plus effrayant, c'étaient les choses qu'il voulait faire. Avec moi. Puis mes pensées s'attardèrent un moment sur la liste soigneusement imprimée qu'il avait rédigée. Des choses et des termes fous - dont beaucoup ne m'avaient jamais été présentés, et encore moins envisagés. Même si le pouvoir de persuasion d'Alexander avait réussi jusqu'à présent, il nous fallait encore parler de ses points négatifs. Je n'étais pas convaincue de pouvoir faire la plupart des choses qu'il souhaitait que l'on fasse, et je n'avais aucun doute là-dessus : il y était allé doucement avec moi ce soir.

Que se passerait-il s'il montait d'un cran ?

Au bout d'un certain temps, son bras se fit lourd et sa respiration douce et régulière. Jetant un regard sur son visage, je vis qu'il dormait. Si je restais recroquevillée à côté de son corps chaud encore plus longtemps, je savais que j'allais faire comme lui. Et pourtant, il était hors de question de que je passe la nuit chez lui, surtout si je voulais que les choses restent simples entre nous.

Pas d'attaches.

Je sortis du lit en silence, en faisant très attention à ne pas trébucher dans la pénombre de la lumière tamisée. Aussi silencieusement que possible, j'ai ramassé mes vêtements éparpillés et je me suis habillée - sans les sous-vêtements déchirés. Une fois habillée, je me suis autorisée à jeter un autre regard sur le corps d'Alexander, le parfait spécimen du mâle alpha. Mon regard se porta sur ses cuisses musclées, sur la puissance ondulante de ses abdominaux durs comme le roc, et sur son imposante poitrine bronzée. Son visage, d'habitude toujours attentif à ce qui l'entourait, était paisible et détendu pendant qu'il dormait. Il ne ressemblait plus à l'intimidant requin milliardaire de l'immobilier qui possédait la moitié de New York. Il avait l'air jeune. Innocent. Vraiment beau. Subitement, je me mis à fouiller dans mon sac à main à la recherche d'un bout de papier et d'un stylo. Le seul morceau de papier que j'ai pu trouver était une vieille facture de La Biga. Ça devrait faire l'affaire. Puis, je me suis tranquillement dirigée vers la commode pour griffonner un petit mot au dos du ticket de caisse.

Merci pour cette soirée merveilleuse.
Ton Ange

Me mettant sur la pointe des pieds pour ne pas le réveiller, je posais méticuleusement le mot sur l'oreiller, près de sa tête. En m'approchant du mur, je mis le variateur d'intensité de la lumière en position d'arrêt. À cet instant, il n'y avait plus que l'éclat de la demi-lune qui brillait faiblement dans la chambre. Un éclair clignota au loin, signalant un orage imminent. Je savais qu'il valait mieux que j'y aille, sinon je risquerais de me faire prendre. Je repoussai la culpabilité qui me rongeait parce que j'étais en train de partir comme une voleuse, puis je me suis tranquillement glissée hors de la chambre pour quitter l'appartement.

25

Alexander

Les muscles de mes jambes me brûlaient à force d'avoir couru si longtemps et si loin. Mais elle était juste là. Je pouvais presque l'atteindre... je n'avais qu'à m'étirer un peu plus et je pourrais enrouler mes mains autour de ses longs cheveux noirs. En me projetant en avant, je m'y suis accroché pour finalement attraper ce que je cherchais depuis si longtemps. Je la fis tourner pour qu'elle me regarde... cela faisait une éternité que je n'avais pas vu son visage.

Mais quand elle se retourna, ce n'était pas elle. Les cheveux noirs d'ébène que j'avais poursuivis étaient maintenant auburns et bouclés. Et les yeux... les yeux qui auraient dû être d'un bleu cristal profond étaient d'une couleur brune intense. Quelque chose ne tournait pas rond. Non mais qu'est-ce qui clochait ?

La rage se mit immédiatement à couler dans mes veines, plus chaude qu'une nuit de Géorgie... et j'ai réagi... en la jetant à terre. En hurlant mon indignation.

- C'est une erreur !

Ces grands yeux bruns me regardaient innocemment.

- Alexander, je ne comprends pas de quoi tu parles.

Je la secouais violemment par les épaules, sa tête frappant le trottoir à plusieurs reprises.

- Tu n'es pas celle que je veux ! Ce n'était pas censé être toi !

- Je ne comprends pas de quoi tu parles, répéta-t-elle.

Je continuais à la secouer, mais elle semblait inébranlable. Le sang coulait maintenant sous sa tête, mais elle continuait à répéter la même chose encore et encore.

« Je ne comprends pas de quoi tu parles ». C'était comme un refrain dont chaque mot pompait toujours plus de lave dans mes veines, menaçant une éruption. Elle ne voulait pas s'arrêter. Mais elle devait s'arrêter. Et tout d'suite.

Je lui saisis le tour du cou et la tirais vers le haut. Son visage était à quelques centimètres du mien, ses yeux larges et innocents quand je l'ai serrée. Du sang coulait au niveau de la racine de ses cheveux, jusque dans ses yeux qui se remplirent soudainement de larmes.

Puis j'ai regardé les mains enroulées autour de son cou élancé. Elles étaient dures et calleuses, avec des ongles négligés pleins de crasse noire. Non. Pas mes mains.

Consterné, je la laissai tomber par terre, choqué par la vue qui s'offrait à moi. Pas mes mains.

Comment ai-je laissé tout ça se produire ?

Je regardais cette belle femme au sol, mais il était trop tard. Son corps était devenu amorphe. Il ne me restait plus qu'un regard froid et vide. Secouant les poings vers le ciel, je me mis à crier, l'angoisse me déchirant l'âme.

JE ME SUIS REDRESSÉ d'un seul coup en entendant comme un grand vrombissement, une sueur froide m'envahissant le corps. Les draps se tordirent autour de moi. Comme pour me serrer. M'étouffer. Un éclair brillant, puis un autre grand boum. Un orage éclatait. La pluie battait fort contre les fenêtres, suivant le rythme des coups de poings cognant ma poitrine. Je me frottais le visage avec les mains, de haut en bas sur ma barbe naissante.

Quel putain d'cauch'mar....

Après m'être extirpé des draps, je sortis du lit. Me dirigeant vers la fenêtre, j'ai regardé l'orage sans vraiment le voir, trop secoué pour apprécier la beauté du tempérament de la nature. Je savais que ce n'était qu'un rêve, mais cela m'avait quand même secoué. Des souvenirs qui étaient enterrés depuis longtemps s'animaient momentanément pendant mon sommeil.

Ça, c'est à cause de toute cette merde entre Justine et Charlie.

Mais je savais pourtant que ce n'était pas juste pour ça. Ce rêve en avait dit autant. C'était Krystina. J'étais terrifié à l'idée qu'elle me pousse jusqu'à la vérité que je ne pouvais pas lui donner. Et à ce moment-là, elle partirait. Dans le pire des cas, elle risquerait de s'enfuir pour toujours si je la lui donnais. Des souvenirs menaçaient de refaire surface. Je les avais fait disparaître.

N'y vas pas...

Mais il m'était difficile de ne pas le faire. Ce rêve était comme un coup de poing malvenu en pleine face, un rappel des nombreux coups que j'avais reçus au cours de mon enfance. Et de la façon dont la pomme n'était pas tombée loin de l'arbre. Je fixais mon reflet dans la vitre. J'avais hérité des ondes sombres des yeux de ma mère. Mais mon visage reflétait celui de mon père, ce qui me rappelait constamment à quel point je lui ressemblais. De la bile se forma dans ma gorge.

Je ne suis pas mon père.

C'était du moins ce que je me disais depuis des années. J'avais lu tout le jargon de psy en ligne affirmant qu'il n'y avait pas de vérité dans l'affirmation selon laquelle le BDSM provenait d'abus commis pendant l'enfance. Mais il était difficile de ne pas remettre en cause cette théorie quand je savais qui j'étais. Et je savais d'où je venais.

Mon père n'était qu'un connard abusif qui n'avait aucune préférence quant à sa cible. Ma mère était l'idiote complaisante qui le laissait tous nous utiliser comme des punching-balls - peu importe si c'était Justine, elle ou moi. Je n'étais pas très différent de lui, je pouvais seulement justifier mes actes parce que j'avais obtenu son consentement avant de le faire. Mais la voix lancinante de ma conscience me rappelait que seul un salaud sadique s'en sortait en frappant des femmes, et peu importait la manière dont l'histoire était racontée. Et même si cela ne me plaisait pas de noircir l'œil d'une femme, je trouvais agréable d'en marquer une avec un fouet.

Je lui ressemble juste beaucoup au niveau des traits du visage. Mais je ne suis pas lui.

Une lutte intérieure débuta, si familière, même si cela faisait depuis des années que je ne l'avais pas vécue. La réalité de ce que j'étais et de la façon dont je suis devenu moi-même s'était effondrée autour de moi, la vérité remontant la première fois que j'avais fait l'amour - jeune, naïf, cherchant à copiner avec Nikki Tyson, la fille la plus sexy de l'école. Cette première expérience fut un tâtonnement de membres d'adolescents maladroits, mais elle s'était déroulée sans trop de problèmes - à l'exception de mon besoin irrésistible de frapper l'arrière-train de Nikki - d'une belle couleur rouge rosé. La simple idée de faire exactement ça me fit très peur. Honteux de moi-même, je n'ai plus jamais parlé à Nikki après cette nuit-là. À seize ans, je me considérais déjà comme quelqu'un de dangereux. Je m'étais persuadé de l'inévitable et avais opté pour suivre un chemin solitaire en choisissant de rester loin des filles. J'avais trop peur de faire un jour du mal à l'une d'entre elles, ce qui m'aida à maintenir le cap. Jusqu'à ce que je rencontre Sasha deux ans plus tard, la fille mystérieuse aux piercings et aux tatouages qui habitait à deux pas de chez moi.

Une salope sans pitié.

Je regardais le ciel orageux et les éclairs au loin, qui me rappelèrent, le temps d'un instant, une fille à laquelle je n'avais pas pensé depuis des lustres. Un sourire aigre-doux se forma sur mes lèvres. Sasha m'avait poursuivi, malgré ma résistance. Mais ma bite de dix-huit ans ne pouvait pas la tenir longtemps à distance. Une fois que j'eus cédé, j'avais du mal à croire à ma chance - j'avais rencontré une fille qui voulait se faire botter le cul... et bien d'autres choses encore.

Tant d'autres choses.

Sasha m'avait appris à connaître le monde que j'avais fini par m'approprier. Grâce à cela, j'aurai toujours une bonne appréciation pour elle. Elle avait créé sans le savoir un exutoire dont j'avais désespérément besoin, à une époque où ma vie semblait devenir incontrôlable. Elle m'a montré comment utiliser la douleur et le plaisir, au lieu de les laisser m'utiliser. C'est elle qui m'a appris à être au sommet. Le temps que j'avais passé avec elle m'avait semblé distordu et de courte durée, mais grâce à elle, je me sentais normal. Elle m'avait redonné le contrôle de ma vie et de mes émotions.

C'est pour ça que je ne suis PAS mon père. C'est moi qui contrôle ma vie.

J'appuyais sur l'interrupteur permettant d'abaisser le store occultant. En attendant qu'il passe du plafond au sol, je repensais à Krystina et à la direction que prenaient les choses avec elle. Sasha avait toujours gardé les choses entre nous de manière informelle, et je n'ai reconnu l'importance de cela qu'une fois qu'elle fut partie. Ce n'était pas pour rien que je gardais toujours les femmes à distance. Le fait de ne pas tenir compte des attachements émotionnels rendait les choses plus sûres. Plus faciles. C'était l'une de mes règles - une règle qui m'avait toujours bien servi.

Je ne me contente pas de les plier pour Krystina.

Je voulais qu'elle soit ma Soumise. Rien que pour moi. J'envisageais même un long terme, en m'impliquant davantage avec une femme, d'assumer le rôle d'un vrai Dominant d'une manière qui irait au-delà de la chambre à coucher, pour satisfaire cette envie irrésistible de prendre soin d'elle à tous les niveaux. Comme cette idée m'était étrangère, je frémissais à l'idée de toutes les choses qui pourraient mal tourner. Elle n'avait pas l'expérience que j'exigeais d'une Soumise et elle testait continuellement mes limites émotionnelles en remettant en question toutes mes tentatives de domination. C'était une bombe habituée aux pratiques sexuelles « vanille[1] », et je la menais sur un chemin très sombre.

Suis-je capable de me contrôler ?

Je ne connaissais pas la réponse à cette question et je n'ai jamais fait confiance à l'inconnu pour autant. Je savais seulement que la violence venait des émotions. Et depuis le peu de temps que je connaissais Krystina, elle avait réussi à déclencher plusieurs émotions que je ne savais pas que j'étais capable de ressentir. J'avais peur que l'héritage de mon père ne se réalise, prouvant que je n'étais pas différent de lui. La simple idée que cela se produise provoqua un frisson dans ma colonne vertébrale, malgré la température confortable de la pièce. Le bas du store occultant toucha le sol dans un coup de poing silencieux, bloquant efficacement toute trace d'éclairs. Me retournant, je me frayais un chemin dans l'obscurité pour retourner me coucher, en m'allongeant sur le dos, puis en me roulant du côté droit.

Au diable les règles - du moins pour ce soir.

Je ne raconterai peut-être jamais à Krystina tout ce qui s'est vraiment passé il y a tant d'années, mais à ce moment-là, j'avais besoin d'elle comme je n'ai jamais eu besoin de personne. Mon rêve m'avait laissé complètement froid, comme si de l'eau glacée coulait dans mes veines. J'avais besoin de la pression du corps nu de Krystina contre le mien pour me réchauffer. La cherchant dans la nuit noire de la chambre, je me rendis compte qu'elle n'était plus là.

26

Krystina

C'était une autre belle journée d'automne à New York, et je me délectais de la sensation de chaleur des rayons du soleil sur mon visage lorsque je sortis de la station de métro. L'orage de la nuit dernière avait débarrassé la ville de l'air humide et collant, laissant une fraîcheur pure dans son sillage. Shakira me chantait dans les oreilles. Et oui, mes hanches n'étaient pas en train de mentir alors que je me rendais chez Wally's pour aller travailler. C'était un vrai cliché, mais je m'en fichais. Je me sentais en confiance. Sexy. Et plus légere que je ne l'avais été depuis des années. Rien ne pouvait gâcher mon humeur aujourd'hui - pas même le stress que j'avais pu ressentir rien pensant que j'allai lâcher mon employeur, avec qui je travaillais depuis lontemps.

- Hé, Melanie !

Je fis signe à une collègue qui travaillait à la caisse.

- Salut, Krys ! me répondit-elle tout en scannant les articles d'un client. Monsieur Roberts te cherchait tout à l'heure.

- Tu sais où il est ?

- Dans son bureau, j'crois bien.

- Merci ! lui dis-je, un sourire radieux aux lèvres.

Alors que je me rendais au bureau de Monsieur Roberts, je sentis mon téléphone vibrer dans ma poche. Je le saisis et lus le texto qui venait d'arriver, me souriant à moi-même en voyant qu'il provenait d'Alexander.

Aujourd'hui
7:51, Alexander : *Mon bureau. 15 heures.*

Ça y est. Il m'aboye déjà d'ssus.
Obéissance inconditionnelle ou pas, ce n'était pas une façon d'entamer une conversation - surtout après la soirée que nous venions de passer ensemble.

7:54, moi : *Oui, bonjour à toi aussi.*
7:56, Alexander : *Il faut que tu passes remplir des papiers pour que je puisse mettre en place le paiement de ton salaire.*

Le plaisir la nuit. Le travail le jour. Pigé !
Je savais que cet arrangement avec Alexander allait être une pente glissante sur laquelle je devrai évoluer avec précaution. Je n'avais pas réalisé à quel point elle serait glacée.

8:00, moi : *D'accord. Mais je travaille jusqu'à 17 heures, aujourd'hui.*
8:02, Alexander : *Pars le plus tôt possible.*

Oui, Maître ! P'tain... qu'est-ce qu'il peut être exigeant.
Mais au lieu de me fâcher et de laisser son tempérament brusque gâcher ma bonne humeur, je tâchais de l'apaiser du mieux que je pouvais.

8:04, moi : *Je vais d'abord voir ça avec Monsieur Roberts. Je t'enverrai un texto pour te dire ce qu'il en est.*

J'attendis sa réponse. Comme elle n'arrivait pas tout de suite, je remis le téléphone dans ma poche et poursuivis mon chemin jusqu'au bureau de Monsieur Roberts. Je ne savais pas si c'était de cette façon qu'Alexander souhaitait séparer notre vie professionnelle de notre vie privée, mais s'il pensait qu'il allait me donner des ordres comme si j'étais une sorte de laquais idiot, il fallait qu'il oublie, et très vite. En tous cas, je m'occuperai de lui plus tard. J'avais des affaires plus importantes à régler en premier.

Je me suis approchée de la porte ouverte du bureau de Monsieur Roberts et ai frappé doucement pour signaler mon arrivée.

- Bonjour, Monsieur Roberts.

- Krys ! Ravi de te voir. Ça tombe bien que tu passes ici. J'ai des choses à te dire.

- Eh bien moi aussi, j'ai des choses à vous dire, lui dis-je anxieusement.

- Très bien, je t'écoute. Que puis-je faire pour toi ? me demanda-t-il.

Il se pencha en arrière sur le dossier de sa chaise et me fit un sourire chaleureux qui lui creusa encore plus les rides des coins de ses yeux. Il semblait être d'excellente humeur. C'était un changement agréable, car les sourires de Monsieur Roberts étaient rares ces derniers temps, et je redoutais l'idée que je puisse lui gâcher son humeur. Cependant, je savais qu'il n'y aurait pas de solution facile. Plutôt que de tourner autour du pot et de faire la conversation, je lui fis part de la raison pour laquelle j'étais venue à son bureau.

- Je crois que vous savez déjà que j'ai reçu une offre d'emploi de la part de Turning Stone Advertising. J'ai décidé de l'accepter. Vendredi prochain sera mon dernier jour ici.

- Oui, je suis au courant. Et c'est l'une des choses dont je voulais discuter. J'ai beaucoup parlé de vous avec Monsieur Stone, ce matin, m'informa-t-il en semblant prendre mon annonce avec enthousiasme.

Je fus irritée d'apprendre qu'Alexander ait pris l'initiative de parler à mon patron de ma date de fin de contrat, mais en même temps, je n'étais pas surprise qu'il m'ait devancée.

- Je suis vraiment désolée pour ce court préavis, Monsieur Roberts. C'est juste que Ale - euh, Monsieur Stone, a insisté pour que je commence tout de suite, lui dis-je, contente de m'être rattrapée à temps.

Si j'avais l'espoir de gagner le respect de mes futurs collègues, je devrais faire très attention à ne pas utiliser le prénom d'Alexander.

- Ne vous en faites pas, c'n'est pas grave. Faites ce que vous avez à faire, dit-il en me faisant un geste de la main.

Mais son attitude semblait fausse. Je connaissais assez bien mon patron, et malgré son sourire détendu, je pouvais sentir sa méfiance. Et sa déception.

- Je peux rester un peu plus longtemps si vous avez besoin de moi - peut-être travailler le soir quand j'aurais terminé ma journée à Turning Stone, lui proposai-je, me sentant terriblement coupable.

Il était sous pression, et je venais d'aggraver ses problèmes. Il se leva de sa chaise et se dirigea vers moi.

- Ne sois pas ridicule. Je suis content pour toi. Vraiment, m'assura-t-il.

Je le regardais dubitativement.

- Vous en êtes sûr ? Enfin... j'pourrai vous aider à former mon remplaçant.

Monsieur Roberts prit une grande inspiration et secoua la tête.

- Écoute, je n'veux pas paraître arrogant. Je me suis dit que si je faisais comme si ton départ n'était pas important, ça te faciliterait la tâche. Tu n'es pas du genre à prendre des décisions irréfléchies, et je sais que ton choix de quitter Wally's n'a pas été pris à la légère. N'importe quel idiot comprendrait facilement à quel point cette opportunité est incroyable, Krys. Mais j'admets que ce sera difficile de te perdre. On est un peu comme une famille.

Ses derniers mots me laissèrent sans voix et des souvenirs de mon séjour chez Wally's défilèrent devant moi : Monsieur

Seymour, le gentil petit vieux à qui je livrais les courses ; les pique-nique mis en place par Wally's ; Monsieur Roberts, avec ses blagues et ses moqueries. Même les harcèlements de Jim McNamara. C'était ma « famille de travail », l'une de mes rares constantes dans une ville pleine de chaos, et tous allaient me manquer. J'avais passé les six derniers mois à m'inquiéter des factures à payer et à chercher un emploi mieux payé, je n'avais même pas pensé à ce que je laisserais derrière moi. Je dus me défendre contre la piqûre des larmes qui menaçaient de couler, parce que je savais qu'au final, je faisais le bon choix.

Du moins, je l'espère.

- Il est temps pour moi de passer à autre chose, mais tout le monde va beaucoup me manquer, chez Wally's, lui dis-je de manière honnête. Je passerai vous rendre visite - vous pouvez compter là-d'ssus !

- Oui, tu pourras - et souvent aussi. Ma femme et moi regretterons de ne plus voir ton joli minois. Je ne lui en ai pas encore parlé, mais je sais qu'elle partagera mes sentiments.

Une autre douleur me frappa en repensant à Madame Roberts. Elle et Monsieur Roberts avaient été si gentils avec moi au fil des ans et j'aurais préféré leur annoncer à tous les deux.

- S'il vous plaît, dites-lui que je m'excuse de ne pas vous l'avoir dit à tous les deux en même temps. Je ne pouvais pas remettre ça à plus tard. Monsieur Stone voulait en fait que je commence plus tôt, mais je me devais de lui dire non. Je ne voulais pas non plus vous laisser le bec dans l'eau à la dernière minute.

- J'apprécie et je te remercie d'être aussi attentionnée. Pourtant, je suis malgré tout enclin à te pousser à la porte en ce moment. Tes atouts se sont gaspillés dans mes rayons, et ça, c'est ce que je pense depuis toujours, dit-il en serrant mon épaule d'un air rassurant.

- Je suis nerveuse rien qu'à penser à ce nouveau travail. Merci pour tout.

- Ne sois pas nerveuse. Tu vas faire de grandes choses. Je suis fier de toi, déclara-t-il. Mais pour l'instant, tant que je t'ai encore ici, beaucoup de livraisons sont arrivées ce week-end et le service de réception est une vraie épave. Pourrais-tu y retourner et aider à régler les problèmes ?

- J'y vais de ce pas !

Levant un pouce en sa direction, je me suis dirigée vers la porte du bureau pour aller travailler. Mais je me suis soudain rappelée la demande d'Alexander, si l'on pouvait l'appeler comme ça.

- Oh ! Et j'ai une petite faveur à vous demander avant de me mettre au travail, Monsieur Roberts, lui dis-je en me retournant vers lui.

- Dis-moi tout.

- Je dois partir un peu plus tôt aujourd'hui. Monsieur Stone m'a demandé de le retrouver à la Cornerstone Tower à 15 heures pour que je puisse remplir tout un tas d'papiers pour les nouveaux arrivants.

- Pas d'problème. En fait, j'ai juste une petite livraison à deux heures, qui est prévue pour Monsieur Seymour. Tu pourras t'en charger, puis ta journée sera terminée. Fais-moi savoir si tu as besoin d'autre chose cette semaine.

Walter Roberts était d'habitude assez arrangeant. Pourtant, avec le personnel limité de Wal-ly's, me permettre de partir quelques heures plus tôt était beaucoup à donner, même pour lui.

- Pourquoi êtes-vous si gentil ?

Je le regardais avec suspicion, en faisant une pause près de la porte.

- Krys... tu réalises ce que Monsieur Stone a fait pour cette entreprise ? Pour ma famille ?

- Euh, non, pas vraiment. J'veux dire... je sais que Wally's était dans une situation financière difficile, mais je ne connais pas non plus tous les détails.

- Cette année a vraiment fait des ravages sur moi tout comme sur ma femme. Tu n'as pas remarqué que j'ai beaucoup moins de cheveux qu'il y a un an ? plaisanta-t-il. Mais son visage redevint très vite sérieux, son sourire facile se transformant en une ligne sinistre. Il avait l'air fatigué et sembla tout d'un coup bien plus vieux. On risquait de nous saisir la plupart de nos propriétés. Les ventes ont diminué et les coûts d'exploitation ont augmenté : le stockage des produits, les salaires et les dépenses liées aux constructions se sont ajoutés aux remboursements des prêts. La fiabilité - à tous les niveaux, les produits et le droit du travail étaient les priorités. Les hypothèques étaient passées au second plan. Malheureusement, la banque n'était pas prête à comprendre tout ça. Et donc, pour faire court, Monsieur Stone est intervenu, a acheté tous nos bâtiments et a pris en charge les hypothèques, et grâce à lui, une grande partie de nos frais généraux a été allégée.

- Je n'comprends pas. En quoi le fait d'assumer la dette de Wally's lui a-t-il été bénéfique ?

- Je n'connais pas tous les détails de son côté, mais je sais qu'il a pu renégocier certaines choses avec la banque, et maintenant, c'est à Stone Enterprise que Wally's va payer un loyer. Ce n'est pas un homme stupide, loin de là - je suis sûr qu'il gagne de l'argent grâce à cette affaire. Mais il a d'abord étudié la situation dans son ensemble, alors que beaucoup avaient tourné la tête dans l'autre sens. Il considère peut-être que Wally's représente pour lui comme un produit de base, dans cette ville, et il a d'ailleurs sauvé des centaines d'emplois. Et c'est pour ça que je lui serai toujours reconnaissant. Si Alexander Stone n'était pas venu, beaucoup de gens, dont moi, chercheraient un nouveau moyen de subsistance.

- C'est un homme bon, murmurai-je.

Je me souris à moi-même, en me rappelant tous les articles que j'avais lus sur ses activités caritatives. Celle de Wally's n'était pas une œuvre de bienfaisance, mais Alexander était un bienfaiteur de façon détournée. Monsieur Roberts m'observa avec appréhension, comme s'il cherchait ses mots.

- Oui, il est très bien. Mais à ta place, je serais prudente avec lui. Il peut être un peu autoritaire, Krys. Je ne sais pas si c'est l'homme *qu'il te faut*, me prévint-il.

Je le regardais en état de choc.

Suis-je transparente à c'point-là ?

- Ne vous inquiétez pas pour moi, Monsieur Roberts. Je suis sûre que je serai capable de m'occuper de Monsieur Stone, lui dis-je à contrecœur. Maintenant, il est temps pour moi d'aller travailler un peu.

Je lui fis un petit signe et partis rapidement avant qu'il ne puisse faire d'autres remarques. Ce n'était pas une discussion que j'avais envie d'avoir avec lui, car il n'imaginait même pas à quel point ce qu'il venait de dire était vrai.

27

Krystina

J'avais médité toute la journée sur l'avertissement de Monsieur Roberts tout en nettoyant et en organisant le quai de réception de chez Wally's. Et lorsque je suis arrivée à la Cornerstone Tower un peu après trois heures, je n'étais pas entièrement convaincue qu'Alexander était l'homme qu'il me fallait non plus. En fait, il n'était pas fait pour moi à pas mal de *niveaux.*

Niveaux.

Alors que j'appuyais sur le bouton de l'ascenseur de l'immeuble, je me répétais ce mot en boucle. C'était un rappel de l'affaire inachevée entre Alexander et moi - la liste. Je ne pourrai jamais lui donner toutes les choses qu'il voulait. Je suis peut-être ouverte à certaines d'entre elles, mais certainement pas à toutes. Je devais être franche avec lui avant que les choses n'aillent plus loin.

Lorsque je suis arrivée au dernier étage, j'ai trouvé Laura Kaufman assise derrière son bureau. Dès qu'elle me vit, elle me lança un regard glacé, et j'eus un peu honte. La dernière fois que je m'étais trouvée dans ce bâtiment, j'étais partie en courant en l'ignorant grossièrement. Je souris poliment en m'approchant d'elle pour tenter de compenser tout ça.

- Bonjour, Laura. Je suis venue voir Monsieur Stone, lui dis-je en lui serrant la main.

- Il vous attend. Au bout du couloir, première porte à gauche, dit-elle avec dédain, ignorant complètement ma main tendue.

D'accord. Je l'ai mérité.

- Euh... ouais. Merci.

N'ayant manifestement aucune chance d'avoir une conversation polie avec elle, je me suis retournée pour me rendre au bureau d'Alexander. C'était assez facile à localiser, car la plaque dorée gravée sur la porte en verre dépoli était comme un phare brillant pour tous ceux qui passaient.

ALEXANDER STONE
Directeur Général

Après avoir frappé trois petits coups sur la porte, j'ai appuyé sur la poignée pour entrer. Alexander, qui était un homme d'affaires très élégant, était assis derrière un bureau en acajou noir entouré de baies vitrées géantes qui offraient une vue étonnante sur la ville. Il était penché d'un côté de sa chaise à haut dossier, le menton appuyé sur son poing. Il aurait parfaitement pu poser dans les pages d'un catalogue de Giorgio Armani, plutôt qu'être le PDG d'une société multimilliardaire.

- Hé, beau gosse. Désolée d'être un peu en retard.

Alexander jeta un regard dans ma direction et me fit un signe de tête.

- Je vais te donner les papiers dans un instant, dit-il, avant de replonger la tête dans l'écran de son ordinateur.

Il semblait être en plein milieu de quelque chose. Au lieu de le déranger, je me suis installée dans la chaise face à son bureau. J'attendis qu'il termine ce sur quoi il travaillait et profitais de l'occasion pour regarder l'espace environnant. Tout comme sa salle de conférence, son bureau était assez contemporain, avec un design intérieur chic et tout le confort moderne dont n'importe qui rêverait d'avoir comme espace de travail. Cela me donna envie de voir les bureaux de Turning Stone Advertising.

- Il est vraiment très beau, ton bureau, appréciai-je.

Sa seule réponse à mon compliment fut une sorte de grognement léger. J'ai froncé les courcils en me demandant ce qui se passait. Le téléphone du bureau sonna et Alexander décrocha rapidement.

- J'espère que tu m'appelles pour me donner une heure et une date, Steve, dit-il sur un ton irritable.

Au bout d'un moment, son expression se plia en une belle grimace. Quoi qu'ait pu dire la personne à l'autre bout du fil, ça ne devait pas être positif.

- Je me fiche de ton excuse. Trouve un autre signataire pour le faire. Et si tu n'y arrives pas, c'est moi qui vais le faire. Je veux que cette affaire soit conclue avant la fin de la semaine.

Il remit violemment le combiné sur son support, se retourna vers son ordinateur et tapa furieusement sur le clavier. Au bout d'une minute, il s'arrêta comme pour étudier ce qui était à l'écran. Sa mâchoire émit un *tic-tac*, tandis que son pouce tapait en rythme régulier sur le bureau. Je ne l'avais jamais vu aussi agité.

- Est-ce que tout va bien ? osai-je prudemment.

Il leva les yeux de son ordinateur, surpris, un peu comme s'il avait oublié que j'étais là.

- Tout va bien. C'est juste que je déteste les retards. Puis il reprit le combiné et composa un numéro : Laura, pouvez-vous contacter Joshua Swanson ? Dites-lui de vérifier ses e-mails. Je veux un rapport d'avancement avant la fin de la journée.

Il est sur un sentier de guerre pour quelque chose...

- Que s'est-il passé ?

Il me regarda bizarrement mais ne me répondit pas. Puis il se leva et se dirigea vers un classeur.

- Tiens : ce sont les infos sur les salaires et les avantages sociaux. Il y a aussi une indemnité de licenciement, dit-il froidement en balançant une chemise en papier mâché sur le bureau. Après l'avoir lu, tu signeras aussi d'autres documents.

Il s'assit et reprit la tâche qui l'occupait tant. Son accueil glacial m'avait surprise et me laissait perplexe. Je me tortillais de façon inconfortable sur mon siège. Entre Alexander et Laura, je commençais à penser qu'il y avait un sérieux problème.

- Je pense que j'ai offensé Laura la dernière fois que je suis venue ici, déclarai-je avec désinvolture, en essayant de faire quelque chose - n'importe quoi - pour briser la tension qui volait dans la pièce.

- Ne t'inquiètes pas pour elle. Elle peut être inconstante de temps à autre, mais elle est extrêmement efficace, et c'est pour ça que je la garde, dit-il en faisant un signe de la main sans détourner le regard de son écran plat.

Quelque chose n'allait pas, et ce n'était pas seulement sa frustration pour un retard. Il se comportait de manière différente à mon égard. Il était froid.

Est-ce que c'est comme ça qu'il entendait séparer notre vie personnelle de notre vie professionnelle ?

Je l'ai encore fixé un moment avant de prendre le dossier, le clic de la souris comme unique son de toute la pièce. Je l'ouvris et fis semblant d'en parcourir le contenu, mais je ne le voyais pas vraiment, en réalité. Je feuilletais les pages en lui jetant des regards furtifs pour tenter de déchiffrer la véritable raison de son humeur.

- Alex, qu'est-ce qui ne va pas ? m'enquis-je finalement.

- Tout va très bien, répondit-il sans prendre la peine de me regarder.

Puis du silence. Un autre clic.

P't'être qu'il a eu ce qu'il voulait hier soir et que maint'nant il en a fini avec moi.

Je repris ma bataille intérieure entre mes insécurités et mon bon sens : une véritable lutte pour ne pas imaginer le pire.

Je ne suis pas ma mère... c'est toujours mieux de demander que de se faire de fausses idées.

- Écoute, je comprends notre arrangement, mais pourquoi es-tu aussi rigide envers moi ? Enfin, j'veux dire, nous ne sommes plus vraiment des étrangers.

Je ne reçus aucune réponse, juste quelques clics de plus. Après plusieurs minutes à n'écouter rien d'autre que ses tapotements sur la souris, ma patience diminua lentement, et mes instincts de doute commencèrent à prendre le pas sur toutes mes pensées rationnelles. En fin de compte, la conjecture l'emporta.

- Je suis désolée, mais est-ce que j'interromps quelque chose d'une importance vitale, ici ? Ou est-ce parce qu'hier soir tu as pu baiser vite, et c'est ta façon de dire adieu ?

Il leva le regard au ciel, ses yeux me transperçant comme des couteaux.

- Premièrement, je ne veux plus t'entendre dire ça. Plus jamais, cracha-t-il. Deuxièmement, tu es partie, hier soir.

Ohhhh, c'est pour ça que son caleçon est coincé...

- Et alors ? Ça fait quoi ? J'avais du travail aujourd'hui et je n'avais pas préparé mon petit sac de vêtements avant d'aller chez toi. Il fallait que je parte.

Il y avait une part de la vérité dans tout ça.

- Tu pars quand je te dis que tu peux partir.

- Ah, oui ? C'est comme ça ? Eh bien, laisse-moi te dire, commencai-je avant qu'il ne me coupe brusquement.

- Je voulais discuter de choses importantes avec toi hier soir. Je ne me suis assoupi que quelques minutes. Cela ne te donnait pas le droit de partir comme ça, déclara-t-il.

Je me sentis grimacer. Alexander n'était pas du genre à crier, car son autorité tranquille suffisait à faire passer n'importe quelle sorte de message. Mais il dut réaliser à quel point il parlait fort, car lorsqu'il reprit la parole, sa voix avait sensiblement baissé de plusieurs décibels.

- As-tu parlé à ta colocataire en rentrant chez toi, hier soir ?

- Hum... non. Elle dormait quand je suis rentrée. Pourquoi ? demandai-je, complètement déroutée par sa question.

- C'est justement une des choses dont je voulais te parler la nuit dernière. Imagine ma surprise quand je me suis réveillé pour découvrir que tu étais partie, ajouta-t-il en fronçant les sourcils.

- Tu voulais que nous parlions d'Allyson ?

- Non. Pas d'elle. De ma vie privée. Tu te souviens de ce que je t'ai dit à propos du fait que j'aimais rester discret au sujet de ma vie privée ? Tu ne peux pas parler de nous à ta colocataire.

- Ça risque d'être difficile, Alex. Je vis avec elle, après tout.

- Je ne parle pas de nous deux... du fait que nous soyons ensemble. Tu peux évidemment lui dire au moins ça. Je parle de ce que nous faisons une fois que les portes sont fermées.

Surprise, je ne pus m'empêcher de lever un sourcil.

Si je disais la vérité à Allyson à ce sujet, elle me traînerait chez un psy aussi vite que j'en aurais la tête qui tourne.

J'adorais mon amie, mais je savais qu'elle ne comprendrait jamais. Allyson ne devait pas être au courant des vilaines cabrioles qui prenaient place dans la chambre d'Alexander.

- Oh, pas de soucis par rapport à ça. Je n'en parlerai pas à Ally, lui assurai-je.

Mais juste après lui avoir fait cette promesse, je ressentis immédiatement comme une douleur de culpabilité pour le fait de ne pas être honnête à cent pour cent avec ma meilleure amie.

- Personne d'autre ne doit savoir ça non plus. Je suis sérieux. Je suis souvent dans le collimateur du public. Ce que je fais, ce que j'aime... peut être considéré comme du linge sale pour la plupart des gens. Je préfère garder tout ça pour moi.

- Oh, tiens, je me disais justement que j'aurais pu appeler le chroniqueur des ragots de... je m'arrêtai net en voyant son visage pâlir. Alex, je plaisante. Je ne suis pas du genre à embrasser et à tout raconter en détail. Même avec Ally. Ma vie sexuelle ne regarde personne. Tu peux te détendre.

- Ne plaisante pas avec ça, Krystina.

J'ai levé les mains en guise de reddition.

- Plus de blagues. Je te le promets.

Il se pencha sur son bureau et appuya son front contre ses paumes. Secouant la tête comme pour la dégager, il finit par me regarder. Il semblait plus calme, mais il y avait un fond de tourment dans ses yeux.

- Je ne suis pas du genre à perdre la tête comme ça, Krystina.

- C'est bon, Alex. On dirait que tu as passé une sale journée. Arrête de penser à tout ça, lui dis-je.

- Non, non. C'est juste que... j'ai tendance à parfois m'oublier, avec toi. Et pour être honnête, je ne pense pas que tu sois du genre à parler de nous. Je suis juste énervé parce que tu es partie hier soir. Je voulais que tu restes. Je suis désolé d'avoir élevé la voix comme je l'ai fait, s'excusa-t-il.

Cet aveu me surprit.

- Rhôôôô... je pense que je te dois aussi des excuses. Je suis désolée de m'être en allée. Et puisque nous sommes honnêtes l'un envers l'autre, ce n'est pas parce que je n'avais pas de vêtements de rechange - même s'il y a une petite part de vérité là-dedans. J'essaie juste de rendre notre histoire la plus simple que possible. Je pensais que rester chez toi ne ferait que compliquer les choses.

- Mais... il y a encore une chose, et seulement si tu le permets, Krystina. Il me sourit avec ironie. Si tu veux être ma Soumise, tu devras rester chez moi toute la nuit.

La question de savoir si j'allais ou non passer la nuit chez lui allait faire l'objet d'un débat que je ne voulais pas aborder à ce moment-là. Je venais de le calmer... je ne voulais pas l'énerver à nouveau. D'ailleurs, c'était plutôt ma soumission, ou plutôt ses idées bizarres sur ce qu'il attendait de moi, qu'il fallait vraiment aborder.

- Et d'ailleurs, à ce sujet. Je vais essayer de garder l'esprit ouvert par rapport à ça, commençai-je. Mais d'abord, il faut que l'on revoit la liste que tu as écrite. Mais je ne suis pas sûre que ce soit l'endroit le plus approprié pour en parler.

- Pour l'amour de Dieu, Krystina ! Oublie cette stupide liste ! Tout est négociable et rien n'explique ce que j'attends de toi.

Il se leva de sa chaise et s'approcha de l'endroit où j'étais assise. Il me prit pour me mettre en position debout et posa fermement ses mains sur mes hanches. Puis, son regard chaud se dirigea droit sur elles :

- Cette liste, ce ne sont que des mots sur un papier. Être dans une relation de domination et de soumission signifie plus que tous ces termes. C'est un mode de vie - que j'aimerais t'enseigner. Et je vais y ailler tout doucement pour ton bien. Et au sujet des nuits, tu devras rester chez moi si tu veux apprendre. Et je suis sérieux quand je dis que tu dois passer la nuit chez moi souvent.

- Je ne vois pas pourquoi je devrais passer la nuit chez toi pour apprendre quoi que ce soit, Alex.

- Ça fait partie de mon travail en tant que Dominant, que de veiller à tes moindres désirs et à tes besoins. Et ça, j'aurai du mal à le faire si tu n'es pas avec moi. On a pris un départ plus conventionnel que celui auquel je suis habitué. Et ça commence dès maint'nant : tu passes le week-end avec moi.

- J'aurais préféré que tu me le demandes, au mieux de me l'ordonner...

Il plaça un doigt sur mes lèvres pour me faire taire.

- Tu te souviens de la première leçon ? L'obéissance inconditionnelle. Tu veux apprendre, ou pas ? demanda-t-il.

Ce n'était pas une question, mais plutôt un défi.

Je pouvais sentir la chaleur qui se dégageait de lui, son corps si proche du mien - si proche, et pourtant, il ne me touchait pas. Ses yeux me brûlaient, flamboyants de désir. Je finis par lentement évacuer l'air de mes poumons - je venais de réaliser que j'avais bloqué ma respiration pendant un moment.

- Oui, hésitai-je à lui répondre.

- Très bien. Alors voici une autre leçon : quand tu seras chez moi, tu seras nue. Toujours. À moins que je ne t'ordonne le contraire. Puisque tu es si focalisée sur ma liste, tu te souviens peut-être que la nudité y était inscrite. Je veux que tu sois facilement accessible pour moi à tout moment.

Mes yeux s'élargirent et je restais sans voix. Je voulais argumenter pour lui dire que je ne pouvais pas *toujours* être nue, mais pourtant, une partie de moi savourait cette idée. C'était pourtant si facile de s'emballer dans ses mots. Ses fantasmes. C'était si simple de se perdre dans la brume, et mes pensées s'embrouillaient constamment dans les profondeurs de ses yeux bleu saphir. J'ai secoué la tête pour dissiper le brouillard, l'aspect pratique de ma vie l'emportant une fois de plus.

– Écoute, je sais que tu m'as dit de l'oublier, mais on doit vraiment discuter de cette liste. La nuit dernière fut pour moi plus qu'étonnante, et je sais très bien que tu as été gentil avec moi. J'avoue que j'ai peur de ce qui va suivre. Et pour moi, il est important qu'on en discute.

– J'étais sûr que c'est ce que tu ressentirais, dit-il en secouant la tête avec résignation.

Il s'éloigna de moi, laissant l'espace qui était chaud quelques secondes auparavant froid et vide. Il se pencha sur son bureau et sortit une feuille de papier enfouie sous une pile de dossiers. C'est pourquoi j'ai apporté cette fichue chose avec moi ce matin. Je me suis dit que je ne pourrai pas te convaincre de tout laisser tomber d'un coup.

– ... parce que tu as apporté la liste *ici* ?

– Ça t'surprend ?

– Eh bien... oui. En fait, j'veux dire... et si quelqu'un la voyait ? m'exclamai-je mortifiée à l'idée que Laura tombe un jour sur une liste de sexcapades taboues.

– Ne t'inquiète pas, Krystina. Personne n'entre dans ce bureau sans que je le sache, dit-il en riant de mon air choqué.

– Je me disais juste que, vu tes préoccupations au sujet de ta vie privée, nous laisserions nos histoires personnelles de côté.

– C'est c'qu'on va faire. Du moins, la plupart du temps. Bon, allez. On va prendre le temps de nous asseoir et d'en parler un moment. Histoire qu'on en finisse au plus vite. Il me demanda de le suivre jusqu'à la méridienne en cuir installée au bout de la pièce. Une fois assis confortablement, il étala la liste sur la table basse en verre qui se trouvait devant nous : on va étudier tout ça ensemble. Chaque chose, l'une après l'autre. Tu peux rayer tout ce qui est hors de tes limites, puis on parlera de tout ce que tu en envisages de faire.

- Tu veux faire ça ici et maint'nant ?

- Tout à fait. Et quand on aura fini, on mettra tout ça de côté pour de bon et tu seras rien qu'à moi. Marché conclu ?

- Mais pourquoi tu fais ça ? Tu as certainement des attentes. Pourquoi envisagerais-tu de les changer pour moi ? Et si j'te disais que je n'pourrai faire aucune de ces choses ?

Il leva les yeux d'un air vif, arrachant ses yeux du papier en me fixant de son regard d'acier. Pendant un instant, je pus lire à travers lui, toute son agitation et son indécision étant transparentes. Ce n'était pas le genre de personne à changer ses habitudes. Mais il y avait aussi une certaine sauvagerie dans son expression, et je croyais que c'était le moteur qui lui permettait de faire le tri dans ses incertitudes.

- Il y a quelque chose en toi, Krystina. Je ne sais pas vraiment ce que c'est - je sais seulement que dès le premier instant où je t'ai vue, la première chose à laquelle j'ai pensé, c'était de fourrer ma bite en toi. Si je dois faire des ajustements, fais-moi confiance quand je te dis que je suis prêt à le faire. Par contre, tu n'y as droit qu'aujourd'hui. Une fois que ça sera fait, je serai moins gentil avec toi.

Sa ténacité était inspirante, et je fus soudain submergée par un sentiment de détermination. Je devais le faire. Je ne voulais pas être une fille timide et effrayée qui avait peur des ombres de la nuit. Je voulais explorer les côtés sombres du désir. Avec lui. Et je voulais lui faire plaisir.

- T'aurais pas des surligneurs ? lui demandai-je.

- Euhhh... p't'être... ?

L'expression perplexe qu'il affichait était presque comique, ce qui me força à clarifier mon besoin obsessif d'organisation.

- Mes TOC font leur effet. J'veux dire... en vrai, je n'suis pas vraiment TOCée. J'ai juste besoin d'appliquer un code couleur, hein ?

Sa confusion fit lentement place à l'amusement, ce qui me fit prendre conscience de la bêtise de tout ça, malgré mon besoin fou d'avoir une sorte de cadre défini pour cette relation.

- Laisse-moi voir ce que je peux trouver, répondit-il en gloussant.

Il retourna à son bureau et commença à fouiller dans un tiroir. Je pris une minute pour parcourir à nouveau la liste tout en pensant à la nuit précédente et à la façon dont il avait fait travailler la magie sur mon corps. J'ai vraiment apprécié cette nuit-là, les cordes et tout le reste. J'étais sûre que ce n'était qu'un échantillon de ce qu'il pouvait me faire ressentir. Je devais garder l'esprit ouvert - avec à la fois de la douleur et du plaisir.

28

Alexander

Alors que je farfouillais dans un des tiroirs de mon bureau à la recherche de surligneurs, j'étais abasourdi par la rapidité avec laquelle Krystina avait réussi à dissiper mon humeur. Lorsqu'elle était entrée dans mon bureau, j'avais bien l'intention de me concentrer uniquement sur les affaires et d'abandonner l'autre moitié du marché. Après tout, elle m'avait laissé seul la nuit dernière.

Au moment où j'avais besoin d'elle.

Et puis, elle est entrée dans mon bureau. Rien que de la voir me fit tout stopper. Malgré tous mes efforts, je n'arrivais pas à me concentrer sur le travail qui m'attendait, juste sous mon nez. L'idée de mettre fin à l'aspect personnel de notre accord n'était plus d'actualité. Mes pensées étaient replongées dans sa beauté et dans le souvenir de son expression passionnée de la nuit dernière. Et même si elle était maintenant vêtue d'un jean moulant et d'un t-shirt de chez Wally's, je ne pus m'empêcher d'imaginer la vue de ses seins parfaits moulés dans mes mains, sensibles à chaque contact. Je revins vers l'endroit où Krystina était assise et lui tendis la main pour lui montrer le résultat de ma quête - un marqueur rouge et un surligneur jaune et vert.

- J'ai pensé que tu pourrais utiliser le rouge pour barrer les « non » définitifs, le surligneur jaune pour les « peut-être » et le vert pour les « oui ». Est-ce que ça te convient, à toi et à tes TOC ?

- Te moque pas d'moi, Alex. Et oui, ça marche ! me dit-elle en m'arrachant les marqueurs de la main.

Je la regardais faire glisser son doigt sur la liste, prenant immédiatement le marqueur rouge pour rayer la flagellation.

- N'oublie pas ce que je t'ai dit, Krystina. Je ne te ferai pas de mal, dis-je en interrompant sa besogne.

- Oui, je le sais, me dit-elle, et j'étais curieux de savoir pourquoi elle en était soudainement si sûre.

Peut-être que je commençais enfin à gagner sa confiance.

- Content de voir que tu commences à avoir un peu plus confiance en moi. En gardant ça à l'esprit, tu ne devrais pas rayer les choses aussi rapidement.

- Mais ce n'est pas une question de confiance, Alex. Tout cela me semble tellement arriéré. C'est un changement de cap.

J'ai tout simplement hoché la tête et lui permis de retourner à la liste : elle souligna la fessée en vert, ayant déjà ressenti la sensation de ma main sur ses fesses, mais elle hésita sur la flagellation et le fouet. Elle faillit les colorier en rouge, mais elle prit le marqueur jaune à la place. J'ai cependant jugé utile de la stopper dans son élan.

- Souviens-toi de la douce sensation du fouet dans tes mains. Fais-moi confiance, Krystina.

Je lus le questionnement dans ses yeux. Mais après un petit moment, elle opta pour la couleur verte.

- Bon. D'accord. Je comprends la plupart des choses en lien avec la soumission, mais il faut que tu me m'expliques la suspension, me dit-elle.

- C'est exactement la même chose que ce que tu entends. Je te suspends aux barreaux de mon lit, laissant ton corps libre pour que je puisse faire ce que je veux avec.

Sa tête se releva pour me regarder. Ses yeux bruns se dilatèrent comme si elle s'imaginait suspendue dans les airs. Ma bite se crispa et je dus légèrement me déplacer dans mon fauteuil, cette image emplissant ma tête.

Krystina - nue et étendue. On n'arrivera jamais à aller jusqu'au bout de cette liste si je continue à imaginer tous ces trucs.

Je priais intérieurement pour qu'elle ne continue pas à toujours tout questionner. Les descriptions détaillées de ce que je voulais lui faire me tuaient. En fait, tout ce que voulais faire, c'était la déshabiller et m'enfoncer dans sa chaleur satinée. Et tout d'suite. Sur le canapé de mon bureau.

Patience. D'abord la liste. Ensuite, obtenir son acceptation.

À la fin, elle surligna la suspension en vert, et je poussai un petit soupir de soulagement quand elle passa à la chose suivante.

- Le bondage... ?

Elle avait posé la question à voix haute, mais heureusement, je n'ai pas eu à lui donner l'explication qui me torturait encore plus l'aine. Ses joues écarlates me disaient qu'elle connaissait la réponse presque dès qu'elle avait posé la question.

- J'aimerais que tu te contentes de simplement surligner les éléments de la liste sans les parcourir à voix haute. Avec le temps, j'apprendrai à connaître ton corps mieux que toi et je saurai jusqu'où je pourrai te pousser. J'espère que tu me laisseras me faire mon jugement à ce sujet, lui fis-je savoir.

- Je n'vois pas pourquoi. Il n'y a rien d'fantasique dans tout ça, observa-t-elle en parcourant le reste de la liste.

- Ahhhh ? ? Tu vois, tout cela n'est pas aussi mauvais que tu le pensais au départ, hein ?

Elle acquiesca presque, mais ses yeux se posèrent sur quelque chose qui lui fit bouger la tête d'avant en arrière.

- Attends, attends. Pour les plugs an...

- Est-ce que tu as confiance en moi ? lui demandai-je à nouveau en lui coupant la parole.

Confiance.

Encore, toujours et encore ce mot, que j'avais compté un nombre incalculable de fois. Je pouvais voir qu'elle pensait la même chose alors que ses yeux regardaient dans les miens. Je voulais qu'elle s'ouvre à moi, mais en même temps, je comprenais son hésitation. Mon monde lui était inconnu, et c'était normal qu'elle commette des erreurs sur cette terre inconnue. Il fallait qu'elle me fasse confiance pour que je la guide sur son chemin.

- Je te fais confiance, me dit-elle enfin.

- Bon. Très bien. Alors, ça y est. On a enfin terminé, lui annonçai-je. Me penchant en avant, je lui pris le menton dans une main. Toute cette discussion sur le bondage a fini par me faire bander, et on doit décider comment remédier à cette situation.

Krystina

JE SENTIS ma peau me piquer d'impatience lorsqu'il leva la main pour placer une mèche bouclée qui s'était perdue derrière mon oreille. Puis j'ai déplacé mon regard sur son grand bureau en acajou avant de me retourner pour croiser ses yeux bleu saphir. Ils étaient remplis de chaleur et d'un besoin désespéré. Je pouvais dire qu'il me désirait. Mes tétons se durcirent instantanément, désirant ardemment être touchés.

Au bureau ? Non mais sérieusement, contrôle-toi, Cole. C'est vraiment pas professionnel.

Non. Pas *ici*.

- Mais... tu veux pas qu'on face ça maint'nant ?

Je lui avais quand même posé la question, à la fois horrifiée et ravie. Il ne me répondit pas, mais il se pencha plus près. Ma respiration se fit saccadée alors qu'il traçait le contour de mes lèvres avec son pouce.

- J'aime la forme en cœur de tes lèvres, et surtout, le fait que celle du bas soit plus épaisse que celle du haut. Elle fait la moue, elle me taquine toujours et me pousse à t'embrasser. Je pense vraiment que je vais les embrasser souvent, ces lèvres.

J'ai fermé les yeux. Puis j'ai respiré son parfum. Il sentait si bon - un aphrodisiaque naturel qui animait le désir sauvage que j'éprouvais pour lui. Je respirais lentement et me suis léché les lèvres, qui étaient soudainement sèches.

- Est-ce que c'est une promesse, Stone ? soufflai-je.

Il gémit tout en prenant l'arrière de ma tête dans la paume de sa main, puis il scella ses lèvres sur les miennes. Son baiser fut ferme et exigeant, mais parfait - comme toujours, parce qu'il n'avait pas non plus écrasé mes lèvres sous les siennes. Il inclina la tête d'un côté à l'autre en approfondissant le baiser avec sa langue. Sa force de caractère fit monter le désir en moi. Levant les mains pour les faire courir avidement sur la peau soyeuse, j'en profitais pour rapprocher de moi sa stature imposante, ce qui ne fit qu'accroître un besoin enragé de plus dans le fin fond de mes entrailles. C'est là que je me rendis compte que nous n'étions plus en position assise, mais que nous étions carrément à l'horizontale sur la méridienne, le corps d'Alexander appuyé sur le mien. L'instinct me fit passer une jambe autour de sa hanche. J'ai arqué le miennes contre lui, appréciant la sensation de sa virilité à travers nos vêtements. Et puis je l'ai embrassé avec une urgence féroce, le voulant désespérément sans tenir compte de notre environnement. Mais le fait de savoir que Laura était juste au bout du couloir me revint en tête, son air sévèrement renfrogné pénétrant dans mon cerveau sans y être invité.

- Alex, attends ! On peut pas, commençai-je, en repoussant sa poitrine. Et si Laura entrait ?

- Huummm... elle viendra pas. Elle sait ce qu'il en est, dit-il en bougeant sa bouche pour me pincer le cou.

- Qu'est-ce que ça veut dire ? Que tu fais souvent ce genre de choses ? lui demandai-je d'un ton accusateur en m'éloignant de lui et en me mettant debout.

Il me regarda à travers des yeux vitreux, les cheveux hérissés et les vêtements allant dans tous les sens. Sa cravate était desserrée au niveau du cou et sa chemise était débraillée. Je ne savais plus si c'était lui ou moi qui s'était déchaîné sur ses vêtements.

P'tain... c'est pas comme s'il n'était pas sexy du tout...

- Non, Krystina. Ça veut dire que je suis très occupé et que je n'aime pas qu'on vienne me déranger, déclara-t-il d'un air exaspéré. Elle sait qu'il faut soit m'appeler, soit frapper.

Je me réprimandai immédiatement d'être toujours aussi méfiante.

- Désolée - la paranoïa peut parfois prendre le dessus. J'étais juste nerveuse à l'idée que quelqu'un nous prenne en flag'. C'est tout, admis-je en écartant l'idée que je n'étais peut-être pas la première femme à avoir été embrassée sur ce canapé.

Il se leva et commença à rentrer sa chemise dans son pantalon. Après avoir remis sa cravate en place, il m'attrapa et me tira contre lui.

- C'est plutôt moi qui devrais m'excuser, mais je ne peux pas dire que je sois autant désolé, murmura-t-il dans mes cheveux.

- Qu'entends-tu par là ?

- Que je n'aurais pas dû faire ça. On est au travail. Dans mon bureau. Crois-le ou non, je me tiens responsable d'un certain niveau de professionnalisme. J'aurais dû me retenir, mais je... il hésita. C'était cette discussion. Et tes foutus surligneurs. Il fallait bien que je profite un peu de toi.

- Pas d'problème. En même temps, j'ai bien aimé, dis-je en posant ma tête sur son épaule.

Il s'éloigna pour m'observer.

- Ouais, moi aussi, admit-il avec délicatesse tout en ayant l'air surpris par ce fait.

- Qu'est-ce qui va pas, Stone ? Tu n'aurais pas enfreint une autre règle ? lui demandai-je, en lui tapotant gentiment sur le bras.

- Eh bien si, en fait, admit-il en fronçant les sourcils. Et si on continue comme ça, on n'arrivera jamais à travailler. J'ai encore beaucoup à faire avec toi, aujourd'hui.

À contrecœur, je retirai mes bras de sa taille et pris du recul.

- Tu as raison. Alors, quel est le prochain ordre du jour ? lui demandai-je, en me concentrant sur la raison de ma présence en ces lieux.

- Tout d'abord, tu dois encore signer les informations sur ton salaire et les avantages qui y sont associés.

Il alla jusqu'à son bureau pour y récupérer le dossier que j'avais laissé.

Je m'assis en face et je me mis à les lire. À la deuxième page, je ne pus m'empêcher de laisser échapper un soupçon d'étonnement.

- Alex, ce salaire permettrait de nourrir un petit pays pendant un an. C'est beaucoup trop !

- Eh bien, c'est un début. D'habitude, les gens ne me disent pas que je les paie *trop*, dit-il en riant tout en s'asseyant derrière son bureau. Ne t'en fais pas, Krystina. Je peux me le permettre.

- Si tu le dis, murmurai-je en parcourant le reste des documents.

Tout semblait être en ordre, y compris l'assurance maladie et les prestations du 401k[1] qui étaient décrites en détail. Seul le salaire était excessif. Je pris un stylo sur le bureau et commençai à griffonner ma signature sur les documents concernés. Quand j'eus fini, il me remit un autre dossier.

- Ta première mission, me dit-il.

Anxieuse de savoir par où commencer, j'y jetai un regard.

- Chez Wally's ? lui demandai-je, surprise.

- C'est ça. L'épicier a besoin d'aide pour booster ses ventes. Cette campagne est gratuite, du moins, pour l'instant. J'ai pris un gros risque avec eux, ce que je ne fais pas d'habitude, mais je pense que ce sera extrêmement rentable à long terme. Assure-toi bien de lui rendre justice.

- Bien sûr, sans problème ! m'exclamai-je, en regardant avec impatience les informations que j'avais sous les yeux.

L'opportunité de pouvoir aller aider chez Wally's me motivait beaucoup, et au moins, ça pourrait m'aider à dépasser les sentiments mélancoliques que j'avais éprouvés en partant.

- Cette mission t'est attitrée : tu seras la seule à travailler dessus. Je suis sûr qu'elle te sera bénéfique et que tu t'en sortiras très bien.

Levant les yeux sur Alexander, je le vis tenir un autre dossier qui m'était destiné.

– C'est quoi, ce dossier ?

– C'est le dernier, c'est promi, dit-il en le plaçant devant moi. C'est mon certificat médical, celui qui prouve que je suis en bonne santé, comme tu l'avais demandé sur ta liste. Je suppose que tu n'as pas encore pris rendez-vous chez le médecin ?

Et merde. J'savais bien qu'j'avais oublié quelque chose.

Parcourant mentalement mon emploi du temps de la semaine, j'essayais de déterminer quand je pourrais être en mesure de caler ce rendez-vous, quand j'entendis mon téléphone bourdonner dans mon sac.

– Non, désolée. Je n'en ai pas programmé. Pourtant, j'y avais pensé à un moment donné, puis ça m'est complètement sorti de l'esprit, m'excusai-je avec abnégation tout en fouillant au fond de mon sac à main à la recherche de mon portable.

– C'est ce que je me suis dis, vu que notre histoire a débuté assez soudainement. J'ai trouvé les coordonnées de ton médecin dans ton téléphone et ai pris la liberté de te fixer un rendez-vous. C'est jeudi prochain, à 10 heures.

Trop occupée à lire le texto que je venais de recevoir, il me fallut une bonne minute pour comprendre ce qu'il venait de me dire. Après avoir enregistré le tout quelque part dans ma tête, je le repris, pas certaine d'avoir tout compris.

– Attends. Tu viens de m'dire que tu as pris un rendez-vous pour moi chez le gynécologue ? lui demandai-je d'un air totalement effaré.

Je ne savais pas si je devais être énervée ou gênée.

– Krystina, ça ne sert à rien de t'énerver. C'est toi qui as fixé les conditions, et je ne pourrais pas être plus d'accord avec ça. En plus, j'ai hâte de me débarrasser de ces préservatifs. Je veux que tu sois claire et nette en ce qui te concerne et que tu prennes la pilule pour enfin pouvoir sentir ta chatte toute douce sans aucun obstacle, dit-il d'un air hautain et sans aucune retenue dans le regard.

Oh non, pas ça.

Son regard sexy et ses ruses suggestives ne fonctionneraient pas. Il venait de franchir plus de limites que je ne pouvais en compter, entravant *ma* vie privée. Tout ce qui concernait les rendez-vous gynécologues d'une femme était censé être quelque chose de *personnel*.

- Tu as dépassé les limites, Stone. Mes rendez-vous médicaux sont des choses privées. Tu n'avais pas le droit de faire ça, dis-je en grinçant des dents.

- Krystina, tu veux vraiment qu'on en parle ? Parce que moi, non. Tu aurais pris le rendez-vous, de toute façon. Et pourquoi pas moi ? Pense-y de cette façon : comme ça, on n'aura pas ce problème le week-end prochain.

- Tout d'abord, tout dépendra de quelle sorte de contraception *je* choisirai. Il se peut d'ailleurs que nous ne soyons pas à temps pour le week-end. Ensuite, tu m'as l'air tellement sûr de toi, quand tu dis que je vais passer le week-end avec toi.

- Je ne me fais pas d'idées à ce sujet. Je sais que tu le feras. Juste toi et moi, mon ange. Ta chair sur ma chair. Et ton obéissance inconditionnelle, finit-il sans vergogne.

Comme si j'avais vraiment besoin d'un autre rappel de la première leçon. Je le regardais d'un air renfrogné : oui, nous avions un accord - un accord que j'étais déterminée à respecter. J'avais dit que je lui donnerai ma soumission, ou du moins que j'essaierai de le faire, et je n'étais pas du genre à prendre l'échec à la légère. Mais je n'étais certainement pas sur le point de commencer maintenant. Malheureusement, la fierté que j'éprouvais à maintenir mon indépendance ne cessa de me gêner. Pour que ça fonctionne, il fallait que j'assouplisse un peu les règles. Cependant, je me disais qu'il serait bon que je fasse une nouvelle liste - qui définirait ma prétendue obéissance.

Juste un peu de recul afin de lui laisser une certaine prise de contrôle. Du moins, pour l'instant. Parce que c'est tout ce qu'il veut.

- Bon, très bien. Tu as gagné cette fois-ci : je vais rester ce week-end, lui dis-je à contrecœur. Mais dans le futur, j'apprécierai que tu me laisses programmer moi-même mes rendez-vous.

- C'est d'accord, dans la mesure où tu n'oublies pas quel est mon rôle. Je constate que ça risque d'être difficile pour toi.

- Tu crois ? rétorquai-je avec sarcasme.

Il se leva de derrière le bureau et vint se mettre derrière moi. Plaçant ses mains sur mes épaules, il se mit à pétrir mon cou de petits cercles.

- Avec le temps, tu apprendras à comprendre comment cela fonctionne, Krystina. En fait, une fois que tu auras appris ton rôle, tu l'accueilleras avec plaisir.

- Je ne sais pas si je l'accueillerais, mais j'essaierai, dis-je en m'adoucissant sous ses mains miraculeuses.

Je pourrais peut-être résister à sa manière de détourner certains sujets de conversation en lui répondant comme je le faisais pendant un moment, mais pour l'instant je n'étais qu'un gros tas de bouillie sous son contact.

- Je rêve de passer un week-end entier avec toi attachée et nue, dit-il, en s'appuyant pour me grignoter l'oreille.

- Hummm... bein justement, en parlant de week-end, as-tu des projets pour vendredi soir ? lui demandai-je, en penchant la tête sur le côté pour qu'il puisse continuer de jouer avec mon cou.

- J'en ai plusieurs, en effet, et la plupart d'entre eux impliquent le fait que tu sois attachée à mon lit.

- Arrêteeeeeeeeuuuhhh, le réprimandai-je sur un ton léger. Ce n'est même plus drôle ! Par contre, moi j'suis sérieuse.

- Moi aussi. Je veux commencer à cocher toutes les choses que tu as mises en évidence en vert sur ta petite liste, ajouta-t-il de manière suggestive, ses mains se déplaçant plus bas pour se poser sur mes seins.

- Alex ! dis-je en haussant les épaules. Je n'plaisante pas. Melanie, une fille avec qui je travaille, vient de m'envoyer un texto. Certaines personnes avec qui je travaille ont prévu de se retrouver au pub de « Chez Murphy » vendredi. Une sorte de fête d'adieu pour moi.

Je le regardais et vis ses yeux s'assombrir.

- Chez Murphy ? Je ne pense pas, Krystina. Mais tu devrais y aller. Hale peut t'y conduire, puis venir te chercher après si tu veux.

- Pourquoi tu ne veux pas venir ? Ça pourrait être amusant. J'essayais de le persuader, curieuse de voir l'expression de son visage, que je trouvais bizarre. Tu n'aimes pas cet endroit ?

- J'ai du mal à m'intégrer dans ce genre de soirées.

- Allez, s'teu-plaît ! !

Je fis la moue. Il me regarda en fronçant les sourcils.

- On verra bien. Pour l'instant, j'ai super faim. Et si on allait dîner ? dit-il en se déplaçant vers le bureau pour y prendre sa veste.

- Très bonne idée. Tu veux qu'on aille où ?

Je voyais bien qu'il essayait de changer de sujet, et j'étais curieuse de savoir pourquoi.

- Tu aimes la cuisine Thaï ?

Mon estomac se mit à grogner rien qu'en entendant parler de cuisine Thaï, qui était une de mes préférées - ce qui me rappela de surcroît que j'avais sauté le déjeuner.

D'accord, tu as carte blanche sur c'coup-là : mon ventre affamé m'appelle.

- Ça m'a l'air parfait... surtout que ça fait depuis des lustres je n'ai pas mangé Thaï.

- Alors, allons-y. On va prendre des plats à emporter et on ira chez moi. Ensuite, on pourra commencer à décortiquer la liste à ma manière, ajouta-t-il en m'adressant un sourire asymétrique, mais très sexy.

- Tu voudrais p't'être pas commencer à cocher des choses tout d'suite, nan ?

- Et pourquoi pas ? En étudiant directement les choses surlignées en jaune, précisa-t-il.

- Pffff... franch'ment, t'es im-po-ssi-ble, lui dis-je en secouant la tête. Mon estomac gronda encore. D'abord, on mange. Après, on verra où la nuit nous mène.

- Oh, ne vous inquiétez surtout pas, Mademoiselle Cole. De tout'manière, j'avais bien l'intention de vous emmener dans de nombreux endroits ce soir...

Tout ce que j'espérais, c'était d'être à la hauteur du défi.

29

Krystina

Alexander déposa les sacs en papiers des plats à emporter sur la table de la salle à manger.

— Tiens, mets-toi à l'aise. J'vais chercher des couverts et des assiettes, me dit-il en se dirigeant vers la cuisine.

Après avoir enlevé mes chaussures, je sortis les plats de leurs sachets bruns. Lorsque j'ai ouvert celui du poulet au curry, de la vapeur s'échappa et j'ai pratiquement bavé à ce moment-là tellement j'avais faim. Je ne pus m'empêcher de tremper un doigt dans la sauce pour la goûter.

— Tu es encore habillée, me dit Alexander en arrivant par derrière, ce qui me fit sursauter.

Me sentant coupable de quelque chose, je me léchais le doigt comme un chat pris dans des sacs de nourriture.

— Oui, et pourquoi je ne le serai pas ? demandai-je sur un ton confus. Ce ne fut qu'ensuite que je compris la signification de ce qu'il venait de me dire : quand il m'avait dit de « me mettre à l'aise », cela signifiait pour lui qu'il fallait que je me déshabille. Pa'c'que tu t'attendais à ce que je sois toute nue pendant tout le repas ?

- Je t'avais dit *toujours*, Krystina.

- Désolée, Stone. C'est juste que j'dois manger : j'ai besoin de substance avant de pouvoir commencer tes p'tites manigances.

- Pourtant, tu as accepté d'essayer, me fit-il remarquer.

Il avait l'air frustré que je ne coopère pas. Je n'étais pas certaine de pouvoir me résoudre à dîner sans vêtements, nue sous son regard scrutateur.

Oh, mais qu'il arrête avec ça !

Ce n'était pas comme s'il ne m'avait pas déjà vue à poil.

- Très bien ! crachai-je, encore plus énervée parce que j'avais vraiment très faim. Et j'vais où pour aller me préparer comme tu l'exiges ?

Il me regarda en fronçant les sourcils - son impatience était évidente.

- T'es pas censée faire comme ça, Krystina. Il passa une main dans ses cheveux, frustré. Allez, oublie ça. Assieds-toi et mange.

Il s'assit à la hâte sur une chaise et commença à déchirer le contenu d'un sac brun. Si je ne l'avais pas aussi bien connu, j'aurais pensé que c'était un caprice de sa part. J'ai doc préféré l'ignorer - j'avais bien trop faim pour me soucier de ça, et je me suis jetée sur la nourriture comme quelqu'un qui n'avait pas mangé depuis des jours. Le silence se prolongea pendant une bonne dizaine de minutes avant qu'il ne parle enfin.

- T'es vraiment chiante. T'es au courant, ou pas ?

- Oui, c'est vrai : on m'la déjà dit. Mais, juste pour ma défense, je t'avais prév'nu que je serai une charge de travail importante pour toi. Tout ça, c'est tout nouveau, pour moi. Je n'avais pas compris que ça voulait dire être toute nue, *tout l'temps*. Ce n'est tout simplement très bizarre, comme concept. Et puis, si j'avais su, je m'y serais préparée mentalement et physiquement, aussi. J'aimerais au moins prendre une minute pour me rafraîchir avant que tu me sautes dessus.

- Te sauter dessus ? Parce que c'est c'que j'fais ? demanda Alexander.

De l'amusement se lut dans ses yeux. Quant à moi, je me suis contentée de sourire avant de prendre une autre cuillerée de curry.

- Oh... je repensais juste à des choses et d'autres... de cet après-midi, commençais-je.

- Euh... oh, émit-il d'un air moqueur.

- Bon, allez, stop, maint'nant ! lui dis-je. Je mis ma serviette en boule et la lui jeta. Je pensais au fait que je ne sais presque rien sur toi. J'veux dire, ma première idée était de garder les détails personnels en dehors de tout ça, mais ça rend difficile d'avoir une conversation avec toi, du moins une conversation qui ne parle pas que d'sexe.

Il me fit un sourire en coin.

- J'n'ai aucun problème avec nos sujets de discussion. Pas toi ?

- Pas du tout. Mais tu connais un tas de choses sur moi. J'estime qu'il serait normal de me rendre la pareille.

- Alors... qu'est-ce tu veux savoir ? me demanda-t-il prudemment.

- Eh bien, je t'ai parlé de l'endroit où j'ai grandi. Et toi ?

- Je t'ai déjà dit que j'ai vécu à New York toute ma vie, me dit-il, en évitant les détails et en déplaçant son regard vers son assiette.

- Tu pourrais pas être plus précis ? J'ai souvent l'impression d'avoir à te tirer les vers du nez, marmonnai-je.

Il mâchait sa nourriture en silence, le regard fatigué. Je pouvais presque voir la lutte intérieure qu'il menait. Puis il sembla prendre une décision, posa sa fourchette et se pencha sur sa chaise.

- Tu sais que j'ai une sœur qui s'appelle Justine. On a passé notre enfance dans une maison délabrée. Dans le Bronx. Certes, ce n'est certainement pas le meilleur quartier pour les enfants, mais on a survécu. On y a vécu jusqu'à mes quinze ans, puis on a emménagé chez mes grands-parents.

Ma fourchette s'arrêta à mi-chemin de ma bouche, choquée parce qu'il venait de se livrer à moi en seulement quelques phrases. Pour moi, c'était un peu comme s'il avait ouvert une la boîte de Pandore, ce qui éveilla en moi un million et demi de pensées. J'eus du mal à décider quelle question poser ensuite.

- Pourquoi avoir emménagé chez vos grands-parents, ta sœur et toi ?

- Et voilà... mon ange. Tu viens tout juste de me poser la question à un million de dollars, celle à laquelle je ne répondrai pas. Mes parents n'sont plus là, tu t'souviens ?

- Oui, soufflais-je. Je ne voulais pas risquer de le pousser trop loin non plus. Je voulais qu'il continue à parler. Es-tu certain de vouloir me parler de tes grands-parents ?

Son visage s'adoucit alors sensiblement ; il me révéla même un petit sourire.

- Oui, c'est bon. Je peux te parler d'eux. C'étaient des gens bien. Ma grand-mère était d'une gentillesse sans limites. Mon grand-père était un Anglais têtu, mais il avait un cœur tendre, et il aimait férocement ma grand-mère. Jamais je n'ai vu une telle dévotion dans un couple.

- C'est adorable, chuchotais-je en souriant.

Ces derniers mots m'avaient émue et mon cœur amer s'adoucit un peu. C'était vraiment appréciable de savoir qu'il était possible pour certaines personnes de vivre une vie comme celle-ci. Mais là encore, ses grands-parents étaient d'une autre génération, à une époque où l'engagement signifiait vraiment quelque chose. C'était dommage de se dire que le monde avait autant changé.

- Quand mon grand-père nous a quitté, ma grand-mère n'a plus jamais été la même personne. Elle est morte dans son sommeil quelques mois après son décès. Ma sœur dit qu'elle est morte d'un cœur brisé.

- Ils sont morts il y a combien de temps ?

- Il y a un peu plus de dix ans. J'étais à l'université. Sans eux, je n'aurais jamais eu tout ce que j'ai maintenant.

- Parce qu'ils avaient une vie aisée ? demandai-je en pensant qu'il faisait référence à sa richesse à un si jeune âge.

- Pas tant que ça, finalement. Mon grand-père était un investisseur intelligent. Cela, combiné à une assurance-vie substantielle, fait que ma sœur et moi avons hérité d'une bonne part de sa richesse. L'ex-mari de ma sœur a pris sa part pour jouer avec, me dit-il, son visage se transformant momentanément en un air renfrogné. Quant à moi, j'ai acheté mon premier immeuble à l'âge de 21 ans. Au bout de six mois, il était déjà rentabilisé et j'ai découvert que j'avais le chic pour trouver des biens immobiliers rentables. J'ai alors acheté un deuxième immeuble, un peu plus tard. Et le reste, comme on dit, c'est de l'histoire.

- Dans ce cas, c'est que soit tu es extrêmement chanceux, soit que tu es brillant, lui fis-je remarquer une fois qu'il eut terminé son récit.

J'étais impressionnée de voir la facilité avec laquelle il avait pu obtenir sa fortune.

- Ou bien... les deux... du moins, j'aimerais beaucoup, déclara-t-il avec un regard intelligent, la bouche étendue dans un sourire sexy. L'immobilier, c'est comme une partie d'échecs. Tu dois être capable de lire ton adversaire et de savoir comment faire pour le mettre « échec et mat ». Je suis un gagnant, Krystina. Et j'ai toujours ce que je veux.

- Apparemment, c'est le cas, admis-je en choisissant d'ignorer le double sens de ce qu'il venait de dire.

Et moi, je ne voulais pas reconnaître la rapidité avec laquelle j'avais capitulé dans ce jeu complexe de stratégie.

- Tu as terminé ?

- Oui, ça y est, convins-je en le regardant avec curiosité.

- Je sais que ça fait très cliché, mais je suis prêt pour le dessert. Tu peux utiliser la salle de bain de ma chambre pour te rafraîchir avant que je te saute dessus, comme tu l'as si bien dit tout à l'heure. Mais, quand tu auras fini, j'aimerais que tu sois toute nue.

Mon estomac se resserra nerveusement. J'aurais dû le voir venir. Son langage corporel avait changé quelques instants auparavant, et sa déclaration au sujet de la victoire avait pu être un indice subtil de la direction que prenait son état esprit. J'étais tellement absorbée par l'histoire de ses grands-parents que j'avais oublié ce à quoi il s'attendait.

Une lueur malicieuse scintilla dans ses yeux, avant d'évoluer vers quelque chose de plus profond. De plus sombre. Je sus en un instant qu'Alexander ne se retiendrait pas ce soir. Il allait tester mes limites.

\- Ok... dis-je d'une voix tremblante. Tu veux que je revienne ici ? Dans la salle à manger ?

Toute nue.

\- Non, tu pourras rester dans la chambre. Tu t'souviens de la position de soumission dont je t'ai parlé ?

\- Oui.

\- C'est comme ça que je veux te trouver, Krystina. À genoux.

Prenant mon courage à deux mains, j'avalai la bosse qui était dans ma gorge et me suis levée de la table.

\- J'vais m'préparer. Donne-moi quelques minutes, d'accord ?

\- Prends tout l'temps qu'il te faut, mon ange.

J'ai traversé la chambre pour aller dans la salle de bain. Ce court trajet me sembla tortueux, parce que j'avais l'impression que l'on m'avait attaché des poids en plomb sur les pieds. Quand je suis entrée dans la salle de bain sombre, la première chose que je pus voir fut le plan de toilette en marbre qui brillait sous la lumière de la lune qui pénétrait par un vasistas. Appuyant sur un interrupteur, je fus choquée de constater à quel point l'espace était impeccable : chaque chose était à sa place, pas une goutte de dentifrice dans l'évier, pas une seule poussière sur le miroir. Avec sa douche à jet et sa baignoire à remous suffisamment grande pour accueillir toute une armée, c'était comme si j'étais entrée dans des bains romains contemporains. Je m'attendais presque à ce qu'un serviteur vienne en courant depuis un coin caché et m'offre des raisins et une robe de chambre.

Si seulement je pouvais m'offrir le luxe d'une robe de chambre en ce moment...

Détachant le bouton de mon pantalon, j'ai commencé à me déshabiller, pliant au fur et à mesure mes vêtements à un rythme lent et laborieux pour essayer de gagner du temps. Ensuite, j'ai soigneusement posé la pile sur le comptoir, puis je me suis tournée pour faire face au grand miroir ovale pour y étudier mon reflet. Comme la plupart des filles, j'ai commencé à critiquer les imperfections de mon corps. Lorsque mon regard se porta sur mon visage, je me suis figée. J'avais l'air terrifiée.

Nue et agenouillée. C'est comme ça qu'il veut que je sois.

Je luttais pour effacer la peur qui stagnait dans mes yeux, en lissant mes cheveux indisciplinés pour en faire une queue de cheval. J'avais peur pour de nombreuses raisons : ce n'était pas le sexe qui me faisait peur - après tout, ce n'était pas comme si c'était la première fois avec Alexander. J'avais déjà relevé ce défi. J'étais pétrifiée à l'idée de me mettre en scène pour Alexander.

Et si je m'étais trompée ? Et s'il m'avait poussée trop loin ?

J'avais peur d'avoir à utiliser le mot d'arrêt. C'était la peur de le décevoir qui me consumait. En fouillant dans un des tiroirs, j'ai trouvé un tube de dentifrice, et fis de mon mieux pour me brosser les dents avec un doigt - sans oublier d'essuyer l'évier pour le laisser aussi propre que je l'avais trouvé en arrivant. Puis je me suis à nouveau regardée dans le miroir : certes, je n'avais pas l'air aussi terrifié qu'avant, mais je ne pouvais plus espérer de gagner du temps.

Déterminée à faire disparaître ma première vague de gêne, je sortis de la salle de bain : aucun signe d'Alexander. Pourtant, il avait dû passer dans sa chambre pendant que je me déshabillais, parce que la pièce était éclairée de manière tamisée. La musique remplissait l'espace à la façon d'une vibration sombre remplie d'une émotion brute d'une beauté obsédante. Tout un tas d'objets avait également été placé sur le bord du lit. Je reconnus le fouet. Je sentis mon souffle s'y accrocher et mon cœur tenta de faire un trou dans ma poitrine. L'ange qui avait brillé par son absence revint au premier plan dans mon esprit, me rappelant qu'il n'était pas trop tard pour faire marche arrière. J'écartais ses avertissements avec une facilité surprenante tout en me faisant un discours d'encouragement.

Je peux le faire ! Ça ne sert à rien d'avoir peur comme ça !

Inhalant une bonne bouffée d'air pour me stabiliser le pouls, je me suis dirigée vers le centre de la pièce pour m'y agenouiller comme je devais le faire : cuisses écartées, paumes en direction du plafond. Puis je suis restée comme ça pendant ce qui me semblait être une éternité - mais en réalité, cela n'avait duré que quelques minutes, puis Alexander entra enfin dans la pièce. Ma peau rougit instantanément, menaçant d'avoir des sueurs froides à tout moment. Il s'arrêta sur le seuil de la porte, les yeux remplis d'appréciation lorsqu'il me vit. Je me détendis un peu face à cette approbation en expirant progressivement l'air que je retenais en moi. Il se dirigea vers moi en me mesurant du regard, faisant un lent cercle autour de l'endroit où j'étais agenouillée.

- Tu es vraiment belle, comme ça. Un peu comme un ange. Mon ange, dit-il en s'arrêtant juste devant moi. Il m'écarta les cuisses avec l'un de ses pieds. Dis-moi ton mot d'arrêt.

- Saphir.

Le mot avait jailli automatiquement.

Comme si je pouvais l'oublier.

Ce mot était ma seule protection dans cette petite aventure dans le domaine de la perversité.

- N'oublie pas de le dire si tu as l'impression d'être poussée trop loin. Mais aies confiance, je connaîtrai tes limites. Par contre, si tu as recours trop tôt à ce mot d'arrêt, l'ambiance risque de tomber et tout s'arrêtera. Tu comprends ?

- Je comprends.

Il se pencha pour passer délicatement ses doigts le long de ma mâchoire. Tout mon corps s'anima de plaisir. Continuant leur chemin, ces mêmes doigts se penchèrent pour s'accrocher à l'un de mes mamelons. Mon souffle se fit entendre dans ma gorge et ma tête se pencha sur le côté. Il s'accroupit plus loin, jusqu'à ce que nos yeux se retrouvent à la même hauteur, et son autre main se déplaça lentement le long de mon ventre jusqu'à ce qu'il atteigne mon point de prédilection. Son doigt traversa mon ouverture, frôlant légèrement mon clitoris. Un choc électrique me traversa, mettant au garde-à-vous tous les nerfs de mon corps. Il m'excita ainsi pendant une bonne minute au moins, puis il poussa deux doigts en mon intérieur.

- Oh, mon ange. Je peux sentir à quel point tu es déjà mouillée, dit-il, la voix pleine d'excitation. Mais tu n'as pas le droit de jouir tant que je ne te l'ai pas dit. Compris ?

Je fis un signe de tête en essayant de décider si je devais être fière ou embarrassée par la rapidité avec laquelle je m'étais excitée. Nous n'avions encore rien fait, et je dégoulinais déjà. Il enfonça ses doigts encore plus profondément en faisant un mouvement circulaire, tandis que son autre main continuait à pincer et à tirer sur un de mes tétons. Il prit un de mes seins dans une main, puis le captura entre ses dents. Je gémissais, combattant l'instinct de crier, alors qu'il me poussait sans relâche vers mon point de rupture. Je ne voulais pas encore perdre contrôle - pas si tôt. Qu'il veuille que je jouisse ou non, je voulais savourer cette sensation le plus longtemps possible. Mais partout où il me touchait, il laissait une traînée de feu, ce qui m'empêchait de contrôler mon corps.

- Alex, stop ! Je... je... J'hésitais sur le choix des mots, mon souffle s'arrêtant net alors qu'il augmentait le mouvement de pulsation de ses doigts. Je suis si proche. Je ne sais pas si je pourrais me retenir.

Mais il continua quand même, ses mains et sa bouche me torturant en me maintenant au bord du gouffre. Sa capacité à savoir comment m'y maintenir était époustouflante. J'avais envie de crier en me retrouvant à souhaiter qu'Alexander me bâillonne. Et puis enfin, il ralentit son rythme et retira ses mains et sa bouche de mon corps. Mes épaules s'affaissèrent dans ma frustration.

- Ça y est. Tu prête. Je viens de sentir ta chatte se serrer autour de mes doigts, me murmura-t-il à l'oreille.

- J'ai envie d'toi, Alex. Désespérément, respirai-je en penchant la tête en arrière pour inviter sa bouche à prélever un échantillon de mon cou.

- Chaque chose en son temps, mon ange. J'ai d'abord d'autres projets pour toi, me dit-il en se mettant debout. Lève-toi et mets-toi sur le lit dans la même position.

Il me tendit la main et me tira pour que je me relève. Puis il me guida pour me conduire vers son lit recouvert de satin noir. Je rampai sur le matelas froid et me suis positionnée comme il me l'avait demandé. Grimpant sur le lit à côté de moi, il se pencha pour prendre un de mes tétons entre ses dents. Il recula et expira, tandis que, de mon côté, je me mis à inspirer longuement. En serrant fermement mon téton durci entre ses doigts, il atteignit sa poche et en sortit ce qui semblait être une sorte de petite pince métallique toute ronde.

- Alex, qu'est-ce que...

- Chut, m'ordonna-t-il. Sois patiente. Ça te plaira.

Il se déplaça méticuleusement, plaçant la pince circulaire autour de mon aréole, et serrant son fermoir pour qu'elle reste bien en place. La pince était froide au toucher, ce qui ne fit que renforcer la rigidité du mamelon. Il répéta la même chose avec l'autre sein, chaque mouvement intensifiant l'impulsion volatile de mon entrejambe. Je n'avais jamais été aussi excitée de toute ma vie. Une fois les deux pinces fermement fixées, il descendit du lit et commença à se déshabiller. Une fois qu'il fut complètement dévêtu, je le regardais avec admiration. Certes, je l'avais déjà vu comme ça, sauf que là, la vue était vraiment dégagée. Et là, il se tenait devant moi, dans toute sa splendeur : l'homme parfait dont n'importe quelle fille rêverait. Avec son corps aux volutes sombres et soyeuses, ses yeux brillants et sa mâchoire parfaitement modelée, sa silhouette musclée aux contours divinement aiguisés, ses abdominaux impeccables descendant en V jusqu'au-dessus de son pelvis, il était l'homme parfait auquel tout sculpteur de la Renaissance aurait rêvé toute sa vie... et moi, j'en avais l'eau à la bouche.

- Mets-toi à quatre pattes, dit-il d'une voix rauque. À contrecœur, et je me suis détournée de cette vue plus que magnifique. Et mets ton joli p'tit cul en l'air.

Je me retournais donc sur les mains et les genoux, me sentant extrêmement gênée dans cette position vulnérable. Quelques secondes plus tard, ses mains étaient à nouveau sur moi, moulant et pétrissant mon derrière. Se déplaçant à un rythme tranquille, ses mains et sa bouche remontèrent le long de ma colonne vertébrale, faisant danser sur mon dos une chair de poule incontrôlable. Je sentais son érection s'enfoncer entre mes cuisses.

- Huuummm... je pourrais frotter mes mains et mes lèvres sur toi pendant toute la nuit. J'adore ressentir ton corps sous mes mains... la façon dont il réagit à mon toucher... tu me rends fou, Krystina.

Il redescendit, ses dents me pinçant légèrement la peau jusqu'aux fesses. J'avais désespérément mal pour la libération que je désirais tant, et mon corps frémissait à la façon dont il me vénérait si religieusement. Je me sentais plus que vivante - et c'était vraiment peu dire par rapport à ce que je ressentais réellement. J'avais l'impression de me surpasser, au sens propre du terme - comme si je pouvais être tout ce qu'Alexander voulait que je sois, comme si je pouvais faire tout ce qu'il voulait que je fasse.

- Alex... j'veux plus attendre... vas-y ! Prends-moi !

Ayant ententu ma demande, il se retira. Je me suis courbée, m'ouvrant à lui, attendant juste qu'il entre encore en moi.

- Tu dois me le dire, si tu n'es pas prête pour ça, mon ange. Je ne voulais pas te précipiter trop vite, mais je ne peux pas me retenir non plus. Tu es sûre que tu pourras supporter ça ?

- Allez, s'teu plaît ! J'ferai n'importe quoi ! lui hurlai-je presque.

Je m'abandonnais complètement à lui, ne me souciant de rien d'autre que de satisfaire mon besoin brûlant. Tellement perdue dans ma propre excitation, je n'avais même pas réalisé qu'il avait le fouet à la main.

30

Krystina

C LAC !

Le fouet me frappa le derrière : un choc violent pour mon corps, et j'ai hurlé. Cela me fit un mal de chien - quelque chose d'inattendu. Mon instinct naturel m'obligea dire mon mot d'arrêt. Un entêtement pur et simple avait fini par être le seul élément moteur qui m'empêchait de continuer. Il n'était pas question que je renonce aussi rapidement. Pourtant, autant la piqûre me faisait mal, autant la douleur était passagère. Je ne ressentais déjà plus qu'un léger picotement dans le dos. Alexander fit courir les extrémités du fouet dans mon dos, provoquant un frisson de chair de poule qui se répandit sur tout mon corps. Je poussai un soupir de soulagement, soulagée de constater que les choses s'arrêtaient là.

Je peux supporter ça.

J'eus à peine eu le temps de me remettre de mes émotions que déjà, un autre coup de fouet s'abbatit sur mes fesses. Plus dur, cette fois-ci et à un autre endroit. Le feu se répandit sur mon derrière. Celui-là m'avait fait bien plus mal. Vraiment bien plus.

- Ressens la brûlure, mon ange. Embrasse-la pendant que tu concentres ton attention sur le poids des pinces à tétons.

Suivant son conseil, je ressentis une toute nouvelle sensation lorsque la sangle me frappa une fois de plus. Mes tétons se mirent à durcir comme s'ils passaient à travers les pinces. Certes, elles me faisaient mal ; un gémissement s'échappa de mes lèvres, différent en tous points des cris que j'avais pu laisser échapper précédemment, lorsque j'avais senti la morsure du cuir. Un quatrième coup de fouet. Cette fois-ci, je n'ai même pas ressenti la brûlure du cuir sur ma peau : mon esprit était trop concentré sur mes seins qui me faisaient mal. Un autre coup de fouet, puis un autre... jamais deux fois au même endroit. Finalement, une pulsation insupportable fit surface entre mes jambes. Je voulais qu'Alexander vienne en moi. Maintenant. Et cette envie était terrible. Et ça me faisait mal rien qu'à l'idée de jouir. Je me tortillais dans l'espoir que la friction atténuerait cette envie.

Comme s'il avait ressenti mon besoin, il passa sa main sous mon corps en frottant doucement ses doigts dans mon entrejambe. Il carressa mon clitoris en petits cercles, exerçant juste la bonne pression pour soulager ma douleur, mais pas assez pour qu'il me libère complètement.

- Oh, bébé... tu es trempée, dit-il, la voix basse et rauque.

Il embrassa doucement mon dos rougi, avant de recommencer à fouetter :

- T'aimes ça, hein ?

L'adrénaline coulait dans mes veines, jusqu'à ce que je flotte dans un état de rêve, complètement détachée de la réalité. Ses mots arrivèrent lentement jusqu'à mon cerveau.

- Non... oui, j'aime bien, expirai-je, confuse dans mon désespoir. Alex... fais-moi jouir. S'il te plaît !

Ma demande était sortie de ma bouche comme un sanglot brisé, donnant voix à la souffrance réelle que je ressentais. J'en avais besoin. J'avais besoin de lui.

Maint'nan. S'teu plait.

- Patience. On va y arriver, m'assura-t-il.

Il frotta doucement le fouet sur mon dos, son toucher duveteux me rappelant que cet outil n'était pas seulement utilisé pour la douleur, mais aussi pour le plaisir. Au bout d'un moment, je sentis le lit se déplacer alors qu'il se positionnait sous moi, la tête entre mes jambes écartées.

- Écarte encore plus les jambes. J'veux qu'tu jouisses sur ma langue.

Si ses mots ne suffirent pas à m'envoyer au bord du gouffre, le premier léger mouvement de sa langue, oui. L'orgasme s'écrasa sur moi comme un raz-de-marée géant, me surprenant par son intensité. Sa langue est devenue plus agressive, la succion de sa bouche plus exigeante. Il me maintenait au sommet de ma forme comme s'il mourait de soif, cherchant à boire jusqu'à la dernière goutte. Les muscles de mes jambes s'étaient contractés sous l'effet de l'euphorie, tremblant involontairement et de façon incontrôlée. Je ne pouvais pas rester à genoux plus longtemps, et j'étais presque reconnaissante quand il s'éloigna de moi, me laissant un moment pour m'affaler sur les draps frais. Complètement épuisée, j'écoutais le son de mon pouls qui résonnait dans mes oreilles. Soudainement, le bruit de la déchirure du papier d'aluminium du préservatif me rappela qu'Alexander n'en avait pas encore fini avec moi.

- Retourne-toi. Je veux pouvoir te regarder. Nous n'avons pas encore terminé, me dit-il d'un ton hautain.

Ma force m'avait quittée, et j'eus énormément de mal à faire ce qu'il demandait. Lorsque je réussis enfin à me tourner sur le dos, il me tira les jambes en l'air et les écarta, exposant ainsi mon clitoris gonflé nappé de sa salive. Il le lécha encore avec avidité, son désir palpable provoquant une nouvelle accélération de mon pouls. Blottissant son sexe près de moi pour me pénétrer, il se fraya lentement et délibérément un chemin en moi. Ma respiration se fit saccadée quand il se mit à bouger - je ne m'étais toujours pas remise de mon orgasme. Et alors que je pensais ne pas pouvoir aller plus haut, il me fit atteindre une toute autre hauteur. En entrant et sortant de moi vite et fort, il mit un pouce sur mon clitoris, massant le paquet de nerfs qui était maintenant trop sensible. J'enroulais mes jambes autour de lui, lui donnant un meilleur accès pour pouvoir agir encore plus profondément. C'était trop, le plaisir était insupportable.

- Je - J'en peux plus !

Mes mots s'étaient précipités en un cri hésitant.

- Tu peux continuer, et tu le feras. Ressens-les choses, Krystina. Ressens-moi, tout entier.

Il arrêta de tourner autour de mon clitoris, pour le presser sous son pouce, intensifiant la pulsation du flux sanguin pendant que sa bite continuait à se positionner en moi profondément. De l'autre main, il commença à frapper un de mes tétons, toujours rigide et tendu à travers la pince.

- Oh, oui ! Encore ! Putain ! Ça marche ! hurlai-je.

Des vagues de plaisir s'écrasèrent sur moi, les unes après les autres, pleines d'une extase pure et inaltérée, tandis qu'Alexander me poussait à nouveau sur le fil de mes limites.

- C'est tellement étroit, mon ange. Je pourrais passer le reste de la nuit coincé dans ta chaleur, dit-il d'un ton guttural. Je veux que tu jouisses encore une fois, mais attends-moi cette fois, qu'on puisse le faire ensemble.

Je bourdonnais une fois de plus, délirant encore de mon dernier orgasme, la respiration haletante dans mon souffle coupé.

Encore ?

Je n'étais pas sûre de pouvoir le refaire.

Alexander changea de position en se déplaçant plus vers le haut. Ses doigts s'enroulèrent autour de mes hanches et il avança rapidement et profondément en moi tout en me poussant avec une brutalité à couper le souffle. Il était parvenu à m'emmener chaque fois plus loin et plus fort que ce que je croyais, dépassant à plusieurs reprises mon point de rupture.

- Oh, Alex. Tu t'sens si bien, laissai-je échapper.

Rien que ça me donna l'impression de l'envoyer au septième ciel, et il rentra brutalement en moi avec une force animale. En quelques minutes, je ressentis cette douleur qui m'était familière, un grondement régulier dans mes oreilles, jusqu'à ce que je me libère enfin dans un moment de ravissement stupéfiant. Un cri étouffé s'échappa de mes lèvres alors que quelque chose se brisait en moi. La pièce se transforma en une brume floue autour de moi. Mon corps se redressa involontairement, et je commençais à ressentir mon pouls battre à cent à l'heure. Lorsque je me suis à nouveau serrée autour de lui, je le sentis frisonner presque simultanément.

- Pu-tain ! Krystina ! grogna-t-il, en tentant de reprendre sa respiration.

Il s'effondra sur moi, me couvrant de sa chaleur. Nous étions tous les deux collants à cause de l'effort, mais je m'en fichais. Je voulais savourer ce moment, qui était l'écho final de sa libération, et prolonger les derniers battements de mon propre orgasme. Et puis, une fois que nous eûmes tous deux repris notre souffle, il se retira de moi à contrecœur avec moultes précautions, me laissant ronronner comme un chaton.

- Ne bouge pas, me dit-il.

Tournant les yeux à ma droite, je le vis entrer dans sa salle de bain. Puis, j'entendis comme des placards qui s'ouvraient et se refermaient. De l'eau se mit à couler pendant quelques minutes. Ce ne fut qu'à ce moment-là que je pris conscience que la musique ne s'était pas arrêtée. Les chansons ne parlaient plus de passion sauvage, ni de désir. Au contraire, elles étaient plus apaisantes et tout à fait adaptées à mon état d'esprit actuel. À son retour, Alexander commença à m'essuyer les jambes avec un gant de toilette chaud, enlevant ainsi les résidus de nos ébats amoureux. La tendresse et l'intimité de ses gestes étaient surprenantes. Et pour la deuxième fois depuis ma rencontre avec lui, je ressentis comme une petite fissure dans les murs que je m'étais soigneusement construits.

Fais gaffe, Cole... maint'nant, c'n'est que l'effet secondaire du sexe.

Il fallait que je fasse attention à ce que je faisais, sinon j'allais me retrouver dans un joli tas de décombres. Mais je voulais pourtant profiter de ce moment, au moins juste pour une minute de plus. Et lorsqu'il remonta dans le lit, j'ai repoussé l'inquiétude tenace qui me disait que j'aimais peut-être un peu trop tout cela, et je l'ai autorisé à me tirer contre lui et me blottis contre sa poitrine.

Juste une minute, Cole.

Parce qu'une minute était tout ce que je pouvais me permettre de donner.

Alexander

JE TENAIS KRYSTINA CONTRE MOI, la tête sous mon menton. Avec mon index, je traçais la ligne de sa colonne vertébrale et de la forme de ses omoplates. Elle ronronnait sous mon contact, rassasiée par les jets de la passion. Je frôlais le dessus de sa tête avec mes lèvres, respirant l'odeur de ses cheveux. Son odeur enivrante provoquait le désir de se répandre dans mes veines.

P'tain. J'ai encore envie d'elle.

Fermant les yeux en prenant des petites respirations, je luttais contre l'envie de recommencer. Mais je ne pouvais pas, du moins pas encore. Si nous devions nous aventurer dans une véritable relation BDSM, je devais tout d'abord m'occuper de certaines choses. Dans le passé, j'avais toujours pensé qu'il était de la responsabilité de la personne Soumise de s'occuper de ses besoins personnels après avoir joué. Cependant, Krystina était différente. Et si je prenais le risque d'ignorer certains aspects de mon monde, ce serait une énorme erreur que nous regretterions tous les deux.

- Assieds-toi, mon ange. J'aimerais que tu boives un verre d'eau, lui dis-je en nous mettant tous deux en position assise.

Je me suis approché de la table de nuit pour prendre le gobelet que j'avais rempli dans la salle de bain.

- Merci. J'ai bien soif, en effet, dit-elle d'un air léthargique. Elle prit le verre avec empressement pour se désaltérer la bouche sèche.

- Doucement ! Pas si vite. Tu dois t'hydrater, pas te rendre malade !

- J'ai soif, Alex. T'inquiète. Je ne pense pas que juste de l'eau me rendrait malade, dit-elle en riant.

Je n'aimais pas la couleur de sa peau. Grâce au peu de lumière de la chambre, je pouvais voir que ses joues étaient rouges, mais que le reste de sa peau était d'une pâleur fantomatique. Fermant les yeux brièvement, je sentai la culpabilité gonfler dans mes tripes.

J'y suis allé trop fort. Pu-tain !

Et pourtant, ça, je le savais ! Si on est trop dur avec une débutante, les résultats peuvent être dévastateurs.

- Je suis sérieux, Krystina, insistai-je. Me déplaçant derrière elle, je lui massais les épaules. C'est important que tu prennes soin de ton corps après ce que l'on vient de faire.

- Mais pourquoi ?

- Je ne me suis pas beaucoup retenu avec le fouet. Est-ce qu'à un certain moment, tu as constaté une perte de concentration de ta part ? Comme si tu étais en transe ?

Elle tourna la tête pour me faire face, les sourcils froncés dans un air interrogateur.

- Et bien voui, ça m'est arrivé. Pourquoi ?

- C'est naturel pour une Soumise, et c'est en partie la raison pour laquelle je veux que tu passes la nuit avec moi, lui expliquais-je tout en continuant à pétrir et à appuyer mes pouces dans les muscles de ses épaules. C'est primordial que l'on s'occupe de toi, surtout si tu as ressenti ce genre de choses. Ce que tu as vécu est ce qu'on appelle le subspace, et ce n'est pas quelque chose qu'il faut prendre à la légère.

Son nez se pinça dans la confusion.

- Le subspace ? C'est un truc de *Star Trek* ?

La naïveté de sa question était si inattendue et complètement désarmante. Un petit rire s'échappa de ma bouche. J'étais étonné de voir avec quelle facilité je pouvais rire avec elle. D'être simplement moi-même.

- P't'être... je n'sais pas, à vrai dire, je n'ai jamais regardé *Star Trek*, admis-je.

- Non mais tu rigoles, j'espère ! Tout l'monde a été un *trekker* à un moment d'sa vie - c'est comme un rite passager, en quelque sorte. Tu as dû avoir une enfance très ennuyeuse... me railla-t-elle.

Ses mots commençaient à sonner un peu plus énergiques et la coloration de sa peau revenait à la normale.

Bien. Elle redescend.

- Enfin, bref... c'est p't'être dans un film de science-fiction. Mais je t'assure que ce à quoi je fais référence est tout sauf fictif. C'est une chose tout à fait réelle.

- Comment en sais-tu autant sur ce genre de choses ?

- Le temps. La pratique. J'ai beaucoup appris dans les clubs. Ce que je n'ai pas appris de là, je l'ai lu. Et en plus, c'est ce que j'aime. Pourquoi je ne prendrais pas le temps d'apprendre si c'est quelque chose que j'aime ?

Puis elle se tut, affichant une expression réfléchie comme si elle méditait sur mes paroles. Au bout d'une minute, elle baissa le regard et se mit à tripoter les draps qui s'étaient emmêlés autour de nous.

- De l'eau, des massages de dos, des nuits entières à tes côtés... c'est comme ça que tu t'occupes de tes Soumises ? me demanda-t-elle timidement.

C'était presque comme si elle avait peur de la réponse.

- Non. Tu es la première, lui avouai-je ouvertement.

Elle leva lentement les yeux, qui étaient ronds et incrédules.

- C'est vrai ?

Son manque de confiance me frappa en plein dans la poitrine.

Mais mon ange... tu ne le sais pas ? Tu n'es pas une fille comme les autres quand tu es dans mon lit.

De voir une telle fragilité sous son noyau de fer me fit perdre le fil et j'eus du mal à trouver mon équilibre. Je me suis approché d'elle pour repousser tendrement une mèche bouclée perdue sur son visage en la plaçant derrière son oreille.

- Et voui, mon ange. C'est vrai. À l'exception de mon premier passage en BDSM, mon expérience s'est limitée à une ou deux liaisons, juste je temps d'une nuit. Jusqu'à ce que je te rencontre, je n'ai jamais pris le risque d'une liaison à plus long terme.

Elle se retourna et s'installa une fois de plus contre ma poitrine.

- Ta première, qui c'était ? Enfin, j'veux dire. Elle fit une pause, s'abandonnant à un bâillement. Tu m'as dit que tu étais dans le coup depuis des années, mais je suppose que ce que je veux vraiment savoir, c'est si toutes tes relations ont été comme ça.

Que ce soit sa curiosité captivante ou sa docilité dans mes bras, je ne pus empêcher les mots de sortir de ma bouche.

- J'avais dix-huit ans. Je sortais avec une fille de mon quartier. Nous n'étions ensemble que depuis quelques mois, mais elle était à fond dans notre histoire. Avec le recul, ce que nous avons fait, c'était comme si on jouait en deuxième division. Mais cela a suscité en moi plus qu'une simple curiosité. En vieillissant, j'ai appris que l'argent avait une façon de parler. J'ai commencé à voyager dans différents milieux sociaux, notamment dans des cercles comprenant des millionnaires aux goûts variés. Finalement, on m'a proposé de rejoindre un club. Puis tout est rentré dans l'ordre après ça.

- Alors, c'est aussi facile que ça ? Tu vas tout simplement dans un club et tu choisis une fille au hasard ?

Elle avait posé cette question avec indifférence, mais je pouvais entendre une petite mesure de dégoût cachée sous son ton.

Elle ne comprend pas.

Je devais la retenir avant que la conversation ne s'engage.

- Ce n'est pas aussi facile que tu le dis, Krystina. Il y a tout un processus en jeu - il n'est pas difficile, mais des mesures sont prises pour s'assurer que toutes les parties soient sûres et discrètes. C'est pourquoi je préfère généralement la scène des clubs. Les femmes qui y sont présentes connaissent les règles, elles ont l'expérience nécessaire et elles peuvent éviter de s'attacher.

- Huuumm... je pense que j'aimerais beaucoup aller dans un de tes clubs. Un d'ces jours ! déclara-t-elle.

Oh, pitié, non.

Ceci dit, sachant que Krystina avait un esprit curieux, j'aurais pu prévoir qu'elle voudrait aller au club. Je me maudis de ne pas avoir envisagé cette possibilité. L'idée qu'elle soit à l'intérieur du Club O me rendait malade, mais je ne pouvais pas lui dire sans explication. Elle ne savait pas ce qui s'y passait, malgré les contrôles mis en place. Elle serait vulnérable à un certain nombre de comportements controversés, en fonction des personnes présentes. En fait, elle avait déjà été choquée par ce qu'elle avait trouvé sur Internet. Voir toutes ces choses en vrai était une expérience totalement différente - une expérience que je ne pensais pas qu'elle pourrait supporter. Et je serais damné si je devais être celui qui l'exposerait à la profondeur de la débauche qui pourrait se produire.

- Je ne pense pas que ce soit une bonne idée.

- Et pourquoi pas ?

- C'n'est pas l'genre d'endroit que tu aimerais, expliquai-je.

- De toute façon... elle stoppa net, se livrant à un autre bâillement. J'aimerais beaucoup y aller un jour, histoire de voir tout ça par moi-même.

Je voyais qu'elle luttait contre le sommeil ; j'en ai donc profité pour faire diversion :

- Tu as besoin de dormir, mon ange. On a assez parlé ce soir, et tu dois te reposer. Contente-toi de t'endormir.

Sans surprise, il ne m'en fallut pas beaucoup pour la convaincre. En quelques minutes, sa respiration se fit douce et régulière. Poussant un un soupir de soulagement, je me dis que si elle avait toute sa tête, je n'aurais pas été libéré aussi facilement. Ma relation avec elle évoluait rapidement et il m'était arrivé de trop me livrer à elle par inadvertance. Il fallait que je garde à l'esprit à quel point elle avait pris de la place dans ma vie. Si je continuais à me livrer à elle comme je le faisais, je risquais de la repousser. Tout doucement, je l'ai déplacée lentement sur le côté afin de l'allonger près de moi. Elle bougea à peine alors que je glissais les draps sur elle. Plaçant un oreiller sous mon coude, j'ai posé ma tête sur ma main pour la regarder fixement pendant un long moment. Ses lèvres se séparaient légèrement à chaque respiration, son joli visage était doux et tranquille. Elle était belle quand elle dormait. Je ne pouvais pas m'empêcher de penser à la perfection de son apparence ici, dans mon lit - comme si elle était destinée à y être. J'étais surpris par la facilité avec laquelle je m'étais adapté à l'idée de l'avoir ici de façon régulière. Les sentiments qu'elle suscitait en moi m'étaient inconnus, mais je ne pouvais pas dire qu'ils n'étaient pas les bienvenus. Être avec elle me faisait réaliser à quel point ma vie était vide. Et sans le savoir, elle remplissait un vide dont j'avais auparavant ignoré l'existence. Cependant, je ne pouvais pas sous-estimer ce que je ressentais au plus profond de mes tripes - ce rappel constant que je ne devais pas m'approcher d'elle de trop près. Je savais que si je voulais la garder près de moi, je devais trouver un moyen d'équilibrer le passé et le présent avant de m'enfoncer davantage. Cédant à un bâillement, je me battis contre mes paupières qui étaient soudainement devenues lourdes. Il était à peine dix heures, mais je me sentais vraiment épuisé.

Nan, pas maint'nant... il est trop tôt pour s'endormir.

Je ne pensais pas que Krystina s'en irait, et dans tous les cas, je ne lui laisserai aucune chance pour qu'elle me glisse à nouveau entre les doigts. C'était pour cela que je voulais tenir le marchand de sable à l'écart pour un peu plus de temps. Je sortis du lit pour aller baisser l'intensité de la lumière de la chambre. Le clair de lune brillait à travers la vitre, projetant des ombres sombres sur les murs. J'envisageais de me verser un dernier verre, quand j'entendis Krystina marmonner de façon incohérente.

- Désolé. Qu'est-ce que tu viens de dire ? lui demandai-je en revenant vers elle.

- Alexander, murmura-t-elle.

- Oui, mon ange.

Pas de réponse.

Elle parle dans son sommeil.

Ça me fit sourire : je trouvais le son de mon prénom sur ses lèvres très mignon, même pendant son sommeil.

- Je... non, j'ai pas envie. J'dois y aller, marmonna-t-elle, les mots à peine audibles.

À travers la lueur du clair de lune, je vis son front se plisser, comme si elle était tourmentée par quelque chose.

- Chut, Krystina. Tu dois aller nulle part, lui chuchotai-je.

Elle ne répondit pas. La serrant contre moi, je lui caressais les cheveux.

Tu restes ici, mon ange. Parce que c'est ta place.

31

Alexander

Comme mon horloge biologique me le dictait, je me suis réveillé avant le lever du soleil pour sentir Krystina encore dans mes bras. Elle était pressée contre moi, son corps nu était chaud et invitant. Presque trop, d'ailleurs. Lentement, je me suis roulé sur le dos. Puis une autre partie de mon anatomie décrèta qu'il était temps qu'elle se réveille elle aussi. En m'approchant de la table de nuit, je pris mon smartphone pour commencer ma routine habituelle consistant à vérifier mes e-mails et à consulter le planning de la journée à venir. Avant d'ouvrir ma boîte de réception, je vis que j'avais reçu une série de textos que Matteo avait envoyés la nuit précédente.

Hier

20:30, Matteo Donati : *Tu as des projets ? Ça te dit d'aller boire un coup ?*

20:41, Matteo Donati : *Je viens d'envoyer un texto à Bryan. Il est d'accord. On se retrouve au Social Lounge dans une heure.*

Ces deux messages me firent doucement rigoler.

Bien sûr que Bryan était motivé.

Mon comptable était toujours partant pour faire la fête - surtout si c'était dans un endroit très fréquenté.

22:02, Matteo Donati : *Mais t'es où ?*
22:15, Matteo Donati : *Toujours collé à ton téléphone. J'espère que tu ne réponds pas parce que tu es en train t'envoyer en l'air. Et ta copine, elle va bien ?*

Je dus étouffer un rire après avoir lu sa question, sinon je risquais de réveiller Krystina. Matteo n'avait décidément aucun tact.

Quel con, c'ui-là !

Après avoir réfléchi à la manière dont j'allais répondre à mon ami, j'ai commencé à taper ma réponse.

Aujourd'hui

5:37, moi : *Je viens tout juste de voir ton message. Elle va très bien. Mes parties de jambes en l'air ne te regardent pas. J'espère en tout cas que vous vous êtes bien amusés, hier soir. Navré de ne pas avoir été de la partie.*

Après lui avoir rapidement envoyé ma réponse, je me suis attaqué à ma boîte de réception.

Il y avait un courriel de Kimberly Melbourne, qui me donnait des informations sur l'état d'avancement du réaménagement du bureau de Turning Stone. Selon ses prévisions, le réaménagement sera achevé dans les temps.

Très bien.

Un e-mail de Bryan indiquait que la cérémonie d'inauguration avait finalement été prévue à la Stone Arena.

He ben ! Il était temps.

L'obtention de tous les permis de construire avait causé tout ce retard, qui avait coûté à Stone Enterprise une belle somme, ce qui avait fait monter en flèche la tension artérielle de mon comptable.

Dès le début, il n'était pas forcément d'accord pour que j'aille dans ce sens par rapport au projet d'un complexe de football. Pareil pour le prix des droits de dénomination. Mais malgré ses réserves, Bryan avait pratiquement déplacé des montagnes afin de réduire toute la paperasse. Je lui devais, ainsi qu'à quelques autres membres clé du personnel, un énorme merci.

À : Bryan Davenport
CC : Stephen Kinsley, Laura Kaufman, Hale Fulton
DE : Alexander Stone
OBJECT : Re : Stone Arena

Comme vous le savez, cet investissement me tient vraiment à cœur, et j'apprécie tous vos efforts dans le cadre de ce projet. Stephen va régler les derniers détails juridiques avec les membres du conseil d'administration. Cependant, je vais innover dans cette initiative et ne pas faire appel à l'entreprise de planification habituelle pour cette inauguration. Hale sera responsable de la sécurité et Laura, la coordinatrice principale des détails de l'événement et des relations publiques. Chaque membre du conseil d'administration devra être présent lors de la cérémonie - ce n'est pas négociable. Nous avons obtenu beaucoup d'informations sur cet accord, et je suis sûr que la presse va nous submerger. Je veux une équipe unie.
Tenez-moi au courant du processus de planification.

Alexander Stone
DG, Stone Enterprise

Une fois l'e-mail envoyé, je suis passé au suivant, surpris de voir un message d'un vieil ami avec qui j'étais à l'université. Je ne lui avais pas parlé depuis quelques mois, mais le titre de son e-mail me fit froncer les sourcils dans ma curiosité.

À : Alexander Stone

DE : Burke Dalton
OBJET : Au secours !

Alex,

Je suis responsable d'une convention pour le compte du *Boston Lifestyle and Investments*. Notre orateur principal m'a fait faux bond à la dernière minute et je suis dans l'embarras. Tu es le remplaçant idéal. Il s'agit d'un événement de deux jours qui a lieu jeudi et vendredi (et oui, cette semaine !). Je sais que je demande ça à la dernière minute, mais je te serai redevable si tu me faisais l'honneur d'accepter. Je te remercie de voir ce que tu pourras faire. Ton aide sera vraiment très appréciée.

Cordialement,
Burke

La dernière chose que je voulais faire, c'était d'aller à Boston cette semaine, et je n'étais pas sûr de pouvoir y arriver non plus. Je fis rapidement passer l'e-mail à Laura pour voir ce qu'elle pourrait faire. Cette femme avait la capacité de faire des miracles, mais je ne voulais rien confirmer avec Burke avant de l'avoir mise au courant. Une fois le message envoyé, je me suis plongé dans la lecture de ce que Laura m'avait envoyé, comme par exemple, un résumé de mon emploi du temps pour la journée. Je souris quand je vis que je n'avais pas grand-chose de prévu pour la journée, finalement. Dans l'ensemble, ma journée partait bien pour être plus que réussie, même si je savais que la fin de la semaine s'annonçait hyper chargée. Puis, entre deux e-mails, mon regard se posa sur Krystina, qui dormait encore profondément à côté de moi.

C'est quand, la dernière fois que je me suis pris une matinée ?

Mon planning d'aujourd'hui me permettrait d'arriver au bureau un peu plus tard que d'habitude, et l'idée de passer la matinée avec Krystina me plaisait bien. Sur un coup de tête, j'ai décidé d'envoyer à Laura un message très peu caractéristique de ma part.

À : Laura Kaufman
DE : Alexander Stone
OBJET : Re : Planning du jour

Laura,
Je risque d'arriver au bureau plus tard que d'habitude, aujourd'hui : pas avant II heures. Cependant, j'ai besoin d'une réponse apide au sujet de Boston. Merci de m'informer lorsque vous aurez trouvé une solution.
J'ai également besoin que vous contactiez Viviane dès que possible pour lui demander de prendre de quoi faire un bon petit déjeuner (elle saura de quoi je parle).

Alexander Stone
DG, Stone Enterprise

Après avoir cliqué sur le bouton d'envoi, je me suis levé. Puis je me suis étiré un moment, et me vêtis d'un pantalon de jogging et d'un t-shirt. Ensuite, l'étape suivante de ma journée fut d'écrire une note à l'attention de Viviane. J'ai donc récupéré un bloc-notes et un stylo dans mon bureau et me suis ensuite rendu à la cuisine. Je pris le temps de lui écrire mes demandes pour la journée. Puis j'ai placé la note en évidence sur le comptoir.

Qu'est-ce que j'aimerais que cette femme cesse d'être aussi résistante à la technologie et qu'elle se prenne un téléphone portable !

J'écartais vite cette idée en me rappelant qu'elle était vraiment douée dans son travail. Je pouvais compter sur elle pour presque tout et j'avais pris l'engagement de lui concéder cette tâche il y a longtemps. Ça ne risquait pas de changer maintenant.

On n'apprend pas à un vieux singe à faire des grimaces.

Puis je suis retourné dans ma chambre pour prendre mes baskets et pour voir, au passage, où en était Krystina. Elle dormait encore comme un bébé, les bras enroulés autour d'un oreiller. Sa masse de boucles s'étalait derrière sa tête. Le soleil commençait tout juste à éclairer le ciel, jetant une lueur lumineuse sur sa peau. Je me suis déplacé pour abaisser le store de la chambre afin que le soleil levant ne la réveille pas. Satisfait de la voir comme ça, j'ai décidé de la laisser seule pour aller faire un peu d'exercice dans ma salle de gym.

Krystina

UN BRUISSEMENT froissé me fit ouvrir les yeux. Au début, j'étais désorientée : mon environnement m'était inconnu. Il me fallut une bonne trentaine de secondes pour réaliser que j'étais dans le loft. Dans le lit d'Alexander. La lumière du soleil qui sortait de derrière le store de la fenêtre me disait que j'avais passé toute la nuit ici.

Et merde !

Je n'avais pas prévu de rester toute la nuit.

- B'jour, Krystina. Bien dormi ?

Me retournant en roulant sur le dos, je vis Alexander debout au pied du lit, complètement à poil, apparemment pas gêné du tout. Il venait manifestement de se doucher et se séchait les cheveux avec une serviette. Des gouttes d'eau ruisselaient et scintillaient sur ses épaules et sa poitrine. Il était super beau et je soupirais intérieurement.

Faut-il vraiment qu'il soit toujours aussi beau ?

Je l'observais un instant avant de me réprimander de l'avoir reluqué.

Concentre-toi - tu dois rentrer chez toi !

- Très bien, à vrai dire. Quelle heure il est ? m'enquis-je en regardant dans la pièce à la recherche d'un eventuel réveil qui me donnerait un indice.

Allyson s'inquiétait probablement. Je ne dormais jamais ailleurs que chez moi, d'habitude.

- Il est sept heures passées.

- J'dois y aller.

- Oh, non. Surtout pas. Pas avant d'avoir mangé quelque chose. Je ne suis généralement pas très doué aux fourneaux, mais je peux te faire une de ces omelettes !

- Non, j'insiste. Ally doit être folle d'inquiétude en ce moment. Je n'ai pas l'habitude de ne pas rentrer.

- Tu es toujours pressée de me quitter. Pourquoi tu fais tout l'temps ça ? En plus, tu es adulte, Krystina. Je suis sûr qu'Allyson comprendra, dit-il en enfilant un jean. Envoie-lui un texto pour lui dire où tu es.

- D'accord. Un p'tit déj rapide alors, concédais-je. Je m'assis en tenant le drap pour couvrir ma poitrine. Si Alexander était d'accord pour parader nu, je n'étais pas encore tout à fait à l'aise avec ce concept. Pourrais-tu aller me chercher mes vêtements qui sont dans la salle de bains ? Je les y ai laissés, hier soir.

- Non, ils n'y sont plus. J'ai demandé à Viviane de les mettre à laver quand elle est venue déposer les courses ce matin. Du devrais les retrouver dans une heure, à peu près. En attendant, tu peux porter un de mes t-shirts. À moins que tu ne sois prête à tester le concept de rester toute nue... s'exclama-t-il en me lançant un sourire suggestif.

Je lui répondis d'un froncement de sourcils :

- Je vais garder l'option du t-shirt, si ça te va.

Alexander secoua la tête et se dirigea vers sa commode.

- Fais comme tu veux, dit-il, en me lançant un t-shirt sorti du tiroir du haut. Mais la prochaine fois que tu viens, apporte d'autres vêtements en plus, histoire de les laisser ici.

Sur ce, il me laissa seule dans la pièce, perdue dans mes pensées. Il posa son t-shirt de manière très désinvolte. Décidant de ne pas trop y réfléchir, je me passai son t-shirt par-dessus la tête. Alors qu'il glissait sur mes épaules, je respirais son odeur : un mélange de lessive et de senteurs masculines, il était à l'image d'Alexander, puissante à mes sens. Je sortis du lit et fis un détour dans la salle de bain pour me rafraîchir et m'occuper de mes affaires. Ensuite, direction cuisine. J'y trouvais Alexander qui travaillait déjà sur notre petit déjeuner. Le bacon grésillait dans une poêle à frire, tandis qu'il brisait habilement deux œufs dans un bol.

- Tu veux de l'aide ? lui proposai-je.

Je me sentais inutile en le regardant découper du jambon et des poivrons en dés pour son omelette.

- Non, j'm'en occupe. Assieds-toi. Il y a du café là-bas, avec ton nom dessus, me dit-il.

Il s'interrompit un instant pour pointer du doigt la petite table qui se trouvait au fond de la cuisine. Une tasse de café chaud et fumant m'attendait. Attirée par l'arôme d'un café bien noir, je me dirigeais vers la table pour m'asseoir. Je tentais de m'installer au mieux sur la chaise, réalisant pour la première fois à quel point j'avais mal au derrière depuis la nuit dernière. Je n'avais pas réalisé qu'il m'avait fait autant travailler les muscles. Ignorant l'inquiétude gênante que cela suscitait, je pris une gorgée de café.

- Ton café est vraiment très bon. T'en prends pas ? lui demandai-je après avoir vu qu'une seule tasse avait été préparée.

Alexander me regarda par-dessus son épaule et plissa son nez de dégoût.

- Je n'bois pas ce truc.

- Pour moi, c'est un crime ! Un peu comme si toute ma santé mentale passait dans une tasse, lui dis-je en me resservant et en savourant le goût aigre-doux du breuvage sur ma langue. Je ne peux pas vivre sans.

- Ma sœur est accro au café. Je n'y ai jamais pris goût, me dit-il.

Puis il se dirigea vers la table et y déposa deux assiettes chaudes d'œufs et de bacon. Me sentant soudainement affamée, je piquai un morceau d'omelette avec ma fourchette et souffla dessus pendant une minute pour le refroidir avant d'en prendre une bouchée.

- Waow ! Mais c'est bien vrai, ton omelette, c'est vraiment une tuerie, déclarai-je.

Il hocha simplement la tête, semblant confiant dans ses talents culinaires, et creusa dans la nourriture avec ses couverts. Assis tous les deux, nous mangeâmes en silence pendant un moment, profitant tous deux contents de ce premier repas de la journée. Au bout d'un moment, Alexander commença à lire la première page d'un journal posé sur la table. Cette scène semblait très intime et me mettait mal à l'aise. Plutôt que de lui faire part de ma gêne, je continuais à manger tranquillement, soudainement anxieuse d'en finir.

- Tu sais qu'tu parles dans ton sommeil ? me demanda Alexander, levant les yeux de ses lectures et rompant le silence de la pièce.

Dans mon embarras, je sentis mon visage rougir. J'avais rêvé d'Alexander pendant mon sommeil.

- Ma mère et Frank me l'ont dit. D'ailleurs, ça a rendu Frank complètement dingue parce qu'il a le sommeil léger. J'espère ne pas avoir dit trop d'bêtises.

- Non. Tu as juste dit que tu n'avais pas envie de faire quelque chose. C'n'était pas très clair, parce que tu marmonnais un peu.

- Humm... je n'm'en rappelle pas. J'me souviens rarement d'mes rêves, une fois réveillée, mentis-je.

Mais en vérité, je me souvenais très clairement de mon rêve : un rêve dans lequel je retrouvais les images sauvages que j'avais vues sur Internet, avec Alexander, qui me faisait subir la plupart de ces choses. Dans mon rêve, j'étais bâillonnée, écartée et attachée avec une corde noire pendant qu'Alexander me caressait le corps avec une cravache. Même en dormant, je savais que je ne devrais pas désirer ce genre de pratiques, mais pourtant, je les acceptais. J'avais essayé de partir, mais en vain. Je voulais qu'il me pousse le plus loin possible pour voir ce que je pouvais supporter. J'avais le vague souvenir de m'être réveillée à un moment donné de la nuit, en souhaitant qu'Alexander me fasse subir ces choses en vrai. Le fait que je me sois peut-être révélée pendant mon sommeil était absolument mortifiant.

- Tu parles beaucoup de ta mère et de ton beau-père, mais qu'en est-il de ton père ? me demanda Alexander.

Je réprimais un soupir de soulagement à la possibilité de changer de sujet, car je trouvais la découverte de mon monstre intérieur très perturbante.

- Je ne le connais pas. Ce donneur de sperme a quitté ma mère alors que je n'étais qu'un bébé, dis-je sur d'un ton désinvolte, en utilisant toujours le même terme, celui que j'avais adapté chaque fois que je faisais référence à mon père biologique.

- Ça a dû être dur pour elle - et pour toi aussi, d'ailleurs.

- Honnêtement, je n'ai pas vraiment d'opinion sur lui d'une manière ou d'une autre, sauf quand je pense à ma mère. C'est là que ça m'énerve, parce qu'elle a eu beaucoup de mal à joindre les deux bouts. Ça m'arrivait souvent de me réveiller la nuit pour l'entendre pleurer dans la cuisine. J'entrais, je voyais la pile de factures... mais j'étais jeune, et je ne comprenais pas vraiment.

Je sentis une petite bosse commencer à se former dans ma gorge en repensant à toutes ces nuits, lorsque ma mère me berçait pour m'endormir en me disant que tout irait bien. Elle me disait que son travail consistait à s'occuper des problèmes des adultes, et que le mien était de rester un enfant.

- Et du coup, à quel moment ton beau-père est-il entré en scène ? poursuivit Alexander, en m'éloignant de mes souvenirs de jeunesse.

- Elle a rencontré Frank quand j'avais huit ou neuf ans. Ils se sont mariés juste après mon dixième anniversaire. À partir de ce moment-là, ma mère n'a plus eu à se soucier de l'argent. Frank s'occupe de tout, conclus-je avec un haussement d'épaules d'indifférence.

Je n'avais pas envie de développer davantage, mes propres sentiments sur le sujet étant mitigés. Frank était un homme bon, mais je me suis souvent demandé si ma mère l'avait épousé par nécessité ou par amour.

- Huumm, se demandait-il en fronçant les sourcils. Intéressant. Après tout ce que tu m'avais dit jusqu'à maint'nant, je pensais que tu lui ressembles beaucoup. Mais maint'nant, je pense que c'est le contraire : tu es beaucoup trop indépendante.

- Eh bien, j'essaie, dis-je avec un sourire sardonique. Je me tordis sur ma chaise, et non à cause de mes fesses douloureuses, cette fois-ci. Je ne voulais tout simplement pas entrer dans une discussion sur les différences et les similitudes que j'avais avec ma mère. Ça t'dérange si j'prends une douche ?

- Fais comme chez toi, dit-il, acceptant mon abandon avec enthousiasme. Les serviettes sont dans le placard à linge.

- Merci.

Après avoir débarrassé mon assiette, je me suis levée pour me diriger vers la salle de bain, désireuse de m'éloigner de notre échange durant un petit-déjeuner très inhabituel.

Cette conversation est bien trop intense pour cette heure du matin.

Entre le souvenir de mon rêve et notre conversation au sujet de ma mère, j'étais prête à remonter dans mon lit et à recommencer ma journée à zéro.

32

Krystina

J'étais déjà allée la salle de bain d'Alexander, mais je n'avais jamais remarqué les détails de la grande cabine de douche. Les murs étaient recouverts de carreaux du sol au plafond, avec une jolie mosaïque au milieu d'un des murs. Un banc s'intégrait dans tout ça, et des jets d'eau venaient se placer tout autour de façon intelligente. Actionnant le bouton permettant de mettre l'eau en marche, je fus agréablement surprise de voir le jet descendre en cascade directement depuis le plafond. Une fois l'eau à la bonne température, je fis un pas en arrière pour enlever le tee-shirt d'Alexander, attendant avec impatience de pouvoir profiter de cette douche luxueuse. Juste au moment où j'allais entrer, ce dernier se glissa derrière moi. Je sursautais, ayant été prise au dépourvu.

- Oh, tu m'as fait peur ! Je ne t'ai pas entendu entrer !

- Humm... me murmura-t-il à l'oreille. En te regardant partir avec mon t-shirt, je n'ai pas pu résister. Tu as des jambes incroyables, tu sais ?

Il passa ses mains sur mes épaules, le long de mes bras, puis les remonta pour me prendre les seins. Il attrapa une poignée de boucles, écarta mes cheveux et se mit à me grignoter le cou de baisers.

- Je n'vais jamais m'doucher si tu continues comme ça, criai-je sans enthousiasme.

Un frisson s'empara de ma colonne vertébrale et un petit gémissement m'échappa.

- Mais je peux tout à fait retourner dans la cuisine, si c'est ce que tu veux, me taquina-t-il.

Il glissa les mains le long de mon ventre en s'arrêtant délibérément sur mon os pelvien.

- Non, soufflai-je frustrée qu'il n'ait pas continué son voyage encore plus loin.

- Alors, Mademoiselle Cole. Ça vous dérange si je me joins à vous ? me proposa-t-il.

- Mais, pas du tout. *Monsieur*, dis-je en entrant dans son jeu.

J'étais sur le point de faire une blague en l'appelant « Monsieur », mais je fus brusquement réduite au silence lorsqu'il me fit tourner sur moi-même. D'un geste rapide, il me prit sous les bras et me fit passer les jambes autour de sa taille. Avant que je ne m'en rende compte, j'étais dans la cabine de la douche, le dos appuyé contre le mur, sa bouche appuyée contre la mienne.

- Kristina ! Tu es vraiment parfaite. Si tu savais... toutes les choses que j'ai envie d'te faire... il s'éloigna, déplaçant ses lèvres le long de mon cou.

Je m'appuyais le dos au mur, en poussant mes hanches contre lui, pour découvrir la sensation rugueuse du denim.

- Mais Alex ! Tu as toujours ton jean ! m'exclamai-je, choquée.

- Ah, bah oui, tu vois, dit-il.

Il nous fit tourner pour pouvoir me faire descendre sur un banc de douche. Après avoir déboutonné sa braguette, il poussa le tissu humide le long de ses jambes. Le fait de le voir se débattre me fit rigoler doucement : cette situation était assez comique, parce qu'il avait d'habitude des mouvements bien plus gracieux.

- Tu aurais dû réfléchir un peu avant de venir m'attaquer.

Je rigolais encore plus. Il m'ignora tout en se concentrant sur le fait d'avoir à enlever son pantalon autour de ses chevilles. Une fois débarrassé de ce vêtement mouillé, il le jeta hors de la douche, le transformant ainsi en un tas humide sur le sol. Lorsqu'il se retourna vers moi, ses yeux étaient sombres.

- Je vais te punir parce que tu t'es moquée de moi, me promit-il. Je vais te faire perdre la tête tellement tu auras envie d'moi, à tel point que tu ne seras même plus capable de penser correctement. Mais tu n'as pas le droit de jouir. Pigé ?

- Oui, chuchotai-je.

Un resserrement se forma dans mon ventre, excitée par l'idée d'être tenue en haleine.

- Écarte les jambes. Je veux que ton entrejambe soit grand ouvert. Et quoi que je fasse, tu n'as pas le droit de bouger. Sauf si je te le dis.

Ma respiration s'accéléra en attendant ses nouvelles directives. Il retira une pomme de douche amovible du mur et exécuta une danse lente le long de mon corps. En commençant par ma tête, il déplaça le flux de l'eau le long de chacun de mes bras, puis sur chacun de mes seins. Puis il posa la pomme de douche sur le banc, en maintenant le débit d'eau contre mon clitoris, qui battait pleinement. Cependant, il avait fait exprès de mettre le jet à cet endroit-là : il y avait juste assez de pression pour me titiller et ne rien faire de plus ; une véritable torture !

Debout, Alexander récupéra un flacon de gel douche. En faisant gicler un peu de savon sur sa main, il s'empressa de le faire mousser. Il commença par me masser les épaules, ses doigts glissant vers le haut et autour de mes tétons, pour finalement descendre jusqu'à mes pieds. Lorsqu'il s'approcha à nouveau de moi, ses mains ralentirent pour pétrir le haut de mes cuisses, se frayant un chemin de manière tortueuse jusqu'à mon clitoris qui battait à tout rompre et qui avait toujours du mal à se libérer de la pression subtile de la pomme de douche.

- Laiss'moi t'raser la chatte. J'veux voir à quel point tu mouilles. Et que ça scintille !

Quoi ? ? ? ! !

Puis je me dis que ce n'était pas la peine d'en faire tout un patacaisse. Finalement, pas mal de femmes se rasaient ou s'épilaient à la cire à cet endroit-là. Mais c'était une chose de s'en occuper soi-même, et une autre de laisser quelqu'un d'autre le faire à sa place. Je ne pus m'empêcher de penser à la possibilité de laisser quelqu'un d'autre mettre un rasoir sur la partie la plus sensible de mon corps.

- Hum, hésitai-je.

- Tu m'fais confiance ? me demanda-t-il en exerçant une pression un peu plus forte sur mon clitoris.

Je penchai la tête en arrière et me mis à gémir, savourant la façon dont il caressait, pinçait et tapait sur mon organe enflé.

- Oui, soupirai-je.

- Alors, ferme les yeux. Je veux juste que tu ressentes les choses.

Lorsque la crème à raser atteignit l'endroit critique, il me fallut écarter encore plus les jambes pour permettre à Alexander de mieux l'étaler jusqu'aux lèvres. Lorsque je sentis le premier coup de rasoir se déplacer sur ma peau, je me mis à respirer de manière saccadée tellement cette sensation unique me transportait dans un univers d'extase. Il restait cependant prudent, déplaçant la lame avec une précision calculée, concentré sur la tâche à accomplir. Mon anxiété initiale fut remplacée par un désir pur, une excitation des plus érotiques qui était inexplicable et indescriptiblement intime.

- C'est vraiment bien mouillé, me dit-il en glissant ses doigts le long de ma fente. Glisse-toi un peu sur le banc.

Une fois que j'eus changé de position, il me prit les deux jambes et les plaça sur ses épaules. Les écartant, il fit courir le rasoir sur les zones nouvellement exposées en m'étirant. Quand il eut fini, il me massa doucement les lèvres fraîchement rasées tout en rinçant le reste de la crème. Et sans me prévenir, son doigt se poussa contre mon orifice arrière ; la pression soudaine me prit par surprise.

- Un jour, je vais réclamer ce cul, Krystina. Mon pouls

s'accéléra à la mention de cet acte tabou et ma respiration s'accéléra de façon irrégulière. Détends ton corps. Laisse-moi te montrer quelque chose de nouveau.

Quand son doigt essaya de s'introduire dans mon vagin, je me tendis pour répondre à cette intrusion étrangère. J'essayais de me détendre, mais mon corps se mit à lutter. Tandis qu'Alexander déplaçait le jet d'eau de nouveau sur moi et qu'il le laissa pulser sur mon clitoris, je cédais au plaisir et me sentis fondre sous sa force. Profitant de ma distraction, il persista et réussit à pousser son doigt à l'intérieur jusqu'au niveau de la première articulation. Je sentis mon vagin se resserrer avec avidité autour de lui alors qu'il commençait à se tordre et à le caresser. Cédant à l'instant, je me permis de ressentir ce toucher qui m'était inhabituel. Il s'enfonça un peu plus profondément et continua à me caresser. Lorsqu'il cessa de caresser et qu'il retira son doigt, je sursautai de consternation. C'était vraiment choquant. Je voulais tout simplement qu'il le remette à sa place, ce qui était tout le contraire de ce que je voulais cinq minutes auparavant.

- Oohhhh, s'teu plaît...

Je me courbais contre lui, me sentant inutile de lui réclamer son doigt une fois de plus. Parce que cette fois-ci, j'étais suffisamment prête et détendue pour l'accueillir.

- Mon ange... t'aime ça, observa-t-il en me poussa une fois de plus. Touche mon doigt pendant que je te goûte.

Sa langue glissa contre mes lèvres gonflées. Une fois. Deux fois. Et la troisième, j'ai crié.

- J'vais jouir !

- Oh, non. Pas encore. C'est ta punition, tu t'souviens ?

Soudain, il stoppa tout. Son doigt et sa langue avaient disparu. Tout l'air de mes poumons partit dans un solide « whoosh », ma frustration atteignant son ultime sommet. J'étais désespérée et mon corps suppliait d'être libéré.

- S'teu plaît, Alex ! Prends-moi... prends-moi. Je suis à toi, paniquai-je, à peine capable de faire sortir les mots de ma bouche.

À ce moment-là, il me mit en position debout et me fit tourner, ce qui fit que je me suis retrouvée face au banc.

- Penche-toi. Place tes mains sur le banc.

Je fis ce qu'il me demanda sans tarder, et en une demi-seconde, j'ai senti sa queue plonger profondément en moi, étirant les tissus encore gonflés de la veille. Il écarta ses paumes sur mon dos, faisant courir ses doigts le long de la raie de mes fesses. Avec son pouce, il s'appuya contre mon trou arrière sans l'enfoncer complètement.

- Allez, s'teu plaît..., suppliais-je, sans donner les détails de ce que je voulais désespérément.

- Tu veux quelque chose ? me demanda-t-il.

- Oui, j'le veux, lui dis-je, surprise de l'audace dont je faisais preuve tout à coup.

L'idée de combler les deux trous en même temps était une sorte de frisson de péché, provoquant comme une palpitation de désir qui serpentait dans mes veines. Mon petit diable applaudit devant tant de scandale de ma part.

- Dis-moi précisément quoi, Krystina. Je veux t'entendre le dire.

- Ton pouce !

- Ici ? se moqua-t-il en faisant le tour de cette entrée étroite.

Il se tenait complètement droit et immobile, ne me laissant uniquement sentir la rotation de son pouce taquin et de sa bite palpitante encore bien enfouie en moi.

- Alex ! S'teu plaît, gémis-je en me tordant les hanches et en le poussant contre moi.

- Je ne pense pas que tu le mérites. Tu n'peux même pas rester tranquille. J't'ai dit de n'pas bouger, rappelle-toi.

J'arrêtai immédiatement de me battre, même si c'était difficile à faire. Mais mon corps avait ses propres raisons à ce moment-là :

- C'est mieux, reprit-il. Maint'nant, dis-moi c'que tu veux.

- Je - Je te l'ai déjà dit !

Je bégayais, complètement dépassée par ce besoin urgent. Il me tapa légèrement le derrière.

- Arrête d'être timide, putain ! Je veux les entendre, ces mots, Krystina. Tu veux qu'il soit où ? s'entêta-t-il.

Puis j'ai craqué, par pur désespoir, forçant toute inhibition.

- Dans mon cul, Alex ! Tout d'suite !

Sans tarder, il enfonça son pouce dans mon cul qui attendait avec impatience, satisfaisant ainsi mon besoin libidineux. Au bout d'un moment, il se mit à bouger, me récompensant par la sensation tendue d'être comblée. Il répéta ce geste à plusieurs reprises, sa puissante pulsion correspondant au rythme de son pouce. Je le sentais à chaque poussée, poursuivant la sensation de mon orgasme, sans me soucier du fait que je devais rester immobile.

- Vas-y mon ange ! Tu peux jouir.

- J'y suis presque ! Ne t'arrête pas !

J'étais incroyablement excitée. Ce sentiment de double sensation rendait ma vision floue, comme quelque chose que je n'avais jamais connu auparavant. Un feu se propagea dans toutes les fibres de mon être et je me mis à trembler de façon incontrôlable. Mes genoux menacèrent de se déformer lorsque l'orgasme s'écrasa autour de moi dans une explosion massive sans fin. Je me mis à pleurer, le son résonnant sur les parois de la douche, complètement perdue dans les affres de mon orgasme. Alexander se calma, me laissant un moment pour reprendre mon souffle. Une fois redescendue, je sentis son érection palpiter avec un besoin insatisfait. Je me mis à bouger lentement d'avant en arrière, trayant sa queue gonflée avec les parois frémissantes de mon vagin.

- Non, putain - Krystina ! haleta-t-il en faisant un pas en arrière, son pouce et sa bite me quittant inopinément, ce qui me fit me sentir étonnamment vide.

Je me suis retournée en m'attendant à moitié à être réprimandée pour avoir trop bougé, mais je le vis à moitié affalé contre le mur de la douche, le visage pincé de tourments.

- Qu'est-ce qu'y a ?

- Pas d'capote, m'expliqua-t-il.

Une fois de plus, j'avais négligemment oublié.

- Oh, dis-je, me sentant soudainement dégonflée.

- Allez. On va continuer la fête dans ma chambre, dit-il.

Sa voix semblait tendue lorsqu'il s'approcha pour prendre ma main. Je lui souris timidement, ayant en tête une solution différente au problème qui se présentait.

- J'ai une meilleure idée.

Alexander

JE REGARDAIS Krystina venir vers moi, ses yeux sombres et fumants de promesse. Elle se mit à genoux, prit tout le poids de mon corps dans ses mains et enroula ses lèvres parfaites autour de ma queue. En un instant, toutes les pensées que j'avais sur le fait de l'emmener dans la chambre et l'attacher à ma croix disparurent. Je fus surpris de la facilité avec laquelle je lui permis de prendre le contrôle de la scène, mais je n'allais certainement pas discuter avec elle.

- Oh, mon ange... tu fais ça si bien, chuchotais-je.

Je saisis l'arrière de sa tête et m'enfonçais plus profondément dans sa gorge. Baissant un instant le regard, et je me retrouvais complètement pris par la vue qui s'offrait à moi. La masse de ses boucles était humide, et l'eau coulait sur son dos et sur la courbe de son popotin. Elle se servait d'une main pour se maintenir en place en s'agrippant fermement à ma hanche. L'autre main était fixée à la base de ma queue, tandis qu'elle utilisait sa bouche pour accomplir des miracles aux proportions épiques. La vision qu'elle m'offrait était bien plus chaude que toutes les flammes de l'enfer.

Elle me regarda, les yeux brûlants d'un secret dont elle était la seule à avoir la clé. Je rêvais de pourvoir un jour pouvoir être celui qui percerait les mystères de cette femme. Elle se retira et fit courir une langue tortueuse sur toute la longueur de mon érection, sans jamais me quitter des yeux. Puis elle répéta l'action encore et encore, en passant sa langue sur mon extrémité sensible après chaque coup de langue.

J'devrais la punir pour ça.

Elle faisait exprès de jouer avec moi, me montrant qu'elle était maintenant celle qui contrôlait la situation. C'était un jeu de pouvoir audacieux de sa part, mais cela me fit la désirer encore plus. J'avais perdu. Je n'avais aucune défense. Abandonnant tout contrôle à Krystina, j'appuyais ma tête contre le mur de la douche en gémissant. Je sentais son sourire se dessiner sur ma queue. Triomphante dans sa victoire, elle resserra sa succion une fois de plus autour de moi. Sa passion était inébranlable, me prenant toujours et encore jusqu'au fond de sa gorge. Je m'effondrais, sachant que je ne pourrais pas me retenir plus longtemps. Puis, je lui ai palpé le front pour la stabiliser, la forçant à me regarder.

- J'vais jouir, l'avertis-je avec des mots qui me paraissaient rauques. C'est à toi de décider si tu veux ou non la mettre dans ta bouche.

Elle sembla y réfléchir un bref instant, puis sans dire un mot, elle se retira et commença à me pomper la bite avec sa main. Ses mouvements étaient précis, les doigts glissant habilement sur la longueur de mon sexe. Un sentiment de conscience accrue commença à se répandre en moi, intensifiant la connexion avec la femme fougueuse à genoux devant moi. Puis, d'un seul coup, tout éclata en un moment de parfaite clarté. En quelques secondes, ma semence gicla sur toute sa poitrine, recouvrant ses tétons avant d'être emportée par le flux d'eau des jets de la douche. Ce spectacle était fabuleux à contempler. Après avoir bien dépensé toute cette énergie, je me suis baissé pour m'asseoir par terre à côté d'elle. Finalement, on s'est retrouvés tous deux affalés contre le mur, repus.

- C'était franch'ment incroyable, dit-elle une fois que nous eûmes repris notre souffle.

Me levant pour lui balayer une mèche de cheveux mouillés du visage, je l'embrassais doucement sur le front.

- T'es vraiment incroyable, Krystina. Chaque fois que je pense que je pourrais repousser tes limites, tu en redemandes.

Ses joues déjà rouges prirent une teinte pourpre encore plus vive, s'étendant jusqu'au bout de ses oreilles. J'étais sûr que c'était parce qu'elle se souvenait qu'elle m'avait pratiquement supplié de lui mettre mon pouce dans le cul. Je dus me forcer pour ne pas sourire. Jamais je n'aurais pensé qu'elle serait ouverte à une quelconque forme d'anus, du moins pas tout de suite. Vu son expérience limitée, j'avais pensé au départ que j'aurais du mal avec elle à ce niveau-là. Mais maintenant que la porte était ouverte, je me demandais si je n'avais pas sous-estimé ses limites. Peut-être pourrais-je la pousser plus loin que je ne l'avais pensé au départ.

- Tu ne tombes jamais à court d'eau chaude ? me demanda-t-elle.

- Chauffe-eau sans réservoir. J'ai une réserve infinie.

- Cette idée est très bonne, me dit-elle. Je garderai ça en tête la prochaine fois que je déciderai de prendre une douche ici. Mais maintenant, même si ça me peine de penser à me lever, je vais vraiment rentrer chez moi. Parce que sinon, je n'ai pas fini d'envoyer des SMS à Ally. En plus, la batterie de mon téléphone est à plat.

- Eh bien, si on reste ici plus longtemps, on va finir ratatinés comme des pruneaux. Allez, on y va. Debout ! déclarai-je en me levant et en la tirant à côté de moi. Je me penchai pour l'embrasser doucement, mes lèvres se moulant parfaitement aux siennes. Merci pour cette matinée parfaite, Krystina.

- Humm..., murmura-t-elle en enroulant ses bras autour de mon cou. C'est vrai que tout était parfait.

Son corps nu se pressa contre moi, chaud et lisse sous l'effet de l'eau de la douche qui coulait encore. Ma bite se tortilla, préparant le deuxième round.

- Faut vraiment qu'on sorte de cette douche, sinon je n'pourrai jamais aller travailler aujourd'hui, lui dis-je.

Après nous avoir laissé un moment de plus au milieu de la

vapeur, je me suis éloigné à contrecœur et ai fermé le robinet de la douche. En sortant de la cabine, j'ai récupéré une serviette et ai commencé à sécher Krystine de la tête aux pieds. Elle n'ergota pas à propos du fait que je m'occupe d'elle, acceptant pour une fois mes efforts.

- Je viens de me rappeler que j'avais des vêtements. Penses-tu que Viviane les ait déjà ramenés ? me demanda-t-elle.

- Ça fait bien plus d'une heure. Je suis sûr que tu les trouveras dans ma chambre.

- Oh non ! s'exclama-t-elle, les yeux soudain remplis de terreur. Tu crois qu'elle nous a entendus, c'est ça ?

Je me mis à rire.

- Tu t'inquiètes trop, Krystina.

En vérité, il y avait de fortes chances pour que Viviane nous ait entendus, mais je n'allais pas laisser Krystina s'en faire avec ça. Viviane savait qu'il ne fallait pas poser de questions, donc il n'y avait pas réellement à avoir peur. Mais je me disais la même chose par rapport au reste de mon personnel, parce que tout le monde semblait critique, ces derniers temps, avec des regards plus ou moins bizarres à mon égard. Une fois que nous fûmes tous deux habillés, je pris mon téléphone sur la commode et vis que j'avais une réponse de Laura concernant Boston.

- Ah ! ? On dirait bien qu'il me faudra partir de manière inopinée à Boston pendant quelques jours.

- Hein, mais pourquoi ? demanda Krystina sans hésiter.

Levant le regard après avoir lu l'e-mail, je la vis se tenir devant le grand miroir du coin de la pièce. Elle avait retiré une brosse de son sac à main et peignait sa longue crinière bouclée.

- Un de mes amis aimerait que je lui rende un service. Je vais parler à une conférence qui, j'en suis sûr, sera terriblement ennuyeuse. Je fis une pause lorsqu'une idée me vint à l'esprit. Pourquoi tu viendrais pas avec moi ?

- Mais Alex, je n'peux pas aller à Boston, me dit-elle. J'ai encore du travail.

- Je suis sûr que je pourrais appeler Walter et trouver une solution.

Elle arrêta de se brosser les cheveux et me regarda fixement dans le miroir.

- Non. N'y pense même pas !

- D'accord, concédai-je à contrecœur, les mains levées en signe de reddition. Fais comme tu veux. Mais si tu ne veux pas venir avec moi, je veux que tu passes encore la nuit avec moi ce soir.

- Encore ?

- Obéissance inconditionnelle, lui rappelai-je.

Elle fronça les sourcils.

- Faut absolument qu'on parvienne à une sorte d'accord à ce sujet. Je suis tout à fait pour le fait de suivre tes ordres, tant qu'on est dans la chambre. Mais ça n'marchera jamais pour le reste de ma vie. Tu n'peux pas continuer à me jeter ta soit-disante obéissance inconditionnelle en pleine face comme tu le fais.

Je secouais la tête, frustré de ne pas encore réussir à gérer une relation régulière de Dominant et de Soumise. Si seulement Krystina comprenait ce que son obéissance lui apporterait. J'étais un homme de moyens, et le monde était à ma portée.

Pourquoi n'accepte-t-elle pas ce que je lui propose ?

Sachant que je n'arriverai à rien en lui donnant des ordres, j'ai décidé de changer de tactique. M'approchant d'elle pour lui prendre la brosse des mains, et je pris le relais là où elle s'était arrêtée. Je passais ses cheveux au peigne fin, lissant les nœuds, appréciant la douceur de ses boucles humides au bout de mes doigts. Je trouvais le fait de brosser ses cheveux étonnamment apaisant. Tout ce que j'espèrais, c'était que cela ait le même effet sur elle.

- J'veux pas m'battre avec toi. Mais pourquoi tu restes pas avec moi, finis-je par lui dire au bout de quelques minutes. J'vais m'absenter quelques jours et j'veux t'revoir avant de partir.

Elle sembla se radoucir.

- On verra bien. Je n'te fais aucune promesse. Je dois rentrer chez moi et reprendre contact avec ma vraie vie pendant quelques temps avant de pouvoir m'engager à rester ici à nouveau.

- D'accord. J'vais juste m'asseoir ici et me tourner les pouces dans l'attente de ta réponse, plaisantai-je.

- Oh, stop ! dit-elle en riant. Ce son palpitait dans mes oreilles. Très bien : je vais rester. Et, si ça te fait plaisir, je vais même me préparer un p'tit sac de nuit.

Je souris méchamment, satisfait d'avoir fait mon chemin aussi facilement.

- Oh, mais Mademoiselle Cole, maintenant que vous avez accepté de rester, je dois vous avertir : vous n'aurez pas besoin de vêtements pour ce que j'ai en tête.

- Impeccable. J'espérais que tu me dirais ça.

33

Krystina

Après avoir fermé la porte de l'appartement derrière moi en arrivant, j'ai trouvé une Allyson très mécontente, qui m'attendait debout dans la cuisine, les mains sur les hanches et les yeux pleins d'accusation.

Et merde.

J'aurais préféré qu'elle soit au travail, ce qui m'aurait donné le temps d'éviter l'inévitable - du moins, pour l'après-midi. Elle était en colère, et à juste titre.

- Ton téléphone est cassé ? Ça fait d'puis hier soir que j't'envoie des SMS ! me dit-elle d'un ton brusque.

- Désolée. Mon téléphone était mort, et je n'avais pas de chargeur sur moi.

Ton excuse ne vaut rien, Cole. Absolument rien.

- Et tu te souviens de notre accord ? On rentre dormir ici ? J'étais vraiment inquiète, Krys !

Je grimaçais à son rappel à l'ordre, et une douleur au ventre m'atteignit comme un coup de couteau. La dernière fois que l'une de nous n'est pas rentrée de toute la nuit sans prévenir l'autre, c'était la cata. J'étais en train de vivre mon heure la plus sombre et j'avais désespérément besoin d'Allyson, mais je ne savais pas où la trouver. Après ce mauvais épisode, nous avons conclu un accord : on ne découchait pas sans s'informer de l'endroit où l'on était.

- Oui. Tu as raison. Je sais, et je suis vraiment désolée. J'aurais dû trouver un autre moyen pour te joindre. J'ai juste eu beaucoup de choses à faire ces derniers jours. Je ne voulais pas t'inquiéter.

- Ouais, c'est ça, insista-t-elle.

- Je me suis excusée ! Je ne sais pas quoi dire d'autre, Ally. J'avais l'intention de rentrer, d'ailleurs.

- Pour commencer, t'étais où ?

- Avec Alexander, dis-je sur un air nonchalant.

Les mains qui étaient encore fermement posées sur ses hanches tombèrent sur ses côtés. Sa mâchoire s'ouvrit, et elle commença à prononcer des mots qui ne voulaient pas sortir. Pour une fois, je l'avais laissée sans voix, et son regard incrédule me fit rire.

- Rhâ non ! Ne ris pas, dit-elle en secouant la tête d'avant en arrière. On n'a jamais fini notre conversation, l'autre soir. Je veux dire, je ne veux pas continuer à être une mère poule, mais je ne pense pas qu'Alexander Stone soit le genre de gars avec qui tu voudrais danser l'tango.

- C'est bon, Ally. J'peux gérer, lui dis-je en toute confiance. Laisse-moi juste aller me changer et je te raconterai tout. D'accord ?

- Et maint'nant que je sais que tu n'es pas morte quelque part dans un fossé, je pense que quelques détails seraient les bienvenus.

J'ignorai son commentaire sarcastique pour me retirer dans ma chambre afin d'être plus à l'aise. Porter les vêtements de chez Wally's deux jours de suite n'était pas la meilleure chose, même si Alexander les avait fait laver. Je me suis changée rapidement et suis revenue dans la cuisine. Allyson avait fait du café et nous avait sorti des petits pains à la cannelle.

- Oh, non. Je vais juste prendre le café. J'ai déjà bien mangé ce matin, crois-moi, lui annonçais-je. Elle me regarda d'un air soupçonneux, me forçant à m'expliquer davantage. Alexander a préparé un bon p'tit déj.

- Oh ? me demanda-t-elle en levant un sourcil parfaitement dessiné. Alors, comme ça, il fait la cuisine ?

- Non, pas vraiment. Juste le petit-déjeuner. Mais attends, laisse-moi revenir au début.

Je me servis une tasse de café et lui raconta l'histoire intéressante d'Alexander Stone. C'était une histoire difficile à raconter, car je dus omettre de lui divulguer un certain nombre d'informations sensibles. Quand j'eus terminé, Allyson me jeta un regard qui voulait dire qu'elle n'était pas satisfaite de ce que j'avais à dire.

- Et c'est tout ? me dit-elle.

C'était comme si elle pouvait voir à travers moi, me rappelant sa capacité à lire entre les lignes. Je tentais d'être plus convaincante.

- Il n'y a vraiment pas grand-chose de plus à dire.

Menteuse !

Mon ange de malheur était de retour, et ma colocataire fronçait les sourcils de désapprobation.

- Et le truc du Dominant ? me demanda-t-elle.

- Oooh ! Ça ? Je feignis l'innocence. Il voulait seulement dire qu'il avait une sorte de personnalité dominante.

Elle me regarda avec des yeux troublés, me forçant à détourner le regard. Je me mis à remuer inutilement mon café avec une cuillère.

- Et tu es sûre que c'est une bonne idée de t'engager dans une relation avec quelqu'un comme ça ? demanda-t-elle doucement au bout d'un moment.

- Je sais très bien ce que tu en penses, mais je t'assure que cela me convient. J'l'aime bien. Je fis une pause, réalisant soudain à quel point j'aimais être avec Alexander. Un malaise s'installa dans ma poitrine et je me suis tournée avec méfiance vers Allyson. En fait, je l'aime beaucoup. Mais je ne me laisserai pas aller trop loin non plus par rapport à ça. En plus, il sait très bien quelle est ma position là-dessus. Je lui ai carrément dit qu'il n'avait pas le droit de contrôler ma vie et que je voulais garder les choses de manière informelle entre nous. Je suis fière de ce que je suis devenue maintenant, et je ne vais pas m'amuser à compromettre ma nouvelle vie. Tu n'as pas à t'inquiéter.

- C'est juste que je n'peux pas m'en empêcher. Je t'ai regardé traverser l'enfer et revenir, Krys. Enfin... j'ai eu tout un tas de flashbacks, ce matin, quand j'ai vu que tu n'étais pas rentrée... Elle s'éloigna le temps d'un instant, les yeux regardant au loin. C'était de la folie. Je t'imaginais attachée dans ce foutu lit d'hôpital. Je ne veux pas que cela se reproduise. Jamais.

Le tourment de ces souvenirs terribles fit craquer sa voix et me fit presque pleurer. Cela m'arracha le cœur et fit naître mes souvenirs, qui m'étaient douloureux. Pourtant, je ne pouvais pas me permettre de me perdre dans le passé. Plus maintenant.

- Tu te souviens de notre dernière conversation ? Tu m'as dit de me laisser aller et de m'amuser un peu, c'est bien ça, hein ? lui rappelais-je. Eh bien, j'ai réalisé qu'il était temps que je suive ton conseil. Je ne peux pas m'attarder sur le passé, ni m'inquiéter de ce qui pourrait ou ne pourrait pas arriver dans le futur. En fait, quand je me vois dans l'avenir, tu sais c'que j'vois ? Ma mère. Je l'aime, mais je ne veux pas être elle. Toutes mes cicatrices m'ont rendu acerbe pendant bien trop longtemps. Je dois me concentrer sur le présent, vivre aujourd'hui, et prendre ma vie comme elle vient.

À ces mots, son visage s'adoucit visiblement. Et même si je ne lui avais peut-être donné qu'une demi-vérité sur Alexander, j'étais vraiment sûre de moi quand je parlais de laisser le passé derrière moi.

- Et bien tu vois, c'est certainement la meilleure chose que je t'entends dire... depuis tellement longtemps, déclara Allyson. Ses yeux brillaient de larmes lorsqu'elle se leva pour me serrer dans ses bras. Je suppose que si tu es heureuse, alors je le suis aussi. C'est bien que tu sois prête à passer à autre chose. Je ne veux pas donner l'impression que j'essaie de t'arrêter. Mais je m'inquiète, tu sais. Essaie juste d'être prudente, promis ?

Je repoussais des larmes, qui menaçaient de rouler sur mes joues. Des larmes de joie, et non de tristesse. J'étais tellement heureuse d'avoir Ally comme amie ; je savais que je pouvais compter sur elle, quoi qu'il arrive. Je lui répondis : « Je te l'promets » en l'embrassant en retour. Puis je ne pus m'empêcher de lui poser la question qui me trottait dans la tête depuis mon retour à la maison - avant que les choses ne dégénèrent.

- Alors, pourquoi tu ne travailles pas aujourd'hui ?

- Une séance photo à Paris s'est pointée à l'improviste, me dit-elle en s'asseyant. Aujourd'hui est considéré comme étant un jour de voyage, et donc, je n'ai pas besoin d'aller travailler. Mon vol part à dix-sept heures.

- Paris ! hurlai-je. C'est gé-ni-al ! Et tu rentres quand ?

- Jeudi soir... tard dans la soirée... aux alentours de minuit, je crois. Mais ce qui est bien, c'est le fait de pouvoir partir le vendredi depuis la France et de profiter d'un long week-end, une fois de retour !

- Moi aussi, je pars vendredi. La seule chose qui me reste à faire, c'est ma fête d'adieu chez Murphy le soir. Mais... pourquoi tu ne viendrais pas ? Tu connais la plupart des gens de chez Wally's. En plus, Alex pourrait être là, et tu pourrais le rencontrer.

- Compte sur moi. J'ai hâte de rencontrer ton homme mystérieux, me dit-elle en me faisant un clin d'œil. Mais on peut aussi se prévoir un truc pour l'après-midi.

- Comme un spa ? ? lui suggérai-je.

- Très bonne idée ! Surtout que ça fait ça depuis des lustres qu'on n'y est pas allées !

- ... parce qu'aucune de nous deux ne pouvait se le permettre ! Je ris. Mais maintenant qu'on a toutes les deux un bon salaire, je pense qu'on peut faire des folies.

- C'est sûr ! On devrait aller dans un endroit un peu plus haut de gamme. Tu sais, comme là où on rêvait d'aller avant ?

- Oh ! Celui de l'hôtel Mandarin ! J'appelle et j'organise ça, lui proposai-je, soudainement étourdie rien qu'à l'idée de cette journée entre fille qui nous attendait.

J'avais été tellement absorbée par Alexander ces derniers temps que ça me ferait du bien d'avoir un tête-à-tête avec mon amie.

- Très bien. Je te laisse appeler pendant que je prends ma douche. Je dois aussi préparer mes valises.

- Ok, ça m'va bien, tout ça, lui dis-je, incapable de contenir mon sourire. Oh, et encore une chose : tu n'es pas une mère poule. Je sais pourquoi tu t'inquiètes, et j'apprécie plus que tu ne le penses. Merci d'être là, Ally. Je ne sais pas ce que je ferais sans toi.

- Je suis là pour toi, ma belle. Je le serai toujours.

Alexander

JE N'OUBLIERAI JAMAIS le regard que Krystina m'avait lancé quand je lui ai dit qu'elle devrait laisser des vêtements chez moi. Son expression m'avait tellement dérangé que je n'arrivais pas à me concentrer sur mes négociations commerciales de la journée. J'ai même essayé de laisser une partie de mon activité à faire au bureau de côté et suis descendu pour voir où en étaient les travaux de Turning Stone Advertising, mais cette démarche ne parvint pas à me distraire. Je savais très bien que Krystina n'accrocherait pas de sitôt le moindre bout de tissu dans mon placard, mais je n'arrivais pas à savoir pourquoi cela me dérangeait autant. Ma seule solution, c'était que je prenne moi-même cette liberté. Lorsque j'ai annoncé à Laura que je quittais le bureau pour aller faire des courses improvisées, l'expression de son visage fut presque comique.

Mais si, Laura. Croyez-le ou non : je sais très bien comment faire des courses tout seul, comme un grand.

Lorsqu'elle me proposa - en insistant vivement - d'appeler Gabriella, la vendeuse qui s'occupait de moi chez Duncan Quinn, pour que je commande ce dont j'avais besoin, j'ai gentiment refusé : Gabriella était une experte en mode masculine et, même si elle avait également des contacts dans plusieurs boutiques féminines haut de gamme, je jugeais que passer un simple coup de fil pour commander des vêtements pour Krystina était beaucoup trop impersonnel. Il s'agissait en fait d'une session shopping qui nécessitait toute mon attention, afin que les choses soient vraiment personnalisées. J'ai donc appelé Hale sur son portable pour lui demander de m'attendre devant l'immeuble avec le Cayenne.

- J'y serai dans cinq minutes, m'assura-t-il. On va où ?

- Faire du shopping. Cinquième Avenue.

- Bien, monsieur, me dit-il.

Je crus entendre un soupçon d'amusement dans sa voix.

34

Alexander

Faire du shopping pour Krystina me sembla étonnamment agréable : passant des pulls aux jupes et des jeans aux bottes, les possibilités de s'habiller semblaient infinies pour les femmes. Penser à différents styles et imaginer certaines choses sur Krystina était une expérience unique en son genre. Je fis très attention à ce que je choisissais, en gardant ses goûts en tête, et non les miens. Je voulais qu'elle soit satisfaite de mes choix et je tenais compte de ses intérêts. Surtout, je voulais lui montrer à quel point je voulais prendre soin d'elle, tout en lui permettant de conserver son individualité. Je savais malgré tout que je prenais un risque : Krystina pourrait être carrément furieuse une fois qu'elle aurait vu tout ce que j'ai acheté pour elle. Mais je savais aussi qu'elle serait peut-être plus encline à accepter mes cadeaux si elle savait que j'avais personnellement choisi chaque article. Lorsque je suis rentré chez moi un peu après dix-huit heures, je fus heureux de voir que les paquets de la journée avaient été livrés et que Viviane avait déjà organisé mon grand dressing en y rangeant les vêtements. C'était bizarre de voir cet éventail coloré de coton, de soie et de cachemire à côté de ma rangée de costumes de couleur unie. Pourtant, cette vue m'apportait un sentiment de satisfaction, un peu comme si je venais d'accomplir quelque chose de grandiose. Alors que je fermais les portes des placards, l'interphone de l'appartement se mit à sonner. Je pensais que c'était Jeffrey qui m'annonçait l'arrivée de Krystina, et cela m'énerva un peu qu'il ait appuyé sur le bouton d'appel pour m'annoncer son arrivée : je lui avais donné l'instruction explicite de lui demander de monter tout simplement chez moi chaque fois qu'elle viendrait.

- Oui ! dis-je en enclenchant l'interphone.

- Monsieur Stone. Euh... je... hum Mad'moiselle, commença Jeffrey.

C'est bien c'que j'pensais.

- Jeffrey ! Vous pouvez laisser Mademoiselle Cole entrer dans l'ascenseur dès maint'nant. S'il vous plaît.

- Bien, monsieur. Désolé, monsieur. Elle arrive.

Puis je me suis éloigné du haut-parleur de l'interphone sans même prendre la peine de le remercier. La patience que j'avais pour ce portier maladroit commençait à s'épuiser.

J'attendis dans l'entrée que l'ascenseur arrive. Lorsque les portes s'ouvrirent, mon souffle s'arrêta dans ma gorge. Peu importe le nombre de fois que je voyais Krystina, sa beauté me coupait toujours autant le souffle. Ses cheveux, coiffés en queue de cheval lâche sur sa nuque, laissaient des boucles encadrer son délicat visage. Son jean moulant et son pull à encolure dégagée accentuaient chaque courbe parfaite de son corps. Elle était parfaite, comme une déesse venue du ciel. J'étais loin de me douter que cette femme allait bouleverser mon monde lorsqu'elle avait glissé et qu'elle était tombée, ce jour-là, chez Wally's. À ce moment-là, je l'ai désirée. Je la désirais encore plus maintenant - plus que je n'avais jamais désiré aucune autre femme. C'était un ange.

Mon ange.

En moins d'une seconde, je comblai la distance qui nous

séparait et l'ai happée sous les jambes pour la bercer dans mes bras.

- Alex ! Laisse-moi !

Elle me gronda à moitié, gloussant et me tapant le bras en même temps. Je préférais l'ignorer et respirais la douce odeur de ses cheveux.

- Humm... aucune chance. Tu m'as manqué, lui murmurais-je à l'oreille.

- Déjà ? me demanda-t-elle en riant.

- Et beaucoup, lui avouais-je avant de l'embrasser doucement. Tu es restée dans mes pensées toute la journée, mon ange.

- Ah oui ? Je ne peux qu'imaginer toutes les mauvaises choses auxquelles tu as pensé aujourd'hui.

- Mademoiselle Cole, vous n'avez pas idée.

Je fis courir mon nez le long de sa joue pour le presser sous son oreille. Elle se mit à chantonner en fermant les yeux, inclinant la tête sur le côté. Puis je suis remonté, savourant la douceur de sa peau, en mordillant le bord de sa mâchoire. Mes dents effleurèrent ses lèvres écartées et je l'ai embrassée à nouveau, mais cette fois-ci, d'un long baiser. Elle s'y abandonna et laissa ma langue se promener dans sa bouche, me permettant de me délecter d'elle.

- Je pourrai m'habituer à des accueils comme celui-là, murmura-t-elle une fois que je lui eus donné l'occasion de respirer un peu.

- Ahhh... ma copine adore qu'on l'emporte sur un petit nuage. Bien noté ! plaisantai-je.

Je la sentis se raidir dans mes bras.

- Et bien oui, à vrai dire, dit-elle avec un petit sourire.

Et même si son sourire n'atteindrait jamais ses yeux, je savais qu'elle savait très bien de quoi je parlais.

- Je plaisantais, Krystina. Après tout, je t'ai littéralement fait perdre pied.

- Je sais, dit-elle en posant un baiser rassurant sur ma joue.

Je la reposais au sol, et si je ne me trompais pas, je pensais qu'elle avait l'air soulagé. Son changement de comportement soudain me laissa perplexe.

- Tout vas bien ?

- Désolée, me dit-elle d'un air penaud. Je crois que je suis juste fatiguée, c'est tout. Quelqu'un m'a épuisée hier soir.

- Je n'ai entendu aucunes plaintes, dis-je dans un clin d'œil.

- Oh, pas du tout. Mais je dois admettre que la journée me rattrape enfin. J'aimerais bien me prélasser sur le canapé pendant un petit moment. Regarder un film, peut-être ? Qu'est-ce que tu en dis ?

Un film ?

M'allonger sur le canapé et regarder un film avec une femme ne m'était pas habituel, mais cela me donna tout un tas d'idées très intéressantes. L'idée de mettre Krystina à l'horizontale me plut immédiatement.

- Je suis partant. Mais d'abord, j'ai quelque chose pour toi. Viens avec moi.

Je lui pris la main pour la conduire dans ma chambre. Une fois que nous eûmes atteint les portes du placard, je fis une pause avant de les ouvrir. J'étais ravi de pouvoir faire la surprise à Krystina, mais en même temps, j'étais nerveux.

Et si c'était une erreur de ma part ?

Je repensais à la façon dont ses nouveaux vêtements étaient accrochés à côté des miens. Pour moi, c'était simplement un cadeau que j'avais hâte de lui offrir. Cependant, Krystina avait tendance à trop regarder les détails, et j'avais peur de la façon dont elle pourrait percevoir l'apparence de mon placard.

Peut-être que je ne devrais pas lui montrer tout de suite...

- Qu'est-ce que c'est ? s'enquit-elle.

Sa question m'arracha à mes méandres indécis. Secouant la tête pour m'éclaircir l'esprit, je me sentais mal à l'aise avec la manière dont je semblais remettre en question chacun de mes gestes, ces derniers temps. J'ai toujours été confiant dans mes choix, mais il me semblait que je trébuchais sur la plus petite des décisions concernant Krystina et cela commençait à m'épuiser. Je n'aimais pas ça. Pas du tout.

Reprends-toi et donne-lui ces putains d'vêt'ments !

- C'est ici. Dans mon placard, lui dis-je.

J'ouvris les portes et lui fis signe de rentrer à l'intérieur. Elle stoppa net lorsqu'elle atteignit le seuil. Mais elle n'eut pas besoin de s'aventurer plus loin pour voir ce qui se trouvait clairement devant elle. Puis je la vis blanchir et elle sembla clairement choquée. Elle se retourna ensuite lentement pour me faire face. Mes yeux se fermèrent, et les siens me lançaient des flashes terribles.

J'aurais dû attendre.

- Alex, tu as dit que tu avais *quelque chose* pour moi. Pas *plusieurs choses*. Au pluriel.

Sa voix était tendue, et je pouvais dire qu'elle essayait de garder son calme.

- Je voulais juste que tu aies le choix, c'est tout, dis-je en tentant d'ignorer sa remarque.

Elle se tut, ce qui était inhabituel. Déplaçant son poids d'un pied à l'autre, elle semblait agitée. Elle essaya de loger une boucle derrière une oreille, puis elle se ravisa. J'élevai la main pour le faire à sa place, mais elle détourna la tête pour m'éviter. Dans mon effroi, je laissai ma main tomber. Je savais qu'elle était autant en colère que ce que j'avais craint au départ. Elle baissa les yeux, semblant fixer une tache invisible sur le tapis. Parfois, ses yeux remontaient vers la garde-robe que je lui avais destinée, puis redescendaient comme si elle ne pouvait pas supporter de la regarder. Son silence était vexant, mais je tenais ma langue, attendant qu'elle le rompe d'abord.

- J'aurais préféré que tu ne fasses pas ça, murmura-t-elle finalement.

- Je le voulais, lui déclarai-je simplement.

Elle leva les yeux vers moi, le menton tenace.

- Et si je n'acceptais pas ?

Je me pinçais les lèvres dans mon agacement en essayant de ne pas me sentir insulté par son rejet. Je pris une profonde inspiration tout en me rappelant que Krystina saurait très bien me répondre par elle-même.

- Krystina, tu ne comprends pas. Je veux t'acheter des choses. Je veux prendre soin de toi. C'est un besoin que je ne peux pas expliquer, lui dis-je en essayant de paraître aussi sérieux que possible. Ça me fait plaisir de le faire... et je l'ai découvert aujourd'hui. C'est juste quelque chose auquel il faudra que tu t'habitues.

- Écoute, j'apprécie, mais c'est toi qui ne comprends pas. Il y a une semaine, on disait tous les deux qu'il n'y avait pas de conditions. Mais tout ça, c'est un tas de conditions, dit-elle en faisant un grand geste de la main en direction des vêtements.

Je souris malgré tout devant cette parade de sa part - je voulais garder l'esprit léger. J'étais juste reconnaissant qu'elle parle à nouveau.

- Mon ange, ce ne sont que des vêtements.

- Ce sont plus que des vêtements, pour moi. C'est ce qu'ils symbolisent.

- Bon, d'accord. Je comprends ton hésitation. Et pour être parfaitement honnête, je ne sais pas ce qui m'a poussé à faire ça. Je n'ai jamais fait de shopping pour une femme jusqu'à maintenant, même pas pour ma sœur. C'était juste... j'eus du mal à trouver les mots pour expliquer ma compulsion. C'était juste quelque chose que je voulais faire. Et si tu acceptes, crois-moi, ça me rendrait très heureux.

Son visage était douloureux, comme si un combat intérieur se déroulait en elle. Elle me regarda les yeux pleins d'incertitude, avant d'entrer dans le placard et de passer sa main dans les manches des chemisiers suspendus.

- Tu as vraiment acheté tout ça tout seul ?

- En quelque sorte. Peut-être que Hale m'a un peu aidé, en fait...

Sa tête se mit à tourner si vite qu'elle menaçait de lui faire le coup du lapin. Les yeux ronds d'incrédulité, elle éclata ensuite d'un rire fort et sincère, dont la tonalité était contagieuse comme de la musique à mes oreilles.

- Tous les deux ! Ça devait être un sacré spectacle !

J'ai croisé les bras et lui souris.

- Vous vous moquez de moi, Mademoiselle Cole ?

- J'n'oserais jamais, me rétorqua-t-elle.

Ses yeux clignèrent, signe que j'étais sur le point de remporter la victoire.

- Est-ce que ça signifie que tu acceptes mon cadeau ?

- Rhôô... je pense que je pourrais, pensa-t-elle.

J'hésitai avant de lui lâcher ma prochaine bombe.

- Tant mieux. Parce que ce n'est pas tout.

Ses épaules s'affaissèrent et elle secoua la tête d'avant en arrière.

- Plus de cadeaux, Alex, implora-t-elle.

- Tu as dit que tu accepterais. Ce qui suit fait partie du « pack cadeau ».

- Non, s'il te plaît.

Elle tenta d'insister mais j'ai préféré ignorer ses supplications, puis je me suis retourné pour aller jusqu'à la commode dans laquelle j'avais rangé une petite boîte. Lorsque je me suis retourné pour lui faire face, je ne pus décrire l'expression d'horreur qui se répandit sur son visage. Elle ne pouvait pas détacher ses yeux du paquet que j'avais à la main. Mon regard se déplaça d'elle à la boîte. Puis je me suis mis à la fixer une demi-seconde. Je venais de comprendre.

- Détends-toi, mon ange. Si j'avais voulu te demander en mariage, j'aurais fait bien mieux qu'ça, lui dis-je sèchement. Ouvre juste cette boîte.

Je lui enfonçais la boîte en forme de cube dans la main, énervé que les choses se passent aussi mal. Les joues de Krystina se mirent à rougir. J'étais presque certain de son embarras par rapport à ce mauvais malentendu, qui était d'ailleurs la raison pour laquelle elle gardait un silence de mort alors qu'elle travaillait à ouvrir le paquet. Avec moultes précautions, elle tira sur le nœud de satin pour le déballer. Dans la boîte, niché dans un coussinet bleu royal, se trouvait le collier que je lui avais fait faire par un bijoutier local.

- Alex, il est magnifique, dit-elle avec admiration.

Elle passa les doigts sur l'emblème en platine représentant une spirale entrelacée, puis elle caressa les trois saphirs lisses placés au milieu de chacune d'entre elle. Elle leva les yeux vers moi et me sourit.

Bingo ! Nous avons une grande gagnante !

Certain qu'elle n'allait pas se disputer avec moi au sujet du collier, je poussais un soupir de soulagement.

- C'est un triskelion, ou du moins une variante, lui dis-je. Certaines personnes l'appellent un triskèle.

- C'est quoi ?

- C'est le symbole de la communauté BDSM.

- Oh. Eh bien, euh... elle hésita, et son sourire s'effondra. Est-ce que je dois... porter ça ? Je veux dire, ne le prends pas mal - c'est vraiment un beau collier. Je n'aime pas trop faire de la publicité pour mes nouveaux centres d'intérêt.

- Ne t'inquiétes pas, lui dis-je en riant. Le symbole du triskelion a plusieurs significations. Tout dépend de la personne à qui tu t'adresses. La plupart des gens que tu rencontreras penseront qu'il signifie quelque chose de complètement différent. À mon avis, ça doit être la raison pour laquelle la communauté BDSM l'a adapté. Un jour tu pourras même faire une recherche là-dessus. L'histoire du triskelion va certainement t'interpeler à un moment où un autre.

- Comment ça ?

- Le BDSM est peut-être un sujet dont on ne parle jamais, mais de nombreux éléments sont souvent à la vue de tous. Tiens, par exemple...

Je lui pris la boîte des mains. Je pouvais encore voir l'appréhension sur son visage, mais elle ne se débattit pas au moment où je lui ai fixé le fermoir à l'arrière du cou. L'emblème reposait parfaitement sur sa peau lisse, soulignant le gonflement sans faille de ses seins.

- En tous cas, quel que soit le symbole de ce pendentif, tu as très bon goût. Je l'adore. Merci, Alex.

- Dans ce cas, je suis content qu'il te plaise. Parce que ça me facilitera la tâche pour ta dernière surprise.

- Alex, me dit-elle sur un ton d'avertissement. Je t'ai remercié pour le collier, mais pas pour les habits. Je ne sais toujours pas quoi en penser, alors oublions ce troisième cadeau.

- Ce n'est rien, j't'assure. Prends ça comme un clin d'œil rigolo. Ouvre le tiroir du haut de ma commode.

Elle me regarda avec suspicion mais elle fit quand même.

- C'est quoi ? me demanda-t-elle après avoir regardé le contenu.

- Ce sont des sous-vêtements... pour remplacer ceux que je t'ai arrachés. Tu n'avais pas oublié ?

Me rappelant la nuit où je lui ai arraché la dentelle noire de ses hanches, je lui envoyai un sourire diabolique. L'idée de le refaire provoqua un joli remue-ménage au niveau de mon aine.

- Oh, non, ça, ne n'ai pas oublié ! Mais là, tu fais plus que « remplacer » - il doit y avoir au moins dix parures !

- Douze, pour être exact. M'approchant d'elle, j'entourai mes bras autour de sa taille. Puis, en me penchant un peu, je lui chuchotai à l'oreille : et ça veut dire que je peux en arracher douze fois plus.

Je ressentis son frisson dans mes bras et là, je savais que j'avais vraiment gagné.

- Encore douze fois, hein ?

Ses mots semblaient déjà respirables et me firent bander encore plus.

- Oui, lui confirmai-je en lui tordant l'oreille.

Je suivis une ligne imaginaire le long de son cou, sentant le battement de son pouls sous sa peau. Mes mains trouvèrent l'ourlet de son pull, et je les glissais dans son dos pour défaire le fermoir de son soutien-gorge.

- Eh bien dans ce cas... commença-t-elle. Puis elle s'arrêta pour gémir parce que je venais de trouver un de ses tétons. On devrait, ah... on devrait peut-être travailler là-dessus.

- Je pensais que tu voulais regarder un film.

Je fis rouler les pointes tendues de ses seins entre mes pouces et mes index, en les faisant bouger doucement.

- Le film peut attendre, respira-t-elle.

- Oui, il peut attendre, admis-je en savourant chaque réponse qu'elle avait à mon contact.

Je me suis éloigné un instant pour aller chercher un string en dentelle dans le tiroir. L'enroulant autour de mon doigt, je lui tendis pour qu'elle le prenne. Tiens, essaies celui-là ! Comme ça, ça nous permettra d'en tester la qualité.

- Je reviens tout de suite, me promit-elle en me le prenant des mains.

Elle disparut dans la salle de bain et de mon côté, je suis allé jusqu'à la chaîne stéréo pour choisir une playlist, histoire de m'inspirer encore plus.

Quelque chose de plus profond, je pense.

Je voulais montrer à Krystina quelque chose de nouveau ce soir, l'emmener là où elle n'était pas encore allée. En choisissant une mélodie que je pensais appropriée à ce que j'avais en tête, je me suis retourné du côté du lit. Puis j'ai commencé à débloquer les loquets qui maintenaient les barres de la croix de Saint André en place. Et puis, une fois que j'avais bien vérifié que tout était bien sécurisé, je sortis les clés de ma poche et je me suis dirigé vers mon placard pour récupérer les menottes en cuir dont j'aurais besoin. Mais, je dus m'arrêter au beau milieu : j'entendis Krystina crier depuis la salle de bain.

- Oh, non ! Non-non-non !!

Elle sortit de la salle de bain et je crus qu'elle allait se mettre à pleurer.

- Quoi ? Qu'est-ce qui n'va pas ? lui demandai-je d'un air alarmé.

- J'ai mes règles.

35

Krystina

Alexander se mit à rire comme si c'était la chose la plus drôle qu'il n'ait jamais entendue. Moi, par contre, j'étais très ennuyée.

- Ce n'est pas drôle, Alex !

- Eh bien, ça met un frein à mes projets. Mais c'est ta réaction qui me fait rire.

Le sale regard que je lui balançai en retour le fit rire encore plus. Je pris un des oreillers satinés du lit et lui lançai en lui disant :

- Non mais quel con !

Bien sûr, je n'en pensais pas un mot, et je me battais même contre un sourire.

- Hum... ton « amie » du mois t'a prise par surprise ?

- En quelque sorte, voui. J'avais un peu mal à la tête cet après-midi. Bien souvent, c'est un signe pour m'avertir de l'arrivée de cette « amie ». Fronçant les sourcils, je fus un peu chagrinée par ma négligence par rapport à ce détail. Bon, j'aurais dû être plus vigilente par rapport à ça, mais comme je n'ai pas eu énormément de rapports sexuels ces derniers temps - à part avec toi, je voulais dire - je n'en voyais pas la nécessité. Je suis vraiment désolée.

- Ne sois pas désolée pour ça. C'est la nature, Krystina. Ce n'est pas ta faute.

- Certes. Mais ça ne change pas le fait que cela nous gâche notre nuit. Bon, ça ne sert à rien que je reste dormir ici.

- Ne sois pas ridicule ! s'exclama-t-il, comme si c'était la chose la plus absurde qu'il n'ait jamais entendue. On peut faire plein d'autres choses que l'amour.

- Comme quoi ? C'est la seule chose qu'on fait !

J'avais essayé de dire ça en riant, mais le résultat fut trop forcé. Et là, j'étais survoltée, avec nulle part où aller. Je n'avais qu'une envie : m'asseoir dans un coin et bouder pour le reste de la nuit.

Ça craint.

Alexander s'approcha de moi en affichant une expression stoïque tout en me prenant dans ses bras.

- Pourquoi tu ne nous accorderais pas un peu plus de crédit, Krystina ? As-tu encore mal à la tête ? me demanda-t-il.

- Oui, encore un petit peu.

- Alors, voyons voir...

Il libéra ses bras de ma taille et me prit la main. Me conduisant dans la salle de bain, il ouvrit le placard à linge et commença à chercher quelque chose. Je m'attendais à ce qu'il me sorte de l'aspirine, mais à la place, il sortit un flacon de bain moussant et de l'huile parfumée.

- Tu fais quoi ? lui demandai-je avec curiosité.

- Ma grand-mère disait que le meilleur remède contre le mal de tête, c'est de prendre un bon bain chaud. Alors, je te propose de suivre ce conseil.

Puis il alla jusqu'à l'immense baignoire en marbre et y fit couler de l'eau. Débouchant le flacon de bain moussant, il le déversa lentement dans l'eau en le mélangeant avec l'huile parfumée. Peu après, une douce odeur de lavande et de vanille remplissait la pièce.

- Eh bien... si tu essaies de me réconforter en t'occupant de moi, saches que ça fonctionne très bien !

Il m'adressa un de ces sourires sexy bien à lui. Une de ceux que j'aimais tant.

- Je dois dire qu'en même temps, le fait que tu sois là me fait faire toutes ces choses, me dit-il d'un ton léger. Il se pencha pour m'embrasser tendrement sur le front. Je vais te laisser une minute d'intimité pour que tu puisses entrer dans le bain, et je reviendrai te rejoindre.

Une fois seule, je pris quelques minutes pour digérer l'inattendu. Ce bain improvisé par Alexander allait m'apaiser - et c'était très gentil de sa part d'y avoir pensé. C'était exactement le genre de chose qu'il m'avait dit qu'il n'était pas capable de faire... et le genre de chose que je lui avais dit que je ne cherchais pas.

Des ours en peluche et des roses.

Si ce bain moussant parfumé n'était pas la définition des ours en peluche et des roses, alors je ne savais pas ce que c'était. Une sensation inconfortable commença à se former dans mon estomac, et j'essayais de l'ignorer en me déshabillant. Puis je me suis enveloppée dans une serviette et me suis regardée dans le grand miroir : mes joues semblaient rougies par la vapeur qui s'installait dans la salle de bains et ma crinière chevelue gonflait de minute en minute. Je m'empressais d'en faire un chignon sur le dessus de ma tête et de le fixer avec un élastique que j'avais autour d'un poignet.

Satisfaite d'avoir les cheveux en place, je me suis dirigée vers la baignoire et, voyant qu'elle était déjà bien remplie, je me suis baissée pour fermer le robinet. Comme l'eau qui coulait ne faisait plus de bruit, je perçus de la musique. Regardant autour de moi, je remarquai de petits haut-parleurs stratégiquement intégrés dans les murs de la salle de bain. Ce fond sonore était apaisant et adapté à l'environnement serein qu'Alexander avait créé pour moi. Cependant, malgré tout le luxe dont j'étais entourée, je me sentais toujours anxieuse. Je n'arrivais pas à expliquer ce mal-être.

C'est parce qu'il te casse ton système de défense.

J'écartai immédiatement cette voix gênante de ma tête, déterminée à profiter de l'instant présent.

Fais comme Ally a dit : vivre au jour le jour. Prendre les choses comme elles viennent.

Je me suis donc installée dans la baignoire - digne de celle d'une déesse - et je me suis plongée dans la mousse. En me penchant en arrière, je profitais de ces quelques minutes de détente, rien que pour moi. Quand Alexander arriva, il portait une serviette autour de la taille et tenait en main deux verres de vin. Les courbes de ses abdominaux ondulaient alors qu'il se penchait pour les poser sur le rebord de la baignoire. Quant à moi, je rêvais de tendre la main et de la faire courir sur son corps musclé, mais je me suis arrêtée net quand je me suis rappelée pourquoi je ne pouvais pas le faire.

- Alex, je suis encore désolée. Si tu as prévu de me rejoindre, je ne peux rien faire parce que j'ai mes... commençais-je.

- Krystina. Détends-toi. Je n'attends rien de toi. Ce soir, tout tourne autour de toi. Maintenant, glisse-toi dans l'eau, m'ordonna-t-il.

J'hésitai un instant, puis je le fis. Il baissa les lumières pour qu'il n'y ait qu'une douce lueur dans la pièce, ce qui s'ajouta au sentiment de tranquillité ambiante. Lorsqu'il fit effrontément tomber sa serviette, je me mis à rougir sans savoir pourquoi. Puis j'ai préféré baisser le regard afin de ne pas passer pour celle qui le matait alors qu'il s'installait tranquillement derrière moi dans la baignoire.

Puis il sortit des allumettes de je ne sais où et alluma les bougies qui étaient placées dans les coins du pourtour de la baignoire. Puis il me tira contre lui pour me caler confortablement. Au bout d'un moment, il se mit à me masser les muscles des épaules. Un soupir de reconnaissance m'échappa alors que je buvais un vin blanc délicieusement doux et que j'absorbais la musique. Je me sentais comme une reine qui se faisait dorloter.

- Cette musique... elle est vraiment bien. C'est quoi ? m'enquis-je, curieuse de connaître celle qui chantait de manière sensuelle sur un son contemporain et texturé.

- Ça s'appelle « Breathe ». Interprété par Verona. C'est sur une des playlists que je t'ai faites.

- Oh... je n'avais pas réalisé. Mais une fois de plus, je n'ai pas encore eu le temps d'écouter toutes les chansons.

- C'est bien dommage... mais cela pourrait expliquer pourquoi je dois encore essayer de faire pression sur toi, me dit-il en riant.

- Qu'est-ce que tu veux dire par là ?

- Cette chanson particulière est sur la playlist de la soumission.

- Je vois, lui rétorquais-je, soudainement très intriguée par ce qu'Alexander espérait accomplir avec ses playlists. Je me ferai un devoir de toutes les écouter dès que je le pourrais.

- En fait, c'est pas grave si tu ne le fais pas. J'aime voir tes réactions lorsque tu entends une chanson que tu aimes. Tu es très sensible à la musique.

- Je sais. Je n'arrive pas à expliquer pourquoi. C'est comme si je pouvais la sentir, comme si elle avait un sens, lui dis-je.

Il bougea légèrement, et son membre viril me frôla le dos. La musique fit aussi son travail et aviva en moi des douleurs sexuelles déjà très intenses - la dernière chose dont j'avais besoin était de ressentir ce genre de choses. Un frisson de désir s'empara de ma colonne vertébrale.

- L'eau n'est pas trop froide ? demanda Alexander, qui semblait inquiet parce que je venais de trembloter.

Je me réprimandais intérieurement, faisant de mon mieux pour ignorer le désir que je ressentais.

Concentre-toi sur le massage. Écoute la musique. Ne tiens pas compte de la sensation de son corps. Il est chaud et humide. Glissant avec les huiles de bain, de surcroît.

- Non, la température est très bien. Elle est même parfaite, dis-je d'une voix légèrement plus aiguë que d'habitude.

Il faut dire que je me battais vraiment pour me concentrer uniquement sur ses mains fantastiques qui me pétrissaient les épaules.

- Vouiii. C'est vrai qu'on est bien, ici, me dit-il sans hésiter.

Mais il semblait distrait.

Je me suis retournée du mieux que j'ai pu pour le regarder : il semblait perdu dans ses pensées, et totalement inconscient du tourment que je vivais.

- À quoi tu penses ?

- J'étais en train de penser à ce week-end. Si le temps se maintient, je me disais qu'on pourrait peut-être se faire une virée en bateau, samedi.

- Tu as un bateau ?

J'avais posé cette question pour saisir l'opportunité de briser la progression de mes pensées salaces.

- J'en ai un, oui. Ce sera peut-être d'ailleurs notre dernière chance d'en profiter, parce que je ne m'attends pas à ce qu'on ait du beau temps, en cette saison.

- Je ne sais pas si je m'amuserais beaucoup sur ton bateau. Frank m'emmenait pêcher sur le lac Rensselaer[1] quand j'étais petite. J'avais toujours le mal de mer.

Je pouvais sentir sa poitrine vibrer dans un petit rire.

- Je suis sûr que le fait de naviguer sur mon bateau est très différent du fait de naviguer sur le bateau de pêche de Frank. Mais ne t'inquiète pas. Je peux même te trouver un bracelet contre le mal de mer si tu en as besoin. Au pire, il y a toujours la pilule contre le mal des transports, même si je n'en suis pas très fan.

J'observais la vapeur s'enrouler dans l'air au-dessus de la baignoire tout en envisageant que je pourrais avoir le mal de mer. Au bout d'un moment, les tourbillons paresseux se firent envoûtants et je pus enfin complètement me détendre pour la première fois depuis qu'Alexander m'avait rejoint dans la baignoire. Le fait de m'inquiéter de savoir si je pouvais ou non tomber malade à bord de son bateau me sembla tout à coup idiot.

- Si tu le dis, acceptai-je finalement.

Heureuse d'apprécier ce moment, j'ai fermé les yeux en respirant l'odeur de l'air humide qui nous entourait. Alexander continuait à pétrir les muscles de mon cou et de mes épaules.

Quand ses mains se déplacèrent plus bas pour me masser les bras, je commençais à m'endormir. Cependant, mes yeux s'ouvrirent lorsque je sentis son doigt effleurer un de mes tétons. Je ne pouvais pas savoir si c'était par accident ou non. Cependant, lorsqu'il l'effleura une seconde fois, j'ai longuement inspiré, sachant que ce n'était pas un hasard. Mes mamelons se durcirent, se faisant douloureux au toucher, un peu comme un rappel de ce que je ne voulais pas qui se passe.

En glissant les deux mains sous mes bras, il me captura les deux seins et c'est là que j'ai réalisé à quel point ils étaient lourds. Pourtant, malgré cela, ce qu'Alexander était en train de me faire sur mes points ultra-sensibles commença à communiquer avec une autre partie de mon corps. Et malheureusement pour moi, cette zone affichait en ce moment même un panneau sur lequel on pouvait lire « ne pas déranger ». C'était pour moi comme la pire des tortures.

- Ooooh... *pourquoi* mes règles sont-elles arrivées aujourd'hui ?

La frustration me saisit et fit sonner cette question rhétorique comme un gémissement.

- Chut... Krystina. Arrête de parler.

Il pencha la tête en avant pour me faire des baisers dans le cou. Ses dents me tirèrent le lobe de l'oreille, provoquant un nouveau frisson dans ma colonne vertébrale. Je pouvais sentir son érection grandir et pulser contre le bas de mon dos, signe certain qu'il allait bientôt être autant frustré que moi.

- Alex, tu ne fais qu'empirer les choses, gémis-je.

Il déplaça ses mains le long de mon ventre, s'approchant dangereusement du point intéressant que je lui interdisais. Je serrais les cuisses l'une contre l'autre pour lui en empêcher l'accès.

- Krystina, ouvre tes jambes.

- Tu sais que je ne peux pas.

- Mais si, tu peux, persista-t-il.

En déplaçant ses jambes pour qu'elles viennent au-dessus des miennes, il bloqua ses chevilles autour des miennes. D'un geste rapide, il écarta nos jambes ensemble. De l'eau se répandit sur le sol.

- Tu fais n'importe quoi, le grondai-je en espérant le distraire.

- Et toi, tu es vraiment une terrible Soumise, me murmura-t-il à l'oreille.

Remontant sa main jusqu'à ma taille, son doigt fit le tour de mon nombril avant de se diriger vers mon point de chute.

- Ou p't'être que... commençai-je en essayant une dernière fois de le détourner de l'inévitable. Peut-être que j'ai un mauvais prof.

- Huumm, grogna-t-il. Ce n'est pas la peine de me le rappeller.

Sans prévenir, il appuya sur mon clitoris. J'ai senti le nœud se mettre à battre instantanément sous son doigt et je me suis mis à crier. Courbant le dos, j'essayais de me mettre hors de sa portée, mais mes efforts furent vains. Il me coinçait toujours les jambes et avait un bras serré autour de ma taille. Je ne pouvais quasiment plus bouger.

- Alex... tentai-je une enième fois sans enthousiasme.

Car malgré mes réserves, j'avais envie de son contact avec chaque fibre de mon être.

- Fais-moi confiance une minute et laisse-toi aller, Krystina.

Tout doucement, il se mit à faire des allers-retours pour me titiller mon point sensible. J'étais étonnée de la rapidité avec laquelle Alexander avait appris à connaître mon corps. Il savait quels étaient les endroits qui me procuraient du plaisir, et il jouait avec ce fait pour me rendre folle de désir. Levant la tête, je vis que ses yeux bleus flamboyaient d'une telle chaleur que je n'avais pas d'autre choix que de m'abandonner à lui.

ALLONGÉE aux côtés d'Alexander j'écoutais sa respiration régulière pendant qu'il dormait. Quant à moi, je n'arrivais pas à dormir, ces dernières heures ayant joué dans ma tête comme un disque rayé fatigant. Dans l'ensemble, notre soirée avait été étonnante d'une manière indescriptible. Alexander m'avait satisfaite de manière tout à fait étonnante : des plaisirs érotiques qu'il m'avait procurés dans le bain, à la façon dont il m'avait portée jusqu'à son lit pour la nuit, il avait tenu parole en faisant de notre nuit ensemble une expérience inoubliable. Je n'aurais rien pu demander de plus parfait.

Mais malgré la fin sans heurts de la soirée, je ne pus m'empêcher de me rappeler comment elle avait commencé. Alexander faisait lentement pencher la balance en sa faveur, et c'était terrifiant. Je craignais cette multitude de vêtements qui pendaient dans son placard, des vêtements que je ne pouvais pas me résoudre à considérer comme miens. J'avais des inquiétudes quant à l'acceptation du collier qui, j'en étais sûre, coûtait une petite fortune. Et même si les vêtements et le collier n'étaient que des choses matérielles, il m'était difficile de ne pas les considérer comme quelque chose de plus. Mon regard s'attarda sur l'emblème qui pendait encore autour de mon cou. Les saphirs scintillaient comme s'ils reflétaient le clair de lune qui s'était introduit par les fenêtres. C'était un très joli bijou, mais je pensais qu'il valait mieux que je le lui rende. Il s'agissait peut-être du symbole du monde BDSM, mais pour moi, c'était plutôt comme si Alexander m'avait marquée de son empreinte, me rappelant encore une fois à quelle vitesse nous prenions les choses en main. Nous avancions à une vitesse folle, et c'était plus que troublant pour moi.

Le matin même, j'avais promis à Allyson que je n'irai pas trop loin. En fait, ce n'était pas seulement une assurance que j'avais donnée à Allyson, c'était aussi une promesse personnelle que je m'étais faite. Et pourtant, j'étais là, prête à tomber aveuglément. Je n'arrivais pas à me débarrasser de l'inquiétude tenace que je ressentais peut-être encore inconsciemment à l'idée de me retrouver un jour face au mur. Et cette idée me mettait à cran. Sans répit. Je me suis retournée pour me mettre face à face avec Alexander. Il bougea mais ne se réveilla pas. Je me tapis sur l'oreiller pour tenter de me mettre à l'aise encore plus, mais en vain.

Le bonheur ne t'atteindra jamais, Cole.

Après tout, c'était moi qui avais fixé les règles. J'avais été très claire sur le fait qu'il n'y avait pas de conditions à remplir. Le temps que je passais avec Alexander était censé être un petit pas m'aidant à mettre le passé derrière moi, et non un grand saut me faisant tâtonner pour que je retrouve mon équilibre. Je me suis retournée sur le dos et ai fixé le plafond. Il y avait encore trop de choses qu'Alexander ne savait pas à mon sujet, et je ne savais presque rien de lui. Il vivait dans un monde de bizarreries et de sex clubs tellements secrets que je ne pouvais même pas y accéder. Il parlait de domination et disait qu'il était de mon devoir de me soumettre à tous ses besoins. Mais ce qu'il disait vouloir me troublait, car ses actions me montraient le contraire. Il répondait à tous mes caprices en s'efforçant de me satisfaire à chaque étape, tandis que je ne faisais rien d'autre que de le repousser par peur qu'il finisse par totalement me changer.

Et pourtant, j'avais pu voir Alexander changer pendant le peu de temps qu'on avait passé ensemble, et j'étais très consciente du fait que c'était moi qui le faisais changer de manière involontaire. Et de toute manière, je pense qu'aucun bien n'en découlerait - qu'il se soit rendu compte de cela, ou non. Ce qui avait commencé sur un terrain instable se transformait en quelque chose de nouveau - et ça, c'était quelque chose dont je ne voulais pas. Et j'étais presque certaine qu'Alexander ne le voulait pas non plus. J'avais l'impression d'être poussée, perdue dans une tempête colossale d'émotions que je n'étais pas prête à ressentir. Je savais qu'il était temps de faire un pas en arrière. Si je ne le faisais pas, je sentais que je ne tarderais pas à glisser et à tomber du rebord.

36

Alexander

Ce matin-là fut très stimulant, ce qui ne fit qu'aggraver la déception des deux jours qui m'attendaient. Un peu avant l'aube, je me suis réveillé contre le corps chaud de Krystina collé contre le mien. Ne ratant jamais une occasion, je choisis ce moment pour lui dire « au revoir » d'une manière que ni elle, ni moi, ne serions près d'oublier pendant mon absence. Rien de sexuel dans tout ça - pour une simple et bonne raison. Non. Nous nous sommes justes embrassés et caressés d'une manière curieusement agréable. C'était une autre grande première pour moi - une expérience vraiment unique.

Les premières heures du matin que j'avais passées avec elle me semblaient presque surréalistes alors que je montais à bord de l'Airbus ACJ318. Hale était déjà à bord du jet privé lorsque je suis arrivé, rangeant soigneusement nos sacs de voyage dans un compartiment.

- Bonjour, Hale.

- Bonjour, monsieur.

- Si mon discours est dans un de ces sacs, sortez-le-moi. Je veux le relire encore une fois avant d'arriver à Boston.

- C'est déjà fait. Il est là, dans un dossier, dit-il en montrant une petite table dans un coin de l'espace salon du jet. À mon avis, Laura y a effectué des modifications.

Je me suis installé à la table pour en examiner le contenu : Laura y avait en effet fait quelques changements, et j'étais reconnaissant de son regard aiguisé. Ce discours avait quelques années déjà, et il avait besoin d'être mis à jour. Si j'avais eu plus de temps, j'en aurais écrit un nouveau. Satisfait que Laura en eût fait justice, je le remis dans le dossier et je suis retourné voir Hale.

- Normalement, il n'y a pas de retard ?

- Non, monsieur. Pas de retard. Le pilote viens tout juste de me le confirmer. Le voyage à Boston devrait se dérouler sans encombre. Par contre, c'est plus sur le retour qu'on pourrait avoir des soucis : une tempête doit se déplacer pendant la nuit... les restes d'un ouragan qui remonte la côte.

- Surveillez la situation et prenez d'autres dispositions pour le retour s'il le faut. J'aimerais être de retour à 20 heures au plus tard, vendredi soir.

- Bien, monsieur.

- Avez-vous eu le temps d'organiser la livraison dont je vous ai parlé ce matin ?

- Viviane va l'organiser cet après-midi, m'informa Hale. Vous devriez recevoir un e-mail de confirmation dès qu'elle sera reçue.

- Parfait. Oh... et je voulais savoir : comment va votre mère ?

- Très bien. Encore merci pour votre aide. Après sa chute, je suis maintenant plus serein parce que je sais qu'elle est bien soignée.

Je lui répondis d'un signe de tête, content d'entendre que tout se passait bien. La mère de Hale a été diagnostiquée d'Alzheimer un peu avant d'atteindre la soixantaine, ce qui donna un coup de massue à mon agent de sécurité. Lorsque j'ai appris qu'il n'avait pas les moyens de payer les frais d'hospitalisation dans un établissement réputé, j'ai immédiatement pris le relais en faisant les démarches à sa place pour que sa mère ait les meilleurs soins de New York. Et malgré les protestations de Hale, j'ai aussi tout pris en charge - je n'ai rien voulu entendre.

Le pilote interrompit notre conversation pour nous faire savoir que nous allions bientôt décoller. M'installant dans mon fauteuil, j'ai regardé par la fenêtre : de gros cumulus parsemaient le ciel, qui était d'un bleu vif. Le bourdonnement apaisant du moteur de l'avion prit vie et je me suis tranquillement adossé en arrière dans l'espoir de faire une petite sieste pendant le vol. Mon esprit s'envola rapidement vers Krystina.

J'aurais préféré qu'elle soit ici avec moi.

J'ouvris un œil pour regarder Hale. Il était assis en face de moi, déjà absorbé par sa lecture du *New York Times*. Il m'accompagnait dans presque tous mes voyages d'affaires. C'était un bon compagnon de voyage et il était toujours prêt à discuter de tout ce qui me passait par la tête. La plupart du temps, nous parlions affaires.

C'est bien moi, ça. Les affaires, toujours et encore.

- Hale, j'ai quelque chose à vous demander, lui dis-je de but en blanc. Il leva les yeux du journal, et me regarda avec une expression attentive. Vous ne regrettez pas de ne pas vous être « casé » ?

- Pardon ?

Voui, je sais. Pour moi aussi, cette question est bizarre.

- Avec une femme, j'entends, lui précisais-je. Vous n'avez pas de regrets ?

Si ma question le surprenait, il ne le montra pas, mais son air se fit pensif.

- Ma mère a toujours voulu des petits-enfants. Quand je pense au bonheur que cela lui aurait procuré, j'ai des regrets. Mais maintenant qu'elle est malade, ça n'a plus d'importance. De toute façon, je n'ai jamais rencontré la femme avec qui je voulais passer le restant de mes jours.

- Ou bien peut-être que c'est parce que je vous occupe trop, plaisantais-je.

Les coins de sa bouche se redressèrent dans un sourire rare.

- Je crois qu'on a tous notre vocation. Jusqu'à présent, la mienne était d'être à votre service, et cela me convient très bien. Si j'avais dû me poser, je l'aurais fait bien avant.

- Huumm, p't'être, me dis-je.

- Monsieur, j'aimerais être franc...

Je ris devant son air sérieux :

- Vous n'êtes plus dans l'armée. Dites-moi ce que vous pensez, Hale.

Ses lèvres se serrèrent en une fine ligne, comme s'il se concentrait sur le choix de ses mots. Il me regarda fixement d'un air grave.

- Mademoiselle Cole est une jeune femme tout à fait séduisante. Ne la laissez pas devenir *votre* regret.

⁂

Krystina

J'AVAIS DÉLIBÉRÉMENT surbooké mon agenda. De ce fait, j'avais toutes mes raisons de dire non à Alexander lorsqu'il m'avait demandé de l'accompagner à Boston. C'était aussi pourquoi les deux jours qui suivirent s'écoulèrent très vite. Je fis mes dernières heures de travail chez Wally's, puis je me suis rendue à mon rendez-vous gynécologique et me suis attardée dans une salle de sport. Le fait de m'occuper me permit de ne pas penser au fait que je me sentais soudainement perdue sans lui. Je n'aimais pas le fait qu'il me manque, et le temps passé avec lui m'avait fait réaliser que nous devions moins souvent être ensemble. Sa présence m'était devenue beaucoup trop familière. C'était pour cela que je ne répondais pas à ses appels et je ne communiquais avec lui que par SMS. Je savais très bien que le simple fait d'entrendre le son de sa voix me ferait craquer. En rentrant chez moi le jeudi soir, j'ai réalisé qu'Alexander et moi devrions négocier une sorte de compromis, parce que si nous poursuivions cette voie, je n'aurais que très peu de temps à moi, surtout dès lundi, lorsque je commencerai à travailler pour Turning Stone. Au départ, je n'avais jamais accepté de renoncer à mes soirées et à mes week-ends pour rester avec lui... et pourtant, c'est exactement ce que j'avais fini par faire. Ouvrant la porte du frigo pour regarder ce qu'il y avait pour me préparer rapidement un repas, j'ai finalement opté pour une salade verte bien garnie. Je sortis les ingrédients nécessaires et me mis à travailler sur le découpage du poulet en fines lamelles. En même temps, j'en profitais pour réfléchir à la manière dont je devrais aborder le sujet sur le fait que je veuille garder mon espace personnel avec Alexander.

Des limites. Il faut qu'on établisse des limites.

Puis, mon téléphone se mit à vibrer, m'arrachant à mes pensées. Reposant le couteau, je le pris et vis qu'Allyson m'avait envoyé un texto.

Aujourd'hui
18:34, Allyson : *Mon vol aura du retard. Quel temps fait-il à NY ?*

Je regardais le temps s'aggraver de seconde en seconde par la fenêtre. Le vent soufflait sur les fenêtres et une pluie oblique s'abattait dans la rue.

18:36, moi : *La fin d'un ouragan qui se déplace.*
18:40, Allyson : *Je crois que j'aurais de la chance si j'arrive à rentrer vendredi...*
18:41, moi : *Coincée à Paris. Quelle horreur !*
18:43, Allyson : *Ha-ha. C'est pas drôle. En fait, je suis trop malheureuse. Il est presque deux heures du matin et je suis bloquée dans un aéroport.*

Je fis une pause pour regarder l'heure. J'avais oublié le décalage horaire.

18:45, moi : *Désolée, ça craint.*
18:50, Allyson : *Tu peux décaler le spa à samedi, si tu es disponible ?*

Alexander avait prévu de sortir son bateau samedi, mais vu la météo, à mon avis, ça ne se fera pas.

C'est une occasion pour que je prenne du temps pour moi.

Il me fallut environ une demi-seconde pour prendre cette décision.

18:53, moi : *Samedi, c'est bien. Je modifie la réservation.*
18:55, Allyson : *Super ! Je devrais être rentrée d'ici là. Je te tiens au courant !*

Après avoir trouvé le numéro du Mandarin, je pus changer la réservation sans aucun problème. Pourtant, je savais que ce changement de programme ne se ferait pas aussi facilement avec Alexander et je redoutais la conversation qui aurait lieu à ce sujet.

Je me remis donc à la préparation de mon repas, en étalant de la roquette sur du poulet tranché, des noix et de la feta. J'étais sur le point de verser du vinaigre balsamique pour finaliser mon petit plat lorsqu'un coup à la porte m'interrompit. Alors que j'allais y répondre, mon estomac se mit à grogner de mécontentement face à cette deuxième interruption. Jetant un regard dans le judas de la porte, je ne vis personne.

Tiens, c'est bizarre.

J'ouvris quand même la porte et trouvai un bouquet de fleurs au sol, juste devant le seuil. Ne sachant pas s'il était pour Allyson ou pour moi, je l'ai ramassé. En le plaçant sur l'îlot, je vis une enveloppe coincée dans le délicat mélange de delphiniums bleus et de gypsophiles. Doucement, je la retirais du vase. La carte m'était adressée.

"J'ai trouvé que parmi ses autres avantages, donner libère l'âme du donateur." - Maya Angelou
Vivement ce week-end...
Alex

Je souris après avoir lu la citation, en appréciant le souci du détail d'Alexander qui avait pensé à mentionner ma poète préférée. J'étais sur le point de remettre la carte dans l'enveloppe lorsqu'une sacoche en velours bleu nouée autour des tiges attira mon attention.

C'est quoi ?

J'avais cependant deviné la réponse à cette question au moment même où je me l'étais posée. En effet, comme je savais très bien qu'Alexander ne reprendrait pas le collier qu'il m'avait offert, j'avais décidé de renoncer à toute forme de dispute en le laissant simplement sur sa commode le matin de son départ pour Boston. Apparemment, c'était sa façon de renverser la situation.

Détachant le cordon du sac en tissu, je l'ai vidé dans ma paume : comme je m'y attendais, le triskelion et la chaîne en platine glissèrent dans ma main. Et là, je compris aussi pourquoi Alexander avait mentionné la citation de Maya Angelou - il ne faisait pas seulement référence aux fleurs, mais à tous ses cadeaux. Face à toutes ses attentions plus que délicates, je ne pus réfréner le sentiment de tristesse qui se mit à m'envahir. Tout serait tellement plus simple si j'acceptais tout ce qu'il m'offrait. Mais quelque chose clochait au fond de moi-même, et j'éprouvais un sentiment bizarre par rapport à ça. Je sentais qu'il en voulait plus de ma part, mais il y avait des choses que je ne pouvais pas lui donner - du moins pas sans compromettre mes normes à moi.

Je suis à un carrefour de ma vie.

Une voie me permettrait de repousser Alexander, ce qui générerait plus de distance entre nous. Et si ça se trouve, il n'aimerait pas ça, et ça pourrait potentiellement mener à la fin de notre relation. Cette option serait risquée, car je savais que je n'étais pas prête à ce que les choses se terminent. Mais si je choisissais l'autre chemin, je m'impliquerais davantage. J'attendrais davantage d'Alexander en voulant aussi qu'il soit plus ouvert sur certains de ses secrets - car des secrets, je savais qu'il en avait : l'histoire de ses parents et son côté sombre étaient un vrai mystère pour moi. Je savais que je ne pourrai pas continuer sans avoir de réponses. Mais ce chemin comportait aussi des risques, car il pouvait également me forcer à révéler ma propre vérité. La perspective d'affronter cette douleur m'effrayait, car abandonner mon secret me blesserait d'une manière que la soumission physique ne pourrait jamais le faire. Le choix aurait dû être évident, sachant que je n'avais pas la force de gérer cette dernière. Mais pourtant, je ne parvenais pas à me décider - ma seule véritable limite étant la soumission émotionnelle.

37

Alexander

La conférence s'était relativement bien déroulée, même si elle était ennuyeuse à mourir, et je suis rentré dans ma chambre d'hôtel un peu après le dîner. Au départ, j'avais envisagé de sortir avec Burke pour manger un morceau. Mais finalement, j'ai plutôt choisi la solitude du service d'étage : je n'avais pas envie de tenir compagnie à mon vieil ami, et il est vrai que j'aurais nettement préféré que Krystina vienne à Boston. Un petit coup sur la porte de la chambre me signala l'arrivée de mon dîner. J'ouvris la porte devant une jolie brune portant deux plateaux en équilibre. Le temps d'une demi-seconde, je me suis demandé comment elle avait réussi à frapper avec ses deux mains prises. Mais je remis très vite les pieds sur terre en remarquant que les plateaux vacillaient... et je ne voulais pas me retrouver dégoulinant de limande farcie et de sauce hollandaise.

- Tenez, je vais vous en prendre un, lui proposai-je en ôtant un poids à sa prise hésitante.

- Merci, monsieur, déclara-t-elle.

Nous entrâmes tous deux dans la chambre et posâmes les

plateaux sur la petite table à manger située dans le salon de la suite.

- Faites-vous une faveur et utilisez votre petit chariot la prochaine fois, lui dis-je en fouillant dans mon portefeuille pour lui donner un pourboire.

- Bien sûr, accepta-t-elle sans hésiter. Je m'assurerai d'en utiliser un la prochaine fois que je monterai. Vous restez ici longtemps ? Monsieur...

Elle avait l'air étourdie, un peu comme une écolière. Ma tête s'éleva pour la regarder. Je ne connaissais que trop bien le ton qu'elle prenait. Elle me regardait avec une paire d'yeux de biche innocente, mais elle était tout sauf naïve et cherchait manifestement à obtenir plus qu'un pourboire, ce qui m'agaça beaucoup. Me pinçant les lèvres, je choisis de ne pas lui répondre en lui donnant un billet de vingt dollars.

Allez vas-t-en, ma poupée. C'est tout ce que tu auras.

Puis je lui dis « merci » - peut-être un peu trop de façon dédaigneuse, d'ailleurs. Elle eut l'air déçue, puis elle prit congé avec enthousiasme et me laissa seul pour profiter tranquillement de mon dîner. Si la transparence de certaines femmes pouvait parfois me laisser indifférent, et je ressentis soudainement une nouvelle appréciation de la personnalité ambiguë de Krystina. Le prix de l'hôtel ne m'impressionnait pas, mais la limande était trop cuite et la sauce sans saveur. Je commençais à regretter mon choix de ne pas avoir accompagné Burke dans l'un des restaurants de fruits de mer les plus réputés de la ville. Alors que j'avalai la dernière bouchée de mon poisson caoutchouteux, mon téléphone vibra pour me notifier d'un nouvel e-mail. J'ai repoussé l'assiette et sortis mon portable : il s'agissait d'un avis de confirmation m'indiquant que la livraison de fleurs avait bien été reçue. L'heure indiquée sur le message me précisait qu'il était arrivé un peu après dix-neuf heures, ce qui signifiait que Krystina devait être rentrée de chez Wally's.

Je vais essayer de l'appeler maintenant. Peut-être qu'elle décrochera, cette fois-ci.

Fermant ma boîte mail, j'ai composé son numéro.

- Bonjour mon ange, la saluai-je après qu'elle eut répondu.

C'était si bon d'entendre le son de sa voix.

- Salut. Alors, comment ça s'passe ?

- Je m'ennuie à mort.

- Autant que ça ?

- La prochaine fois, tu viens avec moi, lui dis-je.

- On verra bien, murmura-t-elle à l'autre bout de la ligne.

Elle avait l'air distraite. J'étais si content qu'elle ait enfin répondu au téléphone que je n'avais pas remarqué à quel point elle semblait distante.

- Est-ce que tout va bien ?

- Oui, tout va bien. Oh, et merci pour les fleurs, au fait !

Je pensais intérieurement qu'elle ne m'avait pas parlé du collier, mais peut-être qu'elle souhaitait ne pas aborder ce sujet. Elle me manquait et je ne voulais pas gâcher notre conversation en risquant une dispute.

- Tu es sûre que tout va bien ? lui demandai-je encore.

- Oui, tout va bien, j't'assure. Je suis juste fatiguée et j'ai l'impression d'avoir mal partout. La journée a été longue.

Elle a l'air fatigué.

Peut-être que c'était ça, ce qui n'allait pas ?

- Je pensais que Walter aurait été gentil avec toi, puisque c'était ton dernier jour.

- Oh, mais tout s'est très bien passé, au travail, m'assura-t-elle. Je suis crevée parce que j'ai dû me lever tôt pour être à la gym à six heures, ce matin. Je n'ai pas pu obtenir de rendez-vous en soirée avec le coach avec lequel j'aime m'entraîner, alors j'ai dû y aller tôt si je voulais être avec lui.

Lui ?

L'idée de savoir que Krystina s'entraînait avec un autre homme me mit mal à l'aise. Extrêmement mal à l'aise.

Alors, comme ça, je suis jaloux ? Et depuis quand ?

- Je n'savais pas que tu avais un coach.

J'avais tenté au mieux de garder un ton indifférent.

- Oui, mais c'est pas donné... c'est pour ça que je ne le fais pas souvent. Mais Éric sait me motiver et j'avais besoin de lui pour me remettre dans le bain.

Éric ? Ce connard a donc un prénom.

J'imaginais Krystina en short en spandex, peut-être avec une simple brassière en guise de haut. Et là, en l'imaginant le ventre couvert de sueur et le visage rouge après l'effort, je me régalais. J'espérais au moins qu'elle avait eu la bonne idée de s'habiller d'un t-shirt. De toute façon, je n'aimais pas du tout cette situation. Je pris la décision de la mettre en contact avec mon entraîneur personnel, quelqu'un que je connaissais et en qui je pouvais avoir confiance.

- Te remettre dans le bain et reprendre tes habitudes, c'est bien, mais n'en fais pas trop. Il faut que tu gardes un peu d'énergie pour ce week-end, lui dis-je d'un ton léger, en balayant la jalousie inhabituelle qui s'était déchaînée sur moi.

- En fait, je voulais justement t'en parler, de ce week-end, s'empressa-t-elle de glisser.

- Pourquoi ? J'ai suivi l'avancement de la tempête et je sais que les vols à destination de New York ont été retardés. Mais je m'assurerai d'être de retour à temps pour ta fête, chez Murphy.

- Oh, c'est pas de ça dont je voulais te parler, même si je suis bien contente que tu aies décidé de venir. Je voulais te parler de la journée de samedi.

- Samedi. D'accord ?

Elle m'expliqua ensuite qu'elle avait prévu un moment entre filles au spa, et que l'annulations du vol de son amie l'avait obligée à reporter leur rendez-vous à samedi. Puis elle poursuivit en parlant du mauvais temps qu'il allait faire alors qu'on avait envisagé de faire du bateau en s'arrêtant à peine pour respirer. Elle semblait nerveuse, presque comme si elle avait peur de me parler de ce changement de programme.

- Je suis désolée. Je sais que je t'avais promis ce week-end, conclut-elle enfin.

Amusé par ses divagations, j'ai décidé d'y aller doucement sur ce coup-là.

- C'est bien. Profites-en donc. Si tu veux, je peux demander à Hale de vous y conduire, Allyson et toi.

- D'ailleurs, elle ne pourra qu'être ravie ! Tu peux en être sûr, m'assura-t-elle en riant.

Et je crus même avoir compris qu'elle avait presque l'air soulagé.

- Bon. Affaire réglée ! Envoie-moi les détails de ta réservation par e-mail et je les transmettrai à Hale.

- Je ferai ça demain matin. Mais là, je vais me mettre en pyjama, manger un bon p'tit dîner, puis m'effondrer sur le canapé. Peut-être que je regarderais les choses que j'ai enregistrées récemment, envisagea-t-elle.

- Hum... quelle soirée ennuyeuse, la taquinai-je.

- Oh, t'inquiète... pas pour moi... un orage... l'appartement pour moi toute seule... je ne vois pas ce que je pourrai faire d'autre.

- Eh bien moi, je penserais à pleins d'autres choses, lui dis-je de façon suggestive. Je perçus un bruit de fond. Tu fais quoi, là ?

- Exactement ce que j'ai dit que j'allai faire. Sa voix résonnait comme si elle m'avait mis sur haut-parleur. Je me change.

Une image d'elle faisant glisser son soutien-gorge et sa culotte provoqua le branlebas de combat au niveau de mon aine.

- Qu'est-ce que tu portes en ce moment ?

- Euh, un débardeur, me dit-elle d'un air un peu confus.

- Et c'est tout ?

- Juste ma... elle fit une pause. Mes sous-vêtements.

Doux Jésus... juste une culotte et un débardeur.

Je réprimais un gémissement lorsque l'image de ses jambes nues et légères m'obscurcirent la vision. Je me levais et commençais à faire les cent pas dans la pièce pour tenter d'évacuer l'énergie agitée qui s'était soudainement emparée de moi.

- T'essaies pas de me torturer, là ? lui demandai-je.

Je l'entendis tâtonner avec le téléphone, en actionnant le haut-parleur.

- Non, pas du tout.

Si elle essayait de me convaincre, ses mots semblaient râpeux, signe certain qu'elle reliait les points et que son esprit commençait à graviter vers le même endroit sombre que le mien.

- Je n'te crois pas. En fait, je vais peut-être partir de Boston dès maint'nant, histoire de venir te voir pour te punir.

- Ah oui ?

- Vous semblez excitée par cette possibilité, Mademoiselle Cole.

- Ça s'pourrait bien, dit-elle en me prenant au jeu.

- Tu me le demande ? m'enquis-je.

- Je ne demande rien. Mais puisqu'on en parle, comment tu me punirais, précisément ?

Un vrai jeu d'enfant.

Il était temps pour moi d'éclairer Krystina sur les nombreuses façons dont je pouvais punir une Soumise obstinée comme elle.

- Eh bien, je te lierai la tête en bas, tes bras et tes jambes étendus aux quatre coins de mon lit. Comme ça, tu ne bougeras plus du tout, lui dis-je. Silence de mort à l'autre bout de la ligne. J'attendis un moment avant de continuer, en espérant qu'elle se formait en même temps un visuel. Et toi, tu seras pliée en deux pour ne pas me voir. Tu te souviens de la blessure du fouet, hein ?

- Oui, murmura-t-elle.

- Cette fois, les choses seront différentes. Je le ferai courir tout doucement sur toute la longueur de ton corps jusqu'à ce que tu me supplies de te frapper avec. Mais pourtant, je ne le ferai pas. Plus tu me supplieras, plus j'introduirai de nouvelles tortures, celles qui te rapprocheront du bord de ton point de rupture et qui t'y maintiendront.

- Quels types de tortures ?

J'ai souri à la façon dont elle me provoquait, sachant qu'elle n'avait pas la moindre idée des tourments que je pouvais lui présenter.

Tu veux la jouer « femme fatale[1] *»... voyons voir comment tu réagirais.*

- Tu as senti mon doigt, l'autre jour. Attends-toi à sentir une prise qui étire beaucoup plus fort. Je l'entendis inspirer fortement. Oui, Krystina. Tu sais très bien de quoi j'parle. Ferme les yeux. Imagine la scène. Moi, debout au-dessus de toi. Je te donne enfin la flagellation que tu m'as demandée. Mais même là, je ne te laisserai pas jouir tant que tu ne l'auras pas mérité.

Sa respiration devint plus lourde, ce qui me fit tourner la tête. Je m'adossais au mur de la chambre en fixant le plafond. Si seulement je pouvais poser ce téléphone et la toucher. Je ne voulais rien de plus que de quitter cette conférence abrutissante, rentrer chez moi et plonger dans la chaleur satinée de Krystina.

- Et comment je le mérite ? me demanda-t-elle.

Je réprimai un autre gémissement.

Oh, mon ange... continue comme ça et je prends le premier avion et j'arrive dans l'heure qui suit.

- Tout dépendra de la rapidité avec laquelle tu commences ta pénitence.

Je poursuivis mon petit jeu tout en décidant d'y ajouter un élément nouveau.

- Ma pénitence ?

- Mets-toi devant le miroir de ta chambre, lui dis-je. Tu ne portes toujours qu'une culotte et un débardeur ?

- Oui, pourquoi ?

- Pose pas d'questions. Dis-moi juste quand tu es devant ton miroir.

- J'y suis, dit-elle au bout de quelques secondes.

- C'est bien. Maintenant, regarde-toi. Comme ça, tu vois ce que je vois quand je te regarde. Suis les longues lignes de tes jambes, jusqu'à la courbe de tes hanches. Remarque le gonflement de tes seins parfaits... j'imagine que tes tétons pointent sous ton débardeur. C'est bien ça, hein ?

- Ou... voui, c'est le cas.

Son bégaiement se fit rauque.

- C'est juste parce que tu es super excitée. Maint'nant, je veux que tu ressentes ce que je ressentirais. Touche-toi, Krystina.

- Alex... hésita-t-elle.

- Vas-y, mon ange. Glisse ta main sur le devant de ta culotte et sens à quel poins tu es mouillée.

- Je - Je ne peux pas faire ça. Je préfère t'attendre.

Je pouvais entendre de la timidité dans sa voix... mais aussi du désir. Il fallait juste que je la pousse encore un peu plus.

- Ne pas suivre mes instructions ne fera qu'aggraver ton châtiment. Est-ce que tu penses que tu pourras le supporter ?

- Je n'sais pas. On verra bien la prochaine fois qu'on se verra. En attendant, bonne nuit, Alexander.

Et puis, elle raccrocha.

Bonne nuit !

Dans mon désespoir, je me cognai la tête contre le mur. Une fois. Puis deux.

Non mais, elle se fout d'moi, ou quoi ? !

Et là, je bandais comme un taureau. Et elle, elle m'avait laissé en plan. Il me fallut cinq bonnes minutes pour stabiliser mon rythme cardiaque, qui battait à tout rompre. Ma seule consolation était de me dire que sa frustration était égale à la mienne. Je m'éloignai du mur et me frottais l'arrière de la tête qui me faisait mal. Fixant mon téléphone, je résistais à l'envie de le jeter à travers la pièce. Préfrérant l'empocher, je suis allé prendre une douche dans la salle de bain. Une bonne douche très *froide*.

---

*L*E VENT *et la pluie me cinglaient le visage, mais la tempête ne faisait pas le poids face à la détermination qui coulait dans mes veines. Je devais la trouver, et je le ferai. Sauf que je ne cherchais pas aux bons endroits. J'étais à l'abri de la pluie dans un bâtiment sombre. Ça sentait le moisi, comme une odeur de cheveux sales ou de linge qui n'était pas propre. Je suis entré dans une pièce qui ne semblait pas avoir été entretenue pendant un bon moment : l'abandon avait fait des ravages au fil du temps. Je ne connaissais que trop bien cet endroit - les rideaux qui pendaient aux fenêtres, le canapé en lambeaux contre le mur. Des toiles* d'araignées couvraient les abat-jours des tables de chevet. Je n'étais pas venu ici depuis si longtemps...

Mes yeux se baissèrent sur le tapis du salon et je vis une grosse tache brune. Du sang. À cette vue, de la bile remonta dans ma gorge. J'ai très vite détourné le regard. Comment en étais-je arrivé là ? Je savais qu'elle n'était pas là. J'étais encore au mauvais endroit.

- Alexander ?!

J'entendis mon nom, mais ne reconnus pas la voix. Ce n'était pas celle que je cherchais. Elle appartenait à quelqu'un d'autre - c'était la voix qui avait la capacité de m'apaiser et de m'effrayer en même temps.

- Krystina ? criai-je.

- Je suis là, entendis-je.

Sa voix provenait d'une autre pièce. Je courus dans l'appartement miteux pour aller la chercher. Elle n'avait rien à faire ici, pas dans cet endroit sale. Comment l'avait-elle découvert ? Comment savait-elle que je me trouvais ici ?

- Krystina, où es-tu ? criai-je.

M'engouffrant dans le couloir, je fouillais chaque pièce. Mais c'était comme si chaque fois que je fermais une porte, une autre apparaissait. De faibles lumières se mirent à clignoter, puis elles s'éteignirent complètement et je me suis retrouvé dans l'obscurité.

- Par là, me dit-elle.

Avec uniquement sa voix pour me guider, je suis arrivé dans une pièce sombre.

- Où ? Je ne peux pas te voir ?

- Ici !

Sa voix venait de quelque part derrière moi. Me retournant pour aller en sa direction, je sentis mes jambes se dérober soudainement sous mon poids. Je tombais. Comme dans une chute sans fin.

- Krystina ! hurlai-je dans l'air qui me passait dans les oreilles. Aide-moi !

- Je ne peux pas, l'entendis-je dire.

Sa voix semblait beaucoup plus lointaine à présent. Si lointaine...

Et cette chute sans fin. Toujours et encore cette chute sans fin. Je ne pouvais pas la laisser. Elle était mon seul espoir. Je me battais pour *trouver quelque chose à quoi me raccrocher, quelque chose qui m'empêcherait de m'effondrer sur le sol.*

- Krystina !

- Alexander !

Sa voix lointaine résonnait dans l'abîme sans fin qui menaçait de m'engloutir.

PUIS JE ME suis redressé d'un coup, trempé de sueur et tremblant comme une feuille. Le bruit de la pluie qui s'abattait sur les fenêtres me désorientait et il me fallut une minute ou deux avant de me rappeler où j'étais.

Boston. L'hôtel. Juste un mauvais rêve.

Mais je pouvais encore sentir l'air humide. J'avais encore la sensation de couler, tout au fond de moi-même - le genre de sensation que l'on ressent sur les montagnes russes après avoir franchi la première montée. C'était la deuxième fois en une semaine qu'un rêve me secouait comme ça. J'associais ces rêves à mon état émotionnel qui s'était accru depuis ma rencontre avec Krystina. Ou peut-être que c'était la crainte sous-jacente que l'ex-mari de ma sœur fasse remonter le passé, enfoui depuis longtemps. Ou peut-être que ce soir, c'était tout simplement parce que j'avais mangé du mauvais poisson pour le dîner. M'allongeant contre les coussins trop moelleux, je tentais de me débarrasser de ce malaise.

Un psy s'en donnerait à cœur joie, avec moi.

Je finis par me retourner d'un côté pour essayer d'avoir une position plus confortable, mais en vain : je ne devrais pas minimiser certains de mes rêves. Le sentiment de vide que celui-ci m'avait laissé me faisait mal au cœur. De plus, je ne pouvais pas ignorer le fait que pendant mon sommeil, c'était ma mère que je recherchais.

38

Krystina

Lorsque je suis arrivée chez Murphys pour y retrouver mes amis de chez Wally's, c'était encore plus bruyant que jamais. Me frayant un chemin à travers la foule, je recherchais leurs visages. Je devais certainement être la première arrivée, mais je n'en n'étais pas sûre.

- Hé, bébé, entendis-je derrière moi. Sympa de se retrouver.

Je me suis retournée, surprise et heureuse à la fois d'entendre cette voix familière.

- Alex !

J'avais jeté mes bras autour de son cou de manière spontanée, respirant son odeur en posant ma tête contre sa poitrine. Il n'était parti que quelques jours, mais cela m'avait semblé être une éternité.

- Content voir que je t'ai manqué, me dit-il en riant.

Puis je fis quelques pas de recul, appréhendant la joie que j'éprouvais à le voir. La veille, je m'étais convaincue de pouvoir le tenir à distance. Mais un regard sur lui suffit pour dégrader sérieusement mon état d'optimisme.

Pourquoi ne pas avoir opté de prendre le chemin qui aurait permit d'instaurer un peu plus de distance, Cole ?

Ma poitrine se serra rien qu'à l'idée de faire face à cette alternative.

- Mais qu'est-ce qui s'est passé ? lui demandai-je en essayant de me débarrasser de mon malaise. Je pensais que tous les vols pour New York étaient bloqués.

- J'ai mes habitudes. En plus, je t'ai dit que je serai là. Alors, me voilà.

- Je suis contente que tu aies pu venir, déclarai-je.

- Moi aussi, mon ange. Content de voir que tu portes le collier que je t'ai offert.

Portant ma main sur l'emblème qui était autour de mon cou, je sentis mes joues rougir.

- Tiens, au fait. Chaque fois que je repense à la citation que tu m'as envoyée avec les fleurs, je me dis que c'était sournois de ta part. Mais si ça te fait plaisir que je porte le collier, je ne vois pas où est le mal.

Ses yeux brillaient d'une noirceur diabolique alors qu'il entourait ses bras autour de ma taille.

- Et si on allait ailleurs ? Je veux rentrer chez moi et ne te voir porter que ce collier... et peut-être aussi ces putains d'chaussures, me murmura-t-il à l'oreille.

- Eh bien... aussi charmant que cela puisse paraître, je ne peux pas vraiment laisser tomber ma fête juste avant qu'elle ne commence, lui dis-je à contrecœur. Je m'éloignai pour scruter la foule. Je ne suis pas sûre que quelqu'un d'autre soit encore arrivé... je vais aller demander à Will. Tu viens avec moi ?

Faisant glisser les bras d'Alexander, je lui pris la main.

- Euh, non, Krystina. Je vais t'attendre, commença-t-il en se libérant de ma prise.

Il avait l'air dépité.

- Mais pourquoi ?

Je vis son front se plisser, puis il eut l'air décidé.

- Non... c'est rien, finit-il par me dire. C'est bon, j'te suis.

Perplexe devant son hésitation, je fronçais les sourcils en pensant qu'il était juste fatigué de son voyage. Me faisant un chemin à travers la foule, je pus enfin m'approcher du bar. Quand Will se dirigea vers nous, je lui dis en souriant :

- Salut Will. Comment ça va ? demandai-je.

- Bonjour ma p'tite dame ! Il m'accueillit avec un grand sourire. J'ai entendu dire que tu étais l'invitée d'honneur d'une fête ici ! ?

- Oh ! Juste une petite fête d'adieu avec ceux de chez Wally's. Et puis, il y a aussi Alex ! dis-je en me retournant pour faire avancer Alexander. Will, je te présente Alex.

Quand les deux hommes se regardèrent, j'ai tout de suite compris qu'ils se connaissaient déjà. Je sentis le corps d'Alexander se raidir à côté de moi, comme s'il se préparait à se battre. Les yeux de Will brillaient de colère.

- Will, dit Alexander, en tendant la main à travers le comptoir pour lui serrer la main.

Will fit simplement un signe de tête et lui serra la main. Pourtant, je voyais bien que leur poignée de main était éxagérée. Surfaite, comme s'ils s'efforçaient tous deux de rendre leur échange cordial.

- Ils t'attendent à votre table habituelle, Krys. J'enverrai Lisa vous voir avec une tournée de boissons offerte par la maison, me dit Will d'un ton méprisant.

Puis il se retourna vers un autre client qui attendait d'être servi.

Mes yeux allaient d'Alexander à Will, et de Will à Alexander. C'était probablement l'in-teraction la plus bizarre que j'avais jamais vue entre deux personnes. Une fois hors de portée des oreilles de Will, j'ai demandé à Alexander :

- C'était quoi, *ça* ?

- Hein ?

Il fit comme si de rien n'était.

- Oh, allez ! Vous vous connaissiez déjà, de toute évidence.

- Oui, on se connaît... et il ne fait pas partie de mes plus grands fans.

- Pourtant... Will est normalement si terre à terre... je ne l'ai jamais vu agir comme ça. Qu'est-ce qui s'est passé entre vous ?

- Peu importe, Krystina, dit-il en secouant la tête. On peut pas aller rencontrer tes amis ?

Encore un secret.

Je sentis mon estomac s'effondrer. Mais j'avais perçu une certaine finalité dans son ton, un truc qui m'avait avertie de ne pas insister plus longuement. Alors que je me demandais si je devais suivre mon instinct ou non, je vis Melanie me faire signe pour attirer mon attention. Je lui répondis d'un geste de la main pour lui signaler que j'allai arriver au plus vite.

- Je ne sais pas ce qui vient de se passer, mais tu n'as pas l'air bien dans tes baskets. On peut y aller, si tu veux, lui proposai-je.

- Ne m'tente pas, mon ange, déclara-t-il en me faisant un clin d'œil. Je crois bien qu'il y a une punition qui t'attend.

Je savais qu'il essayait de changer de conversation, pour éviter de me dire une nouvelle vérité.

- Alex, je suis sérieuse. Je vais trouver une excuse et on pourra partir.

- Non, vraiment. Ça serait complèt'ment idiot. Ils sont tous venus là pour toi, et on ne devrait pas les faire attendre plus longtemps.

Alexander prit ma main et la mit dans la sienne, puis il me conduisit vers l'arrière du restaurant, ce qui permit de clore l'affaire.

Mouais. Du moins, pour maint'nant.

Le fait qu'il souhaite continuellement éviter certains sujets m'exaspérait, mais le fait d'insister pour obtenir des réponses dans un pub bondé ne m'aiderait pas non plus à obtenir des réponses. Quelle que soit l'histoire entre Alexander et Will, je me pencherai dessus après avoir quitté le Murphy's.

Alexander

LA RENCONTRE avec les collègues de Krystina se fit de manière assez discrète, et je fus heureux de constater que cette petite fête se termine assez tôt. Je n'étais pas sûr si j'aurais pu supporter de voir Jim McNamara s'extasier devant Krystina une minute de plus. La manière dont il l'avait regardée pendant toute la soirée m'avait donné la nausée. Et lorsque je lui ai mis le bras autour de la taille, histoire de revendiquer mes droits, cela ne l'a pas non plus empêché de la reluquer. Et comme d'habitude, Krystina en était inconsciente, ne comprenant pas l'effet que sa beauté désinvolte avait sur le sexe opposé. Cependant, McNamara n'était pas la seule raison pour laquelle je m'étais senti nerveux la majeure partie de la soirée. C'était très gênant d'être dans ce pub et d'y croiser William Murphy. Cependant, je m'y étais attendu et je n'aurais jamais dû y entrer. Mis à part nos problèmes personnels, ce n'était jamais facile de rencontrer un membre du club en dehors du contexte, parce qu'on était là, l'un face à l'autre, à se demander qui allait commettre une erreur et briser le code du secret que l'on était censé garder, bouleversant le besoin d'intimité de l'autre personne. C'était une situation risquée, et j'étais soulagé que la soirée se soit déroulée sans trop de problèmes. Les bras chargés de cadeaux d'adieu, Krystina et moi attendions l'arrivée de Hale à la porte de l'entrée du pub. Lorsque la Porsche s'arrêta sur le trottoir, nous nous précipitâmes vers elle en luttant contre la pluie qui nous fouettait le visage. Une fois assis à l'intérieur, j'ai remarqué que Krystina était étrangement silencieuse, et je me demandais si elle pensait encore à l'interaction entre William Murphy et moi.

- Tout va bien ? lui demandai-je.

- Tout va bien.

Son ton était sec.

- Pourtant, tu n'as pas l'air d'aller bien. C'est à cause de ce truc avec Will ?

- Oui... non... je n'sais pas, Alex. Honnêtement... toute la soirée !

- Toute la soirée ? Pourtant, tu avais l'air de bien t'amuser.

- Eh bien, visiblement, je suis meilleure actrice que toi, commenta-t-elle avec sarcasme. Par contre, toi, on voyait bien que tu n't'amusais pas. Tu m'avais bien dit que tu ne t'intégrais pas bien dans les soirées, mais putain ! Tu avais l'air de préférer être ailleurs !

- Désolé, mais rester assis là, à regarder Jim McNamara comme si son chiot venait de mourir à chaque fois que tu te mettais à parler, c'en était trop pour moi, rétorquai-je sèchement.

- Pourquoi tu l'as pas ignoré ? Oh, non, attends ! En vrai, tu l'as ignoré, tout comme les autres, qui étaient là, eux aussi ! Tu as à peine parlé de toute la soirée.

- Ce sont tes amis, Krystina. Pas les miens, lui fis-je remarquer.

- Et alors, ça change quoi ? Et Will ? Comment vous vous connaissez ?

Elle me faisait tourner la tête avec sa façon de poser les questions les unes après les autres en une succession aussi rapide. Je me mis à soupirer. Krystina avait ses gants de combat et je ne voulais franchement pas faire de round contre elle. Elle m'avait manqué, et je ne voulais rien d'autre que de la ramener chez moi, nue et attachée à mon lit. Au diable sa période maudite du mois - si elle avait encore ses règles, je m'en fichais vraiment. J'attendais désespérément de me plonger en elle une fois de plus.

Peut-être que comme ça, ça me permettra de lui présenter ma croix de manière plus formelle...

Comme je voyais qu'elle me fixait, je remis très vite les pieds sur terre :

- Il appartient au même club que moi, lui répondis-je finalement.

- Un club ? Comme un de *ces* clubs ? me demanda-t-elle d'un ton incrédule.

- Oui, Krystina. Un de ces clubs. Mon club. Bref. Qu'importe. Il se trouve qu'il y a quelques années, on a eu un... différend. Mais j'ai pas envie de t'en dire plus.

- Will ? J'veux dire... jamais j'aurais pensé à ça... sa voix s'éteignit. Je ne pensais pas qu'il serait du genre à s'intéresser à ce genre de choses.

- Remarque... c'est ton truc, aussi, maintenant. Tu t'en souviens ou pas ? lui demandai-je en lui montrant le collier qu'elle avait autour du cou.

- Rhôôôô, ça va. C'est pas l'bout du monde, non plus ! s'exclama-t-elle en jetant ses mains en l'air. C'est moi qui ai fait les recherches là-dessus, après tout. Mais d'après ce que tu viens d'me dire à l'instant, je suis presque sûre que Will ne pense pas que je porte juste un symbole celtique autour du cou !

- Crois-moi, je pense que Will est aussi choqué que toi par la situation.

- C'est vraiment super embarrassant, marmonna-t-elle.

Elle baissa la tête et se mit à se frotter les tempes. Elle semblait être de mauvaise humeur, et je ne pouvais pas dire que tout cela n'était pas dû qu'à mon comportement à la fête. Ce qu'elle disait était vrai - je suis resté assez distant pendant toute la soirée, mais c'était simplement parce que je me sentais hors de mon élément au beau milieu de ses amis. Mais quelque chose d'autre la rongeait, et je n'arrivais pas à savoir ce que c'était.

- Qu'est-ce qui te gêne encore ?

- C'est juste que... je me suis baladée toute la journée avec ce collier, en affichant mon appartenance à ce monde... dont je ne sais rien, en fait. Ma seule expérience c'est avec toi que je l'ai eue !

- Je ne comprends pas. Qu'est-ce que tu veux ? demandai-je sur un ton un peu irrité.

Je commençais à perdre patience.

- J'sais pas. On dirait que tu me caches des choses au sujet de ton passé, et espérer une réponse franche de ta part sur quoi que ce soit, c'est comme souhaiter de la neige en juillet. Et puis il y a tout ce qui tourne autour de ton mode de vie alternatif - et ça, c'est une autre histoire. Je sais qu'il y a d'autres choses que tu ne me dis pas, mais tout ça, je ne le trouverai pas sur Internet. Elle fit une pause pour prendre sa respiration, puis elle me regarda droit dans les yeux. J'ai besoin de réponses. Je veux y aller, moi, dans ce club !

Alors c'est ça... elle veut aller au Club O.

Je me demandais pourquoi elle avait soudainement décidé de ramener ce sujet sur le tapis. Mais de toute manière, je savais que je ne pouvais pas l'y emmener - du moins, pas aussi tôt. Krystina n'avait pas encore pleinement compris le sens d'une véritable relation entre un Dominant et un Soumis. Cette relation était fondée sur la confiance et l'honnêteté, qui allaient de pair. Pourtant, aucun de nous ne s'était encore entièrement donné à l'autre. Il y avait trop de secrets entre nous - un fait très important qu'aucun de nous ne pouvait nier. Le club ne ferait que compliquer nos débuts déjà fragiles.

- Krystina, je te l'ai déjà dit. Je ne veux pas t'emmener là-bas. Tu n'es pas prête.

- Mais tu n'es pas là pour décider les choses pour lesquelles je suis prête ou pas ! Je n'ai pas besoin que tu sois mon protecteur. Je peux vivre ma vie comme une grande et apprendre par moi-même. Il n'est que dix heures passées. Je suis sûre qu'il n'est pas trop tard pour y aller dès maint'nant.

Et maint'nant, en plus ! Ce soir même ! Elle a complètement perdu la tête !

Il fallait avoir un certain état d'esprit avant de franchir les portes du Club O, et Krystina avait tout *sauf* le bon état d'esprit à ce moment-là.

- J'ai bien peur que cela ne soit pas une bonne idée - surtout pas ce soir. Je pense que la semaine a été longue pour nous deux. Allons chez moi, histoire de se détendre un peu.

- Non, je veux rentrer chez moi, dit-elle en me défiant les bras croisés sur sa poitrine.

- Krystina, on n'avait pas convenu que tu resterai le week-end avec moi ?

- Parce que sinon, quoi ? Tu me menaceras de me punir si je n'obéis plus de façon inconditionnelle ? aboya-t-elle.

Ma tête se retourna, choquée par tant d'éclat de sa part. Il valait probablement mieux qu'elle rentre chez elle - du moins jusqu'à ce que cette bestiole décide de lui sortir du cul.

- Bon. Me penchant en avant, j'ai appuyé sur le bouton qui abaissait la vitre. Hale, Krystina va rentrer chez elle, ce soir.

- Bien, Monsieur Stone, m'adressa-t-il.

Une fois la vitre remise dans sa position initiale, j'entendis Krystina soupirer.

- Désolé, Alex. Je n'aurais pas dû te crier dessus, me dit-elle d'une voix résignée. Je pense juste que nous avons passé trop de temps ensemble, c'est tout.

Mais qu'est-ce qu'elle raconte, là ?

J'étais complètement sidéré.

- Hein ? Mais de quoi tu parles ? Je viens tout juste de rentrer !

- Oui, je sais. Et j'apprécie cette surprise. Mais honnêtement, j'ai prévu une journée de spa tôt demain matin avec Ally. Je passerai chez toi demain soir pour la nuit. Je pense qu'une nuit par week-end, c'est suffisant.

Et là, elle me repoussait carrément.

Me re-penchant en avant, je rabaissais à nouveau la vitre.

- Changement d'avis, Hale. Chez moi.

- Quoi ? J'ai dis non ! Ramène-moi chez moi ! exigea Krystina.

- Non. Pas avant qu'on ait réglé le problème que tu sembles avoir. Tu es sur tous les fronts ce soir et j'aimerais aller au fond des choses.

39

Krystina

Je faisais les cent pas dans la chambre d'Alexander, en essayant de calmer ma colère grandissante. Je ne savais pas avec lequel de nous deux j'étais le plus en colère : avec lui, parce qu'il m'avait ramenée chez lui malgré mes protestations, ou avec moi-même pour avoir agi comme une adolescente inconsolable. Alexander voulait des réponses au sujet de mon comportement, et c'était tout à fait légitime de sa part. Mais si je ne pouvais pas m'expliquer à moi-même ce que je ressentais, je n'avais aucune chance de le lui expliquer de manière rationnelle. Je changeais sans cesse d'avis, revenant encore et toujours sur mes décisions - une partie de moi voulait mettre un peu d'espace entre nous et l'autre voulait que je me plonge complètement dans notre relation. L'espace était un choix plus sûr ; mais je ne savais pas comment séparer mes émotions de tout cela. La meilleure chose à faire m'obligerait à ouvrir mon cœur et à mettre mon âme à nu, une option qui pourrait potentiellement me paralyser.

- Krystina, assieds-toi s'teu plaît. Tu vas faire un trou dans mon tapis.

- Je suis très bien debout, lui dis-je.

Je parvins à m'arrêter dans mon élan. Puis je me suis frotté les tempes pour tenter d'éviter le mal de tête qui était menaçant.

- Tu veux boire quelque chose ?

- J'veux bien un peu d'vin. Oui, ça s'rait parfait pour moi ! répondis-je sans hésiter.

J'en aurais bien besoin pour faire ce que je m'apprêtais à faire. Il était temps de choisir ma voie, et pour ce faire, je devais tout mettre en œuvre. La réponse d'Alexander à ce que j'avais à dire déterminerait la direction que je choisirais, car je m'étais révélé inapte à maintenir un statut de semi-relation. Je serais soit tout à fait dans le coup, soit pas du tout.

Alexander ouvrit sa cave à vin et opta pour du blanc. Il fit sauter le bouchon et me remplit un verre. J'en pris une énorme gorgée, puis une autre... jusqu'à ce que le verre soit vide. Je lui rendis le verre. Il leva simplement un sourcil vers moi, puis le remplit à nouveau.

- Qu'est-ce qui n'va pas, mon ange ? Tu sais que tu peux me le dire.

Mon ange.

J'aimais bien quand il m'appelait comme ça, même si cela me faisait penser à un couple un peu plus ordinaire, parce que cette manière de m'appeler de rappelait que la plupart du temps, on se donnait ce genre de petits noms lorsque l'on formait un « vrai » couple. Je n'étais pas certaine de savoir comment on en était arrivés là, et je ne pouvais même pas dire que nous étions un couple officiel.

- Je suis malheureuse parce que j'ai l'impression d'avoir constamment cette bataille dans ma tête, finis-je par lui avouer. J'ai beaucoup réfléchi ces derniers jours et je suis arrivée à une conclusion. Ça ne peut pas continuer comme ça.

Il tourna sa tête d'un côté, le regard confus.

- Qu'essayes-tu de me dire ? demanda-t-il prudemment.

- Écoute, j'ai essayé de maintenir de la distance entre nous... mais ça ne fonctionne pas. J'ai eu cette idée fantastique que je pouvais d'une certaine façon juste faire l'amour avec toi et ne rien vouloir de plus. C'était une idée complètement stupide... de notre part à tous les deux. Ton histoire avec tes coups d'un soir a probablement fonctionné dans le passé pour éviter les attachements émotionnels - mais ce n'est pas nous. Et ce n'est pas ce qu'on est devenus. On a largement dépassé tout ça et plus le temps passe, plus j'en veux. Peu importe à quel point je me bats.

- Alors, arrête de te battre constamment, déclara-t-il.

Comme si c'était si facile.

- Tu es sûr que tu ne veux pas que je le fasse ? Je veux dire, toi aussi, tu veux plus que du sexe...

- Alors là, tu vois, tu n'es pas la seule à naviguer en territoire inconnu, admit-il ironiquement. Le long terme ne fait pas partie de mon vocabulaire. Jusqu'à ce que je te rencontre. Au début, je pensais que je pouvais gérer une relation stable de Dominant et de Soumise. Avec toi. Mais tu n'es pas faite pour ça et ce n'est plus ce que je veux. Mes idéaux ont changé. Je t'ai dit que je n'offrais pas d'ours en peluche, ni de roses... pourtant, pas plus tard qu'hier, je t'ai fait livrer des fleurs. Je n'ai jamais fait ça pour une femme... jusqu'à maint'nant. Je propose que nous mettions de côté tout ce que nous avons *dit* que nous voulions et que nous nous concentrions sur ce que nous voulons *maintenant*.

- Je n'peux pas faire ça, répondis-je gravement en secouant la tête dans le déni.

- Alors quel est l'intérêt d'avoir cette discussion ?

- La confiance. Je ne peux pas me concentrer sur l'avancement de cette affaire alors que nous sommes tous les deux accrochés à nos secrets.

Alexander se déplaça jusqu'au canapé et s'y assis. Il se passa les mains dans les cheveux, l'air frustré.

- Krystina, je n'arrive pas à te comprendre. Je sais qu'il y a des choses de ton passé que tu ne me dis pas. Mais quoi que ce soit, ça nous gêne. Bien sûr, nous sommes certainement peu conventionnels par rapport à la plupart des couples, mais cela n'explique pas pourquoi tu me repousses continuellement. Si nous avons la moindre chance de réussir, tu dois soit me le dire, soit dépasser ce qui te retient.

- C'est pas juste, parce que ce que tu dis marche dans les deux sens.

- C'est vrai, tu as raison, et j'étais sûr que tu dirais ça. Mais tu dois comprendre qu'il y a des choses que je ne peux pas te dire parce qu'elles impliquent d'autres personnes. Je ne peux pas raconter une histoire qui n'est pas entièrement la mienne. Je pense que tu ne t'acharnes à débloquer mon passé que parce que tu t'accroches désespérément au tien.

- Je ne m'accroche pas désepérément à mon passé, rétorquai-je obstinément.

- Ah oui ? Alors pourquoi tu ne peux pas lâcher prise et m'en parler ? me lança-t-il en me défiant du regard.

Je me suis approchée de là où il était assis pour le regarder droit dans les yeux. Alors que je fixais ces yeux d'un bleu vibrant, je savais qu'il avait raison. Pour construire une fondation quelconque, il fallait de la vérité. Et peut-être que si je cédais en premier, il s'ouvrirait à moi. Je pris une inspiration tremblante, essayant de rassembler mon courage pour dissiper mon appréhension.

- Très bien, cédais-je. Je vais tout te dire. Je ne sais pas si cela changera les choses entre nous. En fin de compte, mon passé définit ce que je suis aujourd'hui. Et je ne peux rien y changer.

- Continue, m'encouragea-t-il patiemment.

- Quand j'étais encore à l'université, je suis sortie avec un type pendant quelques années. Je t'en ai déjà parlé - il s'appelle Trevor.

- C'est vrai. Je me souviens, me dit-il.

Ses lèvres se pincèrent en une fine ligne. Je pouvais dire qu'il essayait de contenir son irritation rien qu'en entendant le nom de mon ex, mais je préférais ignorer ce détail. Je ne tenais pas à perdre mon temps à me demander si Alexander se sentais insulté ou non.

- Eh bien, il contrôlait tout, tout l'temps... et c'est peu dire, poursuivis-je. Je ne t'ennuierai pas avec les détails, mais saches que je me suis facilement laissé faire. J'ai renoncé à beaucoup de choses pour répondre à tous ses caprices, en renonçant complètement aux miens. Ce fut l'une des plus grandes erreurs de ma vie. C'est la raison pour laquelle je tiens tant à conserver mon indépendance. Je ne laisserai jamais cela se reproduire.

– Eh bien, on a pourtant déjà établi que tu étais une terrible Soumise à plein temps, dit-il en riant un peu. Puis il se calma tout de suite lorsqu'il vit que je ne trouvais pas son commentaire drôle. Non, sérieusement... je ne te demande pas de tout abandonner. Je pensais que tu avais compris. Ce n'est pas la peine de revenir sur ce dont nous avons déjà parlé.

– Attends. C'n'est pas tout. Mais je ne suis pas sûre que tu sois prêt à l'entendre.

Alexander leva la main et me tira le bras pour me faire descendre sur le canapé. Me libérant de sa prise, je lui fis signe de la tête pour lui indiquer que je ne voulais pas m'asseoir, car je trouvais qu'il m'était plus facile de parler debout, et je me remis à faire les cent pas.

– Krystina... tu peux tout me dire, tu sais ? me dit-il.

– Trevor était violent. Pas au début, mais au fil du temps. Au début, c'était plutôt sous forme verbale qu'autre chose, et je l'ai facilement ignoré. Puis, il m'a poussé plusieurs fois : une fois devant Allyson. Je me suis beaucoup battue avec elle par rapport à ça. Elle appelait régulièrement Trevor pour ses conneries, et il la détestait pour ça.

– Ally a l'air d'être une fille intelligente, déclara-t-il sèchement.

– Elle a vu ce que je ne pouvais pas voir. Alors du coup, Trevor a fait tout ce qu'il a pu pour nous séparer, Ally et moi... et je l'ai laissé faire.

– Mais tout se passe bien entre vous, maintenant ?

Je souris avec nostalgie.

– Oui. Tout s'passe bien entre Ally et moi. C'est elle qui m'a sauvée.

Je vis son front se plisser dans sa confusion.

– Elle t'a sauvée ? répéta-t-il.

- De Trevor.

Même si je m'étais dit qu'il ne fallait pas que je pleure, je sentis une larme couler sur ma joue. Je l'essuyai à la hâte, agacée de montrer des signes de faiblesse.

- Krystina, tout va bien, m'assura Alexander en s'approchant de moi et en enroulant ses bras autour de moi pour me serrer contre sa poitrine. C'était il y a longtemps. Il n'en vaut pas la peine.

Je levais les yeux et lus de la douleur dans ses yeux : il pensait que j'étais triste de ne plus avoir Trevor dans ma vie.

- C'est pas pour ça que je pleure. Je suis simplement bouleversée par ce que j'ai à te dire. Je suis désolée, mais je n'ai jamais parlé de ça en détail, même pas à Ally. Elle ne sait que ce qu'elle sait parce qu'elle est intelligente et qu'elle a su relier les points entre eux. Je pense que tu ne sais pas à quel point c'est difficile pour moi.

Il pâlit, et je vis la panique s'installer sur son visage.

- Mais... p'tain ! Qu'est-ce qui s'est passé ? Tu commences à m'faire peur, Krystina.

Je me retirais de son étreinte, incapable de croiser ses yeux pendant que je racontais la fin de mon histoire. Pour une raison quelconque, j'étais submergée par l'humiliation, même si je savais que je n'avais pas à avoir honte.

- Et pour la première fois, je me suis défendue, poursuivis-je. J'ai décidé de le quitter une fois que j'ai découvert qu'il me trompait.

- Tu n'as pas besoin de m'en dire plus si tu ne le veux pas, dit Alexander d'une voix inhabituelle, comme s'il avait peur d'entendre la suite.

Mais ce qu'Alexander ne comprenait pas, c'est que je *devais* lui dire. Il ne s'agissait pas seulement d'établir la confiance entre nous deux. Non, cela me concernait. Moi. Si je voulais vraiment sortir de mon passé obsédant, je devais m'avouer certaines choses. Je devais prononcer les mots à haute voix. Chose que je n'avais jamais faite auparavant.

- Non, il faut que ça sorte. De ma bouche. Je dois le faire pour moi, ajoutai-je. Il hocha la tête une fois, acceptant mon besoin d'en finir avec tout ça. Environ un mois après que je l'ai quitté, Trévor s'est présenté chez moi. Il était complétement bourré ce soir-là. J'aurais dû lui claquer la porte au nez, mais j'étais inquiète car il était venu chez moi en voiture. Je ne voulais pas le virer pour qu'il se retrouve au volant. Alors je l'ai laissé entrer. Je me suis dit qu'une fois qu'il aurait eu le temps de dessoûler un peu, je lui dirais de partir.

– Et puis... une chose en entraîna une autre, et nous avons commencé à nous disputer. Finalement, j'ai perdu patience avec lui et je suis partie m'enfermer dans ma chambre. J'espérais qu'il dormirait sur le canapé, débarrassé de sa stupeur d'ivrogne, et qu'il partirait au matin. Mais au lieu de faire ça, il m'a suivie.

Je fis une pause pour prendre une bouffée d'air tremblante.

Pleure pas. Pleure pas.

Ma vision se flouta et j'eus l'impression d'être en transe, comme si je regardais la scène qui se déroulait dans le loft. Je n'avais même pas remarqué qu'Alexander s'était déplacé jusqu'à moi. Il posa une main sur ma joue et balaya une larme avec son pouce.

– Tu n'as pas besoin de finir, me dit-il comme s'il me suppliait.

Puis j'ai plongé mes yeux dans les siens, si beaux et pleins de patience et de compréhension, et une version plus faible de moi-même se replia sur le moment, cherchant le réconfort de son étreinte pour me protéger du reste du monde. Cependant, je n'étais plus cette personne. Je savais que j'étais plus forte que ça. La détermination s'installa au plus profond de moi, jusque dans mes os, avec une confiance renouvelée qui transforma ma colonne vertébrale en acier.

Tu peux le faire.

Redressant les épaules, je pris une profonde respiration et poursuivis :

– Il est venu vers moi, mais je n'étais pas de taille contre lui. Il m'a frappée. Je fis une pause, luttant pour faire sortir le reste. Et il s'est imposé à moi.

- Il t'a violée ?

Cette question me fit grimacer : je refusais de reconnaître cette brutalité, même après tout ce temps.

- Oui, il m'a violée.

Le fait de prononcer ces mots me donna l'impression de sentir mon intérieur se déchirer. Une douleur immense, mais en même temps, un vrai soulagement à travers cette blessure. C'était comme si le poids du monde entier avait été enlevé de mes épaules.

- Putain, Krystina ! jura Alexander, la voix pleine de venin. Je... je savais qu'il y avait quelque chose. Mais je n'en avais aucune idée.

Il m'attira près de lui, mais cette fois, j'accueillis son étreinte. Son toucher fit pénétrer un peu de chaleur dans mon sang qui semblait couler d'un froid arctique.

- J'avais tenté de joindre Allyson, mais je ne savais pas où elle était et elle ne répondait pas au téléphone. Je l'ai attendue toute la nuit. Je m'étouffai dans cette dernière phrase, alors que les souvenirs de cette journée pleine de fatalité commençaient à peser sur mes forces. Quand elle est finalement arrivée le lendemain matin, j'étais dans un sale état. Je ne pouvais même pas parler. Je me souviens juste d'avoir pleuré de façon incontrôlable. Honnêtement, tout reste encore bien flou maintenant. Une minute j'étais chez moi et la suivante, dans un lit d'hôpital. Des médecins et des policiers me posaient des questions... mais je n'arrivais pas à faire sortir les mots.

Alexander se retira soudainement, une expression alarmée se répandant sur ses beaux traits.

- J'espère que tu ne pensais pas... je veux dire, quand je parle de te punir, tu sais que c'est différent de -, commença-t-il.

Je lui ai coupé la parole avant qu'il ne finisse :

- Je sais que c'est différent. Au début, j'ai eu peur que cet épisode de mon passé se mette en travers. Mais tu m'as convaincue de te faire confiance à cet égard, et tu m'as appris sans le savoir la différence entre le plaisir qui vient de la douleur et la douleur qui vient de la violence.

Alexander me serra plus fort contre lui.

- J'ai toujours sous-estimé ta force... je ne peux pas m'empêcher de m'excuser. J'aurais fait les choses différemment avec toi si j'avais su tout ça plus tôt, murmura-t-il dans mes cheveux.

- Ne sois pas désolé. Je suis contente que tu ne l'aies pas su tout de suite... et pour rien au monde, je ne changerai tout ça. En fait, j'ai toujours eu peur que les gens me regardent différemment s'ils savaient ce qui s'est passé avec Trevor. Je ne pouvais même pas en parler aux thérapeutes que j'ai essayé d'aller voir. J'étais sérieuse quand je te disais que je n'avais jamais raconté à personne les détails de cette nuit-là.

- Personne ? demanda-t-il.

- Personne. Même pas à Allyson.

Il fit un mouvement de recul soudain pour me regarder. Toute sa compassion avait disparu, et je fus choquée de voir de la colère dans ses yeux.

- Tu m'as dit qu'il y avait la police à l'hôpital. Et tu ne leur as rien dit ? Du coup, lui, il est parti tranquille ?

- Alex, j'ai tellement souffert ce jour-là, émotionnellement et physiquement. J'étais trop faible pour admettre la vérité... à moi-même... et encore moins à un étranger en uniforme. Alors, oui, je l'ai laissé partir.

Il examina mon visage avec soin, mais je n'étais pas sûre de ce qu'il cherchait, exactement.

Est-ce qu'il me regarde maintenant avec des yeux différents ? Me touchera-t-il toujours de la même façon ?

Au bout d'un moment, j'ai arraché mon regard du sien. Je ne voulais pas m'amuser à imaginer les nombreuses façons dont ma révélation pourrait changer notre relation. Il prit cependant mon menton dans une main pour me tourner la tête et pour me regarder :

- Surtout, ne te blâmes pas, dit-il avec véhémence.

- Qu'est-ce qui te fait croire que je me blâme ?

- Parce que tu viens de me dire que tu l'avais laissé partir. Et je connais le regard que tu as en ce moment. Celui de ma mère.

Sa réponse me figea.

- Ta mère ?

- Oui. Mon père était un homme abusif et elle se blâmait toujours. Ne sois pas cette femme, Krystina. Ne te permets pas d'être la victime. Tu es plus forte que ça. Ton aveu d'aujourd'hui me le dit. En surmontant ce qui s'est passé et en passant par-dessus les horreurs de ton passé, tu deviens une vraie championne. À partir du moment où tu te sens fière et forte, Trevor ne devient rien d'autre qu'un tout petit homme faible.

Même si je savais qu'il y avait une part de vérité dans ses paroles, je ne pus m'empêcher de ne pas rebondir en enchaînant :

- Qu'est-il arrivé à tes parents, Alex ?

Il inclina la tête au plafond et ferma les yeux. Lorsqu'il me regarda à nouveau, son expression était suppliante.

- Mon ange, s'il te plaît. Ne me demande pas ça. Je suis désolé, surtout après tout ce que tu m'as dit sur toi ce soir. Mais je... je ne peux pas te le dire.

Le fait qu'il ne s'ouvre pas à moi me fit mal. Seul le tourment écrit sur son visage m'empêchait de le pousser plus loin, même si pourtant, je mourais d'envie de connaître la vérité. Alexander avait ses propres démons qu'il combattait, lui aussi. Ça ne serait pas juste de ma part d'insister, surtout s'il n'était pas prêt. Parce qu'il y avait une chose que j'ai apprise ce soir : révéler les parties les plus profondes et les plus sombres de son âme était une décision qu'on devait prendre seul.

- D'accord, lui dis-je. Quand tu seras prêt à me le dire, tu le sauras.

Il avait l'air sceptique, comme s'il n'avait pas tout compris. Pour moi, la vérité m'avait littéralement libérée. Et alors que j'étais là, dans cet appartement avec cet homme remarquable, séduisant et captivant, j'ai réalisé autre chose : qu'après tout ce temps passé ensemble, j'eus l'impression que nous nous connaissions depuis des millénaires, même si, après tout, on ne se connaissait que depuis peu. Il n'était plus l'étranger que je pensais qu'il était ; non, il m'était maintenant familier d'une manière profondément enracinée et inexplicable.

Une compréhension silencieuse s'était installée entre nous lorsque je lui pris la main pour le mener dans sa chambre. Il n'y aurait pas de barrières entre nous ce soir, car le passé était enfin derrière moi, sans aucun retour en arrière.

40

Krystina

Reserrant la ceinture de mon peignoir bien doux, je suivis une petite femme asiatique dans le couloir principal du spa du Mandarin. Allyson et moi n'en étions qu'à la moitié de notre « journée filles » et je me sentais déjà comme une vraie princesse. Mon visage sembait vraiment revitalisé après un bon soin du visage aux herbes, et mes os étaient comme littéralement liquéfiés après un long massage à l'huile. Ensuite, j'ai eu droit à une pédicure aux pierres chaudes et j'étais impatiente de voir la suite.

- Nous sommes dans la suite Serenity, Mademoiselle Cole, déclara mon hôtesse une fois notre destination atteinte. Prenez un moment pour vous détendre ici en attendant votre amie. Mademoielle Ramsey devrait vous rejoindre dans un instant. Des bouteilles d'eau gazeuse et d'eau plate sont à votre disposition sur le buffet. N'hésitez pas à vous servir.

- Merci, répondis-je en souriant.

Après avoir pris une bouteille d'eau minérale, je me suis installée sur une chaise longue. Et là, allongée, les yeux fermés, je me concentrais sur la musique de fond, venue d'un coin caché de la pièce. Un peu comme une mélodie sortie d'une flûte en bambou... douce et hypnotique.

Je crois bien que je pourrais dormir ici.

- Je ne suis pas sûre de m'être déjà sentie aussi bien ! s'exclama Allyson à travers la tranquillité de la pièce.

Ou pas.

J'ouvris un œil pour la regarder.

- Je suis certaine que tu l'as apprécié, ton massage !

- Ce masseur avait des mains divines ! se pâma-t-elle. Elle me lança un sourire malicieux. Et d'ailleurs, il avait l'air d'un vrai dieu.

- Han ! Comme tu es ! Je ris en secouant la tête et m'assis après m'être étirée. Les choses ne vont pas bien avec Jeremy ?

- Oh, Jeremy va bien, dit-elle d'un air désinvolte. Cependant, nous n'avons pas prononcé de vœux disant qu'il fallait qu'on reste ensemble jusqu'à ce que la mort nous sépare ou quoi que ce soit de ce style. J'ai toujours le droit de regarder.

La femme qui m'avait fait entrer dans la pièce arriva tranquillement derrière Allyson. Son attitude paisible face à l'entrée tapageuse d'Allyson était presque comique.

- Voulez-vous vous détendre un peu ici ? Ou êtes-vous prêtes pour votre pédicure ? nous demanda-t-elle.

- C'est Krys qui décide. Je suis prête à toute option de sa part.

- Allons-y maint'nant, déclarai-je.

- Dans ce cas, suivez-moi, s'il vous plaît. Par ici, nous dit la petite femme en nous faisant signe de la suivre.

- Cet endroit est vraiment étonnant, s'extasia Allyson qui examinait chaque détail de notre environnement pendant ce court trajet.

- Bien d'accord avec toi, ajoutai-je en partageant son point de vue. C'est tout à fait ce dont j'avais besoin. Ces deux dernières semaines ont bien été compliquées pour moi.

Nous nous installâmes dans de confortables fauteuils qui allaient nous servir de trônes personnels pendant la pédicure. Je me détendis en essayant de trouver le calme de la suite, tout en savourant la sensation des huiles et des pierres que l'on me frottait sur les pieds et les jambes.

- Alors, tout va bien pour toi ? me demanda Allyson au bout d'un moment.

Je tournai la tête pour la regarder, confuse par sa question.

- Moi ? Oui, tout va bien. Comment je pourrais-je ne pas me sentir bien alors qu'on me dorlote de cette manière ?

Je me mis à rire en lui montrant la cuvette d'eau chaude tourbillonnante dans laquelle mes pieds reposaient.

- Je voulais juste en être bien sûre. Je me disais que tu étais peut-être encore en train de ruminer le fait qu'Alexander ait payé la note pour tout ça, dit-elle en faisant un grand geste dans l'air environnant.

- C'est vrai que c'était inattendu... mais il est comme ça. Je n'aurais pas dû être surprise, dis-je en fronçant les sourcils.

- Dans ce cas, si tu l'dis... poursuivit-elle. Tu m'as l'air bien calme aujourd'hui, je trouve. Enfin, c'est juste que tu as pris d'importantes décisions récemment, et je voulais juste m'assurer que tu t'en sortais bien.

- Mais tout va bien, Ally. Je prends les choses au jour le jour...

Puis je me tus et refermais les yeux. J'aurais beaucoup aimé pouvoir dire à Ally à quel point ces décisions étaient importantes pour moi, et pour la première fois dans notre amitié, je me sentais perdue. Elle savait que j'avais un secret, mais elle avait respecté mes limites au fil du temps, et cela me fit mal de penser à quel point elle serait blessée si elle savait que je m'étais ouverte à Alexander avant de m'ouvrir à elle. Mais je ne pouvais pas expliquer mon cheminement, ni le fait de l'avoir dit à Alexander sans lui expliquer tout le reste. Elle ne comprendrait pas les éléments complexes qui composaient ma relation avec lui : son inquiétude à mon égard éclipserait tout le reste. Avoir dit tout ça à Alexander était un pas de géant dans ma confiance et notre relation, un pas que j'avais dû faire si je voulais continuer le chemin que j'avais débuté avec lui.

La confiance et l'honnêteté.

C'est ce qu'il m'avait dit. Sans ça, nous n'aurions aucune chance. J'entendis quelqu'un prononcer le prénom « Alexander », et mes oreilles se dressèrent tout naturellement. Regardant autour de ma chaise, je vis deux femmes entrer dans la pièce et prendre place derrière nous. Il me semblait les avoir déjà vues quelque part, mais je n'arrivais à savoir où.

Des clientes de chez Wally's ?

Écartant cette idée, j'essayais de me détendre. Cependant, c'était difficile, car c'est comme si elles ne voulaient pas se taire.

- Suzy, je lui fais confiance, et tu devrais faire comme moi, dit l'une d'entre elles.

- Eh bien moi, je suis désolée, mais moi, j'ai un léger problème de confiance avec lui, lui cracha l'autre femme.

- Rhôôôô, allez. Remets-toi. C'était il y a longtemps. Et puis, rien de tout ça n'aurait dû se produire.

- Tiens ! À qui l'dis-tu ? Je le sais mieux que quiconque. Cet homme ne s'engagera jamais envers personne.

J'entendis Allyson gémir à côté de moi, et je tournai la tête pour la regarder.

- He ben, quelles poules caquetantes, celles-là ! J'apprécierai le silence de leur part, s'exclama-t-elle en pointant le menton de leur côté.

- Oui, n'm'en parle pas, abondais-je dans son sens. Mais de toute façon, c'en est presque terminé pour nous. Un bon repas nous attend juste après.

- Parfait, parce que moi, j'ai super faim. Je me suis rendu compte que je n'étais pas une grande fan de la cuisine française et que j'ai l'impression de ne pas avoir mangé depuis des jours. Je ne veux plus jamais entendre l'expression « *haute cuisine*[1] » !

Allyson avait terminé sa phrase avec un accent français exagéré qui me fit rire.

- Non. J'ai plutôt opté pour un repas léger, et j'ai bien gardé à l'esprit ton appétit pour la cuisine américaine. Aujourd'hui, ça s'ra sandwiches et salade verte. Rien d'bien exotique !

- Mais tout ça, c'est parfait pour moi, me dit-elle en se rabattant sur sa chaise et en fermant les yeux.

Je fis de même, parce que je voulais chérir ces dernières minutes d'auto-indulgence. Cependant, malgré tous mes efforts, je ne pus faire abstraction des deux clientes, qui étaient toujours en train de se battre.

- Mais Justine, comment peux-tu être sûre que ce qu'il a fait va fonctionner ? entendis-je.

Justine. Ça m'disait quelque chose.

Je me suis retournée pour regarder les deux femmes de plus près. Bien sûr, il n'y avait pas photo. Ces cheveux d'un noir brillant : c'était la sœur d'Alexander. L'autre femme était rousse, c'était la même que j'ai vue avec Alexander dans l'article que j'avais lu en ligne.

Comment elle s'appelait ? Suzanne Jacobs, je crois bien...

Ça me faisait bizarre de réaliser que je n'avais fait ces recherches que récemment. Je me suis rapidement retournée, ne sachant que penser de cette coïncidence inhabituelle. Regardant du côté d'Allyson, qui se reposait les yeux fermés, je me dis qu'elle avait pu faire abstraction du discours de ces deux femmes. Mais maintenant que je savais exactement qui elles étaient, tout espoir de les ignorer serait vain.

- Je sais que ça va fonctionner parce qu'Alex m'a dit que ça fonctionnerait. Ses gars sont sur le coup. Et je n'peux pas continuer à me rendre malade à cause de ça, entendis-je dire Justine.

- Charlie est taré. J'espère juste qu'Alex et ses copains savent ce qu'ils font.

- Enfin, Suzy. Tu crois que je n'le sais pas ? Alex le sait aussi. Pourquoi tu crois qu'il fait construire ce refuge pour femmes ? lança amèrement Justine. Je suis sûre qu'il espère qu'un jour notre mère en passera les portes, et qu'on pourra tous se faire une belle réunion d'famille !

Un instant. Elle a parlé de sa mère ?

Tout d'un coup, la pièce me semblait bourdonnante, submergée par le choc du fait que la mère d'Alexander était vivante. Il m'avait dit que ses parents étaient morts. Certes, je respectais sa décision de ne pas vouloir me divulguer tout ça, mais le fait qu'il m'ai menti était une autre histoire.

Pourquoi il m'a menti ? Et son père ? Est-ce qu'il est vivant, lui aussi ?

J'essayais de suivre la conversation, mais la pédicure nous annonça que nous avions terminé et commença à vider le bain de pieds. Puis elle se mit à nous parler du déjeuner, et je dus lutter contre l'envie de la faire taire. J'avais envie d'hurler.

Chut ! Silence ! J'aimerais pouvoir entendre !

- Hey, Krys, t'es toujours là ? me demanda Allyson.

Redescendant sur terre, j'ai cligné des yeux une fois. Puis deux, en me forçant à me concentrer sur les personnes qui se tenaient devant moi. Allyson et la pédicure me regardaient l'air inquiet.

- Oups, désolée. Je trouve juste qu'il fait un peu chaud ici, mentis-je.

Allyson m'adressa un regard qui aurait voulait dire qu'une deuxième tête avait poussé sur moi, mais elle ne dit rien. Je me suis levée. Ensuite, l'hôtesse asiatique toute calme sortit de nulle part pour nous demander de la suivre. En sortant de la pièce, je lançai un dernier regard à Justine et Suzanne. Malheureusement, à ce moment-là, elles ne parlaient plus, mais profitaient de leurs soins. Une partie de moi voulait aller vers elles et leur demander une explication, mais j'ai pensé qu'il valait mieux que je reste en-dehors de tout ça. Ce n'était pas le genre d'endroit pour risquer de faire une scène. J'allais donc attendre de pouvoir aborder ce sujet avec Alexander. Pendant le déjeuner, Allyson n'a pas arrêté de parler de son séjour à Paris. Je l'écoutais en hochant la tête aux moments qui me semblaient appropriés, mais je n'étais pas du tout dans la conversation. Je n'arrêtais pas de penser à ce que j'avais entendu juste avant, et des millions de questions me tournaient dans la tête.

Quelle était la relation entre Alexander et Suzanne Jacobs ? Pourquoi ne lui faisait-elle pas confiance ? Qui est Charlie ? Et qu'en est-il de la mère d'Alexander et de ce refuge pour femmes ? Devais-je exiger la vérité de la part d'Alexander ? Ou bien était-il préférable que j'attende qu'il vienne à moi ?

Mon estomac était noué, ce qui donnait à la nourriture un goût de carton. Il m'était très difficile de faire semblant d'apprécier les petits sandwiches. Puis mon portable reçut une notification de SMS, et cela m'arracha de mes pensées. Allyson continuait toujours de parler et moi, je regardais mon téléphone.

- J'aurais aimé avoir eu le temps d'aller voir la tour Eiffel, dit-elle avec nostalgie. Ça aurait rendu mon voyage beaucoup plus intéressant. Mais j'y étais pour le travail après tout, donc je suppose que...

- Oh, noooon ! Pas maint'nant ! m'exclamai-je en l'interrompant de manière brusque et involontaire.

- Comment ça, « pas maint'nant » ? Qu'est-ce qui s'passe ?

- C'est ma mère. Elle m'avait prévenue qu'elle prévoyait de passer à New York, mais elle ne m'a pas dit quand... eh bein apparemment, c'est maint'nant. Elle vient de m'envoyer un texto pour me dire qu'elle était en ville.

- Et alors ? Ça fait quoi ? demanda Allyson. C'est pas comme si c'était la première fois qu'elle se pointait sans prévenir.

- C'est vrai. Mais là, j'avais des projets pour le reste du week-end. Et là, soit je les annule, soit je parle d'Alexander à ma mère.

- Ah... je n'avais pas pensé à ça, dit Allyson.

Ses yeux étaient ronds et pleins d'effroi, car elle savait qu'une fois que ma mère saurait que je sors avec quelqu'un, l'enfer se déchaînerait.

Krystina

Quand Allyson et moi arrivèrent à l'appartement, Frank et ma mère y étaient déjà. Ma mère était en train de demander à Frank d'apporter un tas de paquets dans la chambre d'amis, et aucun d'eux n'avait remarqué que nous étions de retour. Visiblement, elle avait fait des courses : le salon était jonché de sacs provenant de divers magasins de la ville, ce qui transformait notre appartement - d'habitude bien rangé - en zone sinistrée. J'avais à moitié envie de demander à ma mère de me rendre sa clé. Cependant, je savais que je ne pouvais pas le faire tant que Frank payait le loyer. J'ai donc préféré faire preuve de politesse plutôt que de faire une crise à propos du désordre que ma mère avait fait.

Puis je suis allée la saluer :

- Salut, maman.

Ma mère était la seule femme que je connaissais qui pouvait avoir une élégance aussi décontractée en portant simplement un cardigan et un pantalon. Elle était en train d'examiner ses ongles et leva les yeux lorsqu'elle entendit ma voix.

- Oh, ça y est ! Vous êtes rentrées ! Je ne vous ai pas entendues !

- Bonjour, Madame Long, dit Allyson.

- Allyson, tu es magnifique ! Comme toujours, se pâma ma mère. Ses bracelets en argent s'emmêlèrent quand elle nous embrassa, Allyson et moi. Je suis si heureuse de vous voir toutes les deux. Ma dernière visite remonte à trop longtemps.

Pour moi, le temps n'avait pas paru du tout long. Ce n'était pas que je n'étais pas contente de la voir, mais je n'aurais pas la patience de m'occuper d'elle aujourd'hui. Après ma journée au spa, j'avais maintenant des affaires plus urgentes à régler.

- Quand tu m'as dit que vous aviez prévu de passer, je pensais que vous m'auriez prévenue, déclarai-je d'un ton un peu trop sec.

- Désolée, ma chérie. Mais tu connais l'emploi du temps de Frank. Les choses arrivent à la dernière minute avec les concessionnaires, ce qui rend la planification à long terme assez compliquée. Il était libre ce week-end, alors on a décidé de prendre le volant tôt, ce matin-même.

- Krys ! entendis-je derrière moi.

Regardant par-dessus mon épaule, je vis Frank sortir de la chambre d'amis. Je souris en le voyant, contente de le voir en pleine forme. Ses cheveux étaient un peu plus gris que la dernière fois que je l'avais vu, mais il avait toujours l'air en forme, malgré le fait qu'il ait dépassé la soixantaine.

- Salut, Frank, lui dis-je

- Viens ici ma fille ! Tu m'as manqué, me dit-il en me prenant dans ses bras. Dieu merci, tu es rentrée. Je crois que ta mère m'a fait marcher dans la moitié des rues de la ville en quelques heures. Nous sommes seulement revenus ici pour déposer des paquets. C'est ton tour, maint'nant.

- Je suis partante pour une virée shopping, déclara Allyson.

- C'est une excellente idée ! s'exclama ma mère. Nous trois, on pourra faire du shopping entre filles, puis Frank nous rejoindra pour dîner.

Le visage de ma mère s'illumina comme une bougie romaine à cette idée, et je redoutais d'être celle qui l'éteindrait.

- Désolé, maman. Mais je ne peux pas aller faire de shopping.

- Mais, ma chérie - pourquoi ?

- J'ai des projets, répondis-je en omettant délibérément les détails.

Je me suis alors tournée vers Allyson dans un appel à l'aide silencieux.

- Ce n'est pas grave, Madame Long. On peut y aller toutes les deux, proposa-t-elle à ma mère. En plus, ça fait des mois que je rêve d'une nouvelle paire de bottes.

J'étais reconnaissante à Allyson d'avoir pris les rênes, mais ma mère n'était pas dupe. Et lorsqu'elle remarqua le regard qu'Allyson et moi venions d'échanger, ses yeux s'étrécirent de suspicion.

- Et, quels sont tes projets pour ce soir, Krys ? me demanda-t-elle.

Elle avait tenté de poser la question comme si elle n'était pas à la hauteur, mais je la connaissais trop bien.

- J'ai juste quelque chose à faire, répondis-je en essayant d'avoir un ton léger. Par contre, je suis disponible pour t'accompagner demain, si tu as d'autres courses à faire !

Ma mère ne se laissa pas avoir et se tourna vers Allyson.

- Elle aurait pas rencontré quelqu'un ? lui demanda-t-elle.

Et voilà ! L'interrogatoire commençait...

- Je suis là, maman. Tu n'as pas à demander à Ally.

- Alors ? C'est le cas ? insista-t-elle en me fixant du regard.

Allyson se mit à fouiller dans son sac à main en faisant semblant de chercher quelque chose, tandis que Frank se raclait la gorge.

- Hum, je vais aller voir s'il n'y aurait pas d'autres sacs la voiture, annonça-t-il.

Se dirigeant rapidement vers la porte, il s'empressa d'enfiler ses chaussures et sortit.

Merci pour l'aide.

Je savais qu'il n'y aurait pas moyen de remettre cela à plus tard. J'étais à peine rentrée chez moi, mais le radar de ma mère était déjà au taquet.

- Oooh... il m'arrive de passer du temps avec quelqu'un de temps à autre... rien d'bien sérieux, admis-je.

- Krys, tu viens à peine de rompre avec Trevor. Tu n'as pas besoin de la distraction d'un autre gars en ce moment. Tu devrais te concentrer sur la construction de ta carrière.

Fermant les yeux en comptant jusqu'à dix, je pensais que j'aurais vraiment voulu avoir une visite normale d'une mère chez sa fille, juste une fois. Une visite au cours de laquelle je n'aurais pas à faire face à une leçon de morale, ni à sauter sur la défense au sujet de mes affaires personnelles. À en juger par le comportement de ma mère, personne ne devinerait que je suis une jeune diplômée de l'université, parce qu'elle me traitait encore comme si j'étais à l'école primaire.

- En fait, ça fait depuis deux ans que Trevor est parti. Et pour ton info, j'ai trouvé du travail. Un bon poste, de surcroît. Je commence lundi, lui dis-je fièrement.

- Très contente pour toi. Voilà une raison de plus pour ne pas perdre ton temps avec des rendez-vous. Tu devrais plutôt te consacrer à avancer dans ta vie.

J'aurais dû anticiper le fait qu'elle se concentrerait uniquement sur ce sujet-là, plutôt que d'être contente parce que je venais tout juste de décrocher du travail. Dans mon agacement, je me suis pincé les lèvres.

- Je suis sûre de pouvoir arriver à jongler à la fois avec une carrière et une relation, rétorquai-je sèchement.

Heureusement qu'elle ne savait pas que mon nouveau patron était la relation en question.

- Krys, j'aimerais que tu suives mon conseil, pour une fois. Et ça, c'est ce que je te dis depuis toujours, tu devrais attendre avant de -, commença-t-elle, mais je lui coupai la parole.

- Oui, oui. C'est bon, je sais. Je devrais attendre d'établir ma carrière avant de penser à établir une relation sérieuse avec quelqu'un. Je connais ta position sur le sujet, maman.

Allyson, sachant que la situation commençait à devenir incontrôlable, décida de prendre la parole.

- Madame Long, voulez-vous quelque chose à boire ? Pourquoi ne pas vous asseoir et vous détendre un peu ? Je suis sûre que vous avez eu une journée fatigante, avec le trajet en voiture et la journée de shopping.

- Tout va bien pour moi, merci, lui dit ma mère. Puis, elle se jeta de nouveau sur moi sans hésiter. Krys, je ne veux pas que tu fasses les mêmes erreurs que moi.

- Mais, maman, je ne suis pas toi, lui dis-je sur un ton d'avertissement.

- Je le sais, et je ne te compare pas. Je parle des choses, en général. Bien trop souvent, les femmes comptent sur les hommes pour les soutenir, puis elles sont laissées en plan quand les choses ne marchent pas. Je ne veux pas d'ça pour toi.

- Mais rassure-toi, ça ne se sera pas le cas pour moi, lui dis-je en serrant les dents.

- Comment tu peux en être aussi sûre ? On sait jamais...

- Je le sais parce que je refuse de passer ma vie à me morfondre sur des « si » ! J'étais déchaînée. Je refuse de poursuivre ma vie dans ce monde avec amertume au sujet de choses qui me sont incontrôlables. Je ne veux pas vieillir pour me retourner et en constatant que j'ai passé ma vie à être méchante et méfiante avec tout le monde ! Je ne peux pas détester une personne uniquement parce qu'elle a un pénis ! Mais ça, c'est ce que toi, tu fais. Et je ne veux pas être comme toi. Je veux juste être heureuse !

Sa tête se retourna comme si je l'avais giflée. Je vis toutes les couleurs s'échapper de son visage.

- J'ai une belle vie, Krystina Lynne, me dit-elle doucement, en employant mon deuxième prénom qu'elle réservait généralement aux moments où elle était vraiment en colère. Ou qu'elle était blessée. Ses yeux se mirent à briller de mille feux. Je t'ai donné une bonne vie, il me semble. Je ne veux pas que tu oublies d'où tu viens.

En voyant ses larmes, j'ai aussitôt regretté d'avoir perdu mon sang-froid. J'étais d'humeur massacrante à cause de ce que j'avais entendu au spa au sujet d'Alexander et de toute la confusion qui régnait autour de notre relation. Elle ne méritait pas que je m'en prenne à elle.

Et pourtant, elle avait rendu les choses tellement difficiles. Elle était constamment sur mon dos, me harcelant à propos d'une chose, puis d'une autre. Nous avons eu plus de désaccords que je ne pouvais en compter dans le passé, mais c'était la première fois que je lui répondais comme ça. Je savais que ce jour finirait par arriver, et je pensais que je me sentirais mieux pour cela. Mais je m'étais trompée : à ce moment même, je me sentais très mal.

- Écoute, maman - commençai-je.

On frappa à la porte et j'entendis Frank appeler de l'autre côté pour qu'on me laisse entrer.

- J'y vais, proposa Allyson.

Mais quand elle ouvrit la porte, Frank n'était pas seul. Alexander était avec lui. J'étouffai un gémissement.

Super... j'avais vraiment besoin d'ça maint'nant.

Alexander

DIRE qu'il y avait de la tension dans l'air n'était qu'un euphémisme, parce que ce qui m'attendait lorsque je suis entré chez Krystina ressemblait plus à la réplique d'une explosion nucléaire. Une blonde aux longues jambes, qui devait être la colocataire de Krystina, se tenait dans la cuisine, le front froncé de consternation. L'autre femme devait être la mère de Krystina, du moins c'est ce que j'avais deviné, parce que leur ressemblance était frappante, même si elle avait des yeux rouges larmoyants, alors que le visage de Krystina était rouge de colère.

J'ai regardé Frank Long, mais il a juste haussé les épaules et secoué la tête. Ce pauvre homme aurait nettement préféré être ailleurs. N'ayant guère le choix, je fis ce que je savais faire de mieux : j'ai fait mon petit numéro pour prendre le contrôle de la situation. Je suis donc entré dans l'appartement avec Frank à mes côtés. Puis j'ai salué mon auditoire :

- Bonjour, mesdames. M'approchant de Krystina, je lui déposai un baiser sur le haut de la tête et fis signe à Frank. Regarde qui j'ai rencontré dans l'ascenseur ?

- Alex, je pensais que Hale allait revenir me chercher plus tard et que j'allais te retrouver chez toi, me dit Krystina, qui avait une voix tendue.

- Hale vous a déposées, toi et Allyson. Puis je lui ai donné le reste de sa journée. Et comme là, j'étais sorti, j'ai décidé de venir te chercher, lui dis-je. Alors, comment s'est passée votre journée au spa ?

Puis j'entendis une personne se racler la gorge quelque part derrière moi. Quand je me suis retourné pour voir qui c'était, je vis la blonde qui me fixait attentivement.

- Tiens ! Tu dois être Allyson, poursuivis-je.

Je lui fis mon sourire le plus désarmant, mais elle ne mordit pas à l'hameçon. Elle plissa seulement les yeux de façon suspecte.

- Et toi, tu dois être l'infâme Alexander Stone. Krystina m'a beaucoup parlé de toi.

Pas trop, j'espère.

- Désolée, je suis impolie. J'ai oublié que vous ne vous étiez pas encore rencontrés, s'excusa Krystina. Alex, voici Allyson Ramsey.

- Ne crois pas la moitié de ce qu'elle dit sur moi, dis-je à sa colocataire en plaisantant. Elle me sourit, mais son sourire ne m'adressait pas le même message que son regard. Content d'enfin pouvoir te rencontrer. Krystina ne parle de toi qu'en termes élogieux. Vous semblez très proches, toutes les deux.

- Oui, c'est vrai qu'on est proches. Comme on dit, les opposés s'attirent, dit Allyson.

Confus, je tournais la tête d'un côté.

- Elle est Bélier, je suis Cancer, m'expliqua Krystina. Ally est à fond dans ce genre de choses.

- Désolé, mesdemoiselles. Je ne connais pas trop les signes du zodiaque, dis-je en riant.

- Ça veut juste dire qu'on se complète l'une avec l'autre, dit Allyson. Et le Bélier est généralement très protecteur de ses amis les Cancers.

- Je vais essayer de garder ça à l'esprit, répondis-je, néanmoins totalement imperturbable par son avertissement.

Je souris poliment. Si Mademoiselle Ramsey pensait qu'elle pouvait m'intimider, elle allait être tristement désarçonnée.

- Alex, c'est mon beau-père Frank que tu viens de rencontrer, poursuivit Krystina en semblant inconsciente du courant sous-jacent qui circulait entre sa colocataire et moi. C'est mon papillon de nuit. Maman, voici Alexander Stone.

Krystina fit signe à sa mère, qui était remarquablement calme depuis mon arrivée. En me tournant vers elle, je lui tendis la main.

- Oui... euh, bégaya-t-elle comme si elle était prise au dépourvu. Je suis Elizabeth. Elizabeth Long.

- C'est un plaisir de vous rencontrer, Madame Long.

- S'il vous plaît, appelez-moi Elizabeth, proposa-t-elle.

- Votre fille ne m'a pas dit que vous seriez à New York, fis-je remarquer avec courtoisie tout en jetant un regard en coin à Krystina.

- Ils sont arrivés à l'improviste, m'indiqua Krystina. Si je l'avais su, je...

- Si vous avez des projets, nous n'allons pas vous déranger, déclara Elizabeth Long. Tu peux y aller, chérie. Je vais juste faire du shopping avec Allyson. Et puis, Frank est bien fatigué, en ce moment. Je crois qu'il y a un match de foot qu'il veut regarder, de toute façon. On se verra plus tard, ou demain, sinon.

- L'État du Michigan, mon alma mater[1], dit Frank. Ils jouent contre l'Iowa ce soir.

- Attends... tu es d'accord pour que je sorte ? demanda une Krystina incrédule à sa mère.

Elle semblait complètement abasourdie.

- Et pourquoi pas ? répondit Elizabeth sur un ton innocent.

... un peu trop innocent à mon goût. J'étais curieux de savoir ce qui s'était passé avant mon arrivée.

- Parce que tu viens de me dire que... enchaîna lentement Krystina d'une voix éteinte.

Elle me regarda, semblant complètement perdue. C'était comme si elle était déchirée entre le fait de devoir rester avec sa famille ou de rester avec moi. Mais je savais qu'il y avait plus que ça. Beaucoup plus.

- Krystina, si tu veux aller faire du shopping, ça me va, lui proposai-je en essayant d'alléger le fardeau de son choix. Je peux rester ici et regarder le match avec Monsieur Long jusqu'à ce que tu reviennes.

Elle avait l'air absolument consternée par cette idée, et je dus prendre sur moi pour étouffer un sourire.

- Non, c'est bon. Elle secoua la tête avec véhémence. On n'a qu'à faire ce que l'on avait prévu.

- Pour moi, peu importe. Je m'adapterai. Mais en attendant, j'ai une suggestion. Nous ne sommes qu'en fin d'après-midi, après tout, déclarais-je en me retournant pour m'adresser aux autres. Pourquoi ne pas partager un petit cocktail ? Cela ne vous empêchera pas d'aller faire votre shopping après. Je suis sûr que vous avez tout ce qu'il faut pour que je prépare un Manhattan. On m'a dit que les miens étaient excellents.

Tout le monde se regarda de manière confuse pendant une minute. Frank fut le premier à prendre la parole.

- Je pense que c'est une très bonne idée, n'est-ce pas Lizzie ? dit-il à sa femme. Nous avons fait tout ce chemin, et j'aimerais connaître le jeune homme que Krys apprécie.

- Moui... ça me semble être une bonne idée, à moi aussi, convint Allyson.

Elle me surveillait encore très attentivement et je savais qu'elle saisissait également cette occasion pour mieux me connaître. Décidant de ne pas attendre l'approbation de la mère et de la fille, je fis demi-tour en direction de la cuisine et sortis les verres d'un placard.

- Allyson, peux-tu me dire où se trouve votre réserve d'alcool ?

demandai-je en en profitant ainsi pour engager la conversation avec la colocataire de Krystina.

J'espérais qu'après un verre ou deux, elle commencerait à s'ouvrir un peu plus à moi.

- Je vais lui montrer, proposa Krystina qui bondit pour venir m'assister.

Une fois seule dans la cuisine avec moi, elle arriva sur moi comme un vautour.

- Mais qu'est-ce que tu fais, là ? me siffla-t-elle.

- Eh bien, dès que tu m'auras apporté les choses dont j'ai besoin, je préparerai le cocktail.

Elle me sourit et me tendit une bouteille de vermouth rouge récupéré dans un placard.

- Tu sais très bien de que quoi je parle, Alex.

- Détends-toi, mon ange. Tout le monde est un peu tendu. J'aide juste à soulager la tension, c'est tout. Je lui pris l'alcool des mains et me pencha pour lui chuchoter à l'oreille. Parce que quand on en aura fini ici, je me disais qu'on pourrait aller en *boîte* ce soir.

À ma grande satisfaction, ses yeux s'agrandirent. Elle avait très bien compris de quoi je parlais.

- Une boîte de nuit ?

- Oui. Si tu es partante, bien évidemment, lui dis-je d'un ton moqueur.

- Eh bien, oui... oui, c'est bon, bredouilla-t-elle, l'air plutôt étonné.

- C'est parfait. J'étais sûr que tu me répondrais ça.

Finissant de remplir les verres en y ajoutant des cerises au marasquin, je lui en tendis deux. La rassurant d'un sourire, je lui dis :

- Maintenant, allons voir tes invités. Allez, c'est parti !

42

Krystina

Alexander et moi sortîmes de l'immeuble pour entrer dans la nuit brumeuse. L'orage était maintenant passé, laissant dans son sillage une sensation d'humidité dans l'air.

- Tu as vraiment été génial avec ma mère et Allyson ce soir. Je te remercie, appréciais-je. Ces deux-là sont parfois difficiles. Le fait de les avoir fait rire au bout de vingt minutes n'était pas une mince affaire.

- Meuh non, mon ange, me dit-il dans un clin d'œil. En plus, Allyson m'a bien aidé en renversant son verre sur les genoux de ton beau-père.

- C'était vrai que c'était bien drôle, admis-je.

J'étais aussi reconnaissante à Alexander d'avoir pu désamorcer la situation précaire dans laquelle se trouvait ma mère. Il avait même réussi à détendre Allyson. Cependant, rien de tout cela n'empêchait ma tête d'être encore sous le choc de ce que j'avais découvert plus tôt dans la journée. Je me demandais comment j'allais parler de ce que j'avais appris sur sa mère, et si je devais le faire. Je pensais au départ que j'aurais pu trouver un moyen de le faire dès mon retour chez moi, mais dans tout le chaos qui régnait avec ma mère, je n'en ai jamais eu l'occasion. Alexander ouvrit la porte du passager de sa Tesla. Une fois ma ceinture de sécurité bouclée, il fit le tour du côté conducteur et entra à son tour dans le véhicule.

- As-tu une préférence pour la musique ? me demanda-t-il, en faisant habilement naviguer ses doigts sur l'écran tactile de l'habitacle.

- Non, tu peux choisir, lui dis-je d'un ton absent.

- Oh-oh, dit-il en secouant la tête. Il arrêta de tapoter sur l'écran pour me regarder. Son visage semblait troublé. Tu as ce ton.

- Quel ton ? lui demandai-je sur la défensive.

- Le ton qui dit que tu penses sérieusement à quelque chose.

- Non, pas vraiment, mentis-je.

- C'est le club ? insista-t-il. Je pensais que tu voulais y aller, mais si tu n'es pas sûre, on peut toujours faire autre chose.

- Non, je veux y aller. Mais j'aimerais bien savoir pourquoi tu as changé d'avis sur le fait de m'y emmener... ?

- Plusieurs raisons en fait, admit-il. D'abord, tu semblais avoir besoin d'une distraction. Je ne suis pas sûr de ce qui se passait avant mon arrivée, mais ça n'avait pas l'air joli.

- C'était juste que ma mère étant... enfin, ma mère. Je n'ai pas envie de le répéter.

- C'est pas grave. Je préférerais que tu ne le fasses pas, du moins pas ce soir de toute façon. Je ne veux pas te voir t'énerver à nouveau.

- Et l'autre raison, c'est quoi ?

Il s'assit sur son siège et regarda attentivement le pare-brise.

- J'ai pas mal réfléchi, hier soir. Ton ouverture m'a fait réaliser que je devais te donner quelque chose en retour. Et même si je ne peux pas te donner toute la vérité que tu recherches, je peux te donner au moins ça. Tu avais raison, Krystina - il y a beaucoup de choses que nous ne savons pas l'un sur l'autre. Et si aller à ce club te donne un meilleur aperçu de ma vie, alors nous serons mieux lotis.

Ce qu'il venait de me dire là me fit réfléchir. Il est vrai qu'à sa manière, Alexander faisait des efforts. Ce n'était peut-être pas de la manière que j'avais envisagée, mais c'était au moins quelque chose.

Respecte ses limites. Laisse-le te le dire.

Il y avait pourtant quelque chose qui clochait.

- Suzanne Jacobs, c'est qui ? m'enquis-je.

Alexander se tourna pour me regarder d'un air interrogateur.

- C'est une amie de ma sœur. Pourquoi cette question ?

- Je suis tombée sur un article sur toi et cette rousse, sur Internet, lui dis-je en laissant échapper la vérité délibérément.

- Ah, oui. C'est vrai. Je me souviens que tu m'en avais parlé, déclara-t-il en fronçant les sourcils. Cet article ne devait pas être bien long, j'imagine, parce qu'il n'y avait pas grand-chose à dire. Elle ne m'accompagnait que parfois, juste pour des fonctions politiques. C'était il y a quelque temps, d'ailleurs. Pour faire court, elle s'est montrée trop gourmande et voulait des choses que je ne pouvais pas lui donner.

Il retourna son attention vers la voiture et mit le contact. Le moteur ronronna doucement.

- Alors, c'est tout ? insistai-je.

Semblant contrarié, il se pinça les lèvres.

- C'est tout, dit-il en me regardant d'un air cinglant. Maintenant, on a le choix : soit on reste ici au bord du trottoir pour poursuivre cet interrogatoire injustifié, soit tu choisis la musique.

- Hey ! Du calme ! Ne le prends pas mal ! Je préfère te laisser choisir. Quelque chose de joyeux, si possible, concédai-je.

Finalement, je me dis qu'il valait mieux laisser tomber. Puis un fond de batterie percutant combiné à un riff de guitare emplit l'espace tranquille de la voiture. Alexander m'adressa un sourire espiègle avant de s'insérer dans la circulation.

- Avec les Black Keys, on ne se trompe jamais. Parce que, bébé, j't'adore ! dit Alexander, en hurlant comme un loup, ce qui me fit éclater de rire :

- Mais t'es vraiment taré ! m'exclamai-je.

Il sourit et tapa du pouce sur le volant au rythme de la musique.

- Mon ange, tu fais ressortir des côtés de moi que je ne connaissais pas.

Je ris à nouveau, puis tenta de me repositionner de manière plus confortable sur le siège en redressant le dos, afin de pouvoir apprécier cet air, qui ne manquerait pas de me détendre. Lorsque la voiture s'arrêta peu de temps après, je fus surprise de voir que nous étions devant l'appartement d'Alexander.

- Pourquoi t'arrêtes ici ? demandai-je, confuse.

- Il faut que tu ailles te changer. Tu ne peux pas aller au club en un jean et en pull. Il me lança un regard diabolique. Et j'ai exactement ce qu'il te faut.

Alexander

Krystina était tout simplement superbe dans la tenue que je lui avais achetée. J'étais content de ne pas l'avoir entendue protester rien qu'à l'idée d'avoir à porter cet ensemble composé d'un pantalon noir en cuir et d'un joli petit haut en soie vert émeraude, qui se présentait comme un dos complètement nu, et qui, de ce fait, se portait sans soutien-gorge : lorsqu'elle bougeait d'une certaine manière, je pouvais voir un soupçon de ses tétons se balancer sous l'étoffe, ce qui ne manquera certainement pas de me rendre fou de désir pour elle le reste de la nuit. Elle s'était même maquillée en assombrissant ses yeux et en se mettant du rouge à lèvres. Même si ces nuances étaient plus sombres que celles que j'avais l'habitude de voir sur son visage, je ne pouvais pas dire que je n'aimais pas ça. En fait, elle était carrément sexy, avec sa crinière de boucles en cascade sur le dos. J'avais presque même envie de faire demi-tour et de la ramener chez moi. Cependant, j'avais remarqué la façon dont elle continuait à regarder son reflet dans le rétroviseur latéral alors que nous nous dirigions vers la périphérie de la ville. C'était comme si elle n'avait pas confiance en son apparence. Ses mains n'avaient pas cessé de bouger depuis que nous étions remontés dans la voiture, et elles se déplaçaient toutes les trente secondes sur sa tête pour recoiffer ses cheveux. Elle semblait nerveuse.

- Tu es vraiment magnifique, mon ange, lui dis-je. Détends-toi.

Elle me fit un petit sourire.

- Pourquoi tu dis ça ? Ça s'voit tant qu'ça ? me demanda-t-elle avec ironie.

- Tu n'as pas l'air tranquille.

- Je suis juste anxieuse, c'est tout, admit-elle. Je t'ai poussé à faire ça, mais...

- Mais quoi ?

- Mais rien. Mon imagination prend parfois le dessus. J'espère juste que cet endroit n'est pas trop effrayant, dit-elle en gloussant.

- Tu vas t'en sortir.

Je l'espère.

Nous nous arrêtâmes devant un portail en fer noir, et j'ai baissé la vitre de la voiture pour insérer mon pass dans le boîtier prévu à cet effet. Le portail s'ouvrit et je fis entrer la voiture.

- Pourquoi y a-t-il besoin d'un pass ? m'interrogea Krystina.

- Pour empêcher les voyeurs d'entrer.

- Les voyeurs ?

- Ouais, tu sais - les voyeurs. Tous ceux qui viennent ici doivent passer un contrôle pour être admis, lui expliquai-je.

- Et moi, alors ? Je ne suis passée par aucune procédure de filtrage.

- Tu es avec moi. Tu ne subiras aucun contrôle, lui dis-je sans chercher à dissimuler une quelconque arrogance en la matière.

Lui adressant un sourire insolent, je fis tourner la voiture dans un long virage sinueux. Lorsque l'imposant manoir en pierre abritant le Club O apparut, Krystina sursauta d'étonnement :

- Waou ! s'exclama-t-elle avec admiration. Vu depuis la rue, je n'aurais jamais pensé que ça s'rait caché ici. Tu ne rigolais pas quand tu disais que l'on ne pouvait pas tomber dessus accidentellement.

J'ai garé la voiture sur une place de parking et en sortis, puis j'en fis le tour pour me rendre du côté passager. C'est là que j'ai remarqué toutes les voitures luxueuses qui occupaient les places de parking.

Y'a un monde fou, ce soir !

Pour un samedi soir, c'était normal qu'il y ait du monde. Mais là, vu le nombre de voitures dans le parking, c'était encore bien pire. Cela faisait depuis un bon moment que je n'étais pas venu ici, et je me demandais si un événement particulier y était organisé. Comme la fin du mois d'octobre approchait, il y avait de fortes chances pour que ce soit la fête d'Halloween. Un malaise s'installa dans mes os lorsque je réfléchis aux risques potentiels auxquels cela pourrait nous exposer, Krystina et moi. Je tendis le cou d'un côté à l'autre pour tenter de me débarrasser de cette appréhension.

C'est la nervosité de Krystina qui déteint sur moi.

J'ouvris la porte de la voiture et laissa à Krystina la place de sortir.

- Tu es prête ? lui demandai-je en lui tendant le coude.

- Plus que jamais.

Elle me saisit le coude et nous remontâmes le chemin de pierre jusqu'au manoir. Poussant les doubles portes en bois massif, je fis entrer Krystina.

Et c'est parti ! Rien n'va plus.

43

Krystina

Alexander s'écarta pour que je puisse entrer dans un vestibule décoré de manière très élégante, avec un jardinet de rocaille à couper le souffle agrémenté d'une petite cascade. Et pour tout dire, je ne m'étais pas du tout attendue à tout ça : j'avais plutôt imaginé des néons pulsés, et certainement pas cet intérieur aux faux airs aristocratiques. Les murs étaient recouverts de carreaux de mosaïque de différentes teintes de bleu et de vert, ce qui donnait à l'entrée un effet presque sous-marin. À côté de la cascade, une statue de marbre semblait avoir été transportée dans le temps - il y a deux mille ans. C'était celle d'une femme enveloppée d'un tissu lâche, avec un sein à l'air. Son sculpteur avait su capter une expression de mystère séduisante, présentant un certain degré de beauté érotique.

- Elle est belle, cette statue !

- C'est une interprétation de Vénus, la déesse de la beauté, de l'amour, de la séduction et du désir, m'informa-t-il.

- Je pensais que c'était Aphrodite.

- Aphrodite est grecque. Vénus est romaine, même si certaines personnes les considèrent comme étant virtuellement identiques.

Je préfère Vénus parce que je trouve ses attributs un peu plus attrayants - la beauté, la persuasion, la séduction et le sexe, m'expliqua-t-il.

- Intéressant. Je ne le savais pas, réfléchis-je en tendant la main pour faire glisser mes doigts sur le bras de la statue en marbre frais.

Ma fascination le fit rire et il s'empara de mon coude.

- Par ici, mon ange.

Il me fit entrer dans une autre pièce, où l'impression de vieux monde régnait toujours. Sauf qu'ici, on aurait dit que l'ambiance d'Halloween avait pris le dessus. Tout le monde était habillé avec style et bien déguisé, conversant avec désinvolture tout en sirotant des boissons colorées.

- Tiens ? Ça s'rait pas le thème d'Halloween ?

- Si, en effet. J'avais oublié que ce soir, c'était la fête annuelle d'Halloween du Club O. Il fit une pause et poursuivit en fronçant les sourcils : mais même si je m'en étais rappelé, je ne suis pas très fan des déguisements. Allez, on va prendre un verre.

Alexander se dirigea vers un long bar en acajou à l'autre bout de la salle. Pendant qu'il s'efforçait d'attirer l'attention du barman, je sondais du regard notre entourage : tout le monde était déguisé, et ça me fit prendre conscience de ma tenue très normative et pourtant extrêmement provocante.

- Je crois que l'on ne passe pas inaperçu. Regarde comment sont les autres, chuchotai-je.

- De la Grey Goose, avec un peu de canneberge et un verre de Riesling du Château Sainte Michelle. Et j'aurai aussi besoin d'un bracelet rouge, demanda Alexander au barman avant de se retourner vers moi. Ne t'inquiète pas, Krystina. Ce n'est qu'une petite partie du club. Je suis sûr qu'il y a des gens sans costume en bas.

- En bas ? demandai-je.

- Oui. Maint'nant, mets ça à ton poignet, me dit-il en me remettant un bracelet rouge en silicone que le barman lui avait passé.

- À quoi ça sert ? lui demandai-je.

- Le rouge signifie que tu es strictement ici pour observer et que tu n'es pas disponible.

- Mais... ? Disponible pour quoi ? m'enquis-je dans ma confusion.

- Pour un autre Dominant. Le club utilise un système de couleurs comme protocole pour ses invités. Le rouge signifie que tu n'es disponible que pour moi, et que tu mettras fin à toute avance non désirée, m'expliqua-t-il. Le bleu signifie que tu es disponible, mais avec ma permission. Le vert envoie le message suivant : la personne qui le porte est libre à n'importe quel Dominant.

Je pris compte de ses paroles lorsqu'il me tendit la boisson qu'il avait commandée.

- Est-ce que tu me ferais porter une autre couleur ? lui demandai-je, curieuse de savoir sa réponse.

- Restons-en là pour ce soir, d'accord ? Je sais que tu as tout un tas de questions, mais tais-toi un moment. Pour l'instant, je veux juste que tu regardes.

- Que je regarde quoi ?

- Les gens.

Je parcourus la pièce du regard. Une douce mélodie presque fantasque flottait au-dessus de nos têtes. Certaines personnes étaient debout et parlaient, d'autres se mêlaient les unes aux autres sur des canapés et des chaises. Mon regard se déplaça sur la droite et se posa sur trois personnes assises sur un canapé en cuir : un homme déguisé en vampire était entouré de deux femmes vêtues de tenues félines très sexy. Son costume lui allait parfaitement bien, car il semblait vouloir les mordre. Je le vis placer une main sur le côté du cou de l'une d'entre elles. De son côté, l'autre femme faisait courir une main suggestive sur sa cuisse. Au bout d'un moment, elle fit redescendre sa main vers son genou. Je me sentis rougir, réalisant soudain pourquoi Alexander m'avait dit de regarder. La scène qui se déroulait devant moi était clairement une scène de préliminaires. Portant le verre de vin à mes lèvres, j'en pris une bonne gorgée. Je pouvais sentir les yeux d'Alexander sur moi pendant que je les regardais. Au bout d'un moment, les trois personnes se levèrent pour s'en aller par une porte latérale.

- Et là, ils vont où ? lui demandai-je.

- Soit à l'étage, dans la salle commune ou dans une suite privée, soit au Donjon.

- Un donjon ! m'exclamai-je.

J'avais lu ce qui se passait dans les donjons BDSM. Des images de femmes et d'hommes vêtus de vinyles moulants, tous attachés et bâillonnés dans des cages, me sautèrent à la tête.

- Chuuuut, Krystina ! Baisse la voix. Ce n'est pas ce que tu penses.

- Alors, c'est quoi ? lui sifflai-je.

- En bas, c'est comme une boîte de nuit. En quelque sorte. Viens, j'vais t'montrer, dit-il en me prenant la main.

Il me conduisit à la porte par laquelle les trois personnes étaient passées, m'emmenant dans un couloir long et étroit. Les lumières tamisées devaient y être destinées à donner une impression de confort et d'invitation. Je savais que le sentiment sinistre ne s'exprimait que dans ma tête à moi. Nous tournâmes dans un coin et je me raidis sur place : ce couloir se divisait en deux. Sur la gauche, il y avait un escalier. Je supposais qu'il menait aux suites privées dont Alexander avait parlé. Pas mal de monde y montait et y descendait. À droite, il y avait une porte noire surmontée d'une énorme tête de gargouille. Une pancarte indiquant « Le Donjon » était suspendue au-dessus de la tête du monstre. Je commençais sérieusement à avoir peur.

- Tu préfères descendre, ou bien on retourne au salon ? me demanda Alexander.

- Et la salle commune dont tu m'as parlé ?

- Oh, non. Tu n'es pas prête à y ça. Il poursuivit d'un air pensif : en fait, je ne pense pas que tu y seras prête un jour.

- Pourquoi tu dis ça ?

- Fais-moi confiance par rapport... à moins que tu ne t'intéresses soudainement aux orgies ?

- Ah, non... euh, on peut continuer... jusqu'au Donjon, je voulais dire.

Puis je me mis à trébucher en essayant de masquer l'hésitation que je ressentais. Je ne voulais pas qu'il pense que j'étais une poule mouillée. Après tout, c'est moi qui l'avais poussé à venir ici, au départ.

- Mais dis-moi, qu'est-ce que t'es nerveuse, en c'moment ! Pourtant, il n'y a pas de quoi s'inquiéter. Vraiment pas. Je suis avec toi, dit-il d'un ton rassurant, en me frottant les épaules. Mais d'abord, je préfère te prévenir : c'est là-bas que les choses intéressantes se passent... je ne suis même pas sûr de ce que nous allons y voir, autant te te dire.

- Bon, c'est très bien comme ça. On peut y aller.

Il ouvrit la porte noire et un long escalier en colimaçon se présenta à nous. Le rythme de la musique assaillit mes oreilles. Son volume était terriblement fort, en fait, car je n'en avais pas eu la moindre perception lorsque nous étions dans le couloir, ni dans le salon feutré. Une fois arrivés au bas de l'escalier, un tout nouveau monde s'ouvrit devant moi, révélant une mer tortueuse de corps dansants. Certains étaient en costume et, comme Alexander l'avait prédit, d'autres portaient des vêtements normaux. Je vis quelques personnes habillées de cuir et de clous, mais j'en savais assez maintenant pour savoir que ces gens n'étaient pas habillés pour la fête d'Halloween. Mon regard s'éleva de la piste de danse jusqu'aux hauts plafonds voûtés. Ceux-ci étaient extrêmement hauts pour un sous-sol : ils devaient facilement faire cinq mètres de haut. Sur les bords de la pièce, il y avait une plate-forme en cage remplie d'hommes et de femmes qui dansaient. Mon pied se mit à taper en rythme et une envie de danser subite m'envahit. Je pris la main d'Alexander.

- Tu veux pas aller danser ? lui demandai-je en le poussant vers la piste de danse.

- Certainement pas. Et toi *non plus*.

- Et pourquoi j'irai pas ?

- Parce qu'une fille comme toi ne danse pas bien longtemps, dans ce genre d'endroit, me dit-il sèchement en faisant un signe de tête vers la piste de danse.

Confuse, je me suis pincé le visage :

- Qu'entends-tu par là ?

- Peu importe. Sinon, on peut aussi aller là-haut, me dit-il en montrant les plateformes grillagées.

Nous montâmes le petit escalier métallique menant à la plateforme. Alexander se fraya un chemin à coups de coude à travers la foule des danseurs jusqu'à ce que nous atteignîmes un endroit un peu plus isolé. Il me fit tourner et rapprocha mon dos de sa poitrine. Je pensais qu'il voulait danser avec moi mais quand j'ai commencé à me frotter contre lui, il me fit rester immobile.

- Accroche-toi. Je veux que tu vois d'abord quelque chose.

Je l'entendais à peine à travers la musique, et je tendis une main à mon oreille en lui faisant signe de parler plus fort. Il se pencha plus près et me dit :

- Regarde en bas. Tu vois pourquoi je ne voulais pas que tu danses ?

Je suivis la direction du doigt qu'il pointait. Je ne pus empêcher mon souffle de m'échapper : en bas, au beau milieu de la piste de danse, il y avait une scène surélevée que je n'avais pas remarquée avant. Deux hommes attachaient une femme nue à une croix de Saint-André. Une fois qu'elle fut attachée, l'un des hommes se pencha pour lui dire quelque chose. Elle répondit en hochant la tête, et l'homme s'éloigna pour parler à l'autre homme. Ils s'éloignèrent de mon champ de vision pendant une seconde ou deux seulement avant que la foule ne se sépare pour former un grand cercle autour de la scène et de la femme exposée. La musique fut soudain réduite en un bruit de fond sourd et remplacée par une voix masculine :

- Mesdames et Messieurs ! En l'honneur des festivités d'Halloween, le Maître de Kendra a décidé d'exaucer son souhait d'une flagellation publique !

Quoi ? Ils vont vraiment lui faire ça ?

La foule applaudit tandis que je me tenais là, comme si je venais de remonter le temps jusqu'à l'Amérique coloniale. Balayant la salle du regard, je m'attendais à moitié à voir des cadenas et des piloris.

- Alex, c'est quoi c'bordel ?

CLAC !

Le premier coup de fouet qui tombait sur la femme me fit sursauter.

- Tout cela n'est qu'un spectacle, Krystina.

- Ouais ! Mais... Je m'éloignais avec une autre idée en tête. As-tu déjà participé à quelque chose comme ça ?

- Moi ? Non, dit-il en secouant la tête. Je t'ai déjà dit que je n'allais pas jusqu'à l'extrême. Certaines personnes prennent leur pied dans les manifestations publiques. Chacun son truc, je suppose. Mais c'n'est pas mon truc.

- Alors pourquoi tu viens ici ? lui demandais-je.

- Je viens juste pour l'aspect social, et pour le fait de rencontrer des individus qui partagent les mêmes idées que moi. Des scènes dramatiques de cette ampleur ne se produisent pas aussi régulièrement. Le club les réserve généralement pour des occasions spéciales, comme ce soir par exemple. Si j'avais réalisé que la Mascarade était aujourd'hui, je ne t'aurais probablement pas fait venir. Cela peut être un peu intense, surtout pour quelqu'un qui vient pour la première fois.

CLAC !

Le bruit d'un autre coup de fouet m'obligea à regarder la femme attachée. J'étais curieuse de savoir pourquoi quelqu'un voudrait être fouetté comme ça en public. J'essayais de garder l'esprit ouvert plutôt que de considérer cela comme un simple spectacle grossier. Après quelques coups de fouet, l'homme que je croyais être son Dominant s'arrêta pour masser de l'huile sur son dos et ses membres rougis. Elle le remercia longuement, puis il reprit avec le fouet.

CLAC !

La femme jeta sa tête en arrière et laissa échapper ce que j'avais d'abord pris pour un cri de douleur. Cependant, après avoir vu son expression, j'ai compris qu'elle pleurait de plaisir. C'était atrocement absurde, mais il y avait aussi quelque chose d'incroyablement érotique. Finalement, je perdis le compte du nombre de coups de fouet qu'elle reçut, mais vu la manière dont elle se tordait sur la croix, il était évident qu'elle voulait désespérément qu'on la libère. Je demandais combien de temps l'homme la ferait attendre.

- Combien de temps ça va encore durer ? demandai-je à Alexander.

- Ça dépend. Seul son Dominant connaît ses limites. Je pense qu'il la poussera probablement près de son point de limite.

- Et après ?

- S'il pense qu'elle l'a mérité, soit il lui permettra d'avoir un orgasme devant la foule, soit il choisira de s'occuper d'elle dans une suite privée, me dit-il en haussant les épaules.

Son indifférence à l'égard de la scène me déconcerta. Une sensation de chaleur envahit mes joues.

- Devant tout le monde ? demandai-je avec incrédulité.

- Tu rougis, Krystina. Est-ce que ça t'plaît ?

- Je n'sais pas... enfin j'veux dire, un orgasme, c'est si personnel et intime. Je n'peux pas imaginer en avoir un en public, lui dis-je honnêtement. Et je ne sais pas si un étalage public de domination me fasse grand-chose.

J'entendis la femme crier à nouveau, et la simple curiosité me fit me retourner pour voir ce qui se passait. Elle avait été repositionnée pendant que je parlais avec Alexander. Elle n'était plus attachée à la croix, mais penchée sur une sorte de banc de fessée élaboré. Les fesses en l'air elle exposait son sexe à la vue de tous. J'aurais dû me sentir gênée pour elle, mais le respect que lui montrait son Dominant me fit changer d'avis. C'était comme s'il était en train de vénérer la sexualité du corps de cette femme. Il lui faisait courir le fouet de haut en bas du dos, en ralentissant sur son point de prédilection pour le frôler doucement. De temps en temps, il se penchait sur elle pour lui murmurer des mots qu'elle seule pouvait entendre, et son corps se tordait en réponse. Cela dura pendant des lustres, mais il ne lui fallut que quelques minutes pour qu'il lui montre enfin un peu de pitié. Car lorsqu'il se pencha une dernière fois vers son oreille, il s'approcha d'elle pour tirer sur ses tétons en érection. Cette simple action la fit vaciller. Son orgasme secoua tout son corps, et l'air sembla vibrer. Chaque personne présente dans le Donjon pouvait ressentir l'ampleur de son plaisir. Mon environnement me semblait surréaliste. Me retournant vers Alexander, je vis ses yeux pleins d'inquiétude.

- Est-ce que ça va, mon ange ? Ton regard est bizarre.

Je ne savais pas trop quoi lui répondre, n'arrivant pas à trouver les mots pour décrire ce que je pensais. La scène dont je venais d'être témoin m'avait laissée relativement stupéfaite. Pourtant, j'étais excitée de la manière la plus indescriptible. L'intimité et la confiance qui régnaient entre le couple qui était sur scène étaient d'une ampleur épique. Elle était la définition de la reddition ultime et avait donné la charge complète de son corps à l'homme d'une manière que je n'avais jamais donnée à Alexander. Et pour la première fois, je réalisais ce qu'Alexander voulait dire par « la confiance est la racine du BDSM ».

- Honnêtement, Alex ? Je pense que c'est juste l'environnement dans lequel on est. Ça embrouille mes pensées. Tout l'endroit pue le sexe.

Il rit et enroula ses bras autour de moi.

- J'étais un peu nerveux, mais tu as mieux géré ça que je ne l'aurais cru, admit Alexander. Il recula de quelques pas pour me regarder, et seul un léger soupçon d'inquiétude était encore visible dans le bleu saisissant de ses yeux. Pourquoi on ne descendrait pas d'ici pour aller prendre un autre verre ? On dirait que tu en as grandement besoin.

La musique forte était revenue, son son presque assourdissant par rapport à avant.

- C'est une bonne idée. Je pense qu'un seul spectacle me suffira pour ce soir.

Nous descendîmes les marches jusqu'au rez-de-chaussée du Donjon pour nous rendre au bar, qui était bondé. Juste au-dessus, un panneau en bois sur lequel on lisait « La cantine Soumise ». Nous contournâmes ce bar pour passer au suivant, le plus chic des deux, avec des sièges en velours et des petites tables, qui se prolongeait par des sections un peu plus privées, avec des miroirs noirs ondulants. Ce bar avait une enseigne en métal sur laquelle on pouvait lire « Les cocktails de la souveraineté ».

Je me mis à rire en gloussant bêtement après avoir compris la signification de ces panneaux.

- Qu'est-ce qu'il y a de si drôle ? demanda Alexander.

- Les noms des bars, lui dis-je en riant à nouveau. Ils ont un bar pour le maître, et un autre pour le serviteur. Je trouve ça drôle, c'est tout.

- N'oublie pas celui-là, dit-il en montrant un autre bar qui se tenait de l'autre côté.

Tournant la tête, je vis qu'un panneau indiquait « Le débarquement de la Reine ». Après avoir regardé les clients, il n'était pas difficile de comprendre pourquoi on l'appelait ainsi.

- Tu ne veux pas qu'on aille là-bas ? lui demandais-je en lui faisant un clin d'œil.

La bouche d'Alexander se tordit dans un sourire de travers :

- Mon ange, il y a des choses que *je ne fais pas*. Maintenant, va voir si tu peux repérer une table pendant que j'essaie de retrouver un barman.

J'ai cherché dans la zone des places disponibles, mais vu la foule dans le club, il ne semblait pas y en avoir. Quand Alexander revint avec nos boissons, je l'informais de la situation.

- Et si on allait à l'espace VIP ? suggéra-t-il. C'est un peu plus calme.

- C'est pas grave. Cela ne me dérange pas de rester debout. Et comme ça, je peux danser avec toi. Remuant les sourcils, je me suis rapprochée de lui. Posant une main sur sa hanche tout en équilibrant mon verre avec l'autre, j'ai bougé mes hanches au rythme de la musique. Merci de m'avoir emmenée ici ce soir, crus-je bon d'ajouter. Cet endroit est vraiment... eh bien... différent ! Et je crois que je commence à comprendre ce que tu entends lorsque tu dis que « la confiance est la base de tout ».

- Huumm, murmura-t-il à mon oreille. Je suis content que tu me dises ça. Personnellement, j'ai hâte de rentrer chez moi et de pouvoir attacher tes hanches qui bougent bien trop à mon goût !

J'en frissonnais d'impatience.

- J'espère que tu ne t'attends pas à ce que je t'appelle « Maître », plaisantai-je. On a encore un long chemin à parcourir avant que je puisse faire ça.

La main d'Alexander se raidit soudainement sur mon épaule, me faisant comprendre que j'avais dit quelque chose de mal. J'ai tout de suite arrêté de danser pour le regarder droit dans les yeux. C'est ce qui se trouvait derrière moi qui avait capté toute son attention, et ses yeux brillaient de colère. Je me suis donc retournée pour voir ce qu'il regardait et je vis une belle tête rousse qui marchait vers nous. Je gémis intérieurement.

Argh ! Encore une rousse ?

- Salut Alex, ronronna-t-elle une fois arrivée près de nous.

- Dégage, Sasha ! lui dit Alexander.

Je sentais sa tension monter, sa prise se resserrant sur mon épaule. La fille me tourna lentement autour, comme pour me mesurer. J'avais l'impression d'être traquée. Sa main se leva et s'enroula autour de mon cou, me prenant par surprise. Sa prise était à la fois douce et ferme.

Une Dominante.

Quant à moi, je restai figée, ne sachant que faire. Je rêvais de lui donner une bonne claque, mais je ne voulais pas faire une scène. D'après ce que j'avais vu sur la piste de danse, il était tout à fait possible que ce comportement soit normal dans un endroit comme Le Donjon.

- Ça suffit, dit Alexander en repoussant sa main. On n'est pas là pour ça. On est juste venus ici en tant qu'observateurs.

- Enfin, Alex, ne sois pas grossier ! On voit très bien qu'elle est ta Soumise, et ça serait vraiment super poli de ta part de la partager avec un autre Dominant, me dit-elle gentiment en tendant la main pour me prendre les seins dans les mains.

Un soupçon de surprise s'échappa de ma bouche lorsqu'elle me pinça un mamelon à travers la fine matière de mon haut. Ma respiration s'accéléra et mes joues s'empourpèrent, choquées par son impudence.

- Non, réaffirma-t-il en serrant les dents.

Mes yeux allaient de l'un à l'autre. Elle ressemblait à un chat qui aurait avalé un canari, tandis qu'Alexander avait l'air de pouvoir lui arracher la gorge. Je ne l'avais jamais vu avoir l'air autant en colère.

- Et pourquoi tu ne la laisserais pas décider ? Regarde comme ses joues sont rouges. Elle semble se réjouir, dit-elle en nous défiant tous les deux.

Alexander me regarda, ses yeux bleus m'interrogeant silencieusement. Je n'étais pas sûre de ce que je devais faire. Mon excitation soudaine était inexplicable. Peut-être était-ce dû au fait d'avoir vu la femme sur la croix. Ou peut-être que j'étais excitée par la sexualité flagrante qui régnait dans tous les coins du club. Dans tous les cas, on ne pouvait pas nier que le contact de Sasha m'excitait. Mes yeux se plongèrent dans le regard d'Alexander afin de pouvoir déchiffrer ce qu'il essayait de me dire. Puis je me rappelais soudainement ce que j'avais surligné en rouge, dans la liste : *plan à trois.* J'avais l'impression que lorsque Alexander et moi étions assis dans son bureau et que nous passions en revue la liste des limitations, c'était y il avait une éternité. Un plan à trois faisait partie de ma liste de limites. Mais là encore, tout ce qui touchait le niveau anal l'était aussi. C'était troublant de voir à quelle vitesse j'avais changé d'avis sur des choses que j'avais dit que je ne ferai jamais.

- As-tu déjà partagé une Soumise avec d'autres personnes ? lui demandai-je.

Ses yeux s'enfoncèrent en moi, mais je pouvais sentir son

hésitation. Il avait l'air en conflit, comme s'il n'arrivait pas à se décider de ce qu'il allait me révéler.

- Oui, me répondit-il finalement.

Je regardais Sasha de plus près. Elle n'était pas aussi jolie que je l'avais pensé au début. Ses cheveux étaient naturellement blonds - je pouvais voir ses racines sous son rouge artificiel. Ses yeux, d'un gris froid, semblaient tout petits sur son visage et ses paupières avaient l'air alourdies par son eye-liner noir. Les rebords de sa bouche étaient recourbés en l'air dans un ricanement arrogant, ce qui lui donnait un air malveillant. Je finis par me retourner vers Alexander, ne sachant que faire dans cette situation inattendue et assez mal accueillie.

- Et toi, t'en penses quoi ? Tu veux que je le fasse ? lui demandais-je.

Il ne me répondit pas. D'ailleurs, il n'eut pas à le faire : je pouvais voir le feu dans ses yeux.

- Comme c'est la première fois, je vais y aller doucement avec elle, dit-elle à Alexander avec suffisance.

Elle s'empara de ma chemise et me tira près d'elle. Je perçus rapidement une lueur triomphante au fond de ses yeux. Puis sa langue remonta le long de mon cou. Ses dents saisirent le lobe de mon oreille. Son souffle était chaud dans mon oreille lorsqu'elle murmura :

- Alors dis-moi... que dois-je te faire faire ?

Et soudain, j'eus peur. Très peur.

Oh mon Dieu. Je n'étais pas d'accord avec ça ! Comment en est-on arrivé là ?

Tout allait tellement vite. J'avais peu de temps pour gérer la situation, et je savais que cette femme ne plaisantait pas. Avant même que je puisse penser à la façon dont je devais réagir, elle s'éloigna brusquement de moi. Alexander s'interposa entre nous deux.

- Lâche-la, Sasha. Tu ne vas pas l'entacher avec tes idées tordues sur la domination, grogna-t-il.

- Non mais quel rabat-joie ! lui dit-elle en faisant la moue et en le tapant. Et moi qui pensais qu'on pourrait s'amuser un peu avec elle !

- Vas trouver quelqu'un d'autre à harceler. On a terminé, maint'nant.

- Oh, Alex. Je ne t'ai rien appris ? ronronna-t-elle.

- Tu m'en as assez appris, cracha-t-il. Et je n'oublierai pas certaines de tes leçons.

Mais de quoi ils parlent ? Qui est-elle, pour lui ?

Un sourire complice s'afficha sur le visage de Sasha. Moi, en revanche, j'avais l'impression que ma tête tournait et que j'avais du mal à suivre.

- Oh, allez ! continua-t-elle. Ne me dis pas que tu es encore fâché à cause de cette histoire avec Will.

Will ?

En colère, Alexander se rapprocha d'elle. Il était à quelques centimètres de son visage, la mâchoire crispée et les poings serrés. Ses yeux brillaient de dégoût et le temps d'un instant, j'ai eu vraiment peur. J'ai cru qu'il allait la frapper.

- Ne me pousse pas, siffla-t-il. Je t'ai demandé de dégager. Je n'vais pas le répéter.

- Très bien. Tant pis pour toi. On se reverra peut-être, dit-elle d'un ton neutre.

Semblant complètement insensible à la colère d'Alexander, elle s'éloigna rapidement en balançant les hanches.

- Bon, alors ? C'était quoi, ça ? demandais-je à Alexander, alors qu'il venait presque de perdre contrôle.

Il ratissait ses mains dans ses cheveux, semblant complètement secoué par cette confrontation.

- Je suis désolé, Krystina. Sasha est une vraie salope sadique et je n'aurais pas dû laisser tout ça aller aussi loin.

- Ce n'est pas difficile d'imaginer cette femme avec des fouets et des chaînes. Avec tout le cuir qu'elle portait, elle avait l'air d'être la fille de l'affiche de Dominatrix R Us, dis-je avec sarcasme.

- En fait, elle joue un jeu.

Exaspérée, je roulais des yeux.

- Que veux-tu dire ? ! lui criais-je, complètement révoltée par tout ce qui venait de se passer. Puis j'ai baissé la voix à un niveau qu'on pouvait à peine entendre dans le fond sonore élevé causé par la musique. La dernière chose dont on avait besoin, c'était de nous faire encore plus remarquer. Tu peux m'expliquer, s'teu-plaît ?

- Ce que je veux dire, qu'elle peut avoir les deux rôles. Je t'ai parlé de ma première Soumise. Eh bien, c'était Sasha.

- Ok. Et quel est le rapport avec Will ? Je suppose qu'elle faisait référence à Will Murphy.

- Oui, dit-il d'une voix résignée. Will était son Soumis. Du moins, jusqu'à ce qu'elle s'ennuie... puis elle s'est organisé un petit *ménage à trois*[1]... à notre insu, Will et moi.

Mes yeux s'élargirent lorsque les pièces du puzzle commencèrent à s'assembler.

- Toi... et Will ? As-tu...hum, tu sais, commencais-je.

- Bon sang, non ! s'exclama-t-il d'un air complètement horrifié. Ça n'est jamais allé aussi loin. J't'ai pas dit qu'il y avait certaines choses que *je ne faisais pas* ?

- Désolée ! Vraiment désolée ! m'excusai-je rapidement. Je ne voulais rien insinuer.

- Ouais, eh bien... William Murphy, en même temps, il joue dans les deux camps. Et je sais aussi que sa famille irlandaise est catholique. Pure et dure. Du coup, son sport de chambre, il le cache de tous. Inutile de dire que les choses sont très gênantes entre nous, depuis. En plus, il me reproche que Sasha l'ait quitté.

- Ah d'accord, j'comprend mieux, maint'nant ! lui dis-je en saisissant mieux pourquoi les choses entre Alexander et Will avaient été si tendues.

Alexander se pinça l'arête du nez et secoua la tête d'avant en arrière.

- Bon allez, c'est bon pour ce soir. J'vais faire un tour aux toilettes, et après, on y va. Ça te convient ? m'annonça-t-il.

Je ne pouvais pas être plus d'accord en le regardant partir. L'atmosphère était devenue tendue, et je m'étais efforcée d'absorber la tournure complètement obscure des événements. Je commençais même à me demander pourquoi j'avais voulu venir ici. J'observais les gens qui évoluaient autour de moi : certains dansaient, se mêlaient les uns aux autres pour se parler, tandis que d'autres se tâtonnaient et se caressaient. La plupart étaient peu habillés. Dans tous les cas, il n'y avait aucune pudeur dans la foule. Mon regard se posa un peu plus longuement sur un homme et deux femmes assis à une table située à moins de trois mètres de moi. L'une des femmes portait un masque et un corset qui laissait ses seins complètement exposés, montrant des mamelons serrés par des pinces métalliques ornées de bijoux. L'autre femme portait des cornes de diable et avait les jambes écartées. La table, même si elle était placée devant elle, ne cachait rien du tout. Ayant remarqué que je les regardais, la femme aux cornes plongea ses yeux dans les miens et me souris de façon suggestive. Je détournai le regard et me mis à avoir mal au ventre.

Mais qu'est-ce que je fous là ? Cela ne me ressemble pas.

- Eh bien ! Voyons ! C'est le dernier endroit où je pensais te voir !

Cette voix masculine m'était familière et je me raidis en l'entendant.

Non. Pas lui. C'est pas vrai.

Je me suis retournée en priant intérieurement pour que je me sois trompée. Mais pourtant, non : cette voix arrogante et assurée était bel et bien celle de Trevor.

44

Krystina

Je sentis mes entrailles se tordre et le malaise qui avait envahit mon estomac s'intensifia. J'avalai de la bile qui jaillissait dans ma gorge. C'était tout ce que je pouvais faire pour m'empêcher de vomir partout sur le sol. Mon cœur battait la chamade et ma respiration devenait irrégulière. Je n'avais ni vu, ni entendu parler de Trevor depuis ce jour terrible, près de deux ans auparavant. Mais jamais je n'aurais pensé que je ressentirai cela si nos chemins se croisaient à nouveau. C'était comme si le sol se dérobait sous mes pieds et que je tombais dans une fosse noire infinie. Je sentais la panique monter à vive allure au fond de moi-même. J'ai décidé de lui tourner le dos pour tenter de faire comme s'il n'existait pas.

Respire. De grandes inspirations. De grandes expirations. Allez, tout va bien.

- Oh, allez, Krys... tu peux même pas m'dire bonjour ? Ou mieux encore : si on montait, histoire de baiser un peu. Tu sais, en souvenir du bon vieux temps ?

Sale fils de pute !

La chaleur de ma colère inonda instantanément mes joues. Tournant les talons pour lui faire face, toute mon anxiété fut remplacée par une rage pure et intacte.

- TOI ! Ne me parles plus jamais. Plus jamais ! lui crachai-je à travers mes dents serrées.

J'étais prête à lui démonter la tête et à lui arracher son air prétentieux.

- Arrête d'être comme ça, me dit-il d'un ton apaisant. C'était y a longtemps. Tu as l'air d'être en pleine forme !

J'ai préféré ignorer sa piètre tentative de flatterie et plissais les yeux en le fixant. Je ne voulais pas me laisser impressionner par lui et rêvais, le temps d'un instant, de paraître aussi arrogante que lui :

- Je ne peux pas en dire autant de toi. Pour moi, tu ressembles toujours à ce même vieux porc dégoûtant. D'ailleurs, cela ne devrait même pas me surprendre de te retrouver dans un endroit comme celui-ci : au moins, tu as le droit d'abuser les femmes, lui dis-je.

Ma voix menaçait de faiblir, mais j'étais suffisamment sous contrôle pour charger mon ton de sarcasme.

- J'ai toujours été dans le coup, m'indiqua-t-il en connaissance de cause. Il me regardait de haut en bas, comme s'il me voyait sous un tout autre jour. Mais je dois dire que si j'avais su que nous avions des intérêts communs, j'y aurais peut-être réfléchi à deux fois avant de me taper Lisa.

Les images d'une chambre de dortoir d'université flashèrent devant moi. La blonde aux longues jambes avec laquelle je l'avais surpris était attachée au cadre du lit - métallique et bancal, de surcroît.

Comment se fait-il que je ne m'en sois pas souvenu plus tôt ?

Secouant la tête pour m'éclaircir les idées, j'insistais :

- Va-t'en, Trevor, lui dis-je.

- Tu es toujours en colère contre moi. Mais c'est pas grave ; en tous cas, moi, ça ne me dérange absolument pas. J'aime bien quand t'es en colère : ça veut dire que tu me donneras plus de fil à retordre la prochaine fois.

Le tremblement que j'avais réussi à contenir jusqu'à ce moment arriva en force. Le brouillard dont je me souvenais commença à se dissiper, et les détails que j'avais longtemps refoulés me frappèrent en pleine poitrine. J'avais l'impression que le vent avait tourné, et qu'une douleur familière m'obligeait à me souvenir de ce qui s'était passé. Mes souvenirs embrouillés devinrent soudainement aussi clairs que le jour. Je m'étais défendue. J'ai toujours su que je devais le faire, car j'avais des bleus et des os cassés pour le prouver. Mais je ne me suis jamais souvenu de tous les détails.

Mais ça me revient, maintenant.

J'avais même griffé, frappé et donné des coups de pied. Mais chaque tentative de ma part m'avait valu un coup de poing.

Et la lampe. Elle avait été arrachée de ma table de nuit. C'est lui qui l'avait utilisée. C'est comme ça que j'ai eu deux côtes cassées. C'était cette lampe.

Une fois qu'il m'avait tapé dessus avec, il m'était complètement impossible de bouger ; la douleur m'était tellement insupportable que je ne pouvais que rester allongée comme une morte pendant qu'il s'enfonçait en moi. Je grimaçais dans mes souvenirs. Réalisant que Trevor était en train de rire à gorge déployée, je fus forcée de revenir au présent. Son rejet facile de toute la violence que j'avais endurée refit monter ma fureur à un niveau étonnant. J'avais besoin qu'il parte, sinon j'allai faire quelque chose de grave.

- Je t'ai demandé de partir, Trevor. C'est la dernière fois que je le dis.

Ma voix tremblait, ce qui rendait mon avertissement pathétique.

- Ou quoi ?

J'ai redressé les épaules et le regardais droit dans les yeux. Je ne me permettrai plus d'être intimidée par lui.

- Je suis venue ici avec quelqu'un. Crois-moi quand je te dis de ne pas être là quand il reviendra.

- Peut-être qu'il pourrait nous rejoindre, suggéra-t-il en me faisant un clin d'œil et en me tendant la main.

Mais quand sa main entra en contact avec mon bras, j'eus la sensation d'être brûlée au même endroit.

- Ne me touche pas ! Plus jamais ! explosais-je en m'éloignant de lui. Ne me regarde plus ! Ne me parle plus ! Éloigne-toi de moi !

Trevor sauta en arrière, surpris par mon explosion. Si j'avais pu lui lancer quelque chose en pleine figure, je l'aurais fait volontiers, juste pour lui infliger une blessure. À ce moment-là, un agent de la sécurité du club arriva, comme sorti de nulle part. Il s'interposa entre Trevor et moi.

- Y a-t-il un problème, mademoiselle ?

- Aucun problème, lui répondit Trevor, les mains levées en guise de reddition simulée. Juste un malentendu.

- Êtes-vous sûre que ça va ? me demanda à nouveau l'agent.

C'était un homme grand, costaud, avec de petits yeux, qui portait un tee-shirt noir avec des lettres jaunes qui le vantaient du titre élogieux de responsable de la sécurité des étages. Mais comme il ne m'inspirait pas confiance, j'ai juste hoché la tête et je me suis détournée.

- Je crois que vous feriez mieux de partir, suggéra-t-il à Trevor.

- Bien sûr. De toute façon, j'étais sur le point de m'en aller. Je me la suis déjà tapée, c'est une putain d'emmerdeuse, entendis-je Trevor dire.

Jetant un œil par-dessus mon épaule, je le vis me regarder, puis il recula et disparut dans la foule. Je ne pouvais plus dire un mot. Mes nerfs étaient à vif, et je tremblais tellement que mes genoux menaçaient de s'effondrer sous le poids de mon corps. J'avais besoin de m'asseoir quelque part. Mais surtout, je devais quitter cet endroit.

Pourquoi Alexander prend-il autant de temps ?

J'envisageais même de partir sans lui, mais je parvins finalement à trouver un tabouret de bar disponible et m'y suis assise. Je parcourais du regard la mer humaine qui était autour de moi, mais je ne voyais pas vraiment les gens qui la formaient. J'avais l'impression d'être dans un mauvais rêve, comme si mon environnement n'était qu'une illusion. Et pour la deuxième fois ce soir-là, je me suis demandé pourquoi j'avais autant voulu venir ici. Avec mon passé, un endroit comme celui-ci aurait dû me terrifier. Tout dans le club criait à la domination - ce que j'avais justement fui pendant des années.

Alors pourquoi je le veux de la part d'Alexander ?

Peut-être y avait-il quelque chose qui n'allait pas dans ma tête. J'avais lu que certaines femmes continuaient à commettre les mêmes erreurs, qu'elles passaient d'une situation de violence à l'autre. Qu'elles recherchaient des relations qui reflètaient les précédentes dans l'espoir qu'elles se développent différemment.

Ma propre histoire traumatisante me fait-elle choisir les mauvaises choses ?

La musique du club rythmait les battements rapides de mon cœur alors que j'envisageais cette possibilité. Je me disais que j'aimais bien les choses qu'Alexander et moi faisions ensemble, et que ma relation avec lui était différente de celle que j'avais eue avec Trevor. Mais pourtant, je me demandais si ces relations n'étaient pas semblables, malgré tout.

Ne suis-je pas en train de devenir folle ?

Puis je me mis à analyser mes sentiments par rapport à Alexander, sans savoir si ce que je ressentais était réel ou si c'était juste quelque chose qui s'entortillait dans mon esprit. Je savais pourtant que j'étais secouée par une étrange séquence d'événements qui s'étaient déroulés au cours de ces dernières heures. Entre ma mère, le club, Sasha, et le fait de voir Trevor, il m'était presque impossible de penser clairement et de manière rationnelle. Mais dans tous les cas, le mal était fait. Les lignes étaient maintenant floues. Je ne savais plus qui j'étais, ni ce que je voulais. Je savais seulement qu'il était temps pour moi de réévaluer tout ce qui se passait dans ma vie, y compris ma relation actuelle avec Alexander.

Alexander

M'aspergeant le visage d'eau froide, je contemplais mon reflet dans le miroir : un pauvre connard fatigué me regarda en retour. La tension liée à ce qui s'était passé avec Sasha m'avait épuisé, et je regrettais ma décision d'avoir fait venir Krystina ici. L'expression de son visage lorsque Sasha l'avait pratiquement agressée était une expression que je ne risquais pas d'oublier de sitôt. Elle semblait confuse et terrifiée à la fois ; mais c'était son regard d'accusation qui allait me hanter pendant un certain temps. Je savais que j'étais à blâmer. Krystina n'était pas mondaine pour des gens comme Sasha et j'aurais dû mieux la protéger. Ma seule défense était que je n'avais pas réalisé à quel point elle se distinguerait dans le Club O. Aussi, connaissant son passé traumatisant, j'aurais dû suivre mes instincts initiaux. Mon club n'était pas un endroit pour elle, et il était grand temps que je la fasse sortir d'ici. Poussant la porte des toilettes, je suis retourné là où je l'avais laissée. Un sentiment de panique me saisit lorsque je l'aperçus : elle était assise sur un tabouret de bar, les bras serrés autour de son corps, et ses yeux étaient aussi larges que des soucoupes. Elle avait le teint d'un blanc épouvantable.

- Qu'est-ce qui n'va pas ? lui demandais-je une fois à ses côtés. Je mis ma main sur son épaule, et sentis qu'elle tremblait. Pourquoi tu trembles comme ça ?

Elle me regarda d'un regard vide.

- Je veux juste partir, Alex. S'il te plaît.

- D'accord mon ange. Je suis désolée, vraiment, m'excusais-je en frottant mes mains sur ses bras. Je n'aurais jamais dû t'emmener ici. C'était une énorme erreur. Quand on rentrera chez moi, je te ferai couler un bain chaud et...

- Non, Alex. Je veux rentrer *chez moi*. Dans mon appartement, pas le tien, dit-elle en insistant sur les deux derniers mots.

Arrêtant de lui frotter les bras, j'ai regardé plus profondément dans ses yeux. Ses yeux qui étaient d'un joli brun profond, normalement si expressifs et pleins de vie, semblaient étonnamment vides. Ce à quoi elle pensait n'était pas quelque chose dont je voulais discuter dans un club bruyant et plein de sexe. Cédant facilement à sa demande, je gardais en tête l'idée que je pourrais la faire changer d'avis sur le fait de rentrer chez elle une fois que nous serions sortis du bâtiment.

– Si c'est ce que tu veux, lui dis-je.

Nous montâmes les escaliers pour revenir dans le salon principal. Au moment où nous le traversions, j'ai essayé de lui passer un bras autour de ses épaules, mais elle s'éloigna de moi. Son refus me piqua, mais c'était compréhensible. Elle avait le droit d'être en colère.

Mais qu'est-ce que j'ai été con de l'avoir exposée à tout ça.

J'étais sur le point de lui dire le fond de ma pensée lorsqu'un homme se présenta devant nous et nous bloqua le passage. De de taille moyenne, les cheveux blonds, il avait un regard suspect. Je sentis Krystina se raidir à côté de moi.

– J'étais content de t'avoir revue, Krys. Profites bien du reste de ta nuit, dit-il sans hésiter.

Il y avait pourtant quelque chose de louche dans la façon dont il la regardait et son ton était presque moqueur. Je me mis immédiatement à détester cet homme.

Penchant ma tête sur le côté, je l'ai regardé fixement :

– Et toi, tu es... ? lui demandai-je froidement.

– Un vieil ami. C'est ça, Krys ? me rétorqua-t-il en lançant un clin d'œil à Krystina.

– Allons-y, Alex, dit-elle.

Ce type la rendait nerveuse, j'en aurais mis ma main à couper.

C'est à cause de lui qu'elle est dans cet état ?

Ce n'était peut-être pas du tout l'incident avec Sasha. Elle s'empressa de passer devant cet abruti sans prendre la peine d'attendre de voir si je la suivais. Et moi, j'étais divisé : une partie de moi voulait taper cet étranger juste parce qu'il semblait grandement déranger Krystina, et une autre pensait qu'il était préférable de ne plus la laisser seule ce soir-là. Lui jetant un regard menaçant, je me suis précipité vers la sortie. Une fois sur le parking, je courus pour rattraper Krystina, qui était déjà loin devant moi.

- Qui c'était, c'type ? demandai-je après l'avoir rejointe.

- Personne, fut tout ce qu'elle trouva à me dire.

- Menteuse. Qui c'était ? m'enquis-je à nouveau.

Elle continuait à marcher en silence mais ne me répondit pas. Elle commençait à m'énerver sérieusement. Lui attrapant un bras, je la fis tourner pour qu'elle soit face à moi :

- Qui était ce type, Krystina ?

Elle regarda ma main qui lui serrait le bras, puis elle me regarda droit dans les yeux. Son expression était pleine de ténacité, et ses yeux étaient vitreux de larmes non versées.

- Lâche-moi l'bras. Tout d'suite, me dit-elle d'un air glacial.

Choqué d'avoir perdu mon sang-froid, je la lâchai aussitôt et fis un pas en arrière. Je voulais simplement attirer son attention et je n'avais pas l'intention de la saisir de cette façon.

C'est quand même la deuxième fois que je perds le contrôle, ce soir.

Puis, nous parcourûmes en silence le reste du chemin jusqu'à la voiture. Une fois assis à l'intérieur, je mis le chauffage en route pour éviter d'avoir froid. J'étais sur le point d'actionner la marche arrière, mais me ravisai. Je voulais être le premier à parler :

- Tu veux toujours pas m'dire qui était ce type ?

- Non, dit-elle sur un ton complètement pince-sans-rire.

Me pinçant les lèvres dans mon agacement, je me suis dis que je le découvrirai d'une manière comme une autre, mais que ce serait moins pénible pour moi si elle me le disait elle-même.

- Bien. Alors dis-moi au moins ce que tu penses.

- Toi et moi. Elle s'arrêta pour faire un mouvement de main. Et notre relation. Elle est pas normale.

- « Normale », c'est seulement la façon dont un individu la définit, Krystina.

- Non. C'est juste qu'on n'est pas sains l'un pour l'autre, dit-elle doucement.

- Qu'est-ce que c'est censé vouloir dire ?

Elle ferma les yeux pendant un moment, puis les rouvrit pour me regarder. Elle ne semblait plus en colère, mais résolue. Mon cœur se mit à battre dans ma poitrine, et je savais ce qu'elle était sur le point de me dire. Elle allait essayer de nous achever avant même que nous ayons eu la chance de commencer.

J'ai tout fait foirer.

Retenant mon souffle, j'attendis qu'elle me parle :

- Tu connais mon passé, commença-t-elle. Tu sais que j'ai subi des violences de la pire espèce. Et même si tu ne m'as pas tout dit au sujet de ton passé, je sais que tes propres démons proviennent d'un père abusif. Avec ces deux choses combinées... eh bien, on pourrait dire qu'un psychiatre pourrait écrire un livre sur nous.

Son expression était froide et distante, ses mots semblaient avoir été répétés devant un miroir pendant des jours. Ce n'était pas elle qui parlait. Cette personne au tempérament sombre et plat n'était pas mon ange.

- Tu es juste secouée après ce qui s'est passé avec Sasha. Je tentais de la raisonner. Je ne pourrai jamais m'excuser assez pour ça. Et en plus, ça te fait dire des bêtises.

- Tu crois vraiment que ce n'est que ça ?

- Oui, j'en suis sûr.

- Nous avons tous les deux de sérieux problèmes de confiance, constata-t-elle.

- Krystina, la confiance ne va pas se faire du jour au lendemain. Ça prend du temps, essayais-je de lui dire patiemment.

- Hum, fit-elle. Je me demande juste combien de temps aurait passé avant que tu me dises que ta mère est encore vivante.

Je me tus. Un peu comme si j'avais été électrocuté en apprenant qu'elle connaissait déjà ma mère. Le fait qu'elle ait attendu ce moment précis pour me le dire me mit sur mes gardes, et les paroles de mon ami Matteo résonnèrent dans ma tête.

Les secrets ne restent jamais cachés bien longtemps.

- Où t'as entendu ça ? l'interrogeai-je au bout de quelques instants.

- Est-ce que c'est vraiment important, Alex ? Parce que même maintenant, tu ne l'admets toujours pas.

Elle avait raison. Je ne pouvais pas lui dire. Et je ne l'aurai probablement jamais fait. L'enjeu était trop important.

- Où veux-tu en venir ? lâchai-je, sentant mon humeur remonter d'un cran.

- Je te l'ai déjà dit, et je le répète. Peu importe nos efforts, notre passé a façonné ce que nous sommes aujourd'hui.

- M'enfin ! Tu es tellement déterminée à parler de c'putain d'passé. Ça ne t'empêche pas d'être toi-même. Et moi, d'être moi-même. Fin de l'histoire. Pourquoi on continuerait à faire comme ça ?

- Parce que je le dois ! cria-t-elle. Tu ne le vois pas ? C'est un cycle sans fin. Je suis passée d'un mec qui contrôle, à un autre. Je refuse de faire des statistiques, Alex !

- Mais d'quoi tu parles ?

- Et toi, hein ! ? Moi, tout c'que j'sais, c'est qu'tu pourrais devenir comme ton père ! Alors, où cela me mènera-t-il, moi ? Hein ?

Je sentis mon visage se vider de son sang.

Comme ton père...

- Non, dis-je en secouant la tête, incapable de penser à autre chose à dire.

- Non vraiment, je dois m'inquiéter de ces choses. Des études montrent que les personnes qui ont souffert de situations de violence extrême sont plus susceptibles de devenir...

Elle n'arrêtait pas de parler de toutes les conneries qu'elle avait lues. Elle commença à citer des articles sur les enfants maltraités qui devenaient adultes et sur les femmes qui perdaient leur identité en se perdant dans une relation violente. Cependant, je ne l'écoutais pas vraiment. Mes oreilles bourdonnaient, comme la réplique d'une grenade qui aurait explosé trop près de moi. Ce qu'elle m'avait dit se répétait dans ma tête, encore et encore.

Comme ton père...

Krystina avait, sans le savoir, exprimé ma pire crainte. Elle avait franchi une ligne dont elle ignorait l'existence. J'eus l'impression de tomber dans un puits de néant, comme dans mon rêve. Puis je dis la seule chose à laquelle je pouvais penser pour qu'elle arrête de parler :

- Saphir.

45

Krystina

-Quoi ? demandai-je, confuse par l'utilisation que faisait Alexander de ce mot.

- Saphir. J'en ai assez.

Puis je l'ai vraiment regardé en face. Il était tordu de souffrance, et l'ampleur de la douleur qui se voyait dans ses yeux était choquante. Je tentais de protéger mon cœur au mieux, mais j'avais l'impression qu'il se fendait en mille morceaux... et c'est ce qui me conforta dans la décision que je devais prendre.

- On est tous les deux pris dans une spirale, Alex. On ne peut plus avancer.

- Je veux qu'on avance.

- Moi aussi, admis-je tristement.

Puis j'ai levé la main pour lui toucher la joue. Ses yeux étaient pleins de regrets.

- J'ai essayé de te prévenir. Je t'ai dit que je n'étais pas bon pour toi, me rappela-t-il.

- C'est vrai, acceptais-je en souriant avec nostalgie tout en repensant à l'entretien d'embauche qui semblait avoir eu lieu il y a un jour. Et une éternité, en même temps. Tu as essayé de me prévenir et j'aurais dû t'écouter. Mais là encore, je n'ai jamais été très douée pour ça.

Je traçais les lignes de son visage avec mon doigt, pour pouvoir garder chaque détail en mémoire. Le contour prononcé de sa mâchoire. Ses pommettes ciselées. Sa bouche parfaitement formée que, même à ce moment, je voulais embrasser. Et ses yeux... ses beaux saphirs qui avaient illuminé mon âme. Ce sont eux qui me manqueront le plus. Retirant ma main à contrecœur, je sortis de la voiture.

- Où vas-tu ? me demanda-t-il d'un ton inquiet.

Il semblait choqué, comme s'il ne voyait pas l'inévitable. Mais je m'étais rendu compte qu'il l'avait peut-être vu, mais qu'il essayait seulement de tout faire pour ne pas le voir.

- Je vais rentrer en taxi.

- Mon ange, ne fais pas ça, me supplia-t-il.

Puis je l'ai encore regardé. La douleur me transperça la poitrine, mais j'étais résolue dans mon choix.

- Au revoir, Alex ».

Refermant la porte de la voiture, j'ai commencé à descendre la longue allée sinueuse qui nous avait amenés au Club O. Alexander ne me suivit pas, mais tant pis. Je savais que c'était mieux comme ça. Je prenais la bonne décision.

Alors pourquoi est-ce que ça fait si mal ?

Mais, en fait, la réponse, je la connaissais : j'avais mal parce que j'étais vulnérable. J'avais donné à Alexander une partie essentielle de moi-même. Non seulement, je lui avais donné ma confiance, mais je lui avais aussi donné un morceau de mon cœur que je savais que je ne récupèrerai jamais. Une fois arrivée au portillon permettant l'accès aux piétons, je l'entrouvris et me glissai dans son entrebaîllement pour accéder à la rue et j'ai appelé un taxi pour qu'il vienne me chercher. Une fois l'appel terminé, j'ai contemplé l'appareil.

Le premier cadeau d'Alexander.

Je pris l'emblème du triskelion que j'avais autour du cou. Un autre cadeau, et un rappel d'une vie qui ne prendra jamais forme.

Son monde, pas le mien.

Les souvenirs des semaines passées m'inondèrent, me noyant dans leur intensité. Dans une impulsion, j'ouvris le dossier « musique » du téléphone et parcourus les titres des chansons de chacune des playlists d'Alexander. En choisissant une chanson de Metric, qui était adaptée à mon humeur, je m'assis sur le trottoir pour attendre. Une larme roula sur ma joue, mais je ne pris pas la peine de l'essuyer. De toute façon, pour moi, ça faisait toujours du bien de pleurer. Du moins, dans la mesure où j'arrivais à me reprendre en main.

Et j'y arriverai.

À suivre...

Pierre de Gué

https://dakotawillink.com/foreign-translations

Parfois, la seule façon de prendre le contrôle, c'est de se rendre...

Krystina

Je ne suis pas parfaite et j'ai mes blessures. Ma capacité d'aimer est limitée, et je suis la seule à pouvoir réparer les morceaux de mon cœur brisé. Mais une relation avec Alexander Stone ne fonctionnera jamais. Pourtant, il est partout où je suis. Dans mon esprit. Dans mon cœur. Et dans mon âme. Je ne peux pas le renier. Il est mon addiction, et je ne peux pas rester à l'écart.

Alexander

C'est Krystina que je veux, et j'ai accepté ma destinée. Si je veux la garder, il me faudra tout supporter et libérer les secrets de mon passé. J'en connais les risques, mais elle en vaut la peine : aucune femme ne m'avait jamais affecté comme ça auparavant. Elle est mon soleil dans l'obscurité. L'éclair de mon orage. Elle est mon ange.

NOTES

Chapitre 11

1. Kenneth Winston Starr (né le 21 juillet 1946 à Vernon, Texas, États-Unis) est un juriste américain qui a été juge fédéral à la cour d'appel des États-Unis pour le circuit du district de Columbia et avocat général fédéral. Il est surtout connu pour être le procureur indépendant qui a poursuivi le président des États-Unis Bill Clinton dans le cadre du Monicagate. En 2010, il exerce comme avocat et intervient également dans le domaine universitaire.

En 2009, il a été le conseiller principal des partisans de la Proposition 8 en Californie, qui a permis l'interdiction des mariages homosexuels dans cet État. Starr était alors doyen de la Pepperdine University School of Law de Malibu en Californie.

Chapitre 14

1. Susan Brownell Anthony (15/02/1820 - 13/03/1906) était une militante américaine des droits civiques, qui joua notamment un rôle central dans la lutte pour le suffrage des femmes aux États-Unis qui aboutit en 1920 à l'adoption du dix-neuvième amendement de la Constitution américaine, donnant le droit de vote aux femmes.

Chapitre 16

1. Ringling Bros and Barnum & Bailey Circus est le nom de la caravane de cirque née en 1919 du regroupement des cirques Barnum & Bailey Circus de James Anthony Bailey et Phineas Taylor Barnum, et du cirque Ringling Brothers, des frères Ringling.

En janvier 2017, Kenneth Feld, Président de Feld Entertainment, pointant des frais d'exploitation élevés et une baisse de fréquentation, cette dernière causée par les associations de protection animale qui ont privé le cirque de son numéro phare, annonce la fermeture du cirque pour mai 2017, après 146 ans d'activité.

Chapitre 23

1. Le mot anglais « stone » signifie « pierre » en français.

Chapitre 25

1. Une sexualité vanille est ce qu'une culture perçoit comme un comportement sexuel conventionnel. Les différentes cultures ont des idées différentes sur ce qui constitue une sexualité traditionnelle. La sexualité vanille est entendue dans le milieu des sexualités plurielles, comme une sexualité hors rapports que l'on retrouve dans le milieu du BDSM, par exemple.

Chapitre 28

1. Le Plan 401k est un système d'épargne retraite par capitalisation largement utilisé aux Etats-Unis.

Chapitre 35

1. Lac situé dans le Missouri.

Chapitre 37

1. En français dans le texte.

Chapitre 40

1. En français dans le texte.

Chapitre 41

1. Littéralement, cette expression latine de la Rome antique fait référence à la mère nourricière, déesse de la fertilité. De nous jours, aux États-Unis, le terme est surtout employé pour désigner l'université dans laquelle une personne a fait ses études.

Chapitre 43

1. En français dans le texte.

L'AUTEURE

Dakota Willink, auteure new-yorkaise, a décroché le titre envié de USA Today Bestselling grâce à son talent indéniable. Elle excelle dans l'art d'écrire des histoires mettant en scène des héros tourmentés qui tombent amoureux de femmes impertinentes et indépendantes. Ses livres mettent l'accent sur les personnages et sont empreints d'émotion et de sensualité. Ils sont écrits avec beaucoup de réalisme et son imagination donne naissance en permanence à de nouvelles idées.

Elle affirme souvent avec humour qu'elle a survécu à sa première publication grâce au café et au vin. Fan inconditionnelle de Star Wars, elle entretient toujours le rêve de recevoir un jour sa lettre de Poudlard. Au quotidien, elle rehausse son style avec du rouge à lèvres et voue une fascination particulière aux feuilles de calcul Excel. Ses compagnons d'écriture à quatre pattes, deux Cavaliers espiègles, sont les joyeux agitateurs qui distillent la bonne humeur au sein de son foyer. Elle adore voyager avec son mari et débattre de questions sociales et économiques avec son fils et sa fille issus de la génération Z, qui possèdent de solides connaissances en politique.

En termes littéraires, Dakota affectionne particulièrement les romances contemporaines ou sombres, les thrillers politiques et psychologiques, ainsi que les autobiographies.

À ce jour, *La Pierre de Souhait* est son quatrième roman traduit en français. C'est également le quatrième volet de *la Série de Pierre* qui se compose d'*Un cœur de Pierre*, de *Pierre de gué* et de *Gravé dans la Pierre*.

www.ingramcontent.com/pod-product-compliance
Lightning Source LLC
Chambersburg PA
CBHW030142200726
48285CB00004BC/1265